Schicksalsherzen

MIRA® TASCHENBUCH
SILHOUETTE ™
Band 20051
1. Auflage: September 2014

MIRA® TASCHENBÜCHER
SILHOUETTE ™ BOOKS
erscheinen in der Harlequin Enterprises GmbH,
Valentinskamp 24, 20354 Hamburg
Geschäftsführer: Thomas Beckmann

Konzeption/Reihengestaltung: fredebold&partner GmbH, Köln
Umschlaggestaltung: pecher und soiron, Köln
Redaktion: Maya Gause
Titelabbildung: Thinkstock/Getty Images, München
Satz: GGP Media GmbH, Pößneck
Druck und Bindearbeiten: CPI – Ebner & Spiegel, Ulm
Printed in Germany
Dieses Buch wurde auf FSC®-zertifiziertem Papier gedruckt.
ISBN 978-3-95649-057-6

www.mira-taschenbuch.de

Werden Sie Fan von MIRA Taschenbuch auf Facebook!

Sandra Brown

Im Rausch des Sieges

Roman

Aus dem Englischen von
Elise Irlesberger

1. KAPITEL

*R*amsey ist stocksauer auf Sie, Mackie." Der junge Praktikant fing den prominenten Sportreporter der *Dallas Tribune* am Fahrstuhl ab und heftete sich an seine Fersen. Völlig ungerührt nahm Judd Mackie die Nachricht zur Kenntnis, beim Chefredakteur in Ungnade gefallen zu sein. Er steuerte zielbewusst den Kaffeeautomaten an, obwohl er ständig über dessen undefinierbares schwarzes Gebräu spottete.

„Mr Mackie, hören Sie mir überhaupt zu?"

„Klar, Addison. Beruhigen Sie sich." Judd kramte in den Taschen seiner teuren, aber ziemlich zerknitterten Baumwollhose nach Kleingeld.

„Ramsey ist kurz vorm Platzen", meinte Addison mit Grabesstimme.

„Das ist bei ihm ein Dauerzustand." Judd beobachtete, wie sich der Plastikbecher mit dem füllte, was nur entfernt nach Kaffee schmeckte, aber wenigstens den Magen wärmte.

Als er einen heißen Schluck nahm, beschlugen die Gläser seiner Sonnenbrille, die er beim Betreten des Zeitungsgebäudes abzunehmen vergessen hatte. Er steckte sie in die Tasche seiner schicken Leinenjacke, die ebenso mitgenommen aussah wie seine Hose. Alles deutete darauf hin, dass Judd Mackie eine harte Nacht hinter sich hatte. Seine Augenränder waren gerötet, die Lider geschwollen.

„Ich sollte Sie am Lift abpassen und unverzüglich in sein Büro bringen", erklärte Addison.

„Dann muss er ja wirklich vor Wut kochen. Was habe ich denn diesmal verbrochen?", erkundigte sich Judd ohne übermäßiges Interesse. Mike Ramsey war für sein hitziges Temperament bekannt. Seine täglichen Wutanfälle unterschieden sich in ihrer Heftigkeit nur geringfügig.

„Das soll er Ihnen lieber selbst erzählen. Kommen Sie mit?", fragte der Praktikant mit bekümmerter Miene.

Judd verspürte Mitleid mit ihm. „Na schön. Gehen wir."

Addison studierte Journalismus und absolvierte bei der *Dallas Tribune* ein Praktikum. An seinem ersten Tag in der Redaktion hatte Judd ihm kameradschaftlich auf die Schulter geklopft und ihn über den Berufsalltag eines Reporters aufgeklärt. „Viele Überstunden, lausige Bezahlung und miserable Arbeitsbedingungen. Außerdem darf jeder Schreiberling froh sein, wenn die Zeitung mit seinem Artikel überhaupt gelesen wird, bevor man sie etwa zum Einwickeln von Gemüse verwendet."

Addison war trotz der Warnung seines großen Vorbildes immer noch eifrig bei der Sache und arbeitete in der Redaktion als Mädchen für alles. Eingedenk seiner eigenen beruflichen Anfänge brachte Judd es nicht fertig, den Idealismus seines jungen Kollegen zu verspotten. War er selbst zu Beginn seiner Karriere nicht ebenfalls voller Illusionen gewesen?

Mittlerweile hatte er manchen Traum begraben müssen und erinnerte sich an seine einst ehrgeizigen Pläne nur dann, wenn er zu tief ins Glas blickte. Der junge Addison würde noch am eigenen Leib erfahren, wie schnell Hoffnungen sich zerschlugen.

Beide Männer betraten die Redaktion, die jetzt am späten Vormittag einem Bienenkorb glich. Die meisten Reporter gaben ihre Artikel für die Abendausgabe in den Computer ein. Einige telefonierten gleichzeitig, und auf den überquellenden Schreibtischen stapelten sich die noch ungeöffnete Post und die neuesten Telefaxnachrichten. Manche Reporter vertrieben sich rauchend und mit einem Kaffee die Zeit und warteten auf eine Eingebung oder eine Sensation, über die sie berichten konnten.

Judd schlängelte sich mit Addison zwischen den Schreibtischen hindurch, und seine Kollegen riefen ihm einen Gruß zu, ohne dabei die Tätigkeit zu unterbrechen. Judd folgte Addison durch den Flur zum Büro des Chefredakteurs.

„Da sind Sie ja endlich", empfing ihn Ramseys Sekretärin ungeduldig. „Ich war nahe daran, mich persönlich auf die Suche zu begeben. Danke, Addison! Sie können zu Ihrer Arbeit zurückkehren."

Der Praktikant hätte gern den bevorstehenden Zusammenstoß zwischen dem Chefredakteur und dem Starreporter miterlebt. Da er Ramseys resolute Sekretärin jedoch fast ebenso fürchtete wie ihren Chef, verließ Addison stillschweigend den Raum.

„Wo brennt es denn?" Judd warf den leeren Plastikbecher in den nächsten Papierkorb. „Würden Sie mir eine Tasse Ihres vorzüglichen Kaffees servieren?"

Die Sekretärin stemmte gereizt die Hände in die Hüften. „Sehe ich aus wie eine Kellnerin?"

Judd zwinkerte ihr zu. „Sie sehen aus, als wären Sie mindestens eine Million Dollar wert."

Bevor sie entscheiden konnte, ob sie seine Worte als chauvinistische Beleidigung oder als übertriebenes Kompliment werten sollte, schlenderte Judd schon durch die angelehnte Tür in die Höhle des Löwen.

Eine Rauchwolke empfing ihn. Anscheinend hatte Ramsey heute bereits die Hälfte seiner aus vier Zigarettenschachteln bestehenden Tagesration verbraucht, was nichts Gutes verhieß. Im rechten Mundwinkel baumelte eine angezündete Zigarette, eine weitere lag glimmend im Aschenbecher. „Höchste Zeit", meinte er knurrend.

„Wofür?" Judd ließ sich in einen Ledersessel fallen und streckte die langen Beine von sich.

„Diesmal hast du dir einen unverzeihlichen Schnitzer erlaubt, Judd." Sie wurden von Ramseys Sekretärin unterbrochen, die Judd eine Tasse Kaffee brachte. Er bedankte sich mit einem schmachtenden Blick, der jedoch zu ihrem heimlichen Bedauern nicht das Geringste zu bedeuten hatte.

Sobald die Sekretärin gegangen war, nahm Ramsey einen tiefen Zug aus seiner Zigarette und blies den Rauch in die Luft. „Du hast die Tennissensation des Jahres verpasst."

Vor Überraschung verbrannte sich Judd die Zunge an dem heißen Kaffee. „Tennis!", rief er abfällig. „Wegen eines lausigen Tennisspiels regst du dich so auf? Und ich dachte schon an Schlimmes, etwa, dass die Dallas Cowboys Bankrott angemeldet haben. Was ist geschehen?"

„Stevie Corbett ist in Lobo Blanco mitten im Spiel zusammengebrochen."

Judds Lächeln schwand. Sein berufliches Interesse war geweckt. Über den Rand der Kaffeetasse hinweg blickte er den Chefredakteur fragend an. Ramsey drückte wütend die im Aschenbecher glimmende Zigarette aus.

„Was genau geschah?", erkundigte sich Judd.

„Wie unser Starreporter weiß ich leider nichts Genaueres", entgegnete Ramsey ironisch.

„Dein Sarkasmus ist fehl am Platz. Es kann jedem mal eine wichtige Neuigkeit entgehen. Aber nun zu Miss Corbett. Ist sie etwa über ihren langen blonden Zopf gestolpert …?"

„Da wenigstens unser Fotograf zur Stelle war, weiß ich zumindest, dass sie einen Schwächeanfall erlitt."

„Sie wurde ohnmächtig …?"

„Sie brach zusammen und blieb als kleines Häufchen Elend auf dem Tennisplatz liegen."

„Das klingt ja reichlich pathetisch."

Ramseys gerötetes Gesicht färbte sich noch um einige Schattierungen dunkler. „Wärst du dabei gewesen, könntest du mir nun über diesen Vorfall in der nüchternen Sprache des erfahrenen Sportreporters berichten."

„Ich fuhr nicht extra nach Lobo Blanco, weil von vornherein feststand, dass Corbett die junge Italienerin in zwei Sätzen mühelos besiegen würde", verteidigte sich Judd.

„Das hat sie aber nicht getan. Sie musste vorzeitig aufgeben und ist somit aus dem Rennen."

„Nach ihrem Sieg bei den French Open war dieses Turnier für sie doch völlig nebensächlich. Wahrscheinlich hat sie nur aus Lokalpatriotismus daran teilgenommen. Ich wollte mir heute Mittag einige interessante Spiele des Turniers anschauen."

„Nachdem du ausgeschlafen hast", sagte Ramsey spitz. „Wohingegen zahlreiche Leser unseres Blattes die Strapazen des Berufsverkehrs auf sich nahmen, um ihre berühmte Mitbürgerin spielen zu sehen."

„Was wurde als Ursache für Stevie Corbetts Zusammenbruch genannt?"

„Aus einer mehr als dürftigen Pressemitteilung ging das nicht hervor."

„In welches Krankenhaus wurde sie gebracht?" Judd ging in Gedanken die Kontakte durch, die er im Laufe der Jahre zu den verschiedenen Kliniken geknüpft hatte.

„In keines."

„Nein?" Der vermehrte Adrenalinausstoß, den Judd bei der Nachricht von Stevie Corbetts Zusammenbruch verspürt hatte, ebbte langsam ab. Offenbar war die Nachricht doch nicht so spektakulär, wie er anfänglich dachte. Er zwang sich zur Ruhe und trank einen weiteren Schluck Kaffee. „Ich glaube, du bauschst die ganze Sache zu sehr auf, Mike", bemerkte er mit einem anzüglichen Lächeln. „Vielleicht hatte die hübsche Miss Corbett nur eine anstrengende Nacht hinter sich – ähnlich wie ich."

Ramsey schüttelte den Kopf. „Sie musste vom Platz getragen werden. Es handelt sich offenbar um etwas Ernstes." Er musterte Judd mit einem harten Blick. „Du wirst genau herausfinden, was hinter diesem Kollaps steckt, und zwar vor allen anderen. Da er bereits im Radio gemeldet wurde, hinken wir ohnehin schon hinterher. Hast du denn auf der Fahrt hierher keine Nachrichten gehört?"

„Ich hatte mein Radio nicht eingeschaltet", erwiderte Judd. „Kopfschmerzen", fügte er lakonisch hinzu.

„Kein Wunder, bei deinem Lebenswandel! Hier." Aus seiner obersten Schreibtischschublade zog Ramsey eine Packung Aspirin hervor und reichte sie seinem scharfsinnigsten und sprachgewandtesten Reporter, der ihn zugleich auch die meisten Nerven kostete.

„Nimm drei davon – meinetwegen auch alle. Jedenfalls genug, um wieder klar denken zu können und herauszubekommen, was hinter Stevie Corbetts mysteriösem Schwächeanfall steckt." Er fuchtelte mit einer neuen Zigarette in der Luft herum. „Deine Story erwarte ich pünktlich zum Redaktionsschluss."

Judd warf einen Blick auf seine Armbanduhr. „Ich habe aber gleich noch eine Art Termin."

„Sag ihn ab!"

Nun, ich kann die Verabredung mit der charmanten Studentin sicher auf den späten Nachmittag verschieben, dachte Judd bei sich. „Alles klar."

Er stand auf und ging zur Tür, wo er sich noch einmal kurz zu Ramsey umdrehte. „Übrigens, Mike, wenn du dich weiterhin wegen jeder Kleinigkeit aufregst, wirst du früh im Grab enden."

Mike Ramsey verabschiedete seinen Starreporter mit einem kräftigen Fluch.

„Ach du meine Güte, Sie sind es!" Stevie Corbett lehnte sich matt gegen die Haustür. Niemand war ihr im Augenblick weniger willkommen als der berüchtigte Sportreporter der *Dallas Tribune*.

Judd fand, dass sie in dem zartgrünen Seidenkimono, der nur knapp die Schenkel bedeckte, einfach hinreißend aussah.

„Ich erwartete jemand anders", erklärte sie.

„Offensichtlich. Wer ist denn der Glückliche?", hakte er gleich nach.

„Mein Arzt wollte mir Medikamente vorbeischicken, deshalb hielt ich Sie für den Boten."

„Und wozu haben Sie einen Spion in Ihrer Tür?" Judd grinste süffisant.

„Daran hatte ich im Moment nicht gedacht."

„Ihre Gedanken sind wohl mit Wichtigerem beschäftigt?"

Stevie blickte über Judds breite Schulter, in der Hoffnung, dort den Wagen des Botendienstes zu entdecken. „Ja."

„Beispielsweise damit, dass Sie sich gerade in Lobo Blanco zum Gespött Ihrer Zuschauer gemacht haben."

Mit zornig funkelnden Augen blickte sie ihn an. „Wie üblich werfen Sie mit Beleidigungen um sich, die zudem nicht der Wahrheit entsprechen."

„Meinen Informationen zufolge sind sie wahr."

„Sie waren nicht selbst dabei?" Stevie verzog das Gesicht zu einer

Grimasse. „Welches Pech für Sie, dass Sie meine Demütigung nicht persönlich miterleben konnten", meinte sie in gespieltem Bedauern.

Judd grinste nur, wobei sich die kleinen Fältchen um seine Augen vertieften. „Falls Sie eine starke Schulter zum Ausweinen benötigen, stehe ich gern zur Verfügung. Bitten Sie mich doch herein und schütten mir Ihr Herz aus."

„Ach, scheren Sie sich zum Teufel." Trotz der barschen Worte grinste Stevie ihn an. „Alle weiteren Details über meinen schmachvollen Abgang vom Platz können Sie in der Spalte Ihrer Konkurrenten nachlesen."

„Ich habe keine Konkurrenten."

„Und an Bescheidenheit, Skrupeln, Talent und Geschmack mangelt es Ihnen ebenfalls."

Judd kommentierte ihren Ausbruch mit einem lang gezogenen Pfiff. „Ihr Temperament scheint unter dem Sturz zum Glück nicht gelitten zu haben. Womöglich aber Ihr Sinn für Freundlichkeit."

„Ich sehe nicht ein, warum ich zu einem Reporter freundlich sein soll, der mich in seiner Kolumne ständig mit sarkastischen Bemerkungen verhöhnt."

„Meine Leser erwarten Reportagen mit Biss und Ironie", entgegnete Judd sanft. „Und mein Witz ist mein Markenzeichen, wie Ihres dieser lange blonde Zopf ist." Er ließ das geflochtene Haar durch seine Finger gleiten und streifte dabei unabsichtlich ihre Brust.

Stevie schlug seine Hand weg und warf ihren dicken Zopf über die Schulter nach hinten. „Woher wissen Sie eigentlich meine genaue Adresse?"

„Ich habe da so meine Quellen."

„Mr Mackie, ich fühle mich nicht wohl und habe keine Lust, mich mit Ihnen weiter herumzustreiten. Hätte ich gewusst, wer vor meiner Tür steht, hätte ich erst gar nicht geöffnet. Bitte, gehen Sie jetzt."

„Noch eine Frage."

„Nein."

„Weshalb wurden Sie ohnmächtig?"

„Guten Tag."

Stevie schlug Judd Mackie die Tür vor der Nase zu und hätte beinahe seine Jacke eingeklemmt. Erschöpft legte sie die Stirn an die Tür. Wieso musste ausgerechnet er heute bei ihr aufkreuzen? Er, der in seiner gestrigen Kolumne ihre Teilnahme am Turnier in Lobo Blanco mit einem beißenden Kommentar glossiert hatte.

„Man darf gespannt sein, in welchem Aufzug sich die modebewusste Miss Corbett, Gewinnerin der diesjährigen French Open, vor heimischem Publikum präsentieren wird", hatte er gelästert. „Wenn doch ihre Rückhand den gleichen Schwung besäße wie ihre niedlichen kurzen Röckchen."

Seit sie bis an die Spitze der weltbesten Tennisspielerinnen vorgerückt war, verfolgte sie dieser Mann mit bissigen Kommentaren. In schöner Regelmäßigkeit bescheinigte er ihr bei jedem Sieg eine ungewöhnliche Glückssträhne. Verlor sie aber ein Match, ließ er sich unbarmherzig über ihre Fehler und Schwächen aus.

Dass seine vernichtenden Kritiken oft auch ein Körnchen Wahrheit enthielten, empfand Stevie meist als besonders schmerzlich. Andererseits rätselte sie seit Jahren, warum Judd Mackies Urteil über sie stets so gnadenlos ausfiel. Noch nie hatte er sich zu einer freundlichen Äußerung hinsichtlich ihrer Person hinreißen lassen.

In letzter Zeit allerdings hatte Stevie ihm wenig Gelegenheit gegeben, seine spitze Feder an ihr zu wetzen, denn sie hatte mehrere Turniere hintereinander gewonnen. Zuletzt die French Open, was sie zu einer hoffnungsvollen Anwärterin für den Sieg des diesjährigen Grand Slam machte. Und die nächste Station war Wimbledon.

Wimbledon. Während dieses magische Wort sonst erwartungsvolle Erregung in ihr auslöste, beschlich sie jetzt eine düstere Vorahnung. Judd Mackie zählte momentan wahrlich zu ihren geringsten Problemen.

Unwillkürlich legte sie die Hand auf den Bauch und ging in Richtung Küche, um sich Tee aufzubrühen. Vielleicht fühlte sie sich ein bisschen besser, wenn sie etwas Warmes im Magen hatte.

Kaum hatte sie den Wasserkessel aufgesetzt, klingelte es erneut an der Tür. Judd Mackies Rat beherzigend, spähte sie diesmal erst durch den Spion, sah aber nichts als das leicht schwankende Etikett eines Arzneiröhrchens. Sie öffnete.

Judd Mackie lehnte lässig am Türrahmen und schwenkte ein braunes Tablettenröhrchen in Höhe des Spions hin und her.

„Wie haben Sie das geschafft?" In Stevies Ausruf mischte sich Empörung mit Überraschung.

„Mit einer Fünfdollarnote und dem Versprechen, Ihnen die Tabletten persönlich auszuhändigen. Anscheinend spielte ich die Rolle des besorgten Bruders recht überzeugend."

„Der Bote ist tatsächlich darauf hereingefallen?"

„Keine Ahnung. Jedenfalls nahm er das Geld und eilte davon. Ein kluger Bursche. Wäre es jetzt nicht angebracht, mich hereinzubitten?"

Stevie seufzte resigniert und trat beiseite. Nachdem sie die Tür geschlossen hatte, musterten sie und Judd sich einige Augenblicke lang stumm. Obgleich sie sich in den vergangenen Jahren unzählige Male öffentlich einen verbalen Schlagabtausch geliefert hatten, standen sie sich jetzt erstmals allein gegenüber.

Nur einmal, vor mehr als zehn Jahren, hatten sie sich in einer ähnlichen Situation befunden, doch ganz ungestört waren sie auch damals nicht gewesen. Stevie bezweifelte, dass Judd noch an jenen Abend in Stockholm dachte.

Jäh fiel ihr auf, wie groß er doch war. Normalerweise begegnete er ihr bei gesellschaftlichen und sportlichen Anlässen. Dort begrüßte er sie meist von fern mit einer übertriebenen Verbeugung. Eine Geste, die Stevie jedes Mal nervte.

Tatsächlich überragte er sie fast um einen Kopf. Als er nun die Sonnenbrille abnahm, entsann sie sich wieder, wie faszinierend sie damals in Stockholm seine Augen gefunden hatte – bernsteinfarben, mit einem gelblichen Schimmer und einer dunkelbraun umrandeten Iris. Die Augen eines Raubtiers.

Stevie streckte eine Hand nach dem Tablettenröhrchen aus, doch Judd hob es über seinen kastanienbraunen Haarschopf. „Mr Mackie."

„Miss Corbett."

Aus der Küche ertönte das Pfeifen des Wasserkessels, und Stevie eilte davon.

Judd folgte ihr und sah sich interessiert um. „Hübsch haben Sie es hier."

„Für einen Schreiberling ist das eine ziemlich abgedroschene Phrase", antwortete sie und goss kochendes Wasser in eine Tasse mit einem Teebeutel. „Möchten Sie auch einen Kräutertee mit Honig?"

Judd zog eine Grimasse. „Wie wäre es mit einer Bloody Mary?"

„Solches Zeug habe ich nicht."

„Cola?"

„Cola light."

„Gut. Danke."

Stevie gab einen Löffel Honig in den Tee, rührte um und trank vorsichtig einige kleine Schlucke, bevor sie eine Dose Cola aus dem Kühlschrank holte und Judd reichte.

„Haben Sie Bauchweh?", wollte er wissen.

„Nein, wieso?"

„Wenn ich als Kind Bauchweh hatte, gab mir meine Mutter immer Kräutertee."

„Sie haben eine Mutter?"

„Die Bemerkung war so knallhart wie Ihr Aufschlag." Er zog die Brauen hoch. „Lesen Sie eigentlich meine Artikel?" Er trank einen Schluck und setzte sich ihr gegenüber an die Frühstückstheke.

Statt einer Antwort streckte Stevie die Hand aus. „Dürfte ich jetzt wohl meine Tabletten haben?"

Er warf einen Blick auf das Etikett. „Schmerztabletten."

„Richtig."

„Zahnschmerzen …?"

Sie entblößte mit verächtlichem Blick ihr makelloses Gebiss. „Die Tabletten bitte!"

„Muskelzerrung? Tennisarm? Spannungsriss?"

„Nein. Hören Sie auf, den Hansdampf zu spielen!"

Er zuckte die Schultern und ließ das Röhrchen über den Tisch rollen. „Danke."

„Bitte sehr. Sie sehen aus, als würden Sie das Zeug dringend benötigen. Ihr Mund wirkt leicht verkrampft." Sanft berührte er mit dem Zeigefinger erst ihren rechten und dann ihren linken Mundwinkel.

Mit einem Ruck fuhr Stevie zurück, schob sich zwei Tabletten in den Mund und spülte sie rasch mit Tee hinunter. Ohne Judd eines weiteren Blickes zu würdigen, nahm sie schweigend weitere Schlucke Tee. Sie spürte, wie er sie ungeniert musterte.

„Was wollen Sie, Mr Mackie?", fragte sie schließlich gereizt.

„Ich bin beruflich hier."

„Warum nicht in Lobo Blanco, wo das Turnier weiterläuft?"

„Weil ich Ihre Geschichte interessanter finde." Judd stützte sich mit beiden Ellbogen auf die Tischplatte und legte den Kopf auf die gefalteten Hände. „Bitte – warum sind Sie mitten im Spiel zusammengebrochen? Da es nicht besonders heiß war, kann es schwerlich an der Hitze gelegen haben."

„Nein. Es war ideales Tenniswetter."

„Waren Sie zu spät ins Bett gekommen?"

„Während eines Turniers feiere ich nachts keine Orgien", meinte sie mit einem bedeutungsvollen Blick auf die dunklen Ringe unter seinen Augen.

„Vielleicht würde Ihnen das hin und wieder guttun."

„Sie sind unverbesserlich, Mr Mackie."

„Das sagt man mir dauernd."

„Hören Sie, ich bin todmüde, und auch laut Anweisung meines Arztes soll ich mich nach Einnahme der Tabletten hinlegen."

Judd musterte Stevie eingehend. In seinem Blick lag Bewunderung. „Sie sehen eigentlich gesund aus. Ganz klare Augen ..."

„Was man von Ihnen nicht unbedingt behaupten kann", entgegnete sie schnippisch.

Er überhörte dies geflissentlich. „Sollten Sie von etwas abhängig sein, dann höchstens von cholesterinarmer Kraftnahrung", behauptete er spöttisch. „Haben Sie versehentlich zu viel Magerquark gegessen?"

„Bitte, gehen Sie endlich", bat Stevie, die sich zusehends elender fühlte und gegen das dringende Bedürfnis ankämpfte, sich jemandem anzuvertrauen. Nahe daran, ihre mühsam aufrechterhaltene Beherrschung zu verlieren, befürchtete sie, sich in ihrer Not letztendlich sogar Judd Mackie zu offenbaren, weil momentan nur er zugegen war. Das durfte auf keinen Fall geschehen!

„Dann bleibt nur noch eine Möglichkeit", rätselte er weiter.

„Welche?" Trotz ihres Kummers war sie neugierig auf seine Einschätzung.

„Sie wollten die Öffentlichkeit auf sich aufmerksam machen."

Stevie verdrehte die Augen. „Als ob ich das nötig hätte."

„Nun ja", räumte Judd widerwillig ein. „Eigentlich sind Sie schon bekannt genug, werben für verschiedene Produkte, und man kann keine Zeitung aufschlagen, ohne auf Ihr Konterfei zu stoßen." Er blickte sie abschätzend an. „Möglicherweise wollten Sie das Match vorzeitig beenden und haben deshalb eine Ohnmacht vorgetäuscht."

„Welchen Grund hätte ich dafür haben sollen?" Der Mann hat wirklich eine blühende Fantasie, dachte Stevie gereizt.

„Diese Italienerin spielt ziemlich gut ..."

„Aber ich bin besser", erklärte Stevie selbstbewusst.

„Das stimmt. Doch Sie werden nicht jünger. Wenn ich mich nicht irre, sind Sie bereits einunddreißig."

Damit hatte er Stevies wunden Punkt getroffen. „Ich war noch nie so erfolgreich wie in diesem Jahr", protestierte sie erbost. „Und gelte sogar als aussichtsreichste Kandidatin für den Gewinn des Grand Slam."

„Dazu müssen Sie erst einmal in Wimbledon siegen."

„Letztes Jahr habe ich dort gewonnen."

„Aber diesmal sitzt Ihnen die Konkurrenz im Nacken. Es gibt einige talentierte Nachwuchsspielerinnen, die Ihnen an Durchhaltevermögen überlegen sind."

„Ich bin bekannt für meine Zähigkeit."

„Ja, so wie für Ihren kecken Zopf. Doch Sie sind keine Athletin."

„Ich trainiere so hart wie unsere Fußballstars."

„Aber Sie sehen nicht so aus", beharrte Judd. „Allein vom Körperbau her sind Sie viel zu zart für das harte Profitennis."

Wütend wollte Stevie ihm widersprechen. Dann bemerkte sie, wie sein Blick auf ihrer Brust ruhte. Sie sah an sich herab und stellte entsetzt fest, dass ihr Kimono sich verschoben hatte und den Ansatz ihrer Brüste freigab. Hastig raffte sie mit einer Hand die beiden Enden des Ausschnitts zusammen und stand auf. „Verschwinden Sie jetzt endlich, Mr Mackie. Ich hätte Sie schon längst hinauswerfen sollen."

Ohne auf ihre Äußerung einzugehen, setzte Judd seine Mutmaßungen fort. „Wahrscheinlich haben Sie zuletzt einfach nur die Nerven verloren."

Obwohl Stevie vor Zorn kochte, schwieg sie. Sie fand Judds Vermutung einfach zu absurd, um sie einer Antwort zu würdigen. Mit undurchdringlicher Miene wartete sie, womit er diese groteske Unterstellung begründen würde.

„Tief in Ihrem Inneren war Ihnen lange klar, dass ein Sportchampion härter drauf sein muss", versuchte er sie herauszufordern. „Sie sind nur eine Eintagsfliege."

„Kaum, Mr Mackie. Ich bin seit zwölf Jahren Profi."

„Aber erst vor fünf Jahren fielen Sie durch besondere Leistungen auf."

„Dann bin ich eben eine Ausnahme. Statt nachzulassen, steigere ich mich mit zunehmendem Alter."

„Der Vorfall lässt eher das Gegenteil vermuten."

„Mein Alter hat nichts mit …"

Gleich habe ich dich so weit, dachte Judd zufrieden und sprang auf. „Nun sprechen Sie es schon aus, Stevie. Warum sind Sie zusammengebrochen?"

„Das geht Sie nichts an!"

„Doch nur ein Wadenkrampf …?"

„Nein!" Wieso nur lasse ich mich von diesem Kerl in die Enge treiben, dachte Stevie so hilflos wie erbost.

Judd legte den Kopf auf die Seite und ließ seinen Blick über ihren Körper schweifen, um sich zu vergewissern, dass ihm zuvor nichts entgangen war. „Da Sie so beharrlich schweigen, muss es sich um etwas ganz Besonderes handeln. Sozusagen um ein süßes Geheimnis", meinte er lächelnd. „Erwarten Sie ein Baby?"

Ungläubig starrte Stevie ihn an. „Sie sind total verrückt."

„Und Sie sind schwanger", folgerte er. „Von wem? Etwa von diesem extravaganten skandinavischen Designer, der für Sie Tennisschuhe entworfen hat?"

„Ich bin nicht schwanger."

„Oder ist vielleicht dieser Polospieler von den Bermudas der glückliche Vater?"

„Er stammt aus Brasilien. Das sollten Sie als Reporter wissen. Und halten Sie jetzt endlich den Mund."

„Dann wissen Sie vielleicht nicht, wer der Vater ist?"

„Hören Sie auf, sagte ich. Es gibt kein Baby!", schrie Stevie und presste ihre Hände gegen den Bauch. „Es gibt kein Baby", wiederholte sie mit leiser, tränenerstickter Stimme.

Über ihre blassen Wangen rollten plötzlich Tränen. „Und wie es momentan aussieht, werde ich auch nie eines bekommen, weil ich nach der Operation für immer unfruchtbar sein werde."

2. KAPITEL

Stevies Ausbruch traf Judd völlig unvorbereitet. Er holte tief Luft, was bei ihm höchst selten vorkam. Normalerweise nahm er jede Nachricht mit unerschütterlichem Gleichmut hin. Diesmal jedoch brachte er es nicht fertig, sich einfach nur aus dem Staub zu machen.

Stevie wandte ihm den Rücken zu. Ihr langer blonder Zopf schien ihren Kopf wie eine schwere Bürde zu belasten. Kam es daher, dass sie plötzlich so klein und hilflos wirkte?

Sie hatte völlig die Kontrolle über sich verloren und schluchzte herzzerreißend. Der Anblick ihrer zuckenden Schultern berührte Judd aus einem ihm unerfindlichen Grund zutiefst und erweckte in ihm den Wunsch, sie zu trösten.

Wie unter Zwang legte er seine Hände auf ihre Schultern und drehte sie zu sich herum. „Schon gut", murmelte er. Ohne ihren Widerstand zu beachten, zog er sie an sich und legte beide Arme um sie. „Es tut mir leid. Hätte ich gewusst, wie ernst die Sache ist, hätte ich Ihnen nicht so zugesetzt."

Judd bezweifelte, dass Stevie ihm das glaubte. Denn es gehörte nicht zu seinen Gepflogenheiten, sich bei anderen zu entschuldigen.

Außerdem waren ihm bisher weinende Frauen stets ein Gräuel gewesen. Als sich Stevie nun aber Hilfe suchend an ihn klammerte, lag ihm jeder Gedanke an Flucht fern. Vielmehr drückte er sie noch fester an sich und legte seine Wange auf ihr weiches Haar.

Bei einer Frau den uneigennützigen Seelentröster zu spielen, das war für Judd Mackie eine ganz neue Erfahrung. Gewöhnlich begnügte er sich nicht damit, eine Frau freundschaftlich im Arm zu halten. Zumal dann nicht, wenn sie lediglich einen dünnen Seidenkimono trug, der ihre wohlgeformten langen Beine nur knapp bis zu den Oberschenkeln bedeckte.

Doch diesmal war es anders. Warum, konnte er sich nicht erklären. Er spürte nur instinktiv, dass diese Umarmung anders war als alles, was er je erlebt hatte.

Judd war keineswegs blind für Stevies körperliche Reize. Insgeheim bewunderte er sogar ihre samtige Haut und ihre zierliche Gestalt. Trotzdem unterdrückte er jede sexuelle Empfindung. Stevies momentanes Bedürfnis nach menschlicher Nähe wollte er nicht schamlos ausnutzen. Wahrscheinlich beruhte sein jäh erwachter Beschützerinstinkt auf einem schlechten Gewissen, denn zweifellos hatte er durch seine

21

bohrende Fragerei unabsichtlich ihren Weinkrampf verursacht. Und im Gegensatz zu den anderen Frauen, die er im Laufe der Jahre zu Tränenausbrüchen getrieben hatte, hatte Stevie Corbett gute Gründe zum Weinen.

Langsam ebbte ihr heftiges Schluchzen ab. Durch den dünnen Stoff seines Hemdes spürte Judd, dass sie allmählich ruhiger atmete. „Sie sollten doch längst im Bett liegen", erinnerte er sanft.

Nickend befreite Stevie sich aus seiner Umarmung und trocknete mit den Fingern ihre noch immer tränenden Augen.

Meine für nachher geplante Verabredung kann ich wohl abschreiben, schoss es Judd durch den Kopf. Gleich darauf schob er, ohne zu überlegen, einen Arm unter Stevies Knie und hob sie hoch. Sie ahnte nicht, dass er über seine spontane Handlungsweise mindestens ebenso verwirrt war wie sie.

„Das ist nicht nötig, Mr Mackie. Ich kann selbst gehen."

„Wohin?"

Einen Augenblick lang zögerte sie, dann wies sie ihm mit dem Arm die Richtung.

Judd spürte ihre festen Muskeln, als sich Stevie bewegte, und fand diesen durchtrainierten und trotzdem so weichen Frauenkörper ungemein erregend. Sie war leicht wie eine Feder, und er hätte sie stundenlang tragen können, ohne ins Schwitzen zu geraten. Eine irrige Annahme, wie sich bald herausstellte, denn Judd wurde es plötzlich ziemlich heiß, was jedoch weniger an Stevies Gewicht, sondern hauptsächlich an ihren weiblichen Formen lag.

Mit dem Knie stieß er die Tür zum Schlafzimmer auf. Überrascht blickte er sich in dem großen und hellen Raum um, der mit Grünpflanzen aller Art vollgepfropft war und ihn an einen Dschungel erinnerte. „Der ideale Drehort für Tarzanfilme", scherzte er.

„Wegen meiner Reisen halte ich mir statt Haustieren lieber Pflanzen. Sie sind während meiner Abwesenheit leichter zu versorgen als ein Hund oder eine Katze."

Judd setzte Stevie auf dem Bett ab. „Hinlegen", befahl er.

„Das ist wohl Ihr Lieblingsspruch im Schlafzimmer", meinte Stevie ironisch.

„Zum Scherzen ist jetzt keine Zeit", erwiderte er streng. „Legen Sie sich hin!"

Gehorsam ließ sich Stevie in die Kissen zurücksinken. Ihrer Miene konnte Judd entnehmen, dass es ihr guttat, sich auszuruhen, obwohl sie das bestimmt nie zugegeben hätte. Fürsorglich breitete er die aufgeschlagene Steppdecke über sie. Dann setzte er sich auf den Bettrand.

„Und jetzt erzählen Sie mir etwas über diese Operation."

„Ihnen erzähle ich überhaupt nichts, Mr Mackie."

„Ich heiße Judd."

„Ich weiß. Ihr Name prangt ja groß und deutlich über jedem Ihrer Artikel."

„Vergessen Sie für einen Augenblick meinen Beruf?"

„Können Sie ihn denn vergessen?"

„Ja."

In dem darauf folgenden Schweigen beobachtete Judd, wie sich Stevies braune Augen, deren Farbe ihn an alten Scotch erinnerte, erneut mit Tränen füllten. „Stevie", begann er sanft. „Was Sie mir jetzt anvertrauen, verwerte ich nicht beruflich. Ehrenwort! Sie müssen sich doch wohl unbedingt einmal aussprechen."

„Ja, schon, aber nicht …" Sie schniefte. Judd zog ein Papiertaschentuch aus der auf dem Nachttisch liegenden Packung, entfaltete es und hielt es ihr an die Nase.

„Schnäuzen Sie."

Stevie gehorchte. Judd putzte ihr die Nase und warf das Taschentuch in den Papierkorb. Dann tupfte er mit einem frischen Tuch ihre feuchten Wangen ab. „Sie brauchen jemanden, der Ihnen zuhört."

„Das weiß ich, aber es fällt mir schwer, ausgerechnet Ihnen Vertrauen zu schenken."

„Für mich ist die Situation so ungewohnt wie für Sie. Das dürfen Sie mir glauben", entgegnete er trocken. „Also, was genau fehlt Ihnen, und seit wann wissen Sie, dass Sie sich einer Operation unterziehen müssen?"

„Seit heute Morgen. Man hat bei mir eine Geschwulst entdeckt."

„Und das haben Sie wohl ausgerechnet kurz vor dem letzten Match erfahren?"

Stevie nickte.

„Wie kam es dazu?"

Stevie runzelte die Stirn. „Ich hatte mich untersuchen lassen und darum gebeten, mir den Befund, sobald er bekannt ist, mitzuteilen."

Ihr Blick schweifte zum Fenster und blieb an einem Topf mit weißen Hibiskusblüten hängen. „Vermutlich rechnete ich nicht wirklich mit dem Schlimmsten, obwohl ich mir selbstverständlich einredete, auf alles gefasst zu sein." Sie sah Judd an. „Sie hatten übrigens recht. Mir sind bei dem Spiel die Nerven durchgegangen."

„Kein Wunder." Judd rieb die Handflächen aneinander und studierte dann eingehend seine langen sehnigen Finger und ihre schlanken, aber kräftigen Handgelenke. „Befindet sich diese Geschwulst ... äh ..."

„An meinen Eierstöcken", bekannte Stevie und vermied es, ihn weiter anzusehen. „Ich habe schon seit einiger Zeit dort Schmerzen."

Judd räusperte sich verlegen und kam sich auf einmal wie ein pubertärer Halbwüchsiger vor. Ausgerechnet er, der sich bisher für einen erfahrenen Frauenkenner gehalten hatte, musste sich beschämt eingestehen, dass er tatsächlich recht wenig über Frauen und ihren Körper wusste. Hatte er sich nicht stets mit oberflächlichen Beziehungen begnügt, die hauptsächlich auf gegenseitiger sexueller Anziehungskraft beruhten?

Erst in diesem Augenblick ging ihm auf, dass der weibliche Körper nicht nur ein Lustobjekt war. Was mochte es für eine junge Frau bedeuten, sich einem so folgenreichen Eingriff zu unterziehen und sich mit Kinderlosigkeit abfinden zu müssen?

„Ich komme um eine Operation nicht herum", fuhr Stevie nach einer Weile leise fort. „Vorausgesetzt, es war ein bösartiger Tumor."

Beide wussten, was Letzteres bedeutete, und blickten einander stumm an.

„Wenn die Geschwulst gutartig ist, könnte die Operation noch etwas hinausgezögert werden", setzte Stevie schließlich hinzu.

Judd sprang auf und ging neben ihrem Bett auf und ab. Dann blieb er abrupt stehen. „Was wollen Sie jetzt tun?"

„Ich kann und will nicht einfach alles stehen und liegen lassen", erklärte sie. „In einem Monat beginnt Wimbledon."

„Das Turnier in Wimbledon läuft nicht davon. Es findet jedes Jahr statt."

„Wie Sie vorhin so charmant anmerkten, werde ich nicht jünger, Mr Mackie. Momentan spiele ich besser denn je. Und es fragt sich, wie lange noch. Wäre ich zehn Jahre jünger, könnte ich auf ein Comeback nach der Operation hoffen. Doch in meinem Alter ..."

Judd dachte schon weiter. „Sollte die Geschwulst sich als bösartig herausstellen, was dann ...?"

„Da könnte sich die Verschiebung der Operation natürlich als fatal erweisen", gab sie zu.

„Wozu rät Ihnen Ihr Arzt?"

„Er drängt auf eine sofortige Operation, meint aber, zwei oder drei Wochen Verzögerung würden keinen großen Unterschied machen."

„Was sagt Ihr Manager?"

„Er überlässt mir die Entscheidung, besteht allerdings darauf, dass ich mich innerhalb der nächsten zwei Wochen entscheide, ob ich in Wimbledon antreten will."

„Ihn interessiert natürlich hauptsächlich das Geschäftliche", bemerkte Judd abfällig. „Wie denken Ihre Eltern darüber?"

„Sie leben nicht mehr."

„Und was sagt Ihr Freund dazu?"

„Es gibt niemanden, den ich um Rat fragen könnte." Stevie hob den Kopf und schaute zu ihm auf. „Auch nicht den extravaganten skandinavischen Designer, der, nebenbei bemerkt, an die sechzig und mehrfacher Großvater ist."

„Aber der brasilianische Polospieler ...?"

„Ihn verabscheue ich. Wer immer sich unsere angebliche Affäre aus den Fingern sog, ist einer von den widerlichen Sensationsjournalisten. Die kennen Sie ja."

Judd ignorierte den Seitenhieb. „Dann kann Ihnen also tatsächlich niemand mit Rat und Tat zur Seite stehen."

„Das wird sich rasch ändern, sobald Sie die Nachricht über meine Krankheit per Schlagzeile in Ihrer Zeitung verkünden."

„Ich habe Ihnen doch versprochen, die Angelegenheit nicht beruflich auszuschlachten."

„Sie meinen, das kann ich Ihnen glauben?", spottete Stevie.

„Erst wenn Sie in der Klinik sind und die Sache nicht länger geheim halten können, werde ich darüber berichten." Judd, der sonst reichlich hartgesotten war, fühlte sich durch ihr Misstrauen seltsamerweise gekränkt.

„Wann ich mich operieren lasse, ist aber noch nicht abzusehen."

„Wenn Sie vernünftig sind, bringen Sie den Eingriff möglichst bald hinter sich", beschwor Judd sie. „Es geht hier nicht um Ihre Karriere. Es geht um Ihr Leben."

„Tennis ist mein Leben."

„Jetzt sind Sie diejenige, die mit abgedroschenen Phrasen um sich wirft!"

Abrupt setzte Stevie sich auf, wobei ihr die Decke bis zu den Hüften hinunterrutschte. „Sie sind wohl außerstande, nachzuempfinden, wie schwer mir die Entscheidung fällt!"

„Schwer, sich zwischen Leben und Tod zu entscheiden ...?"

Stevie holte tief Luft. „Wieso trauen ausgerechnet Sie sich zu, meine Lage angemessen zu beurteilen, Mr Mackie? Sie mussten noch nie Ihren

Lebenstraum begraben, weil Sie noch nie einen hatten. Eine Frau im Bett und ein doppelter Whisky in Reichweite ist doch alles, was Sie sich vom Leben ersehnen."

Judd spürte, wie er wütend wurde, denn Stevie hatte den Nagel auf den Kopf getroffen. Er selbst hätte nicht zutreffender das Privatleben beschreiben können, das er seit Jahren führte, was seine Erbitterung über ihre Worte noch verstärkte.

Stevie blickte ihn hämisch an. „Würden Sie nun, da Sie Ihre Sensationsstory bekommen haben, mich bitte allein lassen, Mr Mackie? Ich möchte in Ruhe nachdenken."

„Bin schon weg", sagte er nur, da er ihren richtigen Beobachtungen nichts entgegenzusetzen hatte.

„Ja, ich fühle mich jetzt wesentlich besser", versicherte Stevie Stunden später ihrem Arzt am Telefon. „Die Tabletten hatten eine beruhigende Wirkung, und ich schlief schon bald ein."

Leider hatte Judd Mackies markantes Gesicht sie bis in ihre Träume verfolgt, vor allem seine mokanten Blicke. Dazu wusste er auf alles gleich eine Antwort – kein Wunder, dass sie diesen Mann nicht ausstehen konnte.

„Die Ohnmacht ist allein auf den Schock zurückzuführen, den mir das Untersuchungsergebnis versetzt hat", versicherte Stevie ihrem Arzt.

Ohne auf den Kollaps weiter einzugehen, drängte er sie nun, mit ihm einen baldigen Operationstermin festzulegen.

„Sie sagten selbst, zwei bis drei Wochen mehr oder weniger würden keinen Unterschied machen", wandte Stevie ein. „Ich kann meine Entscheidung nicht von einer Minute auf die andere fällen."

Der Arzt beschwor sie, nicht länger zu warten, da sich erst bei der Operation herausstellen würde, wie gefährlich der Tumor wirklich war.

Stevie versprach, sich nochmals alles durch den Kopf gehen zu lassen, und legte den Hörer auf. Sie sprang aus dem Bett und ging barfuß ins Wohnzimmer, um den Fernseher einzuschalten. Gerade hatte die allabendliche Sportschau begonnen, und nach dem ersten Überblick zeigte man Bilder aus Lobo Blanco. Stevie schnitt eine Grimasse, als sie sich reglos auf dem Tennisplatz liegen sah. Wahrlich kein schöner Anblick!

Während sie auf dem Bildschirm beobachtete, wie Trainer, Linienrichter und andere Offizielle aufgeregt ihre am Boden ausgestreckte Gestalt umringten, war sie noch im Nachhinein froh über ihre Bewusstlosigkeit. Dadurch hatte sie von dem ganzen Wirbel um sie herum nichts mitbekommen.

Erinnern konnte sie sich nur noch an den Beginn des Matches, als sie sich bangen Herzens gefragt hatte, ob das wohl ihr letztes Turnier sein würde. Später hatte sie jeden weiteren Gedanken an ihre Krankheit unterdrückt und wie ein Roboter funktioniert. Dank ihrer Disziplin war es ihr sogar gelungen, im ersten Satz mit zwei Punkten in Führung zu gehen, bis es ihr jäh schwarz vor den Augen wurde.

„Es gibt bisher nur Spekulationen über die Ursache von Miss Corbetts Schwächeanfall", verkündete gerade der Moderator. „Einer Verlautbarung ihres Managers zufolge handelt es sich jedoch um keine ernsthafte Erkrankung. Und nun schalten wir direkt ins Stadion der Rangers, wo …"

„Keine ernsthafte Erkrankung", murmelte Stevie grimmig und schaltete den Fernseher ab. Nur ein kleiner Tumor, der wahrscheinlich das Ende meiner Karriere bedeutet und mich zur Kinderlosigkeit verdammt, dachte sie bitter.

Da es Zeit fürs Abendessen war, ging sie in die Küche, obwohl sie keinen Hunger hatte. Auf dem Tisch entdeckte sie Judd Mackies leere Colabüchse und warf sie grollend in den Abfalleimer.

Ihre Gedanken beschäftigten sich unablässig mit Judd. Vielleicht deshalb, weil er sich ihr gegenüber unerwartet anständig benommen hatte? Oder wegen seines Versprechens, über ihre Krankheit Stillschweigen zu bewahren? Sollte sie sich für sein faires Verhalten revanchieren und ihn als Ersten informieren, sobald sie sich zu einer Operation durchgerungen hatte?

Trotz Judd Mackies boshafter Bemerkung über cholesterinarme Kraftnahrung holte Stevie Magerquark aus dem Kühlschrank und vermengte ihn mit frischen Erdbeeren. Lustlos aß sie ihr frugales Mahl und zog sich hinterher wieder ins Schlafzimmer zurück. Beim Entflechten ihres dicken blonden Zopfes musste sie erneut an Judd denken. Daran, wie er sie in seinen Armen gehalten und seine Wange an ihr Haar geschmiegt hatte. Später hatte er sie hochgehoben und damit in ihrem Bauch ein verwirrendes Prickeln ausgelöst, das ihren ganzen Körper erfasste, als sie seine muskulösen Arme unter ihren nackten Schenkeln spürte und mit dem Kopf seine breite Brust streifte.

Wider Willen beeindruckte sie das selbstsichere Auftreten des Reporters und seine betont lässige Art, die sich unter anderem auch in seiner Kleidung ausdrückte. Bestimmt trug er das Haar nicht aus weltanschaulichen Gründen eine Idee zu lang. Wahrscheinlich war er einfach zu faul, regelmäßig einen Friseur aufzusuchen. Dass Judd Mackie nicht wie ein Schönling aussah, sondern eher wie ein Raubein, etwa Humphrey Bogart, machte seinen speziellen Charme aus. Er war das Gegenteil eines flotten Schickimickitypen – und gerade deshalb ungemein sexy. Sein zur Schau getragener Zynismus und seine schnodderige Ausdrucksweise verstärkten diese Anziehungskraft noch, wie sich Stevie nur ungern eingestand. Gleichzeitig bedauerte sie jede Frau, die töricht genug war, sich in einen Mann wie ihn zu verlieben.

Reichlich naiv von dir, dich von ihm herausfordern zu lassen, schalt sie sich insgeheim, während sie mit kräftigen Strichen ihre wilde Mähne bürstete. Wieso hatte sie es überhaupt für nötig befunden, sich vor Judd zu rechtfertigen? Warum hatte sie sich eingebildet, ausgerechnet Judd Mackie, der allem Anschein nach keine hohen Ansprüche an das Leben stellte, könnte ihr Dilemma verstehen? Sein einziger Ehrgeiz bestand darin, sich als Casanova hervorzutun, und man musste ihm sicher zugestehen, dass er von Frauen einiges verstand.

Stevie legte die Haarbürste aus der Hand und schlüpfte ins Bett. Nachdem sie die Nachttischlampe ausgeschaltet hatte, ließ sie sich in die weichen Kissen sinken. Ohne es zu wollen, durchlebte sie nochmals die Szenen von heute Nachmittag, als sie Judd nahegekommen war. Hoffentlich hatte er nicht gemerkt, wie diese Situation sie trotz ihres vermeintlich beherzten Auftretens verwirrt hatte.

3. KAPITEL

„Hallo", murmelte Judd schlaftrunken ins Telefon. „Wer um diese Zeit anruft, muss dafür einen guten Grund haben", meinte er nach einem Blick auf den Wecker.

„Den habe ich."

„Mike, wieso rufst du mitten in der Nacht an?"

„Um dich zu feuern. Im Übrigen ist es bereits acht Uhr."

Judd zog verärgert die Luft durch die Nase und sank in die Kissen zurück. „Du hast mich doch erst letzte Woche gefeuert."

„Diesmal spaße ich nicht."

„Das sagst du jedes Mal."

„Du nichtsnutziger fauler Bastard! Hast du eigentlich schon die Morgenzeitungen gelesen?"

„Bis jetzt habe ich noch nicht einmal den Morgen gesehen, geschweige denn irgendeine Zeitung."

„Dann darf ich dir verraten, dass die Konkurrenz im Gegensatz zu dir nicht geschlafen hat."

„Hm?"

„Während du unsere Leser mit einem öden Artikel über den neuen mexikanischen Tormann der Rangers langweilst, kann dein Konkurrent von den *Morning News* mit einer echten Sensation aufwarten. Stevie Corbett hat Krebs."

Schlagartig war Judd hellwach und schwang die Beine aus dem Bett. Er hielt sich leise fluchend den brummenden Schädel und bereute seinen unmäßigen Alkoholkonsum vom vergangenen Abend. Nach dem gestrigen Spiel der Rangers hatte er mit einigen seiner Berufskollegen einen Nachtclub besucht in der vagen Hoffnung, der Anblick vollbusiger Striptänzerinnen würde die Erinnerung an Stevie Corbett aus seinem Gedächtnis verbannen. Da sich diese Hoffnung eher ins Gegenteil verkehrte und er Stevies zornig funkelnde Augen aufregender fand als alle Tänzerinnen, hatte er sich mit Bier zu betäuben versucht.

„Schrei nicht so, Mike! Und nun berichte mir, was los ist."

„Das frage ich dich. Immerhin erzähltest du mir gestern, mit Stevie Corbett gesprochen zu haben."

„Habe ich auch."

„Gleichzeitig hast du behauptet, es gäbe keine Story."

„Meiner Meinung gab es auch keine."

„Die Tatsache, dass sie Krebs hat, fandst du also nicht erwähnenswert?", ereiferte sich der Chefredakteur lautstark.

„Sie hat keinen Krebs." Judd begann nun ebenfalls zu schreien, obwohl das seine Kopfschmerzen noch verstärkte. „Bisher hat man bei ihr nur einen Tumor festgestellt, dessen Gefährlichkeit keineswegs bewiesen ist. Woher will die *Morning News* Genaues wissen?"

Für einige Sekunden herrschte gespanntes Schweigen, das Judd jedoch nicht zur Kenntnis nahm. Er stand auf und trottete mit dem schnurlosen Telefon in der Hand ins Bad. Ein Blick in den Spiegel bestätigte ihm, was er bereits befürchtet hatte. Er sah ziemlich verkatert aus.

Mittlerweile hatte Mike Ramsey seine Stimme wiedergefunden. „Du wusstest davon?", brüllte er. „Und hast mir gegenüber kein Wort verlauten lassen, sondern mich mit diesem dürftigen Artikel über die Rangers abgespeist?"

Judd hielt es für überflüssig, sich die nun folgende Schimpftirade anzuhören, denn er kannte sie bereits auswendig. Er legte den Hörer neben das Waschbecken und begann sich zu rasieren.

„Und du wagst es, dich Journalist zu nennen!" Mikes Stimme übertönte sogar das Surren des Rasierapparates. „Dabei bist du nichts weiter als ein windiger Schreiberling. Die eigene Kolumne in unserer Zeitung verdankst du lediglich deinen guten Kontakten zu Sportlern und deren Anhängern, die sich in denselben Kneipen herumtreiben wie du. Im Grunde genommen wiederholst du immer nur, was du nebenbei aufschnappst. Als kreativen Journalismus kann man das kaum bezeichnen."

Judd war mit dem Rasieren fertig und putzte sich nun die Zähne. Zwischendurch griff er nach dem Hörer. „Unsere Leser verschlingen meine Artikel. Was wäre der Sportteil unserer Zeitung ohne meine Kolumne? Nichts, Ramsey! Und das weißt du!"

„Das werden wir ja jetzt herausfinden. Du hast gestern deinen letzten Artikel für unser Blatt verfasst, Mackie. Verstanden?"

„Sicher, du bist ja laut genug."

„Mir ist es diesmal todernst. Du bist fristlos gekündigt. Ich werde Addison beauftragen, deinen Schreibtisch auszuräumen. Deine Sachen kannst du dir beim Pförtner abholen. Und komm mir so schnell nicht mehr unter die Augen!"

Gleich darauf war das Freizeichen zu vernehmen. Ungerührt legte Judd das Telefon auf den Toilettendeckel und stellte sich unter die Dusche. Mike Ramsey entließ ihn fast turnusmäßig einmal wöchentlich. Wie sollte er da den heutigen Rausschmiss noch ernst nehmen?

Im Übrigen konnte ihm eine Kündigung nur von Nutzen sein, denn in einem hatte Ramsey recht: Er verwertete in seiner täglichen

Kolumne tatsächlich nur, was er so nebenbei erfuhr, und füllte das Ganze mit einigen witzigen Bemerkungen auf. Seine Artikel waren in einem lockeren Stil verfasst und lasen sich gut, aber sie waren beileibe keine journalistische Meisterleistung. Das wusste niemand besser als er selbst.

Es quälte Judd, dass er nur belangloses Zeug schrieb, das er mehr oder weniger aus dem Ärmel schüttelte. Seiner Meinung nach war er überbezahlt und fühlte sich manchmal wie ein Betrüger. Mochten seine Leser auch von seinen Artikeln, vor allem seiner täglichen Kolumne, begeistert sein, er selbst wusste, dass er sein Talent verschleuderte. Er empfand sein gegenwärtiges Leben als äußerst unbefriedigend, auch wenn er sich das nur selten eingestand.

Was er benötigte, war eine berufliche Herausforderung. Gleichzeitig befürchtete er insgeheim, dass sein zu Beginn seiner Karriere zweifellos vorhandenes schriftstellerisches Talent zu lange brachgelegen hatte und es nun für einen Berufswechsel zu spät war.

Trotzdem sorgte er sich momentan weniger um seine berufliche Zukunft als um Stevie Corbett. Von wem hatte sein Konkurrent etwas über ihre Krankheit erfahren? Wie mochte Stevie zumute sein, wenn sie in der Zeitung intime Details über ihren Gesundheitszustand las?

Judd zog sich in Windeseile an und verließ das Haus, um dies möglichst schnell herauszufinden.

Wütend schwang Stevie den Tennisschläger und zielte mit ihrer gefürchteten Vorhand auf Judds Kopf.

„Was soll …"

„Mistkerl!"

Judd duckte sich blitzschnell und packte mit eisernem Griff ihren Arm, ehe sie ihre ebenso berüchtigte Rückhand an ihm ausprobieren konnte. „Was soll der Quatsch?"

„Trotz des Versprechens, über meine Krankheit Stillschweigen zu bewahren, haben Sie alles an die große Glocke gehängt. Sie elender Lügner …"

„Habe ich nicht."

„Natürlich haben Sie das!", rief sie erbost. „Sie wussten als Einziger davon."

Es gelang Judd, ihr den Schläger zu entwinden. Er warf ihn zu Boden. „Halten Sie mich für so beschränkt, die Story an unser Konkurrenzblatt abzugeben? Der Artikel ist weder in meiner Zeitung erschienen, noch habe ich ihn verfasst. Ich habe ihn noch nicht einmal gelesen."

Stevie bemühte sich, ihr Temperament im Zaum zu halten. Sie überlegte einen Augenblick. Judds Argumentation klang logisch. Warum sollte er eine solche Bombenstory anderen überlassen? Andererseits war ihre Welt in den letzten beiden Tagen so sehr aus den Fugen geraten, dass ihr nichts mehr unwahrscheinlich erschien.

„Woher wissen Sie dann von dem Artikel?", erkundigte sie sich misstrauisch. „Und wie ist es Ihnen gelungen, ungehindert an meinen Bewachern vorbei aufs Grundstück zu kommen?"

Seit den frühen Morgenstunden war Stevies Vorgarten von Reportern belagert, und so hatte schließlich ihr Manager einen Sicherheitsdienst angefordert.

„Einen der Männer kenne ich ganz gut."

„Woher?"

„Nun, als Reporter kommt man halt viel herum ..."

Müde rieb sich Stevie die Stirn. „Verstehe."

Judd legte ihr einen Arm um die Schultern und führte sie zurück an den Tisch in der Küche, in die er mit einem Dietrich durch die Hintertür des Hauses eingedrungen war. Als Stevie ihn entdeckt hatte, hatte sie blindlings nach dem Schläger gegriffen und Judd damit bedroht.

„Woher weiß Ihr Konkurrent von meiner Krankheit, Mr Mackie?", fragte sie, nachdem sie am Küchentisch Platz genommen hatten.

„Keine Ahnung. Aber das wird sich umgehend ändern." Er nahm das auf der Frühstückstheke liegende Telefon und wählte eine Nummer. Anscheinend kannte er den Schreiber des Artikels gut, denn er wusste seine Durchwahlnummer auswendig und begrüßte ihn wie einen alten Freund.

„Hi, Mackie hier. Gratuliere dir zu deiner Story über Stevie Corbett." Er nahm ihren bösen Blick nicht zur Kenntnis. „Wie ist es dir gelungen, ihr so intime Einzelheiten über ihr Leben zu entlocken? Oder schweigt ein Kavalier in diesem Fall besser?" Wütend öffnete Stevie den Mund, den Judd ihr jedoch geistesgegenwärtig mit der Hand zuhielt. „Ach, du hast gar nicht mit ihr selbst gesprochen? Mit wem dann? Etwa mit ihrem Manager?"

Sie schob seine Hand beiseite und schüttelte energisch den Kopf.

„Von wem hast du dann die Geschichte? Nachdem du die Katze aus dem Sack gelassen hast, könntest du mir ruhig deinen Informanten verraten." Die Antwort seines Gesprächspartners schien Judd nicht zu befriedigen. Er runzelte die Stirn. „Nun spann mich nicht länger auf die Folter. Da ich mich vergeblich abgemüht habe, den Grund für ihren Kollaps herauszufinden, interessiert mich natürlich deine Quelle."

Einen Moment hörte Judd schweigend zu. Seine Miene verfinsterte sich. „Aha. Diesmal warst du also schneller als ich." Er lachte kurz auf. „Danke, das wünsche ich dir ebenfalls. Mach's gut."

„Nun?", fragte Stevie ungeduldig, nachdem er aufgelegt hatte.

„Der Informant war ein Techniker des Mitchell Labors."

„Dort wurde mein Sonargramm gemacht", erklärte Stevie nüchtern. „An das Labor habe ich überhaupt nicht gedacht. Ich war nur sicher, dass weder mein Arzt noch seine Angestellten etwas verraten würden."

„Eine reichlich naive Einstellung. Wenn die Bezahlung stimmt, plaudert letztendlich jeder", belehrte Judd sie. „Wo stehen die Tassen?"

„Zweiter Schrank, rechte obere Tür."

„Soll ich Ihnen auch noch Kaffee nachschenken?"

„Nein danke. Ich habe heute schon genug Kaffee getrunken."

Judd goss sich eine Tasse voll und setzte sich Stevie gegenüber. „Wie haben Sie geschlafen?"

„Gut."

„Die dunklen Schatten unter Ihren Augen zeugen eher vom Gegenteil."

Sie hatte bereits befürchtet, dass er ihr die unruhige Nacht ansehen würde, und es wohlweislich vermieden, ihm direkt ins Gesicht zu blicken. Immer wieder war sie in der vergangenen Nacht aus wilden erotischen Träumen hochgeschreckt, in denen seltsamerweise stets Judd Mackie die Hauptrolle spielte. Kein Wunder, dass sie sich heute Morgen erschöpft fühlte. Gleichzeitig ärgerte sie Judds Anspielung auf ihr schlechtes Aussehen. Sie beschloss, ihm seine Taktlosigkeit mit gleicher Münze zurückzuzahlen. „Sie selbst sehen auch reichlich mitgenommen aus."

„Ich bin ziemlich spät ins Bett gekommen."

„Wieso sind Sie dann hier, statt sich zu Hause auszuschlafen, wo immer das auch sein mag? Wollen Sie sich etwa an meinem Unglück weiden?"

Obgleich Judd ruhig seinen Kaffee trank, entging ihr nicht, dass er von ihren Worten betroffen war. „Vielleicht würde ich das wollen, wenn ich den Artikel geschrieben hätte, was nicht der Fall ist. Wäre ich der Verfasser, hätte ich mich allerdings an die Fakten gehalten."

Jäh verwandelte sich Stevies Zorn in tiefe Niedergeschlagenheit. „Nach diesem Artikel bin ich als Spielerin erledigt und lasse mich am besten gleich begraben", sagte sie düster.

Leise fluchend sprang Judd auf. „Sprechen Sie nicht so, sonst bekomme ich eine Gänsehaut."

„Tut mir leid, Ihr Zartgefühl verletzt zu haben", entgegnete sie schnippisch. „Aber da es sich um das Ende meiner Karriere handelt, nehme ich mir das Recht, darüber zu reden, wie ich es will. Falls Ihnen das nicht passt, können Sie jederzeit gehen, was ich, nebenbei bemerkt, sehr begrüßen würde."

Das war schlichtweg gelogen, denn Stevie wollte keineswegs, dass Judd sie ausgerechnet jetzt verließ. Nun, da sie von seiner Unschuld überzeugt war, war sie über seine Anwesenheit sogar froh. Sie empfand seine Gegenwart als permanente Herausforderung, was sie von ihrer Verzweiflung ablenkte.

Um sich nicht zu verraten, setzte sie eine hochmütige Miene auf und gab sich unnahbar. „Da Sie hier sowieso nichts tun können, verschwinden Sie jetzt am besten."

„Ich bin hergekommen, um Sie ins Krankenhaus zu fahren, Stevie …"

„Und ich habe Ihnen bereits gestern mitgeteilt, dass ich mir zwei Wochen Bedenkzeit …"

„Hören Sie, Stevie …"

„Nein, nun hören Sie zur Abwechslung einmal mir zu, Mr Mackie. Hier geht es um mein Leben, und niemand …"

Es klingelte an der Tür. „Miss Corbett", rief jemand von draußen. „Wie ist Ihnen zumute, nachdem man bei Ihnen Krebs diagnostiziert hat und Sie Ihre Profikarriere an den Nagel hängen müssen?"

„Grauenhaft!" Stevie schluchzte laut auf. „Warum lässt man mich nicht in Ruhe?" Instinktiv hielt sie sich die Ohren zu.

Schließlich gab der hartnäckige Reporter auf. Vielleicht wurde er auch von den Sicherheitsleuten vertrieben, deren Aufgabe es gewesen wäre, Stevie solche Belästigungen zu ersparen. Sie zuckte zusammen, als Judd ihr die Hand auf die Schulter legte.

„Lassen Sie sich von mir wenigstens für einige Stunden weg von hier bringen." Er rutschte mit seinem Barhocker näher und klemmte Stevies Hocker zwischen seine langen Beine.

„Wieso spielen Sie sich auf einmal als mein Retter auf?"

„Weil ich mich gestern in Unkenntnis der Sachlage Ihnen gegenüber zuerst ziemlich schlecht benommen habe und das heute wiedergutmachen möchte."

„Immerhin haben Sie über meine Krankheit nichts verlauten lassen."

„Trotzdem fühle ich mich irgendwie verantwortlich für den Rummel vor Ihrem Haus." Stevie blickte ihn verächtlich an. „Ich weiß, in Ihren Augen bin ich ein jämmerlicher Schreiberling", fuhr er fort, „der zu viel trinkt, ständig die Frauen wechselt und zudem unzuverlässig und zynisch ist. Doch unter dieser rauen Schale verbirgt sich ein weicher Kern. Im Grunde genommen bin ich ein netter Kerl."

„Das können Sie jemand anderem weismachen."

Sein jungenhaftes Grinsen blieb nicht ohne Wirkung auf Stevie. Sie verspürte ein leichtes Kribbeln in der Magengegend.

„Geben Sie mir die Chance, Ihnen das Gegenteil zu beweisen", bat Judd.

Stevie hätte Judds Vorschlag am liebsten gleich angenommen. Trotzdem zögerte sie. Möglicherweise versuchte er sie doch nur mit seinem Charme einzuwickeln, um letztendlich doch noch zu seiner Story zu kommen. Eventuell plante er eine Charakterstudie, in der er sie seinen Lesern als Modepüppchen vom Tennisplatz präsentierte. Diese Bezeichnung hatte er schon einmal verwendet.

„Ich halte wenig von Ihrem Vorschlag, Mr Mackie, ich bleibe lieber hier."

Im selben Augenblick klingelten beinahe gleichzeitig Türglocke und Telefon. „Das haben Sie extra so eingerichtet", schimpfte sie.

Judd lachte leise, hocherfreut über die unerwartete Unterstützung, die ihm zuteilwurde. „Wie Sie sehen, ist das Schicksal auf meiner Seite. Packen Sie ein, was Sie für einen Tag benötigen. Wir kommen erst abends wieder zurück." Das klang, als hätte er bereits ihre Zusage.

„Mr Mackie, selbst wenn ich Lust hätte, den Tag mit Ihnen in der Stadt zu verbringen, was keineswegs der Fall ist, könnten wir uns kaum ungesehen aus dem Haus schleichen. Außerdem sind wir beide stadtbekannt."

„Ein Grund, nicht in der Stadt zu bleiben."

„Wohin wollen Sie?"

„Lassen Sie sich überraschen."

„Und wie gedenken Sie Ihre reizenden Kollegen zu überlisten?"

„Nun quengeln Sie nicht dauernd, sondern holen Sie lieber Ihre Sachen", sagte Judd ungeduldig.

Stevie betrachtete argwöhnisch sein gut geschnittenes Gesicht. Es erweckte so viel Vertrauen wie das eines Piraten. Gut möglich, dass sie und Judd sich den ganzen Tag stritten, aber das fand sie immer noch erträglicher, als allein daheim herumzusitzen und Trübsal zu blasen.

Kurz entschlossen sprang sie auf und strich den weißen Hosenrock glatt, den sie zu einem blauweiß gestreiften T-Shirt trug. „Kann ich so gehen?"

„Klar."

Innerhalb von fünf Minuten kehrte sie in die Küche zurück. Sie hatte weiße Sandaletten angezogen und hielt eine Sporttasche in der Hand, in die sie schnell alles gestopft hatte, was sie eventuell benötigte. Judd stand am Becken und spülte seine Tasse.

„Sie fühlen sich hier wohl schon ganz zu Hause", spottete Stevie.

„Mehr oder weniger", antwortete er gelassen und trocknete sich an einem Handtuch die Hände ab.

Dann kam er langsam auf sie zu, umfasste mit beiden Händen ihre Taille und zog Stevie an sich. Er neigte den Kopf und senkte seine Lippen auf ihren Mund.

Sie fühlte sich völlig überrumpelt und hielt einfach still, ohne sich zu wehren.

Judds Kuss war sanft und zärtlich. Ohne Hast berührte er ihre Brüste und strich mit den Daumen über ihre zarten Knospen, sodass sich eine wohlige Wärme in ihrem Innern ausbreitete. Und als Judd ein Knie zwischen ihre Beine schob, durchrieselte sie ein angenehmer Schauer.

Während er mit seinen Fingern ihren Hals liebkoste, strich er mit der Zungenspitze spielerisch über ihre geschlossenen Lippen. Er bedrängte sie nicht, sondern verhielt sich eher so, als wäre es ihm egal, ob sie seinen Kuss erwiderte oder nicht. Für ihn schien das Ganze scheinbar nur ein amüsantes Spiel zu sein.

Unwillkürlich öffnete Stevie die Lippen.

Sie spürte, wie Judd mit seiner feuchten warmen Zunge in ihren Mund eindrang, ihn erforschte. Ganz allmählich veränderte sich sein Kuss. Er verlor seinen spielerischen Charakter, wurde fordernder und leidenschaftlicher, und Stevie erwiderte ihn voller Hingabe.

Erst als Judd gewahr wurde, dass sein Körper erste Reaktionen zeigte, löste er sich abrupt von ihr. Mit einer Mischung aus Verwirrung und Verlangen blickte sie zu ihm auf. „Wieso haben Sie mich geküsst?"

„Aus reiner Neugier", erwiderte er leise. Dann räusperte er sich. „Seit ich Sie gestern im Arm hielt, rätselte ich, wie es wäre, Sie zu küssen. Und Ihnen ging es ebenso, das weiß ich. Erst jetzt, da wir beide unsere Neugier befriedigt haben, können wir uns entspannen und den ganzen Tag genießen."

Doch von Entspannung konnte bei Stevie keine Rede sein.

4. KAPITEL

*S*ie haben Ihren Beruf verfehlt." Stevie saß auf dem Beifahrersitz in Judds Sportwagen und hatte Mühe, mit ihrer Stimme das Dröhnen des Motors zu übertönen. „Als Verbrecher hätten Sie es bestimmt weit gebracht."

Judds Fluchtplan hatte perfekt funktioniert. Gemäß seiner Anweisung hatte Stevie für wenige Sekunden ihren Kopf durch die Haustür gesteckt und damit sämtliche Reporter in höchste Aufregung versetzt. Doch während Journalisten und Kamerateams in ihrem Vorgarten eine hektische Betriebsamkeit entfalteten und sich auf ein Interview mit ihr vorbereiteten, entwischten sie und Judd ungesehen durch den Hinterausgang, spurteten über den Rasen und stiegen über den Zaun. Wenig später saßen sie in Judds Wagen, den er in einer nahe gelegenen Seitenstraße geparkt hatte.

„Natürlich hätte mich eine Karriere als Mafiaboss gereizt", scherzte er, „aber der Weg an die Spitze ist mit zu viel Arbeit verbunden."

Die Antwort entlockte Stevie ein Schmunzeln, während sie sich bequem in ihrem Sitz zurücklehnte. Sobald ihr Haus außer Sichtweite gewesen war, hatte sie ein Gefühl von Freiheit überkommen. Einmal der üblichen Routine zu entfliehen versetzte sie in eine Art Urlaubsstimmung, denn gewöhnlich hatte sie um diese Zeit bereits einige Kilometer Langlauf und ein einstündiges Konditionstraining hinter sich. Sie gestand Judd, wie ihr zumute war.

„Wann genau haben Sie eigentlich mit Tennis begonnen?" Mit einem Blick über die Schulter vergewisserte er sich, dass die Straße frei war, und bog in die Zufahrt der in Richtung Osten führenden Autobahn ein.

„Mit zwölf."

„Für eine Spitzenspielerin ist das sehr spät."

„Stimmt. Trotzdem kann ich mich kaum noch an Zeiten erinnern, in denen ich nicht wusste, wie sich ein Tennisschläger anfühlt." Stevie erzählte ihm, wie sie ihren verblüfften Eltern eines Abends beim Essen erklärt hatte, sie würde gern Tennisspielen lernen, und wie ihr Vater abgewinkt hatte, Tennis sei ein Sport für Kinder reicher Eltern. „Aber als meine Schule Kurse anbot und Tennisschläger und Bälle zur Verfügung stellte, willigte er ein."

Stevie berichtete nun, wie sie rasch eine Leidenschaft für den Tennissport entwickelte, alsdann Trainerstunden in einem exklusiven Club von Dallas nahm und sie durch Babysitten finanzierte. „Natürlich war ich dort kein Mitglied. Allein der Jahresbeitrag betrug mehr als ein Monatseinkommen meines Vaters."

„Auf dem Platz des Clubs fiel ich positiv auf, wurde in die Clubmannschaft aufgenommen und durfte an kleineren Turnieren teilnehmen. Dabei lernte ich Presley Foster kennen." Die Begegnung mit dem berühmten Trainer hatte für Stevie die entscheidende Wende im Leben bedeutet.

„Presleys Urteil über mich fiel nicht gerade schmeichelhaft aus", fuhr sie fort. „Deine Schuhe sind eine Nummer zu groß, deine Rückhand ist schauderhaft, obgleich dir damit hin und wieder ein guter Schlag gelingt. Statt dich auf deine Taktik zu konzentrieren, lässt du dich von den Zuschauern ablenken. Sobald du mit zwei Punkten im Rückstand liegst, gibst du das Match verloren. Dein Aufschlag ist schnell und hart, aber unbeständig. Zu selten versuchst du, selbst Druck zu machen, lässt dich vom Gegner unter Druck setzen."

Judd pfiff bei dieser Tirade leise durch die Zähne.

Rückblickend konnte Stevie über damals lachen. „Ich war geschockt. Da bescheinigte er mir aber auch großes Talent. Wenn ich hoch motiviert sei und hart arbeite, könne er mich innerhalb von zwei Jahren zur Weltklassespielerin aufbauen, was aber kein Honigschlecken sei."

Gleich nach ihrem Schulabschluss war Stevie gegen den Willen ihres Vaters nach Florida übergesiedelt, in das Trainingslager des berühmten Coach, auch wenn ihr bewusst war, dass ihre ehrgeizigen Pläne sich mitunter niemals erfüllten.

„Das Training unter Presleys Regiment war tatsächlich beinhart gewesen", gestand sie Judd. „Mit neunzehn begann dann mein Leben als Profi." Stevie blickte durchs Seitenfenster auf die vorbeiziehende Landschaft. „Während eines Turniers erreichte mich die Nachricht vom Tod meiner Eltern. Sie waren bei einem Tornado ums Leben gekommen. Ich war fix und fertig gewesen. Presley meinte damals kaltschnäuzig zu mir, erst in solchen Situationen zeige sich, ob jemand wirklich das Zeug zum Spitzenspieler habe."

Judd verzog das Gesicht, obschon er nur zu gut wusste, was Hochleistungssportlern abverlangt wurde.

„Ich spielte – und gewann. Nach dem Turnier flog ich nach Dallas und kümmerte mich um das Begräbnis meiner Eltern." Stevies Stimme klang nach einer Pause seltsam weit entfernt. „Sechs Monate später brach Presley während einer Unterhaltung plötzlich tot zusammen. Herzinfarkt. Am nächsten Tag spielte ich mein bis dahin bestes Match und war sicher, damit ganz in seinem Sinn zu handeln."

Weder ihre Eltern noch ihr Entdecker hatten ihren Aufstieg in die internationale Spitzenklasse erlebt.

Stevies Ziel war es jetzt, ihre Karriere mit dem Gewinn des diesjährigen Grand Slam zu krönen und sich dann vom Profitennis zurückzuziehen. Jenem Sport, dem sie bisher alles geopfert hatte: Studium, Liebe, Ehe und Familie.

Sollte sie nun, so kurz vor dem Ziel, aufgeben? Sie bemerkte, wie Judd sie von der Seite verstohlen musterte, und zwang sich zu einem Lächeln. „Wie war das bei Ihnen? Hatten Sie schon von klein auf den Wunsch, wehrlose Sportler mit Ihrer spitzen Feder zu traktieren?"

Judd zog eine Grimasse. „Das hört sich an, als wäre ich in Sportlerkreisen eine Art Schreckgespenst."

„Für mich sind Sie das. Warum sollte ich das nicht offen aussprechen?"

„Vermutlich schieße ich manchmal wirklich übers Ziel hinaus. Sie wissen ja selbst, wie leicht man hin und wieder die Beherrschung verliert."

Stevie ignorierte seine offensichtliche Anspielung auf den Kuss von vorhin, bei dem sie tatsächlich beinahe die Beherrschung verloren hatte. Sie fand es ratsam, auf dieses Thema nicht weiter einzugehen. Keineswegs wollte sie das nächste Opfer des stadtbekannten Frauenhelden Judd Mackie werden. Ihr reichte es vollauf, in seinen Artikeln laufend Zielscheibe seiner bissigen Kommentare zu sein.

„Eines würde mich interessieren, Mr Mackie." Sie drehte sich zu ihm hin. „Wieso hacken Sie in Ihrer Kolumne ständig auf mir herum?"

„Solange Ihnen das Publikum zu Füßen liegt, kann es Ihnen doch egal sein, welchen Schwachsinn ein armseliger Schreiberling in seinen unbedeutenden Artikeln über Sie verzapft."

„Es ärgert mich aber."

„Den Lesern gefällt es. Seit jenem ersten Artikel vor einigen Jahren …"

„Über den ich mich schriftlich beschwerte?"

Judd lächelte süffisant. „Und Sie erinnern sich hoffentlich, dass ich Ihren Brief auszugsweise veröffentlichte. Die Leser waren begeistert. Da Ihre und meine Gegnerschaft ein so großes Echo fand, begann ich, sie zu kultivieren."

„Was bezweckten Sie damit?"

„Eine Steigerung der Auflagenhöhe unserer Zeitung."

„Trotzdem wüsste ich gern, aus welchem Grund Sie mich in jenem ersten Artikel so unfair angriffen. Ich habe es nicht verstanden. Was hatte ich Ihnen getan?"

„Falsche Fährte …"

„Was war dann der Grund?", beharrte sie.

„Es hing mit Ihrem Aussehen zusammen."

Vor Überraschung verschlug es Stevie fast die Sprache. „Wie bitte?"

„Sie waren zu hübsch", erklärte Judd. „Es fiel mir schwer, Sie als Sportlerin wahrzunehmen, weil Sie wie eine Barbiepuppe in Tenniskleidung aussahen."

„Eine wenig professionelle Betrachtungsweise."

„Das will ich nicht bestreiten."

„Mein Aussehen war und ist völlig nebensächlich. Wichtig ist, wie ich spiele."

„Schon möglich. Ich bin eben ein unverbesserlicher Macho."

Gegen die Beifahrertür gelehnt, betrachtete sie ihn entgeistert. „Die ganzen Jahre habe ich nach triftigen Gründen für Ihre ständigen Attacken gesucht. Nun stellt sich heraus, dass diese nur auf männlichen Vorurteilen beruhten. Nicht zu fassen!"

„Eine grobe Verallgemeinerung. Ich habe keine Vorurteile gegen Sportlerinnen."

„Nur gegen mich. Und womit kann ich Ihre Haltung zu mir ändern? Indem ich hässlich werde? Oder Krebs bekomme?"

Judd fuhr auf den Randstreifen der Autobahn, brachte den Wagen zum Stehen und drehte sich zu Stevie hin. „Das war ein Schlag unter die Gürtellinie, den ich Ihnen nur unter einer Bedingung verzeihe."

„Unter welcher?"

„Können Sie eine Mahlzeit zubereiten?"

„Was? Natürlich …"

„Gut!" Judd legte den Gang ein und fuhr wieder los.

„Sie sind unverbesserlich!" Stevie stöhnte auf, musste aber doch auch schmunzeln.

Eine halbe Stunde später verließen sie die Autobahn und fuhren auf einer engen Landstraße weiter. Judd hielt vor einer Tankstelle, neben der sich ein kleines Gemischtwarengeschäft befand. „Hier können wir einkaufen."

Hinterher lenkte Judd den Wagen durch den kleinen Ort, in dem es neben der Tankstelle nur noch ein Kurzwarengeschäft, eine Post, ein Feuerwehrhaus, ein Gasthaus, eine Schule und drei evangelische Kirchen gab.

Nach einer weiteren halben Stunde bogen sie in einen holprigen Feldweg ein, der links und rechts von Laubbäumen und Kiefern gesäumt war, die ein schattiges, grünes Dach bildeten.

„Wo in aller Welt fahren wir eigentlich hin?", erkundigte sich Stevie neugierig.

„Neben einer Mutter hatte ich auch einen Vater. Und Großeltern. Zu deren Haus fahren wir." Judd lächelte über Stevies erstaunte Miene.

Vor ihnen tat sich eine Farm auf. „Dieses Anwesen erbte ich in zweiter Generation. Ich verkaufte das Ackerland und habe nur das Haus und den ziemlich großen Hausgarten behalten."

„Es ist wunderschön hier", meinte Stevie.

„Danke."

Das Haus war an einer Seite von Obstbäumen eingegrenzt, die gerade zu blühen begannen. Auf der anderen Seite stand eine alte Windmühle, an die sich eine Garage und eine Koppel anschlossen. Alle Gebäude waren weiß gestrichen und wirkten etwas verwahrlost. Ebenso die von Unkraut überwucherten Blumenbeete. Über allem lag ein Hauch von Verlassenheit.

„Hier muss einiges getan werden", bemerkte Judd, was leicht untertrieben war. „Innen sieht es besser aus."

Stevies Urteil fiel wohlwollend aus. „Ich finde es hier ausgesprochen romantisch", versicherte sie.

Judd schloss die Haustür auf. Sie betraten die Diele, in der es ziemlich muffig roch. „Ursprünglich wollte ich das Haus als Wochenenddomizil benutzen", erklärte Judd. „Doch wie Sie wissen, finden gerade am Wochenende die meisten Sportveranstaltungen statt. Auch in der Woche habe ich kaum Zeit, hierherzufahren, obwohl ich es bedaure, so selten hier zu sein."

„Was ist das?", fragte Stevie, als sie zu einem Zimmer kamen.

„Das ist das ehemalige Esszimmer."

„Gibt es oben auch noch Räume?"

„Ja, drei Schlafzimmer und ein Bad. Also, bringen wir jetzt erst einmal unsere Einkäufe in die Küche."

Die Küche befand sich am anderen Ende der Diele. Auf dem Weg dorthin passierten sie ein geräumiges Wohnzimmer, dessen Möbel mit Tüchern abgedeckt waren. Judd stellte die Lebensmittel auf den runden Küchentisch.

„Eine richtige Großmutterküche", schwärmte Stevie und strich mit der Hand über die geschnitzten Stuhllehnen.

Während Judd im Haus alle Fenster öffnete, um die Zimmer zu lüften, packte Stevie die mitgebrachten Lebensmittel aus und machte ein paar belegte Brote zurecht. Ganz plötzlich verspürte sie wieder das schmerzhafte Ziehen im Unterleib, und erst jetzt wurde ihr bewusst, dass sie in den letzten Stunden ihre Krankheit völlig vergessen hatte, was unbestritten Judd Mackies Verdienst war.

Noch vor zwei Tagen hatte sie ihn für einen äußerst unsympathischen Zeitgenossen gehalten und war schon bei dem Gedanken an ihn zornig geworden. Jetzt musste sie sich eingestehen, dass sie seine Gegenwart sogar genoss und für seinen rabenschwarzen Humor eine gewisse Schwäche zu entwickeln begann. Judd war ein überaus angenehmer Gesellschafter, der sie weder mit seinem Mitleid bedrängte, noch versuchte, sie mit albernen Witzen aufzuheitern. So gesehen konnte sie sich momentan keinen idealeren Gefährten vorstellen, und sie war im Nachhinein froh, mit ihm losgefahren zu sein. Natürlich wollte sie sich lieber die Zunge abbeißen, als dies ihm gegenüber offen zuzugeben.

„Es gibt etwas zu essen!", rief sie laut.

Gleich darauf erschien Judd in der Küche. Er wusch sich die Hände und kam zu Stevie an den Tisch. „Sieht lecker aus", lobte er und ließ sich auf einen Stuhl sinken.

Stevie biss hungrig in ihr Brot und fragte kauend: „Was machen wir nach dem Lunch?"

„Uns lieben", erwiderte Judd gelassen.

Vor Schreck schluckte Stevie den ganzen Bissen hinunter. Fassungslos starrte sie Judd an, der ruhig weiterkaute, schluckte und sich den Mund mit einer Papierserviette abwischte. „Das ist natürlich nur ein Vorschlag", sagte er.

Wie ein Blitz sprang Stevie auf. „Was für eine Närrin, Ihnen zu vertrauen! Wie leichtgläubig ich … Au!" Judd hatte ihre geplante Flucht durch einen reaktionsschnellen Griff nach ihrem Zopf gestoppt. „Lassen Sie mich sofort los!", tobte sie.

„Setzen Sie sich." Seine Stimme klang ernst, doch Stevie entging nicht das leichte Zucken um seine Mundwinkel. „Können Sie keinen Scherz vertragen?"

„Das soll ein Scherz gewesen sein?"

„Was dachten Sie denn? Dass meine Worte ernst gemeint waren?"

„Natürlich nicht …"

„Dann wundert es mich, warum Sie nicht gelacht haben."

„Weil ich Ihre Art von Humor reichlich geschmacklos finde."

„Dafür fand ich Ihre versteinerte Miene eben umso amüsanter." Judd ahmte ihren entsetzten Gesichtsausdruck nach.

Wie konnte ich so idiotisch sein, schimpfte Stevie im Stillen mit sich und nahm wieder Platz. „Es würde trotzdem gut zu Ihrem Charakter passen, mich erst unter falschen Vorspiegelungen hierher zu locken und dann einen Verführungsversuch zu starten", verteidigte sie sich und biss heftig in ihr Brot.

Judd schien ihre Worte keineswegs als Beleidigung, sondern eher als Kompliment aufzufassen. „Bilden Sie sich ein, mich gut genug zu kennen, um meinen Charakter richtig einschätzen zu können?"

„Man hört so allerhand über Sie", entgegnete sie von oben herab.

„Interessant. Was hört man denn so über mich?"

„Darüber will ich mich jetzt nicht auslassen", wehrte Stevie ab.

„Beziehen Sie sich etwa auf die Geschichte mit den rothaarigen Drillingen, die über mich im Umlauf ist? Ich schwöre Ihnen, das ist alles gelogen."

„Rothaarige … Drillinge?", stammelte Stevie verwirrt.

Sie musterte ihn argwöhnisch. „Wollen Sie mich wieder auf den Arm nehmen?"

„Gut geraten." Er schien das Ganze zu genießen und lächelte selbstgefällig. Seine bernsteinfarbenen Augen funkelten. „Und uns beiden war doch von Anfang an klar, dass wir das Haus meiner Großeltern nicht in eine Liebeshöhle verwandeln wollen."

„Stimmt." Liebend gern hätte sie ihn gegen das Schienbein getreten.

„Was ich damit ausdrücken will, ist, dass es bei dem Kuss zwischen uns nicht gefunkt hat."

„R… richtig."

„Die Erde hat nicht gebebt, und es ist auch kein Feuerwerk explodiert. Ich habe so gut wie nichts gefühlt. Sie etwa?"

„Nein, nichts", log Stevie tapfer.

„Nicht einen Hauch von Lust."

„Ganz und gar nicht."

Judd zuckte gleichgültig mit den Schultern. „Der Kuss hat uns also beide nicht vom Hocker gerissen, deshalb brauchen Sie sich in dieser Hinsicht auch keine Sorgen zu machen. Und nun zurück zu Ihrer ursprünglichen Frage. Was machen wir nach dem Essen?"

Stevie hörte nur noch halb hin. Zwar empfand sie Erleichterung, weil Judd augenscheinlich nichts weiter von ihr wollte. Gleichzeitig aber hatte gerade ihr Selbstwertgefühl etwas gelitten. Hatte ihn der Kuss tatsächlich so kaltgelassen? Von sich selbst konnte sie das kaum behaupten.

Nun ja, vielleicht war es übertrieben, das aufregende Kribbeln, das sie bei seinem Kuss verspürt hatte, als Lust zu bezeichnen, aber kaltgelassen hatte sie das erotische Spiel ihrer Zungen gewiss nicht. Küsste sie so langweilig, dass selbst ein notorischer Casanova wie Judd Mackie, der bei seinen Frauenbekanntschaften allem Anschein nach nicht besonders wählerisch war, sie nicht in seinem Bett haben wollte?

„... müssen Sie nicht."

„Was muss ich nicht?" Erst jetzt nahm Stevie wahr, dass Judd die ganze Zeit gesprochen hatte.

„Mir helfen", antwortete er und musterte sie seltsam. „Haben Sie mir nicht zugehört?"

„Nein, ich war in Gedanken ... vorübergehend woanders."

Er runzelte die Stirn. „Haben Sie wieder Schmerzen?"

„Nein, nein."

Einen Augenblick lang betrachtete er sie prüfend, als zweifle er an ihren Worten. Dann wiederholte er seine Erklärungen von zuvor. „Ich muss noch einige dringende Arbeiten erledigen. Sie könnten sich inzwischen oben in einem der Schlafzimmer ausruhen."

„Ich gehe lieber nach draußen. Der Garten ist wunderschön."

„Wie Sie sich die Zeit vertreiben wollen, überlasse ich Ihnen." Judd stand auf und trug seinen Teller zum Becken. „Falls Sie gern in Büchern schmökern, finden Sie im Wohnzimmer eine reichhaltige Auswahl."

„Danke."

„So, und nun ziehe ich mich schnell um und stürze mich in die Arbeit. Rufen Sie mich, wenn Sie etwas benötigen."

„Danke, das werde ich tun."

Nachdem Judd die Küche verlassen hatte, überkam Stevie ein Gefühl der Einsamkeit und Niedergeschlagenheit. Sie ging zur Spüle und drehte den Wasserhahn auf.

„Übrigens, was ich noch sagen wollte, Stevie."

„Ja?" Sie fuhr herum.

An der Tür war nur Judds Kopf zu sehen. „Einen Hauch von Lust habe ich doch verspürt." Er zwinkerte ihr verschwörerisch zu und machte sich dann schnell aus dem Staub.

Stevie starrte wütend auf die leere Türöffnung und murmelte einige recht undamenhafte Verwünschungen. Dieser Mann verstand es immer wieder, sie zur Weißglut zu bringen.

5. KAPITEL

*W*as, zum Teufel, tun Sie da?" In Hockstellung auf dem Boden kauernd, blickte Stevie über ihre Schulter und musste sich eisern beherrschen, um den Mann hinter ihr nicht hingerissen anzustarren.

Mit nichts als verwaschenen Jeans bekleidet, stützte Judd sich lässig auf einen alten Rechen und sah zu ihr hinunter. Auf seiner muskulösen braun behaarten Brust glitzerten Schweißperlen, die sich in kleinen Rinnsalen den Weg nach unten bahnten und in seinem Hosenbund verschwanden.

Das Bild vitaler Männlichkeit, das Judd bot, weckte in Stevie recht vielschichtige Empfindungen. Einerseits hätte sie ihn gern berührt, andererseits jagte es ihr Angst ein, dass sie sich so unwiderstehlich zu ihm hingezogen fühlte.

„Sie sehen doch, was ich mache. Ich jäte Unkraut." Sie wandte sich erneut ihrer Tätigkeit zu, unter der ihr vordem weißer Hosenrock bereits erheblich gelitten hatte. Ihre Hände waren erdverschmiert, ihr blauweißes T-Shirt verschwitzt. Trotzdem fühlte sie sich so wohl wie seit Langem nicht mehr. Irgendwie fand sie es viel angenehmer, durch Gartenarbeit ins Schwitzen zu geraten, als durch hartes Training auf dem Tennisplatz.

„Sie sind hier, um sich zu erholen", schimpfte Judd.

„Für mich bedeutet Gartenarbeit Erholung. Außerdem muss sich schließlich jemand um die armen Blumen kümmern." Erneut wandte sie den Kopf, um Judd einen tadelnden Blick zuzuwerfen, fand sich jedoch plötzlich von seinem Blick wie gefangen, was sie ziemlich verwirrte. Judd war geräuschlos hinter ihr in die Knie gegangen, und aus nächster Nähe wirkte sein Gesicht ungemein attraktiv. Stevie atmete seinen männlichen Duft ein und stellte sich vor, wie es wäre, ihm die Schweißperlen von der Stirn zu küssen.

Unwillkürlich musste sie einmal schlucken. „Auf der Veranda steht ein Krug mit Eistee", sagte sie hastig.

„Danke." Er stand auf und seufzte leise, als es in seinen Knien knackte. „Meine alten Knochen sind so harte Arbeit nicht mehr gewöhnt. Morgen früh werde ich wahrscheinlich keinen Muskel mehr rühren können." Langsam stieg er die wenigen Stufen zur Veranda hoch und schenkte sich ein Glas Tee ein, das er in einem Zug austrank. „Haben Sie hier oben etwa aufgeräumt?"

„Nur gekehrt. Der Boden war mit Blättern und Kiefernnadeln übersät. Wirklich eine Schande."

„Sie sind ja eine richtige kleine Hausbiene."

Stevie überhörte den leicht ironischen Ton. „Solche Arbeit empfinde ich als angenehme Abwechslung. Außerdem lenkt sie mich von anderen Gedanken ab."

Judd verließ die Veranda und versetzte im Vorbeigehen Stevies blondem Zopf einen sanften Schubs. „Passen Sie auf, dass Sie sich nicht überanstrengen."

„Mach ich."

„Sie sehen ziemlich erschöpft aus", stellte Judd einige Stunden später fest.

Mittlerweile war die Sonne hinter den Bäumen verschwunden, die nun bizarre Schatten auf den freien Platz vor dem Haus warfen. Stevie lag ausgestreckt auf der aus Eichenholz grob zusammengezimmerten Schaukel, die unter der Veranda stand.

Bevor sie sich darauf niederließ, hatte sie die Schaukel erst von Spinnweben säubern müssen. Die Eisenketten quietschten leicht, als sie nun mit einem Fuß die Schaukel sanft hin- und herbewegte, und irgendwie fand sie das Geräusch beruhigend.

Während Judd die klappernden Fensterläden festnagelte, mit einer vorsintflutlichen Sense das Gras gemäht und Garage und Koppel aufgeräumt hatte, war Stevie damit beschäftigt gewesen, im Haus etwas Ordnung zu schaffen.

Nun, nach getaner Arbeit, ließ Judd sich gegenüber der Schaukel auf dem frisch gemähten Gras nieder. Er hatte sein Hemd wieder angezogen, es jedoch nicht zugeknöpft. Stevie zwang sich, den Blick von seinem sehnigen Oberkörper und seinem flachen Bauch abzuwenden, was ihr ziemlich schwerfiel. Schon den ganzen Nachmittag hatte Judds athletischer Körper erregende Gefühle in ihr wachgerufen, die sie nur mühsam unterdrücken konnte.

„Ich bin müde", gab sie zu. „Aber es ist eine angenehme Müdigkeit. Wie lange ist es her, seit ich so wie heute die Sonne hinter den Bäumen untergehen sah. Es ist wundervoll, zu beobachten, wie sich das Licht in den Bäumen fängt und die Blätter mit einem rötlichen Schimmer überzieht. Vor allem aber liebe ich die Stille hier, die sich so wohltuend vom Lärm der Stadt unterscheidet."

Judd rollte sich auf die Seite. Auf den rechten Ellbogen gestützt, blickte er zu Stevie hoch. „Sie geraten ja förmlich ins Schwärmen."

„Das passiert mir nur, wenn ich müde bin", meinte sie lächelnd. „Ich habe den heutigen Tag sehr genossen. Jammerschade, dass wir wieder in die Stadt zurückkehren müssen, wo es nicht nach frischen Wiesenblumen, sondern stark nach Abgasen riecht."

„Müssen wir?"

Stevie bremste die Bewegung der Schaukel mit einem Fuß ab, hob den Kopf und schaute ihn an. „Müssen wir was?"

„Zurückfahren?"

Sie musterte Judd unter zusammengezogenen Brauen. „Was soll das heißen, Mr Mackie?"

„Sind Sie schon wieder misstrauisch?"

„Nein, aber ganz kann ich Ihnen wohl doch nicht über den Weg trauen", erwiderte sie zuckersüß. „Nun erklären Sie mir freundlicherweise, was Sie gemeint haben. Denn natürlich müssen wir nach Dallas zurück."

„Wieso?"

„Wir haben beide unsere Verpflichtungen."

„Wem gegenüber?"

„Sie beispielsweise gegenüber der *Tribune*."

„Seit heute Morgen nicht mehr."

„Was soll das nun schon wieder heißen?"

„Ich wurde gefeuert."

Verblüfft sah Stevie ihn an. „Gefeuert? Man hat Ihnen gekündigt?"

„Richtig."

„Aus welchem Grund?"

„Weil ich mir von unserem Konkurrenzblatt die Story über Sie angeblich wegschnappen ließ."

Einen Augenblick lang musterte Stevie ihn argwöhnisch, kam dann aber zu dem Schluss, dass er die Wahrheit sprach, obwohl ihr in diesem Fall das Gegenteil lieber gewesen wäre. „Sie haben also meinetwegen Ihren Job verloren?"

Judd gab sich gelassen. „Kein Grund zur Sorge. Mich gelegentlich zu feuern ist eines der wenigen Vergnügen, die sich mein Boss leistet. Es käme mir nie in den Sinn, seine Kündigungen allzu ernst zu nehmen und ihn damit einer seiner letzten Freuden zu berauben."

So erheiternd fand Stevie das alles nicht. „Sie waren der Einzige, der die Wahrheit kannte. Sie hätten mit einer Sensation aufwarten können."

„Dann wäre ich mir aber wie ein echter Schuft vorgekommen. Möglicherweise kaufen Sie mir das nicht ab, aber ich glaube an so etwas wie Berufsethik. Und wenn ich Ihnen verspreche, Stillschweigen zu bewahren, dann halte ich mich auch daran."

Judd erhob sich aus dem Gras und kam auf Stevie zu, die in einer Ecke der Schaukel lehnte und einen Fuß hochgelegt hatte. Mit festem Griff umfasste er ihren Knöchel und hob ihr ausgestrecktes Bein hoch. Dann setzte auch er sich auf die Schaukel und legte Stevies Fuß auf seinen Schoß. „Sie haben eine Blase an der Ferse", bemerkte er.

„Die bekomme ich meistens, wenn ich statt Turnschuhen und Socken Sandalen trage."

Mit seiner Daumenkuppe zog Judd zart die Umrisse der Blase nach. Am liebsten hätte Stevie ihr Bein zurückgezogen, befürchtete jedoch seinen Spott.

„Wir sollten uns besser vor Einbruch der Dunkelheit auf den Rückweg machen", schlug sie mit leicht heiserer Stimme vor.

„Was ich vorhin sagte, war mein Ernst. Lassen Sie uns hierbleiben."

„Das geht nicht."

Wenn er nur endlich die Hand von meinem Fuß nehmen würde, dachte Stevie verzweifelt. Er zeichnete mit dem Daumen unsichtbare Kreise auf ihrer nackten Fußsohle, und es kostete sie eiserne Beherrschung, ihren Fuß nicht zu bewegen. Judds Berührung artete allmählich in sanftes Streicheln aus, und Stevie war nahe daran, wie eine Katze wohlig zu schnurren.

„Warum nicht?"

Ja, wieso eigentlich nicht? Auf Anhieb fiel ihr kein triftiger Grund ein. „Darum."

„Eine äußerst logische Begründung." Judd lächelte, wurde aber sofort wieder ernst. „Sie benötigen Zeit zum Nachdenken. Und nirgendwo finden Sie dazu mehr Ruhe als hier, wo Sie kein Telefon stört und keine aufdringlichen Reporter belästigen. Außer mir müssen Sie niemanden ertragen."

Dass er selbst der Haupthinderungsgrund war, darauf kam er wohl nicht. Trotzdem reizte Stevie sein Vorschlag in mancher Hinsicht, weshalb sich ihre Ablehnung dann auch nicht sehr überzeugend anhörte.

„Und was wollen Sie inzwischen anfangen? Mich beobachten, wie ich mir den Kopf zerbreche?"

„Nein. Ich schreibe an meinem Roman."

„Roman? An welchem Roman?" Dieser Mann steckte voller Überraschungen.

„An dem Roman, mit dem ich morgen früh beginne. Vorausgesetzt, dass wir bleiben. Falls nicht, tragen Sie die Verantwortung dafür, dass ein großartiger Roman nicht geschrieben wird."

„Wollen Sie mir jetzt auch noch die Verantwortung für Ihre Schriftstellerkarriere aufladen?"

„Na ja, immerhin bin ich Ihretwegen meinen Reporterjob los", erinnerte er sie wenig zartfühlend.

„Gerade sagten Sie ..."

„Ich weiß, was ich gesagt habe", fiel Judd ihr ins Wort. „Lassen Sie uns dableiben. Sie können sich im Haus und an den Blumenbeeten austoben – und ich schreibe."

„Sie suchen wohl nur eine kostenlose Haushälterin!" Wütend über sein unverschämtes Angebot, entzog Stevie ihm ihren Fuß. „Während Sie den großen Romancier mimen, soll ich Ihnen als Mädchen für alles zur Verfügung stehen. Sie sind ein elender Chauvinist, Mr Mackie, und obendrein ..."

„Von mir aus können Sie auch den ganzen Tag im Bett liegen", unterbrach er sie lautstark. „Sie waren es doch, die behauptet hat, die Arbeit würde Sie entspannen und ablenken." Ihre empörte Miene veranlasste ihn, resigniert aufzuseufzen. „Okay, vergessen Sie das. Ich bildete mir ein, wir könnten beide ein paar ruhige Tage gebrauchen, um uns über unsere Zukunft klar zu werden. Aber dies war keine gute Idee von mir."

Unvermittelt sprang er auf, wodurch die Schaukel in heftige Bewegung geriet. Stevie bremste mit einem Fuß. „Wo würden wir hier überhaupt schlafen?", rief sie Judd hinterher, der in Richtung Haus davonstürmte.

Er blieb schlagartig stehen und verharrte einige Sekunden bewegungslos. Dann drehte er sich langsam um. „Wo wir schlafen würden?", fragte er mit hochgezogenen Brauen.

„Ich meine natürlich, wo ich schlafen würde."

„Sie können sich Ihr Zimmer aussuchen."

„Und wo würden Sie schlafen?"

„In einem der anderen Zimmer." Judd stemmte die Hände in die Hüften. „Allmählich beginne ich zu begreifen. Sie waren wohl der Meinung, ich hätte Ihnen die kombinierte Rolle einer Haushälterin und Geliebten zugedacht?" Da Stevie zu seiner Anschuldigung schwieg, fuhr er fort: „Ich nahm an, wir hätten bereits heute Mittag geklärt, dass zwischen uns keine körperliche Anziehungskraft besteht. Selbstverständlich schwebte mir ein rein platonisches Zusammenleben vor. Momentan sind wir beide vollauf damit beschäftigt, unser Leben zu ordnen. Warum sollten wir uns da zusätzlich Komplikationen aufladen?"

„Sie sprechen mir aus der Seele."

„Außerdem hat zwischen uns ja kein Funke gezündet."

„Eben."

„Im Übrigen würden Sie in meiner Gegenwart wohl kaum schmutzig und total verschwitzt herumlaufen, wenn Sie auf meine Verführung aus wären."

„Stimmt", bejahte Stevie steif und bekämpfte den drängenden Impuls, Judd zu ohrfeigen.

„Na also. Für mich gilt das Gleiche. Außerdem würde ich es Ihnen offen sagen, wenn ich mit Ihnen schlafen wollte." Er fuhr sich mit den Fingern durchs Haar. „Da wir nun alle Missverständnisse beseitigt haben, bleibt nur noch eine Frage offen: Fahren wir noch heute zurück oder nicht?"

„Ich dachte, es wäre hübsch, hier draußen zu essen."

Verlegen wies Stevie auf den Tisch, den sie vom Esszimmer auf die Veranda geschleppt hatte. Beim Durchstöbern der Schränke hatte sie eine Tischdecke und Leinenservietten gefunden und schließlich in der Küche sogar eine Kerze mit Halter aufgetrieben. Als Blumenschmuck diente eine mit Wiesenblumen gefüllte Vase.

„Prima Idee. Aber Sie haben sich viel zu große Mühe gegeben." Judds Blick ruhte auf dem liebevoll gedeckten Tisch.

„Es hat mir Spaß gemacht."

Wie versprochen hatte er ihr bei der Wahl des Zimmers den Vortritt gelassen. Als gewohnheitsmäßige Frühaufsteherin entschied sie sich für das auf der Ostseite gelegene Zimmer. Eine gute Wahl, fand Judd, der nach eigenem Bekunden nichts mehr hasste, als morgens in einem sonnendurchfluteten Raum aufzuwachen.

Als Nächstes hatte er ihr das Bad gezeigt, und Stevie war entzückt gewesen über das Waschbecken mit Sockel und altmodischer Badewanne. „Sie ist über zwei Meter lang und eignet sich hervorragend für ausgedehnte Schönheitsbäder", hatte Judd die Wanne im Stil eines gewieften Verkäufers angepriesen.

Dann hatte er ihr Handtücher und Bettwäsche ausgehändigt und ihr einen Schrank gezeigt, in dem bunt gemischt alle möglichen Kleidungsstücke hingen. „Bis wir wieder in die Stadt kommen, müssen Sie sich zur Not damit behelfen."

„Kein Problem. Wem gehören die Sachen?", hatte Stevie sich neugierig erkundigt und sich einen weiten Rock an die Taille gehalten.

„Meinen diversen Cousins und Cousinen." Judd drückte ihr eine Bluse und Shorts in die Hand. „Da ich ein vollendeter Gentleman bin, dürfen Sie zuerst ins Bad. Sind Sie einverstanden, wenn wir zum Abendessen die mitgebrachten Steaks essen?" Wie auf Kommando hatte genau in diesem Augenblick ihr Magen laut und vernehmlich geknurrt, worauf Judd seine Fingerknöchel sanft an ihrem Bauch rieb. „Darf ich das als Zustimmung auffassen?"

Stevies Bauchmuskeln hatten sich unter seiner Berührung verkrampft, und sie hatte Mühe gehabt, gleichmäßig zu atmen, weshalb ihre Stimme unnatürlich hoch geklungen hatte. „Ja, ich mag Steaks."

„Gut. Während Sie baden, werde ich schon mal den Grill anzünden. Er stammt noch aus Großvaters Zeiten und ist mir heute beim Aufräumen der Garage unter die Finger geraten. Sogar einen Sack Holzkohle habe ich gefunden."

Und nun, eine knappe Stunde später, standen sie sich beide im flackernden Kerzenschein gegenüber. Die laue Abendluft war vom Duft gegrillten Fleisches durchzogen. Stevie lief das Wasser im Mund zusammen.

Sie fühlte sich seltsam nervös und unsicher und suchte nach einem unverfänglichen Gesprächsstoff. Sie war von einer plötzlichen Schüchternheit befallen, die sie sich schlecht erklären konnte. Vielleicht lag das an der spitzenverzierten Folklorebluse, die sie in dem Schrank gefunden hatte und die so betont weiblich wirkte. Zudem war ihr die Bluse viel zu groß, und der ohnehin weite Ausschnitt rutschte ständig nach unten oder über ihre Schulter. Viel lieber hätte sie nach dem Bad wieder ihre eigenen Sachen angezogen, aber die starrten vor Schmutz.

Außerdem war es ihr unangenehm, mit diesem Mann allein zu sein, der sie wiederholt mit seinem Adlerblick und vermeintlichen Scherzen in Verlegenheit brachte.

Auch jetzt tat er sich keinen Zwang an und unterzog alles einer gründlichen Musterung. Kerze, Blumen, den gedeckten Tisch – und Stevie. Sie vor allem. Genüsslich ließ er seinen Blick über ihren Körper wandern und lächelte dann hämisch. „Versuchen Sie etwa, mich zu verführen, Stevie? Vielleicht sollte ich Sie warnen, ich bin als Heiratskandidat ungeeignet."

Sofort fiel jede Verlegenheit von ihr ab. Sie blickte ihn mit ihren braunen Augen zornig an. „Sie eingebildeter Affe", schimpfte sie. „Glauben Sie ja nicht, ich hätte mir nur Ihretwegen so viel Mühe gegeben. Ich tat es in erster Linie für mich. Da ich meine Gäste gewöhnlich in ein Restaurant zum Essen einlade, habe ich selten Gelegenheit … Was ist daran so lustig?"

„Sie – weil man Sie so herrlich ärgern kann. Allerdings sehen Sie nicht lustig, sondern zum Anbeißen aus, wenn Sie wütend sind."

Da Stevie bei bisherigen Streitereien mit Judd stets den Kürzeren gezogen hatte, verzichtete sie darauf, ihm ihre Reaktion näher zu erläutern. Stumm beobachtete sie, wie er zum Grill schlenderte und die Steaks umdrehte.

„Noch fünf Minuten", sagte er über die Schulter.

Sie nutzte die verbleibende Zeit, um in der Küche die Soße über den Salat zu gießen und das mit Kräuterbutter bestrichene Weißbrot aus dem Ofen zu holen. Beides stellte sie zusammen mit einer Kanne Eistee auf ein Tablett und trug es auf die Veranda.

Inzwischen hatte Judd die Steaks serviert. Er setzte sich und goss sich ein Glas Tee ein, den Stevie mit frischen Minzeblättern geschmacklich verfeinert hatte.

„Die Minze im Tee weckt in mir Erinnerungen an die Sommerferien, die ich als Kind stets bei meinen Großeltern verbrachte", sagte er träumerisch und betrachtete den Abendhimmel. Dann wandte er sich wieder Stevie zu und schmunzelte.

„Was ist?"

„Mir ist soeben bewusst geworden, dass ich meinen allabendlichen Aperitif bisher nicht vermisst habe." Er prostete ihr mit dem Glas Tee zu. „Das verdanke ich bestimmt Ihrer unterhaltsamen Gesellschaft."

Stevie genoss den warmen Blick, mit dem er sie bedachte. Sie begann zu essen. „Das Steak schmeckt köstlich, Judd", lobte sie ihn nach einigen Bissen.

„Seien Sie nicht zu enthusiastisch. Meine Kochkünste sind nämlich mit dem Grillen von Steaks erschöpft."

Eine Zeit lang saßen sie schweigend beisammen. „Wovon soll denn Ihr Roman handeln?", fragte Stevie, um das Gespräch in Gang zu halten.

„Ein Schriftsteller redet nie über das Werk, an dem er gerade arbeitet."

„Noch haben Sie nicht angefangen."

„Man spricht auch nicht über Ideen, die einem im Kopf herumschwirren."

„Wozu diese strengen Regeln?"

„Weil der innere Druck, etwas niederzuschreiben, beträchtlich abflaut, wenn man mit einem anderen Menschen darüber spricht."

„Ich verstehe." Stevie widmete sich wieder ihrem Steak, befasste sich aber weiter mit diesem Thema. „In gewisser Weise verhalte ich mich vor einem wichtigen Spiel ähnlich. Ich verrate meine Strategie nicht. Und ich weigere mich, über die Schwächen meiner Gegnerin zu diskutieren, da ich das als schlechtes Omen betrachte."

„Sie sind ja abergläubisch", hänselte Judd sie.

„Darüber habe ich mir bisher noch keine Gedanken gemacht, aber wahrscheinlich haben Sie recht." Stevie, die mit dem Essen fertig war, schob ihren Teller beiseite. „Ich nehme meine Spiele halt sehr ernst. Das ist mit ein Grund, warum mich Ihre Kommentare immer so erbittern, Mr Mackie. Ständig machen Sie sich in Ihrer Kolumne über mich lustig."

„So etwas fördert die Verkaufszahlen. Aber wie ich sehe, nehmen Sie Ihren Sport vielleicht ein wenig zu ernst."

„Unsinn."

„Da wäre ich nicht so sicher." Beide Ellbogen auf den Tisch gestützt, beugte Judd sich vor. Im flackernden Kerzenlicht wirkten seine Gesichtszüge weicher, was seine männliche Ausstrahlungskraft keineswegs schmälerte. Er musterte Stevie eindringlich. „Wo bleiben der Ehemann, die Kinder, das Haus …?"

„Wäre ich ein Mann, kämen Sie gar nicht auf die Idee, mir eine solche Frage zu stellen."

„Möglich", räumte er ein. „Aber Sie …" Er ließ seinen Blick zu dem spitzenbesetzten Ausschnitt ihrer Bluse wandern. „Sie sind nun einmal kein Mann."

Stevie war entgangen, dass ihr Ausschnitt während des Essens immer weiter nach unten gerutscht war und nun den Ansatz ihrer Brüste freizügig enthüllte. Fasziniert starrte Judd auf den halb entblößten Busen, dessen zarte Haut im warmen Kerzenschein rosig schimmerte.

Stevie empfand seinen verlangenden Blick als ähnlich bedrohlich wie die Wende ins allzu Persönliche, die ihre Unterhaltung nahm. Sie blockierte jeden weiteren Vorstoß in diese Richtung und lenkte ihr Gespräch wieder auf das ursprüngliche Thema. „Nichts bekommt man im Leben umsonst. Schon gar nicht den Erfolg. Man kann nicht alles haben."

„Man muss sich aber auch nicht zwingend auf nur einen Bereich im Leben beschränken. Aber Ihnen bleibt wohl nichts als Ihr Sport."

„Immerhin bin ich darin sehr gut", widersprach sie gereizt.

„Zugegeben."

Stevie schob ihren Stuhl nach hinten und sprang auf. „Immer diese überhebliche Stichelei. Wo bleibt Ihr Feingefühl? Sie sind ein hoffnungsloser Fall, Mr Mackie."

„Das versichert man mir seit meinen ersten Kindergartentagen immer wieder. Zuletzt hörte ich diesen Spruch heute Morgen von Mike Ramsey. Er … Stevie?" Mit wenigen Schritten war Judd bei ihr. „Was ist los?"

„Nichts."

„Machen Sie mir nichts vor", meinte er leise. „Haben Sie Schmerzen?"

Sie atmete einige Male tief durch. „Manchmal, wenn ich so plötzlich aufspringe, wie gerade, tut es ein wenig weh."

Judd presste seine Hand auf ihren Bauch. „Setzen Sie sich vorsichtig wieder hin, verdammt. Soll ich Ihre Schmerztabletten holen?"

„Nein, danke. Es geht mir wieder besser." Ihr Lächeln wirkte ein wenig gezwungen. „Gewöhnlich vergehen die Schmerzen genauso schnell, wie sie kommen. Es ist alles in Ordnung."

Durch die Bluse hindurch massierte Judd sanft ihren Bauch. „Sind Sie sicher?"

Sicher war sich Stevie nicht, aber etwas war ihr klar. Wenn er nicht sofort seine Hand von ihrem Bauch nahm, konnte sie für nichts mehr garantieren. Ein wohliger Schauer durchrieselte sie, und ihre Knie fühlten sich plötzlich ziemlich weich an.

„Ja, ich bin mir sicher", erwiderte sie mit belegter Stimme.

Auf Judd schien das nicht sehr überzeugend zu wirken, denn er musterte sie weiterhin besorgt. Dann zog er unvermittelt seine Hand zurück und trat beiseite. „Am besten gehen Sie doch nach oben und legen sich hin."

„Ach. Doch nicht wegen der paar Stiche im Bauch."

„Wegen ein paar Stichen wird man nicht kreidebleich", beharrte Judd. „Wie oft verspüren Sie solche Stiche?"

„Ein oder zwei Mal am Tag. Sie sind wirklich nicht schlimm. Aber jetzt lassen Sie mich bitte am besten ganz in Ruhe das Geschirr abwaschen, Mr Mackie. Schreiben Sie doch solange an Ihrem Roman."

6. KAPITEL

*J*udd knallte fluchend die Küchentür hinter sich zu. Er hatte doch genau gesehen, wie sich Stevies Gesicht vor Schmerzen verzerrt hatte. Wieso glaubte sie, sie könne ihm etwas vormachen? Statt sich ihrer Krankheit zu stellen, tat sie jeden Hinweis darauf mit einem Lächeln ab.

Aber verhielt er selbst sich nicht ähnlich, wenn er weiterhin die zwischen ihnen bestehende erotische Spannung einfach zu ignorieren versuchte? Ihren warmen Bauch unter seinen Fingern zu spüren, das hatte in ihm eine wilde Sehnsucht nach mehr geweckt. Es kostete ihn eine beinahe übermenschliche Anstrengung, seine Hand wegzuziehen und sie nicht weiter nach oben, zu ihren kleinen festen Brüsten wandern zu lassen.

Ich muss mich unbedingt ablenken, dachte er. Judd trug den auf der Veranda stehenden Tisch ins Esszimmer zurück, platzierte ihn direkt unter der einzigen Lampe und stellte den Laptop darauf.

Zufrieden betrachtete er sein Werk und bewegte die Finger, um sie fürs Tippen geschmeidiger zu machen.

„Was tun Sie da?"

Judd fuhr herum. Im Türrahmen stand Stevie und beobachtete ihn neugierig.

„Ich bereite alles vor", gab er mürrisch Auskunft. „Man setzt sich nicht einfach hin und tippt blindlings drauflos", belehrte er sie salbungsvoll. „Zuerst muss man die nötigen Voraussetzungen schaffen."

„Aha. Aus meiner Sicht sind das alles nur faule Ausflüchte. Ihnen graut davor, mit dem Schreiben anzufangen, deshalb suchen Sie dauernd nach neuen Ausreden."

„Da irren Sie sich gewaltig."

„Schon gut." Stevie trat hastig einen Schritt zurück, als müsse sie sich vor einem gereizten Stier in Sicherheit bringen, was der Wahrheit ziemlich nahe kam. „Ich gehe jetzt ins Wohnzimmer und schmökere ein wenig im Bücherregal."

„In Ordnung. Hoffentlich sind Sie leise."

„Ich werde darauf achten", meinte sie spöttisch.

„Warten Sie." Judd eilte ihr hinterher. „Tut mir leid, ich wollte Sie nicht so anfahren. Ich bin nur im Moment etwas reizbar. Vermutlich muss ich mich erst an den Ortswechsel gewöhnen."

„Sie vermissen wohl die Hektik der Stadt?"

„Kann sein. Kommen Sie, ich will Ihnen bei der Auswahl eines interessanten Buches behilflich sein."

Er wandte sich in Richtung Wohnzimmer, doch Stevie packte ihn am Arm. „Ich suche mir mein Buch gern allein aus. Hören Sie endlich mit Ihren Ablenkungsmanövern auf, Mr Mackie."

„Ablenkungsmanövern?"

„Ja. Sie benehmen sich wie ein kleines Kind, das sich vor dem Schlafengehen drücken will. Doch Ihr Roman schreibt sich nicht von selbst."

„Glauben Sie wirklich, ich würde mich davor drücken, mit meinem Buch zu beginnen?", fragte er beleidigt.

„Ja."

Nachdem Stevie sich mehrmals beim Einnicken ertappt hatte, kapitulierte sie und legte das Buch auf den Couchtisch. Heute Nachmittag hatte sie zuerst sämtliche Möbel im Wohnzimmer von den Abdeckungen befreit und dann den Raum recht gemütlich gefunden. Zwar entsprachen die schweren Ahornmöbel im Stil der Gründerjahre nicht unbedingt ihrem Geschmack, sie passten jedoch gut zur übrigen Einrichtung des Hauses.

Sie schaltete die Leselampe aus und hob barfuß ihre Sandaletten vom Boden auf. Beim Durchqueren der Diele blieb sie an der offenen Esszimmertür stehen. Judd ging unruhig im Zimmer auf und ab, ließ den Kopf kreisen und bewegte die Oberarmmuskeln. Über den Boden verstreut lagen Papierflugzeuge in verschiedenen Größen und Ausführungen. Ein besonders kühn konstruiertes Modell hatte sich sogar in einem der rustikalen Vorhangringe verfangen.

„Wie kommen Sie voran?", erkundigte sich Stevie freundlich und ging zum Tisch, um einen Blick auf den Bildschirm zu werfen. „Erstes Kapitel", las sie laut. „Sehr aufschlussreich."

„Sparen Sie sich Ihre klugen Kommentare."

Sie ließ sich nicht einschüchtern. „Vom Pulitzerpreis sind Sie noch recht weit entfernt, Mr Mackie."

„Genauso weit wie Sie vom Gewinn des Grand Slam."

Schlagartig verschwand der belustigte Ausdruck in ihren Augen, ebenso ihr amüsiertes Lächeln. „Da haben Sie recht."

Im Nachhinein hätte Judd sich wegen seiner unbesonnenen Äußerung am liebsten geohrfeigt. Er fuhr sich mit den Fingern verlegen durch das ohnehin schon zerzauste Haar. „Tut mir leid. Ich wollte nicht ... das war keine Anspielung ..."

„Schon gut, ich weiß, wie es gemeint war. Was ist mit Ihrer Schulter?"

„Nichts."

„Wieso zucken Sie dann jedes Mal zusammen, wenn Sie sie bewegen?"

„Wahrscheinlich bin ich körperliche Arbeit nicht mehr gewohnt."

„Lassen Sie mal sehen." Stevie stellte ihre Sandaletten ab und drückte leicht Judds Schulter.

„Au!", schrie er. „Es tut schon so höllisch weh. Sie müssen nicht auch noch Ihre Finger in meine Schulter graben."

„Sie sind griesgrämig wie ein alter Bär."

„So fühle ich mich auch. Und zwar wie einer, der gerade aus dem Winterschlaf erwacht ist."

„Kommen Sie mit nach oben", sagte Stevie energisch. „Ich werde Sie mit meinem Spezialmittel einreiben, das ich stets mit mir führe." Sie bückte sich nach ihren Sandaletten.

Judd schaltete die Lampe aus und folgte ihr in die Diele. „Was für ein Zeug ist das?", fragte er argwöhnisch.

„Eine Lotion, die ein Spezialist für Sportverletzungen zusammengebraut hat. Sie löst Versteifungen und mildert Schwellungen", erklärte sie, während sie vor ihm die Treppen hinaufstieg.

Jäh fasste er nach ihrem losen Blusenzipfel und hinderte sie am Weitergehen. Sie drehte sich um und sah ihn fragend an.

„Falls dieses Mittel wirklich eine derartige Wirkung hat", sagte er gedehnt, „müssen Sie mir versprechen, nur die Körperstellen damit einzureiben, die ich Ihnen erlaube."

Stevie entriss ihm den Blusenzipfel und warf ihm einen vernichtenden Blick zu, ehe sie weiterging. Oben in seinem Zimmer angekommen, holte sie aus ihrer Sporttasche die Lotion und wartete darauf, dass Judd sich frei machte.

Er zog sich das T-Shirt über den Kopf. Mit hochgestreckten Armen stand er direkt unter der Deckenlampe und bot Stevie einen ungehinderten Blick auf seinen drahtigen Körper. Sie nahm sein Bild mit fast fotografischer Genauigkeit in sich auf. Breite Schultern, muskulöser Brustkorb, schlanke Hüften, flacher Bauch, Narben am Bein.

Narben am Bein?

Inzwischen hatte Judd seinen Kopf aus dem T-Shirt befreit und ertappte Stevie dabei, wie sie auf sein mit roten Narben übersätes linkes Schienbein starrte. Er knüllte das T-Shirt zusammen und schleuderte es mit elegantem Schwung auf den Hocker neben dem Bett.

„Jemanden so anzustarren ist unhöflich." Sein ohnehin grimmiger Gesichtsausdruck, schon eine Art Markenzeichen von ihm, hatte sich in den letzten Sekunden noch um einige Schattierungen verfinstert.

Stevie deutete die harschen Worte als Versuch, dahinter seine eigene Betroffenheit zu verstecken. War sie etwa zufällig auf Judd Mackies wunden Punkt gestoßen?

Abgesehen davon, dass sie eine schlechte Schauspielerin war, fand sie es albern, vorzugeben, nichts gesehen zu haben. Sie entschloss sich, nicht lange um den heißen Brei herumzureden.

„Was ist mit Ihrem Bein passiert, Judd?"

„Doppelter Unterschenkelbruch."

Das war noch schlimmer, als sie angenommen hatte. Sie bemühte sich erst gar nicht, ihr Entsetzen zu verbergen. „Und wie ist das geschehen?"

„Wasserskiunfall", teilte er ihr knapp mit.

„Wann?"

„Vor einer Ewigkeit", antwortete er mit einer Mischung aus Bitterkeit und Wehmut. Dann kam er langsam auf sie zu. Noch immer blickte sie wie gebannt auf das vernarbte Bein. Judd hob mit zwei Fingern ihr Kinn an. „Wenn Sie mich weiter so anstarren, bekomme ich einen Komplex."

„Tut mir leid", entschuldigte sie sich. „Ich bin nur etwas verwirrt, weil mir die Narben erst jetzt aufgefallen sind. Dabei sind Sie heute Abend die ganze Zeit in Shorts herumgelaufen." Auf der Veranda war es relativ dunkel gewesen, und solange sie sich am Tisch gegenübersaßen, hatte der Tisch Judds Beine ihren Blicken entzogen. „Irgendwie war es da ein kleiner Schock für mich, als ich nun die Narben entdeckte", bekannte sie aufrichtig.

„Die meisten Frauen finden mein Bein sexy."

Typisch Judd, dachte Stevie. Gleichzeitig fand sie es nett von ihm, dass er die peinliche Situation mit einem Scherz aufzulockern versuchte. Sie beschloss, darauf einzugehen und nicht weiter nachzubohren, wie er sich die Verletzung zugezogen hatte. In diesem Punkt schien der hartgesottene Sportreporter recht empfindlich zu sein.

„Ja, sexy ist es", versicherte sie schmunzelnd. „Beinahe so sexy wie Ihre haarige Brust."

„Ehrlich?"

„Ehrlich. Mir läuft buchstäblich das Wasser im Mund zusammen."

„Hm."

Judd ließ seine Blicke zu Stevies Lippen wandern. In gewisser Weise fand sie seine Direktheit ähnlich erregend und herausfordernd wie seinen sarkastischen Schreibstil. Dieser Mann übte eine unwiderstehliche Anziehungskraft aus. Ihre Knie drohten unter ihr nachzugeben, und sie wusste, dass sie sich diesem magischen Blick entziehen musste, bevor er sie völlig willenlos machte.

Sie wandte sich ab und begann, die Flasche in ihrer Hand kräftig zu schütteln. „Wo soll ich Sie massieren?", erkundigte sie sich forsch.

„Das weiß ich nicht", entgegnete er leicht heiser. „Es hängt davon ab, wie nahe wir uns kommen wollen?"

Stevie spürte, wie er ihren Zopf hochhob, und fuhr herum. Judd stand dicht hinter ihr und betrachtete voller Verlangen ihren schlanken Nacken, während er ihr seidiges Haar durch seine Finger gleiten ließ.

„Wir können zwischen Stuhl und Bett wählen", flüsterte er.

Mit einer heftigen Bewegung riss sie sich von ihm los. „Wollen Sie nun eine Massage oder nicht?"

„Ja."

„Dann setzen Sie sich hin, damit wir es hinter uns bringen."

„Das heißt wohl unmissverständlich Stuhl", bemerkte er trocken, während er ein Lächeln unterdrückte. Er zog sich einen Stuhl heran, setzte sich rittlings darauf und stützte sich mit verschränkten Armen auf die Lehne. „Verfügen Sie nach Belieben über mich."

Stevie stellte sich hinter Judd. Sie schüttete etwas Lotion auf eine Handfläche und rieb die andere dagegen. Unwillkürlich zögerte sie, seine nackte Haut zu berühren. Er hatte seinen Kopf auf die Arme gelegt und drehte sich nun zu ihr um. „Worauf warten Sie noch?"

„Gleich geht's los."

„Das Zeug brennt doch nicht, oder?"

„Haben Sie etwa Angst?"

„Wenn es um meine Haut geht, bin ich sehr empfindlich."

„Glauben Sie, ich würde mir etwas von dem Mittel auf die Hand geben, wenn es brennen würde?", fuhr sie ihn an.

„Durchaus möglich. Immerhin habe ich einige gepfefferte Artikel über Sie verfasst. Vielleicht wollen Sie nun grausame Rache üben."

„Verdient hätten Sie es."

Das kleine Wortgefecht hatte Stevie Zeit gegeben, ihre Scheu zu überwinden. Sie legte die Hände auf Judds nackte Schultern und begann, das schmerzlindernde Mittel einzureiben.

„Hm", meinte er genießerisch. „Nicht schlecht, Stevie."

„Danke. Ich habe eine ganze Menge Praxis."

„Durch wen?"

„Meine diversen Kollegen."

„Männer?"

„Manchmal."

„So, so. Reicht das Material für eine Kolumne mit dem Titel ‚Sexorgien in der Garderobe‘?"

„Typisch Judd Mackie. Ihr Niveau ist immer gleich niedrig."

„Was halten Sie von ‚Liebe auf dem Tennisplatz‘?"

„Grässlich langweilige Schlagzeile."

„Und von ‚Schläger und Romanzen‘?"

Stevie fiel es schwer, sich auf seine Worte zu konzentrieren. Sie konnte ihren Blick nicht von seiner Schulter wenden, die sie zu gern mit den Lippen berührt hätte.

Die straffe Haut unter ihren Händen und die harten Muskeln, die ihre Finger ertasteten, erweckten in ihr sonderbare Wünsche. Es reizte sie, die Linie von Judds Wirbelsäule nachzuziehen und ihre Erkundungen nach unten fortzusetzen.

„Also, wie wäre es damit?" Judds Worte klangen ziemlich unverständlich, da er seinen Mund gegen die Hände presste. Er hatte die Augen geschlossen und schien die Massage außerordentlich zu genießen.

„Womit?" Tief über ihn gebeugt, betrachtete Stevie bewundernd die seidigen langen Wimpern, die so gar nicht zu einem Mann wie Judd Mackie passten.

„Mit ‚Schläger und Romanzen‘. Ist es Ihnen je passiert, dass sich einer Ihrer Mitspieler als glutvoller Romeo entpuppte und Sie sich seiner mit dem Schläger erwehren mussten?"

„Nein, nie."

„Das ist wohl nicht ganz Ihr Stil?"

„Was ist denn mein Stil?", wollte sie wissen.

„Sich unerwünschte Verehrer mit einem eisigen Blick vom Leib zu halten. Diese Kunst beherrschen Sie wie keine andere Frau."

„Leider scheint sie an Ihnen wirkungslos abzuprallen, Mr Mackie."

„Wie Sie bereits feststellten, bin ich unverbesserlich. Ließe ich mich generell vom ersten Nein einschüchtern, käme ich im Leben zu gar nichts." Er stieß einen wohligen Seufzer aus. „Wenn Sie Ihre Massage noch ein wenig fortsetzen, Stevie, können Sie mit mir machen, was Sie wollen."

Eine durchaus verlockende Vorstellung, fand Stevie, behielt diese Meinung aber wohlweislich für sich. „Solche Sprüche kommen bei mir nicht an, Mr Mackie."

Obwohl er seine Augen nicht öffnete, konnte sie an den kleinen Fältchen, die sich in seinen Augenwinkeln bildeten, erkennen, dass er lächelte. Sie nutzte die Gelegenheit, ihn unbeobachtet aus nächster

Nähe zu mustern. Sein gut geschnittenes Gesicht zeugte von Charakter, wenngleich ihr der Ausdruck „charaktervoll" im Zusammenhang mit Judd Mackie unangebracht erschien. Andererseits hatte Judd gestern ihr gegenüber recht uneigennützig gehandelt und sich von seinen Konkurrenten eine Bombenstory wegschnappen lassen, weil er selbst aus ihrem persönlichen Dilemma keinen Nutzen ziehen wollte.

Dieses selbstlose Verhalten hatte ihn immerhin seine Stelle bei der *Tribune* gekostet. War das nicht Beweis genug, dass sich hinter der Maske des zynischen Reporters ein weiches Herz verbarg?

„Die Arme auch."

„Meine Finger werden allmählich lahm", klagte Stevie. „Dieses Kneten bedeutet für mich harte Arbeit."

„Nicht aufhören."

Stevies Protest war eine Verdrehung der Tatsachen, denn die Massage bereitete ihr mindestens so viel Wohlbehagen wie Judd. Während sie hingebungsvoll seine harten Armmuskeln knetete, verfolgte sie, wie ihre Finger auf der gebräunten Haut weiße Streifen hinterließen. Judd gab sinnliche Laute von sich, die wie das Schnurren einer Katze klangen.

„Gestern sagten Sie, ich hätte meinen Beruf verfehlt", murmelte er träge. „Dasselbe könnte man auch von Ihnen behaupten."

Leicht bestürzt stellte Stevie fest, dass nicht nur bei ihm die Sinne von der Massage angeregt wurden. Unbewusst war sie immer näher an ihn herangerückt, bis sich nun bei jeder Bewegung ihr Bauch an Judds Rücken rieb. Ruckartig trat sie zurück. „Mehr kann ich für Sie nicht tun", erklärte sie brüsk. Ohne mich vollends wie eine Närrin aufzuführen, setzte sie im Stillen hinzu.

Widerwillig hob Judd den Kopf und drehte sich herum, bis er in normaler Haltung auf dem Stuhl saß. Er legte die Arme um ihre Taille und zog Stevie zwischen seine Knie.

„Mr Mackie!", stieß sie atemlos hervor.

„Hm?"

„Was tun Sie da?"

„Was ich tue? Nichts", antwortete er unschuldig und strich mit der Linken über ihren Bauch. „Haben Sie noch Schmerzen?" Er presste die Handfläche gegen ihren Unterleib.

Unfähig, auch nur ein Wort von sich zu geben, schüttelte Stevie den Kopf.

„Bestimmt nicht?"

„Nein."

„Gut." Er sah zu, wie sich seine Hand streichelnd über ihren Bauch bewegte, und hob dann unvermutet den Kopf. Ihre Blicke versanken ineinander. „Sie würden es mir doch sagen, wenn Sie Schmerzen hätten, oder?" Hinter der höflichen Frage verbarg sich die Mahnung, ihm nichts zu verheimlichen.

„Ja."

Ohne den Blick von ihr zu wenden, ließ Judd seine Hand nach oben wandern. „Sie riechen gut." Den Kopf nach vorn gebeugt, schnupperte er an ihren Brüsten und rieb seine Nasenspitze sachte an dem dünnen Blusenstoff. „Wo haben Sie dieses Parfüm aufgetrieben?"

„Es ist mein eigener Duft." Nur mit Mühe brachte Stevie diesen Satz zustande, während Judd sein Gesicht nun an ihren Busen schmiegte. Ihr Puls raste.

„Ich mag den Duft."

„Danke", antwortete sie leise. Im nächsten Moment entfuhr ihr ein lustvoller Seufzer, da Judd mit seinem Mund an ihrem Ausschnitt entlangglitt und die Mulde zwischen ihren Brüsten küsste. Ganz langsam erhob er sich, vollzog diese Aufwärtsbewegung auch mit den Lippen und bedeckte ihren Hals und ihr Kinn mit lauter kleinen Küssen.

„Mr Mackie …"

„Judd", verbesserte er sie sanft.

„Judd …"

„Lass dich einfach gehen, Stevie."

Stevie konnte sich seinem leidenschaftlichen Drängen nicht länger entziehen und öffnete die Lippen. Ihre Zungen vereinten sich zu einem wilden erotischen Spiel, welches das beiderseitige Verlangen noch schürte. Judds Kuss wurde fordernd und besitzergreifend, während er gleichzeitig mit dem Daumen ihre empfindsamen Brustspitzen streichelte.

Dann beugte er sich hinunter und küsste die Stelle, die er zuvor mit der Hand gestreichelt hatte. Sein Mund hinterließ auf dem dünnen Blusenstoff einen feuchten Fleck, unter dem sich die steife Knospe abzeichnete. Ein Anblick, der Judds Erregung noch steigerte. Erneut presste er seine Lippen auf Stevies Mund und küsste sie mit wilder Begierde.

„Keine Sorge, Baby", meinte er leise. „Du bist mehr Frau, als ein Mann verkraften kann."

In dem entrückten Zustand, in dem Stevie sich mittlerweile befand, dauerte es eine Weile, bis der Sinn seiner Worte zu ihr durchdrang. Dann erwachte sie jäh aus ihrer Benommenheit und stieß Judd mit solcher Wucht von sich, dass er rittlings auf dem Fußboden landete.

„So ist das also!" Ihre Stimme überschlug sich beinahe vor Zorn. Mit keinem seiner Artikel hatte Judd sie je so zu verletzen vermocht. „Ihre zarten Komplimente und verdeckten sexuellen Anspielungen waren nichts als Mitleid!"

„Was?" Noch leicht benebelt sah Judd zu ihr auf. „Verdammt, was ist plötzlich in dich gefahren? Wovon sprichst du eigentlich?"

„Von Ihrer unerwarteten Freundlichkeit, Ihrem freundschaftlichen Mitgefühl und Ihrer selbstlosen Einladung, einige Tage mit Ihnen gemeinsam in dieser ländlichen Idylle zu verbringen." Sie biss die Zähne zusammen und presste beide Hände gegen die Schläfen. „Wie konnte ich nur so dumm sein, auf Ihre verlogenen Schmeicheleien hereinzufallen."

„Wieso diese Schimpftirade?" Wenig begeistert von ihrem jähen Stimmungswechsel musterte Judd sie düster.

Sein Ärger war jedoch nichts im Vergleich zu Stevies Wut. „Auf Ihr Mitleid bin ich nicht angewiesen", sagte sie hitzig.

„Mitleid? Mitleid hat keine solchen Nebenwirkungen", antwortete Judd unverblümt und deutete auf die Ausbuchtung unter seinen Shorts.

„Umso schlimmer. Falls nicht Mitleid Ihr Motiv war, dann wollten Sie meine üble Lage wohl dazu ausnutzen, mich in Ihr Bett zu bekommen. Sie dachten wohl, ich hätte Angst, nach der Operation keine richtige Frau mehr zu sein."

Judd blickte sie verdutzt an. „Mit einer derart üppigen Fantasie solltest besser du einen Roman schreiben", meinte er missmutig.

Stevie lief unruhig im Zimmer auf und ab, ohne seine Einwände zu beachten. „Wahrscheinlich war Ihr Plan, mich bei einem gemeinsamen Schäferstündchen etwas aufzutauen, und mehr aus meinem Privatleben zu erfahren. Bei Ihrer Rückkehr nach Dallas hätten Sie dann eine Exklusivstory über mich veröffentlicht und damit Ihren Chefredakteur versöhnt, die Verkaufszahlen Ihrer Zeitung gesteigert und obendrein Ihrem Konkurrenten eins ausgewischt."

„Nicht zu fassen." Judd schüttelte ungläubig den Kopf.

„Lassen Sie sich eines gesagt sein", fuhr Stevie unbeirrt fort und blieb drohend vor ihm stehen. „Ich benötige keinen Muskelprotz, um mich als Frau zu fühlen. Sogar nach einer Totaloperation werde ich noch mehr weibliche Qualitäten besitzen als Sie mannhafte. Ein wirklicher Mann muss nicht zu schmutzigen Tricks greifen, um eine Frau in sein Bett zu locken."

„Das ist der größte Blödsinn, den ich seit Langem gehört habe." Judd rappelte sich hoch und stand nun dicht vor Stevie. „Ich finde es unter meiner Würde, mich gegen deine absurden Anklagen zu verteidigen."

„Ich würde Ihnen sowieso kein Wort glauben."

„Deshalb mache ich mir erst gar nicht die Mühe, mich zu rechtfertigen."

Seine Gelassenheit brachte Stevie noch mehr in Rage. „Sie sind ein erbärmlicher Schreiberling! Ihre Gesellschaft macht mich krank, und bessere Steaks als Ihre habe ich ebenfalls schon gegessen. Und jetzt fahren Sie mich bitte nach Dallas zurück!"

Judd grinste. „Nein, das werde ich nicht!" Dann entledigte er sich seelenruhig seiner Kleidung und ging ins Bett.

7. KAPITEL

Am nächsten Morgen saß Stevie bereits beim Frühstück, als Judd die Küche betrat. Er fuhr sich schläfrig über seine behaarte Brust und gähnte ausgiebig.

„Ah, Kaffee ist jetzt genau das, was ich brauche", brummte er, holte sich eine Tasse und schenkte sich ein. Gegen die Spüle gelehnt, trank er einen Schluck. „Wie ich sehe, hast du schon gepackt." Amüsiert deutete er auf die Sporttasche zu ihren Füßen.

Stevie saß steif auf ihrem Stuhl und versuchte trotz ihrer angeschmutzten Kleider einigermaßen würdevoll auszusehen.

„Hast du gut geschlafen?", erkundigte er sich liebenswürdig.

„Nein."

„Das tut mir aber leid. Lag es vielleicht an dem zu weichen Bett? Ich selbst habe sehr gut geschlafen."

Sie maß ihn mit einem eisigen Blick. „Danke, dass Sie sich die Mühe gemacht haben, in Shorts hier zu erscheinen." Immerhin war das mehr, als er gestern Abend anhatte, bevor sie ihn verließ.

„Ehrlich gestanden, trinke ich die erste Tasse Kaffee immer am liebsten im Adamskostüm, habe jedoch deinetwegen heute Morgen darauf verzichtet." Er verneigte sich wie ein Kavalier alter Schule.

„Scher dich zum Teufel!" Da er sie so hartnäckig duzte, kam sie sich lächerlich vor, ihn weiter zu siezen.

Judd lachte. „Sei nicht so unleidlich, Stevie. Schließlich wollen wir hier noch den ganzen Tag zusammen ..."

„Das wollen wir nicht. Ich will sofort nach Dallas zurück. Falls du mich nicht fährst, nehme ich den nächsten Bus."

„Es gibt keinen Bus."

„Dann halte ich ein Auto an."

„Dazu möchte ich nicht raten."

„Irgendwie komme ich schon nach Hause!", rief sie erbost.

„Bist du immer noch auf mich böse? Was du mir gestern Abend vorgeworfen hast, war einfach Unsinn."

„So?"

„Wenn ich eine Frau küsse, dann nicht aus Berechnung oder Mitleid, sondern weil ich sie begehre. Das kannst du mir ruhig glauben, Stevie."

„So? Gestern Nachmittag wolltest du mir weismachen, nur an einem platonischen Miteinander interessiert zu sein."

„Nun ja, das war ein wenig geschwindelt." Sein jungenhaftes Lächeln prallte wirkungslos an Stevies versteinerter Miene ab. Er musterte sie eindringlich. „Meiner Ansicht nach bist du weniger auf mich böse als vor allem auf dich selbst."

„Wieso sollte ich das?"

Er lächelte wissend und eine Spur selbstgefällig. „Du ärgerst dich, weil dir meine Küsse, gegen deinen Willen, gefallen haben."

„Du ... du eingebildeter ..."

„Kein Grund, sich so zu ereifern. Ich habe unsere Küsse ebenfalls sehr genossen", unterbrach er sie und hob in einer hilflosen Geste beide Hände. „Das war ja kaum zu übersehen."

Verlegen schlug sie die Augen nieder. „Ich weiß nicht, wovon du sprichst."

„Das weißt du genau, Stevie. So etwas passiert nun einmal, wenn ein Mann die Brust einer Frau liebkost. Sogar wenn er sie nur durch den Stoff hindurch küsst, kann das seine Sinne entflammen."

Judds Stimme nahm einen tiefen warmen Klang an. „Hätten dich meine Küsse kaltgelassen, wäre deine Brustspitze unter der Bluse nicht so deutlich zu spüren gewesen. Und das verzeihst du mir nicht. Es ist höchst unfair, allein mir anzulasten, dass du auf mich reagiert hast."

Stevie schoss das Blut in die Wangen. Sie spürte, wie ihr Körper zu glühen begann und heiße Schauer der Erregung sie durchrieselten. Judds Worte hatten erneut Gefühle in ihr geweckt, die sie zu vergessen wünschte. Doch nachdem sie die ganze Nacht vergeblich dagegen angekämpft hatte, konnte sie kaum hoffen, sie würden beim Frühstück von allein verschwinden. Schon gar nicht dann, wenn Judd die Glut von Neuem anfachte.

„Ich möchte nach Hause", beharrte sie. „Du hast mich mit falschen Versprechungen hierhergelockt, den edlen Ritter gespielt und dabei nur an deinen eigenen Vorteil gedacht."

„Nein, Stevie, daran glaubst du selbst nicht." Judd stellte seine Tasse ab und kam auf sie zu. „Und böse bist du mir auch nicht deswegen, dass ich mich vor deinen Augen ausgezogen habe."

Sie lehnte sich weit nach hinten, bis sie Gefahr lief, samt ihrem Stuhl umzukippen. „Natürlich bin ich auch deswegen sauer!"

„Warum bist du dann nicht einfach in mein Auto gestiegen und allein nach Dallas zurückgefahren? Der Schlüssel lag auf dem Küchentisch."

„Der Gedanke kam mir."

„Aber?"

„Es war zu spät", entgegnete sie lahm und hoffte, Judd würde ihr ihre Verlegenheit nicht anmerken.

Tatsächlich hatte Stevie nicht im Traum daran gedacht, allein loszufahren. Nachdem sie gestern Abend Judd nackt gesehen hatte, war sie aus dem Zimmer gelaufen, um nicht das zu tun, was sie sich am sehnlichsten wünschte – sich neben ihn ins Bett zu legen.

Stundenlang hatte sie wach gelegen und befürchtet, sich letztendlich doch noch zu einem unbedachten Schritt hinreißen zu lassen, den sie hinterher zutiefst bereuen würde. Doch angesichts der eitlen Selbstgefälligkeit, die Judd heute Morgen an den Tag legte, sollte es für sie kein Hin und Her mehr geben. Sie malte sich aus, von welch unerträglicher Arroganz sein Benehmen erst wäre, hätte sie seinem Drängen nachgegeben. „Ich befürchtete, mich nachts auf der unbekannten Landstraße zu verfahren und womöglich die Autobahnauffahrt zu verpassen."

Judds süffisantes Lächeln zeigte, dass er ihr kein Wort glaubte. „Tatsächlich?" Er stützte sich auf beide Hände und beugte sich über den Tisch. „Was dich gestern Abend wirklich aus dem Gleichgewicht gebracht hat, war die jähe Erinnerung an Stockholm!"

Falls es Judds Absicht gewesen war, Stevie bis ins Mark zu erschüttern, so war ihm dies unweigerlich gelungen. Sie öffnete einige Male hilflos den Mund. „Daran ... erinnerst du dich noch?", stammelte sie dann.

„Ja."

„Du warst damals betrunken."

„Nicht betrunken genug."

Sie stand vom Tisch auf und entrann geschickt Judds Zugriff. Mit zitternden Händen schenkte sie sich Kaffee nach und umklammerte ihre Tasse, als wollte sie sich daran festhalten. Während sie in kleinen Schlucken trank, überlegte sie sich ihr weiteres Vorgehen.

Judds triumphierender Blick sprach Bände. Wahrscheinlich bildete er sich ein, sie endgültig festgenagelt zu haben. Doch da täuschte er sich gewaltig.

Stevie gab sich einen innerlichen Ruck und spielte die Dame von Welt. „Stockholm ist eine Ewigkeit her, Mr Mackie", sagte sie schließlich und lächelte hochmütig. „Warum alte Geschichten aufwärmen? Außerdem war alles recht harmlos."

„Findest du?" Ihre herablassende Miene schien ihn nicht zu beeindrucken. In lässiger Pose saß er auf seinem Stuhl, die langen Beine bequem ausgestreckt. „Meiner Meinung nach war es eine der tollsten Partys, die ich je besucht habe."

„Das war sie höchstens, bevor du hineingeplatzt warst."

Judd lachte laut auf. „In eine Party hineinzuplatzen ist eine meiner Spezialitäten. Man braucht ein feines Gespür, um den richtigen Zeitpunkt zu erwischen."

„Du und deine Freunde, ihr habt euch den Eintritt durch Bestechung verschafft."

„Nein, wir ließen nur unseren Charme spielen."

„Und dann habt ihr ein heilloses Durcheinander angerichtet."

„Aber nein. Wir brachten die Party nur in Schwung."

„Die Gastgeber waren peinlich berührt."

„Im Gegenteil, sie waren amüsiert."

Stevie stöhnte. „Wie ich sehe, unterscheidet sich meine Erinnerung beträchtlich von deiner."

„Gib es zu, Stevie. Erst als ich und meine Freunde dort erschienen, tauten die Leute auf."

Ein schwaches Lächeln umspielte ihre Mundwinkel. „Na schön, ich gebe zu, dass es vor deinem Aufkreuzen dort ziemlich steif herging."

„Nachdem sich die erste Aufregung über unser Erscheinen gelegt hatte, entdeckte ich mit meinem untrüglichen Instinkt sofort die schönste Frau im Saal." Judd blickte Stevie voller Bewunderung an, und sie konnte sich seiner männlichen Ausstrahlung jetzt ebenso wenig entziehen wie damals, als sich ihre Blicke über die große Entfernung eines schwedischen Ballsaales hinweg getroffen hatten. „Dich."

„Danke. Aber zugleich war ich auch der jüngste weibliche Gast."

„Ich war auch noch sehr jung", sagte er sinnend. „Erst später wurde mir bewusst, wie jung. Es war lange vor meiner Anstellung bei der *Dallas Tribune*. Zu jener Zeit arbeitete ich für eine internationale Nachrichtenagentur und berichtete über das europäische Sportgeschehen. Mein Bein …"

Er schüttelte den Kopf, als wollte er trübselige Gedanken vertreiben. „Ich verlebte eine herrliche Zeit in Europa, lernte zahlreiche Sportgrößen kennen, verkehrte gesellschaftlich mit Fürsten und Königen, besuchte tolle Partys, mit Essen und Trinken in Hülle und Fülle …"

„Und ebenso mit Frauen", ergänzte Stevie bissig.

„Nun, der Job hatte eine Reihe von Vorteilen", gestand er ganz freimütig.

„Ich war damals noch ungeheuer naiv." Stevies Stimme klang nachdenklich. „Es war mein erstes Jahr auf Tour, und niemand hatte mich vor abgebrühten Mediengeiern wie dir gewarnt."

„Das war mein Glück."

„Es ist aber nichts weiter passiert", betonte sie.

„Ich habe es anders in Erinnerung."

„Na ja, wir tanzten zusammen, nachdem du mich meinem Tanzpartner ziemlich rüde entführt hattest."

„Daran warst du schuld, weil du mir diesen sehnsüchtigen Blick zugeworfen hattest."

„Sehnsüchtigen Blick? Dein Gedächtnis scheint dir einen Streich zu spielen."

„Im Übrigen habe ich dich nicht entführt, sondern nur von einem lausigen Tänzer befreit, der wie ein Känguru herumsprang."

Stevie musste über die wenig schmeichelhafte, aber zutreffende Beschreibung ihres damaligen Tanzpartners schmunzeln. Nein, tanzen konnte der wirklich nicht, dachte sie.

Dafür tanzte Judd umso besser. Ohne sich um die anderen Paare zu kümmern, hatte er sich einen Weg zu ihr gebahnt und sie einfach in seine Arme gezogen.

„Hallo", war alles, was er gesagt hatte, dies aber so, als würden sie beide sich schon ewig kennen. Es hatte selbstbewusst und zugleich vertraulich geklungen.

Stevie war von seiner tiefen warmen Stimme und der selbstsicheren Art, mit der er besitzergreifend seine Arme um ihre Taille legte, wie verzaubert gewesen.

Dieser Mann hatte alle Eigenschaften, die ihr fehlten. Er war gebildet, selbstsicher, arrogant und völlig ungezwungen. Allem Anschein nach hatte er viele Freunde und genoss das Leben in vollen Zügen.

Ihr eigenes Leben hingegen war fast ausschließlich vom Tennis bestimmt gewesen, und ihr einziger ständiger Begleiter war Presley Foster. Die Gespräche mit ihm drehten sich nur um den Sport. Eiserne Disziplin hieß Presleys Credo, weshalb Partybesuche für sie eine Seltenheit waren.

Der gut aussehende Sportjournalist hatte sie fasziniert – und er war gefährlich. Er tanzte nicht übermäßig eng mit ihr, aber doch eng genug, um sie seinen schlanken muskulösen Körper fühlen zu lassen. Dabei blickte er ihr tief in die Augen und lächelte so hinreißend, dass die disziplinierte Stevie Corbett sich plötzlich im siebten Himmel wähnte und keinen Gedanken mehr an Tennis verschwendete.

„Nach dem Tanz gingst du mit mir los."

„Du fantasierst, Mr Mackie." Stevie wünschte sich, ihre Stimme würde etwas fest und weniger heiser und gefühlvoll klingen. „Ich ging nach draußen, und du folgtest mir."

„Du bist gerannt."

„Ich brauchte frische Luft."

„Du hattest Angst."

Das stimmte. Sie hatte vor ihm die Flucht ergriffen, weil er sie so unwiderstehlich anzog und heftige sexuelle Gefühle in ihr geweckt hatte, die sie erschreckten.

„Taktvoll wie du bist, wirst du nun auch noch auf deinen Kuss zu sprechen kommen", meinte Stevie spöttisch.

Judd blickte ihr offen in die Augen. „Immerhin hast du meinen Kuss erwidert."

Leider, dachte Stevie und räusperte sich. „Nun ja, er war … angenehm."

„Sehr angenehm, würde ich sagen. Er war feucht und heiß und erotisch."

„Wir haben uns damals also geküsst. Na und?", versuchte Stevie das vergangene Erlebnis herunterzuspielen.

„Und ich schob meine Hand in deinen Ausschnitt und streichelte dich."

„Das war reichlich unverschämt", flüsterte sie.

„War es das?" Judd stand geschmeidig auf und trat ganz nah an sie heran. „Du warst sehr süß und fühltest dich so weich an, Stevie. Dein Herz klopfte rasend schnell, genau wie gestern Abend." Bevor sie ihn abwehren konnte, hatte er seine Hand auf ihr Herz gelegt. „Und wie jetzt."

„Nichts war geschehen."

Judd ließ die Hand sinken und trat einen Schritt zurück. „Weil unvermutet Presley Foster auftauchte und mir sofortige Kastration androhte, falls ich meine Finger nicht von dir nähme."

Bei der Erinnerung an einen der schwärzesten Momente ihres Lebens bedeckte Stevie mit einer Hand ihre Augen. Am liebsten wäre sie damals im Erdboden versunken, um den strafenden Blick ihres Trainers und Judds verächtliches Grinsen nicht länger ertragen zu müssen.

„Presley wollte mich davor bewahren, seelisch verletzt zu werden", verteidigte sie ihren früheren Trainer halbherzig.

„War er dein Liebhaber?"

Stevie starrte Judd voller Abscheu an. „Nein, natürlich nicht. Hast du das damals tatsächlich angenommen?"

„Ich gebe zu, dass mir dieser Gedanke kam."

„Du bist verrückt."

„Wieso? Es wäre nicht die erste Beziehung zwischen einem Trainer und seinem Schützling gewesen."

„Du liest zu oft in der Regenbogenpresse."

„Zweifellos", pflichtete er ihr gelassen bei.

Während Stevie ihren Blick ohne besonderes Ziel durch die Küche wandern ließ, versuchte sie, das soeben Gehörte zu verdauen. „Allmählich wird mir klar, wieso du in deiner Kolumne ständig auf mir herumgehackt hast", dachte sie laut. „Du hast mich entweder für eine karrieregeile Sportlerin gehalten, die für den Erfolg sogar mit einem dreißig Jahre älteren Mann ins Bett gehen würde, oder du hegtest einen heimlichen Groll gegen mich, weil ich an jenem Abend Presley folgte und nicht dir."

„Ich sagte bereits, du solltest einen Roman verfassen."

„Aber stimmt etwa nicht, was ich eben sagte?", hakte Stevie bitter nach.

Judd packte sie am Oberarm. „Es dauerte Jahre, bis mir dämmerte, dass die Weltklassespielerin Stevie Corbett und das großäugige kindliche Geschöpf auf jener Party in Stockholm ein und dieselbe Frau waren."

„Als du das herausbekamst, fandst du es wahrscheinlich sehr erheiternd." Verärgert schüttelte sie seinen Arm ab.

„Nein, eigentlich nicht", antwortete er zu ihrem Erstaunen. „Ich habe mich an jenes Zusammentreffen immer mit leichter Wehmut und keineswegs mit Spott erinnert. Soll ich dir eines meiner verborgensten Geheimnisse verraten? Selbst wenn Foster mich nicht aufgehalten hätte, wäre ich höchstwahrscheinlich nicht viel weiter gegangen."

„Wieso?"

„Weil du so jung und unschuldig warst. Ich hingegen … nun, ich war es nicht mehr."

Die Traurigkeit in seinem Blick griff Stevie ans Herz. Doch gleich darauf wurde sie wieder misstrauisch. „Wenn du mich tatsächlich für jung und unschuldig gehalten hast, warum hast du mich dann eben gefragt, ob Presley doch mein Liebhaber war?"

„Oh, dass du damals nicht mit ihm geschlafen hast, dachte ich mir. Und bei unserer Begegnung in Stockholm warst du noch Jungfrau, habe ich recht?"

Stevie wollte etwas sagen, brachte aber kein Wort heraus, so aufgewühlt war sie.

„Was ich wissen wollte, war, ob du überhaupt jemals eine Liebesbeziehung zu ihm hattest und ihm noch immer nachweinst", fuhr Judd fort. „Wie ich mich nun überzeugen konnte, ist das nicht der Fall."

Bei diesen Worten geriet Stevie erneut in Rage. „Du gemeiner Schnüffler …"

„Würdest du mir bitte zuerst ein Frühstück anbieten, bevor du zu einer weiteren Schmährede ansetzt? Die Landluft wirkt sich bei mir sehr appetitanregend aus."

„Mach dir doch selbst dein Frühstück", fuhr sie ihn wütend an.

„Denk an unsere gestrige Vereinbarung. Du versprachst, das Essen zu ..."

„Dies gilt nicht mehr. Glaubst du etwa, ich würde unter den gegebenen Umständen noch länger mit dir hierbleiben?"

„Was hat sich denn von gestern auf heute so gravierend geändert?"

Alles, dachte Stevie. Die gestrige Szene in seinem Schlafzimmer und das Auffrischen von gemeinsamen Erinnerungen an eine Begegnung, die sie längst vergessen glaubte, hatten die Situation schlagartig verändert. Allerdings konnte sie das Judd gegenüber schlecht zugeben.

„Zwischen uns wird es nie eine Verständigung geben. Wir würden uns noch gegenseitig umbringen, blieben wir länger zusammen in diesem Haus."

„Ein erneuter Beweis deiner blühenden Fantasie, Stevie. Falls mich eine unverhoffte Schreibhemmung befällt, weiß ich, an wen ich mich wenden kann." Judd warf einen Blick in den Kühlschrank. „Im Moment gebe ich mich mit Orangensaft, Toast und Kaffee zufrieden. Erinnere mich daran, Eier und Schinken einzukaufen, wenn wir nachher in den Ort fahren."

„Mr Mackie!"

Bedächtig schloss er die Kühlschranktür und wandte sich zu ihr um. „Was ist? Übrigens brauchst du nicht so zu schreien. Mein Gehör funktioniert ausgezeichnet."

„Ich bleibe nicht."

Einen Augenblick lang musterte er Stevie, die ein Bild völliger Verzweiflung bot. „Na gut", sagte er. „Die Autoschlüssel liegen auf dem Küchentisch. Fahr vorsichtig. Bevor du gehst, solltest du aber noch Folgendes bedenken."

Judd hob seinen linken Daumen. „Erstens. Dein Haus wird bestimmt noch von der Presse belagert, und man wird dich mit Fragen zu deiner Planung bezüglich Grand Slam, Wimbledon, der Operation und deiner Perspektiven für die Zeit danach bestürmen. Kannst du solche Fragen beantworten?" Unbarmherzig gab er die augenfällige Antwort selbst. „Nein, weil du bisher noch keines deiner Probleme gelöst hast. Willst du dich tatsächlich sensationslüsternen Reportern ausliefern, statt hier in Ruhe die Entscheidung für deine Zukunft zu fällen?"

Judd blickte sie durchdringend an. „Zweitens zeigen die dunklen Ringe unter deinen Augen, dass du ein paar Urlaubstage benötigst." Er hob einen weiteren Finger. „Drittens bin ich deinetwegen gefeuert worden. Da ist es doch nicht zu viel verlangt, wenn du für mich kochst, während ich an dem Rohentwurf meines Romans arbeite. Möglicherweise ist dieses Buch künftig meine einzige Einnahmequelle." Es folgte der Ringfinger. „Und viertens ist es unfair, wortbrüchig zu werden."

Judds Gründe klangen logisch, vor allem der erste Aspekt. Trotzdem war Stevie nicht bereit, bedingungslos nachzugeben. „Ich muss mindestens zwei Stunden täglich trainieren, sonst gerate ich völlig aus der Übung."

„Ein berechtigter Einwand." Judd schien zu überlegen. „Ich hab's. Bei unserer heutigen Einkaufsfahrt in den Ort machen wir einen Abstecher zur Schule. Meines Wissens gibt es dort einen Tennisplatz. Und da ich durch meine Artikel und meine Kolumne in diesem Nest eine Art Berühmtheit bin, wird man mir bestimmt erlauben, den Platz zu benutzen."

„Falls du das erreichst, bleibe ich."

„Schön, das wäre also geregelt. Dem Himmel sei Dank", murmelte Judd und goss sich Kaffee ein. „Ich werde mich jetzt weiter meinem Roman widmen. Nett, wenn du mir Saft und Toast ins Esszimmer bringst und ansonsten schön leise bist."

Stevie verspürte große Lust, ihm einen gezielten Tritt in den knackigen Hintern zu verpassen. Doch wie immer beherrschte sie sich auch diesmal.

Mehr als eine Woche später schwärmte Stevie beim Abendessen von den glücklichen Tagen, die sie auf dem Land verlebte.

Judd bedachte sie mit einem tadelnden Blick. „Wenn du mit solchen Klischees um dich wirfst, wird aus dir nie eine gute Autorin." Er schien vergessen zu haben, dass nicht Stevie, sondern er schriftstellerische Ambitionen hatte.

Doch sein Spott konnte Stevie nicht von ihrer Meinung abbringen, dass das Wort „glücklich" ihr momentanes Leben am treffendsten beschrieb. Jeden Morgen stand sie früh auf und widmete sich nach dem Frühstück einige Stunden der Gartenarbeit. Nachdem sie alle Blumenbeete vom Unkraut befreit hatte, blühte und grünte es mittlerweile in allen Farben. Mit großer Freude beobachtete sie, wie prächtig sich die Pflanzen unter ihrer Pflege entwickelten.

Judd hingegen war ein Langschläfer und Morgenmuffel und erst nach der dritten Tasse Kaffee ansprechbar. Er verzog sich nach dem Frühstück stets ins Esszimmer, um an seinem Buch zu schreiben. Und auch nach dem Lunch kehrte er an seine Arbeit zurück.

Den Nachmittag verbrachte Stevie meist lesend auf der Veranda oder im Wohnzimmer. Noch immer konnte sie sich nicht dazu aufraffen, über ihre künftigen Lebensperspektiven nachzudenken.

Am Spätnachmittag fuhr sie täglich mit Judd zum Tennisplatz der Schule und trainierte mit ihm, wobei er sich als überraschend spielstarker Übungspartner erwies. Stevie hatte sich ihren Schläger aus Dallas mitgebracht, und Judd spielte mit einem von der Schulbehörde geliehenen Schläger. Beide trugen sie schlichte weiße Shorts und T-Shirts, die sie in dem örtlichen Kurzwarenladen erstanden hatten. Dort hatte Stevie auch ihre spärliche Garderobe mit einigen billigen Kleidungsstücken aufgebessert und dabei festgestellt, dass Judd Mackie das Einkaufen großen Spaß machte.

Abends unternahmen sie kleine Spazierfahrten oder spielten auf der Veranda Karten. Judd schummelte schamlos beim Kartenspielen und war obendrein ein schlechter Verlierer, der allem Möglichen die Schuld gab, wenn er nicht gewann – angefangen von der zu schwachen Beleuchtung bis zu den angeblich zu lauten Grillen.

Was Stevie beunruhigte, war die sexuelle Spannung, die sich allmählich zwischen ihnen immer stärker aufbaute. Wenn sie einander zufällig berührten, schienen elektrische Ströme zwischen ihnen zu fließen, und das machte ihr Angst. Sie wollte ihre Beziehung unbedingt auf einer rein platonischen Ebene halten und sich keinesfalls auf eine Affäre mit Judd Mackie einlassen. Doch wie lange würde es ihr noch gelingen, ihre Gefühle für ihn zu ignorieren?

Eines Nachmittags kauften sie in dem kleinen Gemischtwarengeschäft ein Exemplar der *Dallas Tribune*. Nach Überfliegen des Sportteils war Stevie völlig niedergeschmettert. Ihre ärgste Rivalin war nun Siegerin des Turniers in Lobo Blanco. „Sie schreiben, dass sie es schaffen könnte, mich von meinem Platz auf der Weltrangliste zu verdrängen", teilte sie Judd bedrückt mit.

„Fühlst du dich denn schon stark genug, dich dem ganzen Zirkus zu stellen?"

Stevie hob den Kopf und sah ihn an. Sein Blick verriet ihr, dass Judd ebenso wenig wie sie darauf erpicht war, möglichst bald nach Dallas zurückzukehren. „Nein, noch nicht."

„Ich auch nicht." Er bemühte sich erst gar nicht, seine Erleichterung zu verbergen, und griff nach der Zeitung, um sie durchzublättern. „Sieh mal, hier ist ein Leserbrief abgedruckt, in dem nach meinem Verbleib gefragt wird."

„Und wie lautet darunter die Antwort?"

„Es heißt, ich hätte einige Wochen Urlaub genommen."

„Da sie über deine Kündigung nichts verlauten lassen, bedeutet das sicher, dass sie dich zurückhaben wollen", vermutete Stevie und beugte sich über Judds Schulter, um den Text zu lesen. „Vielleicht solltest du dich mal in der Redaktion melden."

„Kommt nicht infrage." Judd faltete die Zeitung zusammen und warf sie in den nächsten Papierkorb. „Ramsey soll ruhig noch etwas schwitzen."

Als Stevie am nächsten Morgen an einem Blumenbeet arbeitete, brachte der Postbote einen an Judd adressierten Brief. Sie wischte sich die erdigen Hände an ihren Shorts ab und ging ins Haus.

„Entschuldige die Störung, aber hier ist ein Brief für dich", sagte sie beim Betreten des Esszimmers. Er schrieb den Satz zu Ende und minimierte das Schreibprogramm. Bis jetzt weigerte er sich hartnäckig, etwas über den Inhalt seines Romans preiszugeben.

„Ramsey", verkündete Judd verächtlich, nach einem Blick auf den Briefkopf. Er überflog das Schreiben und knüllte es zusammen.

„Nun?", erkundigte sich Stevie ungeduldig und lehnte sich an den Tisch. „Ist er schon mürbe?"

„Ziemlich. Aber noch bittet er mich nicht, zurückzukommen."

„Er soll dich bitten?"

„Klar soll er das. Vielleicht ist ihm das eine Lehre."

Stevie lachte. „Darf ich daraus schließen, dass du noch keine Lust auf Rückkehr hast?"

„Momentan habe ich vor allem auf das Mittagessen Lust", antwortete Judd und erhob sich. Er drückte Stevie kurz an sich und gab ihr einen freundschaftlichen Kuss auf die Wange. „Entweder ist gleich unser Lunch fertig …?"

Hastig befreite sie sich aus seinen Armen. „Oder …?"

In seinen bernsteinfarbenen Augen blitzte ein leidenschaftlicher Funke auf. „Oder ich werde dir zeigen, worauf ich sonst noch Lust habe."

Stevie verschwand eilig in Richtung Küche.

8. KAPITEL

*D*u bist heute Abend ungewöhnlich ruhig. Was ist los?", erkundigte sich Judd abends beim Dinner.

Stevie, die abwesend auf den Tisch gestarrt hatte, hob den Kopf. „Tut mir leid, dass ich keine bessere Unterhaltung biete."

„Hast du Schmerzen?"

„Nein, ich bin nur müde."

„Das wundert mich nicht. Du hast mich heute förmlich vom Tennisplatz gefegt."

Stevie lächelte schwach. „Für einen Sonntagsspieler bist du überraschend konditionsstark."

Judd musterte sie scharf und spielte dabei mit dem Löffel in seiner Hand. „Es ist nicht nur die Müdigkeit, Stevie. Habe ich recht?"

„Kann sein. Ich weiß es nicht. Mir geht manches durch den Kopf."

„Es war das Pärchen."

Sie warf ihm einen erschrockenen Blick zu und bemühte sich dann, ihre spontane Reaktion hinter einer ausdruckslosen Miene zu verbergen. „Pärchen?"

„Das junge Paar mit dem Baby, das wir heute Nachmittag im Laden trafen."

Verlegen wich sie seinem fragenden Blick aus.

„Bis zu jenem Augenblick warst du bester Laune", fuhr Judd fort. „Während unseres Tennisspiels hast du dich ständig über meinen Aufschlag amüsiert, und hinterher balgten wir uns lachend um den letzten Bissen Hamburger und betraten vergnügt den Gemischtwarenladen." Er machte eine kurze Pause.

„Dort fiel dein Blick auf die beiden netten jungen Leute, die sich über den Kopf ihres Babys verliebt anlächelten. Deine Miene verfinsterte sich schlagartig, und du warst von da an kaum mehr ansprechbar."

„Ich wusste nicht, dass ich hier neben den Pflichten einer Haushälterin auch noch die Rolle einer Gesellschafterin zu übernehmen habe", erwiderte Stevie spitz. „Darüber hättest du mich vorher aufklären müssen."

Judd ließ den Löffel laut auf den Tisch fallen und hob beschwichtigend beide Hände. „Reg dich nicht auf. Ich mache mir doch nur Sorgen deinetwegen."

„Das brauchst du nicht."

„Doch."

Stevie sah ihn prüfend an. Judd schien es ehrlich zu meinen. Zumindest hoffte sie das. „Wahrscheinlich hältst du mich für zu sentimental", meinte sie mit einem selbstironischen Lächeln.

„Um aufrichtig zu sein, dieses Bild ehelichen Glücks und elterlicher Liebe hat bei mir ebenfalls einen Nachklang hinterlassen."

„Ausgerechnet bei dir!" Stevie schnitt eine Grimasse.

„Im Ernst. Nicht von jeher bin ich ein oft gehässiger Zyniker gewesen. Ich wurde von meinen Eltern nach recht bürgerlichen Grundsätzen erzogen."

„Und was hat dich dann verändert?"

„Grausame Schicksalsschläge, durch die bei mir manches auf der Strecke geblieben ist."

„Hoffentlich steht dieses pathetische Geständnis nicht auch in deinem Roman."

Ein Lächeln umspielte Judds Mund. „Nicht wörtlich. Sinngemäß aber ist es das Thema meines Buches."

Stevie schwieg eine Weile. Dann seufzte sie tief auf. „Da wir bei Geständnissen sind – ich gebe zu, dass mich beim Anblick dieser harmonischen Familienidylle leichte Wehmut überkam. Ich verspürte ein Gefühl von Neid."

„Neid?", fragte Judd ungläubig. „Neid auf dieses schlichte Paar vom Land, obwohl du die ganze Welt bereist, viele interessante Leute kennengelernt und hohe Preisgelder gescheffelt hast? Von den Unsummen ganz zu schweigen, die du als Werbeträgerin verdienst. Dazu all die Siegerehrungen und Pokale …"

„Ich kenne viele Menschen", gab Stevie zu. „Trotzdem habe ich niemanden, mit dem ich richtig meine Probleme besprechen kann."

Judd schwieg einen Moment und fragte dann: „Bereust du etwa einige Entscheidungen in deinem Leben, Stevie?"

„Ja. Nein. Ich weiß es selbst nicht, Judd. Es ist nur …" Stevie bemühte sich, ihre wirren Gedanken in Worte zu fassen.

„In den vergangenen drei Jahren fehlte mir jeweils ein Turniersieg zum Grand Slam. Diesmal wollte ich alles dransetzen, ihn zu gewinnen, um dann, auf dem Höhepunkt meiner Laufbahn, auszusteigen und mir das unweigerlich folgende Erlebnis des Abstiegs zu ersparen."

Betrübt setzte sie hinzu: „Aber nie habe ich mir den Kopf darüber zerbrochen, was ich hinterher anfangen soll. Nun, da ich mich dem Unausweichlichen stellen muss, sehe ich nur eine Leere vor mir. Ich habe keine Perspektiven."

„Ein Baby …"

„Kein Baby. Vielleicht nicht einmal die Chance, jemals eines zur Welt zu bringen."

„Bereust du es jetzt, nicht schon früher ein Kind bekommen zu haben?"

„Möglich, doch sieht man im Nachhinein meist die Dinge anders."

„Die Frage wäre ja auch: Ein Kind, von wem?"

Sie stieß einen freudlosen Lacher aus. „Genau. Ich habe mir nie die Zeit genommen, mich zu verlieben, zu heiraten oder eine stabile Beziehung aufzubauen. Ich weiß noch nicht einmal, was man hierunter versteht."

„Und nun, da du Zeit hättest, das herauszufinden, befürchtest du, dazu keine Gelegenheit mehr zu haben. Ist es das, was dich quält?"

„Mehr oder weniger."

Eine Zeit lang schwiegen beide. Judd sprach zuerst wieder. „Manchmal wird uns eine Entscheidung aufgezwungen."

„Mir nicht. Als ich mich vor vielen Jahren für das Tennis entschied, wollte ich unbedingt die Weltrangliste erklimmen."

„Das ist dir gelungen."

„Ich weiß. Mir ist durchaus klar, dass kein Grund zur Klage besteht. Ich habe viel erreicht." Sie lächelte traurig. „Nur werde ich hin und wieder, wie heute, daran erinnert, welche Opfer ich für die Verwirklichung meiner Pläne gebracht habe. Nun, am Ende meiner Karriere, befallen mich leise Zweifel, ob ich richtig gehandelt habe."

Stevie atmete tief durch. „Nichts hasse ich mehr als Selbstmitleid, denn es schwächt einen nur. Was mir aber am meisten zusetzt, ist die Tatsache, dass mir in meiner jetzigen Lage so wenig Handlungsspielraum bleibt."

Sie hatten ihr Mahl beendet und räumten nun gemeinsam den Tisch ab und spülten das Geschirr. Trotz seiner Sprüche verhielt Judd sich nicht wirklich wie ein Macho. Er unterstützte Stevie tatkräftig bei der Hausarbeit.

„Ich gehe ins Bett", verkündete sie, nachdem sie in der Küche fertig waren.

„Um trübsinnigen Gedanken nachzuhängen?"

„Nein, weil meine melancholische Anwandlung mich erschöpft hat."

Judd lächelte verschmitzt. „Ich wüsste da einige angenehme Methoden, sich wieder mental zu regenerieren. Soll ich sie dir aufzählen?"

„Nein, danke", lehnte sie hastig ab.

Er drückte ihre Schulter und küsste sie flüchtig auf die Stirn.

Stevie sah zu Judd auf und fühlte sich trotz seiner Gegenwart einsam und verloren. Sein brüderlicher Kuss und der freundschaftliche Schulterdruck genügten ihr nicht, doch konnte sie das schlecht zugeben.

Immer öfter ertappte sie sich dabei, dass sie sich nach einer leidenschaftlichen Umarmung von ihm sehnte und sich ausmalte, wie er sie wild und voller Verlangen küsste und ihr mit seiner rauen Stimme heiße Liebesworte ins Ohr flüsterte. Nur zu gern hätte sie jetzt den Kopf an seine breite Brust gelehnt und das Gefühl der Geborgenheit genossen, das er ihr vermittelte.

Alles Hirngespinste, schalt sie sich innerlich und wandte sich abrupt zur Tür. „Gute Nacht."

„Gute Nacht, Stevie."

Stevie fand lange keinen Schlaf. Der Tag war selbst für texanische Verhältnisse ungewöhnlich schwül, und in ihrem sonst relativ kühlen Zimmer herrschte eine stickige Hitze. Bis jetzt hatte sie die Klimaanlage nicht vermisst. Vielmehr liebte sie es, im Bett zu liegen und vor den weit geöffneten Fenstern die wehenden Vorhänge zu beobachten. Heute allerdings hingen sie schlaff herunter. Kein noch so schwaches Lüftchen regte sich.

Ruhelos wälzte sie sich hin und her. Zwar fühlte sie sich körperlich erschöpft, war gleichzeitig aber innerlich viel zu aufgewühlt, um einschlafen zu können. Sie schlug das dünne Laken zurück und tapste barfuß zur Tür, die, wie alle anderen Türen des Hauses, stets geöffnet war, um einen ständigen Luftdurchzug zu garantieren.

Stevie horchte nach unten. Nichts. Durch einen Blick in Judds Zimmer vergewisserte sie sich, dass er noch nicht im Bett lag. Sie beugte sich über das Treppengeländer und entdeckte, dass unten im Esszimmer noch Licht brannte. Vielleicht hat er eine kurze Pause eingelegt, dachte sie. Stevie schlich leise die Treppe hinunter, um nachzuschauen, was los war.

Judd saß tief in Gedanken versunken am Tisch in einer Pose, die nach Stevies Vorstellung gut zu einem Schriftsteller passte. Den Kopf auf die Arme gestützt, starrte er auf das Display. Seine Kleidung hatte einen leichten Anstrich von Boheme. Er trug knappe marineblaue Shorts und ein weißes Hemd, dessen gekürzte Ärmel zerfranst waren.

Sein zerwühlter kastanienbrauner Haarschopf sah aus, als hätte Judd sich mit der kleinen Gartenharke gekämmt, mit der Stevie die Blumenbeete bearbeitete. Eine in die Stirn fallende Locke vervollständigte das Bild des über seiner Arbeit brütenden Künstlers. Die in bänderlosen Turnschuhen steckenden Füße stemmte er gegen die unterste Sprosse des Tisches.

Um ihn nicht aus seiner Versunkenheit zu reißen, wollte Stevie sich lautlos davonstehlen.

„Stevie?"

Bereits in Richtung Treppe unterwegs, kehrte sie um und erschien im Türrahmen. „Entschuldige, ich wollte dich nicht stören."

„Offenbar nicht."

„Sind dir die Musen heute nicht hold?"

„Diese Biester." Mit dem in die Stirn fallenden Haar und den dunklen Bartschatten auf Kinn und Wangen vermittelte Judd im grellen Schein der Lampe nicht gerade den Eindruck von Seriosität. Er wirkte reizbar und gefährlich – und ungemein attraktiv. Wieder einmal verspürte Stevie das altbekannte Magenkribbeln und eine leichte Schwäche in den Kniekehlen.

„Wieso schläfst du nicht?" Er trank einen Schluck Kaffee, der mittlerweile eiskalt sein musste.

„Ich konnte nicht einschlafen. Es ist ziemlich schwül."

Er musterte sie eindringlich von Kopf bis Fuß. „Ist mit dir alles in Ordnung?"

„Ja."

„Bestimmt?"

„Ja."

„Du schwindelst. Wenn alles in Ordnung wäre, würdest du längst schlafen."

Stevie kam näher. Sie trug ein ärmelloses Nachthemd mit stickereiverziertem Ausschnitt, das sie ebenfalls in dem Kurzwarenladen erstanden hatte. Vom Schnitt her wirkte es brav, doch war der leichte Baumwollstoff ziemlich durchsichtig. Als sie nun die Arme lose herabhängen ließ, zeichnete sich unter dem dünnen Material deutlich ihre Figur ab, was Stevie jedoch nicht bewusst war. „Wie du selbst sehen kannst, geht es mir gut."

„Mir nicht", murmelte Judd mürrisch. „Setz dich und leiste mir ein bisschen Gesellschaft."

Suchend sah sie sich um. „Wo …?"

„Hier." Ehe sie sich's versah, hatte er sie auf seinen Schoß gezogen. Stevie stieß einen leisen Schrei aus, als sie seine nackten Oberschenkel durch den dünnen Stoff ihres Nachthemds hindurch spürte. „Judd!"

„Habe ich dir etwa erzählt, dass ich weiße Baumwollnachthemden aufregend finde?", meinte er und schmiegte sein Gesicht an ihren Hals.

„Nein."

„Das beruhigt mich. Ich dachte schon, ich hätte dir diesen Bären aufgebunden."

„Frechdachs." Sie versetzte ihm mit dem Ellbogen einen Stoß in die Rippen.

Lachend hob er den Kopf, legte beide Arme um ihre Taille und betrachtete sie ungeniert. „Selbst wenn du dich nicht wehren würdest, wäre ich momentan nicht imstande, dich zu verführen."

„Warum nicht?"

„Weil du in diesem keuschen Hemdchen und dem offenen Haar wie eine Zwölfjährige aussiehst."

Schmunzelnd fuhr Judd mit dem Zeigefinger über die Reihe kleiner Knöpfe an ihrem Ausschnitt und spielte mit der sorgfältig gebundenen Satinschleife, ohne sie zu öffnen. Dann verging ihm jedoch jäh das Lachen; er sah mit ungewöhnlichem Ernst in Stevies dunkle Augen. Ihre Blicke versanken ineinander.

Stevies Puls beschleunigte sich, und sie hoffte, dass Judd es nicht bemerkte, denn schon einmal hatte er sie deswegen aufgezogen. Deshalb wagte sie jetzt kaum zu atmen.

Ich muss etwas unternehmen, sonst ist es um mich geschehen, überlegte sie. Am besten erkundige ich mich nach seiner Arbeit. „Wie weit bist du?"

„Hm?", murmelte er dicht an ihrem Ohr.

„Mit deinem Buch."

„Wie ich vorankomme, willst du wissen?" Judd legte den Kopf zurück, schloss die Augen und atmete mehrmals tief durch. Um seine Mundwinkel zeigten sich Zeichen von Anspannung.

„Dies schon ein Buch zu nennen wäre eine ziemliche Übertreibung." Er wies auf den Stapel weißer Blätter, die mit der beschriebenen Seite nach unten auf dem Tisch lagen.

„In den letzten Tagen warst du aber eifrig bei der Sache. Bestimmt hast du da nicht nur wertloses Zeug fabriziert."

„Hoffentlich nicht", meinte Judd seufzend und nahm ihre Hand. Er studierte die Innenfläche und strich mit dem Daumen zart über die vom Tennisschläger verursachten Schwielen. Die sanfte Berührung vermehrte noch das Chaos, das in Stevies Innerem tobte. Gleichzeitig wurde sie sich nur allzu deutlich der Wärme unter ihren Schenkeln bewusst.

Hastig entzog sie Judd ihre Hand und versuchte aufzustehen.

„Wo willst du hin?"

„Zurück ins Bett."

„Ich dachte, du wolltest dich mit mir unterhalten?"

„Du sagst ja kaum etwas."

„Dich interessiert also wirklich mein Manuskript?" Er klang verdrossen. „Na schön, ich erzähle."

„Ich …"

„Da du mich schon geraume Zeit mit Fragen piesackst, sei jetzt still und hör zu."

Gegen diese Behauptung hätte Stevie eigentlich protestieren müssen. Seit Judd ihr erklärt hatte, wieso er mit niemandem über sein Buch reden wollte, hatte sie sich mit diesbezüglichen Fragen weitgehend zurückgehalten. Doch nun schien er plötzlich von einem für ihn seltenen Mitteilungsbedürfnis befallen zu sein, und so blieb sie gehorsam auf seinem Schoß sitzen und hörte zu.

„Also – zuerst der Held. Er ..."

„Hat er auch einen Namen?"

„Noch nicht. Und unterbrich mich nicht." Judd holte tief Luft. „Der von klein auf sportliche Held schafft es schon als Oberschüler in eine sehr gute Baseballmannschaft. Als Student lockt ihn ein lukrativer Profivertrag. Unser Held ist nach großem Zaudern so klug, zuerst sein Studium der Journalistik abzuschließen. Er feiert gern, lernt viele Frauen kennen, genießt das Leben."

Einen Augenblick lang sah Judd sinnend auf das Blatt in seiner Maschine. „Unser Held unterschreibt alsdann nach ehrgeizigem sportlichem Einsatz einen schillernden Fünfjahresvertrag als Baseballprofi. Er feiert dies mit einem Wochenendtrip mit Freunden an einem neu geschaffenen Stausee. Und hat dort die Idee, das Wasserskifahren auszuprobieren."

Stevie biss sich auf die Unterlippe. Sie ahnte, was nun folgen würde, und hätte sich das Ende der Geschichte gern erspart. Doch wollte sie jetzt keinesfalls von Judds Schoß aufstehen. Anscheinend gärte es schon seit Langem in ihm, und er hatte diese Aussprache bitter nötig. Außerdem konnte sie sich endlich bei ihm revanchieren – schon oft hatte er ihr geduldig zugehört, wenn sie ihm ihr Herz ausschüttete.

„Das Boot steuert auf einen aus dem Wasser stehenden Pfahl zu, unser Held findet das ungemein lustig. Er hält sich für unverwundbar." Judds Stimme klang auf einmal seltsam tonlos. „Statt die Leine loszulassen, bildet er sich ein, er könne das Hindernis mit einem eleganten Schlenker umfahren – ein Trugschluss ..."

In das nun folgende Schweigen drang entferntes Donnern, das sich bedrohlich anhörte. Ein leichter Wind begann zu wehen. Doch weder Stevie noch Judd bemerkten die Signale eines Wetterumschwungs.

„All seine hochtrabenden Pläne werden in einem einzigen Augenblick zerstört", fuhr Judd fort. „Eine unbedachte Handlung verändert sein Leben von Grund auf. Ein Jahr lang muss er sich unzähligen Operationen unterziehen, bis sein Bein wieder einigermaßen hergestellt ist. Doch trotz intensiver Bemühungen attestieren die Ärzte, dass sein Bein den Belastungen des Profisports nicht mehr gewachsen ist. Da er nun selbst keinen Hochleistungssport mehr ausüben kann, besinnt der Held sich auf seinen flüssigen Schreibstil und beginnt, beruflich als Reporter über die Glanzereignisse des Sports zu berichten."

Draußen hatte heftiger Regen eingesetzt, und sturmartige Böen bliesen die Vorhänge ins Zimmer. Ein greller Blitz leuchtete auf, gleich darauf ertönte ein krachender Donner. Die Luft kühlte sich merklich ab.

Doch Stevie nahm das Gewitter nicht zur Kenntnis. Ihre ungeteilte Aufmerksamkeit galt Judd. Sie strich ihm liebevoll das Haar aus der Stirn und versuchte, mit den Fingern die steile Falte zwischen seinen Brauen zu glätten.

„Doch wahrscheinlich hat der Roman kein Happy End", schloss Judd seinen Vortrag in beinahe wegwerfendem Ton ab.

„Wieso das?"

Ohne sich darüber klar zu sein, was er tat, fuhr Judd mit dem Zeigefinger unter Stevies Ausschnitt und zeichnete dessen Linie nach. „Unser Held hadert nach dem Unfall mit sich und der Welt. Vor allem verzeiht er es sich nicht, dass einzig und allein er selbst an seiner Misere schuld ist. Er betrachtet sein Leben als verpfuscht, sieht plötzlich keine Zukunftsperspektive mehr. Alles Tun erscheint ihm sinnlos, gleichzeitig scheut er sich nicht davor zurück, den Groll, den er gegen sich selbst hegt, an seinen Mitmenschen abzureagieren. Er trinkt viel, gibt sich mit Frauen ab, die ihm nichts bedeuten, und bricht hin und wieder eine Schlägerei vom Zaun."

„Schlägereien?"

Bedächtig zupfte Judd an den kleinen Knöpfen von Stevies Nachthemd. „Vielleicht muss er sich und anderen damit etwas beweisen. Da er nicht mehr der leistungsstarke Sportler wie vor dem Unfall ist."

„Muskelkraft allein ist kein Beweis für wahre Männlichkeit."

„Versuch das mal einem Durchschnittsamerikaner klarzumachen."

Diesem Argument konnte Stevie sich nicht verschließen, und so zuckte sie nur mit den Schultern. Doch durch die plötzliche Bewegung rutschte Judds Zeigefinger in die weiche Mulde zwischen ihren Brüsten. „Und wie endet die Geschichte, Judd?"

„Das Ende ist bislang noch offen. Mein jetziges Konzept reicht nur bis zu dem Zeitpunkt, wo er einen gut bezahlten festen Job hat, ohne sich dafür besonders zu verausgaben. Es gelingt ihm, seiner Umgebung weiszumachen, er würde gute Arbeit leisten, doch sich selbst kann er nicht belügen. Ihm ist klar, dass er sein Talent verschleudert. Was aus ihm letztendlich wird, weiß ich noch nicht. Möglicherweise trauert er zeitlebens den verbauten Chancen nach."

„Ich glaube, du stellst dein Licht zu sehr unter den Scheffel", sagte Stevie. Ihre Stimme klang weich und mitfühlend. „Um eine eigene Kolumne in einer großen Tageszeitung zu erhalten, muss man beträchtliche Erfolge vorweisen, und das kannst du. Deine Artikel sind spritzig und humorvoll und niemals langweilig ... was hast du?"

Judd, der Stevie bis dahin mit unbewusster Vertrautheit, aber ohne sexuelle Hintergedanken gestreichelt hatte, zog abrupt seine Hand zurück. Seine Augen funkelten zornig. „Habe ich etwa behauptet, die Geschichte handle von mir?"

Sein jäher Stimmungsumschwung machte Stevie betroffen. „Nicht ... nicht direkt", stammelte sie. „Aber ..."

„Der Held meines Buches ist mit seinem Leben höchst unzufrieden. Erwecke ich einen solchen Eindruck?"

Ohne Rücksicht sprang er auf, sodass Stevie fast von seinem Schoß fiel. Sie taumelte und hatte Mühe, ihr Gleichgewicht zu halten. Das Mitgefühl, das sie eben noch mit Judd hatte, verwandelte sich in Wut. Erst heulte er sich bei ihr aus, und dann schlüpfte er unvermutet wieder in die Rolle des unzugänglichen Machos.

„Weißt du, welchen Eindruck du erweckst?", rief sie erzürnt. „Den eines zweitklassigen Journalisten, der seit Jahren aller Welt von dem großen Roman vorfaselt, den er bald zu veröffentlichen gedenkt."

„Wieso bildest ausgerechnet du dir ein, mich zu kennen, Miss Tennisplatz?", entgegnete er in gleicher Lautstärke und musterte sie finster.

„Jedenfalls kenne ich dich gut genug, um zu wissen, dass du zu unsensibel bist, um eine einfühlsame Geschichte über die Desillusionierung eines Menschen zu verfassen." Sie deutete auf den Stapel Papier. „Ich finde deinen Helden langweilig, und das Buch wird mich bestimmt auch nicht vom Hocker reißen."

Judd baute sich in seiner ganzen Größe dicht vor ihr auf und sah grimmig auf sie hinunter. „Da irrst du dich", stieß er zwischen zusammengebissenen Zähnen hervor. „Ich werde mit eingehenden Passagen über die Frauenbekanntschaften des Helden für genügend Spannung sorgen."

„Umso schlimmer. Dann wird dein Roman sich ja nur wenig von einem gewöhnlichen Groschenroman unterscheiden." Nach diesem vernichtenden Urteil machte Stevie auf dem Absatz kehrt und verließ sein Zimmer.

9. KAPITEL

Als Stevie am nächsten Morgen früh erwachte, regnete es noch immer. Doch hatte nicht das laute Prasseln des Regens sie geweckt, sondern ein Krampf im Unterleib.

Sie stand auf und schluckte zwei Schmerztabletten. Dann legte sie sich wieder ins Bett und rollte sich zusammen, in der vagen Hoffnung, in dieser Stellung besser einschlafen zu können. Das gleichmäßige Geräusch des Regens hatte eine einlullende Wirkung auf sie, und sie dämmerte in einen unruhigen Halbschlaf hinüber.

Plötzlich hörte sie Judd leise ihren Namen rufen. Sie spürte, wie jemand hinter sie auf die Matratze glitt und ihr eine Hand auf die Schulter legte. „Stevie, was ist los?"

„Nichts", murmelte sie mit geschlossenen Augen.

„Ich konnte dein Stöhnen bis in mein Zimmer hören. Es hat mich geweckt."

„Entschuldigung."

Judd stöhnte. „Mir geht es doch nicht um meinen Schlaf, sondern darum, zu wissen, ob du Schmerzen hast", meinte er aufgebracht.

„Ein wenig. Aber es ist nur ein leichter Krampf. Mach dir keine Sorgen, er lässt bestimmt bald nach."

„Wo sind deine Tabletten? Ich hole sie dir."

„Ich habe bereits zwei genommen."

„Wann?"

„Weiß ich nicht genau. Es ist noch nicht lange her."

„Warum wirken sie nicht?"

„Es dauert wohl noch eine Weile."

„Was kann ich für dich tun?"

„Nichts."

„Warum öffnest du deine Augen nicht?"

„Weil ich todmüde bin", antwortete Stevie. Und weil ich weiß, dass du splitternackt schläfst und so auch in mein Bett geschlüpft bist, setzte sie in Gedanken hinzu. „Geh in dein Zimmer zurück. Ich bin bald wieder in Ordnung."

„Wo tut es weh?"

„Wo schon", entgegnete sie bissig. „Ich habe nur einen Tumor."

„Was könnte dir helfen?"

„Mein Heizkissen."

„Wo ist es?"

„Zu Hause."

Judd schwieg, rührte sich jedoch nicht vom Fleck. Stevie fühlte, dass er sie betrachtete. Dann schien ihm unvermittelt ein rettender Einfall zu kommen. Blitzschnell veränderte er seine Position, legte einen Arm um Stevies Hüfte und tastete unter dem Laken nach ihrem Bauch. Behutsam schob er das Nachthemd hoch und presste seine warme Hand auf ihre nackte Haut.

„Judd! Was soll …"

„Halt still. Ich will dir nur helfen."

„Das kannst du nicht."

„Vielleicht nicht, aber ich möchte es wenigstens versuchen."

„Weshalb?"

„Weil ich dich ohne Schmerzen sehen will. Zumal ich mich gestern Abend ziemlich rüde benommen habe. Es war ungerecht von mir, dich anzuschreien."

„Das ist längst vergessen. Es ist nicht nötig …"

„Nun lass mich doch ein einziges Mal die Rolle des barmherzigen Samariters spielen, ja? Also, wo tut es weh? Hier?" Er legte seine warme Hand auf ihren Unterleib und begann, ihn sanft zu massieren.

„Hm." Unter Judds zärtlichen Fingern begann die Verkrampfung sich allmählich zu lösen. Statt der Schmerzen empfand Stevie jetzt eine wohlige Hitze im Bauch. Ein herrliches Gefühl.

„Ist es schon besser?" Judd wartete. „Stevie?"

Stevie schlummerte bereits selig.

Als Stevie an diesem Morgen zum dritten Mal erwachte, lag Judds Arm schwer auf ihrer Hüfte und seine Hand auf ihrem Bauch.

Wenn er sich schon in meinem Bett breitmacht, hätte er wenigstens sein eigenes Kopfkissen mitbringen können, dachte Stevie. Es war ein halbherziger Versuch, sich in eine Wut auf Judd hineinzusteigern und gleichzeitig die verwirrenden Empfindungen zu verdrängen, die seine Nähe in ihr weckte. Er kuschelte sich im Schlaf an sie, und sie spürte an ihrem Nacken seinen warmen, feuchten Atem.

Stevie neigte weder zu Selbstbetrug, noch hatte sie einen Hang zu Masochismus, und so fiel es ihr schwer, sich dem Reiz zu entziehen, den dieser sehnige harte Körper auf sie ausübte. Statt von ihm abzurücken, lehnte sie sich an ihn.

Gleich darauf öffnete sie voller Schreck die Augen, denn ihr wurde nur allzu deutlich bewusst, dass sie nicht mit einem seelenlosen Körper, sondern mit einem recht vitalen Mann im Bett lag. Vorsichtig wandte sie den Kopf und hoffte inständig, dass Judd davon nicht aufwachte.

Doch in diesem Augenblick bewegte er sich schon, gähnte und öffnete die Augen. Ihre Gesichter waren nur eine Handbreit voneinander entfernt, und Stevie überlegte fieberhaft, wie sie die Situation entschärfen konnte. Vielleicht mit einem netten Dankeschön oder einem befreienden Lachen? Oder war es besser, die Zornige zu mimen?

Sie tat nichts von alledem, lag nur still da und studierte jede Einzelheit dieses markanten Gesichtes, das ihr in den letzten Tagen so vertraut geworden war.

Judd rührte sich als Erster. Mit seiner noch immer auf ihrem Bauch ruhenden Hand strich er über ihre Hüfte und drückte Stevie sanft auf den Rücken.

Stumm nahm er ihr Bild in sich auf. Ihr blondes Haar, von dem er eine seidige Strähne durch seine Finger gleiten ließ, ihre braunen Augen, die er insgeheim mit der Farbe von altem Scotch verglich, ihren Mund, ihren Hals. Beim Anblick des züchtigen Ausschnitts des Nachthemds schmunzelte er. Dann schweifte sein Blick wieder gemächlich nach oben zu ihrem Gesicht.

Erneut bewegte er sich. Diesmal beugte er sich, auf seine Ellbogen gestützt, über Stevie und drängte ein Bein zwischen ihre Schenkel. Zärtlich strich er ihr das Haar aus der Stirn und umfasste mit beiden Händen ihr Gesicht. Dann fuhr er mit dem Daumen über ihre Lippen, bis sie sich öffneten. Ihn schien das zu faszinieren, denn nun zeichnete er mit der Daumenkuppe die Linie ihres Mundes nach und strich danach über die weißen Zähne.

Und endlich neigte er den Kopf und küsste Stevie.

Sie dachte nicht mehr an Abwehr, sondern legte beinahe automatisch die Arme um Judds Hals. Ermuntert durch seine Zärtlichkeiten, ertastete sie mit den Fingerspitzen seine harten Rückenmuskeln und berührte die beiden Grübchen über seinem Po.

Judd reagierte auf ihre Liebkosungen mit einem dumpfen und sinnlichen Laut und schob seine Zunge zwischen ihre Lippen. Ohne Hast erkundete er das weiche Innere ihres Mundes, erforschte genießerisch jeden Winkel. Es war ein liebevoller, ein schläfriger Kuss, um Guten Morgen zu sagen.

Für Stevie war es der verführerischste Kuss, den sie jemals erhalten hatte.

Als sich ihre Lippen voneinander lösten, blickten Judd und Stevie sich leicht benommen an. Sie hob eine Hand, um sich eine Strähne ihres langen blonden Haares aus dem Gesicht zu streichen, doch er schnappte mit dem Mund nach ihrem Daumen, knabberte verspielt daran und liebkoste mit seiner Zunge ihren Handballen.

Stevie ging nun ebenfalls auf Entdeckungsreise, berührte das dichte kastanienbraune Haar, strich über Judds Stirn und zog die steile Falte zwischen seinen Brauen nach, die ihm stets ein leicht grimmiges Aussehen verlieh. Diese Mischung aus Zorn und Wehmut, die seine Miene meist verdüsterte, hatte sie schon von jeher an ihm gereizt.

Er küsste ihren Hals, und sie drängte sich an Judd, um ihm zu zeigen, wie sehr sie sich nach ihm sehnte. Der Kuss, der nun folgte, war nicht mehr schläfrig, sondern ungestüm, leidenschaftlich und fordernd.

Trotz seiner Erregung nahm Judd sich auch weiterhin viel Zeit. Stevie wünschte sich, er würde diese endlose Reihe von Knöpfen an ihrem Ausschnitt mit einem Ruck aufreißen. Doch er öffnete bedächtig Knopf für Knopf, zog die Satinschleife auf und schob schließlich den dünnen Baumwollstoff von ihren Schultern. Seine schlanken Finger strichen behutsam über ihre weiße Haut und umfassten dann ihre Brüste.

Stevie entging der zärtliche bewundernde Blick, mit dem Judd ihre Brüste betrachtete. Sie hatte die Augen geschlossen und atmete heftig und unregelmäßig. Verspielt rieb Judd erst seine Nase an ihrem Busen, dann seine Wangen und sein stoppeliges Kinn, sodass eine heiße Lust Stevie durchströmte. Sie verlor jede Hemmung und presste sich verlangend an ihn.

Er umkreiste mit der Zunge ihre Brustspitze, nahm sie in den Mund und knabberte sanft an der rosigen Knospe. Dann reizte er sie mit der Zunge, bis sie sich aufrichtete und hart wurde.

Stevie hatte das Gefühl, am ganzen Körper zu brennen. Stöhnend wälzte sie den Kopf hin und her und hob Judd ihre Hüften entgegen. Er rieb sein Knie an ihrem Schenkel, und sie klammerte sich sehnsuchtsvoll an ihn. Dann spürte sie, wie er ihr Nachthemd hochschob und ihr mit seinen geschickten Fingern den Slip abstreifte und sie gezielt streichelte.

Im nächsten Augenblick drang lautes Klopfen an ihr Ohr. Jemand hämmerte mit aller Kraft gegen die Haustür.

Und so kam es, dass Judds erste Bemerkung an diesem für ihn so wundervoll begonnenen Morgen keine poetische Liebeserklärung war, sondern ein deftiger Fluch.

„Na endlich", murrte der Briefträger, als Judd eine Minute später die Haustür mit solcher Wucht aufriss, dass sie beinahe aus den Angeln kippte.

„Ich lag noch im Bett."

„Es hat mich einige Mühe gekostet, mich zu Ihnen durchzuarbeiten." Der Briefträger schien mindestens so missgelaunt zu sein wie Judd. Anklagend deutete er auf seine mit Schlamm bespritzten Stiefel. Der wolkenbruchartige Regen während der vergangenen Nacht hatte den Weg zum Haus völlig aufgeweicht und in einen einzigen Morast verwandelt. Auch die von Stevie so liebevoll gepflegten Blumen boten einen traurigen Anblick.

„Danke, dass Sie sich so tapfer zu mir durchgekämpft haben", murmelte Judd und kritzelte seinen Namen auf die Empfangsbestätigung.

Der Mann im gelben Regenmantel überreichte ihm einen eingeschriebenen Eilbrief. Dann zog er sich die Kapuze über den Kopf und rannte ohne ein weiteres Wort zu seinem Wagen zurück.

Judd knallte die Haustür zu.

„Wer war es?", rief Stevie von oben.

„Der Postbote mit einem Eilbrief für mich."

„Von wem?"

In seiner Wut über die unliebsame Störung gerade in dieser Situation hatte Judd vergessen, nach dem Absender zu schauen. Er warf einen Blick auf das Kuvert und unterdrückte einen weiteren Fluch. „Mike Ramsey."

„Was will er?"

„Woher soll ich das wissen. Ich habe den Brief noch nicht geöffnet."

Noch nie hatte Judd sich so frustriert gefühlt wie in diesem Moment. Da war es ihm endlich gelungen, Stevies Widerstand zu überwinden und die Beziehung zu ihr ein wenig enger zu gestalten, und dann musste ihm ausgerechnet Ramsey mit seinem idiotischen Brief dazwischenkommen.

Er hörte Schritte auf der Treppe und wandte den Kopf. Seine Stimmung sank auf den Nullpunkt, als er Stevie voll angezogen die Stufen herunterkommen sah. Ihre braunen Augen wirkten unnatürlich groß in dem blassen Gesicht, und in ihrer Miene spiegelten sich Verlegenheit und Reue wider.

Noch lag auf seinen Lippen der Geschmack ihres Mundes, und alles in ihm drängte danach, dort fortzufahren, wo sie unterbrochen worden waren.

Gleichzeitig wusste Judd instinktiv, dass es dazu zu spät war. Stevie hatte in der Zwischenzeit Gelegenheit zum Nachdenken gehabt und sich erneut in ihr Schneckenhaus zurückgezogen.

Vielleicht täusche ich mich, versuchte er sich einzureden. Er machte einen Schritt auf sie zu, als sie am Fuß der Treppe stehen blieb. „Stevie", bat er heiser und blickte sie voller Sehnsucht an.

Nervös fuhr sie sich mit der Zunge über die Lippen. „Am besten setze ich erst einmal Kaffee auf", sagte sie schnell und eilte im Laufschritt in Richtung Küche. Es sah verdächtig nach Flucht aus.

Judd wartete einige Augenblicke, bevor er ihr folgte. In der Küche ließ er sich auf einen Stuhl fallen und riss den Umschlag auf. Nachdem er Ramseys Botschaft gelesen hatte, knüllte er den Brief zusammen und steckte ihn in die Tasche seiner Shorts. „Wie lange dauert es, bis der Kaffee fertig ist?"

„Fünf Minuten. Was schreibt dein Chefredakteur?"

„Nichts von Bedeutung."

„Wieso machst du dann so eine mürrische Miene?"

„Weil der Kaffee noch nicht fertig ist." Es klang ausgesprochen gereizt, wenngleich sein Zorn nicht Stevie galt, sondern Mike Ramsey. Judds Erregung war noch nicht abgeflaut, und das machte ihm zu schaffen. „Es gibt natürlich noch andere Gründe für meine … äh … Verdrießlichkeit, doch wahrscheinlich interessieren sie dich nicht, oder?"

Hastig schüttelte sie den Kopf.

„Dachte ich es mir doch", spottete er.

„Ist Mr Ramsey nun schon so klein mit Hut, wie du ihn haben willst? Bittet er dich, schnellstens zurückzukommen?"

„Nein."

„Was schreibt er dann?"

„Nichts Wichtiges."

„Ich will wissen, was in dem Brief steht."

Stevies unverhoffter Ausbruch kam für Judd völlig überraschend und lenkte ihn vorübergehend von seinem angespannten Körper ab. Ihre Stimme hatte ungewöhnlich schrill geklungen, was auf eine starke innere Anspannung schließen ließ. „Na schön, deine offenbare Ahnung trügt dich nicht. Der Brief handelt von dir."

Sie setzte sich ihm gegenüber an den Tisch und blickte ihn fragend an. „Und was schreibt Mr Ramsey über mich?"

„Er informiert mich wegen deines Verschwindens", erwiderte Judd mit einem trockenen Lächeln. „Seiner Meinung nach habe ich mir die heißeste Story des Jahres entgehen lassen. In Sportkreisen spreche man derzeit von nichts anderem als von Stevie Corbetts mysteriösem Verschwinden nach ihrem Zusammenbruch."

Das Kontrolllämpchen der Kaffeemaschine blinkte und zeigte an, dass der Kaffee fertig war. Judd stand auf und kehrte mit zwei dampfenden Tassen zurück, von denen er eine vor Stevie auf den Tisch stellte. Nachdem er vorsichtig einige Schlucke getrunken hatte, fuhr er fort: „Mike fordert mich auf, nicht länger zu schmollen und umgehend nach Dallas zurückzukommen. Er meint, es müsste mir mit meinen weitreichenden Verbindungen möglich sein, als Erster deine Spur zu finden." Ein schwaches Lächeln huschte über sein Gesicht. „Anscheinend hat er meine Kündigung vergessen."

„Und was behaupten die anderen?"

„Wer?"

„Die Sportreporter. Sicher haben sie bereits atemberaubende Theorien über meinen Verbleib entwickelt."

„Ja, einige. Laut Mike munkelt man etwas von Selbstmord und ..."

„Selbstmord?"

„Es ist nur ein Gerücht, da man deine Leiche noch nicht gefunden hat. Andere hegen die Vermutung, du hättest dich irgendwo heimlich operieren lassen, und wieder andere meinen zu wissen, dass du dich in einer sehr exklusiven Spezialklinik auf den Bahamas behandeln lässt. Ramsey befiehlt mir, meinen Roman vorübergehend zu vergessen und mich schnellstmöglich auf die Suche nach dir zu begeben."

„Er weiß von deinem Roman?"

„Na ja, ich habe ihm gegenüber hin und wieder etwas über dieses Projekt verlauten lassen." Judd war dieses Geständnis äußerst peinlich. Bestätigte es doch, dass Stevie gestern Abend den Nagel auf den Kopf getroffen hatte. Seit Jahren hatte er jedem, der es hören wollte, von dem geplanten Roman erzählt, aber nie die nötige Ausdauer zur Verwirklichung aufgebracht.

Zumindest nicht bis jetzt. Nach etlichen missglückten Versuchen im Laufe der letzten Jahre hatte er aber diesmal immerhin wenigstens den Einstieg geschafft und fand von Tag zu Tag mehr Gefallen an seiner schriftstellerischen Tätigkeit. Sie stellte große Anforderungen an seinen Intellekt und seine schöpferische Fantasie und erforderte ein hohes Maß an Selbstdisziplin. Alles in allem eine echte Herausforderung.

Der Gedanke, aus seiner momentan recht guten Schaffensphase herausgerissen zu werden, behagte ihm gar nicht. Andererseits hatte er gewisse finanzielle Verpflichtungen, wie beispielsweise die monatlichen Abzahlungsraten für seinen teuren Sportwagen. Er konnte es sich nicht erlauben, wochenlang an seinem Buchmanuskript zu sitzen, ohne einen Dollar zu verdienen.

Allerdings hatte er es bei alledem in der Hand, seine wirtschaftlichen Verhältnisse mit einem Schlag grundlegend zu verbessern, denn ihm gegenüber saß die Frau, die im ganzen Land von einer sensationslüsternen Presse fieberhaft gesucht wurde. Würde er sein Wissen über ihre Flucht geschickt vermarkten, würde er seinen Roman in Ruhe zu Ende schreiben können, ohne sich um seinen Unterhalt sorgen zu müssen. Eine große Versuchung, wie er fand.

„Und was wirst du also nun tun?"

Ohne seine Gedanken zu kennen, deutete Stevie an, was ihm im Kopf herumging. Sie schien sich über ihre momentane Lage keine Illusionen zu machen und wirkte recht bedrückt. Sicher war ihr klar, wie verlockend es für einen Reporter sein musste, mit einer Exklusivstory über ihre Flucht an die breite Öffentlichkeit zu treten.

Judd wischte sich mit der Hand über die Augen. Aus vielerlei Gründen fühlte er sich im Augenblick extrem unwohl. Sein Körper schmerzte noch immer von der angestauten Erregung, die nicht abflauen wollte. Sein Magen brannte, weil er gegen besseres Wissen den starken heißen Kaffee zu schnell getrunken hatte, und die Vorstellung, sich eine weitere glänzende Gelegenheit entgehen zu lassen, stimmte ihn auch nicht gerade glücklich.

Trotzdem gab er die seiner Meinung nach einzig richtige und zugleich einzig moralisch vertretbare Antwort. „Ich mache mich wieder an die Arbeit."

Voller Bewunderung beobachtete er, wie Stevie erst trocken schluckte und dann trotzig das Kinn vorstreckte. „In Dallas?"

Sie ist wirklich hart im Nehmen, dachte er anerkennend und fragte sich verwundert, wieso ihm das in all den Jahren nicht aufgefallen war, in denen er sie in seiner Kolumne wiederholt als niedliches Modepüppchen dargestellt hatte.

„Nein, hier an meiner Schreibmaschine."

„Du willst … niemandem meinen Aufenthaltsort verraten?"

„Nicht, solange du es nicht wünschst. Bis dahin bleibt es unser süßes Geheimnis", erwiderte er augenzwinkernd.

Stevie atmete erleichtert auf und entspannte sich sichtlich, überhäufte Judd jedoch nicht mit überschwänglichen Dankesbezeigungen. „Gut", meinte sie nur. „Das beruhigt mich. Außerdem freue ich mich, wenn du mit dem Roman vorankommst."

„Letzte Nacht nanntest du ihn langweilig und hast ihn mit einem Groschenroman verglichen."

Sie hatte den Anstand, eine schuldbewusste Miene aufzusetzen. „Das meinte ich nur, weil du mich absichtlich provoziert hast", verteidigte sie sich.

„Da wir gerade von Provokation sprechen." Judd stand langsam auf und ging um den Tisch herum. „Heute Morgen …"

„Judd!" Stevie sprang vom Stuhl hoch. „Wegen heute Morgen bin ich dir noch eine Erklärung schuldig."

„Wozu denn?" Er runzelte die Stirn.

„Warum das mit uns geschah …"

„Ich weiß, warum. Aus Lust, was gemäß Websters Universallexikon auch so viel wie ‚Befriedigung der Sinne' bedeutet."

Der giftige Blick, mit dem sie ihn maß, legte die Vermutung nahe, dass sie seine Ansicht ganz und gar nicht teilte. „Nach Einnahme der Tabletten war mein Bewusstsein vorübergehend leicht getrübt. Dies Zeug ist ziemlich stark."

Nun zieht sie sich also wieder in bewährter Manier hinter ihre Verteidigungslinien zurück, dachte Judd grimmig. Ihr Rückzug kränkte ihn vor allem deshalb, weil er vorhin gespürt hatte, dass ihr beiderseitiges Verlangen gleich stark gewesen war.

„Oh, ich verstehe", entgegnete er spöttisch. „Du findest mich nur anziehend, wenn du unter der Einwirkung von den Blick vernebelnden Schmerztabletten stehst. Meinst du das?"

„Nicht ganz …"

„Sondern?"

„Ich möchte nicht intim mit dir zusammen sein", erklärte sie schroff.

Er lachte kurz auf. „Und das soll ich dir abnehmen?"

Judd wusste genau, dass er sie damit in Rage brachte. Die Anzeichen waren ihm mittlerweile vertraut. Gerötete Wangen, blitzende Augen und ein trotzig vorgestrecktes Kinn. Er fand sie in diesem Zustand einfach bezaubernd.

„Mein Leben steckt in einer Krise", erklärte sie mit angespannter Stimme. „Ähnlich wie deines. Keiner von uns beiden kann sich jetzt eine Affäre leisten. Im Übrigen hätte dir schon seit Stockholm klar sein müssen …"

„Dass zwischen uns eine starke sexuelle Anziehungskraft besteht", vollendete er ihren Satz in einer von ihr nicht vorgesehenen Weise. „Damals warst du bereit, mit mir zu schlafen."

Stevie ballte die Hände zu Fäusten und atmete tief durch. „Mein Manager erwartet in wenigen Tagen meine Entscheidung. Für uns beide ist es das Beste, wenn unser Zusammensein auch weiterhin platonisch bleibt."

Unsanft packte Judd sie an den Schultern. „Erzähl das deinen Hormonen, Baby", spottete er.

Empört riss sie sich von ihm los, rannte aus der Küche und lief nach oben. Er eilte ihr hinterher, blieb dann aber am Fuß der Treppe abrupt stehen.

Widerstreitende Gefühle machten sich in ihm breit. Zum einen gab es da jenen Judd Mackie, der in den Augen seiner Kumpel ein Draufgänger war. Er durfte sich von einer Frau nicht so behandeln lassen und musste sie also jetzt noch einmal ordentlich zur Rede stellen. Ein Kuss, eine verführerische Liebkosung, und schon würde sie Wachs in seinen Händen werden und ihn anflehen, sie zu lieben.

Wieso sträubte sie sich so sehr, mit ihm zu schlafen? Hatte er ihretwegen nicht schon auf zwei Wochen Gehalt verzichtet, ganz zu schweigen von dem Honorar, das er mit einer Geschichte über ihr Verschwinden längst hätte verdienen können. Falls man ihm seinen Sportflitzer wegnahm, war allein sie dafür verantwortlich.

Er hatte sie überdies den Klauen der Presse entrissen, sie gastfreundlich bei sich aufgenommen und ihr Zuflucht gewährt. Konnte er da ein bisschen mehr Entgegenkommen von ihrer Seite nicht erwarten?

Es gab jedoch noch einen zweiten Judd Mackie, und dieser wusste instinktiv, dass ihm ein solches Entgegenkommen Stevies nicht genügte. Er wollte mehr von ihr als eine flüchtige Affäre.

Judd ging ins Esszimmer und setzte sich an die Maschine. Leider musste er feststellen, dass die Rolle des Gentlemans mit allerlei Widrigkeiten verbunden war. Er konnte sich schlecht konzentrieren, sah immer wieder Stevies feste Brüste vor sich und glaubte, den Geschmack ihrer Haut auf den Lippen zu schmecken.

Sieh mal, ermahnte er sich in einem stummen Zwiegespräch, bis jetzt hast du noch nie eine Frau gegen ihren Willen verführt, und du wirst damit auch bestimmt nicht bei Stevie Corbett beginnen. Zudem bist du viel zu sehr mit deinem Buch beschäftigt, um an schnöden Sex zu denken.

Zu Judds Bedauern drohte sich in seinem Fall aber der bekannte Ausspruch zu bewahrheiten: „Der Geist ist willig, aber das Fleisch ist schwach" – und so gingen ihm bei der Verwirklichung seiner guten Vorsätze seine eigenen Worte nicht aus dem Sinn: „Erzähl das deinen Hormonen, Baby."

10. KAPITEL

Zwei Tage lang regnete es ununterbrochen, oder drastischer ausgedrückt, Judd und Stevie blieben endlose achtundvierzig Stunden ans Haus gefesselt. Zwar versuchten sie, sich möglichst aus dem Weg zu gehen, trotzdem erschwerte die unterschwellig zwischen ihnen herrschende sexuelle Spannung ihr Zusammenleben beträchtlich.

Während der gemeinsamen Mahlzeiten sprachen sie wenig miteinander, da ihre Unterhaltungen unweigerlich in Auseinandersetzungen ausarteten. Um der spannungsgeladenen Atmosphäre für einige Stunden zu entfliehen, fuhr Stevie am zweiten Tag zum Einkaufen in den Ort. Sie beschloss, als Friedensangebot ein besonders leckeres Dinner zu servieren, dessen Zubereitung ihre ganze Kochkunst erforderte. Doch ausgerechnet an diesem Abend arbeitete Judd durch und bat sie, ihm das Dinner auf einem Tablett ins Esszimmer zu stellen. Nachdem sie stundenlang in der Küche gestanden hatte, empfand Stevie seine Bitte als offene Kriegserklärung und teilte ihm hitzig mit, er solle sich sein Essen gefälligst selbst holen und sich dann zum Teufel scheren.

Ein anderes Mal verließ Judd brummend das Bad, nachdem Stevie ihm von draußen zugerufen hatte: „Es würde dir nicht schaden, dich hin und wieder einmal zu rasieren."

„Wen geht das hier etwas an?", hatte er nur erwidert.

In diesem Ton verkehrten sie, bis schließlich am dritten Tag der Dauerregen gegen Mittag aufhörte. Eine Stunde später kam die Sonne durch und brannte heiß auf den feuchten Boden, sodass bald südseeähnliche klimatische Verhältnisse mit besonders hoher Luftfeuchtigkeit herrschten.

Von der Veranda aus begutachtete Stevie die vom Sturm und Regen im Garten verursachten Schäden. Viele Blumen waren zu Boden gedrückt worden, doch würden sie sich in der Sonne gewiss bald wieder aufrichten.

„Sieht es schlimm aus?"

Judd schlenderte in gewohnt lässiger Art durch die Tür. Wie üblich trug er seine derzeitige Lieblingskleidung – knappe Shorts, bei denen er offensichtlich über eine wohlsortierte Kollektion in allen möglichen Farben verfügte. Meist lief er ohne Hemd und barfuß herum und schien keinen Gedanken mehr an sein vernarbtes Bein zu verschwenden. Auch jetzt reckte er sich reichlich ungeniert und lockerte seine Arm- und Beinmuskulatur.

„Weniger schlimm, als ich dachte", antwortete Stevie und riss ihren Blick mit Gewalt von seinem kraftvoll athletischen Körper los.

„Vom ständigen Sitzen tun mir alle Glieder weh." Abwesend rieb Judd jenen Teil seiner Anatomie, der bei ihm besonders wohlgeformt war. „Hast du Lust, heute Nachmittag Tennis zu spielen?"

In Stevies Ohren klang das wie Musik. An tägliches Training gewöhnt, hatte sie sich in den vergangenen zwei Tagen wie im Gefängnis gefühlt. Hinzu kam noch die knisternde Spannung zwischen ihnen als zusätzliche Belastung. Sie benötigte dringend ein Ventil für ihre Frustrationen, und nirgendwo konnte sie sich besser abreagieren als auf dem Tennisplatz.

„Große Lust sogar", erwiderte sie.

„Wann?"

„Sobald du dich rasiert hast."

Judd rieb sich das Kinn. „Sie stellen ja harte Forderungen, Lady", nörgelte er und sah sie herausfordernd an. Doch Stevie hielt seinem Blick stand. „Na schön", gab er nach und konnte sich ein albernes Lächeln nicht verkneifen. „Dann rasiere ich mich eben."

„Fünfzehn zu vierzig."

„Ich weiß, wie man zählt", murmelte Stevie erbost, während sie sich auf ihren nächsten Aufschlag zu konzentrieren versuchte, den Schläger fest umklammert.

„Wie bitte?", rief Judd und hielt sich die Hand ans Ohr. „Ich habe dich nicht verstanden."

„Ich sagte, ich weiß, wie man zählt. Danke", wiederholte sie mit erhobener Stimme.

„Bitte sehr, gern geschehen."

Zähneknirschend richtete Stevie sich auf, warf den Ball in die Luft und schlug ihn kraftvoll und – wie sie glaubte – unerreichbar für Judd in dessen Spielfeld.

Er erwischte ihn – mühelos. Und da sie damit nicht gerechnet hatte, verfehlte sie seinen Rückschlag nicht nur um Haaresbreite, sondern um mehrere Meter.

„Dieses Spiel geht an mich", stellte er vergnügt fest. „Somit führe ich in diesem Satz mit fünf zu vier und habe Aufschlag. Außerdem ist Seitenwechsel."

„Ich kenne die Regeln, Mr Mackie."

Stevie schraubte die mitgebrachte Thermosflasche auf und spülte ihren Mund mit Wasser aus. Innerlich kochend überdachte sie den bisherigen Spielverlauf. Sie hatte den ersten Satz verloren und den zweiten nur mit einem knappen Tiebreak gewonnen. Falls dieser verdammte Kerl den dritten Satz ebenfalls gewann, fiel der Sieg an ihn. Ein unerträglicher Gedanke.

Bestimmt würde er nach einem Sieg in eitler Siegerpose herumstolzieren und ihre Niederlage genießen. Im Augenblick gab er sich höflich und zuvorkommend, aber gerade diese ungewohnte Freundlichkeit stimmte sie besonders misstrauisch. Am liebsten hätte sie ihm das ständige Grinsen mit einer Ohrfeige vom Gesicht gewischt.

Stevie trocknete sich mit dem Handtuch den Schweiß vom Gesicht und rieb den Schlägergriff ab.

„Lass dir ruhig Zeit", rief Judd, der bereits an der Grundlinie stand und sich auf seinen Aufschlag vorbereitete. „Wir haben es nicht eilig. Falls du dich ein wenig ausruhen willst, habe ich nichts dagegen."

Wütend warf sie das Handtuch auf ihre Sporttasche und marschierte mit Riesenschritten auf ihre Seite des Spielfeldes. „Fang an!"

„In Ordnung."

Er schlug seinen Ball wie ein blutiger Anfänger hoch in die Luft und verwirrte dadurch Stevie, die sich auf einen schnellen flachen Ball eingestellt hatte. Sie musste fast bis hinten an den Zaun laufen, erwischte den Ball nicht richtig, und so landete er im Netz.

„Fünfzehn zu null, Liebling", rief Judd.

Stevie schleuderte ihren Schläger zu Boden. „Was soll dieser Quatsch?"

„Du hast ins Netz geschlagen."

„Ich spreche von deinem Aufschlag, Judd."

„Wieso?", erkundigte er sich unschuldig. „Du sahst ein wenig erschöpft aus, und da wollte ich dir die Sache ein wenig erleichtern."

„Du brauchst mich nicht zu schonen, Judd, ist das klar?"

„Klar." Ein flüchtiges Lächeln erschien auf seinem Gesicht. „Verglichen mit den Temperamentsausbrüchen dieser Frau sind McEnroes früher berüchtigte Ausfälle auf dem Tennisplatz geradezu lahm", murmelte er in einer Art Selbstgespräch, das jedoch für Stevies Ohren gerade noch laut genug war.

Sie bemühte sich, ihren Zorn abzuschütteln und sich ganz auf das Spiel zu konzentrieren. Judds nächster Aufschlag war flach und schnell und wurde von ihr mit Rückhand retourniert. Ein längerer und schneller Ballwechsel entwickelte sich zwischen ihnen, den Stevie schließlich mit einem knallharten Schmetterball für sich entschied, der genau vor Judds Füßen aufschlug.

„Fünfzehn beide", verkündete sie mit zuckersüßem Lächeln.

„Guter Schlag."

„Danke."

In Erwartung eines ähnlichen Returns verließ Stevie die Grundlinie und ging etwas nach vorn. Doch Judd platzierte seinen Aufschlag in ihre äußerste linke Ecke. „Dreißig zu fünfzehn", sagte er voller Befriedigung.

Seinen nächsten Aufschlag gab sie ungewohnt sanft zurück, sodass der Ball gleich hinter dem Netz aufschlug, unerreichbar für Judd. „Dreißig beide", rief sie fröhlich.

Mit Genugtuung stellte Stevie fest, dass Judds Lächeln nicht mehr ganz so strahlend war wie zuvor. Sie beobachtete, wie er sich streckte, die Lippen zusammenpresste und den Arm hob. Eine Sekunde, bevor er auf den Ball schlug, sagte er: „Du hast vergessen, mit dem Po zu wackeln."

Der Ball flog durch die Luft, schlug kurz vor der Grundlinie auf und knallte laut gegen den Zaun. Stevie drehte sich zu ihrem selbstgefällig lächelnden Gegner um, der bedächtig die Saitenbespannung seines Schlägers prüfte.

„Was war das?"

„Das war ein Ass, wie du es wahrscheinlich nur selten serviert bekommst."

Wütend stürmte Stevie ans Netz. „Ein Ass ist für mich keine Seltenheit, dafür umso mehr ein Gegner, der unmittelbar vor dem Abschlagen des Balls eine Unterhaltung beginnt. So etwas ist mir überhaupt noch nicht vorgekommen. Niemand würde es wagen, sich mit einem so schmutzigen Trick einen Vorteil zu verschaffen. Außer dir natürlich, denn du bist geradezu ein Meister übler Tricks. Was sollte übrigens diese lächerliche Anspielung auf meinen Po?"

„Ach, Stevie, wir sind hier doch unter uns und können offen miteinander reden." Judd lehnte sich über das Netz und zwinkerte ihr verschwörerisch zu. „Ich spreche von deiner Angewohnheit, jedes Mal kess mit dem Hintern zu wackeln, wenn du einen Punkt machst."

Sie starrte ihn mit offenem Mund an. Das war unerhört. „Ich soll mit meinem …"

„Natürlich tust du das. Ich habe es oft genug beobachtet. Wahrscheinlich willst du damit unbewusst deinen Zuschauern auf dem Platz und deinen zahlreichen Bewunderern vor dem Bildschirm signalisieren, dass du einen Schlag gelandet hast."

Es kostete Stevie beinahe übermenschliche Überwindung, nicht mit dem Schläger auf ihn loszugehen. „Ich habe keine Lust, noch länger hier in der Hitze herumzustehen und mir deine Beleidigungen anzu-hören." Mit einer Reflexbewegung warf sie ihren blonden Zopf über die Schulter.

Judd deutete mit seinem Schläger triumphierend auf sie. „Das ist eine weitere."

„Eine weitere was?"

„Eine weitere deiner einnehmenden Gesten, mit denen du dich vor dem Publikum nett in Szene setzt. Den Zopf nach hinten zu werfen bedeutet, du bist unzufrieden, sei es nun mit dir selbst, mit deiner Gegnerin oder einem Linienrichter."

„Eine meiner einnehmenden Gesten?", wiederholte Stevie wutschnaubend.

Judd grinste nur. „Richtig. Damit köderst du dein Publikum. Dass du absoluter Zuschauerliebling bist, verdankst du oftmals weniger deinem spielerischen Können, sondern ganz wesentlich deinem schauspielerischen Talent, mit dem du manche Schnitzer kaschierst. Eine clevere Taktik."

Am ganzen Körper vor Zorn bebend, fand Stevie es besser, Judd keiner weiteren Antwort mehr zu würdigen. Mehr als hilfloses Gestammel hätte sie in ihrer momentanen Verfassung sowieso nicht hervorgebracht. Stumm drehte sie sich um, holte ihre Sporttasche und marschierte in Richtung Parkplatz.

„Spielen wir unser Match nicht zu Ende?"

„Nein."

„Befürchtest du etwa, gegen mich zu verlieren?", fragte Judd und kam ihr hinterher. „Du könntest es nicht verkraften, von mir geschlagen zu werden, habe ich recht?"

„Wie du vorhin bereits anmerktest, habe ich heute einen schlechten Tag. Die Hitze macht mir zu schaffen. Außerdem habe ich seit Tagen nicht trainiert."

„Ich auch nicht", betonte er herzlos. „Und auf meiner Seite des Platzes ist es ebenso heiß wie auf deiner."

Stevie schleuderte Schläger und Sporttasche auf den Rücksitz des Autos, stieg ein und knallte die Tür zu. Judd setzte sich hinters Steuer und ließ den Motor an.

Die ersten Kilometer legten sie in eisigem Schweigen zurück.

Nach den vergangenen zwei Tagen ist dieser Streit unvermeidbar gewesen, ging es Stevie durch den Kopf. In gewisser Weise hatte sie ihn sogar herbeigesehnt, in der irrigen Annahme, etwas Dampf ablassen zu können. Leider hatte sich alles eher ins Gegenteil verkehrt. Mit dem ihm eigenen Spürsinn war es Judd ein weiteres Mal gelungen, eine ihrer schwachen Stellen bloßzulegen.

„Ein wenig auf Show zu machen ist doch überhaupt nichts Unehrenhaftes", brach er nun das Schweigen.

Doch damit schürte er nur Stevies Zorn. „In die Spitzenklasse der weltbesten Tennisspieler dringt man aber kaum durch einnehmende Gesten vor, Judd."

„Nur ruhig Blut, Stevie. Ich werde keinem verraten, dass ich dich heute besiegt habe."

„Hast du ja auch nicht."

„Aber nur, weil du es abgelehnt hast, das Match zu Ende zu spielen."

„Weil du zwischendrin immer wieder den Hanswurst gespielt hast!", schrie sie unbeherrscht. „Du hast ganz viele Punkte nicht mit guten Schlägen gemacht, sondern mit Clownerien, in der Absicht, mich zu veralbern. Von Talent, Können und Finesse kann bei deinem Spiel nicht so sehr die Rede sein." Sie wandte den Kopf und blickte Judd von der Seite an, um sich zu vergewissern, dass sie mit ihren nächsten Worten die gewünschte Wirkung erzielte. „Und für dein Geschreibsel gilt dasselbe."

Judd trat voll auf die Bremse und brachte den Wagen vor der Garage abrupt zum Stehen. „Was soll das heißen, Stevie?"

„Das musst du schon selbst herausfinden."

Ohne sich um ihre Sachen zu kümmern, stieg Stevie aus und eilte die Verandastufen hoch. Zum Glück hatten sie und Judd sich nicht die Mühe gemacht, während ihrer Abwesenheit die Haustür abzuschließen, sodass Stevie ungehindert ins Haus und die Treppe hinaufstürmen konnte. Zwei Stufen auf einmal nehmend, rannte Judd hinter ihr her und erwischte auf dem obersten Treppenabsatz das Ende ihres Zopfes.

„Aua! Lass mich los!"

„Erst nachdem du mir erklärt hast, was dieser letzte Seitenhieb auf meine Schreiberei bedeutet. Was soll das heißen, dass es mir dabei an Talent, Können und Finesse mangelt?"

„Ich habe nicht behauptet, es mangle dir womöglich grundsätzlich daran. Nur ist in deinen Artikeln davon bislang nichts zu finden gewesen."

„Immerhin habe ich mein Journalistikstudium abgeschlossen ..."

„Schön, nur leider schlägt sich das nicht in deinen Artikeln nieder. Und deine Kolumne besteht oft nur aus Rühren in der Gerüchteküche." Stevie erwärmte sich immer mehr für dieses Thema. „Jeder Typ mit einem Minderwertigkeitskomplex und einem Hang zu Holzhackermethoden kann dergleichen fabrizieren. Es ist der richtige Job für jemanden, der ernsthafte Arbeit scheut und lieber abends in Kneipen sitzt, was er dann hochtrabend als Recherchieren und nötige Kontaktpflege bezeichnet. Und von dem Frauenverschleiß dabei will ich lieber schweigen."

„Seit wir hier sind, habe ich keinen Tropfen Alkohol getrunken. Und was den sogenannten Frauenverschleiß betrifft ..." Judd legte einen Arm um sie und presste sie hart an sich. „Seit ich Dallas verließ, war ich mit keiner anderen Frau zusammen, nur mit dir."

„Lass mich los."

„Nein, Baby. Diesen Kuss bist du mir schuldig."

Er küsste sie hart und fordernd. Als sich Stevie abwehrend nach hinten bog, erreichte sie damit nur, dass sich ihr Unterleib noch enger an ihn drückte. So versuchte sie den Kopf wegzudrehen, doch Judd hielt ihr Kinn mit einer Hand fest und stieß mit seiner Zunge tiefer in ihren Mund.

Stevies Protest verwandelte sich rasch in ein sehnsuchtsvolles Stöhnen, und bald war nur noch heftiges Atmen zu vernehmen. Statt Judd von sich zu schieben, klammerte sie sich an sein schweißnasses T-Shirt und erwiderte seinen Kuss voller Leidenschaft.

Unvermutet hob Judd den Kopf und blickte in ihre dunkel glänzenden Augen. „Stevie."

„Ja?"

Er nahm ihre Hand und führte sie an seinem Körper nach unten, um sie seine Erregung fühlen zu lassen. „Bist du dir diesmal sicher? Wenn nicht, dann lass uns jetzt lieber aufhören." Ohne Scheu berührte sie ihn an seiner intimsten Stelle und streichelte ihn. „Oh, Baby." Judd stöhnte auf und senkte seine Lippen erneut auf ihren Mund.

Das in beiden lang angestaute Verlangen schien nun einem Feuerwerk gleich zu explodieren und versetzte sie in einen Taumel sexueller Lust. Leidenschaftlich klammerten sie sich aneinander und küssten sich voller Leidenschaft.

Ohne sich loszulassen, stolperten sie in das nächstgelegene Zimmer, Judds Schlafzimmer. In fieberhafter Eile zogen sie ihre Schuhe aus, streiften die Socken ab und lachten, weil sie in der Hitze des Gefechts mehrmals mit den Köpfen zusammenstießen.

Judd zog sich das T-Shirt über den Kopf, und Stevie folgte seinem Beispiel. Er öffnete geschickt den Verschluss ihres BHs und schob den zarten Stoff beiseite. Sanft strich er mit den Fingerspitzen über ihre rosigen Brustspitzen, die sich sofort versteiften. Den Blick auf Stevies erregte Brüste gerichtet, zog er den Reißverschluss seiner Shorts auf und ließ sie zu Boden fallen.

Stevie streifte den BH ab und entledigte sich ebenfalls ihrer Shorts. Sie warf einen verstohlenen Blick auf Judd, der mittlerweile nackt vor ihr stand. Entschlossen fasste sie nach dem Bund ihres Höschens, dann verließ sie jedoch der Mut, und sie sandte einen stummen Hilferuf zu Judd.

„Das genügt erst einmal", flüsterte er, nahm sie bei der Hand und führte sie zum Bett.

Dort legte er sich auf den Rücken und zog Stevie auf sich. Mit beiden Händen umfasste er ihr Gesicht und gab ihr einen langen und innigen Kuss. Während er mit seiner Zunge ein wildes erotisches Spiel begann, streichelte er mit seinen Fußspitzen Stevies Beine und schob schließlich ein Knie zwischen ihre Schenkel, sodass sie nunmehr rittlings auf seinem Bein saß. Er streifte ihren Slip nach unten, rollte sie auf den Rücken und zog ihr das Höschen ganz aus.

Dann betrachtete er ihren Körper, berührte mit zärtlichen Fingern ihre Brüste, ihren Bauch und den weichen Flaum über ihren Schenkeln.

„Stevie", murmelte er rau, bevor er sich auf sie legte und sein Gesicht an ihren Hals schmiegte.

„Judd?"

„Ja, Liebling, gleich."

„Du – vielleicht solltest du wissen …"

„Keine Sorge, Baby. Ich weiß …"

„Ich bin noch Jungfrau."

11. KAPITEL

*J*udd fuhr hoch. Er sah Stevie eindringlich an. „Du bist was?" Nachdem sie ihr Geständnis wiederholt hatte, starrte er sie noch immer ungläubig an. Langsam richtete er sich auf und setzte sich mit dem Rücken zu ihr auf die Bettkante. „Jetzt könnte ich eine Zigarette gebrauchen. Schade, dass ich das Rauchen aufgegeben habe."

Er hielt den Kopf in beide Hände gestützt und versuchte, einen klaren Gedanken zu fassen. Schließlich blickte er über die Schulter. Stevie hatte schamhaft die Decke bis ans Kinn gezogen.

„Wie hast du es geschafft, so lange unberührt zu bleiben?" Als sie ihn verständnislos ansah, formulierte er die Frage neu. „Einfach gefragt, wieso bist du noch Jungfrau?"

„Vielleicht hättest du damals in Stockholm beenden sollen, was du begonnen hattest."

„Mit Presley Foster im Nacken? Nein danke. Hat er außer mir etwa noch andere infrage kommende Liebhaber verjagt?"

„Um ihm gegenüber fair zu sein, nein. Es lag an mir. Ich nahm mir einfach nicht die Zeit für eine ernsthafte Beziehung. Männern, die sich für mich interessierten, gab ich zu verstehen, dass Tennis für mich einen höheren Stellenwert besaß als sie."

„Das hat natürlich jeden abgeschreckt. Hinter Tennis bei einer Frau an zweiter Stelle zu stehen, ist nicht gerade das, was ein Mann sich erträumt."

„Das wurde mir mit der Zeit auch klar." Nervös fuhr Stevie sich mit der Zunge über die Lippen. „Hätte ich deine Reaktion vorausgeahnt, hätte ich geschwiegen."

„Wäre dein Geständnis etwas früher gekommen, hätte ich es erst gar nicht so weit kommen lassen."

„Macht es denn jetzt einen solchen Unterschied?"

Judd ließ ein heiseres, humorloses Lachen hören. „Sogar einen gewaltigen Unterschied."

„Weshalb? Ich glaube kaum, dass es dich in Stockholm besonders gestört hätte."

„Möglicherweise nicht. Doch in Stockholm war ich noch jung und leichtfertig. Jetzt bin ich alt und leichtfertig. In der Jugend ist Torheit entschuldbar, nicht aber im Alter."

Zögernd streckte Stevie einen Arm aus und legte Judd die Hand auf die nackte Schulter. „Bitte, Judd. Leg dich zurück ins Bett."

Er wich ihrem Blick aus und schüttelte störrisch den Kopf. „Ich kann diese Verantwortung nicht auf mich nehmen, Stevie", beharrte er.

„Du gehst keinerlei Verpflichtungen ein."

„Sie sind automatisch inbegriffen."

„Für mich nicht."

„Aber für mich."

„Bitte."

„Ich habe Nein gesagt."

Ein leiser erstickter Laut kam über ihre Lippen.

Judd drehte sich ruckartig um und sah die Tränen in ihren Augen. Sie erschütterten ihn auf eine Weise, wie es keiner ihrer zahlreichen Wutanfälle je vermocht hatte. Seine Miene wurde weicher und wirkte nicht mehr so unnachgiebig wie zuvor.

Erneut legte er sich neben sie und zog sie an sich. „Nicht weinen, Stevie." Ausgerechnet er, der weinende Frauen verabscheute, drückte nun Stevie fest an sich und küsste sie liebevoll auf die Stirn.

Sie kuschelte sich an seinen nackten Oberkörper und rieb ihre Wangen an seinem rauen Brusthaar. „Bitte, Judd, liebe mich. Ich möchte, dass du der erste Mann bist, der mit mir schläft."

„Warum?"

„Vielleicht aus reiner Sentimentalität. Im Gegensatz zu dir glaube ich nämlich, dass wir uns in Stockholm geliebt hätten, wenn Presley nicht zwischen uns gegangen wäre." Verführerisch fuhr sie mit der Zunge über seine Brustspitze, zupfte mit den Zähnen daran und presste ihre Hand auf die feuchte Stelle.

„Oh ... Liebling!" Judd stöhnte auf. Er streichelte ihr Haar. „Hör auf."

„Ich möchte aber nicht aufhören."

„Du musst aber, sonst ..."

„Ich will mich endlich als richtige Frau fühlen. Judd. Bitte."

Ihr blonder Zopf schwang hin und her, als sie nun seine Brust mit Küssen überhäufte und dann mit den Lippen über seinen Bauch strich, der sich heftig hob und senkte. Sie drang mit ihrem Mund in gewagte Zonen vor, bis Judd schließlich ihren Kopf mit beiden Händen nach oben zog.

Er rollte sie auf den Rücken und beugte sich über sie. „Na gut", meinte er keuchend. „Du bist dir absolut sicher, dass du es willst?"

„Absolut." Da er ihre Antwort mit einem grimmigen Nicken kommentierte, begann sie zu lachen. „Deine unglückliche Miene hebt nicht gerade mein Selbstbewusstsein."

„Ich mache mir Sorgen."

„Das musst du nicht. Du gehst keine Verpflichtung ein."

„Das meinte ich nicht."

„Was dann?" Sie blickte ihn mit ihren schönen Augen groß an. „Weißt du nicht, was du tun musst?", scherzte sie.

„Doch, Baby. Beim ersten Mal lässt man sich Zeit, aber wenn du so weitermachst ..." Er atmete heftig und schüttelte den Kopf, wie um seine Benommenheit abzuschütteln. „Ich bestimme das Tempo, in Ordnung?"

Stevie nickte gehorsam, obwohl sie keineswegs sicher war, dieses Versprechen halten zu können. Sie hatte das Gefühl, gleich in einem Strudel lustvoller und sehr verwirrender Empfindungen zu versinken. Sie bezweifelte sogar, dass Judd sich an seine eigenen Regeln hielt, denn er atmete schwer, und sein Gesicht war von Leidenschaft gerötet.

„So, und jetzt küss mich", befahl er heiser. „Vergiss, was man dir über sogenannte Liebestechniken erzählt hat und küss mich einfach so, wie du dir einen bestrickenden Kuss vorstellst."

Diese Anweisung empfand Stevie als echte Herausforderung, und sie verschränkte ihre Arme hinter Judds Hals und zog seinen Kopf zu sich hinunter. Als seine geöffneten Lippen auf ihren Mund trafen, ergriff sie beherzt die Initiative und begann, mit ihrer Zunge seinen Mund zu erkunden. Sie reizte, lockte und verführte ihn, und schon bald küssten sie sich wild und hemmungslos.

Langsam zog Judd das störende Bettzeug beiseite, bis beide sich schließlich wieder nackt gegenüberlagen. Er drückte Stevie eng an sich, und sie fühlte seine Erregung an ihren Schenkeln und rieb ihren Oberkörper an seiner Brust.

Die Empfindungen, die nun über sie hereinstürmten, waren wundervoll und völlig neu für sie. Noch nie hatte sie sich so sehr als Frau gefühlt wie jetzt, als sie diesen harten sehnigen Körper umschlungen hielt und Judds berauschend männlichen Duft einatmete. Wie hatte sie es nur so viele Jahre ohne ihn ausgehalten?

Schlagartig wurde ihr bewusst, dass sie auf dem besten Weg war, sich unsterblich in ihren ärgsten Gegner und Kritiker zu verlieben.

Es hatte nichts mit sentimentalen Erinnerungen an Stockholm zu tun, dass sie ihn gebeten hatte, mit ihr zu schlafen. Sie wollte ihn lieben, weil sie ihm in den vergangenen zwei Wochen viele ihrer geheimsten Empfindungen und Gedanken anvertraut, seine eigenen Schwächen und Ängste kennengelernt und sich zu ihm von Tag zu Tag mehr hingezogen gefühlt hatte. Sie sehnte sich danach, wenigstens einmal eins zu sein mit ihm und sich ihm ganz hinzugeben.

An das, was danach kommen würde, wollte sie jetzt nicht denken, zumal ihr das Denken zusehends schwerer fiel, seit Judd sich mit seinem Mund den Weg über ihren Hals nach unten bahnte.

Er umschloss mit den Lippen eine Brustspitze, saugte daran und strich mit der Zunge rhythmisch über die sich verhärtende Knospe. „Oh ... Judd!" Stevie stöhnte erregt. Ihre dunklen Augen glänzten fiebrig.

„Du bist süß, Stevie. Sehr süß." Judds Mund wanderte zur anderen Brustspitze, während er mit den Fingern die harte Knospe liebkoste, die noch feucht von seinen Lippen war.

„Bitte!" Stevie keuchte und hob ihm verlangend ihre Hüften entgegen.

Er seufzte tief auf, bevor er seine Hand zwischen ihre Schenkel gleiten ließ und sie verführerisch zu streicheln begann. „Du bist noch nicht ganz für mich bereit", sagte er mit einem liebevollen Lächeln. Dann beugte er sich erneut über sie und küsste ihren Bauch.

Während er mit seinen Händen seine erotischen Liebkosungen fortsetzte, umspielte er mit der Zunge ihren Nabel und knabberte sanft an ihrer Haut.

Stevie rief laut seinen Namen, als er mit seinem Mund tiefer glitt und das Zentrum ihrer Weiblichkeit berührte. Seine raffinierten Zärtlichkeiten steigerten ihr Verlangen ins Unermessliche, und sie warf unruhig den Kopf hin und her, weil sie die lustvolle Qual kaum noch ertragen konnte.

Unaufhaltsam trieb sie der erlösenden Erfüllung entgegen, bis sich schließlich die Spannung in ihr löste und Wellen der Lust ihren Körper schüttelten.

Judd richtete sich auf und küsste Stevie die Schweißperlen von der Stirn. Dann kniete er sich zwischen ihre Beine und hob ihre Hüfte an. Langsam drang er in sie ein, hielt immer wieder inne, um ihr nicht wehzutun. Als er sie schließlich ganz ausfüllte, verspürte sie ein unbeschreibliches Glücksgefühl, weil sie endlich mit ihm vereint war.

„Es ist unwahrscheinlich schön, in dir zu sein", flüsterte er und strich mit dem Mund zärtlich über ihre Lippen. Für einen Moment schloss er die Augen, um sich ganz auf diesen herrlichen Augenblick zu konzentrieren. „Du fühlst dich wundervoll an."

Atemlos murmelte Stevie seinen Namen und streichelte liebevoll sein Gesicht. Ihr war nicht bewusst, dass Tränen in ihren Augen schwammen. Judd jedoch sah es.

„Alles in Ordnung?"

Sie nickte heftig. „Ja, ja, ja."

„Nun, bei mir nicht ganz", erwiderte er. „Ich habe das Gefühl, mich gleich aufzulösen, in einer gänzlich neuartigen Erfahrung."

Er begann, sich in ihr zu bewegen und steigerte sein Tempo allmählich, bis sie beide in einem Rausch der Ekstase versanken und einen überwältigenden Höhepunkt erlebten.

„Soll ich …?"

„Nein."

Judd lachte. „Weshalb lässt du mich nicht ausreden?"

„Weil du dich bewegen müsstest, um dein Vorhaben zu verwirklichen, um was auch immer es sich dabei handelt. Und wenn du dich bewegst, müsste ich es auch", erwiderte Stevie und gähnte. „Ich glaube nicht, dass ich dazu momentan in der Lage wäre."

Trotz ihrer Erklärung bewegte sich Judd, aber nur, um sie enger an sich zu ziehen und sein Kinn auf ihren Kopf zu legen. Stevie kuschelte sich wohlig an ihn.

„Warum hast du mich heute auf dem Tennisplatz so herausgefordert?", fragte sie träge.

„Du hast miserabel gespielt, und zwar nur deshalb, weil du ganz andere Spieler gewohnt bist und du mich außerdem für einen unwürdigen Gegner gehalten hast."

„Zugegeben, ich habe lausig gespielt, aber aus einem völlig anderen Grund."

„Welchem?"

„Meine Gedanken waren nicht beim Tennis."

„Wo dann?"

„Hier."

„Hier?" Überrascht hob Judd den Kopf, um sie anzusehen. „Du meinst, du hast dir eine Situation wie diese hier vorgestellt?"

„Hm."

„Ach, du willst mich nur zur Wahrheit zwingen, gib es zu." Er seufzte resigniert. „Um ehrlich zu sein, ich habe dich aus ähnlichem Grund absichtlich geärgert. Seit wir vorgestern früh unterbrochen wurden, konnte ich an nichts anderes mehr denken als daran, mit dir zu schlafen."

„Ich auch nicht."

„Du hättest mich nur darum zu bitten brauchen, Lady."

„Das habe ich ja getan."

Er blickte sie vorwurfsvoll an. „Du weißt genau, was ich meine."

Lächelnd gab sie ihm einen Kuss und zupfte dann mit den Zähnen an dem gekräuselten Haar auf seiner Brust. „Irgendwie kann ich es noch gar nicht fassen, hier nackt und selig neben dir zu liegen. Dabei habe ich mir früher immer genüsslich ausgemalt, welch qualvolles Ende ich dir bereiten würde, wenn ich dich einmal allein zwischen die Finger bekäme."

„Wenn du mich heute nicht von meinen Qualen erlöst hättest, wäre mein baldiges Ende unaufhaltsam gewesen", flüsterte er ihr ins Ohr und erntete dafür einen Schlag auf den Po. „Da fällt mir übrigens eine nette Schlagzeile ein", fuhr er unbeirrt fort. „,Berühmte Tennisspielerin rächt sich an berühmtem Sportreporter und liebt ihn zu Tode‘."

„Mir war es durchaus ernst mit dem, was ich eben sagte. Ich glaube, dir ist nie bewusst geworden, wie sehr mich deine bissigen Artikel wiederholt getroffen haben."

„Warum hast du sie nicht einfach mit einem Schulterzucken abgetan und vergessen?", erkundigte er sich verwundert.

„Weil viel von dem, was du über mich schriebst, der Wahrheit entsprach."

Judd, der sanft ihren Rücken gestreichelt hatte, zog seine Hand zurück und rollte Stevie auf den Rücken. Auf seinen Ellbogen gestützt, musterte er sie eindringlich. „Das musst du mir näher erklären."

„Nur, wenn es unter uns bleibt."

„Es gibt da unter uns Journalisten ein ungeschriebenes Gesetz, Baby", meinte er mit einem frechen Grinsen. „Gespräche, die ein nackter Interviewer mit seiner ebenfalls nackten Interviewpartnerin im Bett führt, werden wegen ihres meist … äh … delikaten Inhalts generell als nicht für eine Veröffentlichung geeignet angesehen."

„Danke für die Klarstellung."

„Bitte sehr. Und jetzt weiche mir nicht länger aus, sondern erkläre mir, inwiefern du meine Artikel als wahr empfunden hast."

„Du bist in vielem der Wahrheit sehr nahe gekommen. Nehmen wir beispielsweise deine Behauptung, ich würde nicht recht auf einen Tennisplatz passen. Das war in gewisser Weise zutreffend, Judd. Die Ansicht meines Vaters, Tennis sei ein Sport der Reichen, hat sich unbewusst auch in mir festgesetzt. Ich fühlte mich oft unsicher und gehemmt, hatte nicht die geschliffenen Manieren der feinen Clubmitglieder und kam mir unter vielen anderen Spielerinnen oft wie ein Aschenputtel vor."

„So ein Unsinn."

„Vielleicht. Doch spornte mich dieser Minderwertigkeitskomplex gleichzeitig an, es den anderen zu zeigen. Ich trainierte härter als sie und bemühte mich, sie sportlich zu überflügeln. In den meisten Vereinen wurde ich nicht wegen meiner Herkunft, sondern einzig und allein meiner sportlichen Erfolge wegen akzeptiert.

Um in den vornehmen Clubs Anerkennung zu finden, musste ich immer besser als alle anderen sein", betonte sie in dem Bemühen, Judd ihre schwierige Lage verständlich zu machen. „Als sich meine finanziellen Verhältnisse besserten, versuchte ich, bei Turnieren mit ausgefallener Tenniskleidung auf mich aufmerksam zu machen. Ich wollte den Zuschauern beweisen, dass ich etwas Besonderes war und ihr Interesse verdiente. Manchmal habe ich mich deswegen richtiggehend in Szene gesetzt."

Stevie hielt einen Augenblick inne und blickte Judd offen an. „Du hast wie niemand sonst von Anfang an meine Tricks durchschaut, und deshalb setzten mir deine Artikel so zu. Da du meine Schwächen so klar erkanntest, bildete ich mir ein, sie seien zu offenkundig. Im Grunde genommen habe ich mich wie eine Hochstaplerin verhalten, die in ständiger Angst lebt, eines Tages entlarvt zu werden."

Judd heftete seinen Blick auf Stevies Unterlippe. Weniger wegen ihrer sinnlichen Form, sondern weil er einen Fixpunkt benötigte, um seine Gedanken zu ordnen.

„Du bist einem Missverständnis aufgesessen, Stevie. Wenn ich in meiner Kolumne vermeintliche Schwächen von dir anprangerte, so geschah das nicht, weil ich dich scharfsinnig durchschaute, sondern aus anderen Gründen. Mein Ego verkraftete nicht, dass ein hübsches junges Ding wie du die internationale Sportkarriere schaffte, die mir versagt geblieben war. Mit meinen boshaften Sticheleien in meiner blödsinnigen Kolumne wollte ich dir die Freude am Erfolg ein wenig versalzen."

„Deine Kolumne ist nicht blödsinnig." Stevie legte ihm mitfühlend eine Hand auf die Stirn. „Nur weil ich wütend war, habe ich behauptet, sie würde weder von Talent noch Können zeugen. Du hast dir eine treue Leserschaft herangezogen, die deinen scharfzüngigen Schreibstil zu schätzen weiß. Im Übrigen haben deine Artikel durchaus Substanz, andernfalls könntest du deine Leser nicht jahrelang bei der Stange halten."

„Danke für das Kompliment." Judd konnte der Versuchung nicht länger widerstehen und küsste Stevie. „Trotzdem bin ich mir bewusst, seit meinem Unfall keine wirklich anspruchsvolle Arbeit mehr geleistet zu haben." Seine Augen begannen zu leuchten. „Zumindest nicht, bis ich dich hierherbrachte. Vielleicht war diese gute Tat eine Entschädigung für den jahrelangen Neid auf dich."

„Neid?"

„Ja, ich war auf dich und alle anderen erfolgreichen Profisportler neidisch. Oft genug habe ich bekannte Athleten mit meiner spitzen Feder aus diesem Grund angegriffen. Doch du warst mein Lieblingsopfer."

„Warum?"

„Weil du meinem Vorurteil, demzufolge Spitzensportlerinnen muskelbepackt und flachbrüstig sein müssen, so wenig entsprichst."

Judd räusperte sich und wirkte plötzlich leicht verlegen. „Und da ich schon dabei bin, mein innerstes Seelenleben vor dir auszubreiten, sollst du auch noch den letzten Grund für meinen heimlichen Groll gegen dich erfahren."

„Nämlich?"

„Irgendwie habe ich dir die ganzen Jahre unsere Stockholmer Episode nachgetragen. Damals wollte ich mit dir schlafen, kam nicht an dich ran und rächte mich deshalb hinterher auf meine Weise. Ein ziemlich kindisches Verhalten, findest du nicht?"

„Aber ein doch menschliches."

„Dein Großmut beschämt mich."

„Ich bin heute eben in großmütiger Stimmung." Lächelnd fuhr sie mit dem Zeigefinger über seine Nase. „Und als Beweis meiner Großmut verzeihe ich dir jedes böse Wort, das du je über mich geschrieben hast. Allerdings nur unter einer Bedingung."

„Welcher?", fragte er misstrauisch.

Sie gab ihm einen liebevollen Kuss. „Dass wir uns noch einmal lieben."

„Nein, Stevie, lieber nicht."

„Warum nicht?"

Judd zögerte mit seiner Antwort, und Stevie nutzte seine Unentschlossenheit schamlos zu ihren Gunsten aus, indem sie ihre Hand über seine Hüfte nach unten gleiten ließ und ihn an seiner empfindlichsten Stelle streichelte.

„Weil es dir möglicherweise … schaden könnte", beendete er etwas lahm seinen Satz.

„Unser Liebesspiel schadet mir ganz bestimmt nicht." Sie strich mit den Lippen über seinen Hals und knabberte an seinem Ohrläppchen, während sie ihn mit einer Hand gezielt streichelte. „Bitte, Judd", flüsterte sie ihm ins Ohr.

Stöhnend zog er sie auf sich. „Wenn du mich so anziehend bittest …"

12. KAPITEL

*D*ie Windschutzscheibe von Judds Sportwagen war völlig verschmutzt. Doch das störte die Fahrerin nicht weiter, denn ihre Sicht war ohnehin durch die vielen Tränen getrübt, die sie seit mehr als einer Stunde vergossen hatte.

Stevie wischte sich mit dem Ärmel über die Nase, während sie den Wagen über die Autobahn lenkte. Nach über hundert Kilometern Fahrt, die sie hauptsächlich schluchzend zurückgelegt hatte, fühlte sie sich völlig ausgelaugt. Doch bei dem Gedanken an den Mann, den sie zurückgelassen hatte, und an das, was vor ihr lag, kamen ihr erneut die Tränen.

Sie hatte Judd verlassen, und er war darüber sehr zornig gewesen.

Sogar jetzt befürchtete sie noch, er könnte sie einholen. Als sie heute Abend mit dem Auto davongebraust war, hatte sie bei einem letzten Blick über die Schulter gesehen, wie Judd, nur mit einem Slip bekleidet, auf einer Verandastufe stand und fluchend die erhobene Faust schwang.

Unter anderen Umständen wäre das ein recht komischer Anblick gewesen, doch für sie hatte er einen Abschied für immer bedeutet und ihr beinahe das Herz gebrochen.

Am westlichen Horizont, dessen tiefes Blau mit fortschreitender Dämmerung verblasste, zeichnete sich die glitzernde Silhouette der Wolkenkratzer von Dallas ab.

In spätestens einer Stunde bin ich in meiner Wohnung, überlegte Stevie. Dann muss ich packen und einige wichtige Telefonate erledigen und dann … Doch so weit wollte sie jetzt lieber nicht denken, sondern Schritt für Schritt vorgehen.

Nachdem sie auf die Stadtautobahn übergewechselt war, schweiften ihre Erinnerungen zu dem nachmittäglichen Liebesspiel mit Judd zurück. Judd, dessen heisere Stimme so sexy klang. Judd, wie er sie mit seinen schlanken kundigen Fingern so erregend liebkoste und auf sich zog. Judd, wie er mit hungrigen und doch so zärtlichen Lippen an ihren Brüsten saugte. Judd, Judd, Judd.

Wieder wischte sie sich die Tränen ab und verlangsamte das Tempo. Sie war es nicht gewohnt, mit einem hochtourigen Sportwagen über die Autobahn zu fahren. Dass sie Judd das Auto entführt hatte, würde er ihr bestimmt nie verzeihen, ebenso wenig, dass sie ihn weitab von allen öffentlichen Verkehrsmitteln in einem Haus ohne Telefon zurückgelassen hatte.

Stevie dachte an die große altmodische Badewanne, die sich für ihre Liebesspiele so vorzüglich eignete. Judd und sie hatten einander eingeseift und sich gegenseitig erforscht.

Sie selbst hatte verwundert festgestellt, wie empfänglich sie für Küsse in den Kniekehlen und der Innenseite ihrer Oberarme war.

Judd hatte zwischen seiner untersten Rippe und dem rechten Hüftknochen einen schwachen Punkt sowie ein Muttermal auf seinem linken Schulterblatt. Als sie sich über ihn gebeugt und sein vernarbtes Bein geküsst hatte, hatten seine Augen dunkler geschimmert.

„Dies hier war seit Langem Gegenstand meiner ausschweifenden Fantasien", hatte er ihr gestanden und sie sachte an ihrem blonden Zopf gezogen.

„Wirklich?"

„Wirklich."

„Inwiefern?"

Er hatte nur geheimnisvoll gelächelt und es abgelehnt, sich näher darüber auszulassen.

„Dann zeig es mir." Bei ihrem verlockenden Vorschlag hatten seine Augen geglitzert. Mit ihrer tatkräftigen Unterstützung hatte er seine Fantasien exzessiv ausgelebt, bis sie beide einen überwältigenden Höhepunkt erreichten. In dem Augenblick war sie sich ihrer Liebe zu ihm vollends bewusst geworden und hatte innerhalb von Sekunden die Entscheidung getroffen, um die sie sich seit Wochen herumgedrückt hatte. Im Moment höchsten Glücks war ihr aufgegangen, dass ihr Preise, internationale Erfolge und Anerkennung nicht halb so viel bedeuteten wie das Leben in seiner einfachsten und ursprünglichsten Form.

Während Judd sich noch anzog, war sie nach unten gegangen, angeblich, um etwas zu essen zu machen. Doch statt mit dem Kochen zu beginnen, hatte sie sich ihre Geldbörse geschnappt, Judds Autoschlüssel vom Küchentisch genommen und eilig das Haus verlassen. Ihre überstürzte Flucht war weniger aus Furcht vor Judd erfolgt denn aus der Angst, sie könnte ihren Entschluss schon bald bereuen.

Als sie mit dem Auto losfuhr, war Judd auf der Veranda erschienen. „Was soll das heißen, Stevie? Komm sofort zurück. Wohin willst du?", hatte er ihr hinterhergerufen. Dann, als ihm bewusst wurde, dass sie ihn allein zurückließ, war er fuchsteufelswild geworden. „Verdammt, was soll der Unfug? Mist!" Er war auf einer Verandastufe ausgerutscht und musste sich am Geländer festhalten. „Warte nur, dafür wirst du mir büßen, wenn ich dich erwische", hatte er lauthals geschimpft.

Stevies Haus lag im Dunkeln. Mit Erleichterung nahm sie zur Kenntnis, dass weit und breit kein Reporter zu sehen war. Entweder war die Pressemeute der Belagerung eines leeren Hauses müde geworden oder hatte mittlerweile Stevie Corbett abgeschrieben. Zuerst kümmerte sie sich um ihre Pflanzen und machte sich Vorwürfe, während ihrer Abwesenheit niemand mit der Blumenpflege beauftragt zu haben.

Dann ging sie zum Telefon und rief ihren Arzt an, der heilfroh zu sein schien, von ihr zu hören.

„Es muss jetzt gleich sein, sonst mache ich vielleicht wieder einen Rückzieher", sagte sie zu ihm. „In einer Stunde könnte ich in der Klinik sein. Könnten Sie die Operation für morgen früh ansetzen?"

Er versprach, alles Nötige in die Wege zu leiten.

Danach rief Stevie ihren Manager an.

„Stevie, endlich. Ich war schon ganz verzweifelt, weil du dich nicht gemeldet hast."

„Ich musste einige Tage allein sein, um in Ruhe nachdenken zu können." Das stimmte zwar nicht ganz, aber es war zu kompliziert, ihm jetzt am Telefon ihr Zusammensein mit Judd zu erklären. „Ich gehe heute Abend in die Klinik. Die Operation ist für morgen früh vorgesehen."

Es folgte eine bedeutungsvolle Pause. „Natürlich ist es allein deine Entscheidung", sagte er schließlich.

„Ja. Mein Leben steht auf dem Spiel, und es ist mir wichtiger als meine Karriere."

„Hey, du versäumst Wimbledon, aber Wimbledon findet jedes Jahr statt", meinte er mit gezwungener Munterkeit. „Nächstes Jahr holst du dir dort den Pokal."

Sie wussten es beide besser. Trotzdem ging Stevie auf seinen Ton ein und legte so viel Zuversicht wie möglich in ihre Stimme. „Darauf kannst du wetten."

Er versprach, alle, die es betraf, über ihren Entschluss zu informieren und eine Verlautbarung an die Presse zu geben.

„Aber warte damit noch bis nach der Operation", bat Stevie. Er stimmte zu und hängte ein.

Nach diesem Gespräch fühlte sich Stevie auf einmal sehr einsam. Die im Haus herrschende Stille bedrückte sie. Sie blickte auf die gerahmten Fotos an den Wänden. Sie waren allesamt nach erfolgreichen Turnieren aufgenommen worden und zeigten die Spielerin meist in Siegerpose. Einer Pose, die Stevie in ihrer momentanen Lage als Hohn empfand.

Ihr Blick wanderte zu den fein säuberlich auf einem Regal aufgereihten Pokalen, mit denen sie jetzt nichts mehr verband. Sogar der Preispokal von den erst kürzlich gewonnenen French Open bedeutete ihr nur noch wenig. Was interessierte sie jetzt noch der Grand Slam?

„Jetzt gilt es, nur noch nach vorn zu schauen und nicht zurück", ermahnte sie sich laut und ging ins Schlafzimmer, um zu packen.

„Sie können hier nicht hereinkommen."

„Ich bin aber schon da."

Der Klang dieser vertrauten Stimme weckte Stevie aus ihrem Dämmerzustand. Es war ihr jedoch unmöglich, die Augen zu öffnen. Es schien etwas wie Blei auf ihren Lidern zu liegen.

„Gemäß Hausordnung sind Besucher auf der Intensivstation erst ab zehn Uhr zugelassen."

Doch dieser Besucher war äußerst renitent. „Ich will sie sehen, ob Ihnen das nun passt oder nicht."

„Dann hole ich unsere Sicherheitskräfte."

„Stevie?"

„Judd?", flüsterte sie.

„Ich bin hier, Baby."

Sie fühlte, wie eine warme starke Hand ihre Finger umklammerte. „Willst du mir die Hand zerquetschen?"

„Dort ist er, Herr Wachmann. Vor zehn Uhr hat hier niemand Zutritt."

„Bis später, Baby."

Stevie fühlte einen sanften Kuss auf ihrer Stirn. Dann war es wieder ruhig im Zimmer.

Wahrscheinlich war das alles nur ein Traum gewesen.

„Sind Sie sicher?"

„Hundertprozentig."

„Der Tumor wurde total entfernt?"

„Ja."

Der Arzt bemerkte, dass seine Patientin die Augen geöffnet hatte und ihn und ihren zerzausten Besucher ernst musterte.

„Es ist alles bestens verlaufen, Stevie." Der Arzt lächelte beruhigend. „Ich weiß, die Intensivstation ist nicht angenehm, aber bald kommen Sie in ein normales Krankenzimmer. Fühlen Sie sich in der Lage, einen Besucher zu empfangen?"

Sie nickte. Der Arzt legte Judd eine Hand auf die Schulter. „Aber nur zehn Minuten, sonst werden Sie erneut hinausgeworfen."

Judd hörte ihm nicht zu, sondern hatte sein ganzes Augenmerk auf Stevie gerichtet. Vorsichtig beugte er sich über sie, gewissenhaft darauf bedacht, keinen der vielen Schläuche zu berühren. „Ich musste mir den Weg zu dir hart erkämpfen."

„Wie hast du mich gefunden?"

„Ich rief Addison von unterwegs an und hetzte ihn auf deine Fährte. Ein Lastwagenfahrer hatte mich nach Dallas mitgenommen und ließ mich sein Handy benutzen. Zufällig ist er ein eifriger Leser meiner Kolumne. Als Dank für seine Gefälligkeit habe ich ihm zwei Freikarten für das nächste Spiel der Rangers versprochen."

Stevie bemühte sich, seinen Ausführungen zu folgen.

„Später erzähle ich dir die ganze Geschichte in Ruhe", erklärte Judd mit weicher Stimme und lächelte. „Stoff für einen weiteren Roman."

Stevie fuhr sich mit der Zunge über die spröden Lippen. Sie hatte das Gefühl, als wäre ihr Mund völlig ausgetrocknet.

„Aber nun zu deinem Tumor …" Seine Miene war wieder ernsthafter, und er neigte sich tiefer zu Stevie hinunter. „Zu unserer Freude dürfen wir heute im Nachhinein dazu spaßend sagen: ‚Viel Lärm um nichts'."

„Ja – wie erleichtert ich bin!"

„All diese Schlagzeilen um einen Tumor, der eigentlich keiner war", scherzte er. „Nur ein paar harmlose gutartige Wucherungen." Trotzdem schimmerten seine Augen verdächtig feucht.

Stevie schloss die Augen. Unter ihren Lidern quollen Tränen hervor, die Judd sachte fortwischte.

„Wie der Gynäkologe und der Pathologe, beides anerkannte Kapazitäten auf ihrem Gebiet, einmütig sicher urteilten, wirst du wieder völlig gesund werden."

„Und ich benötigte zum Glück auch keine Totaloperation. Nur der rechte Eierstock wurde etwas angekratzt", zeigte Stevie sich hocherfreut. Doch dann traten ihr erneut Tränen in die Augen. „Judd", hauchte sie.

„Hey, hör auf zu weinen, sonst lässt mich dieser Drache von Schwester nochmals wegen Ruhestörung hinauswerfen."

„Du hättest nicht kommen sollen."

„Nicht einmal die sprichwörtlichen zehn Pferde hätten mich davon abhalten können."

Stevie schniefte. „Entschuldige bitte, dass ich dir dein Auto entwendet habe."

„Ach – es gehört sowieso mehr der Bank als mir. Doch sag, wie fühlst du dich im Moment?"

Höhnisch lachen durfte sie ausdrücklich nicht, deshalb lächelte sie gequält. „Überall in meinem Körper stecken irgendwelche Nadeln, Schläuche und Klammern. Kurz gesagt, ich fühle mich schrecklich."

„Ich fühlte mich auf andere Weise schrecklich, bevor ich erfuhr, wohin du gefahren warst. Wenn du mir noch einmal ohne ein Wort davonläufst ..."

Stevie ignorierte seinen drohenden Unterton. „Hast du heute schon etwas geschrieben?"

„Heute? Geschrieben?", wiederholte er ungläubig. „Stevie, ich bin durch Krankenhausflure gelaufen und habe Stunden darauf gewartet, dass du aus der Narkose erwachst."

„Diese Zeit hättest du besser mit Schreiben verbringen sollen. Kapitel sieben sollte übrigens überarbeitet werden."

„Ich weiß. Es ..." Judd stutzte. „Was weißt denn du über Kapitel sieben?"

„Ich habe deine Fortschritte an dem Roman täglich verfolgt ..."

„Seit wann?"

„Von Anfang an." Sie sehnte sich danach, Judd zu berühren, hatte jedoch nicht die Kraft dazu. „Dein Manuskript gefällt mir, ehrlich."

Sie spürte verstärkt, wie die Beruhigungsmittel ihre Wirkung taten. Doch etwas Wichtiges musste sie noch sagen. „Judd, ich liebe dich."

„Soll ich dir etwas verraten? Ich liebe dich auch!"

Er lächelte trocken, als er bemerkte, dass sie die erste richtige Liebeserklärung seines Lebens nicht mitbekommen hatte, weil sie eingeschlummert war. Doch es störte ihn nicht weiter, denn wenn Stevie wieder aufwachte, würde er noch immer an ihrem Bett sitzen.

„Vielen Dank." Das junge hübsche Mädchen strahlte übers ganze Gesicht. „Ich kann es kaum erwarten, mit der Lektüre zu beginnen. Falls der Roman nur halb so umwerfend ist wie Ihr Foto auf dem Umschlag, werde ich ihn bestimmt verschlingen", meinte sie schwärmerisch.

Judd blickte seine Frau an, die eben den miniberockten Teenager gemustert hatte. Als ihre Blicke sich trafen, zuckte er hilflos mit den Schultern. Eine Geste, die angesichts seines von Stolz und männlicher Eitelkeit zeugenden Lächelns nicht ganz glaubwürdig wirkte.

„Mrs Mackie, die Schlange vor der Eingangstür wird immer länger", sagte der Geschäftsführer der New Yorker Buchhandlung. „Es wird geraume Zeit dauern, bis Mr Mackie alle Bücher signiert hat. Wollen Sie sich nicht lieber setzen?"

„Nein, danke, ich stehe ganz gern."

Der Mann warf ihr einen schüchternen Blick zu. „Wäre es sehr vermessen, Sie ebenfalls um ein Autogramm zu bitten?"

„Aber nein", erwiderte sie lächelnd.

Er zog ein Blatt Papier und einen Kugelschreiber aus dem Jackett. „Ich habe Sie einmal bei den ‚US-Open' spielen sehen."

„Hatte ich da gewonnen?"

„Nein, Sie verloren im Viertelfinale. Aber nur ganz knapp."

Stevie lachte dazu nur.

„Stimmt es, dass Sie sich vom Tennis zurückgezogen haben?"

„Ich spiele nicht mehr als Profi, aber ich widme mich nun dem Aufbau von Trainingszentren."

„Davon habe ich gehört. Für Kinder aus benachteiligten Familien, nicht wahr?"

Die Ärzte hatten Stevie nach einer sechsmonatigen Genesungszeit für vollständig geheilt erklärt und ihr erlaubt, jedes gewünschte Projekt in Angriff zu nehmen.

Bald nach ihrer Entlassung aus dem Krankenhaus hatte sie Judd ihre Pläne erläutert, und er war davon begeistert gewesen. In einer Reportage für die *Tribune* hatte er Stevies Vorhaben den Lesern vorgestellt und um finanzielle Unterstützung gebeten. Seither hatte sich auf dem Spendenkonto eine beachtliche Summe angesammelt. Ihr erstes Tennisausbildungszentrum in Dallas fand viel Anklang, und bald meldeten sich Politiker und Unternehmer aus anderen Städten und baten sie um Mitwirkung beim Aufbau eines solchen Projekts. Mittlerweile gab es bereits in einigen Städten ein Stevie-Corbett-Tenniszentrum, in dem sportlich begabte Kinder und Jugendliche, für die eine Clubmitgliedschaft unerschwinglich war, unentgeltlich unter Anleitung Tennis spielen konnten.

„Die Zentren werden von Sponsoren und von den Kommunen unterstützt", beantwortete sie die Frage des Buchhändlers.

„Eine höchst anerkennenswerte Unternehmung. Und Ihr Mann? Soviel ich weiß, arbeitet er nur noch als freier Mitarbeiter für die *Dallas Tribune* und schreibt bereits an einem zweiten Roman?"

„Das ist richtig."

„Wovon handelt er?"

Stevie bedachte den Geschäftsführer mit einem besonders liebenswürdigen Lächeln. „Ich musste schwören, kein Wort darüber zu verraten. Sie müssen sich bis zum Erscheinen des Buches gedulden."

Mittlerweile hatte sich die Menschenschlange auf dem Bürgersteig um einige Meter verlängert. Stevie beobachtete, wie sich ein Mann mit seinen Ellbogen den Weg nach vorn zu dem Tisch bahnte, an dem Judd saß und die Exemplare seines ersten Buches signierte. Der Mann stellte sich als Buchkritiker der *Times* vor.

„Kann ich Sie für eine Minute unterbrechen, Mr Mackie?"

„Leider nein." Judd deutete mit einer freundlichen Geste auf die lange Schlange von Buchkäufern. „Aber ich antworte Ihnen gern, während ich signiere. Also, schießen Sie los."

„Ist Ihr Roman autobiografisch?"

„Teilweise."

„Inwiefern?"

„Mit Rücksicht auf meine Familie und noch lebende Beteiligte kann ich darauf nicht allzu detailliert antworten. Doch in der hier gebotenen Kürze sei gesagt, dass ich als junger Mann sehnlichst ein berühmter Baseballspieler werden wollte. Ich musste diesen Traum begraben und haderte lange Zeit mit meinem Schicksal." Judd klappte ein signiertes Buch zu, reichte es mit einem Lächeln der Besitzerin und wandte sich deren Hintermann zu. „Hallo."

Während er in das nächste Buch eine Widmung schrieb, fuhr er fort: „Ich fühlte mich desillusioniert. Insofern könnte man mich mit dem Helden vergleichen, der ebenfalls eine bittere Enttäuschung erlebt."

„Und wodurch hat sich Ihre Lebenseinstellung geändert?"

Unwillkürlich wanderte Judds Blick zu Stevie, die ihn mit leuchtenden Augen ansah. „Ich traf eine Person, die wesentlich mehr Mumm in den Knochen hat als ich. Sie lehrte mich, nicht so schnell aufzugeben, weil manch wichtige Siege im Leben erst nach einer tiefen Niederlage errungen werden können."

Ein warmes Lächeln erhellte Stevies Miene. Doch auf den zweiten Blick erschien sie ihm etwas blass und wirkte auf ihn verwirrt und seltsam bewegt. Judd legte den Kugelschreiber hin und sprang auf.

Mit wenigen Schritten war er bei ihr und ergriff besorgt ihre Hände. „Stevie, was ist los?"

„Nichts, Darling. Setz dich wieder an deinen Platz."

„Mr Mackie", sagte der Geschäftsführer mit zunehmender Nervosität, als er zusah, wie Judd resolut Stevie in den schmalen Gang im hinteren Teil des Ladens schob. „Die Leute warten."

„Bin gleich wieder da", rief er.

„Aber … aber Sie können doch jetzt nicht einfach weggehen", stammelte der Geschäftsführer. „Was soll ich meinen Kunden sagen?"

„Sagen Sie, dass ich seit zwei Stunden Bücher signiere und eine kurze Pause einlege. Sicher werden sie das verstehen."

Ohne sich weiter um Buchhändler, Reporter und die wartende Menge zu kümmern, zog Judd Stevie an den beladenen Regalen vorbei in einen Lagerraum. Die bereits bis zum Tisch vorgedrungenen Kunden starrten dem davoneilenden Paar hinterher.

„Was ist los?", wiederholte Judd seine Frage, nachdem er die Tür geschlossen hatte.

„Nichts."

„Stevie! Du hast eben so eine Miene gemacht wie ich, wenn du spielerisch nach meinem ..."

„Judd! Denk an die Leute. Sie könnten dich hören."

„Das ist mir egal. Ich will wissen, was dieser verwirrte Ausdruck auf deinem Gesicht zu bedeuten hatte."

Seit sie nach ihrer Entlassung aus der Klinik in das Haus seiner Großeltern zurückgekehrt waren, hatte Judd sich über Stevies Gesundheitszustand stets sehr besorgt gezeigt. Es dauerte Monate, bis er endlich der guten Prognose der Ärzte vertraute, und noch heute achtete er wachsam darauf, dass seine Frau sich nicht überanstrengte. „Ich hätte dich nicht mit hierhernehmen dürfen", machte er sich nun Vorwürfe. „Am besten rufe ich ein Taxi, das dich zurück ins Hotel bringt."

„Nicht doch, Judd. Ich schaue so gern zu, wie dich deine Fans bewundern. Und ich lasse mich nicht in ein Hotelzimmer abschieben, während du hier mit jeder Frau flirtest, die dein Buch kauft."

„Nicht mit jeder", erwiderte er mit der für ihn typischen Arroganz, in der stets ein Quäntchen Selbstironie mitschwang und die Stevie mittlerweile besonders an ihm liebte.

Sie legte die Arme um seinen Hals und drängte sich an ihn. „Du bist unverbesserlich. Ich frage mich, warum ich dich so liebe."

„Weil ich so ungeheuer liebenswert bin", meinte er und zog sie noch enger an sich. Dann senkte er seinen Mund auf ihre Lippen.

„Judd, die Leute da draußen warten auf dich."

„Lass sie warten."

Er küsste Stevie ohne Hast und erforschte mit seiner Zunge genießerisch jeden Winkel ihres Mundes. Beider Verlangen war noch genauso stark wie am ersten Tag. Oft zog Judd seine Frau damit auf, dass er wahrscheinlich der einzige Mann sei, der nach der Hochzeit zwölf Wochen warten musste, bis er die Ehe vollziehen durfte. Stevie hielt ihm dann entgegen, das sei allein seine Schuld, weil er bereits für zwei Tage nach ihrer Rückkehr aus dem Krankenhaus den Dorfpfarrer in das alte Bauernhaus zur Trauung im Wohnzimmer bestellt hatte. Im Übrigen vertrat sie die Meinung, er habe das Versäumte umso intensiver nachgeholt.

„Hm, köstlich", schwärmte er nun, als er nach einem langen Kuss ihre Lippen freigab. „Ich habe mich schon danach gesehnt ..." Schlagartig verstummte er. Seine Miene wurde ausdruckslos.

Stevie begann leise zu lachen. „Du wirkst nun auch ein wenig verwirrt."

„Und was war nun bei dir eben los? Sag es endlich."

„Das." Sie nahm seine Hand und legte sie an ihren gewölbten Bauch. „Unser Baby, das sich heute zum ersten Mal bewegt."

„Nein", rief Judd ungläubig. „Ich hätte darauf bestehen sollen, dass du im Hotelzimmer bleibst. Ich hätte wissen müssen, wie sehr dich das lange Stehen auf dem harten Kunststoffboden anstrengt. Warum hast du dich nicht hingesetzt?"

Stevies innere Freude äußerte sich in einem fröhlichen Lachen. „Nun beruhige dich. Es ist ganz normal. Der Arzt hat mich bei meinem letzten Besuch schon darauf vorbereitet und mich angewiesen, besonders darauf zu achten. Da, schon wieder. Spürst du es?" Sie warteten, doch nichts geschah. „Unser Nachwuchs scheint wieder eingeschlafen zu sein."

„Bedauerlicherweise ist bei mir das Gegenteil der Fall", klagte Judd mit heiserer Stimme. „Der Körperkontakt mit dir hat mich hellwach gemacht." Er drückte Stevie fest an sich, um sie spüren zu lassen, was er meinte. „Ich bin ein echter Glückspilz, weil ich mit der betörendsten Schwangeren der Welt verheiratet bin."

„Habe ich dir schon gesagt, dass du hoffnungslos romantisch bist?"

„Nein." Judd lächelte seine Frau verliebt an und ließ seine Hände von ihrer fülliger gewordenen Taille nach oben zu ihren Brüsten wandern. Auch sie waren in den letzten Wochen schwerer geworden. „Gut so?", fragte er und massierte sie durch die Kleidung hindurch.

„Wundervoll."

Er rieb mit den Daumen über ihre Brustspitzen, die bald eine erste Reaktion erkennen ließen. „Wie sehr ich dich liebe. Du bist zu mir gekommen, als ich dich am nötigsten brauchte."

„Mir erging es mit dir ebenso."

Der nun folgende innige Kuss drückte aus, was sie füreinander empfanden.

„Judd, unser Baby bewegt sich wieder", sagte Stevie aufgeregt.

„Tut es weh?", flüsterte Judd.

„Nein", gab Stevie ebenso leise zurück.

An der Tür ertönte ein Klopfen. „Mr Mackie, die Leute werden langsam ungeduldig."

„Was ist es für ein Gefühl?", fragte Judd seine Frau leise, ohne sich um den aufgeregten Geschäftsführer zu kümmern.

„Ein unbeschreiblich schönes. Ich fühle mich lebendig und glücklich und könnte die ganze Welt aus den Angeln heben." Sie sah ihn versonnen an. „Ein Zustand ähnlich dem, wenn du in mir bist."

Judd lehnte seine Stirn an ihre. „Leider muss ich jetzt wieder an die Arbeit, Mrs Mackie, aber halten Sie an diesem Gedanken bis nachher fest."

– ENDE –

Mary Burton

Geheimnisvolle Entdeckung

Roman

Aus dem Englischen von
Michaela Grünberg

1. KAPITEL

*E*s war kurz nach Sonnenaufgang, als Kelsey Warren die Kiesgrube *Diamond Stone* erreichte. Nur einige sich kräuselnde kleine Wirbel warfen das schwache Morgenlicht von der sonst unbeweglichen, dunklen Wasseroberfläche zurück. Kelsey konnte sich beileibe Erfreulicheres vorstellen als einen Tauchgang in einem riesigen, von Menschenhand erschaffenen Wasserloch. Es sah schaurig kalt aus. Normalerweise arbeitete sie in wärmeren Regionen, wie zum Beispiel der Karibik. Hätte ihr alter Freund Stu Hamilton sie nicht gebeten, ihm einen Gefallen zu tun, wäre sie schon längst auf dem Weg zum Flughafen, um dort den nächsten Flieger nach L. A. zu nehmen.

Sie sah auf ihre Armbanduhr. Zwanzig nach sechs.

Wo blieb Stu nur?

Kelsey stieg aus ihrem gemieteten Jeep, öffnete den Kofferraum, holte eine große Leinentasche heraus und zog den Reißverschluss auf. Dann schleuderte sie die zwar abgewetzten, aber wunderbar bequemen Clogs von den Füßen und schlüpfte aus ihrer ebenfalls nicht mehr ganz neuen Jeans. Als sie auch ihr T-Shirt ausgezogen hatte, kam darunter ein leuchtend blauer Bikini zum Vorschein. Das Anlegen des Tauchanzuges ging schnell, schließlich war Kelsey geübt darin. Sie setzte sich im Schneidersitz auf den Boden und breitete eine ausrollbare Schutzhülle vor sich aus, die ihre flache Unterwasserkamera und noch ein paar andere Ausrüstungsgegenstände enthielt.

Ein weiterer Blick auf die Uhr verriet ihr, dass inzwischen eine Viertelstunde vergangen war. Von Stu nach wie vor keine Spur. Es sah ihm gar nicht ähnlich, zu spät zu kommen. Ausgerechnet er, der Geschäftsmann, der sich stets mit seiner Pünktlichkeit rühmte.

Kelsey starrte gedankenverloren zum wild bewachsenen Ufer am gegenüberliegenden Ende der Kiesgrube hinüber. Schwer vorstellbar, aber noch vor einer Woche war sie in der Südsee unterwegs gewesen, um Fotos von Korallenriffen zu machen. An jenem Dienstag war alles erstaunlich glatt gelaufen. Nicht nur, dass sie einen Rotfeuerfisch vor die Linse bekommen hatte, nein, dank ausnahmsweise funktionierender Satellitenübertragung konnte sie die Bilder sogar ohne die übliche leidige Zeitverzögerung an ihre Auftraggeber bei *National Geographic* mailen. Also zwei unverhoffte Glücksfälle auf einmal. Doch der Tag, der so gut begonnen hatte, war prompt durch den Anruf überschattet worden, in dem Stu Kelsey mitteilte, ihre Tante sei an einem Schlaganfall gestorben. Zu sagen, dass sie und Ruth sich besonders nahegestanden hätten, wäre gelogen gewesen. Die alte Frau hatte wenig Begeisterung dafür aufbringen können, ihre damals fünfzehnjährige Nichte bei sich aufzunehmen, und auch nie einen Hehl aus ihrem Unmut gemacht. Aber auch wenn Kelsey die Erinnerung an das verbitterte Gesicht ihrer Tante noch heute manchmal in ihren Träumen verfolgte, die Erweisung der letzten Ehre war sie Ruth trotzdem schuldig, fand sie. Immerhin war ihr durch sie das Kinderheim erspart geblieben, wo sie mit ziemlicher Sicherheit gelandet wäre, nachdem Donna einfach auf Nimmerwiedersehen verschwunden war. Also hatte Kelsey sich entschlossen, den Aufenthalt an ihrem paradiesischen Arbeitsort abzubrechen und zu Ruths Beerdigung zu reisen.

Doch die vorzeitige Rückkehr in die Vereinigten Staaten gestaltete sich schwieriger als vermutet. Zwei volle Tage hatte es gedauert, bis Kelsey endlich jemanden gefunden hatte, der sie in seinem Fischerboot mit aufs Festland nahm, und einen weiteren, bevor von dort aus ein Flug nach Amerika ging. Unzählige weitere nicht geplante Zwischenfälle später war sie doch noch in Grant's Forge, Virginia angekommen. Drei Stunden nach dem Ende der Begräbnisfeier.

Kelsey schloss die Augen. Fast glaubte sie Ruths Stimme zu hören: *Komm ich heut nicht, komm ich morgen. Genau so ein Taugenichts wie deine Mutter.*

Eine Träne kullerte Kelseys Wange hinunter.

Die abfälligen Bemerkungen ihrer Tante hatten ihr immer wehgetan, aber zumindest war dieses ruppige Verhalten einigermaßen erklärbar – im Alter wurden manche Leute eben wunderlich. Was sie sich hingegen nie hatte erklären können, war, weshalb Donna sie plötzlich nicht mehr haben wollte. Schon als sie noch ganz klein gewesen war, hatte ihre Mutter sie hin und wieder ohne große Vorankündigung für ein paar Tage bei Freunden oder Nachbarn untergebracht, während sie selbst sich wer weiß wo herumtrieb. Das war nichts Besonderes. Donna lieferte sie irgendwo ab, ging fort und kam nach spätestens einer Woche wieder.

Bis auf dieses letzte Mal.

Das Geräusch eines herannahenden Autos riss Kelsey aus ihren Gedanken. Hastig ihre Tränen wegwischend, stand sie auf, als der schwarze Chevrolet Suburban neben ihrem Jeep parkte. Beim Anblick des Schriftzuges an der Seite des Wagens versteifte sie sich unwillkürlich. *Grant's Forge Sheriff.* Was wollte der denn hier? Sheriff Buddy Hollis fehlte ihr gerade noch. Er hatte nie eine Gelegenheit ausgelassen, sie zu piesacken, und ihr früher wegen jeder Kleinigkeit das Leben schwer gemacht. Doch zu ihrer Überraschung war es nicht Hollis, der aus dem Suburban stieg, sondern Stu. Gerade mal ein Meter fünfundsechzig groß, beachtlicher Bauchansatz, ärmelloses T-Shirt, kurze Hose und Turnschuhe. Nachdem sie zu spät für Ruth Beerdigung eingetroffen war, hatte Kelsey sich niedergeschlagen ein Hotelzimmer gesucht und von dort aus sofort Stu angerufen. Aber wirklich gesehen hatte sie ihn vor acht Jahren das letzte Mal. Bis auf die Tatsache, dass sein langes, zum Pferdeschwanz gebundenes Haar inzwischen grau zu werden begann, hatte er sich kaum verändert, wie Kelsey feststellte. Sie lächelte.

„Da bist du ja, meine Kleine", sagte er und humpelte auf sie zu. „Komm her und lass dich drücken."

Nichts, was sie im Moment lieber täte. Bei seiner kräftigen Umarmung blieb ihr fast die Luft weg, aber es war ihr egal. Das war Stu, wie er leibte und lebte, offenherzig, liebenswert, immer geradeheraus. Und beständig. All die Jahre hatte es nicht eine einzige Woche gegeben, in der er ihr nicht geschrieben hatte. Ganz gleich an welchen abgelegenen Fleck auf der Landkarte es Kelsey auch gerade verschlagen haben mochte, Stus Briefe fanden stets ihren Weg zu ihr.

Sie versuchte vergeblich, den Kloß in ihrem Hals herunterzuschlucken. Du meine Güte, schimpfte sie mit sich selbst, du wirst doch jetzt nicht anfangen zu weinen.

„Was ist passiert?" Sie zeigte auf den Verband, der unter einer von Stus Socken hervorlugte.

„Ach, nichts. Ein dummer Unfall."

Typisch Stu. Um andere kümmerte er sich rührend, wenn sie irgendetwas hatten, aber bei sich selbst verharmloste er immer alles. Kelsey wollte ihn gerade dafür zusammenstauchen, wie sie es schon früher so oft getan hatte, als die Fahrertür des Suburbans aufsprang und ein zweiter Mann ausstieg. Er trug ein verblichenes blaues T-Shirt, das über seinen breiten Schultern spannte, und seine enge Jeans, die sicher auch schon bessere Tage gesehen hatte, betonte die harten Muskeln seiner Oberschenkel. Dichte, kurz geschnittene schwarze Haare, markantes Kinn, stahlblaue wache Augen.

Mitch Garrett.

Kelsey fühlte, wie es ihr die Kehle zuschnürte.

Verdammt. Wenn es jemanden auf der Welt gab, dem sie um keinen Preis jemals hätte wieder begegnen wollen, dann war es Mitch. Diese Stadt bestand wirklich – mit Ausnahme von Stu – nur aus schlechten Erinnerungen. Immerhin schien Garrett mindestens genauso erschrocken zu sein. Doch leider dauerte es nur ein paar Sekunden, bis er sich von seinem Schock erholt hatte. Die Art, wie er sie langsam von unten bis oben ansah, sagte Kelsey, was sie ohnehin schon längst wusste. Er war nicht sonderlich erfreut über ihre Anwesenheit.

„Kelsey Warren", sagte er. Seine Stimme klang ein wenig tiefer als damals, aber sie verriet keinerlei Gefühlsregung.

„Ich dachte, du wärst zur Navy gegangen." Kelsey hoffte, dass er ihr die Anspannung nicht anmerkte.

„Hab dort aufgehört."

„Und jetzt bist du Sheriff hier?" *Bitte nicht.*

„Du hast es erfasst."

In ihren Fantasien hatte Kelsey sich oft ausgemalt, wie sie mit Mitch umspringen würde, sollte er ihr tatsächlich noch einmal über den Weg laufen. Gewitzt und schlagfertig hatte sie ihn abkanzeln und dann einfach stehen lassen wollen. Und jetzt? War sie schon froh, wenn es ihr gelang, einen zusammenhängenden Satz zu bilden.

„Mitch fand, ich kann mit dem Fuß unmöglich tauchen", erklärte Stu. „Deshalb geht er für mich runter."

„Was?" Das konnte doch nicht sein Ernst sein.

„So war's abgemacht", sagte Mitch. „Mich wundert nur, dass ich Chris nirgends sehe." Er kniff argwöhnisch die Augen zusammen. „Du hast gesagt, er würde heute als zweiter Mann mit mir tauchen."

„Ja, ich weiß, ich weiß", wiegelte Stu ab. „Er musste unerwartet für ein paar Tage nach Atlantic City."

„Atlantic City? Was muss er dort so Wichtiges erledigen, dass es nicht noch bis morgen warten kann?"

„Du kennst Chris, er ist ein hervorragender Taucher, nicht immer ganz zuverlässig, aber …"

„Was war so wichtig?", fiel Mitch Stu ungeduldig ins Wort.

„Na ja, er hat bei einer Lotterie Geld gewonnen. Und da dachte er sich, er versucht sein Glück im Casino und macht vielleicht noch ein bisschen mehr draus. Weißt doch, wie er ist."

„Gewonnen?"

Stu nickte unschuldig. „Ich wollte ihm das nicht vermiesen, das verstehst du doch. Deswegen war ich ja auch so froh, dass Kelsey und du beide zugesagt habt, mir zu helfen. Ohne euch wäre ich aufgeschmissen gewesen."

„Und warum hast du mir nicht Bescheid gesagt? Ich hätte einen meiner Freunde von der Reservetruppe bitten können, für Chris einzuspringen."

„Ach, wofür die Umstände, wenn Kelsey sowieso gerade in der Stadt ist? Ich dachte mir, das wäre doch wie in alten Zeiten für euch zwei." Das verschmitzte Funkeln in Stus Augen gefiel Kelsey ganz und gar nicht. *Alte Zeiten,* dachte sie ironisch. Sie und Mitch hatten sich vor zehn Jahren in Stus Tauchladen kennengelernt, als sie einen Sommer lang zusammen dort gearbeitet hatten. Für Mitch war der Job eine willkommene Gelegenheit gewesen, die Monate zwischen Collegeabschluss und Dienstantritt bei der Navy zu überbrücken und dabei sogar noch ein bisschen Geld zu verdienen. Kelsey dagegen war überzeugt davon, dass nur die Arbeit sie in dieser Zeit davor bewahrt hatte, den Verstand zu verlieren. Wäre sie gezwungen gewesen, den ganzen Tag mit Ruth zu Hause zu hocken, weil sie nichts anderes zu tun hatte, nachdem sie mit der High School fertig war, hätte sie für nichts garantieren können. Mitch war nett zu ihr, hatte sie stets zuvorkommend behandelt und … sie hatte sich in ihn verliebt. Es kam, wie es kommen musste, gegen Ende des Sommers waren sie im Bett gelandet.

Kelsey seufzte. „Er hat recht, Stu. Du hättest uns vorher was sagen können."

Beschwichtigend legte Stu ihr einen Arm um die Schultern.

„Entspannt euch, ihr beiden. Es geht hier um einen Tauchgang und nicht den Gang zum Traualtar. Eine halbe Stunde, maximal. Um mehr bitte ich euch doch nicht."

Ein Muskel in Mitchs Unterkiefer zuckte unmerklich.

Das reichte. Es war mehr als offensichtlich, dass ihm sogar lächerliche dreißig Minuten in Kelseys Gegenwart zu viel waren.

„Vergiss es", sagte sie. „Ich gehe. Mitch wird schon jemand anderen organisieren, der an meiner Stelle mit ihm taucht." Sie befreite sich aus Stus Griff und fing an, ihre Sachen zusammenzupacken.

„Kelsey …"

Mitch stützte die Hände in die Hüften. Langsam hatte er genug von dem Theater.

„Können wir das vielleicht einfach hinter uns bringen?" Er drehte sich um und ging zu seinem Wagen. Mit einigen großen Schritten hatte er ihn erreicht, öffnete den Kofferraum und holte seine Ausrüstung heraus. Die silberne Sauerstoffflasche in der einen Hand, eine schwarze Tasche in der anderen kam er zurückmarschiert. Kelsey musste sich zwingen, ihn nicht anzustarren. Er war noch immer so männlich wie in ihrer Erinnerung. Die Zeit hatte kaum Spuren bei ihm hinterlassen, und das, was an Veränderungen sichtbar war, machte ihn höchstens noch attraktiver.

Mitch legte seine Ausrüstungsgegenstände neben ihren ab.

„Du bist ziemlich viel rumgekommen in den letzten paar Jahren, nicht? Muss interessant gewesen sein, an so vielen verschiedenen Orten zu leben."

Aha. Von daher wehte also der Wind. Wie du willst, mein Lieber. Dann tun wir eben einfach so, als wären wir bloß lose Bekannte, und kehren die Vergangenheit unter den Teppich. Kelsey zuckte mit den Schultern.

„Ja, es war interessant."

Mitch nickte und schwieg einen Moment.

„Und? Hast du vor, länger hierzubleiben?", fragte er dann.

„Wohl kaum. Wieso sollte ich?"

„Na ja, ein Haus verkauft sich nicht von heute auf morgen."

„Welches Haus?"

„Das von Ruth. Es ist bestimmt noch einiges wert, würde ich annehmen."

„Ich bin nicht gekommen, um mich an ihrem Tod zu bereichern", sagte Kelsey scharf. Wofür hielt er sie? „Außerdem brauche ich kein Geld. Tut mir ja sehr leid, all die Propheten enttäuschen zu müssen, die meinten, dass aus mir sowieso nichts wird, aber sie hatten dummerweise unrecht."

Die Andeutung einer Emotion flackerte kurz in Mitchs Augen auf, aber Kelsey konnte nicht sagen, was genau sie da gesehen hatte. Dann war es auch schon wieder weg.

„Ja, ich weiß. Du bist eine ziemlich erfolgreiche Fotografin geworden."

Woher wusste er das? Hatte er sich etwa die ganze Zeit über ihr Leben auf dem Laufenden gehalten? Genugtuung keimte in ihr auf, doch sie kämpfte sie sofort nieder, als ihr klar wurde, wie irrational ihre Gedanken waren. Als ob er nichts Besseres zu tun hätte, als in Erfahrung zu bringen, wie es ihr ging und was sie trieb.

„Okay. Falls diese kleine Unterhaltung meinem Vergnügen dienen soll, machen Sie sich keine Umstände, Sheriff", sagte sie bissig. „Je eher wir hier fertig sind, desto schneller kann ich die nächste Maschine nehmen und von hier verschwinden."

Der verärgerte Ausdruck in Mitchs Blick störte sie nicht im Geringsten. Sollte er sich doch vor den Kopf gestoßen fühlen, geschah ihm ganz recht.

„Wie lange ist dein letzter Flug her?", fragte er misstrauisch.

„Ich kenne die Regeln", antwortete sie in einem Ton, der klarmachte, dass sie nicht vorhatte, darüber zu diskutieren. Jeder Anfänger wusste, wie gefährlich es war, innerhalb der ersten vierundzwanzig Stunden nach einer Flugreise zu tauchen. Wer wollte sich schon ein unter Umständen tödliches Blutgerinnsel einhandeln?

„Wie lange?", beharrte Mitch.

Es war nicht das erste Mal, dass ein männlicher Tauchkollege Kelseys Kompetenz infrage stellte. Im Laufe der Jahre hatte sie gelernt, darüberzustehen. Umso weniger konnte sie sich erklären, warum diese Arroganz, an die sie doch gewöhnt war, sie heute so zur Weißglut brachte.

„Sechs-und-drei-ßig Stun-den."

Stus Blick wanderte nervös zwischen ihr und Mitch hin und her.

„Kelsey hat über tausend Tauchstunden absolviert, sie weiß schon, was sie tut", sagte er.

Mitch hob abfällig eine Augenbraue. „In seichten Gewässern hübsche Bilder schießen macht noch keinen erfahrenen Taucher aus."

Das hatte gesessen. Kelsey konnte gerade noch rechtzeitig den Impuls unterdrücken, lang und breit ihre Leistungen aufzuzählen, um Mitch von ihren Fähigkeiten zu überzeugen. Es war viel besser, ihm zu demonstrieren, dass sie es gar nicht nötig hatte, ihm irgendetwas zu beweisen.

„Du musst es ja wissen", sagte sie schnippisch. „Dann erzähl mir doch mal, wann du das letzte Mal Gelegenheit hattest, woanders zu tauchen als in Stus Übungspool. Oder ist hier etwa in der Nähe auf wundersame Weise ein Meer entstanden, seit ich weg bin?"

Mitchs Gesichtausdruck verfinsterte sich. „Vor drei Tagen", knurrte er zwischen zusammengebissenen Zähnen. „Im Atlantik, wenn du es genau wissen willst."

„Mitch ist noch immer Mitglied der Navy-Reserve-Einheit", erklärte Stu.

„Ist mir eigentlich auch egal." Kelsey wischte sich mit ungeduldigen Fingern eine Haarsträhne aus der Stirn. „Und? Gibt es noch mehr Fragen, oder können wir langsam anfangen? Ich habe nicht den ganzen Tag Zeit."

Statt einer Antwort zog Mitch mit einer unwirschen Bewegung sein T-Shirt über den Kopf und entblößte eine muskulöse, dunkel behaarte Brust. Als er nach dem Reißverschluss seiner Jeans fasste, drehte Kelsey sich wie automatisch von ihm weg.

„Also, Stu. Warum willst du überhaupt, dass wir da runtergehen?", wandte sie sich an ihren alten Freund.

„Ich habe *Diamond Stone* gekauft."

„Wozu?"

„Weil ich glaube, man könnte daraus was machen. Wie du schon so richtig bemerkt hast, das Übungsbecken ist nicht das Wahre für Leute, die richtig Tauchen lernen wollen. Aber das hier, das wäre doch perfekt, oder?"

„Das ist eine fantastische Idee", stimmte Kelsey zu.

„Ja, das Problem ist nur, als Chris und ich letzte Woche den Grund inspizieren wollten, haben wir dabei ein Autowrack gefunden. Es hat sich direkt am Rand einer Grubenspalte verklemmt, wo es ziemlich tief runtergeht. Stell dir vor, ein Tourist verfängt sich darin und wird von dem Ding hundert Fuß in den Abgrund gezogen."

„Dann sollen Mitch und ich das Wrack also über den Rand schubsen, ja?"

„Nein", sagte Mitch. „Zuerst will ich nur die Kennzeichen holen und sie überprüfen lassen."

„Warum?"

„Sicher ist sicher. Es gibt genug Verbrechen, die erst Jahre später und auch nur durch einen dummen Zufall aufgeklärt werden. Wenn es sauber ist, komme ich mit Chris zurück und kümmere mich um das Auto."

„Und du denkst, das ist wirklich nötig? Ich meine, wir sind hier in einem kleinen Nest in Virginia, nicht in New York, wo Leute gestohlene Wagen im Hudson River versenken. Wahrscheinlich war dem Besitzer bloß der Schrottplatz zu teuer."

„Man weiß nie."

„Wie du meinst", sagte Kelsey. Es brachte nichts, weiter mit Mitch zu diskutieren, er tat sowieso, was er für richtig hielt. Obwohl sie bezweifelte, dass es viel zu fotografieren geben würde, befestigte sie ihre Kamera am Gürtel. Es war eine Gewohnheit, die sich schon oft als nützlich erwiesen hatte. Einige ihrer besten Bilder waren an Orten entstanden, wo sie am wenigsten damit gerechnet hatte, ein gutes Motiv zu entdecken.

Als Kelsey nach ihrer Sauerstoffflasche griff, um sie sich auf den Rücken zu schnallen, kam Mitch ihr zuvor. Aus ihr unerklärlichen Gründen hielt er es wohl für angebracht, den Gentleman herauszukehren. Oder er hatte einfach keine Lust, auf sie zu warten, denn er selbst war schon längst fertig. Für einen kurzen Augenblick war Kelsey unentschlossen. Einerseits war sie ganz und gar nicht auf seine großzügige Hilfe angewiesen, aber andererseits hatte sie auch nichts dagegen, dieses unfreiwillige Wiedersehen so bald wie möglich zu beenden. Und das hieß, jede Minute, die sie früher ins Wasser kam, zählte. Widerspruchslos schlüpfte sie durch die Armriemen.

„Danke."

„Keine Ursache."

Stu reichte ihr ihre Schwimmflossen und ihre leuchtend pinkfarbene Tauchmaske.

„Alles klar?", fragte er.

„Von mir aus kann's losgehen."

Stu folgte ihr und Mitch die kleine Böschung hinunter zum Ufer.

„Okay, die Erdspalte ist in der Nähe des nordwestlichen Endes."

„Keine Sorge", sagte Mitch. „Wir finden dein Auto."

Es war Ende Mai und bereits angenehm warm draußen, was man vom Wasser der Kiesgrube allerdings nicht behaupten konnte. Eisige Kälte fuhr Kelsey durch die Glieder und ließ sie unwillkürlich die Luft anhalten. Mitch stand noch am Ufer bei Stu, und sie konnte nur hoffen, dass er sie nicht hatte zusammenzucken sehen. Flink streifte sie ihre Schwimmflossen über, legte ihre Maske an und schob sich das Atemgerät in den Mund.

„Vielen Dank auch, mein Lieber", sagte Mitch zu Stu, bevor er ebenfalls einen Schritt in das kalte Wasser machte. „Mein erster freier Tag seit Ewigkeiten, und du halst mir einen Tauchgang mit Tiefsee-Barbie auf."

„Ich finde, Pink steht ihr", schmunzelte Stu.

2. KAPITEL

*N*achdem er weit genug vorwärts gewatet war, hielt Mitch inne und schob sich ärgerlich das Mundstück zwischen die Lippen. Er benahm sich wie ein Teenager, der vor seinen Freunden abfällig über ein Mädchen sprach, damit niemand merkte, dass ...

Verdammt, Kelsey Warren hatte kein bisschen von der Anziehungskraft verloren, die sie schon damals vom ersten Moment an auf ihn ausgeübt hatte. Damals, das war vor acht Jahren gewesen, als er noch zu jung und dumm gewesen war, um hinter die Fassade zu blicken. Kelsey hatte sich große Mühe gegeben, ihre Verletzlichkeit zu verstecken, und er war darauf hereingefallen. In dem Glauben, was sie teilten, sei eine unkomplizierte, nicht allzu feste Beziehung, wie man sie in diesem Alter normalerweise hatte, war er eines Abends mit ihr ins Hinterzimmer von Stus Tauchladen gegangen. Dort war es dann passiert. Und es war unglaublich schön gewesen. Bis zu dem Augenblick, in dem ihm klar wurde, dass sie noch Jungfrau war. Als er sie danach fragte, leugnete sie es nicht, sondern sagte, dass dies etwas ganz Besonderes für sie sei und sie gewartet habe, bis der Richtige komme. Und das sei er.

Mitch war so schockiert und überrumpelt gewesen, dass er nicht nachgedacht hatte. In seiner Unbeholfenheit war ihm dann der verhängnisvolle Satz herausgerutscht: *Wenn ich das gewusst hätte, wäre ich niemals mit dir ins Bett gegangen.*

Der Ausdruck in ihren Augen hatte mehr gesagt als tausend Worte, und die tölpelhaften Entschuldigungen, mit denen Mitch versucht hatte, sie zu beruhigen, hatten alles nur noch schlimmer gemacht. Kelsey war tränenüberströmt aus dem Zimmer gestürzt und in ihr Auto gesprungen. Er hatte gehofft, sie bei ihrer Tante vorzufinden, doch als er dort ankam, war sie schon fort gewesen. Ruth wusste nicht, wohin sie wollte, und es interessierte sie offenbar auch nicht. Er hatte Kelsey nie wiedergesehen.

Bis heute.

Mitch atmete ein paarmal tief in das Mundstück, um sich zu vergewissern, dass es funktionierte. Nach allem, was geschehen war, fiel es ihm schwer, Kelsey zu behandeln, als sei sie nichts weiter als ein Tauchpartner wie jeder andere für ihn. Aber er musste es tun. Wenn er denselben Fehler nicht noch einmal machen wollte.

Feine Schlickfäden wurden vom Boden aufgewirbelt, als Kelsey zwischen zwei großen Steinen hindurchschwamm. Trotzdem, das Wasser war bedeutend klarer geworden, seit sie das letzte Mal, als Kind, hier gewesen war. Stus Investition in eine Filteranlage hatte sich gelohnt.

Die klare Sicht ermöglichte Mitch, der über ihr schwamm, einen uneingeschränkten Blick auf ihren Körper. Eigentlich wollte er sie nur im Auge behalten, wie jeder guter Taucher seinen Partner im Auge behielt. Doch sosehr er sich auch anstrengte, er kam nicht umhin, zu bemerken, wie perfekt der enge Tauchanzug ihre weiblichen Formen hervorhob oder wie ihr Haar fließend ihren geschmeidigen Bewegungen folgte. Es war heller geworden, fast platinblond, aber wenn ihn nicht alles täuschte, war das lediglich das Ergebnis intensiver Sonneneinwirkung.

Kelsey hob eine Hand, als ein Fisch sich neugierig ihrem Gesicht näherte, und gerührt sah Mitch zu, wie der kleine Geselle sich von ihr über die Rückenflosse streicheln ließ, ohne verschreckt das Weite zu suchen.

Himmel, was war denn los mit ihm? Er neigte doch sonst nicht zu Sentimentalität.

Plötzlich sah Mitch aus dem Augenwinkel die Umrisse eines Wracks. Das musste das Auto sein, das sie suchten. Auch Kelsey hatte es entdeckt. Sie schwamm mit kurzen, kräftigen Zügen darauf zu und begann, Fotos zu machen. Wenige Sekunden später war Mitch neben ihr. Sie hob gerade die Kamera, um ein weiteres Bild zu schießen, stockte und senkte sie dann langsam wieder. Hastig näherte sie sich dem Wrack. Woher das plötzliche Interesse an dem völlig verrosteten Vehikel? Soweit man das noch sagen konnte, handelte es sich um einen Dodge, schätzungsweise zwanzig Jahre alt und bis zu den Türgriffen mit Algen bewachsen. Kelsey streckte die Hand nach einem von ihnen aus und rüttelte daran. Was zum Teufel machte sie da? Mitch packte sie an der Schulter, riss sie zu sich herum und sah in ein Paar vor Aufregung geweiteter blauer Augen. Er deutete auf den Wagen, dann auf die bedrohlich breite und allem Anschein nach sehr tiefe Furche, die nur wenige Handbreit davon entfernt im Boden klaffte. Kelsey starrte ihn einen Moment lang verständnislos an, bevor sie endlich nickte. Sie zog eine schmale Taschenlampe aus ihrem Gürtel, schwamm zur Rückseite des Dodge und leuchtete das Nummernschild an. Mitch rieb es mit der Hand sauber, so gut es ging. *Pennsylvania. ZCE A.* Der Rest war unleserlich, vom Rost zerfressen, aber vielleicht reichte es ja, um den ehemaligen Halter ausfindig zu machen.

Er blickte sich nach Kelsey um. Die hatte sich zur Fahrerseite vorgearbeitet und wischte hektisch mit dem Ellbogen die dicke Algenschicht vom Fenster. Ungeduldig kämpfte sie mit ihrer Taschenlampe, in dem Versuch, die Helligkeit hochzudrehen. Sie bekam nicht einmal mit, wie ihre geliebte Kamera ihr dabei aus der Hand glitt und langsam zu Boden trudelte. Kelsey richtete ihre Lampe auf die kleine runde Stelle des Fensters, die sie freigeputzt hatte, schaute hindurch in das Innere des Fahrzeugs und schreckte jäh zurück. Luftbläschen stiegen zu beiden Seiten ihres Kopfes auf, ein Zeichen dafür, dass sie schnell und heftig atmete.

Irgendetwas stimmte nicht.

Mitch war sofort bei ihr und fasste sie am Arm, um ihre Aufmerksamkeit auf sich zu ziehen.

Was ist los?

Sie gestikulierte wild.

Da, sieh doch!

Kelseys Atem hatte sich ein wenig beruhigt, aber ihre Kehle fühlte sich noch immer wie ausgedörrt an. Sie schluckte. Mitch berührte ihr Handgelenk, unerwartet sanft, im Gegensatz zu dem stechenden Blick, mit dem er sie eindringlich musterte. Sie brauchte ein paar Minuten, bis sie sich stark genug fühlte, ihn anzusehen.

Ich bin in Ordnung.

Ja, natürlich.

Er dachte gar nicht daran, sie loszulassen, während sie gemeinsam in Etappen den Weg zur Wasseroberfläche zurücklegten. Als hätte er Angst, Kelsey könnte in Panik geraten und vergessen, wie wichtig es war, beim Aufsteigen Pausen zu machen, damit der Körper den Druck ausgleichen konnte.

Oben angekommen, nahmen beide ihre Mundstücke heraus und schwammen schweigend nebeneinanderher, bis sie im seichten Wasser bequem stehen konnten.

Donna war tot. Ihre Mutter war tot.

Kelsey hatte das Gefühl, jeden Moment würden ihre Knie nachgeben und einfach unter ihr wegknicken, aber sie taten es nicht. Vielleicht nur deshalb, weil sie sich bewusst war, dass Mitch jede ihrer Bewegungen genau beobachtete. Sie zog zuerst die rechte, dann die linke Schwimmflosse von ihren Füßen und konzentrierte sich darauf, dabei nicht das Gleichgewicht zu verlieren. Im Sand unter ihr quollen kleine Luftbläschen zwischen ihren nackten Zehen hervor, als sie auf das Ufer zustolperte. Die Sauerstoffflasche schien plötzlich eine Tonne zu wiegen.

Stu kam die Böschung heruntergehumpelt. Als er nahe genug war, um Kelseys blasses Gesicht zu sehen, runzelte er irritiert die Stirn.

„Was ist passiert?"

„Das Auto", sagte Kelsey tonlos. „Es war Donnas."

„Donnas blauer Dodge?"

Sie nickte.

„Kelsey, es war dunkel da unten", schaltete Mitch sich ein.

„Ich weiß, was ich gesehen habe."

„Und ich weiß, dass du aussiehst, als ob du gleich umfällst. Lass mich das nehmen", sagte er unwirsch und machte sich an ihrer Sauerstoffflasche zu schaffen.

„Das war Donnas Wagen, und es war ihre Leiche auf dem Fahrersitz!"

„Leiche?", fragte Stu verwirrt.

„Ein Skelett, um genau zu sein", erklärte Mitch. „Und wir wissen noch nicht, um wen es sich dabei handelt", fügte er nachdrücklich hinzu.

„Mitch hat recht, Kelsey." Stu legte ihr einen Arm um die Schultern. „Es könnte irgendjemand sein."

Sie schloss die Augen und presste Daumen und Zeigefinger gegen ihre Nasenwurzel. Gott, sie war drauf und dran zu weinen. Mit letzter Kraft schaffte sie es, die aufkommenden Tränen zu unterdrücken.

„Du bist müde, Kleines. Das macht der Jetlag. Da ist jeder überreizt. Schlaf dich erst mal aus, und lass Mitch ein paar Nachforschungen anstellen, bevor du uns hier zusammenklappst."

Kelseys Herz pochte wie wild. Sie hatte zehn Jahre lang alles dafür getan, diese unheilvollen letzten Tage zu vergessen, die ihr Leben für immer verändert hatten. Manchmal war es ihr gelungen, indem sie ihr Arbeitspensum so hoch geschraubt hatte, dass ihr keine Zeit zum Nachdenken mehr blieb. Aber auch das funktionierte höchstens einen oder zwei Monate, und sobald sie gezwungen war, sich Pausen zu gönnen, kamen die Erinnerungen zurück. War es ihre Schuld? Hatte sie irgendetwas gesagt oder getan? Etwas, das Donna getroffen oder verärgert hatte, sodass sie einfach weggegangen war?

Kelsey schüttelte den Kopf. „Es ist mir nie in den Sinn gekommen, dass sie tot sein könnte. Sie hat doch immer gesagt, sie ist eben wie eine Kakerlake. Unverwüstlich." Sie lachte bitter, ehe sie den Blick aufs Wasser richtete. „Ich geh noch mal runter."

„Das wirst du nicht tun", hielt Mitch sie schroff auf. „Du bist viel zu wackelig auf den Beinen."

„Versteh doch, ich kann sie nicht einfach da liegen lassen." Das hatte sie noch nie gekonnt. „Ich muss gehen."

Doch bevor sie auch nur einen Schritt getan hatte, riss Mitch sie unsanft am Arm zurück.

„Zu tauchen, wenn man kaum geradeaus denken kann, ist eine ganz schlechte Idee. Du weißt das. Und außerdem weißt du auch, dass man zwischen zwei Tauchgängen mindestens eine Stunde an Land bleibt. Also, was soll das?"

Kelsey warf entnervt die Hände hoch.

„Okay, schon gut, du hast recht. Ich warte eine Stunde."

„Keine Chance, du gehst nicht wieder da runter, weder in einer Stunde noch sonst wann." Sein Gesicht sah aus wie ein Felsblock, hart und unbeweglich. „Ich sag dir, wie es läuft", erklärte er in einem Ton, der keinen Widerspruch duldete. „Ich kontaktiere die Kollegen vom Nachbarbezirk. Da gibt es ein Spezialteam, das den Wagen raufholen wird, und dann sehen wir weiter."

Kelseys Hand zitterte, als sie sich eine feuchte Haarsträhne hinters Ohr schob.

„Wie lange dauert es, bis sie hier sein werden?"

„Keine Ahnung. Aber anstatt tatenlos rumzusitzen, kannst du genauso gut mit Stu in die Stadt zurückfahren. Sobald ich was weiß, ruf ich dich an."

„Das klingt doch vernünftig, was meinst du, Kelsey? Ich wette, du hast seit Tagen nichts Richtiges mehr gegessen, stimmt's?"

Eine Woche traf es eher.

„Ich bleibe", sagte sie störrisch.

„Was soll das bringen? Du kannst sowieso nichts tun."

Mitch war mit seiner Geduld eindeutig am Ende, aber das interessierte sie nicht. Sie konnte genauso stur sein wie er.

„Ist mir egal. Ich bleibe."

3. KAPITEL

*D*ie Sonne hatte mittlerweile die letzten dunklen Streifen verdrängt, die am Morgen noch vereinzelt den jetzt stahlblauen Himmel durchzogen hatten. Sechs Stunden waren vergangen, und Kelseys Magen knurrte. Sie hatte ihren Tauchanzug gegen die Jeans und das T-Shirt ausgetauscht und sich ein gutes Stück von der Kiesgrube entfernt postiert. Weit genug weg, um das Bergungsteam nicht zu stören, aber noch in Sichtweite, sodass sie den Männern bei ihrer Arbeit zusehen konnte.

Sie presste die Hand gegen ihre pochende Stirn. Es war ein Irrtum gewesen zu glauben, sie habe das Trauma ihrer Kindheit ein für alle Mal überwunden.

„Mach dir keine Sorgen, Mitch hat alles unter Kontrolle", hörte sie Stu plötzlich neben sich sagen. Sie hatte sein Kommen überhaupt nicht gehört, obwohl er doch humpelte und sich kaum still und leise an sie herangeschlichen haben konnte. Natürlich hatte Mitch alles unter Kontrolle. Der geborene Anführer. So war er schon immer gewesen.

„Wie geht es deinem Knöchel?", wechselte sie schnell das Thema.

„Halb so wild."

Kelsey schlang die Arme um ihre Schultern und sah wieder zu dem Boot hinüber.

„Donna liebte es, im Mittelpunkt zu stehen", bemerkte sie trübselig.

Stu lächelte. „Schade, dass sie das ganze Tohuwabohu nicht sehen kann. Das wäre genau nach ihrem Geschmack."

Just in diesem Augenblick tauchten Mitch und die anderen Taucher auf. Sie kletterten in das Boot und zogen ihre Schwimmflossen aus.

Am Ufer angekommen, nahm Mitch seine Tauchermaske ab, und als er die Sauerstoffflasche von den Schultern streifte, fiel Kelsey auf, dass etwas an seinem Gürtel befestigt war, was dort nicht hingehörte.

Ihre Kamera. Sie musste sie verloren haben, als ... du liebe Zeit, er hatte recht gehabt, auch wenn sie es nicht hatte zugeben wollen. Sie *war* durcheinander gewesen. Für gewöhnlich ging sie nicht so achtlos mit ihren Sachen um, schon gar nicht, wenn sie mehrere Tausend Dollar gekostet hatten. Mitch sagte etwas zu den anderen Männern, dann schaute er auf und sah Kelsey an. Sie verspürte ein unangenehmes Ziehen in der Magengegend.

„Elender Wichtigtuer", zischte sie.

„Wer? Mitch?" Stu klang irgendwie amüsiert. „Wieso denn?"

„Dieses Alphatier-Gehabe. Jeder soll vor ihm kuschen."

„Wobei das längst nicht jeder tut, nicht wahr?" Stu zwinkerte ihr zu.

Kelsey fuhr sich mit der Hand durch die inzwischen von der Sonne getrockneten Haare. „Mir ist einfach unwohl in seiner Nähe."

Mitch ging zu seinem Wagen und begann, sich umzuziehen. Danach öffnete er die Fahrertür des Suburbans und nahm das Funkgerät aus seiner Halterung am Armaturenbrett.

„Hey, er hat sich ganz schön ins Zeug gelegt. Dass die Jungs da in weniger als zwei Stunden mit Sack und Pack hier antreten, ist nicht üblich. So etwas dauert sonst zwei Tage. Mindestens."

Stu hatte recht. Trotzdem, Kelsey mochte es nicht, jemandem einen Gefallen schuldig zu sein. Schon gar nicht Mitch.

„Ich weiß."

„Du solltest dich erkenntlich zeigen. Irgendwas Nettes tun."

„Wie zum Beispiel was? Soll ich ihm vielleicht einen Pullover stricken?"

„Wie wär's mit Dankesagen?" Stu schmunzelte.

Kelsey seufzte. Ein Danke wäre wirklich nicht zu viel verlangt.

„Ich dachte, die Zeiten, in denen ich mit dem Chaos dastehe, das Donna hinterlassen hat, wären endgültig vorbei", sagte sie müde.

Das Lächeln verschwand von Stus Gesicht.

„Ach, Kleine, ich wünschte, Chris und ich hätten das Auto gründlicher unter die Lupe nehmen können. Nur, wir haben es erst so spät entdeckt, und die Luft reichte nicht mehr lange. Wir wollten am nächsten Tag weitermachen, aber dann hat mich dieser Trottel von Tourist über den Haufen gerannt und ... wenn ich gewusst hätte ..."

„Es ist nicht deine Schuld, Stu", sagte Kelsey sanft. „Früher oder später wäre sie sowieso gefunden worden, und ich hätte es erfahren."

„Da kommt Mitch. Er sieht nicht glücklich aus."

„Tut er das überhaupt jemals?"

„Er ist kein schlechter Kerl. Du kannst ihm vertrauen."

Und wie, dachte Kelsey. So wie er daherstolziert kam – verspiegelte Sonnenbrille, betont aufrechte Körperhaltung – machte er auf sie alles andere als einen sympathischen Eindruck. Sie hätte ihre Kamera darauf verwettet, dass er noch immer soldatisch akkurat sein Bett machte. Aber die hatte er ja. Wie auf Kommando zog er sie aus der Tasche und hielt sie Kelsey entgegen. Als sie danach griff, berührten ihre Finger sich flüchtig, und jeder Muskel in ihrem Körper rebellierte.

„Danke", sagte sie knapp. „Sieht so aus, als schulde ich dir was."

„Du schuldest mir gar nichts." Sein Blick ruhte einen Moment zu lange auf ihr, bevor er sich unvermittelt Stu zuwandte. „Können wir uns kurz unterhalten?"

Stu sah ein wenig verunsichert aus, doch dann nickte er.

„Klar."

„Moment mal, und was ist mit mir?" Kelsey stemmte die Fäuste in die Hüften. „Ich habe ja wohl ein Recht zu erfahren, was da unten vor sich geht, oder?"

Mitch verzog keine Miene, als er antwortete.

„Ich halte es für besser, wenn ich zuerst mit Stu allein rede."

Sie spürte, wie die Wut in ihr hochkam. „Diesmal nicht, *Sheriff*. Dieses Mal lasse ich mich nicht wie ein kleines Kind von dir vor die Tür schicken, ist das klar?"

Sie sah, wie seine Schultern sich merklich versteiften, dann nickte er widerwillig.

„Na schön. Ich habe gerade die Gerichtsmedizin informiert, dass sie Arbeit bekommen. Sobald der Leichenwagen hier ist, holen wir die sterblichen Überreste rauf."

Von einer Sekunde auf die andere wich alle Farbe aus Kelseys Gesicht.

„Du meinst Donna."

Mitchs Züge wurden etwas weicher.

„Das wissen wir noch nicht", sagte er.

„Ihr vielleicht nicht, aber ich." Plötzlich war ihr furchtbar elend zumute.

Stu sagte etwas zu ihr, aber sie hörte ihn kaum.

Erst als das Wort Autopsie fiel, wachte sie aus ihrem Dämmerzustand wieder auf.

„Wir werden bald Gewissheit haben", sagte Mitch.

„Wann genau ist das?", fragte sie.

„In ein paar Tagen. Hab Geduld."

Geduld. Was glaubte er eigentlich?

„Ich", fauchte sie, „habe verdammte *zehn Jahre* damit verbracht, geduldig zu sein!"

Die Polizisten hielten abrupt in ihrer jeweiligen Tätigkeit inne und drehten sich zu ihr um. Sollten sie doch alle von ihr denken, was sie wollten. Sogar Stu. Der mitleidige Ausdruck in seinen Augen erinnerte Kelsey an die Sozialarbeiter, mit denen sie sich jedes Mal hatte auseinandersetzen müssen, wenn Donna wieder im Gefängnis gelandet war.

„Kleines, das ist alles ein bisschen viel auf einmal für dich. Du musst dich ausruhen. Morgen ist auch noch ein Tag", sagte er.

„Vergiss es, ich gehe nirgendwohin."

„Dadurch, dass du nicht schläfst, geht es auch nicht schneller", versuchte Mitch sie zur Vernunft zu bringen.

Sie sah auf, starrte in die Gläser seiner Sonnenbrille und sah in ihr eigenes erschöpftes Spiegelbild.

„Ich werde warten, bis ihr sie aus dem Wasser geholt habt."

Er schwieg einen Moment. Dann zuckte er mit den Achseln.

„Meinetwegen."

„Aber du fährst zurück in die Stadt." Kelsey bohrte den Zeigefinger in Stus Brust. „Du läufst schon viel zu lange auf dem kranken Bein rum."

„Du tust ja, als ob es gebrochen wäre. So schlimm ist es nicht", wiegelte er ab.

„Jetzt sei wenigstens du vernünftig", mischte Mitch sich ein. „Sie hat recht. Jeff fährt dich."

„Ach, Quatsch", sagte Stu dickköpfig. „In welchem Wagen denn?" Kelsey drückte Mitch ihre Autoschlüssel in die Hand.

„Ihr könnt meinen Jeep nehmen."

„Und wie kommst du dann ins Hotel zurück?" Noch wollte Stu sich nicht geschlagen geben.

„Ich bringe sie hin", bot Mitch an.

„Siehst du, es ist alles geregelt. Und nun tu mir den Gefallen, lass dich heimfahren und leg dein Bein hoch. Mir zuliebe?"

Stu sah sie unschlüssig an.

„Okay, wenn du dich dann besser fühlst", seufzte er schließlich.

Mitch winkte einen der Polizisten heran.

„Jeff, nimmst du bitte Kelseys Auto und fährst Stu nach Hause?"

Der schlaksige hochgewachsene Mann nickte.

„Mach ich gern."

Erst als ihr Jeep nur noch ein kleiner Punkt in der Ferne war, drehte Kelsey sich zu Mitch um.

„Er wird alt", sagte sie dann traurig. „Stu war immer so voller Leben, ich konnte mir nie vorstellen, dass es je anders sein würde."

„Es steckt noch genug Leben in seinen Knochen, auch wenn sie ein bisschen morsch geworden sind", meinte Mitch. Doch auch er klang besorgt. Vielleicht war er doch nicht der komplett gefühllose Mensch, für den sie ihn hielt. „Er hat eine Menge übrig für dich", fügte er tiefgründig hinzu.

Nein, Schluss damit. Sie wollte ihn nicht mögen.

„Sei so nett und sei *nicht* nett zu mir, okay?", sagte sie schroff. „Ich mag das nicht. Freundlichkeit ist für mich gleichbedeutend mit Schwierigkeiten – wenn Donna nett zu mir war, hieß das, es war kein Geld für die Miete da. Ein netter Sozialarbeiter hieß, ich sollte in irgendein Heim gesteckt werden. Und nette Männer ... dazu sage ich lieber nichts."

Sein Gesicht hatte sich während ihres Redeschwalls sichtbar verhärtet. Als sie fertig war, überlegte er kurz, dann zog er eine Augenbraue hoch.

„Wann hast du das letzte Mal was gegessen? Dein Gesicht ist total verquollen, und deine Augenringe sind tiefer als die von meiner Großmutter."

Kelsey hob einen Mundwinkel zu einem schiefen Lächeln.

„Na also. Schon besser", sagte sie zufrieden.

Kopfschüttelnd stapfte Mitch zu seinem Wagen, schnappte sich die Thermosflasche, die hinter dem Sitz lag, und kramte ein paar Snacks aus der Kühlbox daneben.

Er schraubte die Kappe von der Thermosflasche, die gleichzeitig als Becher diente, goss ein und reichte sie Kelsey. Schon allein beim Anblick des dampfenden Kaffees fühlte sie sich sofort besser.

„Danke."

Mitch riss ein rot glänzendes Päckchen auf, während sie vorsichtig an ihrem Becher nippte.

Heiß, aber gut.

„Ich hab leider keine Milch."

„Macht nichts." Sie traute ihm ja einiges zu, aber dass er noch wusste, wie sie ihren Kaffee am liebsten trank, überraschte sie.

„Hier." Er gab ihr einen Kräcker. Schon beim ersten Bissen begann ihr Magen sich zu beruhigen.

„Ich frage mich, wer Donna umgebracht haben könnte."

Ihr Kommentar ließ Mitch erstaunt die Stirn runzeln.

„Wieso denkst du, sie ist ermordet worden?"

Kelsey spielte abwesend mit dem silbernen Kreuz, das an der Kette um ihren Hals baumelte.

„Wegen der Leute, mit denen sie sich abgegeben hat. Vorzugsweise Gauner, Diebe und so weiter. Ein paar Junkies waren auch dabei."

Mitch stieß einen Seufzer aus. Ganz abwegig war der Gedanke an Mord bei solch einem Bekanntenkreis tatsächlich nicht.

„Stu hat manchmal von ihr gesprochen. Erst kürzlich erzählte er mir, wie aufgedreht sie während der letzten Tage war, bevor sie verschwunden ist. Aber er wusste nicht, warum. Hast du vielleicht eine Vermutung?"

„Na ja, sie redete die ganze Zeit nur von dem Geld, das sie bald verdienen würde. Sie sagte, wenn alles unter Dach und Fach wäre, hätten wir für den Rest unseres Lebens ausgesorgt. Keine Umzüge mehr. Ein richtiges Zuhause mit schönen Möbeln und allem. Ich dachte mir nichts weiter dabei, weil sie das schon so oft versprochen hatte."

„Hat sie erwähnt, woher dieses Geld kommen sollte?"

„Nein. Jetzt im Nachhinein betrachtet war sie ungewöhnlich vage, was ihre konkreten Pläne anging. Aber es muss ihr ernst gewesen sein. Sie hatte sogar mit dem Trinken aufgehört. Ich weiß das, weil ihre Hände gezittert haben, wenn sie sich eine Zigarette anzündete."

„Und Stu hat immer gedacht, sie würde es schaffen." Mitch rupfte ein Blatt vom Ast eines Strauches und zerrieb es zwischen den Fingern. „Eines Tages einen reichen Mann heiraten oder ihren Traum wahr machen und eine berühmte Schauspielerin werden."

Kelsey rang sich ein schwaches Lächeln ab.

„Ja, mit etwas mehr Glück hätte es auch so kommen können. Zuzutrauen war ihr immerhin so ziemlich alles. Sie und Stu waren mal zusammen, wusstest du das?"

„Nein."

„Ist auch lange her. Auf der High School. Er hat sie wirklich geliebt, glaube ich."

„Warum ist es auseinandergegangen?"

„Sie hat Stu für einen verlassen, der ihr mehr bieten konnte. Finanziell."

„Dein Vater?"

„Keine Ahnung. Vielleicht."

„Du weißt nicht, wer dein Vater ist?"

Dieser ungläubige Tonfall. Als könne es das gar nicht geben, nicht zu wissen, wer der eigene Vater ist. Donna hatte es ihr eben nie erzählt, egal wie sehr sie gebettelt hatte. Irgendwann hatte sie dann aufgehört, zu fragen. Oder zu hoffen, er komme eines schönen Tages zur Tür hereinspaziert und alles würde gut werden.

„Und stell dir vor, ich habe es überlebt."

Die Schärfe ihres Kommentars war erschütternd.

„Kinder brauchen ein Zuhause", sagte Mitch. Er sprach ruhig und leise, aber seine Worte trafen Kelsey wie Messerstiche. Ein Heim, ein richtiges Haus mit Vorgarten und einem weißen Holzzaun, davon hatte sie immer geträumt, als sie noch klein gewesen war. Aber so viel Glück war nun einmal nicht allen Kindern vergönnt, auch wenn Mr Weltfremd dachte, es sollte so sein.

Sie rückte ein Stück von ihm weg. In Selbstmitleid ertrinken konnte sie später. Auf keinen Fall würde sie zulassen, dass ausgerechnet Mitch Garrett ihr dabei zusah.

„Sehr schön gesagt", stichelte sie. „Arbeitest du nebenbei noch bei der Jugendbehörde als Familienbetreuer? Klingen tust du jedenfalls wie einer."

„Hast du eigentlich für alles irgendeinen geistreichen Spruch auf Lager?"

Seine Sonnenbrille verbarg zwar seine Augen, aber Kelsey vermutete, dass er ihr einen bitterbösen Blick zuwarf.

„Meistens", sagte sie gleichgültig.

Er murmelte etwas, das wie ein Fluch klang.

„Du hast dich kein bisschen verändert."

„Und ob ich das habe, mein Lieber. Ich bin schon lange kein naiver kleiner Teenager mehr, der sich von selbstgefälligen Typen wie dir beeindrucken lässt."

Seine breiten Schultern sahen auf einmal sehr verspannt aus, und es schien, als ob er etwas erwidern wollte, doch es kam nichts. Gut zu wissen, dass sie nicht die Einzige war, die sich nicht gerade wohl in dieser Situation fühlte.

Das Geräusch eines sich langsam nähernden Fahrzeugs beendete die beklemmende Stille zwischen ihnen.

„Der Leichenwagen", sagte Mitch kühl.

„Was ist mit dem Dodge? Holt ihr den nicht hoch?"

„Vorerst nicht. Ich bin gleich wieder da. Bleib hier."

„Natürlich. Was immer du sagst, Sheriff."

Mitch hielt es offensichtlich für besser, sich nicht provozieren zu lassen, denn er stand wortlos auf und ging auf den schwarzen Wagen zu, der soeben den Parkplatz erreicht hatte. Er sprach kurz mit dem Fahrer, dann luden sie gemeinsam einen Metallspreizer und einen dunkelblauen Leichensack aus und machten sich auf den Weg zu den anderen Männern. Mitch signalisierte dem Bootsführer per Handzeichen, dass er die Taucher unter Wasser anfunken und dann ans Ufer fahren sollte. Der Mann tat wie ihm geheißen, nahm Leichensack und Spreizer in Empfang und fuhr zurück, um die Gegenstände den Tauchern zu übergeben.

Als Mitch wieder bei Kelsey ankam, hatte sie die Arme fest um den Körper geschlungen und sah gebannt zu, wie an einer Stelle Luftblasen vom Wasser aufstiegen. Sekunden später wurde etwas an Bord des Bootes gehievt. Der Leichensack. Und in ihm …

Kelsey sah plötzlich ein Flackern vor den Augen. Ihr war übel.

Mitch beobachtete sie, legte argwöhnisch die Stirn in Falten, sagte aber nichts.

Als sie kreidebleich wurde, nahm er die Sonnenbrille ab und fasste Kelsey an den Schultern.

„Hey, alles in Ordnung? Du siehst aus, als würdest du jeden Moment ohnmächtig werden."

Ohnmächtig? Sie hätte sich am liebsten an Ort und Stelle wieder von ihrem erst vor ein paar Minuten verspeisten Kräcker getrennt, doch sie kämpfte tapfer dagegen an.

„Mir geht's gut."

Das Boot stoppte kurz vor dem steinigen Ufer. Zwei Männer kletterten hinaus und nahmen den Leichensack von einem dritten entgegen. Sie legten ihn in den Sand. Einer von ihnen öffnete den Reißverschluss ein Stückchen, woraufhin sich ein kleiner Wasserschwall auf den Boden ergoss.

Ein Albtraum, schoss es Kelsey durch den Kopf. Nichts weiter. Es fühlte sich nicht real an, was sich da direkt vor ihren Augen abspielte.

Und dann, noch ehe sie selbst richtig begriffen hatte, was sie tat, rannte sie los. Wie eine Furie bahnte sie sich ihren Weg an der Absperrung und den Polizisten vorbei und hätte sich beinahe doch noch übergeben, als ihr ein modriger Geruch entgegenschlug. Dann sah sie den Schädel durch den Spalt im Leichensack hervorblitzen. Und etwas Silbernes, Glänzendes. Ihr wurde schwindelig.

Es gab keinen Zweifel mehr. Das dort war Donna. Ihre Mutter hatte sie nicht verlassen, sie war tot.

Mitch tauchte neben ihr auf und legte ihr eine Hand auf den Rücken. Sie zuckte zusammen, als seine Wärme ihre Haut durchdrang. Die Berührung weckte die Erinnerung an jene wenigen kostbaren Stunden, in denen er sie in seine starken Arme genommen und sie sich zum ersten Mal sicher und geborgen gefühlt hatte.

„Komm, lass uns gehen."

Seine Stimme klang tief und sanft und so tröstlich vertraut.

4. KAPITEL

*K*elsey stieg in Mitchs Suburban ein und klappte die Autotür zu. Ein unangenehmes Frösteln durchfuhr sie. Ihr war noch nie so kalt gewesen.

Mitch setzte sich hinters Steuer, drehte den Zündschlüssel herum und setzte zurück. Die Bäume zur rechten Seite des Kiesweges zogen vorüber und verschwammen vor Kelseys feuchten Augen zu einem einzigen, endlos erscheinenden grünen Streifen. Als der Weg schließlich in eine Kreuzung mündete, hielt Mitch an, blinkte und bog dann auf den asphaltierten Highway ab. Vereinzelt ragten Reklametafeln aus den Gemüsefeldern am Straßenrand und warben für lokale Erzeugnisse. Nach einer Weile tauchten die ersten Gebäude in der Ferne auf, eine Tankstelle, eine Lagerhalle und bald das ein paar Meilen vor dem Ortseingang von Grant's Forge gelegene Einkaufszentrum.

Ein glitzernder Sonnenstrahl, der von Mitchs goldener Armbanduhr zurückgeworfen wurde, erweckte Kelseys Aufmerksamkeit, und sie ertappte sich dabei, dass sie heimlich seine kräftigen Finger betrachtete, mit denen er fest das Lenkrad umfasste. Sie wusste noch, wie sich seine Hände auf ihrem Körper angefühlt hatten.

Es hatte eine Zeit gegeben, wo sie diesem Mann so vieles anvertraut hatte – ihre Hoffnungen, ihre Träume, ihren Körper. Doch jetzt war es, als wäre all das in einem anderen Leben geschehen. Kelsey hätte es nie für möglich gehalten, dass diese Erkenntnis ihr so wehtun würde.

Sie drehte den Kopf und starrte wieder zum Fenster hinaus. Ruhige Momente wie dieser, in denen sie nichts zu tun hatte und zum Nachdenken kam, waren nicht gut für sie, und normalerweise setzte sie alles daran, ihnen zu entgehen. Aber was in Herrgottsnamen sollte sie hier dagegen tun? Hier gab es keinen Termindruck, keine Arbeit, in die sie sich hätte stürzen können. Nur sie und Mitch.

„Und? Wie lange bist du schon wieder in Grant's Forge?" Eine Unterhaltung mit ihm war vermutlich nicht die beste Idee, um auf andere Gedanken zu kommen, aber die Alternative wäre gewesen, weiterhin diese erdrückende Stille zu ertragen.

Mitch sah sie kurz an, als hätte er nicht damit gerechnet, dass sie etwas sagen würde. Dann richtete er den Blick wieder geradeaus auf die Straße, und Kelsey glaubte zu erkennen, wie die harten Muskeln seiner Oberarme sich ein wenig lockerten. Auch ihm hatte die Stille Unbehagen bereitet.

„Seit drei Jahren."

Ihre Armreifen klirrten leise, als sie sich die langen Haare aus dem Gesicht strich.

„Warum bist du zurückgekommen?"

„Dad hatte einen Herzinfarkt", sagte Mitch ohne jegliche erkennbare Gefühlsregung. „Da war für mich klar, dass es Zeit ist, nach Hause zu gehen. Irgendwann muss man eben aufhören, in der Weltgeschichte herumzureisen, und sesshaft werden."

Die Garretts hatten schon immer eng zusammengehalten. Die Tatsache, dass Mitch aus einer Familie stammte, die diesen Namen auch verdiente, war einer der Punkte, die ihn früher für Kelsey interessant gemacht hatten.

„Stu hat in einem seiner Briefe etwas von einer Hochzeit erwähnt", sagte sie leichthin, obwohl die Nachricht, dass Mitch verheiratet sei, sie damals mehr durcheinandergebracht hatte, als sie zugeben wollte.

„Alexandra war nicht der Typ für ein Dasein in einem Provinznest."

Alexandra. Das klang nach einem verwöhnten, reichen Mädchen aus bestem Hause. Also dem genauen Gegenteil von Kelsey selbst. Alles, was sie heute ihr Eigen nennen konnte, hatte sie sich ganz allein erarbeitet, ohne fremde Hilfe.

„Und sie ist gegangen?" Wo kam dieser hoffnungsvolle Unterton in ihrer Stimme her? Was interessierte es sie, ob Alexandra schockiert über die Einfachheit des hiesigen Daseins wieder zu Mommy und Daddy geflüchtet war?

„Wir haben uns vor zwei Jahren scheiden lassen", sagte Mitch trocken, aber dennoch konnte sie Anspannung und Ärger hinter den simplen Worten spüren. Die Ehe seiner Eltern war wie ein Fels in der Brandung gewesen, durch nichts zu erschüttern. Dass seine eigene Beziehung nicht einmal ein Jahr überstanden hatte, musste ihm einen gehörigen Strich durch seine geradlinige Lebensplanung gemacht haben.

„Tut mir leid." In Wirklichkeit tat es ihr nicht sonderlich leid, aber sie wusste nicht, was sie sonst hätte sagen sollen.

Mitch bog nach rechts auf die Durchgangsstraße ab, in Richtung Ortskern.

„So was passiert eben."

Sie kamen an einer Reihe strahlend weiß gestrichener Häuser vorbei.

„Du kannst mich bei *Yancey's* absetzen."

„Zuerst werden wir mal beim Diner anhalten und was essen", bestimmte Mitch.

Ihr Magen fühlte sich augenblicklich wie ein Stein in ihrem Bauch an.

„Nein danke. Ich passe."

Die Fassaden der Geschäfte spiegelten sich in seiner Sonnenbrille, als er den Kopf drehte, um Kelsey anzusehen.

„Du musst was essen."

Das war wieder typisch für ihn. Anordnungen geben und erwarten, dass man ihnen selbstverständlich Folge leistete.

„Was ich muss und was nicht, weiß ich selbst wohl am besten."

„Unwahrscheinlich."

Kelsey rollte mit den Augen und verschränkte die Arme vor der Brust. „Du bist eine Nervensäge, Mitch Garrett, hat dir das schon mal jemand gesagt?"

Ein Grinsen huschte über seine Mundwinkel. „Lernt man alles bei der Navy. Nur da nennen wir das Durchsetzungsfähigkeit."

„Navy", spöttelte sie. „Du warst schon immer so."

Das Diner in der dritten Straße stammte noch aus den fünfziger Jahren, und das sah man ihm auch an. Zwischen den anderen renovierten und gepflegten Gebäuden wirkte es wie ein Überbleibsel längst vergangener Zeiten.

„Wenn du glaubst, ich gehe ausgerechnet hier was essen, vergiss es", sagte Kelsey empört.

„Und warum nicht?"

„Ist dir schon aufgefallen, dass Sonntag ist? Da trifft sich alles, was nichts Besseres zu tun hat, im Diner auf einen gemütlichen Klatsch. Den Gefallen, mich ihnen auch noch auf dem Silbertablett zu servieren, tue ich denen bestimmt nicht."

Mitch suchte eine Parklücke, stellte den Motor aus und nahm seine Sonnenbrille ab. „Wir setzen uns in eine Nische ganz hinten, okay?" Die Weichheit war in seine Stimme zurückgekehrt. „Du musst was essen, Kelsey."

„Fein, dann halt bei irgendeinem Kiosk an, und ich hole mir Kräcker und Mineralwasser."

„Du hast doch keine Angst vor ein paar alten Tratschtanten, oder?"

Jetzt versuchte er also, sie bei ihrem Stolz zu packen. Sie hob das Kinn und sah ihm herausfordernd in die Augen.

„Nein", behauptete sie, obwohl das natürlich gelogen war. „Mir ist im Moment einfach nicht danach, mich mit diesen Besserwissern herumzuärgern, die meinen, mir sagen zu müssen, dass ich sowieso nichts tauge. Genau wie meine Mutter."

Mitchs Blick wurde hart.

„Der Erste, der das macht, bekommt es mit mir zu tun."

Kelsey wusste selbst nicht, warum, aber sie glaubte ihm. Sie seufzte.

„Ich nehme das als ein Ja", sagte er, stieg aus dem Wagen, ging zur Beifahrerseite und öffnete auffordernd die Tür. Widerwillig rutschte Kelsey von ihrem Sitz. Ihre Beine fühlten sich wie Pudding an, und ihr tat der Magen weh vor Hunger. Ihre letzte vernünftige Mahlzeit lag mittlerweile über zwanzig Stunden zurück. Sie sah mit einem mulmigen Gefühl zu dem Neonschild über dem Eingang des Diners hinaus, während Mitch die Glastür aufzog, sich umdrehte und Kelsey aufmunternd zu sich winkte. Der Geruch von heißem Fett und knusprig gebratenen Burgern stieg ihr in die Nase, und es war, als hätte man sie in eine Zeitmaschine gesteckt und sie wäre zehn Jahre in der Vergangenheit abrupt wieder herausgeschleudert worden. Wie oft hatte sie hier gesessen und gefrühstückt, als sie endlich ihr erstes eigenes Geld im Tauchladen verdiente und nicht mehr gezwungen war, das herunterzuwürgen, was Ruth fabrizierte. Ihre Tante hatte fürs Kochen nicht viel übrig gehabt, und wenn sie es doch tat, schmeckte es meistens angebrannt. Das Diner war schnell Kelseys Stammlokal geworden, denn die Portionen waren groß und trotzdem billig.

Ihr Blick wanderte über die in einer länglichen Glasvitrine aufgereihten Bleche mit Kuchen. Am Ende der Vitrine war die Kasse, und dahinter stand … Tammy Fox. Instinktiv ging Kelsey hinter Mitch in Deckung. Vielleicht bemerkte Tammy sie ja gar nicht. Sie waren zusammen zur High School gegangen. Die hübsche, bei allen beliebte Cheerleaderin, und sie, das arme, unscheinbare Waisenkind. Vom ersten Tag an hatten sie sich gegenseitig gehasst wie die Pest.

Tammy zupfte ihr T-Shirt über ihren dicken Bauch. Sie war also schwanger, aber Kelsey bezweifelte, dass man allein davon mindestens fünfundzwanzig Kilo zunehmen konnte. Ihre Erzfeindin sah auf, als sie einem Kunden sein Wechselgeld gab, und entdeckte dabei den Sheriff, der sich suchend nach einem freien Platz umschaute.

„Hey, Mitch", begrüßte sie ihn kumpelhaft.

„Hallo, Tammy." Er klang reserviert.

„Sag mal, es heißt, bei *Diamond Stone* wimmelt es nur so von Polizei. Ist was passiert?"

Mitch klemmte die Sonnenbrille an den Kragen seines T-Shirts. „Nichts, das wir nicht unter Kontrolle haben, keine Sorge."

Kelsey war dankbar, dass er keine Einzelheiten ausplauderte. Tammy und der Rest der Stadt würden noch früh genug erfahren, was auf dem Grund der Kiesgrube gefunden worden war. Sie wusste, sobald es so weit war, würde sie keine ruhige Minute mehr haben. Aber mit ein wenig Glück hätte sie vorher wenigstens noch Zeit, in Ruhe ein anständiges Essen zu sich zu nehmen, ohne mit Fragen überschüttet zu werden.

„Kelsey Warren? Bist du es wirklich? Nein, so eine Überraschung!"

Die Gespräche an den Tischen verstummten, und Köpfe wurden in Kelseys Richtung gedreht. Mitch legte ihr eine Hand auf die Schulter. Tammys Augen huschten zu Mitchs Hand, dann wieder zurück zu Kelsey.

„Ich habe schon gehört, dass du in der Stadt bist." Natürlich hatte sie das. „Aber gestern bei der Beerdigung muss ich dich wohl übersehen haben. Na ja, es waren ja auch so viele Leute da", sagte Tammy scheinheilig.

Kelsey hätte nicht übel Lust gehabt, einen gemeinen Kommentar über die in die Breite gewachsene Figur der Ex-Cheerleaderin zu machen, doch sie entschied sich dagegen.

„Ich habe es nicht rechtzeitig geschafft", erklärte sie wahrheitsgemäß.

Mitch schnappte sich zwei Speisekarten und deutete auf eine freie Nische im hinteren Teil des Diners.

„Wir sitzen dann da hinten", sagte er.

„Nur zu. Sagt Bescheid, wenn ihr wisst, was ihr essen wollt."

Kelsey konnte förmlich sehen, wie Tammy im Geiste die Liste ihrer Freundinnen durchging, denen sie so schnell wie möglich die Neuigkeiten berichten würde.

Mitch zog sie am Ellenbogen den Mittelgang entlang zu der Nische, die er ausgesucht hatte. Das verhaltene Flüstern und die Blicke der anderen Gäste machten den kurzen Weg zu einem Spießrutenlauf, und Kelsey war froh, als sie sich endlich hinsetzen und hinter ihrer Karte verstecken konnte.

„Sie reden nicht über dich."

Kelsey spähte am Rand der Speisekarte vorbei zu den drei Frauen, die an einem Tisch schräg neben ihnen miteinander tuschelten, dann sah sie Mitch an.

„Nein? Worüber denn sonst, bitte?"

„Seit Stu auf dieses Auto gestoßen ist, ist es *das* Thema in der Stadt."

„Ein altes, verrostetes Wrack ist *das* Thema?", fragte Kelsey ironisch. „Haben diese Leute kein Leben? Oder wenigstens Kabelfernsehen?"

„Es geht nicht nur um den Wagen, sondern dass Stu kurz vor seiner Entdeckung beinahe überfahren worden wäre. Aber niemand weiß, wer es war."

Kelsey beugte sich vor.

„Was? Daher die Verletzung an seinem Knöchel? Mir hat er erzählt, er ist mit einem Touristen auf der Straße zusammengestoßen und unglücklich gefallen."

„Er spielt es runter, wenn man ihn darauf anspricht."

„Ja, aber … wieso?"

„Er sagt, es sei dunkel gewesen und er könnte uns sowieso keine Täterbeschreibung geben. Anzeige zu erstatten würde sich nicht lohnen. So schlimm sei es ja nun auch wieder nicht, und er habe keine Lust, deswegen einen Riesenwirbel zu veranstalten."

„Stimmt, das klingt nach Stu. Bloß keinen Stress wegen Kleinigkeiten."

„Genau das dachte ich auch. Bis heute."

„Meinst du, jemand hat versucht, Stu aus dem Weg zu räumen? Um zu verhindern, dass er das Auto entdeckt?"

„Ich weiß es nicht. Vielleicht war es doch nur ein dummer Zufall, aber merkwürdig ist es …" Mitch verstummte, als er Tammy mit einer Thermoskanne und zwei Bechern auf ihren Tisch zukommen sah.

„Na, ihr zwei? Kaffee?"

„Ja, danke", sagte Kelsey steif.

Das Lächeln auf Tammys rundem Gesicht sah aus, als genieße sie es, zu sehen, wie Kelsey sich darum bemühte, ruhig zu bleiben.

„Und? Habt ihr schon gewählt? Wie wär's mit einem großen Steak?"

„Kaffee reicht."

„Bist du sicher? Du bist spindeldürr, du Arme." Tammy schnalzte mitleidsvoll mit der Zunge.

„Wir nehmen zwei Mal die Vier", sagte Mitch. Er nahm Kelsey die Karte aus der Hand und hielt sie Tammy hin. Als diese keine Anstalten machte zu gehen, sah er sie mit hochgezogenen Brauen an. „Das ist dann alles."

Nachdem sie wieder allein waren, nippte Kelsey an ihrem Kaffee. Er schmeckte bitter, abgestanden.

„Was kannst du mir über das letzte Mal erzählen, als du deine Mutter gesehen hast?", fragte Mitch.

Kelsey hatte mit aller Macht versucht, die Erinnerungen an diesen Tag zu verdrängen, doch beim richtigen Stichwort waren sie sofort allesamt wieder da.

„Da war ich fünfzehn", begann sie. „Wir waren bei Ruth zu Besuch. An dem Abend saß ich vor dem Fernseher, um ihr nicht im Weg zu stehen. Sie mochte es nicht, uns im Haus zu haben. Donna hat die ganze

Zeit von dem Geld geredet, das sie ihr geben würde. Sie bräuchte uns nur noch ein paar Tage länger bleiben zu lassen."

Mitch hörte aufmerksam zu.

„Jedenfalls", sagte Kelsey und schob ihren Becher von sich weg. „Es war kurz nach neun, als Donna loszog. Sie hatte ihre Lieblingsjeans an und die schwarze Lederweste – die Sachen hatte sie immer an, wenn sie ausging. Ich dachte, sie würde die Nacht in irgendwelchen Bars verbringen, wie sonst, wenn sie mal wieder einen Drink brauchte." Sie zuckte mit den Schultern. „Das ist alles, was ich weiß."

„Du hast danach nie wieder von ihr gehört?"

„Nein."

Mitch runzelte die Stirn und wollte etwas sagen, doch in just diesem Moment kam Tammy mit je einem riesigen Teller in jeder Hand herangerauscht. Sie stellte die beiden Portionen ab, und Kelsey starrte auf den Berg Pfannkuchen vor sich, das Rührei und die beiden gebratenen Schinkenscheiben, die so groß waren, dass sie über den Tellerrand hingen.

„So, lasst es euch schmecken", sagte Tammy. „Kann ich sonst noch was für euch tun?" Ihr Ton war so zuckersüß, dass Kelsey fast befürchtete, sie würde sich jeden Moment einen Stuhl heranziehen und sich auf ein Schwätzchen unter guten Freunden zu ihnen setzen. Vielleicht hatte sie das tatsächlich vorgehabt, doch Mitch dachte gar nicht daran, es so weit kommen zu lassen.

„Danke, nein."

Tammy lächelte tapfer weiter, aber die Enttäuschung darüber, auch nicht das kleinste zum Tratschen verwertbare Bröckchen aufgeschnappt zu haben, war ihr anzusehen.

„Okay, ruft mich einfach, wenn ihr noch was braucht." Sie drehte sich um und stapfte schwerfällig davon.

„Jetzt hast du ihr den ganzen Abend vermiest", sagte Kelsey vorwurfsvoll.

„Was?"

„Wie kannst du sie einfach so wegschicken? Nun hat sie nichts, was sie nachher Mona und Nancy brühwarm erzählen könnte."

Mitch grinste verschwörerisch. Seine blauen Augen nahmen einen amüsierten Ausdruck an, und das machte ihn nur noch attraktiver.

„Du hast recht, das war unhöflich von mir."

„Ich hätte nie gedacht, dass sie mal als Kellnerin enden würde."

„So bekommt sie immerhin alles mit, was in der Stadt so passiert."

„Fast alles."

„Was hast du eigentlich gemacht, nachdem du damals weggezogen bist?"

Du meinst, nachdem du mir eröffnet hast, dass ich nur ein Klotz am Bein für dich bin? Nachdem ich wie eine Verrückte zwei Tage ziellos durch die Gegend gefahren bin, ohne zu wissen, wo ich hinsoll? Kelsey spürte, wie ihre Stimmung kippte. Was für eine idiotische Frage.

„Ich bin ein bisschen rumgereist", sagte sie. Ihre Stimme klang so unbewegt, doch in Wirklichkeit fühlte sie sich den Tränen nahe. Sie sah auf ihren Teller. „Ich liebe Pfannkuchen."

„Ja, ich weiß."

„Sind sie hier immer noch so gut wie früher?"

„Probier einen."

Etwas umständlich schnitt sie ein Stück aus dem Pfannkuchenberg heraus und schob es sich in den Mund. Köstlich. Und tausend Mal besser, als mit Mitch in einer Vergangenheit zu schwelgen, die sie für sich als unwiederbringlich abgeschlossen betrachtete.

Sie hatten kaum zur Hälfte aufgegessen, als ein weiterer Gast das Diner betrat und mit großem Hallo begrüßt wurde. Kelsey schaute über ihre Schulter und sah einen hochgewachsenen Mann Mitte fünfzig. Er trug, passend zu seinen Haaren, ein hellgraues Poloshirt und eine khakifarbene Hose. Boyd Randall. Er und seine Frau Sylvia waren so etwas wie der Dorfadel von Grant's Forge. Gestern Nacht, schlaflos, wie sie war, hatte Kelsey sich von der Motelrezeption eine Zeitung geholt und darin gelesen, dass Boyd plante, im nächsten Jahr für den US-Senat zu kandidieren. Händeschüttelnd und schulterklopfend ging er den Mittelgang entlang, und Kelsey fragte sich unwillkürlich, wo der dienstbare Geist blieb, der herbeieilte, um den roten Teppich auszurollen. Aber Moment mal, Boyd wollte doch nicht etwa …? O nein, er kam zielstrebig genau auf ihren Tisch zu.

„Mitch, gut, dass ich Sie noch erwische", sagte er und nahm unaufgefordert Platz. Dann warf er einen abschätzigen Blick auf Kelsey. „Sieh an, Kelsey Warren." Er sprach ihren Namen aus, als hätte er in einen verfaulten Apfel gebissen.

„Mr Randall", erwiderte sie kühl.

„Würden Sie uns kurz entschuldigen?" Es war keine Frage, sondern eine Aufforderung. „Der Sheriff und ich haben etwas zu besprechen."

„Ich sehe wirklich keinen Grund, warum sie gehen sollte", sagte Mitch.

Boyd kniff ärgerlich die Augen zusammen. „Was ich Ihnen zu sagen habe, ist vertraulich."

„Dann lassen Sie sich in meinem Büro einen Termin geben, und ich unterhalte mich gern allein mit Ihnen, aber im Moment sind Miss Warren und ich gerade beim Essen."

Randalls linker Mundwinkel zuckte nervös.

„Meinetwegen", sagte er zähneknirschend. „Ich habe gehört, es ist eine Leiche in der Kiesgrube gefunden worden."

Mitchs Züge blieben vollkommen reglos. Er legte seine Gabel auf seinen Teller.

„Ach wirklich?"

„Hören Sie auf damit. Ich habe einflussreiche Freunde, das wissen Sie. Wenn der Sheriff ein Bergungsteam aus dem Nachbardistrikt anfordert, dann erfahre ich das. Also, was geht da vor sich?"

„Ja, wir haben eine Leiche gefunden", gab Mitch zu. Er schien jetzt genau abzuwägen, was er sagte. „Um wen es sich dabei handelt, wissen wir aber erst, wenn die Ergebnisse aus der Pathologie da sind."

„Irgendwelche Vermutungen?"

„Nein."

„Ja", platzte Kelsey heraus. Die Worte kamen aus ihr heraus, ohne dass sie es wollte. „Ich glaube, dass es Donna ist."

Mitch sah sie an, als hätte sie den Verstand verloren.

„Wir wissen noch nicht das Geringste", wiederholte er nachdrücklich.

Boyd beugte sich vor, und der herbe Geruch seines sicher sündhaft teuren Aftershaves lag schwer in der Luft.

„Und wieso sollte Miss Warren dann glauben, es sei ihre Mutter?", fragte er skeptisch.

„Ich halte nichts von Vermutungen. Für mich zählen nur Beweise. Und die haben wir nicht", sagte Mitch.

„Beweise oder keine, ich erwarte, dass Sie mich umgehend unterrichten, wenn sich in diesem Fall etwas Neues ergibt. Ich hoffe, wir verstehen uns, Sheriff."

„Ich werde die Öffentlichkeit dann informieren, wenn ich es für richtig halte." Randalls Tonfall gefiel Mitch ganz und gar nicht, so viel war klar.

„Soweit ich weiß, spekulieren Sie darauf, demnächst wiedergewählt zu werden. Ein ungeklärter Mordfall könnte Ihre Chancen bedeutend verschlechtern."

„Niemand hat etwas von Mord gesagt."

„Mitch", sagte Boyd gönnerhaft. „Kommen Sie schon. Wir reden hier über Donna Warren. Sie hat sich hier mehr Feinde gemacht, als andere Frauen Schuhe im Schrank haben. Ich könnte mir gut vorstellen, dass einer von denen sie genug gehasst hat, um sie umzubringen."

Kelsey zuckte zusammen. Er hatte recht, aber die Wahrheit zu hören tat trotzdem weh.

Mitch sah aus, als würde er jede Sekunde explodieren.

„Ich rate Ihnen nur", sagte Boyd gelassen, „machen Sie in dieser Sache keinen Fehler. Und", fügte er mit einem Blick auf Kelsey hinzu, „wenn Sie schlau sind, geben Sie sich nicht mit Leuten wie ihr ab. Da hat man nichts als Ärger."

Kelsey ballte unter dem Tisch die Hände zu Fäusten über so viel Unverfrorenheit. Dieser Randall wagte es, in ihrer Anwesenheit so über sie zu reden? Als sei sie gar nicht da?

„Sie sprechen wohl aus Erfahrung", sagte sie sarkastisch.

Boyds Mund wurde zu einem schmalen Strich. Volltreffer. Er funkelte sie böse an.

„Tun Sie uns allen einen Gefallen, Miss Warren, und verschwinden Sie aus dieser Stadt."

*M*itch griff nach Kelseys Hand und drückte sie kurz. „Bist du fertig? Wollen wir gehen?", fragte er sanft.

„Ja, mir reicht's für heute. Noch mehr alte Bekannte, die sich freuen, mich wiederzusehen, und ich sterbe vor Glück."

Als sie in seinem Suburban saßen, setzte Mitch die Sonnenbrille auf, startete den Motor und fuhr auf die Hauptstraße.

„Du siehst aus, als könntest du ein bisschen Schlaf vertragen", bemerkte er. „Im *Yancey's* wohnst du, richtig?"

„Ja, aber könntest du mich bitte zu Ruths Haus bringen?"

„Was willst du denn da?"

„Ich dachte mir, wer weiß ... vielleicht finde ich dort etwas, das Donna gehört hat. Irgendeinen Hinweis, was an jenem Tag passiert ist."

„Alles klar. Ich fahre dich zum Hotel", sagte Mitch kopfschüttelnd. „Wenn du ausgeschlafen hast, tu, was du nicht lassen kannst, aber heute gehst du nirgendwohin außer ins Bett."

„Du scheinst mich mit jemandem zu verwechseln."

„So? Mit wem?"

„Mit einer vernünftigen Person." Kelsey seufzte tief. „Hör zu, Mitch. In einem Punkt hast du recht. Ich bin müde. Zu müde, um mich lange mit dir zu streiten. Wenn du mich bei *Yancey's* absetzt, warte ich, bis du weg bist, und gehe eben zu Fuß bis zur Mulberry Street."

Die Ampel wurde grün, doch anstatt geradeaus zu fahren, sah Mitch in den Rückspiegel, wechselte die Spur und bog nach links in die zweite Straße ein.

„Wo habt ihr vorher gewohnt, bevor ihr nach Grant's Forge gekommen seid, du und deine Mutter?"

„Mal hier, mal da. Wir sind eigentlich nie länger als ein Jahr an ein und demselben Ort geblieben."

„Wovon habt ihr gelebt? Hatte sie einen Beruf?"

„Sie wollte unbedingt Schauspielerin werden. Deswegen sind wir nach L. A. gezogen, da war ich noch ziemlich klein. Sie hatte sogar mal ein Vorsprechen, glaube ich, aber das lief wohl nicht so gut, und sie musste am Ende doch als Kellnerin arbeiten. Als sie das nicht mehr aushielt, ging es weiter nach Seattle." Kelsey wickelte abwesend eine ihrer blonden Haarsträhnen um ihren Zeigefinger. „Da bekam sie dann einen Job in einer Bäckerei." Sie lächelte. „Von dort brachte sie immer massenhaft Kekse und Kuchen mit. Einiges schmeckte ein bisschen pappig, weil es ja schon einen Tag alt war, aber für ein Kind ist es trotzdem toll, sich hauptsächlich nur von Süßigkeiten zu ernähren."

„Ja, kann ich mir vorstellen."

„Mir gefiel es in Seattle, aber Donna litt unter dem ständigen Regen. Sie wurde depressiv und fing an zu trinken. Später kamen dann noch Drogen dazu. Irgendwann hatte sie es nicht mehr unter Kontrolle und musste einen Entzug machen. Ich wurde solange in ein Heim gesteckt."

Mitch sagte nichts, aber das brauchte er auch nicht. Kelsey wusste, was er dachte. Sie war an diese Sprachlosigkeit gewöhnt. Die meisten Menschen reagierten so, wenn sie von ihrer Kindheit erzählte. Entweder, weil sie selbst in einer heilen Familie aufgewachsen waren und sich dafür schlecht fühlten, oder weil es ihnen ähnlich wie Kelsey ergangen war und sie nicht daran erinnert werden wollten.

„Wie auch immer", sagte sie. „Wir sind viel rumgekommen, bis wir schließlich hier landeten, als ich fünfzehn war."

„Stimmt es, was Boyd gesagt hat? Hatte Donna Feinde?"

„Viele. Sie hat die Angewohnheit gehabt, nie ein Blatt vor den Mund zu nehmen, wenn es darum ging, jemandem zu sagen, was er … sie mal kann."

„Okay, wir sind da", sagte Mitch. Tatsächlich, das war die Straße. Die Bäume am Rand waren ein wenig größer als früher, aber ansonsten hatte sich kaum etwas verändert. Die Nachbarhäuser sahen noch genauso aus, wie Kelsey sie in Erinnerung hatte. Mitch lenkte den Suburban in die richtige Einfahrt, ohne nach der Hausnummer fragen zu müssen. Wie konnte er das noch wissen? Er hatte sie nur ein einziges Mal hier abgeholt und das im Dunkeln, als Ruth schon geschlafen hatte. Die Vorstellung, dass er sah, wie sie lebte, war Kelsey unangenehm gewesen.

Sie angelte ihre Tasche vom Rücksitz, zog ihre Kamera heraus und entfernte die Speicherkarte.

„Hier sind die Fotos von dem Auto drauf, die ich gemacht habe. Vielleicht nützen sie euch ja was."

Mitch nahm die Karte und steckte sie in die Innentasche seiner Jacke.

„Du bekommst sie sofort zurück, sobald wir sie ausgewertet haben."

„Keine Eile." Kelsey war froh, die Bilder los zu sein. „Danke fürs Bringen."

„Gern geschehen."

Sie stieg aus, doch anstatt wegzufahren, stellte Mitch den Motor ab.

„Hast du überhaupt einen Schlüssel?", fragte er.

„Ruth hatte immer einen im Blumentopf auf der Veranda. Ich denke, er wird wohl noch da sein."

Stirnrunzelnd sah sie zu, wie Mitch ausstieg und die Sonnenbrille abnahm.

„Du brauchst nicht mitzukommen", sagte sie.

„Ich will bloß sichergehen, dass du recht hast. Nicht, dass der Schlüssel doch weg ist und du zum Hotel laufen musst. Sieht nach Regen aus", meinte er mit einem Blick in den Himmel. Kelsey sah ebenfalls nach oben. Eine einzige kleine Wolke war alles, was sie sah.

Sein Beschützergetue hätte sie ärgern müssen, doch zu ihrer Überraschung fand sie es sogar auf seltsame Weise beruhigend. Sie ging die morschen Stufen zu der verwilderten Terrasse hoch, die sich über die gesamte Vorderfront des Hauses erstreckte. Die dunkle Eingangstür war frisch gestrichen, und der neue Briefschlitz glitzerte in der Nachmittagssonne. Rechts davon stand eine hellgrüne, leicht angerostete Hollywoodschaukel und daneben ein großer, mit roten Geranien bepflanzter Blumenkübel. Kelsey kippte ihn leicht nach vorn und fand auf Anhieb den Schlüssel.

„Na also. Wusste ich es doch. Ruth war ein Gewohnheitstier."

„Das werden die meisten Leute im Alter."

„Sie war immer schon alt."

Es raschelte leise, als Kelsey die Tür öffnete. Ein Haufen Briefumschläge von mindestens einer Woche hatte sich dahinter angesammelt. Automatisch bückte Kelsey sich, um sie aufzuheben. Im Haus roch es nach angebrannten Bohnen und ranzigem Fett.

Mitch tastete nach dem Lichtschalter. Zwei der drei Glühbirnen in der Deckenlampe waren kaputt. Die dritte, ebenfalls kurz davor, den Geist aufzugeben, tauchte den langen Flur in ein gespenstisches gelbes Licht. Die Kommoden waren mit einer dicken Staubschicht bedeckt, von der bei jeder Bewegung kleine Flöckchen aufgewirbelt wurden und durch die Luft stoben. Der blinde Spiegel an der Wand hing schief. Überall standen Schuhkartons und zu wackeligen Türmen aufgestapelte Zeitungen herum, von denen einige umgestürzt waren. Es sah aus, als hätte eine Bombe eingeschlagen.

„Was ist denn hier passiert?", sagte Mitch schockiert. Kelsey jedoch schien der Anblick vollkommen kaltzulassen.

„Süßes Heim, Glück allein", antwortete sie.

„Du meinst, es sah immer so aus?"

„Richtig."

„Ich hatte ja keine Ahnung." Es klang fast entschuldigend, als hätte er irgendetwas ändern können, wenn er es gewusst hätte.

„Da bist du nicht allein." Sie zuckte mit den Schultern. „Ruth hat so gut wie nie jemanden reingelassen. Aber betrachten wir es von der positiven Seite. Wenn es hier je irgendetwas gegeben hat, das uns wegen Donna weiterbringen könnte, dann hat meine Tante es garantiert nicht weggeworfen."

Mitch und Kelsey stiegen vorsichtig über die Kartons und Zeitungen hinweg, während sie sich durch den Flur vorarbeiteten und nacheinander in die Räume schauten, die rechts und links von ihm abgingen. Überall bot sich ihnen das gleiche Bild. Als sie am Ende des vollgestopften Ganges ankamen und das Esszimmer betraten, musste Mitch sich eingestehen, dass Kelsey viel mehr Respekt verdiente, als er gedacht hatte. Das flatterhafte Leben mit Donna war für sie wahrscheinlich schon schlimm genug gewesen. Es dann noch jahrelang in dieser Müllhalde auszuhalten und trotz alledem, ganz aus eigener Kraft etwas aus sich zu machen, das schafften nicht viele Menschen. Er starrte fassungslos auf den Esstisch, der mit zerknitterter, vergilbter Wäsche übersät war.

„Wie hast du es hier nur ausgehalten?"

„Man gewöhnt sich dran." Kelsey ging die mit dickem Teppich bespannte Treppe hinauf. Mitch folgte ihr. Zielstrebig steuerte Kelsey eine der Türen im oberen Stockwerk an und öffnete sie. Dieses Zimmer sah anders aus als der Rest des Hauses. Bis auf die unvermeidliche Staubschicht, die sich über die Jahre gebildet hatte, war alles ausgesprochen sauber, das Bett ordentlich gemacht, der Schreibtisch aufgeräumt. An den Wänden hingen Poster von einer Popgruppe, die längst niemand mehr kannte, zusammen mit ein paar Fotos, die Kelsey gemacht hatte.

Sie zog die Vorhänge zur Seite, und das hereinfallende Licht zauberte goldene Reflexe in ihr blondes Haar. Dies war nicht mehr das Mädchen, das Mitch in Stus Tauchladen kennengelernt hatte. Vor ihm stand eine erwachsene Frau von Mitte zwanzig. Eine wunderschöne Frau noch dazu. Und sie sah so verloren aus, wie sie nachdenklich aus dem Fenster blickte. Nur mit Mühe konnte er den Impuls unterdrücken, sie einfach an sich zu ziehen. Aber er wusste, dass das ein Fehler gewesen wäre. Er hatte seine Chance gehabt und sie vertan. Jetzt war es zu spät.

„Es hat mich eine ganze Woche gekostet, diesen Raum auszumisten", sagte sie. „Ruth wäre fast verrückt geworden. Sie hat mir streng verboten, irgendetwas wegzuschmeißen. Ich musste alles in den Keller runtertragen. Aber das war mir egal, und wenn ich den Kram bis nach Alaska hätte schleppen müssen."

Diese zehn Quadratmeter waren alles gewesen, das sie nach ihren eigenen Vorstellungen hatte einrichten können, im Gegensatz zum Rest ihres Lebens, wo nur heilloses Durcheinander herrschte.

„Meinst du wirklich, es lohnt sich, dieses – Haus – zu durchsuchen?"

„Selbst wenn nicht, mal angenommen, der Gerichtsmediziner braucht so lange, wie du gesagt hast, dann bin ich in der Zwischenzeit wenigstens beschäftigt." Kelsey zog ihre Jacke aus und warf sie aufs Bett.

„Du hast doch nicht etwa vor, hierzubleiben, oder?"

„Warum nicht. Ich spare mir das Geld fürs Hotelzimmer und muss außerdem nicht immer hin- und herfahren."

Mitch sah sie einen langen Augenblick an, dann nickte er.

„Also gut. Ich bringe dann dein Auto her. Es kann ein paar Stunden dauern."

„Das macht nichts. Danke."

Mitch war erleichtert, als er endlich wieder im Freien war. Die Atmosphäre in diesem Haus hatte etwas Erdrückendes. Kelsey stand in der Eingangstür und sah zu, wie er in seinen Wagen stieg.

„Pass auf dich auf", sagte er durch die heruntergelassene Scheibe. Dann ließ er den Motor an, wendete und fuhr davon.

Gegen neun Uhr hörte Kelsey einen Wagen die Auffahrt zu Ruths Haus hochkommen. Sie stellte die mit alten Zeitungen vollgestopfte Mülltüte in eine Ecke und ging zum Fenster, wo sie die Gardine ein Stück zur Seite zog und nach draußen spähte. Zu ihrer Überraschung sah sie Mitch, der hinter dem Steuer ihres Jeeps saß, gefolgt von einem Polizisten in seinem Suburban und einem weiteren Wagen, in dem ein dritter Mann auf seinen Kollegen wartete. Sie hatte nicht erwartet, dass Mitch so früh zurückkommen würde.

Kelsey trat auf die Veranda hinaus. Grillen zirpten leise, und große Nachtfalter schwirrten aufgeregt um die Terrassenlampe herum. Mitch winkte den Polizisten, ein Zeichen, dass sie zurück in die Stadt fahren konnten. Mit einer braunen Tüte unter dem Arm kam er auf Kelsey zu. Sein Gang war aufrecht wie immer und zeugte von Selbstbewusstsein. Beim Anblick seiner geschmeidigen Bewegungen fing ihr Nacken an zu kribbeln. Sie könnte sich noch einmal in diesen Mann verlieben – sehr leicht sogar – und der Gedanke jagte ihr Angst ein. Warum konnte

Mitch nicht dreißig Kilo Übergewicht und eine Glatze haben, verheiratet und Vater von fünf Kinder sein?

„Was hast du da mitgebracht?", fragte sie ein wenig heiser.

Er blieb auf der zweiten Stufe zur Veranda stehen.

„Abendessen. Im Diner hast du ja kaum was angerührt. Du musst hungrig sein."

Der Duft von Hühnchen und frischem Ingwer stieg Kelsey in die Nase, und prompt quittierte ihr Magen die Information mit einem lauten Knurren.

„Wie ich sehe, bin ich gerade rechtzeitig hier, um dich vor dem Hungertod zu bewahren." Mitch konnte ein Grinsen nicht verbergen.

„Ich weiß den Lieferdienst zu schätzen, aber ich habe noch eine Menge zu tun."

„Eine halbe Stunde Pause wirst du wohl machen können." Er sah zum Dachfirst des Hauses hoch. „Von außen sieht es ganz normal aus."

„Ruth war zwar merkwürdig, aber nicht dumm. Sie wusste, wie man den Schein wahrt."

Mitch nickte.

„Es ist ein herrlicher Abend, komm, lass uns gleich hier auf der Veranda essen."

„Danke, aber …"

„Kein Aber." Mitch setzte sich und begann, verschiedene weiße Styroporbehälter und zwei Pappbecher mit Deckeln auszupacken. Er hielt Kelsey eine Plastikgabel hin. „Ich war mir nicht ganz sicher, was du gern hättest, also habe ich von allem etwas genommen."

Kelsey kam fast um vor Hunger. Also fügte sie sich, nahm die Gabel, setzte sich auf die oberste Stufe und wählte das in Teig gebackene bunte Gemüse. Es schmeckte wunderbar. Die Luft war klar, ebenso wie der Himmel, an dem Hunderte von Sternen leuchteten. Dankbar, dem allgegenwärtigen Staub im Haus für ein paar Minuten entkommen zu sein, atmete Kelsey tief ein.

Mitch suchte sich das gebratene Rindfleisch aus und aß einen Happen.

„Und? Hast du schon irgendwas entdeckt?"

„Ich bin gerade dabei, die Zeitungen zu sortieren. Sie hat welche, die noch aus den fünfziger Jahren stammen."

Mitch schob eine Sojasprosse beiseite und angelte sich ein weiteres Stück Fleisch.

„Ich habe zwei Neffen. Sie sind ein bisschen vorlaut, aber sie können hart arbeiten. Wenn man sie richtig motiviert", sagte er. „Ich schicke sie dir morgen rüber."

„Nett von dir, aber das ist nicht nötig." Als ob sie ihm nicht schon genug schulden würde. Dieses Angebot konnte sie unmöglich annehmen, selbst wenn sie gewollt hätte.

„Wieso nicht?"

„Ich nehme nicht gern fremde Hilfe an, falls es dir noch nicht aufgefallen ist."

„Doch. Ich verstehe bloß nicht, was daran so schlimm sein soll."

„Hilfe annehmen zieht nun mal Verpflichtungen nach sich, und das mag ich nicht."

Er sah sie ernst an. „Keine Verpflichtungen, Kelsey. Betrachte es einfach als Nachbarschaftshilfe."

„Natürlich", sagte sie zynisch. „Wie konnte ich auch auf die Idee kommen, du willst dadurch einen alten Ausrutscher ausbügeln, damit ich als Dank dann so tue, als wäre nie etwas gewesen." Da. Sie hatte es tatsächlich gesagt.

„Darum geht es nicht."

Er dachte doch nicht allen Ernstes, dass sie ihm das abkaufte, oder?

„Du fühlst dich schuldig und bist deswegen nett zu mir, gib es doch wenigstens zu."

„Wir waren jung."

Kelsey stellte ihr Essen weg. Ihr war der Appetit vergangen.

„Ja, aber der gute, perfekte Mitch Garrett hätte es doch besser wissen müssen, nicht? Und was macht er? Schläft mit einem verzweifelten, liebeshungrigen Teenager. Und dieser hässliche Fleck auf seiner weißen Weste lässt ihm keine Ruhe." Die Bitterkeit, die sie in ihrer eigenen Stimme hörte, machte sie nur noch wütender.

„Kelsey", sagte er leise. „Ich wollte dir nicht wehtun, das musst du mir glauben."

Wenn es eins gab, was sie noch mehr hasste als Scheinheiligkeit, dann war es Mitleid.

„Klar." Sie zuckte mit den Schultern und hoffte, er bemerkte nicht, dass ihre Hände zitterten. „Du hast eben gedacht, ich wüsste, wie es läuft. Wie die Mutter, so die Tochter, stimmt's?"

„Ja, okay, ich habe dich falsch eingeschätzt, und es tut mir leid."

„Was soll's. Ist lange her. Vorbei und vergessen." Nur warum fühlte sich der Schmerz dann immer noch so frisch an?

Mitch sah ihr in die Augen. „Wir sollten darüber reden."

„Hör zu, wir hatten beide einen langen Tag." Sie stand abrupt auf und spürte sofort ein dumpfes Pochen hinter ihren Schläfen. Fantastisch. In spätestens einer Stunde würde sie eine ausgewachsene Migräne haben. „Ich bin wirklich müde. Danke fürs Essen."

Sie vermied es, Mitch anzusehen, als sie an ihm vorbei ins Haus ging und die schwere Eingangstür hinter sich zufallen ließ. Ihre Knie waren so weich, dass sie sich von innen gegen den Türrahmen lehnen musste. Sie schloss die Augen. Tränen rannen ihre Wangen hinunter. Sie hörte Mitchs Schritte auf der Veranda, und einen Moment später schrillte die Klingel in ihren Ohren.

„Kelsey, mach auf."

Jeder Muskel in ihrem Körper verkrampfte sich. Sie hielt die Luft an und rührte sich nicht, bis Mitch endlich aufgab, einen Fluch murmelte und ging.

6. KAPITEL

Als Mitch am nächsten Abend in die Einfahrt zu Ruths Haus einbog, war es bereits kurz vor halb zehn Uhr. Das Haus war dunkel, bis auf ein schwaches Licht in der Küche. Er sah Kelseys schmalen Schatten hinter den Vorhängen. Sie war also auch noch wach.

Ein dumpfer Schmerz rumorte in seinen Schläfen, und er wünschte sich nur noch, endlich ins Bett gehen zu können. Seit zwei Wochen hatte er kaum eine Nacht mehr als fünf Stunden geschlafen, und das machte sich langsam bemerkbar.

Die Suche nach Chris Hensel, Stus Geschäftspartner, der seit heute vermisst wurde, hatte nichts ergeben. Die einzige Spur war das am Highway verlassene Auto. Der Mann war wie vom Erdboden verschluckt.

Mitch ging die Stufen zum Haus hoch. Musik drang aus dem gekippten Küchenfenster. Jazz. Er hatte Kelsey nie für eine Jazzliebhaberin gehalten, sondern eher in Richtung Rock oder Pop getippt. Es gab wohl einiges, was er nicht von ihr wusste.

Er klopfte an die Tür, und als sich nichts tat, klopfte er noch einmal. Vielleicht hatte sie ihn nicht gehört.

„Ja, ja, ich bin ja nicht taub." Wenige Augenblicke später wurde die Musik leise gedreht, und die Tür ging auf.

„Schon ziemlich spät, oder, Sheriff?", fragte Kelsey schnippisch. Sie trug einen dicken Frotteebademantel, und ihre nassen Haare dufteten nach Shampoo. Ihre Stimme klang aufreizend, auch wenn sie das sicher nicht beabsichtigt hatte, und Mitch wusste, er könnte sich darin verlieren.

„Es gibt Neuigkeiten."

Die Angriffslust in ihren Augen erlosch. Kelsey nickte.

„Komm rein."

Mitch erkannte die Diele kaum wieder. Nicht nur, dass sie aufgeräumt war, sogar der Fußboden war gewischt worden und glänzte fast wie neu. Aus der Küche drang der Geruch von Tomaten, Basilikum und Knoblauch.

„Du bist fleißig gewesen", sagte er anerkennend.

„Deine Neffen haben mir geholfen. Danke, dass du sie vorbeigeschickt hast." Kelsey schloss die Tür hinter ihm. Barfuß, wie sie war, reichte sie ihm kaum bis zur Schulter.

„Ich hoffe, sie haben sich gut benommen?"

„Wie zwei Gentlemen." Sie schob sich die feuchten Haare hinters Ohr, und ein zarter goldener Ohrring kam zum Vorschein.

Mitch versuchte, sich auf den Grund seines Besuchs zu konzentrieren. „Hör zu, ich will dich nicht lange aufhalten. Ich bin nur hier, um dir die Ergebnisse der Autopsie mitzuteilen, dann bin ich auch schon wieder weg."

„Hast du Hunger?"

Die Frage kam unerwartet für Mitch, doch dann verstand er. Kelsey war noch nicht bereit für die Nachricht, die er ihr überbringen würde.

„Und wie."

„Dann komm mit in die Küche. Die Nudeln sind gleich fertig, und meine Soße brennt mir an, wenn ich nicht umrühre."

Mitch folgte ihr durch den Korridor in einen großzügigen, von einer schwachen Leuchtstoffröhre erhellten Raum. An der Wand gegenüber der Anrichte befand sich eine nahezu schon antike Porzellanspüle und rechts davon ein Kühlschrank, der mindestens fünfzig Jahre alt sein musste.

„Riecht gut", sagte Mitch und versuchte, sein Erstaunen darüber zu verbergen. Kelsey konnte kochen?

„Ich habe ein paar Gerichte gelernt, während ich in Italien war. Das Restaurantessen hing mir irgendwann zum Hals raus", sagte sie, als hätte sie seine Gedanken gelesen. Sie holte zwei Schüsseln aus einem Schrank, wusch sie aus und füllte eine große Portion dampfender Nudeln in jede. Dann gab sie Soße und ein wenig geraspelten Käse darüber.

„Wein?"

„Nein danke. Wasser reicht."

„Sicher." Kelsey goss ihm ein Glas Eiswasser ein und sich selbst eines mit Rotwein. „Wir setzen uns auf die Veranda, ja? Dann können wir reden. Ich bin noch nicht dazu gekommen, die Tische freizuräumen, und der ganze Krempel hier drin macht mich krank."

Die Nacht war kühl und die Luft herrlich klar. Mitch spürte, wie sein verspannter Nacken sich ein wenig lockerte. Er probierte einen Bissen von dem Essen, das Kelsey gemacht hatte, und es schmeckte hervorragend. Sie saßen eine Weile schweigend nebeneinander und aßen, dann stellte Kelsey ihre Schüssel auf den Boden und drehte abwesend ihren Löffel zwischen den Fingern hin und her, während sie in die Dunkelheit starrte.

„Es ist Donna, nicht wahr?"

„Ja."

Sie seufzte. „Ist ja nicht so, dass ich es nicht schon die ganze Zeit gewusst hätte."

Eine Vermutung zu haben, egal wie naheliegend, und knallharte Fakten, das waren immer noch zwei verschiedene Dinge.

„Richtig."

„Wie ist sie gestorben?"

Mitch zögerte. „Die Untersuchungen sind noch nicht ganz abgeschlossen."

„Aber du hast eine Theorie."

„Sie ist erschossen worden", sagte er leise.

Kelsey schloss gepeinigt die Augen. Sie sah so zerbrechlich und einsam aus. Mitch hätte sie am liebsten in die Arme genommen, aber er wusste, das wäre keine gute Idee.

„Gibt es jemanden, den ich für dich anrufen soll?", fragte er stattdessen. „Irgendwen, bei dem du heute Nacht bleiben kannst?"

„Nein, nicht nötig. Mir geht's gut." Sie stand abrupt auf. „Danke für alles, was du für mich getan hast."

„Wo willst du hin?"

„Ich weiß nicht. Ins Haus. Noch ein bisschen sauber machen."

Mitch erhob sich ebenfalls und berührte sie sachte am Arm.

„Du solltest heute nicht alleine sein", sagte er.

Sie blickte zu ihm hoch, in ihren Augen standen Tränen, die sie mit aller Macht zurückzuhalten versuchte.

„Ich bin mein ganzes Leben allein gewesen, Sheriff. Ich brauche niemanden."

Er konnte fühlen, wie sich die Muskeln ihres Unterarmes verhärteten, als würde sie die Hand zur Faust ballen.

„Lass mich Stu anrufen. Er kann bestimmt auch Gesellschaft brauchen. Chris wird vermisst."

„Vermisst?" Für eine Sekunde sah es so aus, als würde sie es sich anders überlegen und zustimmen, heute bei Stu zu übernachten. „Ich rufe ihn nachher an. Aber ich habe nicht vor, ihn noch mehr zu belasten, als er es sowieso schon ist. Hiermit muss ich selbst fertig werden."

Mitch nahm ihre Hände in seine. Sie zuckte zusammen. Wie sehr sie sich in diesem Moment auch nach Beistand sehnen mochte, sie würde ihm nicht erlauben, sie zu trösten.

„Ja, irgendwann musst du allein damit fertig werden, aber heute ist heute. Und du …"

„Nein!"

Kelsey riss sich von ihm los, lief ins Haus, und er hörte, wie von innen der Schlüssel im Schloss gedreht wurde. Mitch starrte die Tür an, wollte dagegen hämmern und hatte schon eine Faust gehoben, doch dann hielt er inne. Er atmete tief durch.

Was machte er denn?

Sie war ein großes Mädchen. Sicher, er hatte damals einen Fehler gemacht, aber das war lange her. Keiner von ihnen schuldete dem anderen irgendetwas.

Und warum fühlte er sich dann so miserabel? So hilflos?

Weil du immer den großen Retter raushängen lassen musst, du Vollidiot.

Der Wecker zeigte sieben Uhr an, als Kelsey hochschreckte. Nachdem sie sich die halbe Nacht von einer Seite auf die andere gewälzt hatte, war sie schließlich in einen unruhigen Schlaf gefallen. Sie hatte von früher geträumt. Von ihrem achten Geburtstag in Kalifornien, als sie und Donna zusammen in Disneyland gewesen waren. Sie hatten gelacht und Spaß gehabt und so viel Eis gegessen, bis sie Bauchweh davon bekommen hatten. Am Abend war Kelsey in ihrem neuen Micky-Maus-T-Shirt ins Bett gegangen und selig eingeschlummert. Sie war sicher, ab jetzt würde alles gut werden.

Am nächsten Tag war Donna dann wegen Kreditkartendiebstahls verhaftet worden. Und trotzdem, trotz allem hatte Kelsey nie die Hoffnung aufgegeben, dass ihre Mutter sich irgendwann ändern würde und sie eine richtige Familie wären.

Donna ist tot.

Es gab keine Chance mehr, die Dinge zwischen ihnen zu bereinigen.

Sie war allein.

Kelsey rieb sich mit geschlossenen Augen die Schläfen, um den drückenden Schmerz darin wegzumassieren. Sie widerstand dem Drang, sich einfach die Decke über den Kopf zu ziehen. Stattdessen zwang sie sich aufzustehen und schleppte sich ins Badezimmer. Nachdem sie angezogen war, tat sie das, was sie immer tat, wenn sie das Gefühl hatte, den Verstand zu verlieren. Sie arbeitete.

Fünf Stunden später hatte sie einen weiteren der vielen Räume in Ruths Haus komplett von allem befreit, was dort nicht hingehörte. Das Esszimmer war wieder betretbar. Sie wuchtete den letzten Müllsack auf die Veranda und pinnte einen Zettel für Mitchs Neffen Rick und Jeff daran, mit der Bitte, das ganze Zeug mitzunehmen.

Ihr Magen knurrte, und ihr wurde bewusst, dass sie noch nicht einmal gefrühstückt hatte. Sie war noch lange nicht fertig, es warteten etliche weitere Zimmer auf sie, aber sie musste etwas essen. Oder wenigstens etwas trinken. Kelsey marschierte in die Küche und füllte eine Kanne Wasser in die klapprige Kaffeemaschine auf der Anrichte. Das Gerät ächzte und blubberte, und bald war klar, aus diesem Ding würde kein Kaffee kommen. Kelseys Blick fiel auf die vollgestopften Ecken, das hoffnungslos überladene Fensterbrett, und wusste, sie musste raus hier oder sie würde innerhalb der nächsten Minuten die Axt aus dem Schuppen holen und alles kurz und klein schlagen.

Der Staub, der in der Luft lag, brannte in ihren Lungen. Weg hier, nur weg.

Sie zog den Stecker der Kaffeemaschine und lief in den Flur, wo sie hastig in ihre Clogs schlüpfte und sich ihren Autoschlüssel von der Kommode schnappte.

Ehe sie sich's versah, fand sie sich auf dem Parkplatz von Stus Tauchladen wieder. Sie stellte den Motor ab und stieg aus ihrem Jeep.

Die Glöckchen über der Tür bimmelten, als Kelsey eintrat. Es war still, und der Tresen war verlassen.

„Stu?"

Er steckte den Kopf aus dem Hinterzimmer, und sein Gesicht hellte sich auf, als er Kelsey sah.

„Hi, Kleines!" Er kam mit humpelnden Schritten auf sie zu und drückte sie an seine Brust. „Wie geht's dir?"

Der Geruch von Chlor und Aftershave umgab ihn, so wie es auch früher schon immer gewesen war.

„Gut", keuchte Kelsey unter seiner kräftigen Umarmung.

„Sicher?"

„Sicher." Sie schob ihn von sich weg und schnupperte gespielt angewidert. „Bäh, neues Rasierwasser?"

Stu lächelte.

„Mir gefällt's", sagte er achselzuckend.

Die Türglöckchen meldeten, dass soeben ein Kunde den Laden betreten hatte.

„Bin gleich wieder bei dir", sagte Stu.

Kelsey blieb im Hinterzimmer und konnte von dort aus die Stimme einer Frau hören, die sie aber nicht einzuordnen wusste. Sie lugte um die Ecke in den Verkaufsraum.

Die Frau, mit der Stu sich unterhielt, trug legere Tennisbekleidung, aber selbst darin sah sie ausgesprochen apart aus. Auch ihre perfekt manikürten Fingernägel und die exklusive Frisur sprachen eine deutliche Sprache – diese Dame hatte Geld.

Sylvia Randall. Kelsey war ihr nie begegnet, aber das brauchte sie auch nicht, um zu wissen, wen sie vor sich hatte. Ebenso wie ihr Mann tauchte sie in regelmäßigen Abständen in der Lokalpresse auf, und das war schon früher so gewesen, als Kelsey noch in Grant's Forge gelebt hatte.

„Boyd hat bald Geburtstag, und ich möchte ihm etwas Besonderes schenken. Er hat für September ein Tauchwochenende in Cancun gebucht", sagte Sylvia. „Ich habe letzte Woche mit Chris darüber gesprochen, und er wollte einige Handgelenk-Druckmesser für mich bestellen, die gerade neu auf dem Markt erschienen sind."

„Das hat er", bestätigte Stu. „Sie sind gestern gekommen."

„Ist Chris nicht da?"

Stu öffnete die Versandtasche und ordnete den Inhalt möglichst übersichtlich auf dem Tresen an.

„Leider nicht."

Mrs Randall schien nicht sehr erfreut über diese Information zu sein.

„Da kann man nichts machen", sagte sie, als wäre es eine Zumutung, mit dem Inhaber des Ladens vorliebnehmen zu müssen. „Nun, welchen von diesen würden Sie denn empfehlen?"

Kelsey hielt Abstand zu den beiden und tat so, als würde sie sich für das Paar gelber Schwimmflossen neben dem Schaufenster interessieren. Stu erläuterte seiner kritischen Kundin die Vor- und Nachteile jedes einzelnen Gerätes, doch sie wiegte nur nachdenklich den Kopf hin und her.

„Haben Sie eines davon bereits selbst ausprobiert?"

„Nein, noch nicht."

„Hach", seufzte Sylvia. „Sehen Sie, das ist es, was ich an Chris so schätze. Wenn etwas Neues herauskommt, testet er es immer sofort."

Stu schielte zu Kelsey hinüber.

Das würde er ihr doch nicht antun, oder?

„Ich wette, ich kenne da jemanden, der diese Geräte schon benutzt hat", sagte er. „Hey, Kelsey, bist du so nett und kommst mal kurz?"

Nach ihrem unfreiwilligen Zusammentreffen mit Boyd im Diner hatte sie nicht die geringste Lust, sich nun auch noch mit seiner Frau befassen zu müssen. Doch sie ging zum Tresen und setzte ihr höflichstes Lächeln auf.

„Mrs Randall, dies ist Kelsey Warren", stellte Stu sie vor. „Sie hat früher hier gearbeitet und ist als Unterwasserfotografin für einige renommierte Reisemagazine tätig. Es gibt niemanden, der sich mit der neuesten Technik so gut auskennt wie sie."

Die ältere Frau erwiderte Kelseys Lächeln, aber es fühlte sich kalt an. Sylvia wanderte von Kelseys Gesicht bis hinunter zu den ausgetretenen Clogs an ihren Füßen und wieder zurück. Innerhalb weniger Sekunden hatte sie ihr Urteil gefällt, und es war wenig schmeichelhaft, so viel war sicher. Der geringschätzige Ausdruck in ihren Augen verschwand so schnell, wie er gekommen war.

Ganz die perfekte Politiker-Ehefrau, streckte Mrs Randall Kelsey die Hand entgegen.

„Wie nett, Sie kennenzulernen", flötete sie. „Stu, nehmen Sie es bitte nicht persönlich, aber es ist doch immer besser, sich von einem Experten beraten zu lassen."

„Ob ich ein Experte bin, weiß ich nicht", sagte Kelsey. „Aber ich habe über zehn Jahre Taucherfahrung." Sie betrachtete die verschiedenen Druckmesser-Modelle auf dem Tresen, dann suchte sie eines – das teuerste – aus und hielt es hoch. „Sie können eigentlich mit keinem von diesen etwas falsch machen", erklärte sie. „Aber ich bevorzuge das hier. Es ist kompakt und leicht, aber trotzdem sehr robust."

Sylvia nahm das Gerät in die Hand, fuhr mit einem ihrer schmalen Finger darüber, um ein winziges Staubkorn zu entfernen, und hielt es dann Stu hin, ohne auf das Preisschild zu sehen.

„Packen Sie es mir ein, ja?"

Stu grinste.

„Gern."

Sylvia holte ihre Kreditkarte aus ihrer Tasche und legte sie beiläufig neben die Kasse.

„Vielen Dank für Ihre Hilfe, Kelsey", sagte sie. „Ich habe vom Tauchen ja überhaupt keine Ahnung, aber mein Mann liebt es nun mal."

„Ich bin sicher, er freut sich über Ihr Geschenk."

„Oh, das hoffe ich. Und bitte nennen Sie mich doch Sylvia."

Kelsey hatte das Gefühl, irgendetwas tun oder sagen zu sollen, aber sie wusste nicht, was. Also nickte sie einfach.

„Du meine Güte, Sie sehen Ihrer Mutter so ähnlich, als sie in Ihrem Alter war."

„Sie kannten meine Mutter?"

„Überrascht Sie das? Das hier ist eine kleine Stadt, da läuft irgendwann jeder einmal jedem über den Weg. Sie war eine wahre Schönheit damals." Sylvia lächelte. „So wie Sie."

„Ich bräuchte nur mal kurz Ihre Unterschrift hier", sagte Stu und schob Sylvia einen Belegausdruck hin. Sie unterzeichnete, nahm ihre Kopie und ihre Kreditkarte entgegen und steckte dann beides zusammen in ihre Brieftasche.

„Also, nochmals vielen Dank, Stu. Und Kelsey, es war mir wirklich ein Vergnügen, Sie kennenzulernen. Haben Sie vor, länger in der Stadt zu bleiben?"

„Nur ein paar Wochen, maximal einen Monat."

„Ich hoffe, Sie werden sich wohlfühlen in unserem schönen Grant's Forge. Sie haben auf jeden Fall die beste Jahreszeit für einen Besuch gewählt."

„Danke."

Sylvia lächelte und verließ den Laden.

Kelsey beobachtete durch das Schaufenster, wie sie in ihren auf Hochglanz polierten Lexus V8 stieg und davonfuhr.

„Das war zu einfach."

„Was meinst du?", fragte Stu.

„Sie hat Donna angeblich gekannt und kein einziges schlechtes Wort über sie?"

„Nicht jeder hat Donna gehasst."

„Sylvia Randall schon, glaub mir."

7. KAPITEL

*I*ch nicht", sagte Stu milde.

Kelsey sah ihn traurig an. Da war er allerdings der Einzige gewesen.

„Ich weiß. Und ich wollte dich schon lange fragen, wieso. Ich meine, wieso hast du ihr all die Jahre weiter aus der Patsche geholfen, wenn sie Probleme hatte? Sogar nachdem sie dich verlassen hatte?"

Stu senkte den Blick und schien plötzlich besonderes Interesse an einem der Knöpfe seiner Registrierkasse gefunden zu haben.

„Das kann ich dir nicht sagen. Für mich war sie einfach eine einsame Frau, die es nicht leicht im Leben gehabt hat."

„Du meinst wohl eine selbstsüchtige Frau, die sich ständig in Schwierigkeiten gebracht hat."

Er schüttelte den Kopf.

„Kelsey, sie war nicht immer so, wie du sie vielleicht gekannt hast. Als du geboren wurdest, habe ich sie im Krankenhaus besucht. Sie stand da, vor der Glasscheibe der Säuglingsstation, und hat geweint, weil sie dich so wunderschön fand."

Kelsey hatte ihre Mutter niemals weinen sehen, bis auf die paar Male, wo sie auf die Tränendrüse gedrückt und irgendeine hanebüchene Lüge erzählt hatte, um einem Ticket wegen Geschwindigkeitsübertretung zu entgehen. Das Bild, das Stu von ihr malte, berührte einen Teil ihres Herzens, von dem sie gedacht hatte, dass er vor langer Zeit gestorben war. Sie stieß ruckartig die Luft aus, um die plötzliche Enge in ihrer Brust loszuwerden. Es war an der Zeit, das Thema zu wechseln.

Die Ladentür wurde geöffnet. Kelsey drehte sich um und sah Mitch hereinkommen. Seine braune Sheriff-Uniform spannte über seinen muskulösen Oberarmen. Er nahm seine Sonnenbrille ab.

„Kelsey", sagte er. Beim Klang seiner tiefen Stimme überkam Kelsey dieses lästige Kribbeln, bei dem sie sich wünschte, sie hätte mehr Hirn und dafür weniger Hormone.

„Hey, Mitch." Stu hob zur Begrüßung kurz eine Hand. „Irgendwas Neues von Chris?"

„Nein."

„Aber du findest ihn doch, nicht wahr?" Kelsey sah Mitch bittend an. Chris war Stus Freund. Und Stu war ihr Freund. Sie konnte es nicht ertragen, ihn leiden zu sehen.

Mitch zögerte. Sein Gesichtsausdruck war eine Mischung aus Bedauern, Hoffnung und Sorge. Sie konnte sehen, wie er mit allen drei

Gefühlen auf einmal kämpfte, und plötzlich erkannte sie etwas, das ihr vorher verschlossen geblieben war. Ja, er hatte ihr das Herz gebrochen, aber das hieß nicht, dass er herzlos war.

„Wir tun, was wir können", sagte er.

Stu versuchte, seine Enttäuschung zu verbergen, aber es gelang ihm nicht.

„Dann bleibt wohl im Moment nichts als abwarten", seufzte er resigniert.

„Das wird schon, Stu. Mach dir nicht so viele Sorgen. Ich … muss dann mal wieder los", sagte Mitch.

„Wo fährst du hin?", fragte Kelsey.

Er zog eine Augenbraue hoch, erstaunt über die unerwartete Frage.

„Zur Kiesgrube."

„Warum?"

„Das Team aus Roanoke kommt gleich, um das Auto noch mal gründlich unter die Lupe zu nehmen."

Kelsey hatte nur einen Gedanken. Sie wollte ihn begleiten. Vielleicht fanden sie ja etwas, das einen Hinweis darauf lieferte, wer ihre Mutter erschossen hatte. Und wenn sie das taten, wollte sie dabei sein. Die Warterei machte sie noch verrückt.

„Hättest du was dagegen, Kelsey mitzunehmen?", fragte Stu.

„Ja, habe ich", brummte Mitch. „Wieso?"

„Ich muss noch den ganzen Papierkram machen, und da brauche ich meine Ruhe." Also doch. Stu, das alte Schlitzohr, wusste genau, was in Kelsey vorging, und jetzt versuchte er, Mitch dazu zu bringen, sie mitkommen zu lassen.

Dem gefiel die Vorstellung, sie bei der Untersuchung des Wracks in der Nähe zu wissen, überhaupt nicht. Aber wenn er Stu einen Gefallen damit täte …

„Also schön."

Während der Fahrt sprachen weder Mitch noch Kelsey viel. Das Wetter hätte nicht besser sein können. Der Himmel war strahlend blau, und eine angenehm warme Brise bewegte sachte die Blätter der Bäume am Straßenrand. Doch trotz all der Naturschönheit um sie herum war Kelsey einfach nur elend zumute.

„Stimmt was nicht?", fragte Mitch nach einer Weile.

„Was sollte denn nicht stimmen?", gab sie verstockt zurück.

Er bremste, lenkte den Wagen auf den Seitenstreifen und hielt an.

„So. Sagst du mir jetzt, was mit dir los ist?"

Wenn sie es doch nur könnte. Sie wusste es ja selbst nicht genau.

„Gar nichts."

„Das reicht mir leider nicht."

Konnte er sie nicht einfach in Ruhe lassen?

„Fahr weiter, dann erzähle ich es dir vielleicht."

„Erzähl, und vielleicht fahre ich dann weiter." Um seinen Worten mehr Nachdruck zu verleihen, schaltete Mitch die Zündung aus. „Ich bin ganz Ohr."

Als sie noch immer schwieg, wurde es ihm zu bunt.

„Es hat mit Donna zu tun, richtig?"

„Donna!", schnaubte Kelsey. „Donna, Donna, Donna. Ich wünschte, du würdest dieses Thema endlich lassen. Sie ist tot! Und selbst wenn sie noch am Leben wäre, würde sie sich wahrscheinlich irgendwo am Ende der Welt rumtreiben und mich längst vergessen haben. Ich war nichts weiter als ein Klotz am Bein für sie. Und wenn du es unbedingt hören willst, bitte – es tut verdammt weh, wenn deine eigene Mutter dich einfach im Stich lässt."

„Sie hat dich nicht im Stich gelassen. Sie ist ermordet worden."

Kelseys Kehle fühlte sich wie zugeschnürt an. „Als ob das einen Unterschied machen würde. Sie hat mich ständig irgendwo allein gelassen. Sie wollte mich nicht, ist das so schwer zu verstehen?"

Mitchs Augen nahmen einen Ausdruck an, der für Kelsey kaum auszuhalten war. So voller Mitgefühl.

„Aber so wahr mir Gott helfe", schluchzte sie. „Ich habe sie trotzdem geliebt. Und ich wollte doch nichts weiter, als dass sie mich auch liebt."

Mitch sagte nichts. Er sah sie nur an. Mit diesem Blick, der ihr durch und durch ging. Sie wollte aufhören zu reden, doch die Worte sprudelten immer weiter aus ihr heraus.

„Ich war das folgsamste Kind, das man sich nur vorstellen kann. Nur leider hat mir das auch nichts gebracht. Liebe kann man eben nicht erzwingen." Kelsey drehte ihr Gesicht zum Fenster und starrte hinaus. „Verdammt noch mal. Was tue ich hier?" Sie wischte sich wütend über die nassen Wangen. „Ich heule nicht. Niemals. Und schon gar nicht wegen Dingen, die sich sowieso nicht mehr rückgängig machen lassen."

„Vielleicht solltest du das aber."

„Ich habe noch nie darüber gesprochen."

„Dann sage ich es dir noch mal. Vielleicht solltest du das."

Sie schniefte leise. „Reden", sagte sie spöttisch. „Worte bedeuten gar nichts, und sie verändern auch nichts. Wenn ich von Donna eins gelernt habe, dann das."

Vorsichtig hob Mitch mit dem Zeigefinger ihr Kinn an und drehte ihr Gesicht zu sich. Sie ließ es geschehen. Er beugte sich vor, legte eine Hand neben die Kopfstütze ihres Sitzes und sah sie ernst an.

„Ich finde den Mörder deiner Mutter, das verspreche ich dir."

Er änderte die Position seiner Hand, um mit dem Unterarm mehr Halt zu finden, und dabei berührten seine Fingerspitzen sachte Kelseys Haare. Sie hätte nichts weiter zu tun brauchen, als ein paar Zentimeter wegzurücken, und dieser Moment der Nähe wäre schlagartig vorbei. Mitch würde sie nicht bedrängen, das wusste sie.

Aber Kelsey tat genau das Gegenteil. Sie neigte den Kopf ein winziges Stückchen zur Seite, sodass Mitchs Knöchel ihr Ohrläppchen streiften.

Er sah sie an, überrascht, zögernd. Aber er bewegte sich nicht.

Alles, was er tun müsste, wäre, sich leicht vorzubeugen. Und sie hätte es ihm erlaubt, sie zu küssen. Ihr Herz raste vor angespannter Erwartung. Ihr Mund wurde trocken. Es wäre so einfach. So einfach.

„Nein", hörte sie sich plötzlich sagen.

„Okay."

Mitch durchquerte das Tor, hinter dem die Kiesgrube lag. Er wusste nicht, was da vorhin zwischen ihnen passiert war, er wusste nur, dass es ihn mehr aufgewühlt hatte, als er sich eingestehen wollte.

Er fuhr auf den Parkplatz und stellte den Motor ab. Das Spezialteam aus Roanoke war bereits eingetroffen. Die Männer trugen besonders gut isolierte Trilaminatanzüge. Sie ermöglichten einem Taucher, in große Tiefen vorzudringen.

„Wollen die etwa in die Schlucht runtertauchen?", fragte Kelsey.

„Bingo."

„Meinst du, sie finden etwas?"

„Wenn ja, wirst du es als Erste erfahren."

Sie runzelte skeptisch die Stirn.

„Du gehst selbst auch?"

Mitch hatte kein gutes Gefühl dabei, sie allein zu lassen. „Nicht, wenn ich mich nicht spute."

Er glaubte, so etwas wie Besorgnis in ihrem Blick zu sehen.

Nach einer kurzen Pause nickte sie jedoch.

„Dann beeil dich."

Eine Viertelstunde später tauchten endlich Mitch und die anderen wieder auf. Nachdem er seine Ausrüstung abgelegt hatte, ging er mit düsterem Gesichtsausdruck auf Kelsey zu.

„Komm mit, wir gehen zurück zum Auto."

„Was ist los?"

Ein in eine algenverschmierte Plane gehülltes Etwas erschien an der Wasseroberfläche.

Sie hatten noch einen Toten gefunden.

Während der folgenden Tage sah noch hörte Kelsey etwas von Mitch. Aber seine Neffen kamen jeden Tag nach der Schule, um ihr zu helfen, und am Ende der Woche hatten sie es gemeinsam geschafft, das untere Stockwerk komplett von allem Unrat zu befreien. Bis jetzt war nichts darunter gewesen, das auch nur den kleinsten Hinweis auf Donna gegeben hätte.

Kelsey war gerade im kleinen Wohnzimmer, als ihr Handy klingelte. Es lag in der Küche. Sie stolperte über die Kisten auf dem Fußboden, lief in den Flur und schlug sich prompt das Knie an einer Ecke des Küchentisches an. Fluchend drückte sie auf den Knopf.

„Hallo?", sagte sie atemlos.

„Kelsey."

Es war Stu. Ganz kurz spürte sie so etwas wie Enttäuschung, doch dann besann sie sich eines Besseren. Na und? Nicht Mitch. Was machte das schon.

„Wie geht's dir?", fragte sie.

„Chris ist immer noch spurlos verschwunden."

„Fünf Tage sind es jetzt, richtig?"

„Ja, stimmt."

„Und die Polizei hat noch nichts Neues?"

„Nein, nichts. Ich habe sämtliche Krankenhäuser in der Gegend abgeklappert, aber nirgendwo wusste man etwas von ihm."

„Das ist doch ein gutes Zeichen, hm?"

„Ja, wahrscheinlich schon."

Stu hörte sich gar nicht gut an. Kelsey griff nach der halb vollen Kaffeetasse, die vom Frühstück übrig geblieben war, trank einen Schluck und verzog das Gesicht. Eiskalt und widerlich bitter.

„Hey, sag mal, warum gehen wir nicht einfach heute Abend zusammen was essen? Wie wär's mit dem Italiener, wo du immer so gerne hingegangen bist? Den gibt's doch noch, oder?"

„Ja, aber heute fängt das Memorial-Wochenende an, da haben die Restaurants geschlossen, weil sowieso keiner essen geht."

„Oh, richtig. Das hatte ich ganz vergessen."

Stu zögerte.

„Hast du Lust, hinzugehen?"

Kelsey öffnete die Hintertür und ging in den Garten. Sie lehnte sich an einen hölzernen Stützbalken und sah in den kristallklaren Himmel hinauf.

„Ich weiß nicht, Stu", sagte sie zaghaft. „Mir liegen solche Massenveranstaltungen nicht besonders."

„Aber es würde uns beiden ganz guttun, mal wieder unter Leute zu kommen. Immer nur mit den eigenen Gedanken allein zu sein ist auch nicht gesund."

Er hatte recht.

„Na gut."

„Das ist mein Mädchen." Stu klang erleichtert. „So gegen sechs?"

„Okay. Wir treffen uns bei Millers Café an der Ecke."

Kelsey warf einen prüfenden Blick in den Spiegel. Zum zehnten Mal während der vergangenen halben Stunde. Sie trug Jeans, eine weiße Baumwollbluse und schwarze einfache Lederschuhe mit flachem Absatz. Ihre Haare waren zu einem glatten Zopf zurückgebunden. Schlichtheit galt in Grant's Forge als Zeichen von Sitte und Anstand. Sie schnitt ihrem Spiegelbild eine Grimasse. Warum in aller Welt sollte sie versuchen, diesen Kleinbürgern zu gefallen, die sich sowieso hinter ihrem Rücken das Maul zerreißen würden?

Sie nahm ihre Haarspange heraus, schlüpfte mit den Handgelenken durch ihre dicken Metallarmreifen und fügte hier und da noch ein paar andere Accessoires hinzu.

Der Verkehr würde heute ein Albtraum sein, also beschloss Kelsey, die neun Blocks zu Fuß zu gehen.

Als sie aus der Tür trat, sah sie einen kleinen Stoffbeutel am Treppenabsatz zur Veranda liegen. Er war mit einem rosa Schleifchen zugebunden. Ob Rick ihr ein Geschenk dagelassen hatte? Gestern hatte Jeff ihr verraten, dass sein Bruder ein bisschen verliebt in sie war. Neugierig und irgendwie gerührt, hob Kelsey den Beutel auf und öffnete ihn.

Sie wurde blass, als sie den Inhalt herauszog.

Eine alte Puppe. Ihre blonden Haare waren bis auf ein paar hässliche Stoppeln abgeschnitten worden, und dort, wo die Augen hätten sein sollen, starrten Kelsey nur zwei leere schwarze Höhlen an. Auf das Hemd der Puppe hatte jemand zwei Worte gekritzelt. *HAU AB.*

Ein kalter Schauer lief Kelsey über den Rücken. Sie schaute auf und blickte sich um.

„Wenn du denkst, du hättest mir Angst eingejagt", rief sie mit fester Stimme, „dann liegst du falsch."

Sie stopfte die Puppe zurück in den Beutel, warf sie in die Mülltonne und schlug den Deckel zu. Ihr Herz hämmerte wie wild. Würde sie nicht bloß wegen Stu hingehen, sie hätte das Fest sausen lassen und sich stattdessen irgendeinen Film im Kino angesehen.

Kelsey traf um kurz nach sechs am verabredeten Treffpunkt ein. Der Spaziergang hatte ihr gutgetan, aber der Schreck steckte ihr trotzdem noch immer in den Gliedern. Stu stand wie erwartet vor Millers Café. In seinem blauen Hawaiihemd, den weißen Bermudashorts und den Badeschlappen an den Füßen sah er aus, als wäre er frisch aus dem Karibikurlaub zurück.

„Aloha", rief Kelsey ihm zu und setzte das fröhlichste Lächeln auf, das ihr gelingen wollte.

Stu deutete schelmisch auf ihre Armreifen.

„Kriegst du mit den Dingern Radio fünf rein? Ich hab die Sportnachrichten verpasst."

Sie hielt ihr Handgelenk ans Ohr und lauschte.

„Die *Richmond Braves* haben verloren."

Stu grinste.

„So ein Pech. Hey, da ist Mitch."

Sie schaute ein bisschen zu schnell über ihre Schulter und sah ihn in der Nähe der Dixieland-Bühne stehen. Er trug seine Uniform und redete gerade mit Tammy Fox.

Mitch sah auf, und ihre Blicke trafen sich für einen Moment, bevor Kelsey sich wieder Stu zuwandte.

„Komm, lass uns rüber zu den Ständen gehen, ich bin gespannt, ob die selbst gebackenen Kuchen noch so gut sind wie früher."

Stus Augen wanderten zwischen ihr und Mitch hin und her.

„Du meinst *rüber* wie in *weg von ihm*, hm?"

Die beiden liefen durch den Park auf die andere Seite des Festplatzes, wo sich verschiedene Buden und Stände aneinanderreihten.

„Hey, Stu!", rief einer der Händler und stand hinter seinem mit Blumentöpfen vollgestellten Markttisch auf.

„Grüß dich, Phil! Kelsey, ich bin gleich wieder da."

„Kein Problem, geh nur", sagte sie unbeschwert.

Und lass mich mit der Meute allein.

Stu humpelte auf seinen Bekannten zu, während Kelsey langsam die Reihen mit den Buden entlangschlenderte. Begleitet von der Musik der Band und dem Duft von Zuckerwatte, betrachtete sie die angebotenen

Waren und fand sich plötzlich vor einem Tisch wieder, über dem ein Sonnenschirm mit der Aufschrift „Wählt Mitch Garrett" aufgespannt war. Dahinter standen Tammy und Bill Fox.

Zu Anfang ihres ersten Jahres auf der Senior High School war Kelsey so dumm gewesen, Bills Einladung ins Kino anzunehmen, und als sie sich danach geweigert hatte, mit ihm zu schlafen, hatte er am nächsten Tag in der Schule herumerzählt, sie sei eine Schlampe, die mit jedem sofort ins Bett gehe.

Mit etwas Glück könnte sie sich an ihnen vorbeimogeln. Sie drehte den Kopf zur Seite und beschleunigte ihren Schritt.

„Kelsey!", krähte Tammy. „Wie schön, dich wieder zu treffen."

„Hi", sagte sie und hoffte, dies möge bereits das Ende des Gesprächs sein.

Tammy hielt ihr einen Flyer unter die Nase.

„Ich nehme an, du wirst im November nicht mehr hier sein, wenn die Wahl stattfindet, aber was soll's."

Kelsey besah sich das Pamphlet in ihrer Hand. In der Mitte prangte ein Bild von Mitch und darüber ein wenig origineller Wahlslogan.

„Danke schön."

„Gutes Foto von ihm, was?", sagte Bill stolz. „Das hab ich gemacht."

„Wirklich? Ja, es ist ... großartig."

Auf dem unscharfen Schnappschuss sah Mitch aus wie ein Gefangener, der darauf wartete, in der nächsten Minute exekutiert zu werden.

Bills Blick streifte über ihren Körper.

„Ich muss schon sagen, Kelsey, du siehst auch großartig aus."

Tammy schienen die lobenden Worte ihres Mannes sauer aufzustoßen. Besitzergreifend legte sie einen Arm um seine Hüfte.

„Nun musst du mir aber verraten, was dich hierher führt, Kelsey. Ich meine, es muss doch langweilig für dich sein, so ein Fest, wo nur lauter *Familien* hingehen."

„Kelsey ist heute Gast meiner Familie."

Tammys hinterhältiges Lächeln verschwand schlagartig.

Kelsey starrte Mitch an. Wo war er denn jetzt plötzlich hergekommen? Egal. Sie spielte mit.

„Ja, das letzte Mal, dass ich bei den Garretts zu Besuch war, ist schon eine halbe Ewigkeit her", bestätigte sie. „Wir haben uns ja so viel zu erzählen."

Tammy sah sie mit einem Blick an, der hätte töten können, aber ihr Mund formte ein zuckersüßes Lächeln.

„Ja, dann ... wünsche ich euch viel Spaß, ihr beiden."

Ohne ein weiteres Wort, wütend darüber, wie sie sich hatte auf dieses Familienfest verirren können, machte Kelsey auf dem Absatz kehrt und stapfte davon. Mitch holte sie ein und ging neben ihr her.

„Du siehst aus, als würdest du gleich platzen", stellte er belustigt fest.

„Könnte ich auch."

„Falsche Richtung."

„Was?"

„Meine Familie ist da drüben."

„Dann läufst du am besten schnell hin, ehe die Hamburger verbrannt sind."

„Ich dachte, du kommst mit."

Kelsey blieb vor einem Softeiswagen stehen und verschränkte die Arme vor der Brust.

„Hör mal, ich weiß es zu schätzen, dass du mich vor Tammy Trampeltier und ihrem liebenswürdigen Ehegatten gerettet hast, aber diese Familiensache ist nichts für mich."

„Wieso bist du dann überhaupt hier?"

„Keine Ahnung. Stu brauchte ein bisschen Aufmunterung." Sie entdeckte ihren Freund inmitten eines kleinen Grüppchens, das sich neben der Band eingefunden hatte. Singend und mit den Händen im Takt klatschend. „Tja, anscheinend ist meine Mission erfüllt", sagte sie.

„Fein, dann hast du ja Zeit, die Obsttorte meiner Mum zu probieren." Er beugte sich leicht vor. „Und außerdem könntest du Tammy damit richtig eins auswischen."

Nun ja, so gesehen …

„Überredet."

8. KAPITEL

*N*orman Rockwell hätte kein perfekteres Bild einer Familie zeichnen können.

Der Garrett-Clan hatte sich unter einer alten Eiche auf einem bunten Teppich aus Picknickdecken und Patchworkmatten versammelt. Ungefähr ein Dutzend Kinder tollte zwischen den Erwachsenen herum, das jüngste schätzungsweise ein Jahr alt, das älteste musste um die sechzehn sein.

Kelsey spürte eine plötzliche Enge in der Brustgegend.

Mr Garrett war so groß wie Mitch und hatte die gleichen breiten Schultern wie sein Sohn. Sein schwarzes Haar lichtete sich bereits an einigen Stellen, aber für sein Alter war es noch immer ungewöhnlich voll. Er trug eine Schürze mit dem Aufdruck „Wählt Garrett".

Seine Frau war nur geringfügig kleiner als er. In ihren kurzen weißen Shorts und dem blauen Jeanshemd sah sie jünger aus, als sie tatsächlich war, und ihre schicke Frisur mit den dicken hellgrauen Strähnen darin betonte ihre strahlend blauen Augen.

„Wen haben wir denn hier?", fragte sie gut gelaunt.

„Dad, Mom, darf ich euch Kelsey Warren vorstellen?"

Mrs Garrett lächelte freundlich.

„Es tut mir sehr leid wegen Ihrer Mutter und Ihrer Tante. Das muss schwer für Sie sein."

Diese Worte hatte Kelsey schon von anderen gehört, aber zum ersten Mal hatte sie das Gefühl, sie waren auch wirklich ehrlich gemeint.

„Danke, Mrs Garrett."

„Du liebe Güte, nennen Sie mich Sue. Sonst verwechselt mich noch jemand mit meiner Schwiegermutter. Der Titel *Mrs* Garrett ist nämlich schon vergeben", sagte sie augenzwinkernd.

Kelsey lachte.

Mitchs Vater streckte ihr seine Hand hin. Sie war riesig, und sein Händedruck wie erwartet ausgesprochen kräftig.

„Schön, Sie an Bord zu haben", sagte er. „Ich bin Ken."

Sue bewunderte die Kamera, die Kelsey seitlich an ihrem Gürtel in einer schmalen Tasche befestigt hatte.

„Sie sind Fotografin, wie ich höre?"

„Ja, eigentlich mache ich hauptsächlich Unterwasseraufnahmen, aber ich habe meine Kamera immer dabei. Einfach aus Gewohnheit."

„Wie mögen Sie Ihren Burger?", wollte Ken wissen.

„Medium bitte", sagte Kelsey.

„Kommt sofort." Ken warf eine große runde Hackfleisch-Scheibe auf den Grill.

„Holt euch doch was zu trinken", bot Sue an. „Da beim Picknick-tisch steht eine Kühlbox."

„Es ist sehr nett von deinen Eltern, mich zum Essen einzula-den", sagte Kelsey, während sie Mitch zu dem hölzernen Klapptisch folgte, der einige Meter entfernt im Schatten eines zweiten Baumes stand.

„Sie mögen dich."

Ein Mädchen von ungefähr zehn Jahren kam auf die beiden zuge-rannt.

„Hey, kannst du ein Foto von mir machen?"

Mitch hob eine Augenbraue. „Kelsey, das ist meine Nichte Morgan. Sag wenigstens Hallo, bevor du jemanden um einen Gefallen bittest, junge Dame."

„Hi", sagte die Kleine lächelnd. „Würdest du ein Foto von mir ma-chen, bitte?"

Kelsey lächelte ebenfalls.

„Klar."

Das Mädchen stellte sich in Positur, und Kelsey machte ein paar Aufnahmen aus verschiedenen Perspektiven.

„So, fertig. Wenn der Film voll ist, lasse ich die Bilder auf Fotopapier drucken, und dann bekommst du Abzüge von deinen, ja?"

Das Kind nickte begeistert.

„Toll, danke!"

„Du brauchst jetzt nicht auf Teufel komm raus den Film vollzuknip-sen", sagte Mitch. „Morgen hat sie das Ganze sowieso schon wieder vergessen."

„Lass das mal meine Sorge sein." Kelsey steckte die Kamera zurück in ihre Gürteltasche. „Du bist heute dienstlich hier?", fragte sie.

„Im Prinzip schon, bei solchen Veranstaltungen gibt es ja immer welche, die zu tief ins Glas schauen und dann anfangen zu randalieren. Aber wenn weiter nichts passiert, habe ich nebenbei noch genug Zeit für das Private."

Er griff in die Kühlbox und holte zwei Limoflaschen heraus.

„Normal oder zuckerfrei?"

„Normal."

Mitch öffnete eine der Flaschen und gab sie Kelsey.

„Habt ihr schon etwas wegen der zweiten Leiche rausgefunden?"

„Der Pathologe sagt, es ist eine Frau, circa Mitte dreißig. Sie muss an die fünf Jahre im Wasser gelegen haben."

„Mehr nicht?"

„Nein, alle möglichen Hinweise auf ihre Identität sind sorgfältig vernichtet worden."

„Also ein geplanter Mord?"

„Sehr wahrscheinlich."

Kelsey überlegte, ob sie ihm von der Puppe auf ihrer Veranda erzählen sollte. Nein, besser nicht. Wie sie ihn kannte, würde er sofort alle Hebel in Bewegung setzen, um den Schuldigen zu finden. Er hatte schon mehr als genug Arbeit, da musste sie ihn nicht auch noch zusätzlich mit etwas belasten, was sicher nichts weiter als ein dummer Streich irgendeines Nachbarkindes war.

„Na, gehen wir uns was zu essen holen?", fragte er. „Müsste jetzt langsam fertig sein."

„Ich bin am Verhungern."

Sie nahmen ihre Burger von Ken in Empfang und setzten sich damit an den Tisch.

„Und?", fragte er, nachdem er den ersten Bissen hinuntergeschluckt hatte.

„Schmeckt sehr gut", antwortete Kelsey.

„Freut mich, aber das meinte ich nicht", sagte Mitch. „Ich wollte fragen, wo es als Nächstes hingeht. Hast du schon einen neuen Auftrag von deiner Zeitschrift?"

„Sie haben mich gestern angerufen und gefragt, ob ich Lust hätte, für drei Wochen nach Bali zu fahren."

„Und, fährst du?"

Warum interessierte er sich dafür?

„Nein."

„Wieso nicht? Es ist sehr schön da." Mitch spießte eine Kartoffelspalte auf seine Gabel. „Als ich bei der Navy war, waren wir eine Weile im Südpazifik unterwegs. Wirklich eine sehr hübsche Gegend."

Kelsey nickte, äußerte sich aber nicht weiter dazu. Es entstand eine Pause, und sie überlegte, was sie jetzt sagen könnte.

Morgan kam in ihre Richtung gerannt. Kelsey stellte erleichtert fest, dass sie tatsächlich zu ihnen wollte. Gut. Kinder hatten immer etwas zu erzählen. Die Stille zwischen ihr und Mitch fing nämlich an, Kelsey nervös zu machen.

„Onkel Mitch?", rief Morgan. Ihre Lippen und ihre Zunge waren lila. Heidelbeer-Gummitiere, dachte Kelsey. Gab es dieses Zeug also immer noch.

„Was ist los, Kleines?"

„Ich hab gerade gehört, wie Grandma und Grandpa miteinander geflüstert haben."

Mitch sah seine Nichte streng an.

„Du weißt ganz genau, dass du nicht lauschen sollst, wenn andere Leute etwas zu bereden haben."

Morgan grinste und kletterte neben Mitch auf die Holzbank.

„Ja, ich weiß", sagte sie. „Aber es ging um dich und Kelsey."

So? Was hatten seine Eltern denn über sie beide zu reden? Das interessierte ihn nun doch.

„Okay, was haben sie gesagt?"

„Grandma wollte wissen, ob du und Kelsey heiratet."

Kelsey verschluckte sich an ihrer Limonade.

Mitch klopfte ihr auf den Rücken, bis sie aufhörte zu husten.

„Geht's wieder?", fragte er.

Sie schnappte noch einmal nach Luft und nickte dann. „Ja, alles in Ordnung."

Mitch schaute seine Nichte an, die kein bisschen verwundert über Kelseys Reaktion zu sein schien. Sie sah eher sehr mit sich zufrieden aus.

„Alles klar, du Spion. Zisch ab. Sonst sperr ich dich in eine Zelle."

Morgans Augen leuchteten nun. „Echt? Au ja, bitte, Onkel Mitch!"

„Auf Wiedersehen", sagte er gedehnt.

Morgan kicherte und lief zu einer Gruppe anderer Kinder, offenbar, um ihnen Bericht zu erstatten.

„Ich glaube, ich muss mal ein ernstes Wort mit ihren Eltern reden", sagte Mitch.

„Ach was, das ist völlig normal in dem Alter. Ich würde mir eher Sorgen machen, wenn es anders wäre." Kelsey schüttelte den Kopf und lachte in sich hinein.

„Was ist so komisch?"

„Ich und heiraten."

Mitch biss von seinem Burger ab.

Dies war schon wieder so ein Thema, das wusste Kelsey. Es wäre besser, den Mund zu halten, bevor sie sich noch um Kopf und Kragen redete.

„Man soll ja niemals nie sagen", meinte Mitch trocken. „Und? Wie kommst du mit den Aufräumarbeiten in Ruths Haus voran?" Ihm gefiel das Thema wohl auch nicht.

„Ich bin bald fertig. Danke noch mal, dass du Rick und Jeff vorbeigeschickt hast. Ohne sie hätte ich bestimmt einen Monat gebraucht."

„Keine Ursache. Aber gefunden hast du noch nichts, oder?"

Kelsey dachte an die Puppe auf der Veranda.

„Nein, leider nicht. Morgen werde ich mir mal den Dachboden vornehmen, vielleicht habe ich dort mehr Glück."

„Soll ich dir meinen Kompass leihen? Den nehme ich immer mit, wenn ich bei meinen Eltern auf den Dachboden muss", scherzte er. „Sonst findet man aus diesem Labyrinth da oben nie wieder raus."

„Wäre vielleicht nicht schlecht."

„Wenn du Hilfe brauchst, sag es ruhig, ja?"

„Danke, das ist nett von dir. Aber ich denke, das schaffe ich allein."

„Hey, Kelsey!" Stu humpelte auf sie zu. „Hier steckst du. Tut mir leid, ich hab mich ein bisschen festgequatscht. Bist du sauer? Du warst plötzlich weg."

„Ich bin nicht sauer." Sie schaute auf Stus geschwollenes Bein. „Höchstens, weil du wieder so unvernünftig bist. Du solltest das hochlegen."

„Mach ich, mach ich. Ich fahre gleich nach Hause und pack ein wenig Eis drauf."

Kelsey sah ihn skeptisch an.

„Versprochen", sagte er. „Ich wollte dir nur schnell Bescheid sagen, nicht dass du denkst, ich bin verloren gegangen."

„Willst du vorher noch einen Burger, Stu?", fragte Mitch. „Mein Dad hat bestimmt noch reichlich übrig."

„Da sag ich nicht Nein."

Nachdem sie aufgegessen hatten, stand Mitch auf und sagte, er müsse eine halbe Stunde weg, um einen Rundgang über das Gelände zu machen. Kelsey brachte Stu noch zu seinem Wagen, dann schlenderte sie zurück zu Mitchs Eltern. Im Laufe des Abends ließ er Kelsey immer wieder ein Weilchen mit seiner Familie allein und ging seinen Pflichten als Sheriff nach, aber das störte Kelsey nicht.

Mitchs Brüder unterhielten sie mit Geschichten aus seiner Kindheit, seine Mutter stellte ihr interessierte Fragen über ihre Arbeit, und Morgan hatte den anderen Kindern erzählt, dass Kelsey auch von ihnen ein Foto machen würde, wenn sie nett fragten, was diese auch zahlreich taten. Als Mitch kurz nach dem Feuerwerk von seiner letzten Patrouille zurückkehrte, zeigte ein Blinklicht an ihrer Kamera das bevorstehende

Ableben der Batterie an, und Kelsey taten die Wangen weh vom vielen Lachen.

Sie und Mitch halfen seiner Mutter beim Aufräumen und verstauten die leeren Behälter in Taschen und schweren Kühlkisten, die Mitch in den Kleinbus seiner Eltern wuchtete.

Wenn es nach Kelsey gegangen wäre, hätte der Abend endlos weitergehen können. Aber sie hatte vor langer Zeit gelernt, dass gute Dinge nie von Dauer waren.

Das gehörte eben zum Leben.

Mitch verabschiedete sich von seinen Verwandten und kam dann zu Kelsey.

„Danke für den schönen Abend", sagte sie.

„War mir ein Vergnügen."

„Also, dann werde ich mal langsam gehen. Morgen wartet wieder ziemlich viel Arbeit auf mich."

„Ich fahre dich."

Sie schüttelte den Kopf. „Nett von dir, aber so ein kleiner Spaziergang wird mir guttun, bevor ich wieder ins Reich der Staubflusen abtauche."

Mitch holte seinen Autoschlüssel aus der Hosentasche und ließ ihn vor Kelseys Gesicht hin und her pendeln.

„Du bist viel zu müde, um neun Blocks zu Fuß zu laufen", sagte er in hypnotischem Singsang.

Kelsey gluckste und warf theatralisch die Hände hoch.

„Okay, okay."

Nur fünf Minuten später waren sie schon bei Ruths Haus angekommen. Er brachte Kelsey noch bis zum Eingang, und als sie sich zu ihm drehte, um ihm eine gute Nacht zu wünschen, fühlte ihr Mund sich auf einmal furchtbar trocken an. Mitch war auf der obersten Stufe der Terrasse stehen geblieben. Sie wusste, er gab ihr damit Gelegenheit, einfach ins Haus zu verschwinden, ohne das Gefühl zu haben, er würde erwarten, dass sie ihn noch hereinbat. Aber auch aus dieser Entfernung nahm sie noch den Geruch seines herben Aftershaves wahr, vermischt mit seinem eigenen männlichen Duft. Sie wollte nicht, dass er ging. Wie von selbst machte sie einen Schritt auf ihn zu, sah in seine tiefen blauen Augen und hatte plötzlich das dringende Bedürfnis, etwas zu sagen. Irgendetwas, egal was.

„Deine Familie ist wirklich sehr nett."

Brillant.

Er legte eine Hand auf ihren Rücken. „Sie finden dich auch sehr nett."

Kelsey spürte seine Wärme, auch ohne dass sich ihre Oberkörper berührten. Er schlang den anderen Arm um ihre Taille und zog sie zärtlich das letzte Stück zu sich heran.

Er schmeckte wunderbar. Sie legte die Arme um seinen Hals und presste sich fester an ihn.

Mitch küsste sie hungriger, fordernder. Ihr ganzer Körper kribbelte, und ihr wurde abwechselnd heiß und kalt. Es wäre so leicht, ihn zu bitten, heute bei ihr zu bleiben. Ihn zu lieben, die ganze Nacht lang, bis zum Morgengrauen.

Er machte ihr keine Versprechungen, und sie erwartete nichts von ihm. Sie waren beide erwachsen und konnten eine klare Linie zwischen Liebe und Sex ziehen, nicht wahr? Keine große Sache.

Er ließ von ihr ab, hielt sie jedoch weiterhin im Arm.

„Du schmeckst so gut."

„Du auch."

Seine Augen waren dunkel vor Erregung geworden.

„Kelsey, ich will dich."

Die brennende Leidenschaft in ihr wurde plötzlich von einer panischen Stimme in ihrem Kopf übertönt.

Lauf!

Sie ließ ihre Stirn an seine Brust sinken. „Es wäre ein Fehler, Mitch."

Er streichelte ihr Haar. „Für mich fühlt es sich nicht an wie einer."

Kelsey atmete stockend ein.

„Ich kann nicht."

Sie wartete auf eine Antwort, doch es kam keine. Für einen langen Moment standen sie einfach so da, schweigend. Dann gab Mitch ihr einen Kuss auf die Schläfe und löste die Umarmung. Er schob sie sanft von sich weg.

„Ich schaue morgen mal kurz bei dir rein. Vielleicht hast du dann ja schon etwas gefunden, das uns wegen Donna weiterhelfen könnte."

„Okay."

Sie schloss die Eingangstür auf und ging hinein. Durch die Zwischentür, die mit Fliegengitter bespannt war, sah sie zu, wie Mitch in sein Auto einstieg.

Kelsey erwischte sich bei dem Gedanken daran, wie es wohl wäre, jede Nacht mit ihm einzuschlafen und jeden Morgen neben ihm aufzuwachen. Sie lächelte.

Doch schon im nächsten Augenblick schüttelte sie den Kopf.

Unsinn.

Das Leben hatte sie viele schmerzhafte Lektionen gelehrt. Eine davon war, dass solche Träumereien einem nichts als Leid und Enttäuschung einbrachten. Und darauf konnte sie gut verzichten. Auch wenn die Realität manchmal nicht besonders angenehm war, sie war alles, was man hatte.

Daraus musste man das Beste machen.

9. KAPITEL

Am nächsten Morgen wachte Kelsey früh auf. Sie wusch sich und zog sich an, um sich dann den Dachboden vorzunehmen.

Sie zog an dem Seil an der Luke, und mit einem Rumpeln erschien eine hölzerne ausklappbare Leiter. Kelsey trat auf die erste Stufe, dann die zweite. Ein Spinnennetz streifte ihr Gesicht. Angeekelt versuchte sie es wegzuwischen, doch die hauchdünnen Fäden klebten hartnäckig an ihrer Haut und in ihren Haaren.

Ich hasse Spinnweben.

„Stell dich nicht so an", murmelte sie zu sich selbst, als sie einen Fuß auf die letzte Stufe stellte und das andere Bein über die Kante des Einstiegloches schwang.

Wie erwartet standen auch hier diverse Kisten, Kartons und alte Möbelstücke herum, aber es war längst nicht so schlimm, wie Kelsey befürchtet hatte. Zweifelsohne war Ruth die steile, wackelige Treppe in den letzten Jahren nicht mehr ganz geheuer gewesen. So hielt sich das Durcheinander auf dem Speicher in überschaubaren Grenzen.

Kelsey blies den Staub von einem braunen Pappkoffer und öffnete den Deckel. Darin befanden sich Kindersachen. Sie hielt ein verblichenes rotes Kittelkleid hoch und fragte sich, wem es wohl gehört haben mochte. Der restliche Inhalt des Koffers verriet ihr auch nichts darüber, also legte sie alles zurück und sah sich weiter um. An die vierzig verschiedene Kartons türmten sich in den Ecken, drei weitere Koffer und mindestens zehn alte Hutschachteln, in denen allerdings keine Hüte, sondern allerlei anderer Krimskrams waren. Kelsey klemmte sich eine davon unter den Arm und stieg damit vorsichtig die Treppe wieder hinunter.

Gegen Mittag war der Boden des Korridors im ersten Stock mit Kartons übersät. Kelsey hatte bereits über die Hälfte davon inspiziert, aber bis jetzt nichts gefunden. Als sie gerade eine weitere öffnen wollte, klingelte ihr Handy. Sie schaute auf das Display und las die Nummer des Polizeireviers.

Mitch.

Sofort war die Erinnerung an gestern Abend wieder da. Der Kuss auf der Veranda und wie sehr sie sich danach gesehnt hatte, mehr als das mit ihm zu teilen. Warum hatte sie ihn so plötzlich abgewiesen?

Sie wusste warum.

Sie ließ das Telefon klingeln, bis ihre Mailbox ansprang.

Um fünf Uhr nachmittags hatte sie den Dachboden fast vollständig ausgeräumt. Bis auf drei kleinere Pappschachteln und einen monströsen Schrankkoffer, der zu schwer für Kelsey war. Sie hatte ihn gleich an Ort und Stelle durchstöbern wollen, doch zu ihrem Unmut war er abgeschlossen und der passende Schlüssel nirgends auffindbar.

Kelsey wischte sich den Schweiß von der Stirn. Sie musste etwas trinken. Als sie die Treppe hinunterging, klingelte es an der Tür.

„Kelsey, ich bin es!"

So heftig, wie Mitch gegen die Tür hämmerte, konnte man fast glauben, er würde als Nächstes mit einer Truppe der Marines zurückkommen und das Haus stürmen lassen, wenn sie nicht sofort aufmachte.

„Komme!", rief sie und sah wenige Augenblicke später einen ziemlich finster dreinschauenden Mitch vor sich. Er trug ausgewaschene Jeans, ein graues T-Shirt und Turnschuhe. In der rechten Hand hielt er eine große Papiertüte, die herrlich nach mexikanischem Essen duftete.

„Wieso gehst du nicht ans Telefon?", fragte er vorwurfsvoll.

„Ich bin den ganzen Tag auf dem Dachboden gewesen."

„Hast du da keinen Empfang oder was?"

„Doch, ich … habe es leise gestellt." Sie schaute auf ihr Handydisplay. *Fünf Anrufe in Abwesenheit.* „Entschuldige. War etwas Wichtiges?"

Mitch ignorierte ihre Frage.

„Was dagegen, wenn ich reinkomme?"

„Nein, natürlich nicht." Kelsey wich ein Stück zur Seite, um ihn eintreten zu lassen.

„Ich wette, du hast noch nichts gegessen heute."

Wie immer, wenn von Essen die Rede war, machte Kelseys Magen sich mit einem lauten Knurren bemerkbar.

„Darf ich mal fragen, warum du glaubst, mich ständig füttern zu müssen?"

„*Hast* du schon was gegessen?"

„Nein."

„Und dass draußen die Sonne scheint, ist dir wahrscheinlich auch noch nicht aufgefallen."

„Dann können wir ja gleich auf der Terrasse hinterm Haus essen", sagte Kelsey. Sie wusste, eine Diskussion mit Mitch war zwecklos, wenn es darum ging, sie vor dem sicheren Hungertod zu retten. „Geh schon vor. Ich hole schnell Besteck."

Einen Moment lang saßen sie schweigend nebeneinander und aßen.

„Und? Bist du schon auf was Interessantes gestoßen?", fragte er schließlich.

„Nur lauter Krimskrams" Sie trank einen Schluck Eistee aus einer Plastikflasche. „Aber da oben ist ein Schrankkoffer, vielleicht ist da was drin. Leider ist er abgeschlossen, und es scheint keinen Schlüssel dafür zu geben."

„Ich helfe dir nachher, ihn aufzumachen."

„Danke, das wäre nett."

„Wie geht's dir sonst so in dem Haus? Ich meine, es steckt bestimmt voller Erinnerungen für dich, die nicht so schön sind."

„Mit den Erinnerungen kann ich umgehen. Nur das andere Zeug wird langsam ein bisschen unheimlich."

„Was für anderes Zeug?"

O nein, warum hatte sie das erwähnen müssen? Aber jetzt war es zu spät, Mitch war bereits hellhörig geworden, und wenn sie versuchte, es herunterzuspielen, würde er sie so lange verhören, bis sie mit der Wahrheit rausrückte.

„Gestern habe ich eine Puppe auf der Veranda gefunden. Ihre Augen waren ausgestochen."

„Warum erfahre ich das erst jetzt?"

„Ich wollte nicht, dass sich derjenige, der das getan hat, ins Fäustchen lacht, weil er mich erschreckt hat."

Er musterte sie intensiv, schwieg eine Weile. „Bist du satt?", fragte er schließlich.

„Ja, danke."

Mitch packte die Essensbehälter wieder in die Tüte.

„Lass uns das hier in den Kühlschrank stellen, und dann bringe ich dich in ein Hotel."

„Das wirst du nicht tun", eiferte Kelsey sich. „Ich lasse mich von niemandem aus diesem Haus vertreiben. Nicht bevor ich sicher bin, dass hier nichts mehr von Donna ist."

„Allein bleibst du hier jedenfalls nicht mehr. Aber wenn ich schon da bin, gehen wir eben rauf auf den Dachboden und sehen uns deinen Schrankkoffer an. Zufrieden?"

Kurz darauf standen sie auf dem Dachboden.

„Der Koffer ist da hinten."

Mitch zog ein Taschenmesser hervor und machte sich an dem Schloss zu schaffen. Nach ein paar Sekunden sprang mit einem Klick der Verschluss auf.

„Oh, das hätte ich dir gar nicht zugetraut, Sheriff", neckte Kelsey. „Das lernt man aber nicht auf der Polizeischule, oder?"

„Ich bin eben vielseitig talentiert", grinste er, während er den Deckel öffnete. Wenn er lächelte, machte das seine sonst eher kantigen Gesichtszüge schlagartig weicher und ließ erahnen, wie er früher als Junge ausgesehen hatte. Spitzbübisch und fröhlich. Kelsey erinnerte sich an den Mann, in den sie sich vor acht Jahren verliebt hatte.

Es kostete sie einige Willenskraft, den Blick von ihm loszureißen und sich stattdessen auf den Inhalt des Schrankkoffers zu konzentrieren. Das Erste, was ihr ins Auge fiel, war ein Bündel vergilbter Briefe, das mit ausgeblichenen roten Bändern zusammengehalten wurde.

Sie waren an Donna Warren adressiert, doch es klebten weder Briefmarken darauf, noch gab es eine Absenderadresse.

Mitch wühlte in den restlichen Sachen und entdeckte eine Cheerleader-Uniform auf dem Boden des Schrankkoffers.

„Donna war bei den Cheerleadern."

„Aber nicht besonders lange, soviel ich weiß", sagte Kelsey. „Sie bekam ziemlich schnell Probleme mit einem der Trainer."

„Probleme, inwiefern?"

„Ich glaube, sie hat mit ihm geschlafen."

„Oh." Als Nächstes zog Mitch ein Jahrbuch hervor, schlug die ersten Seiten um und stieß auf ein Klassenfoto der Unterstufe, auf dem auch Donna zu sehen war. Mitch schüttelte den Kopf. „Es jagt mir jedes Mal einen Schauer über den Rücken, wenn ich ein Bild von deiner Mutter sehe. Bis auf die Augen könnte man denken, das bist du."

Kelsey schaute über seine Schulter auf das Foto und erschrak. Tatsächlich. Es war, als würde sie sich selbst im Spiegel sehen.

„Ich habe noch nie ein Bild von ihr gesehen, auf dem sie noch so jung ist."

Mitch reichte ihr das Jahrbuch.

„Wirklich verblüffend."

Kelsey blätterte darin, auf der Suche nach weiteren Aufnahmen von Donna. Dann widmete sie sich wieder dem Schrankkoffer und fischte einen weiteren Umschlag heraus. Dieser enthielt einen Absender.

„William Cranston", las sie vor. „Ein Anwalt aus Richmond. Seltsam. Ich kann mir nicht vorstellen, dass Donna jemals Geld für einen Anwalt gehabt haben könnte." Sie faltete das Anschreiben auseinander.

Mitch erstarrte mitten in der Bewegung.

„Riecht es hier nach Rauch?"

Kelsey schnupperte. „Ich glaube ja."

Mit einem Satz war Mitch auf den Füßen und zog Kelsey hoch.

„Los, komm."

„Aber die ganzen Papiere. Die verbrennen doch, wenn wir sie hier lassen!"

Er packte sie am Ellbogen und schubste sie auf die Einstiegsluke zu.

„Und wenn wir uns nicht beeilen, werden wir gleich mitgegrillt."

Kelsey hielt sich an den Seiten der Holzleiter fest und kletterte hinunter. Dicke Rauchschwaden kamen aus dem Erdgeschoss. Sie kämpfte einen Anflug nackter Panik nieder.

„Der Qualm kommt die Treppe hoch!"

Mitch war dicht hinter ihr.

„Lauf!"

Er legte schützend einen Arm um sie und drückte sie fest an seine Seite. Gemeinsam rannten sie die Stufen hinab und in den Flur. Kelseys Herz hämmerte gegen ihr Brustbein. Im Erdgeschoss schlugen Flammen aus der Küche und züngelten gierig an den Wänden hoch. Die Deckenbalken knackten und ächzten bedrohlich, als würden sie jeden Moment zerbersten. Kelsey hustete und hielt sich eine Hand vor den Mund. Mitch zog sie enger an sich und lief mit ihr auf die Haustür zu. Er rüttelte am Griff.

„Sie ist abgeschlossen!"

„Was? Das kann gar nicht sein, ich weiß genau, dass ich sie vorhin offen gelassen habe!"

Ohne Zeit zu verschwenden, drängte Mitch sie ins Esszimmer und hastete zu den großen Glasflügeltüren, die in den Vorgarten führten. Er versuchte, sie zu öffnen, doch es war sinnlos. Mehrere dicke Lackschichten hatten die Riegel so sehr verklebt, dass sie sich nicht einen Millimeter bewegen ließen.

Die Hitze und der immer dichter werdende Qualm machten das Atmen schwierig. Im Flur zerplatzten die Glühbirnen in der Lampe, und es konnte nicht mehr lange dauern, bis das Feuer auch dieses Zimmer erreicht hatte.

Mitch hob einen schweren Stuhl über den Kopf und zerschmetterte damit eine der Flügeltüren. Er riss den Vorhang von der Gardinenstange, wickelte ihn sich um eine Hand und schlug damit die spitzen Glasreste aus dem Rahmen.

„Los, geh schon!"

Er wartete, bis Kelsey sicher im Freien war, dann folgte er ihr.

Sie hörte entfernt das Heulen von Sirenen, als sie die Stufen der Veranda hinunterliefen. Nachdem sie auf der anderen Straßenseite angekommen waren, sackte Kelsey hustend auf die Knie.

Mitch war sofort bei ihr und hockte sich vor sie hin, auch er hatte Probleme, Luft zu bekommen.

„Bist du okay?"

„Ja", keuchte sie. „Mir geht's gut." Der stechende Schmerz in ihren Lungen bei jedem Atemzug wollte einfach nicht nachlassen.

Die Sirenen wurden lauter, und binnen Sekunden bogen zwei Löschzüge in die Straße ein und kamen auf Ruths Haus zugerast. Innerhalb von Minuten waren die Feuerwehrmänner im Einsatz. Aus dicken Schläuchen schossen zwei meterhohe Wasserfontänen in die Flammen. Das Feuer zischte und toste.

Der Einsatzleiter kam auf Mitch zu.

„Sheriff."

Mitch nickte. „Walt."

„Was denken Sie, hat es verursacht?"

„Ich weiß es nicht. Wir waren auf dem Speicher, und plötzlich roch es nach Qualm."

„Kommen Sie", sagte Walt. „Ich möchte, dass die Sanitäter einen Blick auf Sie beide werfen. Mit einer Rauchvergiftung ist nicht zu spaßen."

Kelsey trottete neben Mitch her zu dem Krankenwagen, der kurz nach der Feuerwehr eingetroffen war. Ihre Beine fühlten sich an, als wären sie aus Gummi. Ihr war schwindelig.

„Du bist ja kalkweiß."

„Es geht schon", log sie.

Mitch drückte sie auf die Stoßstange des Rettungswagens.

„Setz dich, sonst klappst du mir noch zusammen."

Der herbeigeeilte Sanitäter sah Kelsey kurz an, stülpte ihr kurzerhand eine Sauerstoffmaske übers Gesicht und legte ihr eine Blutdruckmanschette an.

Langsam klärte sich der Nebel in ihrem Kopf. Mitch hatte sich zu ihr gesetzt und bekam ebenfalls eine Sauerstoffmaske.

Kelsey sah wieder zum Haus ihrer Tante. Der Brand im Erdgeschoss hatte inzwischen eingedämmt werden können, doch im ersten Stock wütete das Feuer nach wie vor und hatte mittlerweile auch den Dachstuhl ergriffen.

Die Papiere. Alles für immer verloren.

Resignation ließ ihr Herz schwer werden. Sie zog sich die Maske vom Gesicht.

„All die Jahre dachte ich, es interessiert mich nicht. Donnas Vergangenheit, wer mein Vater ist, das war mir völlig egal. Erst heute ist mir klar geworden, dass ich mir die ganze Zeit nur etwas vorgemacht habe. Das war meine letzte Chance, jemals Antworten zu bekommen."

Mitch nahm seine Maske ab und legte dann eine Hand auf Kelseys.

„Nicht die letzte." Die Wärme seiner Finger durchdrang ihre Haut. „Aber hier kannst du nichts mehr tun", sagte er. „Lass uns fahren."

„Alles, was ich hatte, war in dem Haus. Mein Portemonnaie, meine Kamera und außer dem, was ich gerade anhabe, all meine Sachen." Sie sah an sich herunter. Kopfschüttelnd zog sie ihr Handy aus der Seitentasche ihrer Jeans und lächelte schief.

„Was ist so komisch?"

„Meine Freunde haben sich immer über mich lustig gemacht, weil ich nie ohne Telefon aus dem Haus gegangen bin. Nicht mal bis zur Mülltonne." Traurig starrte sie hinauf zum Dachgiebel. „Und weißt du, wieso?"

„Wieso?", fragte Mitch und streichelte mit dem Daumen über ihre Knöchel.

„Damit Donna mich jederzeit hätte erreichen können. Ich dachte, vielleicht findet sie ja irgendwie meine Nummer heraus und …" Eine Träne kullerte über ihre Wange und tropfte auf den Boden. „Bescheuert, was?"

„Überhaupt nicht." Mitch stand auf.

„Komm."

„Wohin?"

„Zu mir."

10. KAPITEL

Kelsey lehnte den Kopf zurück und schloss die Augen. Von der Fahrt bekam sie kaum etwas mit, die Straßenschilder zogen an ihr vorbei, ohne dass sie auch nur einen Namen bewusst las. Die Welt um sie herum verschwamm, und da war nichts mehr, nur ein überwältigendes Gefühl der Erschöpfung.

„Wir sind da", sagte Mitch und stellte den Motor ab.

Sie fuhr hoch. Sie musste zwischendurch eingeschlafen sein.

„Was? Wo sind wir?"

„Bei meinem Haus." Als er die Autotür öffnete, ging die kleine Leseleuchte über dem Armaturenbrett an. Kelsey blinzelte. Es dauerte eine Sekunde, bis sich ihre Augen an die Helligkeit gewöhnt hatten. Mitch beugte sich zu ihr, eine Hand auf dem Lenkrad, die andere gegen ihren Sitz gedrückt. Sie sah ihn an, und in seinen blauen Augen stand eine Güte, die ihr Herz anrührte. Es wäre so leicht, sich noch einmal in ihn zu verlieben. So verlockend und so gefährlich.

Vorhin, als er gesagt hatte, er würde sie mit zu sich nehmen, war es ihr nicht in den Sinn gekommen, sein Angebot abzulehnen. Sie hatte nur weggewollt, weg von den Feuerwehrwagen und dem zerstörten Haus ihrer Tante.

„Ich", sagte sie zögernd, „ich glaube, das ist keine so gute Idee. Vielleicht sollte ich doch besser im Motel übernachten."

„Ins Motel kannst du morgen immer noch. Jetzt brauchst du erst mal eine Dusche und eine Mütze voll Schlaf." Er ging um den Wagen herum zur Beifahrerseite. Kelsey wartete, bis er ihr die Tür geöffnet hatte, dann stieg sie aus und starrte das im viktorianischen Stil errichtete weiße Haus an, vor dem sie stand. Es war riesig, zwei Stockwerke hoch, aber vor dem Hintergrund, dass sie darin heute mit ihm die Nacht verbringen sollte, erschien es ihr dennoch zu klein.

„Hier wohnst du?"

„Ja. Ich bin seit zwei Jahren dabei, es zu renovieren. Die zweite Etage und das Erdgeschoss sehen noch ziemlich schlimm aus, aber der erste Stock ist so weit fertig." Als hätte er ihre Gedanken gelesen, fügte er hinzu: „Es gibt fünf getrennte Schlafzimmer."

Mitch führte sie die Treppe zu der massiven, schwarz lackierten Eingangstür hinauf und schloss auf. Er betätigte den Lichtschalter. Es sah aus wie auf einer Baustelle. Eine große aufgeklappte Leiter stand mitten im Flur, an den Wänden lehnten Tapetenrollen, und offenbar leere Plastik-Farbeimer lagen auf dem Boden.

„Das wird auch noch", sagte er.

Die Wand des Korridors im ersten Stock war blassgelb gestrichen. Auf halber Höhe war sie mit weiß lackiertem Holz vertäfelt. Der schwache Geruch frischer Farbe hing in der Luft. Mitch legte Wert aufs Detail, das sah man. Die Renovierung des Hauses war nicht bloß pure Notwendigkeit für ihn, sondern eine Leidenschaft.

Er brachte sie zu einem Zimmer am Ende des Korridors, öffnete die Tür und schaltete auch hier das Licht an. Das Erste, was Kelsey auffiel, war das außergewöhnlich große französische Bett. Mit der schönen Tagesdecke und den beiden Zierkissen darauf dominierte es den ansonsten kahlen Raum mit dem nackten Parkettboden und den vorhanglosen Fenstern.

„Die Einrichtung überlasse ich Mom, sie hat da einen besseren Geschmack als ich. Nur sie braucht immer etwas Zeit, also ist es hier noch ziemlich ungemütlich."

„Es ist sehr hübsch."

„Da geht's in ein kleines Badezimmer." Mitch durchquerte den Raum und öffnete eine Tür. „Hier ist bis jetzt auch nur das Nötigste drin, aber Handtücher – und was man sonst so braucht – sind im Schrank."

Kelsey machte sich nicht die Mühe, nachzusehen.

„Du lebst hier ganz allein?", fragte sie stattdessen.

„Ja." Er blieb auf der Türschwelle stehen. „Kein Grund, nervös zu sein."

„Ich bin nicht nervös", sagte sie, ein bisschen zu schnell.

„Ich schon."

Mit so viel Ehrlichkeit hatte Kelsey nicht gerechnet. Sie überlegte, ob sie etwas sagen sollte, aber sie hatte Angst, ihre Stimme könnte ihm verraten, was in ihr vorging. Nervös war gar kein Ausdruck für das, was sie empfand.

„Du hast immer noch Gefühle für mich."

Sie starrte ihn entgeistert an.

„Habe ich nicht."

„Ist schon okay. Ich habe nämlich auch immer noch welche für dich."

Immer noch?

Es kostete Kelsey ungeheure Willensstärke, ihren Tonfall unberührt klingen zu lassen. „Das habe ich aber anders in Erinnerung."

Mitch seufzte.

„Ich weiß. Als du das L-Wort gesagt hast, habe ich es mit der Angst zu tun bekommen. Ich war zu jung, um damit richtig umgehen zu können. In der Nacht damals bin ich dir hinterhergefahren, aber als ich bei deiner Tante ankam, warst du schon weg."

Das hatte sie nicht gewusst. Sie hatte Ruth zwei Tage später angerufen, damit sie sich keine Sorgen machte, doch dass Mitch da gewesen war, davon hatte ihre Tante am Telefon kein Wort erwähnt.

„Wir waren beide jung."

Aber auch wenn sie heute älter waren, bedeutend älter, sprach Mitch dennoch auch jetzt nicht vom L-Wort, und sie hielt es für klug, das nicht außer Acht zu lassen.

„Es war ein langer Tag", sagte sie.

Mitch nickte.

„Bis morgen früh dann. Schlaf gut."

Sie schloss die Tür und lehnte sich mit dem Rücken dagegen.

Schlaf gut.

Das sollte wohl ein Scherz sein.

Als Kelsey die Augen öffnete, schien bereits die Sonne hell durch das Fenster. Verwirrt setzte sie sich im Bett auf und sah sich um. Sie hatte in den letzten Jahren an so vielen verschiedenen Orten gelebt, dass sie daran gewöhnt war, aufzuwachen und nicht zu wissen, wo sie war. Diese Erfahrung warf sie schon lange nicht mehr aus der Bahn.

Wie erwartet, klärte sich der Nebel in ihrem Kopf. Mitchs Haus. Allerdings fühlte sie sich durch diese Erkenntnis auch nicht besser.

Kelsey stand auf und tappte ins Badezimmer. Sie zog ihrem Spiegelbild eine Grimasse. Obwohl sie gestern noch geduscht und ihre Haare gewaschen hatte, der penetrante Qualmgeruch hing nach wie vor in der Luft. Sie schnupperte an ihrem T-Shirt. Widerlich, da würde Waschen wohl auch nichts mehr helfen.

Also wäre der erste Punkt auf ihrer Liste heute, zur Bank zu gehen und einen netten Angestellten irgendwie davon zu überzeugen, ihr Zugriff auf ihr Konto zu gewähren, obwohl sie sich nicht ausweisen konnte. Mit ein wenig Glück reichte denen vielleicht die Nummer ihrer Kreditkarte und ihre PIN. Dann könnte sie sich wenigstens etwas Neues zum Anziehen kaufen.

Als sie auf den Korridor trat, lag vor ihrer Tür eine Tasche mit frischer Kleidung.

„Du denkst mit, Sheriff. Das muss man sagen."

Kelsey klemmte sich die Tasche unter den Arm und ging damit zurück in ihr Badezimmer. Dort begutachtete sie, was Mitch für sie besorgt hatte. Ein rosafarbenes leichtes Sommerkleid, passende Sandalen, ein BH und zwei Slips. An allem hingen noch die Preisschildchen. Er musste gleich heute Morgen in die Stadt gefahren sein. Der Gedanke daran, wie Mitch vor einem Ständer mit Damenunterwäsche stand und grübelte, was er nehmen sollte, brachte sie zum Lächeln.

Sie zog die Sachen an, verblüfft darüber, wie gut sie passten. Als sie die Treppe hinunter ins Erdgeschoss ging, kam ihr der Duft von frischem Kaffee und gebratenem Speck entgegen.

Letzte Nacht war sie viel zu müde gewesen, um eventuellen Feinheiten der Inneneinrichtung große Beachtung zu schenken, aber heute bemerkte sie, dass es, was die Möblierung betraf, auch kaum welche gab. Mitch mochte, was die exakte Ausführung der Renovierungsarbeiten anging, ja sehr sorgfältig sein, aber ansonsten schien sein Motto „Hauptsache praktisch" zu lauten.

Als sie in die Küche kam, bot sich ihr ein ähnliches Bild wie in dem Schlafzimmer, in dem sie übernachtet hatte. Der Raum war komplett neu gestrichen, der Fußboden fertig gefliest, aber von der anthrazitfarbenen Einbauküche waren bislang nur die unabdingbaren Teile aufgestellt worden. Eine Edelstahlspüle, Ceranherd, Kühlschrank, außerdem ein Tisch mit zwei Stühlen.

Mitch stand seitlich zu ihr an die Terrassentür gelehnt, die in den mit Bäumen eingefassten Garten führte. Er telefonierte. Seinem Stirnrunzeln nach zu urteilen, war er nicht erfreut über das, was sein Gesprächspartner ihm mitzuteilen hatte. Als er Kelsey bemerkte, nickte er ihr kurz zu.

„Gut, lass es mich wissen, wenn es was Neues gibt", sagte er, unterbrach die Verbindung und stellte das Telefon in die Ladestation zurück. Sein Blick glitt an Kelseys Körper hinauf und hinunter. „Du siehst hübsch aus."

Sie zupfte an dem rosa Kleid.

„Nicht direkt mein Stil, aber trotzdem danke."

„Tut mir leid. Mom ist heute Morgen losgefahren, und das ist es, womit sie wiedergekommen ist."

„Deine Mutter war extra für mich einkaufen?"

„Als sie von dem Feuer gehört hat, hat sie mich gestern Abend noch angerufen. Kaffee?"

„Bitte, bitte, bitte!"

Mitch lachte und nahm die Glaskanne von der Platte. Er holte einen weißen Becher von einem Regal, goss ein und reichte ihn Kelsey. Sie nahm ihn und wollte ihn gerade an die Lippen setzen, als Mitch ihr bedeutete, zu warten.

„Moment." Er ging an den Kühlschrank und holte eine Milchflasche heraus. „Mit Milch, richtig?"

„Ja, danke." Sie sah ihn fragend an. „Und? Schlechte Nachrichten? Du sahst am Telefon eben nicht besonders glücklich aus."

Er zögerte, entschied sich dann aber doch, zu antworten.

„Das war der Einsatzleiter der Feuerwehr."

„Was hat er gesagt?"

„Es war Brandstiftung."

„Was? Warum sollte jemand so etwas tun?"

„Ich weiß es nicht. Aber es wurden Reste von Benzin festgestellt."

Kelsey stellte ihren Becher auf dem Tisch ab. „Benzin?"

„Das Feuer ist gelegt worden, während wir oben auf dem Dachboden waren."

Sie ließ sich auf einen der beiden Stühle sinken.

„Ich wusste ja, dass mich nicht gerade viele Leute hier mit offenen Armen empfangen würden, aber das ..." Mitch sah sie mit einem Blick an, der sie fast glauben ließ, dass ihm wirklich etwas an ihr lag. Sie räusperte sich. „Gibt es schon irgendwelche Hinweise darauf, wer es gewesen sein könnte?"

„Nein. Aber derjenige muss einen Schlüssel gehabt haben. Nichts deutet auf einen Einbruch hin. Überhaupt hat der Täter kaum Spuren hinterlassen. Die Sache war sorgfältig geplant."

„Das erklärt wohl, warum die Tür abgeschlossen war."

„Genau."

„Toll. Also ist ein Profikiller hinter mir her, ja?"

Mitch machte sich auch Sorgen, das sah sie ihm an.

„Wir stehen erst ganz am Anfang der Ermittlungen, von einem Killer war nie die Rede."

Kelsey stand auf und nahm ihren Becher wieder in die Hand. „Wie auch immer, jedenfalls habe ich nicht vor zu warten, bis er einen zweiten Versuch startet."

„Und was hast du vor?"

„Ich fahre nach Richmond."

„Was willst du denn ausgerechnet in Richmond?"

„Vielleicht gibt es ja doch noch eine Chance, meinen Vater zu finden."

„Klingt, als hättest du einen Plan?"

„Ja, ich fange bei dem Anwalt an, der Donna dieses Schreiben geschickt hat. Von ihrem eigenen Geld hätte sie sich nie und nimmer einen Anwalt leisten können, also gehe ich davon aus, dass mein Vater ihn bezahlt hat."

„Was stand denn in dem Schreiben? Vielleicht hat der Mann ja nicht für deine Mutter gearbeitet, sondern für jemanden, der sie verklagen wollte."

„Ich freue mich, Ihnen mitteilen zu können", zitierte Kelsey. „Weiter bin ich nicht gekommen, aber das klingt nicht wie eine Vorladung, oder?"

„Stimmt. Aber weißt du seine Adresse noch?"

„William Cranston, 701 Main Street, Richmond."

Mitch schien beeindruckt zu sein.

„Das hast du dir gemerkt?"

Sie tippte sich an die Schläfe. „Fotografisches Gedächtnis."

„Du hast ja vielleicht einen Namen und eine Adresse, Kelsey. Aber dieser Brief sah ziemlich alt aus. Woher willst du wissen, ob der Mann noch in Richmond arbeitet? Oder hast du schon daran gedacht, dass er möglicherweise auch nicht mehr der Jüngste war und inzwischen gestorben sein könnte?"

Sie nahm Mitchs Telefon vom Fensterbrett. „Darf ich?"

Er nickte.

Kelsey wählte die Auskunft und wartete.

„Ja, ich hätte gern die Nummer von Mr William Cranston in Richmond. Rechtsanwalt." Binnen Sekunden hatte sie die Nummer.

Mitch wartete, bis sie aufgelegt hatte.

„Meinst du nicht, du gehst ein bisschen überstürzt an die Sache ran? Es ist nicht gesagt, dass er deinen Vater kannte. Und selbst falls ja, was ist, wenn er die alten Unterlagen nicht mehr hat und dir keinen Namen nennen kann?"

„Ich muss es wenigstens versuchen. Die ganzen letzten zehn Jahre habe ich mir selbst weismachen wollen, mein Leben sei vollkommen in Ordnung, so wie es ist. Aber das ist eine Lüge. Ich bleibe nie länger als ein paar Monate an ein und demselben Ort, und meine Kontakte zu anderen Leuten kann man bestenfalls als oberflächlich bezeichnen. Bis auf Stu habe ich so gut wie keine Freunde." Der Ausdruck in ihren Augen sagte ihm, dass diese Erkenntnis sie ziemlich mitnahm, aber auch, dass sie entschlossen war, etwas dagegen zu unternehmen. „Es ist Zeit für mich, herauszufinden, wo meine Wurzeln sind. Was für Menschen meine Eltern wirklich waren. Und wer ich bin."

„Du hast recht. Seine Herkunft zu kennen ist wichtig."

„Danke." Sie brauchte seine Zustimmung zwar nicht, aber es tat trotzdem gut, dass er begriff, worum es ihr ging. „Weißt du, es ist auch nicht nur das. Gestern hat jemand versucht, mich umzubringen. Auch deswegen muss ich mehr über meine Vergangenheit wissen."

Mitch blickte nachdenklich aus dem Fenster.

„Okay, gib mir zehn Minuten. Ich zieh mich schnell um, und dann fahren wir zusammen zu diesem Mr Cranston."

„Du musst das nicht tun."

„Ich weiß schon, dass du auf dich selbst aufpassen kannst", räumte er ein, doch es klang nicht ganz überzeugend. „Nur, du vergisst da eine Kleinigkeit. Man hat auch versucht, mich umzubringen, und ich habe leider die dumme Angewohnheit, solche Dinge persönlich zu nehmen."

„Bis Richmond braucht man nur einen halben Tag mit dem Auto", sagte Kelsey. „Ich bin heute Abend wieder zurück, und dann erzähle ich dir, was ich herausgefunden habe."

„*Wir* sind heute Abend wieder zurück." Mitch umfasste ihre Schultern und zog sie zu sich heran. Die Wärme seines Körpers und sein männlicher Duft umhüllten sie. Kelsey blieb wie angewurzelt stehen, unfähig, seinem Blick auszuweichen.

„Okay, erklär es mir", sagte sie. „Warum bist du so nett zu mir? Ich verstehe es nicht."

„Du bist mir wichtig."

„Auf einmal?"

Sie wussten beide, was Kelsey meinte.

Mitch malte mit dem Daumen kleine Kreise auf die nackte Haut ihres Schlüsselbeins. Ihr Puls begann schneller zu schlagen.

„Du warst mir immer wichtig."

„Aber nicht so."

„Wenn ich heute in die gleiche Situation käme wie damals, dann würde ich alles anders machen, glaub mir."

Sie spürte, dass es ihm ernst war.

„Weißt du, es ist nicht aus einer Laune heraus passiert, dass ich mich dafür entschieden habe, am anderen Ende der Welt zu leben, möglichst weit weg von hier. Von dir. Dich zu vergessen hat mich fast kaputtgemacht. Ich will das nicht noch einmal durchmachen."

„Das will ich auch nicht. Ich bin nicht mehr der unreife Junge, der ich mal war, den der bloße Gedanke an eine Beziehung vollkommen überfordert hat."

Kelsey hätte nichts lieber getan, als einfach alles zu vergessen und ihm die zweite Chance zu geben, die er vielleicht ja verdiente.

Sie löste sich von ihm und wich einen Schritt zurück.

Sein kurzes Lächeln zeigte ihr, dass er es ihr nicht übel nahm.

Mitch steckte seine Brieftasche ein und lief die Treppe hinunter. Er fand Kelsey vor dem Kühlschrank vor. Sie betrachtete sich selbst in der Metalltür. Die leichte Drehung ihres Kopfes in seine Richtung zeigte an, dass sie ihn hatte hereinkommen hören, ihre Augen blieben jedoch weiterhin auf ihr Spiegelbild geheftet.

„Ich fühle mich, als ob ich eigentlich als Verzierung auf eine Sahnetorte gehöre. Wie eine rosa Zuckergussrose."

Mitch lachte. Kelseys Fähigkeit, blitzschnell ihre Emotionen zu verstecken und mit einer lockeren Bemerkung zu überspielen, beeindruckte ihn immer wieder aufs Neue.

„Die Geschäfte hier haben über Mittag geschlossen, aber wenn du möchtest, könnten wir in Richmond was anderes zum Anziehen für dich besorgen, ehe wir zu diesem Anwalt fahren."

„Danke. Ich müsste auch zur Bank."

„Dein Wunsch ist mir Befehl." Es gefiel ihm, wie ihre Augen sich veränderten, wenn sie lächelte. Wenn es nach Mitch gegangen wäre, hätte er die Fahrt nach Richmond abgeblasen und Kelsey stattdessen mit nach oben genommen, wo sie den Tag auf deutlich angenehmere Weise als auf dem Highway in einem stickigen Auto verbracht hätten. Wahrscheinlich war es ganz gut so, dass es nicht nach ihm ging.

„Also. Kommst du dann?"

„Was ist eigentlich mit deiner Arbeit? Müsstest du nicht wenigstens Bescheid sagen?"

Er schnappte sich seine Autoschlüssel und sein Handy.

„Ach was, das Fest ist vorbei, die Stadt ist ruhig, und ich wollte mir heute sowieso ein paar Tage freinehmen."

Kelsey wartete auf der Veranda, während Mitch die Haustür abschloss.

„Ein paar Tage frei", sagte sie kopfschüttelnd. „Einer Spur nachgehen, die über fünfundzwanzig Jahre zurückliegt, das nennst du Urlaub?"

Mitch grinste.

„Na ja, alternativ hatte ich vor, im zweiten Stock die alten Dielenfußböden rauszureißen."

Kelsey kicherte.

„Also, wenn ich du wäre, würde ich mich ganz klar für die Fußböden entscheiden."

„Die können auch bis morgen warten."

Er langte nach dem Griff der Beifahrertür, aber Kelsey war schneller. Sie riss die Tür auf und schwang sich ins Auto.

Unabhängig. Eigensinnig. Halsstarrig.

Diese Frau machte ihn noch verrückt.

Er stieg auf seiner Seite ein und startete den Motor. Sie sah ein wenig blass aus, und die Art, wie sie mit den Fingern auf ihrem Knie trommelte, ohne es selbst zu merken, sagte ihm, dass sie viel aufgeregter war, als sie vor ihm zugeben wollte. Vor zehn Jahren hatte er ohne Weiteres ihr Herz erobert, ohne viel dafür tun zu müssen. Heute dagegen machte sie es ihm nicht mehr so leicht.

Aber gute Dinge waren es wert, geduldig zu sein.

11. KAPITEL

*K*elseys Magen zog sich zusammen, als sie an dem mehrstöckigen eindrucksvollen Gebäude hochschaute. Die Granitmauern sahen aus, als wären sie vor langer Zeit einmal weiß gewesen. Aber im Laufe der Jahre hatten Staub und Schmutz sich tief in die Poren des Gesteins gefressen und seine Farbe in ein hässliches fahles Grau verwandelt. Eine längliche Platinlampe war über den beiden wuchtigen Türflügeln eingelassen und warf ein gelbliches Licht auf das Metallschild mit der Nummer 701.

Mitch legte Kelsey eine Hand auf die Schulter.

„Alles klar?", fragte er fürsorglich.

Nein.

„Ja, mir geht's gut." Sie atmete tief durch. „Lass uns reingehen."

Mitch öffnete die Tür und hielt sie Kelsey auf, dann folgte er ihr. Sie standen in einem großen Foyer mit hohen Stützsäulen aus Marmor, von dem links und rechts verschiedene Flure abgingen. Geradeaus befanden sich zwei Fahrstühle, aber keine zentrale Rezeption. Nur eine Tafel mit den Namen der hier ansässigen Firmen und Kanzleien in alphabetischer Reihenfolge und dahinter die jeweiligen Etagen.

Kelsey überflog die erste Spalte, dann hatte sie auch schon die Cs gefunden. Es gab drei Cranstons. Ein Ingenieurbüro, einen Grundstücksmakler und … einen Anwalt! Sie spürte, wie ihr Mund trocken wurde.

„Da, das muss er sein. Im sechsten Stock."

„Also gut. Fahren wir rauf", sagte Mitch aufmunternd.

Kelsey versuchte, ihr heftig klopfendes Herz unter Kontrolle zu bringen, während Mitch ungeduldig den Fahrstuhlknopf drückte. Als die Türen aufglitten, schreckte sie vor lauter Nervosität zusammen.

„Hey, es wird schon schiefgehen. Ich bin bei dir", hörte sie Mitch beruhigend in ihr Ohr flüstern.

Seine tiefe, sanfte Stimme verfehlte ihre Wirkung nicht. Sie hätte es nie zugegeben, aber es tat ihr gut, dass er hier war.

Sie drückte den Knopf mit der Nummer sechs. Kurze Zeit später öffneten sich die Fahrstuhltüren auch schon wieder, und vor Kelsey und Mitch tat sich ein breiter Korridor mit mehreren gläsernen Bürotüren auf.

„Dort ist es", sagte Kelsey und ging auf eine von ihnen zu. Sie trat als Erste ein. Die Empfangsdame, eine ältere Frau mit ergrauenden Haaren, saß hinter einem Tisch. Um sie herum stapelten sich Berge von

Akten, der halbe Teppich des Vorzimmers war damit übersät. Die Frau sah auf, offensichtlich nicht gerade erfreut über die beiden Besucher.

„Kann ich Ihnen helfen?", fragte sie gereizt.

„Ich suche einen Mr Cranston", sagte Kelsey. „Dies ist doch seine Kanzlei, oder?"

„Ja, ist es. Aber eigentlich haben wir heute geschlossen", antwortete die Frau. „Und wahrscheinlich auch noch bis frühestens nächste Woche. So lange wird es nämlich mindestens dauern, dieses ganze Durcheinander zu sortieren", fügte sie frustriert hinzu.

„Was ist passiert?", wollte Mitch wissen.

Ihr Gesichtsausdruck wurde etwas freundlicher, als sie Mitch ansah.

„Das glauben Sie nicht, aber vor drei Tagen ist jemand hier eingedrungen und hat alles durchwühlt. Sämtliche Akten waren aus den Schränken gerissen worden, als ich morgens hier ankam."

„Ist etwas gestohlen worden?"

„Das wissen wir noch nicht genau, aber bis jetzt sieht es nicht so aus."

„Könnten wir bitte kurz mit Mr Cranston sprechen?", bat Kelsey.

„Sie sehen doch, dass es heute etwas ungünstig ist."

„Wir werden ihn bestimmt nicht lange in Anspruch nehmen", sagte Mitch. Sein Lächeln war lediglich eine Wahrung der Höflichkeit, was auch Mr Cranstons Sekretärin nicht entging. Sie machte nicht einmal den Versuch, sie ein weiteres Mal abwimmeln zu wollen, sondern griff zum Telefonhörer und klemmte ihn sich zwischen Ohr und Schulter.

„Wen darf ich anmelden?"

„Kelsey Warren und Mitch Garrett", sagte Kelsey.

Die Frau gab ihre Namen durch, wartete und streckte dann auffordernd einen Arm in Richtung der dunklen Holztür schräg hinter ihrem Tisch aus.

„Bitte, dort entlang."

Mitch klopfte kurz von außen an die Tür und öffnete sie dann. In dem mit teuren, aber nicht mehr ganz neuen Möbeln eingerichteten Büro stand ein Mann Anfang sechzig neben einem großen Mahagonischreibtisch und klopfte sich den Staub von seiner schwarzen Anzugjacke. Auch hier, ebenso wie im Vorzimmer, lagen überall verstreut Akten, Hefter, Ordner und lose Unterlagen herum.

„Mr Cranston?", sagte Kelsey.

Er kam lächelnd auf sie zu und streckte ihr seine rechte Hand entgegen.

„Sehr erfreut. Miss Warren, nicht wahr?"

Seine Hand fühlte sich kühl an, klamm und schwitzig.

„Ja."

„Ich muss Sie bitten, die Unordnung zu entschuldigen. Aber wie Sie sehen, haben wir zurzeit einige organisatorische Engpässe."

„Ihre Sekretärin hat gesagt, bei Ihnen ist eingebrochen worden?", sagte Mitch.

Der Anwalt wandte seine Aufmerksamkeit von Kelsey zu ihm.

„Ja, das ist richtig."

„Sheriff Mitch Garrett", stellte Mitch sich vor.

Cranston schüttelte auch ihm die Hand.

„Sind Sie dienstlich hier?"

„Nein." *Jedenfalls noch nicht.*

Der Anwalt räumte mit ein paar schnellen Handgriffen die beiden Stühle vor seinem Schreibtisch leer und bedeutete Kelsey und Mitch, Platz zu nehmen. Dann ging er um den Tisch herum und setzte sich ihnen gegenüber in seinen dunkelgrünen Ledersessel.

„Es ist etwas eigenartig, das Ganze", sagte er. „Nichts wurde entwendet, zumindest nicht, dass es uns aufgefallen wäre." Er seufzte. „Aber Schaden haben diese Vandalen auch so genug angerichtet. Wir werden Wochen brauchen, bis wir alles wieder sortiert haben. Meine Sekretärin ist vollkommen überfordert", stöhnte er. „Kein Vergleich zu ihrer Vorgängerin. Die hätte dieses Malheur hier problemlos in ein paar Tagen behoben. Und ein Gedächtnis hatte sie, unglaublich, sage ich Ihnen."

„Könnten Sie sie nicht anrufen? Vielleicht kann sie kommen und Ihnen ein wenig helfen?"

„Glauben Sie mir, das hätte ich schon längst getan, wenn es möglich wäre. Aber ich habe das letzte Mal vor fünf Jahren von ihr gehört. Eines Tages ist sie einfach nicht mehr zur Arbeit erschienen. Ihre Kündigung kam per Post. Zwanzig Jahre war sie bei mir und dann so etwas."

Mitch verschränkte die Arme vor der Brust, sichtlich frustriert über die enorme Mitteilungsfreudigkeit des Anwaltes. Wenn das so weiterging, würden sie nie etwas über Kelseys Vater von ihm erfahren.

„In einem haben Sie auf jeden Fall recht, das Ganze ist mehr als merkwürdig. Ein bisschen zu viele Vorkommnisse dieser Art für meinen Geschmack", sagte er.

„Ich fürchte, ich kann Ihnen nicht ganz folgen", gab Mr Cranston zu.

„Gestern hat ein Unbekannter mein Haus in Brand gesteckt", erklärte Kelsey. „Wir glauben, dass es dabei nicht um das Haus selbst ging, sondern darum, gewisse Briefe zu vernichten. Darunter war einer von Ihnen an meine Mutter, Donna Warren. Deshalb sind wir hier."

Der Anwalt kniff die Augen zusammen, während er sich bemühte, den Namen mit einer Person in Verbindung zu bringen. Er schüttelte den Kopf.

„Dieser Name sagt mir momentan gar nichts. Das muss eine Ewigkeit her sein."

„Bitte, denken Sie nach", sagte Kelsey. „Der Brief war schon ziemlich alt, das stimmt. Damals hat sie fast genauso ausgesehen wie ich."

Mr Cranstons Schultern strafften sich, und er stand auf, plötzlich merklich kurz angebunden, als wäre ihm gerade klar geworden, dass diese beiden Leute keine potenziellen Klienten waren, sondern ihn nur unnötig aufhielten.

„Hören Sie, Miss Warren. Ich würde Ihnen ja gern helfen, aber ich kann mich beim besten Willen nicht an jeden einzelnen Fall der letzten zwanzig Jahre erinnern."

Frustration stieg in Kelsey hoch, aber noch wollte sie nicht aufgeben.

„Mr Cranston ...“

„Warum rufen Sie mich nicht in einer Woche noch einmal an", unterbrach er sie. „Bis dahin kann ich Ihnen vielleicht sagen, ob ich die Akte von Ihrer Mutter überhaupt noch habe. Wenn ja, können wir weitersehen, aber unter diesen Umständen wüsste ich nicht einmal, wo ich suchen soll. Das verstehen Sie doch, nicht wahr?"

„Ja, ich verstehe."

Der Anwalt zuckte mit den Schultern.

„Es tut mir leid."

„Wir wissen es zu schätzen, dass Sie sich Zeit für uns genommen haben", sagte Mitch. Er wollte Kelsey zur Tür hinausschieben, doch sie blieb stehen.

„Einen Moment noch. Mr Cranston, glauben Sie, dass Ihre ehemalige Sekretärin sich vielleicht an meine Mutter erinnern kann?"

„Gut möglich. Nur wie ich bereits sagte, weiß ich nicht, wo sie heute lebt."

„Verraten Sie mir trotzdem ihren Namen? Sie würden mir wirklich einen großen Gefallen tun."

„Brenda Harris."

„Danke."

Kelsey warf einen letzten wehmütigen Blick auf die Aktenberge, bevor sie und Mitch Mr Cranstons Büro verließen. Zum zweiten Mal waren die fehlenden Puzzleteile aus ihrer Vergangenheit fast schon zum Greifen nah gewesen und dann …

Eine Stunde später fuhr Mitch auf den Parkplatz eines Imbisses, der direkt an der Straße lag. Er hatte beschlossen, für den Rückweg nicht dieselbe Strecke über den Highway zu fahren, um Kelsey Gelegenheit zu geben, sich ein wenig zu sammeln, bevor sie wieder in Grant's Forge ankamen. Der Besuch bei diesem Anwalt war ein herber Rückschlag für sie gewesen.

„Warum hältst du an? Was wollen wir hier?", fragte sie.

„Ich könnte was zu essen vertragen. Wie sieht's bei dir aus?"

Sie lächelte schwach.

„Du kannst es wirklich nicht lassen, mich zu füttern, oder?"

„Einer muss es ja tun. Sonst verhungerst du wirklich noch eines Tages." Er stieg aus. Als Kelsey keine Anstalten machte, dasselbe zu tun, hielt er ihr die Tür auf. „Na, komm schon."

Seufzend gehorchte sie und stapfte wenig enthusiastisch hinter ihm her über den mit Kies aufgeschütteten Parkplatz. Am Tresen bestellte Mitch zwei Burger, eine große Portion Pommes frites und zwei Milkshakes.

Kelsey lehnte sich an ihm vorbei zu der Bedienung vor.

„Machen Sie aus dem einen Milkshake ein Wasser", sagte sie. „Und den Burger ohne Fleisch, nur mit Salat und Tomaten."

„Senf und Mayonnaise?", fragte die junge Frau.

„Nur Senf bitte."

Mitch sah sie amüsiert an.

„Jetzt sag nicht, du bist Vegetarierin."

„Bin ich."

„Dads Burger hast du doch aber auch gegessen."

Sie zuckte mit den Achseln.

„Ich wollte ihn nicht vor den Kopf stoßen. Er hat sich so viel Mühe gegeben, und deine Eltern waren beide unheimlich nett zu mir. Da konnte ich doch nicht Nein sagen."

Mitch kam immer mehr zu dem Schluss, dass es so viele Dinge gab, die er über Kelsey nicht wusste. Weder über das Mädchen von damals noch die Frau, zu der sie sich entwickelt hatte. Was war zum Beispiel ihre Lieblingsfarbe? Schlief sie auf der rechten oder auf der linken Seite? Auf dem Bauch?

„Dein Cholesterinspiegel wird astronomische Höhen erreicht haben, wenn du das da aufgegessen hast. Du solltest dich schon mal langsam von deinen Arterien verabschieden", neckte Kelsey, als der Koch einen großen Burger auf die fettige Grillplatte warf.

„Das verkraften die schon", sagte Mitch grinsend. „Alles eine Frage des Trainings."

Die Bedienung rief ihre Nummer auf. Sie holten ihre Bestellung ab und setzten sich an einen der Picknicktische vor dem Imbiss. Er stand unter einem blühenden Baum, und Mitch wischte mit dem Ärmel ein paar Blüten fort, bevor er das Essen abstellte. Mit einem schiefen Grinsen reichte er Kelsey ihren vegetarischen Burger und wickelte dann seinen eigenen aus.

„So", sagte Kelsey. „Was machen wir als Nächstes?"

Wir. Er mochte den Klang dieses Wortes.

„Zurück nach Grant's Forge fahren und sehen, ob die Feuerwehr uns inzwischen Näheres zu dem Brand sagen kann. Vielleicht haben sie ja noch was entdeckt. Außerdem habe ich in ein paar anderen Städten Informationen über Donna angefordert. Wenn wir Glück haben, ist dabei schon was herausgekommen."

Kelsey seufzte und stellte ihr Wasser beiseite. „Aber die Chancen sind nicht besonders groß, stimmt's?"

Mitch schluckte seinen Bissen hinunter, bevor er antwortete. „Ich weiß nicht recht. Irgendjemand scheint mit allen Mitteln verhindern zu wollen, dass wir etwas über deine Vergangenheit herausfinden."

„Aber wenn dieser Jemand sich so sehr anstrengt, an alles zu denken, könnte es doch sein, dass er einen Fehler macht, oder?"

„Darauf spekuliere ich im Augenblick."

Da es nichts mehr zu sagen gab, konzentrierten sich beide wieder auf ihr Essen, bis plötzlich Hundegebell zu ihnen herüberdrang. Kelsey drehte den Kopf, um zu sehen, woher das Geräusch kam. Zu ihrer Rechten, im Schatten einer alten Eiche, saß eine Hündin, umringt von fünf Welpen. Das am Stamm der Eiche hinter ihnen angenagelte Schild verkündete: „Günstig abzugeben."

Kelseys Augen glänzten. „Oh, ich liebe Hunde!"

„Sollen wir hingehen und sie uns näher anschauen?", schlug Mitch vor.

Das ließ Kelsey sich nicht zweimal sagen. Kaum dass Mitch den Satz beendet hatte, war sie schon aufgesprungen.

„Hey, ihr, wie geht's euch?", sagte sie zu den Welpen. Sie hielten in ihrem Spiel inne und sahen sie an. Vier von ihnen wichen erschrocken zurück und versuchten, sich hinter dem Baum oder ihrer Mutter zu verstecken. Nur der fünfte stolperte, etwas unbeholfen, neugierig winselnd und mit seinem dünnen Schwanz wedelnd auf Kelsey zu. Seine Beine waren ein wenig krumm geraten, und eines seiner Ohren hing schlaff nach unten. Es war auf den ersten Blick zu erkennen – dieser kleine Geselle war das schwarze Schaf des Wurfes.

Kelsey kniete sich hin und streckte vorsichtig ihre Hand aus. Der Welpe schnupperte kurz, traute sich zuerst nicht, doch dann wedelte er wieder mit dem Schwanz und kam noch ein Stück näher. Behutsam hob sie ihn hoch. Der Welpe leckte ihr die Wange und stupste sie mit seiner feuchten Nase an.

Kelsey lachte freudig, und Mitch hockte sich neben sie auf den Boden. Noch nie in seinem Leben hatte er einen Anblick so genossen wie diesen. Wenn er es gekonnt hätte, er hätte ihr am liebsten alle fünf Hundebabys geschenkt. Sie verdiente es, glücklich zu sein, und ihn machte es glücklich, wenn sie es war.

„Du solltest einen nehmen", sagte er.

Sie sah ihn an, hoffnungsvoll, aber dann wurde ihr Blick ernst.

„Das geht nicht. Man kann ein Tier schließlich nicht ständig von einem Ort zum anderen schleppen, ich bin einfach zu viel unterwegs."

Mitch zuckte mit den Schultern. „Wenn man etwas wirklich will, dann findet man für alles eine Lösung."

Sie kraulte den Welpen hinterm Ohr.

„Ich wollte schon immer einen Hund haben. Donna fand, ein Haustier macht zu viel Arbeit, und so ist nie was daraus geworden. Aber …" Sie schaute den jungen Hund auf ihrem Arm nachdenklich an. „Wieso eigentlich nicht. Was meinst du, Kleiner? Würdest du gerne bei mir wohnen? Du müsstest zwar ein Vagabund werden, wie ich, aber ich glaube, wir zwei könnten das schon hinkriegen."

Der Welpe kläffte aufgeregt.

Kelsey lachte. „Das heißt dann wohl, dass du einverstanden bist."

Sie stand auf, den Hund eng an ihre Brust gedrückt.

„Bist du sicher, dass es der sein soll?", fragte Mitch. „Willst du nicht vorher noch einen Blick auf die anderen werfen?"

„Nein." Kelsey sah sich suchend um. „Nur, wo finden wir jetzt den Besitzer?" Sie studierte das Schild, doch darauf stand keine Adresse.

Wir. Schon wieder. Mitch bezweifelte zwar, dass sie über ihre Wortwahl nachgedacht hatte, aber er tat es dafür umso mehr.

„Keine Sorge, ich kümmere mich schon darum."

Kurze Zeit später hatte er in Erfahrung gebracht, dass die Hunde dem Inhaber des Imbisses gehörten, der mehr als glücklich darüber war, einen Käufer für einen von ihnen gefunden zu haben. Eine Viertelstunde darauf waren Mitch und Kelsey bereits wieder unterwegs. Auf dem Boden des Wagens, zu Kelseys Füßen, hatten sie einen alten Eiscremekarton, gefüllt mit Zeitungsschnipseln, als provisorisches Körbchen hergerichtet, in dem der Welpe sich ausgesprochen wohlzufühlen schien.

„Danke", sagte sie.

Mitch schaute sie von der Seite an. Sie streichelte dem kleinen Hund liebevoll den Rücken, das schräg durch die Scheibe hereinfallende Sonnenlicht verlieh ihrem Haar einen wunderschönen Glanz, und ihre Wangen hatten eine rosige Farbe angenommen. Alles an ihr strahlte pure Freude und Lebenslust aus. Sie war kaum wiederzuerkennen.

„Gern geschehen." Er räusperte sich, um den Kloß in seinem Hals loszuwerden. „Und? Hast du dir überlegt, wie du ihn nennen willst?"

„Buddy."

„Buddy?"

„Es gab mal einen Hund in der Nachbarschaft, als ich noch ein Kind war. Er war ein wirklich lieber Kerl. Manchmal bin ich heimlich mit ihm spazieren gegangen und habe so getan, als ob er mir gehört."

„Buddy ist ein schöner Name. Ich finde, er passt", sagte Mitch mit einem Blick auf den zusammengerollten Welpen, der sich entschlossen hatte, ein Nickerchen zu halten. Dann sah er wieder Kelsey an. Sie war ein Überlebenskünstler, eine starke, mutige Frau, die niemals aufgab, egal wie übel ihr das Schicksal auch mitspielte. Aber es war nicht nur das. Es gab so vieles, das er an ihr liebte.

Liebe. Ganz bestimmt nicht das, was er erwartet hatte, jemals wieder zu empfinden. Doch er tat es. Er wusste, tief in seinem Herzen, dass er Kelsey liebte. Die Kunst bestand jetzt darin, den Schaden, den er vor Jahren angerichtet hatte, irgendwie wiedergutzumachen und ihr Vertrauen zurückzugewinnen.

Die Heimfahrt dauerte länger, denn sie mussten ab und zu zwischendurch anhalten, damit Buddy sein Geschäft erledigen konnte. Beim ersten Mal runzelte Kelsey etwas beunruhigt die Stirn, als sie sah, wie er sich umständlich an den Straßenrand hockte, anstatt sich einen Baum oder Ähnliches zu suchen.

„Ich dachte, Hundejungs heben normalerweise ein Bein. Meinst du, ihm fehlt irgendetwas?"

Mitch lächelte.

„Nein, denke ich nicht."

Kelsey knetete mit zwei Fingern ihr Kinn, während sie Buddy zusah.

„Hm", machte sie. „Also, nicht dass es mich stören würde. Ich mag ihn auch, wenn er wie ein Mädchen pieselt."

Mitchs tiefes, sattes Lachen erstaunte Kelsey. Sie hatte gar nicht gewusst, dass er so lachen konnte.

„Alle Welpen machen das so. Das mit dem Beinheben kommt erst später, wenn sie erwachsen sind."

Er lehnte sich ans Auto und verschränkte locker die Arme vor der Brust. Seine Körperhaltung war gelöst, entspannt, und doch umgab ihn eine Aura von Stärke und einer unterschwelligen Verwegenheit. Ihm stand die ganze Welt offen, wenn er nur wollte, und doch hatte er sich ausgerechnet dafür entschieden, als Sheriff die Bewohner einer Kleinstadt zu beschützen. Und mich und einen kleinen Hund, dachte Kelsey.

„Du kennst dich gut aus. Ich wette, du hast als Kind bestimmt viele Haustiere gehabt", sagte sie.

„Meine Mutter war Krankenschwester, bevor sie Dad geheiratet hat. So ganz konnte sie nie von ihrer Passion lassen, und als sie aufgehört hatte zu arbeiten, hat sie sich eben anderweitig als gute Seele betätigt. Die Leute aus der Nachbarschaft brachten andauernd kranke oder verlassene Tiere zu uns, die sie gefunden hatten. Oder es liefen uns von allein welche zu. Wir hatten eigentlich immer mindestens drei Katzen und Hunde im Haus."

Buddy war fertig und begann schwanzwedelnd im Gras zu schnuppern. Als er einen interessanten Geruch entdeckt zu haben schien, fing er an, mit den Vorderpfoten in der Erde zu buddeln.

„Das klingt wunderbar", sagte Kelsey. „Du hattest eine glückliche Kindheit."

Er zögerte, dann nickte er kurz. Sie konnte die Anspannung spüren, die plötzlich von ihm ausging.

Sie berührte ihn am Unterarm. „Mitch, du brauchst das nicht zu tun."

„Was tun?", fragte er verwirrt.

„Dich dafür schlecht fühlen, dass du aus einer heilen Familie kommst. Ja, meine Kindheit war ziemlich schwierig, aber das ist nicht deine Schuld."

Er nahm ihre Hand. Mit seinen kräftigen warmen Fingern streichelte er ihre sanft und zog Kelsey dann sachte zu sich heran.

„Wenn ich all den Schmerz, den man dir zugefügt hat, einfach wegzaubern könnte, ich würde es tun."

Kelseys Lippen, nur Zentimeter von seinen entfernt, fühlten sich auf einmal ganz trocken an. Sie fuhr mit der Zunge darüber.

„Aber auch das gehört zu mir. Wenn du es wegnehmen würdest, wäre ich nicht mehr der Mensch, der ich bin. Und ich mag mich, wie ich bin."

Sein Blick wurde weich, liebevoll.

„Ich auch." Er küsste sie, zärtlich, vorsichtig, als wolle er ihre Reaktion abwarten und ihr die Chance geben, sich zurückzuziehen. Sie wusste, ein Wort von ihr, und er würde sofort aufhören.

Kelsey erwiderte seinen Kuss, ließ sich in seine Arme sinken und kostete das Gefühl aus. Mitch schmeckte so gut. Was sie in diesem Moment von ihm wollte, hatte nichts mit Schutz und Sicherheit zu tun. Sie wollte, dass er sie liebte.

Er presste sie fester an sich, ihre Brüste drückten an seine harte Brust, sie konnte seinen heftigen Herzschlag spüren.

Ihr ganzer Körper vibrierte vor Aufregung und sehnte sich nach Erfüllung. In Gedanken sah sie den Rücksitz des Suburbans vor sich. Sie befanden sich hier an einer abgelegenen Straße, wo so gut wie nie ein Auto vorbeikam. Kein Mensch würde sie sehen.

Buddy bellte und stupste mit seiner Schnauze an ihren Unterschenkel. Es kostete sie ihre gesamte Willenskraft, den Kuss zu unterbrechen und nach unten zu schauen. Buddy hatte es irgendwie geschafft, seine Leine um ihre und Mitchs Knöchel zu wickeln und sich hoffnungslos darin zu verfangen.

Sie lachten beide.

„Unser Timing ist anscheinend ungünstig wie immer", sagte Mitch. Er bückte sich, löste die Leine von Buddys Halsband und begann, sie zu entwirren. Der Hund leckte dankbar seine Hand, und Mitch kraulte ihn mit der anderen im Nacken. „Das haben wir gleich, Kumpel."

Kelsey schüttelte den Kopf.

„Du machst ja Sachen."

„Er ist eben noch jung und verspielt, wahrscheinlich hat er sich gelangweilt", sagte Mitch, nachdem es ihm gelungen war, die völlig verdrehte Leine zu entknoten. Er klinkte sie wieder ins Halsband des Hundes ein. „Wir sollten besser sehen, dass wir bald nach Grant's Forge kommen, damit er ein bisschen zur Ruhe kommt. Ich habe eine hübsche Ecke in meiner Garage, die wird dir gefallen, Kleiner."

Kelsey glaubte, ihren Ohren nicht zu trauen.

„Wir fahren zu dir?"

„Warum nicht? Ich habe sowieso mehr Platz, als ich für mich allein brauche, und es würde schwer werden, ein Hotel zu finden, in dem

Haustiere zugelassen sind." Buddy gab ein kurzes, lautes Kläffen von sich. „Siehst du, ihm gefällt die Idee auch."

Mitch und Buddy sahen Kelsey an, offenbar auf eine Antwort wartend.

Sie spielte mit dem Feuer, und sie wusste es.

„Okay, aber nur für ein paar Tage."

„Bis du alles geregelt hast, wegen des Hauses und so weiter, und eine neue Bleibe hast."

„Genau."

Er grinste.

„Genau. Also, dann lass uns fahren."

Mitch holte eine flache Holzkiste vom Dachboden und gab Kelsey außerdem einige alte dicke Handtücher. Damit machte sie für Buddy ein Bett, das sie in eine Ecke der Garage stellte.

Sie legte ein Spielzeug hinein, das sie unterwegs noch schnell zusammen mit etwas Futter eingekauft hatten, und stellte zwei Schüsseln davor. Die eine füllte sie mit Wasser, die andere mit Hundeflocken.

„Meinst du, er wird einschlafen können? Er ist das erste Mal ganz allein", sagte sie.

„Warte." Mitch verschwand und kam kurz darauf mit einem altmodischen Wecker wieder. „Das Ticken klingt für ihn wie der Herzschlag seiner Mutter", erklärte er und stellte den Wecker auf eines der Regale. „Dann fühlt er sich nicht so einsam. Außerdem ist er bestimmt ziemlich müde, es war ein langer Tag für ihn."

Kelsey hob Buddy in die Kiste und streichelte ihn. Sie wusste, sobald der Hund eingeschlafen war, gab es nur noch sie und Mitch.

„Sollte ich nicht lieber noch mal mit ihm rausgehen? Sonst macht er in der Nacht am Ende irgendwohin", sagte sie und hörte selbst die Nervosität in ihrer Stimme.

„Du bist drei Mal mit ihm draußen gewesen, seit wir angekommen sind." Er legte ihr eine Hand auf den Rücken. „Komm, lass uns reingehen."

„Okay."

12. KAPITEL

*K*elsey stand vor der offenen Tür des Raumes, in dem sie schon gestern übernachtet hatte, und sah Mitch an, der seinerseits vor der Tür direkt nebenan stehen geblieben war, die in sein eigenes Schlafzimmer führte. Er hatte unten abgeschlossen und alle Lichter gelöscht. Dabei war es erst acht Uhr. Sie wusste, er gab ihr gerade, wie schon so oft, eine letzte Gelegenheit, aus der Situation zu flüchten, wenn sie es wollte. Es war ihre Entscheidung, sie brauchte ihm einfach nur eine gute Nacht zu wünschen und in ihr Zimmer zu schlüpfen, er würde es akzeptieren.

Doch Kelsey zögerte, vielleicht einen Augenblick zu lange, denn plötzlich machte Mitch einen Schritt auf sie zu, nahm ihre Hand und streichelte zärtlich mit dem Daumen ihre Handfläche. Ihr Herz, das sowieso schon heftig pochte, seit sie ihm aus der Garage ins Haus gefolgt war, begann noch schneller zu schlagen.

„Das ist nicht fair von dir", sagte sie leise. Ihre Stimme hörte sich fremd und heiser an.

Ein leichtes Lächeln zuckte um seine Mundwinkel.

„Was meinst du?"

„Du weißt genau, dass ich nicht klar denken kann, wenn du mich anfasst."

Mitch hob eine Augenbraue, zeichnete jedoch weiterhin mit dem Finger kleine Kreise auf die Haut ihrer Handfläche.

„Ist das so? Und ich dachte, du empfindest gar nichts mehr für mich."

Eine Hitzewelle fuhr durch Kelseys Körper.

„Ich wünschte, das würde stimmen."

„Warum?"

„Weil deine Nähe mich durcheinanderbringt, und das gefällt mir nicht."

Er lächelte. Es war dieses lausbübische Lächeln, das Kelsey bis jetzt nur ein Mal bei ihm gesehen hatte und bei dem sie sich um ein Haar fast wieder in ihn verliebt hätte. Das war wirklich nicht fair von ihm.

„Sei ehrlich. Gefällt es dir überhaupt nicht? Nicht mal ein ganz kleines bisschen?"

„Ich will nicht noch einmal verletzt werden", sagte sie. Da, sie hatte es ausgesprochen.

Mitch zog sie dichter an sich. „Glaub mir, ich hätte alles anders gemacht, wenn ich damals nicht so ein unerfahrener Volltrottel gewesen wäre. Aber ich habe nicht vor, denselben Fehler ein zweites Mal zu machen. Das verspreche ich dir."

„Wie wäre es, wenn wir uns einfach gar keine Versprechungen machen würden?"

Er runzelte die Stirn, doch ehe er etwas erwidern konnte, stellte Kelsey sich auf die Zehenspitzen, reckte sich zu ihm hoch und küsste ihn. Ohne Umschweife riss er sie förmlich in seine Arme. Er streichelte ihren Rücken, fuhr mit den Fingern durch ihre Haare, und der Kuss wurde sehnsüchtiger.

Bald schon wusste Kelsey nicht mehr, wie lange der Kuss andauerte, ob es nur ein paar Minuten oder bereits Stunden waren, und es war ihr auch egal. Der Begriff der Zeit hatte seine Bedeutung für sie verloren, ebenso wie alles, was sie während der vergangenen Woche belastet und verängstigt hatte. Es gab nur noch sie beide.

Mitch löste sich von ihr, ließ jedoch eine Hand auf ihrer Schulter liegen, während er die Tür zu seinem Schlafzimmer mit dem Fuß aufstieß und Kelsey mit einem Blick einlud, ihm hineinzufolgen.

Den Kleiderschrank, das Fenster und die Tür, die zum Badezimmer führte, nahm Kelsey nur am Rande ihres Bewusstseins wahr. In diesem Moment galt ihre Aufmerksamkeit hauptsächlich dem Doppelbett mit einer aufgeschlagenen Tagesdecke, das den Raum dominierte. Sie setzte sich auf die Kante, streifte sich mit Hilfe des jeweils anderen Fußes die Sandalen ab und krabbelte dann in die Mitte. Ihr Kleid rutschte hoch und entblößte ihre schlanken Oberschenkel.

Mitchs Augen wurden dunkel, während er hungrig den Anblick in sich aufnahm, der sich ihm bot. Die Matratze sank ein, als er zu Kelsey kam und zärtlich über eines ihrer Beine strich.

„Deine Haut ist weich wie Seide", flüsterte er bewundernd.

Kelsey presste ihre Hände gegen seine Brust und ließ sie langsam nach unten gleiten, bis ihre Finger seinen Gürtel ertasteten. Sie fing an, ungeduldig an seinem Hemd zu zupfen, doch ihre Bemühungen dauerten ihm viel zu lange. Eilig hatte er das störende Kleidungsstück über den Kopf gezogen und warf es achtlos auf den Boden. Es landete neben Kelseys Sandalen.

Seine dunkel behaarte Brust war ebenso durchtrainiert wie sein fester Bauch. Mit den scharf umrissenen, hervortretenden Muskeln glich sein Oberkörper dem einer griechischen Statue.

Doch das genügte Kelsey nicht. Sie machte sich an seiner Hose zu schaffen. Als sie seinen Gürtel öffnete, sog Mitch scharf die Luft ein.

Also war sie nicht die Einzige, die schon jetzt vor Verlangen halb den Verstand verlor.

Mitch drehte sich ein wenig, sodass sie ihn vollständig ausziehen konnte. Sie krallte die Finger in seinen Rücken und begann ihn sinnlich zu massieren.

„Mach so weiter, und das hier ist vorbei, bevor es überhaupt richtig angefangen hat", warnte er heiser.

„Kondom?"

„Nachttisch."

Die unliebsame Unterbrechung dauerte nur wenige Sekunden, Mitch legte eine wahre Rekordzeit hin, obwohl seine Hände leicht zitterten. Dann schob er Kelseys Kleid hoch und half ihr, sich von ihrem Slip zu befreien. Schweißperlen rannen zwischen ihren Brüsten ihren Bauch hinunter. Sie hatte noch nie zuvor in ihrem Leben einen Mann so sehr gewollt wie Mitch jetzt.

Sie spürte ihn an der Innenseite ihres Oberschenkels. Die Kraft, mit der er ohne weitere Vorwarnung in sie eindrang, führte dazu, dass sie sich unwillkürlich verspannte. Es war sehr lange her, dass sie mit einem Mann zusammen gewesen war. Mitch fühlte es und wartete reglos, bis ihr Körper ihm signalisierte, dass sie bereit für mehr war.

Bald hatten sie einen gemeinsamen Rhythmus gefunden, und seine Stöße wurden heftiger, stürmischer. Die Antwort auf Kelseys immer fordernder werdende Bewegungen. Die Welt um sie herum schien sich aufgelöst zu haben. Innerhalb von Minuten kamen sie beide fast gleichzeitig zum Höhepunkt.

Mitchs Ellenbogen knickten ein, er sackte erschöpft zusammen und ließ den Kopf neben Kelseys Nacken ins Kissen fallen. Sein Atem ging schwer und schnell, als hätte er gerade einen Sprint hinter sich.

Kelsey streichelte ihn schläfrig. Sie hatte sich noch nie entspannter, noch nie so von innerem Frieden erfüllt gefühlt.

Nach einer Weile stützte Mitch sich wieder auf, sah sie an und lächelte, bevor er sich aus ihr zurückzog.

„Kommst du mit unter die Dusche?", fragte er.

Jetzt, wo die Leidenschaft abgeebbt war und Kelsey wieder einigermaßen klar denken konnte, war ihr der Gedanke, ihm nackt gegenüberzustehen, auf einmal peinlich.

„Geh ruhig schon vor."

Er nahm sie bei der Hand und zog sie hoch.

„Sag nicht, du genierst dich", meinte er grinsend.

Sie zuckte mit den Achseln. Es wäre gelogen gewesen, wenn sie es abgestritten hätte.

„Hey, das brauchst du nicht. Nach dem, was eben war, was ist da ein bisschen Wasser zwischen Freunden?"

Kelseys Gesichtsausdruck blieb unbewegt.

„Freunde? Ist es das, was wir sind?" Sie begab sich mit dieser Bemerkung auf dünnes Eis, das wusste sie. Doch Mitch ging nicht darauf ein. Er hielt es für das Beste, eine möglichst zwanglose Stimmung aufrechtzuerhalten. Warum sollte er sie mit all diesen romantischen Wörtern verschrecken, die sie nicht besonders zu mögen schien? Aber andererseits hatte er auch nicht vor, so zu tun, als wäre nichts passiert. Sie hatten eine Grenze überschritten, und wenn er ehrlich war, war er glücklich darüber.

„Im Grunde habe ich eigentlich gemeint, dass wir seit ungefähr zehn Minuten wohl mehr als bloß Freunde sind", sagte er leichthin. Er stellte das Wasser in der Duschkabine an. Heißer Dampf stieg auf. Mitch streckte die Hand aus und begann wie selbstverständlich die Knöpfe zu öffnen, die vorne an Kelseys Kleid verliefen. Nachdem er die ersten drei aufgeknöpft hatte, lächelte er.

„Dieses Kleid gefällt mir immer besser, muss ich sagen."

Sie zog die Augenbrauen hoch.

„So? Was gefällt dir denn daran?"

Er klappte die beiden dünnen Stoffecken auseinander, schob eine Hand hinein und liebkoste Kelseys Brustspitze. Sie schloss die Augen, nahm seine zweite Hand, führte sie zu ihrer anderen Brust und drängte sich an ihn. Er wurde wieder hart. In Windeseile hatte er die restlichen Knöpfe ihres Kleides geöffnet und es ihr über die Schultern gestreift.

Sie ließ ihre Finger zwischen seinen Oberschenkeln hinaufgleiten. Mitch wich zurück.

Er umfasste ihre Taille und schob sie ein paar Zentimeter von sich weg.

„Warte. Lass uns dieses Mal ein bisschen langsamer an die Sache rangehen", keuchte er.

Kelsey lachte und zog ihn hinter sich her in die Duschkabine. Heißes Wasser prasselte auf sie herab. Entgegen seinem Plan, diesen Moment auszukosten, sich Zeit zu lassen, durchzuckte pure, ungezügelte Lust seinen Körper. Er wollte in ihr sein, sie ganz nah bei sich spüren. Jetzt sofort.

Er drückte sie gegen die gefliste Wand, beugte sich ein wenig hinunter und hob eines ihrer Beine an. Sie schlang es bereitwillig um seine

Hüfte, reckte ihm ihren Unterleib entgegen, und Mitch glitt abermals in sie hinein. Ihr Atem stockte. Sie warf den Kopf in den Nacken und stöhnte genussvoll. Wasser perlte von ihren aufgerichteten Brustspitzen.

Mitch konnte es kaum noch aushalten. All seine guten Vorsätze waren dahin. Er bewegte sich immer schneller und schneller in ihr. Sie packte seine Schultern und krallte die Finger in seine Haut.

Er explodierte förmlich.

Erst Minuten später wurde ihm bewusst, dass er dieses Mal vergessen hatte, ein Kondom zu benutzen. Bei Alexandra oder jeder anderen Frau wäre ihm so etwas nie und nimmer passiert.

Aber der Gedanke, Kelsey könnte von ihm schwanger sein, beunruhigte ihn nicht im Mindesten. Ganz im Gegenteil, er würde sich freuen, wenn es so wäre.

Kelsey saß auf einem der Stühle am Küchentisch, eingehüllt in Mitchs Bademantel, der ihr viel zu weit war, mit nassen Haaren und einem wohligen Gefühl der Befriedigung, das noch immer durch ihren Körper brandete.

Sie sah zu, wie Mitch ein paar Eier in eine Schüssel schlug und sie mit einem Schneebesen verrührte. Er stand, nur mit einer Jeans bekleidet, neben dem Gasherd, auf dem er eine Pfanne mit Fett heiß werden ließ.

Kelsey stibitzte sich ein bisschen frisch geraspelten Mozzarella von dem Holzbrett vor ihr auf dem Tisch.

„Und kochen kannst du auch", sagte sie anerkennend. „Du kommst meiner Vorstellung von einem Traummann schon ziemlich nahe, das muss ich zugeben."

Gekonnt hackte Mitch ein paar Kräuter und gab sie zu der Eimasse.

„Freut mich, das zu hören." Sein Tonfall war leicht und unbeschwert, doch auch das konnte die unterschwellige Anspannung nicht vertreiben, die Kelsey verspürte. Keiner von ihnen beiden hatte bis jetzt auch nur ein Wort über das Morgen verloren.

„Wir haben übrigens bei Runde zwei eine Kleinigkeit vergessen." Die Möglichkeit, dass sie ausgerechnet heute einen ihrer fruchtbaren Tage hatte, war winzig bis absolut ausgeschlossen. Zu ihrer Überraschung verursachte diese Erkenntnis einen kurzen Stich der Enttäuschung in ihrem Herzen. Was war denn in sie gefahren? Sie hatte bisher noch niemals auch nur daran gedacht, ein Kind haben zu wollen.

Mitch sah sie an. Sein Blick verriet ihr, dass er genau wusste, was sie meinte.

„Falls du dir wegen irgendwelcher Krankheiten Gedanken machst, da kann ich dich beruhigen", sagte er. „Ich hatte in letzter Zeit keine Gelegenheit, mir was einzufangen."

„Ich auch nicht", gab Kelsey zu.

„Oder hast du Angst, du könntest schwanger geworden sein?"

„Nein, Quatsch", sagte sie schnell. „Es ist mehr als unwahrscheinlich, dass in diese Richtung etwas passiert ist."

Seine Miene blieb ausdruckslos.

„Okay."

Du liebe Güte, das wurde alles viel zu ernsthaft.

„Wo hast du eigentlich Kochen gelernt?", versuchte Kelsey, das Gespräch in eine unverfängliche Bahn zu lenken.

Zu ihrer Erleichterung nahm Mitch den Themenwechsel kommentarlos hin. Er zuckte mit den Schultern.

„Wenn ein Mann gut essen möchte, dann lernt er eben, wie man ein leckeres Omelett macht."

„Nun tu nicht so bescheiden", sagte Kelsey. „Deine Handgriffe sehen für mich ziemlich professionell aus. Ich wette, du kannst noch eine Menge mehr als das."

„Ja, stimmt." Er gab die Eier in die Pfanne.

„Ganz ehrlich, ich finde das großartig. Ich selbst habe es bis jetzt nur auf drei verschiedene Gerichte gebracht. Nicht besonders abwechslungsreich."

„Bleib doch noch eine Weile in der Stadt, dann bringe ich dir ein paar von meinen Spezialitäten bei, wenn du willst."

Nach dem Essen liebten sie sich ein drittes Mal, bevor sie in den Armen des anderen einschliefen. In den fünfundzwanzig Jahren ihres Lebens hatte Kelsey dieses Gefühl nie kennengelernt. Geborgenheit, tiefe innere Verbundenheit, all das war ihr bis heute fremd gewesen. Aber sie mochte es.

Als Kelsey erwachte, öffnete sie zunächst nur ein Auge und spähte vorsichtig zu Mitchs Bettseite, doch sie war leer. Sie starrte auf sein Kopfkissen, in dem noch immer eine kleine Kuhle war, und strich mit der Hand über seine noch warme Decke.

Sie rollte sich auf den Rücken und fuhr sich durch die zerzausten, noch ein wenig feuchten Haare.

Kelsey, weißt du noch, was du auf keinen Fall tun wolltest, wenn du jemals nach Grant's Forge zurückkommst?

Toll, das hatte sie ja prima hingekriegt.

Sie konnte immer noch seine Hände auf ihrem Körper spüren und seinen Duft an ihrer Haut riechen. Und zu ihrer Bestürzung musste sie feststellen, dass sie am liebsten schon wieder mit ihm ins Bett gehen würde.

Noch toller.

Vielleicht hätte sie gestern ihre fünf Sinne beisammenhalten können, wenn sie nicht vor Jahren mit diesem Enthaltsamkeitsschwachsinn angefangen hätte. Wäre sie doch nur mit mehr Männern – irgendeinem Mann – übers unschuldige Küssen hinausgegangen. Dann hätte sie sich bestimmt nicht in diese hormongesteuerte Sprengladung verwandelt, die nur darauf gewartet hatte, endlich gezündet zu werden, egal von wem. Genau, so sah es aus. Das Ganze hatte nichts, aber auch gar nichts mit Mitch zu tun. Ihre Gefühle waren auf rein biochemischem Weg entstanden.

Ja, natürlich. Wem wollte sie denn bitte etwas vormachen? Sie hatte Gefühle für Mitch, und die waren nicht nur biochemischer Natur.

Du gehörst wirklich auf die Couch, weißt du das? Du hast eindeutig einen Hang zum Masochismus.

Das war schon damals so gewesen. Als sie und Mitch das erste Mal miteinander geschlafen hatten und sie ihm in ihrer grenzenlosen – masochistischen – Vertrauensseligkeit ihre Liebe gestanden hatte. Sie erinnerte sich noch genau daran, wie er sie angestarrt hatte. Als sei ihr von einer Sekunde auf die andere ein drittes Auge aus der Stirn gewachsen. Liebe war das Letzte, was er zu dieser Zeit von ihr gewollt hatte.

Und jetzt war es das Letzte, was sie wollte. Weder von ihm noch von sonst irgendjemandem. Liebe war eine schlimme, grausame Sache, die einem nur das Herz brach.

Liebe.

Kelsey seufzte tief. Gott stehe ihr bei, aber sie liebte Mitch Garrett noch immer, ob sie wollte oder nicht.

„Kelsey, du bist so was von erbärmlich", sagte sie zu sich selbst. Nichts wie weg von hier.

Sie schaute sich in dem sonnendurchfluteten Zimmer um. Das Licht ließ die Einrichtung nur umso spartanischer erscheinen, weil es den Raum größer machte. Am Fenster stand ein Tisch mit einem Stuhl davor, an der Wand links neben dem Bett war ein hoher, schmaler Kleiderschrank und in der gegenüberliegenden Ecke eine Kommode. Das war alles. Die Möbel waren einfach, aber sauber gearbeitet.

Aus poliertem Mahagoni.

Kelsey schwang die Beine über die Bettkante. Ihre Füße berührten den kalten, glatten Parkettboden. Keine Teppiche. Nackt suchte sie nach ihren Sachen. Das Erste, was sie fand, war ihr Kleid, das zu einem akkuraten kleinen Päckchen zusammengelegt auf dem Nachttisch lag. Kurz darauf entdeckte sie auch ihren Slip. Unter dem Bett. Sie war gerade mit dem Anziehen fertig, als es klopfte und Sekunden später die Tür geöffnet wurde. Barfuß, nur mit einer ausgeblichenen Jeans und einem weißen T-Shirt bekleidet, stand Mitch im Türrahmen, in der Hand einen Becher mit heißem Kaffee.

Er sah amüsiert zu, wie Kelsey mit der Knopfleiste ihres Kleides kämpfte.

„Ich wollte nur schauen, ob du schon wach bist. Und falls ja", er hielt den Becher hoch, „dir einen Kaffee bringen."

Sie brachte ein höfliches Lächeln zustande.

„Ich war noch nie ein Langschläfer", sagte sie. Mitch grinste. Sie sah an sich hinunter und musste feststellen, dass sie aus Versehen den vierten Knopf übersprungen hatte und ihr BH hervorblitzte. Rasch machte sie sich daran, das Malheur zu beheben.

Mitch ging an ihr vorbei und stellte den Becher auf dem Tisch ab.

„Soll ich helfen?"

„Nein!" Kelsey hatte gar nicht schreien wollen, aber es war in ihrer Panik einfach passiert. Wenn sie nämlich zuließ, dass Mitch sie berührte, würden sie beide schneller wieder in diesem Bett landen, als sie bis zwei zählen konnte.

Er hob schmunzelnd die Hände.

„Okay, okay", sagte er beschwichtigend. „Meinetwegen brauchst du dich überhaupt nicht anzuziehen", fügte er vielsagend hinzu. „Ich habe frei, wir könnten den ganzen Tag im Bett bleiben."

Kelsey warf einen schnellen Seitenblick auf die zerwühlten Laken und sah dann in Mitchs blaue Augen, in denen deutlich zu erkennen war, an was er gerade dachte.

An das Gleiche wie sie.

Es war so verlockend.

Kelsey schüttelte den Kopf.

„Ich sollte unbedingt mal nach Buddy sehen. Er muss bestimmt dringend raus."

„Schon erledigt."

Warum musste er so verdammt zuvorkommend sein und ihr ständig etwas abnehmen?

Er machte einen Schritt auf sie zu.

Sie wich zwei Schritte zurück.

„Hör zu, ich ... ich habe keine Zeit. Ich muss heute noch tausend Dinge erledigen."

Mitch sah sie fragend an.

„Zum Beispiel?"

Sie überlegte fieberhaft.

„Neue Sachen einkaufen. Und einen Akku für mein Handy, dazu sind wir ja gestern auch nicht gekommen."

„Das kann doch warten."

„Nein, kann es nicht. Mein Redakteur hat bestimmt schon versucht, mich anzurufen. Ich kann es mir auch nicht leisten, einen Auftrag nach dem anderen zu verpassen, weil ich nicht erreichbar bin."

Mitch kniff skeptisch die Augen zusammen.

„Was hast du denn auf einmal?"

Angst, dass ich mich hoffnungslos in dich verliebt habe! Schon wieder!

„Gar nichts. Ich muss bloß langsam zusehen, dass ich mit meinem Leben weitermache, Geld verdiene und all das."

„Aber ich dachte, nach letzter Nacht würdest du noch eine Weile hierbleiben?"

Kelsey zuckte mit den Schultern, bemüht, die Geste möglichst ungezwungen aussehen zu lassen. Anstatt steif und unbeholfen, also so, wie sie sich wirklich fühlte.

„Ich bleibe nirgendwo lange, das weißt du doch."

„Kelsey, das, was gestern zwischen uns passiert ist, war etwas Besonderes."

„Ja, es war schön. Sehr schön. Keine Frage. Aber wir sollten nicht den Fehler machen, etwas darin zu sehen, was nicht da war."

Seine Miene wurde todernst.

„Ist das so eine Art Spiel gewesen? Wolltest du es mir mit gleicher Münze heimzahlen, ist es das? Sollte ich am eigenen Leib erfahren, wie du dich damals gefühlt hast?"

„Nein", sagte sie, ehrlich überrascht. „Es hat nichts mit früher zu tun."

„Oh, komm schon, Kelsey. Es hat alles damit zu tun."

„Ich muss einfach nur gehen, verstehst du das nicht? Es gibt keine Hintergedanken und keinen Rachefeldzug. Wirklich."

„Was ist es dann?"

„Soll ich es dir buchstabieren? Meine Arbeit wartet auf mich. Ich bin nun mal nicht der sesshafte Typ, da draußen sind so viele Orte, die ich noch nicht gesehen habe. Es zieht mich weiter, das ist alles." Sie hatte es darauf angelegt, lebensfroh und abenteuerlustig zu klingen, aber jedes einzelne Wort hörte sich exakt nach dem an, was es war: gelogen.

„Bis obenhin."

„Wie bitte?"

„Du hast die Hosen voll, das ist es."

Kelsey kniff die Augen zusammen. „Habe ich nicht."

Mitch machte einen Schritt auf sie zu.

„Gestern Nacht hast du zum ersten Mal seit Ewigkeiten wieder echte Gefühle gehabt. Und jetzt rennst du weg, als wäre der Teufel hinter dir her, weil dir das eine Heidenangst macht."

„O bitte, du verwechselst anscheinend sexuelle Befriedigung mit Liebe."

Er zog einen Mundwinkel leicht nach oben.

„Meinst du? Dann lass dir gesagt sein – ich hatte genug *sexuelle Befriedigung* in meinem Leben, um zu wissen, dass das, was wir hatten, weit darüber hinausgeht."

Für einen Augenblick kam Kelseys innerer Widerstand ins Wanken. Sie wünschte sich nichts sehnlicher, als sich in Mitchs Arme fallen zu lassen, ihm zu vertrauen, darauf, dass er es ernst meinte. Aber sie tat es nicht.

„Und ich habe genug Männer gesehen, die Donna von vorne bis hinten belogen haben, wie sehr sie sie doch lieben und so weiter. Und wenn sie dann gekriegt hatten, was sie wollten, war es schnell vorbei mit der Liebe."

„Du bist nicht Donna."

Unterdrückte Tränen brannten in ihren Augen. Sie musste hier weg. Schnell. Sonst würde sie wie ein Häufchen Elend anfangen zu flennen.

„Pass auf, ich brauche niemanden, der mich analysiert. Wenn du mir helfen willst, nimm mich ein Stück in Richtung Stadt mit, sodass ich mein Auto holen kann. Das reicht mir schon."

„Kelsey, siehst du nicht, was du da tust? Du musst nicht für immer ein Einzelgänger bleiben, der niemandem vertraut, nur weil deine Mutter so war. Lass deine Vergangenheit doch nicht deine Zukunft zerstören. Du warst doch glücklich gestern, warum willst du das wegwerfen?"

„Nur damit hier keine Missverständnisse aufkommen. Bilde dir bloß nicht ein, ich sei noch nie glücklich gewesen, bevor ich dich wieder getroffen habe. In den letzten acht Jahren hatte ich eine Menge schöner Erlebnisse, auch ohne dich."

„In den letzten acht Jahren bist du viel zu sehr damit beschäftigt gewesen, vor dir selbst wegzulaufen, um überhaupt zu merken, ob du glücklich bist oder nicht."

Er kam der Wahrheit gefährlich nahe.

„Hör zu, ich will nur eins wissen. Bringst du Buddy und mich jetzt in die Stadt, oder soll ich mir ein Taxi rufen?"

„Schön", sagte er knapp. Die Frustration war Mitch deutlich anzumerken. „Zehn Minuten. Unten."

Er drehte sich um, warf die Tür hinter sich zu, und kurz darauf hörte Kelsey nebenan die Dusche rauschen.

Sie schlang die Arme um ihre Schultern, legte den Kopf in den Nacken und blinzelte, um die Tränen zurückzuhalten. Eine kullerte dennoch ihre Wange hinunter. Sie wischte sie wütend fort.

„Es ist besser so, wenn ich gehe. Es ist besser für uns beide."

Diesen Satz sagte sie immer wieder stumm vor sich hin, während sie neben Mitch im Auto saß, Buddy auf ihrem Schoß, der selig in ihren Armen schlummerte.

Die Mauer zwischen ihnen schien mit jeder zurückgelegten Meile dicker zu werden. Als sie Stus Tauchladen erreicht hatten, war Mitch wieder zu dem unzugänglichen, kühl distanzierten Sheriff geworden, den sie vor einer Woche auf dem Parkplatz von *Diamond Stone* in ihm gesehen hatte.

Eine Woche. War es wirklich erst eine Woche her? Ihr kam es vor, als hätten zwischen diesem ersten Wiedersehen und jetzt mehrere Jahre gelegen.

Mitch hielt an und ging zum Kofferraum. Er öffnete ihn und holte eine Tasche heraus, in der Buddys Sachen waren. Kelsey stieg aus, den Hund eng an ihre Brust gedrückt.

Mitch hielt ihr die Tasche hin.

Sie nahm sie, doch er ließ nicht los.

„Kelsey, das hier ist nicht das Ende mit uns."

„Müssen wir das jetzt alles noch mal von vorn durchkauen?"

„Nein. Nicht jetzt. Du hast Angst, und die gestehe ich dir auch zu. Aber du sollst trotzdem wissen, dass ich nicht so einfach aufgeben werde. Das zwischen uns ist zu wertvoll, um es leichtfertig wegzuwerfen."

Ihr Herz wurde schwer. Sie nahm all ihren Mut zusammen und sah ihm direkt in die Augen. Der Zorn, der vorhin noch darin gestanden hatte, war unbeirrbarer Entschlossenheit gewichen.

Und das, wenn sie ehrlich war, machte ihr viel mehr Sorgen. Mit Wut konnte sie umgehen, aber damit?

Sie riss ihm mit einem Ruck die Tasche aus der Hand.

„Mach's gut."

Kelsey lief zur Tür von Stus Laden, und weg war sie.

Mitch zögerte einen Moment, dann stieg er wieder ins Auto. Kleine Kiessteinchen wurden aufgewirbelt, als er zurücksetzte und davonraste.

Das Bimmeln der Glöckchen über der Ladentür verstummte, als Kelsey sie hinter sich schloss. Sie lehnte sich mit dem Rücken von innen dagegen, die Augen fest zugekniffen.

Buddy zappelte in ihren Armen und sah zu ihr hoch. Er leckte ihr die Wange.

Sie seufzte und streichelte ihm den Kopf.

„Bitte, jetzt fang nicht so an. Ich weiß schon, was ich tue, okay? Es ist besser so."

13. KAPITEL

Stu hatte die Türglöckchen gehört und kam aus dem Hinterzimmer seines Ladens und sah Kelsey im Eingang stehen. Er lächelte. Doch als er näher kam, verschwand sein Lächeln. Ihre Augen waren rot und verschwollen, als hätte sie geweint. Der kleine struppige Hund auf ihrem Arm legte seine Schnauze auf ihren Ellbogen, wie um sie zu trösten.

Stu schüttelte den Kopf.

„Ach, Kelsey, es tut mir leid. Ich dachte wirklich, du und Mitch, zwischen euch würde es wieder funken, wenn ihr euch begegnet. Aber da habe ich wohl falschgelegen, hm?"

Kelsey rollte mit den Augen. „Wie kommst du auf die Idee, es hat was mit ihm zu tun, dass ich aussehe, als hätte ich drei Nächte nicht geschlafen? Ich hatte eine Menge um die Ohren in letzter Zeit, das ist alles."

Stu tippte sich an die Schläfe. „Kleines, ich bin vielleicht alt, aber noch nicht total verkalkt da oben."

Sie seufzte. „Er will, dass ich noch eine Weile in der Stadt bleibe."

„Wie schrecklich."

„Er hat gesagt, ihm liegt was an mir."

„Dieser Mistkerl."

„Würdest du bitte aufhören, dich über mich lustig zu machen?"

Stu humpelte auf sie zu und blieb dicht vor ihr stehen.

„Du brauchst dich gar nicht zu beschweren, Miss Hasenfuß. Wenn du willst, dass ich dich ernst nehme, dann erklär mir zuerst, was mit dir los ist. Da gibt es einen netten jungen Mann, der gern mehr Zeit mit dir verbringen würde, und du rennst vor ihm weg, als wäre er der Leibhaftige."

„Ich renne doch gar nicht."

„Und ob. Ich weiß, damals hattest du gute Gründe, wegzulaufen. Glaub mir, wäre ich an deiner Stelle gewesen, ich hätte auch das Weite gesucht. Du musstest dir dein eigenes Leben aufbauen, und das war auch richtig so. Aber heute ist heute."

Kelsey kraulte Buddy hinter den Ohren.

„Mitch und ich … zwischen uns ist etwas vorgefallen. Deshalb hatte ich die Stadt verlassen."

„Komm, lass uns nach hinten gehen. Ich habe gerade Kaffee aufgebrüht. Du willst doch bestimmt einen."

Stu führte Kelsey ins Hinterzimmer, rückte ihr einen Stuhl an dem kleinen Tisch in der Ecke des Raumes zurecht und schenkte ihr einen Becher Kaffee ein. Dann ließ er sich auf dem Stuhl ihr gegenüber nieder.

„Dass da irgendwas gewesen sein muss, wusste ich schon, aber ich hatte keine Ahnung, dass es so schlimm ist."

Der acht Jahre alte Schmerz der Erniedrigung und Zurückweisung war sofort wieder da, als sie daran dachte, was passiert war. Hier, in Stus Laden.

„Weißt du", sagte sie, hielt inne, setzte wieder neu an. „Es war fast wie Liebe auf den ersten Blick. Jedenfalls von meiner Seite. Er stand vor mir, und ich wusste, den willst du und sonst keinen."

„Aber?"

„Aber dann habe ich einen Fehler gemacht und ihm gesagt, was ich für ihn empfinde."

„Und was hat er gemacht?" Ein Anflug von Ärger schwang in Stus Stimme mit.

„Ich sehe ihn immer noch vor mir, wie er mich angeschaut hat." Sie schloss die Augen, um die Erinnerung zu verscheuchen, doch es funktionierte nicht. „Und dann hat er mir dieses ganze Zeug erzählt, von wegen er habe mich ja auch gern und wir könnten doch Freunde bleiben und so weiter. Aber das war so ziemlich das Letzte, was ich in dem Moment hören wollte, ich meine, direkt nachdem wir ..." Sie hielt sich die Hand vor den Mund, dieser letzte Teil war ihr sogar vor Stu zu peinlich.

Stu runzelte die Stirn.

„Warum hast du mir nichts gesagt? Ich hätte dem Knaben schon ein paar Takte erzählt", sagte er grimmig.

Kelsey sah ihn zerknirscht an. Sie war sich sicher, dass er Mitch mehr als nur ein paar Takte erzählt hätte. Aber darum ging es nicht.

„Es ist nicht allein seine Schuld gewesen", gab sie zu. „Ich wollte es schließlich auch, und weil ich dachte, ich könnte ihm zu jung sein, habe ich so getan, als hätte ich massenhaft Erfahrung, was Sex angeht. Ich habe ihm absichtlich den Eindruck vermittelt, ich sei bloß auf der Suche nach einem One-Night-Stand. Unkompliziert, keine Verpflichtungen, du weißt schon."

Stu hörte ihr aufmerksam zu, aber er sagte nichts.

„Jetzt, im Nachhinein, kann ich mir gut vorstellen, dass mein Gerede von Liebe ihn ganz schön schockiert haben muss." Sie seufzte. „Ich weiß nicht, wie ich reagiert hätte, wenn es umgekehrt gewesen wäre. Wahrscheinlich nicht viel anders als er damals."

„Darum bist du also Hals über Kopf aus der Stadt geflüchtet."

„Ich wusste nicht, was ich sonst hätte machen sollen. Hier wäre ich ihm ständig über den Weg gelaufen."

Stu seufzte.

„Und ich habe nicht versucht, dich zurückzuholen. Ich dachte, du bist gegangen, weil du es bei Ruth nicht mehr ausgehalten hast. Du hattest ja nicht gerade ein schönes Zuhause bei ihr."

„Nein."

„Aber Kelsey, acht Jahre sind eine lange Zeit. Menschen ändern sich. Du hast dich verändert und Mitch auch. Meinst du nicht, du solltest euch wenigstens eine Chance für einen Neuanfang geben?"

„Wenn ich das wüsste. Einerseits würde ich das schon gern, aber andererseits habe ich auch Angst davor."

„Es ist ja nicht so, dass du ihn gleich heiraten musst. Du könntest zum Beispiel noch ein paar Monate hierbleiben und alles Weitere einfach auf dich zukommen lassen."

Buddy schien begriffen zu haben, dass dieses Gespräch noch länger dauern konnte. Er rollte sich unter dem Tisch zusammen und legte die Schnauze auf die Vorderpfoten.

„Ende August habe ich einen Auftrag in Afrika, Leoparden fotografieren."

„Der Flughafen ist zwar nicht direkt um die Ecke, aber so weit weg ist er nun auch wieder nicht, dass du dir Sorgen machen müsstest, wie du von hier aus rechtzeitig einen Flieger kriegst."

„Ruths Haus ist abgebrannt."

„Ja, ich weiß. Dein Handy ging nicht, also habe ich Mitch angerufen, um zu hören, ob du okay bist."

„Bin ich, außer dass ich eben kein Dach mehr über dem Kopf habe. Wo sollte ich denn wohnen, wenn ich in Grant's Forge bleibe?"

„Jetzt mach dich nicht lächerlich. Du kannst selbstverständlich bei mir wohnen, bis du was gefunden hast." Er zuckte mit den Schultern. „Die Frage ist doch – willst du bleiben und einfach schauen, was passiert, oder nicht?"

Stu hatte recht. Das war die einzige Frage, die sie sich im Moment stellen musste. Es ging nicht darum, jetzt sofort zu entscheiden, ob sie mit Mitch alt werden wollte. Sie musste gar nichts überstürzen. Eine zentnerschwere Last fiel von ihr ab, als ihr das klar wurde.

„Ich könnte es versuchen", sagte sie.

Stu grinste zufrieden. „Ja, das könntest du."

„Ich war vorhin nicht besonders fair zu ihm."

„Sprich mit ihm, erklär es ihm, so wie du es mir erklärt hast. Ich bin sicher, er wird es verstehen."

Die Glöckchen über der Tür klingelten.

„Du hast Kundschaft."

„Sag mal, was hältst du eigentlich davon, wenn du ein paar Stunden am Tag wieder bei mir arbeitest, solange du in der Stadt bist? Ich könnte die Hilfe gebrauchen, man wird ja nicht jünger."

Stus Angebot kam überraschend für Kelsey. Nahm sie es an, würde sie ihn nicht hängen lassen können. Dann müsste sie hierbleiben. Zumindest, bis er eine andere Aushilfskraft gefunden hatte.

„Klar, wieso nicht."

„Schön. Also, ab an die Arbeit. *Du* hast Kundschaft."

Kelsey grinste und drückte ihm das Ende von Buddys Leine in die Hand.

„Er heißt Buddy." Sie schaute auf die Uhr. „Und er war jetzt seit bestimmt drei Stunden nicht mehr Gassi."

Stu zog eine Grimasse und blickte auf den kleinen Hund hinunter, der aufgesprungen war und ihn mit großen, erwartungsvollen Augen ansah.

„Na, dann komm, du pelziges Milchgesicht. Machen wir eine Runde."

Kelsey kämmte mit den Fingern ihre Haare ein wenig glatt und trat in den Verkaufsraum hinaus.

Dort stand Sylvia Randall vor einer Schauvitrine und sah sich die Stücke darin an. Sie hob den Kopf.

„Ah, Miss Warren, das freut mich aber, dass Sie hier sind. Wie geht es Ihnen?"

Es dauerte eine Sekunde, bis Kelsey lächelte.

„Sehr gut, danke. Kann ich Ihnen vielleicht weiterhelfen?"

Sylvia hob eine ihrer penibel zu einem schmalen Bogen gezupften Augenbrauen.

„Arbeiten Sie etwa jetzt hier?"

„Nur den Sommer über. Ich dachte mir, ich bleibe noch ein wenig in Grant's Forge."

„Unbedingt, Miss Warren", sagte Sylvia zustimmend. „Im Sommer ist es hier herrlich. Es scheint so gut wie jeden Tag die Sonne, aber es wird selten so entsetzlich heiß wie anderswo. Das muss wohl an den Bergen liegen. Wissen Sie schon, wo Sie wohnen werden?"

„Nein, noch nicht."

„Das wird sich schon finden. Sie haben doch einige Bekannte hier, nicht wahr? Ich bin sicher, Sie werden bestimmt schnell irgendwo ein Zimmer finden."

„Ja, das denke ich auch. Also, was kann ich für Sie tun?"

„Oh, eigentlich wollte ich mit Stu über Tauchstunden sprechen. Mein Mann liebt diesen Sport, und ich würde gern auch einmal mit ihm tauchen können, anstatt immer nur am Strand auf ihn zu warten und Zeitschriften zu lesen. Aber wenn Stu nicht da ist, können Sie mir vielleicht auch weiterhelfen?"

„Ich habe früher oft Stunden gegeben. Damit habe ich die Miete für meine erste Wohnung finanziert, als ich vom Fotografieren allein noch nicht leben konnte."

„Das ist ja fabelhaft", sagte Sylvia. Sie beugte sich ein wenig vor. „Wissen Sie, es ist nämlich so. Um ehrlich zu sein, wäre es mir auch viel lieber, von einer Frau unterrichtet zu werden. Ich kann nicht behaupten, allzu begeistert von der Vorstellung zu sein, mich vor einem fremden Mann in einem von diesen hautengen Tauchanzügen zu präsentieren."

Kelsey warf einen kurzen Blick auf die schlanke Figur von Mrs Randall.

„Ich kann durchaus verstehen, dass Ihnen das unangenehm wäre, aber wenn Sie mich fragen, brauchen Sie sich nun wirklich nicht zu verstecken."

Sylvia lächelte.

„Meinen Sie? Trotzdem, ich würde mich sehr freuen, wenn Sie Zeit für mich hätten." Ihre Augen leuchteten vor Eifer. „Ginge es vielleicht gleich heute?"

Kelsey überlegte.

„Ich weiß aber im Moment nicht, wie Stus Stundensatz für Tauchunterricht ist."

„Das macht doch nichts, ich bin sicher, er hat recht vernünftige Preise. Also, wie wäre es, wenn wir uns in einer Stunde bei mir treffen? Boyd ist den ganzen Tag unterwegs, und wir haben einen eigenen Pool." Sie sah Kelsey hoffnungsvoll an. „Das wäre mir am liebsten, in meiner gewohnten Umgebung, wissen Sie. Ich bin nämlich doch ein wenig aufgeregt. Normalerweise bin ich absolut unsportlich." Sylvia berührte leicht Kelseys Hand. „Natürlich nur, falls es Ihnen nichts ausmacht, zu uns rauszufahren."

„Nein, das sollte sich einrichten lassen."

„Wunderbar, ich danke Ihnen. Brauchen Sie die Adresse, oder wissen Sie, wo es ist?"

Wie könnte irgendjemand nicht wissen, wo die Randalls wohnten? Ihr Anwesen war das größte im ganzen Umkreis.

„Das weiße Haus draußen an der 702?"

Haus. Das Gebäude glich eher einem kleinen Schloss.

„Genau."

„Dann bin ich in einer Stunde bei Ihnen."

„Hervorragend, ich freue mich."

Kelsey sah Sylvia nach, als diese den Tauchladen verließ und in ihren Wagen stieg. Ihr war plötzlich unwohl bei dem Gedanken, zu ihr zu fahren. Ach was, wahrscheinlich hatte dieses Gefühl gar nichts mit Mrs Randall zu tun, sondern eher mit dem Entschluss, für eine Weile in Grant's Forge zu bleiben. Kelsey war während der vergangenen acht Jahre nie lange genug an einem Ort geblieben, um Freundschaften oder auch nur dauerhafte Bekanntschaften aufzubauen. Sie dachte an Mitch und wusste, sie sollte sich bei ihm entschuldigen. Sobald sie mit der Tauchstunde bei Sylvia fertig war, würde sie sich auf die Suche nach ihm machen und ihn um Verzeihung bitten.

Kelsey stand vor dem Tor des Randall-Hauses und klingelte. Wie von Geisterhand öffnete sich das Tor. Eine ältere Frau in einem dunkelblauen Kleid mit weißer Schürze trat aus der Tür, wartete, bis Kelsey den gepflasterten Pfad zum Haus zurückgelegt hatte, und führte sie dann durch den großen Salon ins Untergeschoss, wo sich der Swimmingpool befand. Die Angestellte entschuldigte sich schnell und ließ Kelsey allein in dem riesigen Raum mit der hohen, abgerundeten Decke und den exotischen Pflanzen. Das Ambiente gab einem das Gefühl, man befinde sich mitten im Regenwald. In die Wände eingelassene Lampen glichen das fehlende Tageslicht aus, denn Fenster gab es hier unten nicht. Dafür aber einen in wechselnden Farben angestrahlten Springbrunnen.

Sie hörte Schritte hinter sich und drehte sich um. Sylvia Randall kam herein. In ihrer weißen Leinenhose, dem Seidentop und mit dem – wie immer – makellosen Make-up sah sie wunderschön aus, das musste man ihr lassen. Aber zum Tauchen war ihre Aufmachung denkbar ungeeignet. Hatte Kelsey sie vielleicht missverstanden, und die Stunde sollte doch erst morgen stattfinden?

„Bin ich zu früh?", fragte sie. „Sie hatten doch gesagt, Sie wollten gleich heute mit der ersten Lektion anfangen, oder?"

„Ja", sagte Sylvia. „Die Lektion war für heute geplant."

„Bitte verstehen Sie mich nicht falsch, aber es wäre besser, wenn Sie sich abschminken würden, bevor wir ins Wasser gehen. Hier, ich habe Ihnen einen Tauchanzug mitgebracht, der müsste Ihnen passen."

Sylvia schlenderte zu einem aus weiß getünchtem Stein gemeißelten Brunnen und setzte sich auf die Kante.

„Aber, aber, das Tauchen läuft uns doch nicht weg, meine Liebe. Warum setzen Sie sich nicht kurz zu mir, wir sollten uns ein wenig besser kennenlernen, finden Sie nicht?"

Frustration stieg in Kelsey auf. Sie war wie eine Wilde durch die Stadt gehetzt, schnell zur Bank gelaufen, während Stu die benötigte Ausrüstung zusammenstellte, dann ins Einkaufszentrum, um sich ein paar Badeschlappen, Shorts und ein T-Shirt zu kaufen, denn in ihrem rosa Kleidchen konnte sie schließlich schlecht Tauchstunden geben. Sie hatte alles ins Auto geworfen und war wie ein geölter Blitz hierher gerauscht, um nicht zu spät zu kommen. Und das alles nur, damit Sylvia ihre Zeit mit Plauderei verschwendete?

Das war wieder typisch. Leute mit Geld, die glaubten, jeder andere Mensch sei nur auf der Welt, um ihnen ihre Wünsche zu erfüllen. Sie hatte schon viele von dieser Sorte getroffen, und, wenn sie ehrlich war, was Sylvia von ihr wollte, war noch eine der harmloseren Forderungen, die man bisher an sie gestellt hatte.

Kelsey lächelte.

„Was möchten Sie denn wissen? Welche Qualifikationen ich als Taucherin gesammelt habe?"

„Oh, ich bin mir sicher, dass Sie außerordentlich qualifiziert sind, sonst hätte Stu Sie nicht eingestellt, Miss Warren. Nein, erzählen Sie mir doch etwas mehr von sich. Sie müssen ein aufregendes Leben führen, nicht wahr?"

Kelsey war nicht wohl dabei, mit einer wildfremden Frau über ihr Leben zu sprechen.

„Was heißt schon aufregend", sagte sie ausweichend.

Sylvia strich mit ihren manikürten Fingernägeln über den kalten Stein, auf dem sie saß.

„Es muss furchtbar für Sie gewesen sein, Ihre Mutter dort unten in der Kiesgrube zu finden."

Kelsey holte tief Luft.

„Mrs Randall, ich bin gerne bereit, mit Ihnen über meine Fähigkeiten als Tauchlehrerin zu sprechen, aber meine Mutter ist meine Sache."

Sylvia lächelte milde.

„Bitte nennen Sie mich Sylvia. Es tut mir leid, ich wollte Ihnen nur mein Mitgefühl ausdrücken. Auch wenn sie nicht unbedingt die ideale Mutter war, kann ich mir vorstellen, dass ihr Tod Sie trotzdem schwer getroffen hat."

Jetzt reichte es. „Woher wollen Sie denn bitte wissen, was für eine Mutter Donna gewesen ist?", fragte Kelsey argwöhnisch.

„Nun, allein die Tatsache, dass Sie immer nur Donna sagen, wenn Sie über sie reden, spricht doch für sich. Können Sie sich daran erinnern, jemals Mom zu ihr gesagt zu haben?"

„Ich wüsste nicht, was Sie das angeht."

„Noch nie, richtig?"

Kelsey schwieg trotzig.

Sylvia schüttelte den Kopf und erhob sich langsam, fast bedächtig. „Ihre Mutter und ich kannten uns gut. Besser, als Sie wahrscheinlich denken."

Die Neugier ließ Kelsey hellhörig werden. „So?"

„Kurz nachdem Boyd und ich geheiratet hatten, fing sie bei uns als Hausmädchen an." Sylvia musterte Kelsey mit durchdringendem Blick. „Mein Gott, es erstaunt mich wirklich immer wieder aufs Neue, wie ähnlich Sie Ihrer Mutter sehen."

„Ja, das habe ich schon oft gehört."

„O nein, Sie begreifen nicht. Viele Töchter ähneln ihrer Mutter. Aber Ihnen scheint nicht klar zu sein, dass ihr beide euch gleicht wie Zwillingsschwestern. Wenn ich mit Ihnen rede, kommt es mir manchmal vor, als stünde Donna vor mir." Sylvia fixierte Kelsey, aber es war, als blicke sie durch sie hindurch.

„Donna ist tot."

„Ja, das ist sie."

„Hören Sie, wenn es Ihnen heute nicht so gut passt, dann verstehe ich das. Vielleicht wäre es besser, wenn wir das Ganze auf einen anderen Tag verschieben."

„Nein, nein, gehen Sie nicht. Es muss heute sein. Ich habe so lange darauf gewartet."

Das wurde jetzt wirklich unheimlich.

„Ich denke, Sie sollten doch lieber mit Stu arbeiten." Kelsey schulterte die schwere Tasche, in der sie ihre Ausrüstung mitgebracht hatte. Sylvia verfolgte jede ihrer Bewegungen, während sie sich mit dem Rücken zur Wand an das Regal aus poliertem Zedernholz tastete. Sie zog etwas zwischen den Handtüchern hervor. Kelsey sah aus dem Augenwinkel das kurze Aufblitzen eines blanken Gegenstandes und schaute auf.

Sylvia hatte eine Waffe auf sie gerichtet.

Mitch graute davor, Stu die Nachricht vom Tod seines Freundes zu überbringen. Aber es führte kein Weg daran vorbei, früher oder später musste er es ihm sowieso sagen. Er atmete tief durch, bevor er den Tauchladen betrat.

„Stu? Bist du da?"

„Hier hinten", kam die Antwort aus dem Lagerraum.

Mitch hatte gehofft, Kelsey anzutreffen, aber sie schien nicht hier zu sein.

„Hey, wie geht's dir?" Stu begutachtete skeptisch den Handgelenk-Tiefenmesser, den er gerade wieder zusammengeschraubt hatte.

Mitch nahm seinen Hut ab.

„Sieht ziemlich mitgenommen aus. Hast du ihn wieder hingekriegt?"

„Ja, ich glaube schon. Hat mich über zwei Stunden gekostet. Es will mir manchmal einfach nicht in den Kopf, wie die Leute so schlampig mit ihrer Ausrüstung umgehen können. Der Spaßvogel, dem dieses Baby hier gehört, hat es drei Jahre im Keller verrotten lassen. Und dann wundert er sich, dass es nicht mehr funktioniert."

„Also alles beim Alten", sagte Mitch. „Hör mal, Stu. Ich muss dir etwas sagen."

Stu rührte sich nicht, er blickte nicht einmal auf.

„Es ist wegen Chris, stimmt's?"

„Wir haben ihn gefunden. Er ist tot."

„Was ist passiert?", fragte Stu müde.

„Er ist erschossen worden."

„Erschossen? Wer in aller Welt sollte ihn umbringen wollen?"

„Genau das versuche ich herauszufinden."

Stu legte seinen Schraubenzieher auf den Tisch und schob den Tiefenmesser zur Seite. „Er war ein wirklich netter Kerl, ich kann mir nicht vorstellen, dass er irgendwelche Feinde gehabt haben könnte."

„Kannst du dich noch an den Tag erinnern, als du ihn zum letzten Mal gesehen hast? Ist dir da vielleicht etwas Ungewöhnliches aufgefallen?"

„Nicht, dass ich wüsste."

„Und vorher? Hat er sich jemals seltsam benommen?"

„Er hat sich manchmal Geld von mir geliehen, aber das würde ich in seinem Fall nicht seltsam nennen. Das hat er öfter gemacht, wenn er mal wieder knapp bei Kasse war."

„Wieso war er knapp bei Kasse?"

„Ach, du weißt doch, seine kleine Spielleidenschaft."

„Ich wusste, dass er gern spielt, aber nicht, dass er sich deswegen Geld leihen musste."

„Nicht viel. Und er hat es immer sofort wieder zurückgezahlt, sobald er konnte. Jeder hat irgendein Laster, und ich kann mir weiß Gott Schlimmeres vorstellen, als ab und zu ein paar Dollar in einen Automaten zu stecken", verteidigte Stu seinen toten Freund. Er schluckte. „Du hättest ihn sehen sollen, als er mir von dieser Gewinnbenachrichtigung erzählt hat. Er war völlig aus dem Häuschen. Und dann ..." Er kramte ein Taschentuch hervor und schnäuzte sich.

Richtig, der Lotteriegewinn. Atlantic City. Chris' Wagen auf der falschen Straßenseite. Da war doch was faul.

Mitch stopfte unbehaglich die Hände in die Taschen.

„Weißt du, wo Kelsey ist?"

Stu nickte.

„Sie wollte raus zum Randall-Haus. Sylvia hat sie um Tauchstunden gebeten. Natürlich müssen die in ihrem Privatpool stattfinden", sagte er schulterzuckend. „Man geniert sich anscheinend, in der Öffentlichkeit ohne Make-up gesehen zu werden."

„Das kann ich mir ehrlich gesagt auch nicht vorstellen. Sylvia Randall, ungeschminkt und mit nassen Haaren? Die fühlt sich doch schon nackt, wenn sie zum Schlafen ihren Schmuck ablegen muss."

„Ich war genauso erstaunt wie du, das kannst du mir glauben. Dass sie obendrein ausgerechnet Kelsey fragt ... wenn man bedenkt, was zwischen ihrem Mann und Donna gelaufen ist, sollte man eigentlich meinen, sie würde einen großen Bogen um alles machen, was Warren heißt."

„Warte mal, was hast du da gerade gesagt? Boyd und Donna hatten eine Affäre?"

„Ja. Aber das war nichts Ernstes. Er vergöttert Sylvia, hat er schon immer getan. Bis auf diesen einen Ausrutscher am Anfang ihrer Ehe ist er ihr all die Jahre treu geblieben", sagte Stu. „Sie soll damals gedroht haben, ihn zu verlassen. Er ließ Donna fallen wie eine heiße Kartoffel. Irgendwie hat er Sylvia dazu gebracht, ihm zu verzeihen, Donna verschwand aus Grant's Forge, und alles war vergessen."

Mitch bezweifelte, dass es so einfach gewesen war. Eine Frau von Sylvias Format hatte sicher schwer daran zu knabbern gehabt, dass jemand wie Donna Warren ihr Konkurrenz machte.

Kelsey sah ihrer Mutter zum Verwechseln ähnlich. Allein das musste doch schmerzliche Erinnerungen in Sylvia wachrufen. Und Mitch wusste aus eigener Erfahrung, Frauen hatten ein erstaunliches Gedächtnis, was alte Verletzungen anging, auch wenn sie noch so nichtig waren.

„Ach, übrigens", sagte Stu. „Kelsey hat vor, den Sommer über hierzubleiben."

„Was?"

„Sie bleibt den Sommer über hier", wiederholte Stu. „Sieht so aus, als wohnt sie erst mal bei mir, bis sie was anderes gefunden hat."

Mitchs Herz zog sich zusammen. Dies war ihre Art, ihnen eine zweite Chance zu geben. Vorsichtig, mit Netz und doppeltem Boden zwar, aber das war besser als gar nichts.

„Ich werde mal rausfahren und nach ihr sehen", sagte er.

„Sie müsste in spätestens zwei Stunden wieder hier sein."

In zwei Stunden konnte viel passieren. Zu viel.

„Nein, ich fahre hin."

14. KAPITEL

Für einen kurzen Moment schien Kelseys Verstand sich einfach zu weigern, das, was geschah, als Realität anzuerkennen. Es war fast so, als würde vor ihren Augen ein Film ablaufen. Sie bräuchte nur den Kanal zu wechseln, und die schreckliche, unwirkliche Szene würde verschwinden.

Aber es gab keinen Umschaltknopf. Das hier passierte tatsächlich.

Sie musste ihre Stimme ruhig klingen lassen, nur keine Angst zeigen, das war jetzt das Wichtigste.

„Sylvia, ich verstehe nicht."

„Du solltest dir was Neues einfallen lassen. Du glaubst doch nicht etwa, ich nehme dir die Nummer mit dem blonden Dummchen noch immer ab, Donna?"

„Ich bin nicht Donna. Ich bin Kelsey."

Ein schwaches Lächeln zuckte um Sylvias Mundwinkel. Sie schüttelte den Kopf, als wolle sie ihre Gedanken ordnen.

„Richtig."

„Donna ist tot."

„Ich weiß, dass du tot bist. Schließlich habe ich dich eigenhändig aus dem Weg geräumt. Aber du bist zurückgekommen. Immer wieder und wieder."

Eine Welle von Panik ergriff Kelsey.

Mrs Randall hatte den Verstand verloren.

„Sie haben sie umgebracht", keuchte sie schockiert. „Wieso?"

„Versuch nicht, mich für dumm zu verkaufen." Sylvia fuchtelte drohend mit der Waffe vor Kelseys Gesicht herum. „Du hast meinen Mann verführt, du kleines Miststück. Aber das reichte dir noch nicht. Dann musstest du mir auch noch mein Baby wegnehmen."

„Welches Baby?"

Einen Augenblick lang starrte Sylvia sie einfach nur an, als wäre sie weit fort, in ihrer eigenen Welt. War das schon die Gelegenheit, auf die Kelsey gewartet hatte, um das Blatt zu wenden? Gerade als sie sich bewegen wollte, kam Sylvia wieder zu sich. Ihre Augen waren plötzlich klar, und sie sah Kelsey mitleidig an.

„Oh, mein Gott. Deine Mutter hat es dir nie erzählt, nicht wahr?"

„Erzählt? Was erzählt?"

„Boyd und ich hatten vor, dich zu adoptieren. Wir wollten dir ein richtiges Zuhause geben, all das hier." Sie streckte die Hand aus und machte eine ausladende Geste. „Es war unser größter Wunsch, dich zu lieben und großzuziehen, als wärst du unser eigenes Kind."

Nein, das konnte nicht sein. Sylvia war verrückt, sie redete wirres Zeug. Oder?

Kelsey wusste in ihrem Herzen, dass es stimmte. Donna hatte sie weggeben wollen. Zu den Randalls.

Dieser Anwalt in Richmond. Sie hatte ihn offenbar beauftragt, das Adoptionsverfahren für sie zu übernehmen. Der Brief. *Sehr geehrte Miss Warren, ich freue mich, Ihnen mitteilen zu können ...*

„Das habe ich nicht gewusst."

„Wir hatten schon alles vorbereitet." Sylvia stieß einen traurigen Seufzer aus. „Ich hatte ein wunderschönes Kinderzimmer für dich hergerichtet. Mit sonnengelben Wänden und weißen Schäfchenwolken. Deine Wiege haben wir extra in Italien anfertigen lassen."

„Aber wenn alles geregelt war, warum ist es dann doch nicht dazu gekommen?" Insgeheim hoffte Kelsey, Donna hätte sich damals im letzten Moment anders entschieden und die Adoption abgelehnt.

„Deine Mutter konnte den Hals nicht voll genug bekommen, das ist passiert."

„Sie hat Geld für mich verlangt?"

„Natürlich. Und wir waren auch bereit, ihr eine ansehnliche Summe zu bezahlen. Ich wollte dich so sehr, ich hätte ihr alles gegeben, nur um dich zu haben." Eine Träne rann Sylvias Wange hinab. „Aber ein paar Tage vor dem Geburtstermin ging Donna zu dem Anwalt, der die Adoption abwickeln sollte. Plötzlich war ihr der Betrag, den wir ausgemacht hatten, zu wenig, und sie forderte das Doppelte."

Kelsey ahnte, was als Nächstes geschehen war, aber sie wollte es von Sylvia hören.

„Und dann?"

„Dieser Idiot Cranston hatte nichts Besseres zu tun, als sofort meinen Mann anzurufen. Die Frau zählt ja nicht, Gelddinge sind Männersache. Boyd war so aufgebracht, dass er sich einfach weigerte, mit Donna zu verhandeln. Als ich am nächsten Tag erfuhr, was passiert war, war es schon zu spät. Sie war spurlos verschwunden."

Als Kelsey ein Kind gewesen war, hatte Donna manchmal gesagt, sie hätte das Geld nehmen sollen. Dann würde es ihnen beiden heute besser gehen. Kelsey hatte damals nicht verstanden, was sie meinte.

Jetzt tat sie es.

Sie hörte ihr Blut in ihren Ohren rauschen. Ihr war schwindelig. Aber sie musste alles wissen. Die ganze Wahrheit.

„Ist Boyd mein Vater?", fragte sie mit zitternder Stimme.

„Ja."

Kelsey schloss die Augen und öffnete sie wieder, als Sylvia weitersprach.

„Donna war damals in der Blüte ihres Lebens, eine wahre Schönheit. Boyd war hingerissen von ihr. Sie hat seine Schwäche schamlos ausgenutzt. Eines Tages erwischte ich sie beide zusammen im Bett. In unserem Bett." In ihren Augen spiegelte sich ihr Schmerz von damals wider. „Boyd war mein Ein und Alles. Ich konnte nicht fassen, dass er mir so etwas antut. Ich wollte ihn nie wiedersehen und habe ihn rausgeworfen." Sie sah Kelsey an. „Er kam wieder angekrochen, aber ich blieb hart. Und dann … dann versprach er mir ein Baby, wenn ich ihm verzeihen könnte."

„Mich."

„Ja. Donna hatte ihm eröffnet, dass sie schwanger war und uns das Kind gegen eine *Entschädigung* überlassen würde. So nannte sie das." Abermals rollte eine Träne ihre Wange hinunter. „Alles, was ich je wollte, war Mutter sein. Aber nachdem wir es fünf Jahre lang versucht hatten, stellte sich heraus, dass ich keine Kinder bekommen kann. Dass ich bereit war, jeden Preis für dich zu bezahlen, muss dir merkwürdig erscheinen. Aber das kann niemand verstehen, der es nicht selbst durchgemacht hat. Niemand."

Kelsey zwang sich, ruhig zu bleiben.

„Warum haben Sie Donna umgebracht?"

Sylvia runzelte die Stirn.

„Weil sie versucht hat, uns zu erpressen", sagte sie, als verstünde sie überhaupt nicht, wie Kelsey fragen konnte. „Boyd hatte sich gerade für die Wahl des Senats von Virginia aufstellen lassen. Und dann tauchte Donna plötzlich wieder auf. Dieses gierige Miststück. Sie wollte sich an uns rächen. Endgültig unser Leben zerstören, weil es ihr beim ersten Mal nicht gelungen war. Das konnte ich nicht zulassen." Sylvia zuckte mit den Schultern. „Aber ich wusste ja jetzt, wo ihre Schwachstelle war. Geld. Also habe ich mich mit ihr bei der Kiesgrube verabredet. Sie dachte, ich würde ihr einen dicken Umschlag mit Scheinen geben." Sie grinste boshaft. „Stattdessen hat sie eine Kugel bekommen. Siehst du, das passiert einem, wenn man zu gierig ist."

In Kelseys Kopf drehte sich alles.

Sylvia zeigte mit der Waffe auf den Swimmingpool.

„Los, rein mit dir."

„Sie waren das, die Stu fast überfahren hätte."

„Du bist ein kluges Köpfchen."

„Warum sollte er sterben?"

„Warum, warum", äffte Sylvia sie nach. „Er musste ja unbedingt die alte Kiesgrube kaufen und seine Nase in Dinge stecken, die ihn nichts angehen. Ich wollte verhindern, dass er Donnas Wagen findet." Sie kniff die Augen zusammen. „So, und jetzt Schluss mit den Fragen. Geh in den Pool. Wir müssen einen kleinen Unfall inszenieren."

Kelsey begriff. Tod durch Ertrinken. So sollte es aussehen. Sie wich einen Schritt zurück.

„Sylvia … ich kann die Stadt verlassen. Noch heute."

„Jetzt auf einmal, ja? Nur leider ist es jetzt zu spät. Ich habe dir deutlich zu verstehen gegeben, dass du verschwinden sollst. Du hast all meine Warnungen ignoriert."

„Sie waren das mit der Puppe."

„Ja, ich war das." Sylvia wischte sich eine Träne fort. „Weißt du, dass sie mich damals Hunderte von Dollars gekostet hat? Ich habe gleich ein ganzes Dutzend für meine kleine Prinzessin gekauft. Aber dann, als Donna dich mir weggenommen hat, ließ ich sie alle auf den Dachboden schaffen. Ich konnte es nicht ertragen, sie auch nur anzusehen."

Kelsey verspürte so etwas wie Mitgefühl. Sie wusste, wie es sich anfühlte, sein ganzes Leben lang von etwas verfolgt zu werden, das schon viele Jahre zurücklag, aber einen nicht losließ.

„Sylvia, bitte. Lassen Sie mich Ihnen doch helfen …"

„Helfen! Indem du hier in der Stadt herumschleichst und hinter meinem Rücken allen Leuten erzählst, dass mein Mann eine Affäre mit deiner Mutter hatte? Du hältst mich wohl für dumm, aber ich weiß genau, was du vorhast. Ich habe endgültig genug von euch geldgierigen Blutsaugern. Du, Chris, diese Sekretärin Brenda Harris, ihr habt alle gedacht, ihr könntet ein hübsches Sümmchen aus mir herauspressen. Aber da habt ihr euch geschnitten!"

„Ich will kein Geld von Ihnen."

„Du kriegst auch keins. Du hast mir schon mein Baby weggenommen, das sollte dir wohl reichen, du Schlampe."

Die kleinen Lämpchen an der Decke spiegelten sich wie ein Meer aus Sternen auf der glatten Wasseroberfläche des Pools wider. Nackte Angst ergriff Kelsey. Es musste einen Weg hier heraus geben. Und sie musste ihn schnell finden.

Sie umfasste den Tragegriff ihrer Tasche. Wenn es ihr gelang, ihn ganz langsam von ihrer Schulter zu streifen und dann blitzschnell die Tasche zu werfen …

Sylvia registrierte die Bewegung.

„Verloren, Donna."

Plötzlich schien alles wie in Zeitlupe abzulaufen. Kelsey sah, wie Sylvia mit hasserfülltem Blick den Abzug durchzog. Im nächsten Moment schlug sie mit der Schulter auf dem Boden auf. Sie versuchte, sich hochzurappeln, und sog scharf die Luft ein. Ein stechender Schmerz durchzuckte sie, als sie sich aufstützen wollte.

Die Kugel hatte ihren Arm gestreift, als sie zur Seite gesprungen war.

„Jetzt habe ich dich da, wo ich dich schon immer haben wollte!"

Sylvia machte ein paar Schritte auf Kelsey zu, sah auf sie herab und zielte wieder mit der Waffe auf sie.

„Das würde ich an Ihrer Stelle nicht tun", stieß Kelsey durch vor Schmerz zusammengebissene Zähne hervor.

Sylvia lachte spöttisch.

„So? Was würdest du denn tun?"

„Laufen. Die Polizei ist sicher gleich hier. Oder ist Ihre Haushälterin taub?"

„Ach, du glaubst, sie hätte den Schuss gehört und den Sheriff verständigt?" Sylvia schüttelte langsam, höhnisch, den Kopf. „Da muss ich dich leider enttäuschen. Sie ist in der Stadt, ein paar Besorgungen für mich machen. Es ist niemand hier. Nur du und ich."

Das Geräusch der Eingangstür, die geöffnet und geschlossen wurde, hallte durch das Haus ins Untergeschoss und strafte Sylvias Worte Lügen. Kelsey überlegte nicht lange.

„Hilfe!"

„Sei still!" Sylvia hielt Kelsey die Waffe dicht vors Gesicht und lauschte angestrengt.

Boyd stürzte ins Poolzimmer. Er trug ein weißes Hemd und Tennisshorts. Sein volles graues Haar hing ihm locker in die Stirn. Er entsprach dem absoluten Idealbild eines Vaters. Kelsey hätte sich niemals träumen lassen, dass sie je einen Vater haben würde, noch dazu einen, der ihr ausgerechnet dann zur Hilfe kam, wenn sie ihn am meisten brauchte.

Sein Blick ging zwischen den beiden Frauen hin und her.

„Sylvia, was zum Teufel geht hier vor sich?"

„Mr Randall, helfen Sie mir!", rief Kelsey. „Ihre Frau versucht, mich umzubringen."

Er sah Sylvia an. „Was redet sie da?"

Sylvia schien erleichtert zu sein, ihren Mann zu sehen. „Sie ist wieder da. Ich wollte sie dazu bringen, zu verschwinden, aber sie wollte einfach nicht gehen. Und jetzt werde ich sie ein für alle Mal loswerden. Für immer."

„Mein Herz, beruhig dich." Boyds Stimme klang traurig und resigniert. „Das ist nicht Donna. Es ist ihre Tochter. Kelsey."

„Bist du blind? Sieh sie doch an", kreischte Sylvia hysterisch. „Es ist Donna! Sie hat sich überhaupt nicht verändert, nicht ein bisschen."

„Aber überleg doch, mein Herz. Dann kann sie es doch nicht sein", versuchte ihr Mann an ihre Vernunft zu appellieren. „Sie müsste doch älter geworden sein, so wie du und ich auch."

„Älter, jünger, Donna oder nicht, es macht keinen Unterschied. Sie weiß, dass ich die anderen getötet habe."

Boyd schloss die Augen und stieß einen verzweifelten Seufzer aus.

„Warum hast du es ihr erzählt?", fragte er müde.

„Sie weiß es doch sowieso. Donna sieht und hört alles, was ich tue. Sie ist immer da."

Der bekümmerte Ausdruck auf Boyds aschfahlem Gesicht und seine Körperhaltung ließen ihn um Jahre älter erscheinen. Er wusste, dass seine Frau geisteskrank war.

„Sylvia, ich kann so nicht mehr weitermachen. Du brauchst Hilfe."

Tränen stiegen Sylvia in die Augen, als sie ihren Mann fassungslos anstarrte.

„Das ist das letzte Mal, Boyd. Ich verspreche es dir", flehte sie. „Wenn sie beseitigt ist, haben wir endlich unsere Ruhe. Dann können wir von hier fortgehen und ein ganz neues Leben anfangen. Bitte!"

Kelsey hielt sich ihren verletzten Arm. „Mr Randall, bitte, Sie müssen sie zur Vernunft bringen."

„Halt deinen Mund!", schrie Sylvia sie an. „Du kannst meinen Mann nicht auf deine Seite ziehen, seine Loyalität gilt mir, seiner Frau!"

Blut quoll zwischen Kelseys Fingern hervor.

„Das dürfen Sie nicht zulassen. Ich bin Ihre Tochter", wandte sie sich an Boyd.

Sein Blick wanderte zwischen den beiden hin und her, dann ließ er ihn schließlich auf Kelsey ruhen.

„Als Donna mir gesagt hat, dass sie von mir schwanger ist, da wusste ich nicht, was ich glauben sollte. Ob das Kind wirklich von mir ist. Deine Mutter hatte so viele Männer, wahrscheinlich war sie sich selbst nicht sicher. Aber dann ist sie plötzlich vor zehn Jahren wieder in der Stadt aufgetaucht. Mit dir. Ich hasse Tauchen, weißt du das? Ich bin nur in Stus Laden gekommen, um dich zu sehen. Du sahst ihr so ähnlich, bis auf die Augen. Die hast du von mir geerbt."

Kelsey konnte kaum atmen. „Seit ich ein kleines Mädchen war, habe ich versucht mir vorzustellen, wie mein Vater wohl aussieht."

Boyd schluckte.

Sylvia drängte sich an seine Seite und berührte seinen Arm.

„Boyd, hör nicht auf sie. Sie will nur ihren Hals retten. Lass nicht zu, dass sie unser Leben zerstört. Du und ich, das ist es, was zählt, sonst gar nichts."

Er rührte sich nicht. Schweigend stand er lange Sekunden einfach nur da und sah Kelsey an.

Ihr Arm brannte. Sie ließ sich aus ihrer hockenden Stellung auf den Boden sinken, hielt dabei aber Boyds Blick fest. Ihr Vater. Nach all den Jahren hatte sie ihn gefunden. Er würde sie nicht im Stich lassen.

„Du hast recht", sagte er leise. „Wir müssen sie loswerden. Wenn wir sie laufen lassen, wird sie alles der Polizei erzählen."

Sylvia gab ihm einen zärtlichen Kuss auf die Wange.

„Ich liebe dich."

Kelsey hatte das Gefühl, ihr hätte jemand in den Magen getreten. Was sagte er da?

„Ich bin dein Kind", keuchte sie ungläubig.

Boyd sah sie an, und die Kälte in seinen Augen traf sie wie ein Messerstich.

„Und Sylvia ist meine Frau. Ich bin seit dreißig Jahren mit ihr verheiratet, ein halbes Leben lang. Sie braucht mich. Und ich brauche sie. Sie ist alles, was ich habe. Du", sagte er fest, „du bist eine Fremde für mich." Er nahm Sylvia die Waffe aus der Hand und richtete sie auf Kelsey. „Es muss sein, ich habe keine andere Wahl."

Ein lautes Krachen dröhnte in Kelseys Ohren.

Für einen Sekundenbruchteil dachte sie, er hätte sie getroffen, und wartete darauf, dass ihre Beine unter ihr nachgaben und sie auf dem Boden aufschlagen würde. Doch es geschah nichts.

Dann sah sie, wie Boyd auf die Knie sackte. Blut sickerte aus einer Wunde an seiner Schulter. Sylvia starrte ihn mit weit aufgerissenen Augen an.

„Boyd! Nein!"

Mitch stand im Eingang des Poolzimmers, seine Beretta im Anschlag, bereit, ein zweites Mal zu feuern. Tränen rollten Kelseys Wangen hinunter. Sie war noch nie in ihrem Leben so froh gewesen, jemanden zu sehen.

Doch Mitch beachtete sie gar nicht. Er fixierte die Randalls, seinen Augen entging nichts. Sylvia hielt den Kopf ihres Mannes an ihre Brust gedrückt und strich ihm immer wieder über die schweißnassen Haare. Sein Blut tropfte auf ihre weiße Hose.

„Lass die Waffe fallen, Boyd."

Boyds Hand öffnete sich, und die silberne Pistole fiel mit einem metallischen Klacken auf den Boden. Danach war es still, Kelsey hörte nichts als ihren eigenen Atem. Ihr wurde plötzlich kalt, ihr Kopf fühlte sich an wie in Watte gepackt. Sie wankte und lehnte sich instinktiv an die Marmorsäule zu ihrer Rechten, um nicht umzufallen.

Ihre unbewusste Bewegung erregte Mitchs Aufmerksamkeit, und für den Bruchteil einer Sekunde richtete er seine Augen auf Kelsey. In seinem Blick lag Besorgnis. Und Liebe.

Diesen kurzen Augenblick nutzte Sylvia, um sich die Pistole zu schnappen, die ihr Mann auf den Boden hatte fallen lassen. Sie zielte damit auf Kelsey.

„Du bist an allem schuld!", schluchzte sie.

Doch Mitch war schneller.

Noch ehe sie den Zeigefinger krümmen konnte, hatte er bereits einen zweiten Schuss abgefeuert. Die Kugel traf Sylvia in die Brust. Sie starrte ihn an, kippte dann auf die Seite und blieb reglos liegen.

Zwanzig Minuten später waren der Krankenwagen und Mitchs Kollegen von der Gerichtsmedizin eingetroffen. Boyd wimmerte, rief immer wieder den Namen seiner Frau, während die Polizisten ihren leblosen Körper im Zinksarg aus dem Haus trugen.

Mitch hatte kaum ein Wort mit Kelsey gewechselt, nachdem er ihre Wunde begutachtet und festgestellt hatte, dass sie nur leicht verletzt war. Er hatte mit seinem Gürtel notdürftig die Blutung zum Stillstand gebracht. Dann hatte er Boyd gefesselt und versucht, Sylvia zu retten. Obwohl sie nicht mehr atmete, hatte er alles in seiner Macht Stehende getan, um ihr Herz wieder zum Schlagen zu bringen, bis der Notarzt übernommen und ihm kurz darauf versichert hatte, dass es keinen Zweck mehr hatte.

Dann hatte er die Fragen seiner Kollegen beantwortet, erklärt, was passiert war, während der Arzt Kelseys Verletzung versorgt hatte. Kelsey wurde von zwei Sanitätern auf eine Trage gehoben. Erschöpft schloss sie die Augen. Die Sanitäter redeten beruhigend auf sie ein, während sie eine Decke über ihr ausbreiteten. Sie schlangen oben und unten einen Haltegurt um ihren Körper und schoben sie dann in den hinteren Teil des Krankenwagens.

Einer der Männer kletterte hinter ihr hinein und klappte die beiden

Türflügel zu. Er hatte sich gerade neben Kelsey gesetzt und ihr eine Blutdruckmanschette angelegt, als von außen laut gegen die Tür gehämmert wurde. Er stand auf und öffnete sie. Draußen stand Mitch.

„Ich fahre mit ins Krankenhaus", sagte er bestimmt.

„Ist gut, aber warten Sie einen Moment. Ich muss ihr noch ein Schmerzmittel geben."

Mitch nickte.

Der Sanitäter holte eine Ampulle und zog eine Spritze auf. Kelsey spürte den Einstich kaum.

„So, das war's schon." Er winkte Mitch zu sich, kletterte aus dem Krankenwagen und stieg vorne neben seinem Kollegen ein.

Mitch setzte sich zu Kelsey und nahm seine Sonnenbrille ab. Er strich ihr mit einer Hand eine Haarsträhne aus dem Gesicht und streichelte ihre Wange.

„Geht es dir gut?"

„Ja", sagte sie kraftlos.

„Hast du Schmerzen?"

„Ist mir schon besser gegangen, aber es ist auszuhalten."

„Kelsey, es tut mir so leid, dass das passiert ist. Ich hätte den Randalls viel früher auf die Schliche kommen müssen."

„Ich habe doch auch nichts geahnt. Nichts."

Eine Träne rollte über Kelseys Gesicht.

Mitch wischte sie zärtlich mit dem Daumen fort.

„Das ist wahrscheinlich nicht der richtige Moment, aber ... ich wollte dir das schon lange sagen. Ich liebe dich."

Kelsey war sich nicht sicher, ob sie das wirklich gerade gehört hatte oder durch das Morphin schon anfing, Halluzinationen zu bekommen. Sie hob den Kopf leicht an und schaute Mitch verwirrt an.

„Was?"

Er nahm ihr Gesicht in seine Hände und sah ihr in die Augen.

„Ich liebe dich."

All diese Katastrophen. Die Auflösung des Rätsels ihrer Vergangenheit. Und nun dies. Das Leben war schon verrückt. Und wunderbar.

„Ich liebe dich auch", sagte Kelsey leise.

Mitch küsste sie sanft auf die Stirn.

„Stimmt das, was Stu gesagt hat? Du willst noch eine Weile in der Stadt bleiben?"

„Ja. Es ist Zeit für mich, mein Vagabundendasein aufzugeben."

Er legte den Zeigefinger unter ihr Kinn und drehte ihren Kopf leicht zu sich. Seine Lippen berührten ihre. Sie erwiderte den Kuss.

„Eine gute Entscheidung. Außerdem hast du mir damit erspart, dich um den halben Erdball zu verfolgen, bis du es endlich leid bist, mich abzuschütteln."

„Willst du damit sagen, du hättest Grant's Forge verlassen, nur um bei mir zu sein?"

„Kelsey, selbst wenn du auf die Idee kämest, am Nordpol wohnen zu wollen, es wäre mir egal. Wo du hingehst, da gehe ich auch hin. Wir gehören zusammen, du und ich."

– ENDE –

Olivia Gates

Der Zauber deiner Lippen

Roman

Aus dem Englischen von
Roswitha Enright

1. KAPITEL

Sie öffnete die Augen – und fand sich in einer anderen Welt wieder. Diese Welt war grau und verschneit wie ein Fernsehbildschirm bei einer Übertragungsstörung. Aber das war ihr egal. Denn sie erkannte ein Gesicht. Das Gesicht eines Engels, der sie zu beschützen schien. Allerdings war es kein gewöhnlicher Engel. Es musste sich um einen Erzengel handeln, zumindest entsprach er ihrer Vorstellung davon: der Verkörperung von männlicher Schönheit und Kraft, wie aus Stein gemeißelt oder in Bronze gegossen.

Licht und Schatten prägten seine Gesichtszüge, und sie fragte sich, ob das Ganze ein Traum sei. Oder eine Halluzination? Oder etwas Schlimmeres? Wahrscheinlich etwas Schlimmeres. Trotz des Engels. Oder vielleicht auch gerade deshalb. Denn Schutzengel tauchten nur dann auf, wenn man ernsthaft in Schwierigkeiten war.

Vielleicht war es ja der Todesengel. Allerdings wäre das wirklich eine Verschwendung. Denn warum sollte jemand, der den Tod brachte, so atemberaubend gut aussehen? Die reinste Vergeudung, wenn man sie fragte. Andererseits … Vielleicht war er gerade deshalb so unglaublich attraktiv. Damit das Opfer ihm umso williger ins Totenreich folgte.

Für sie wäre das kein Problem. Sie war zu allem bereit. Wenn sie sich nur bewegen könnte. Doch genau das gelang ihr nicht. Sie lag mit dem Rücken auf etwas, das sich wie das Nagelbett eines Fakirs anfühlte. Mit größter Willensanstrengung versuchte sie sich zu erheben, aber ihr Körper wollte ihr nicht gehorchen. Es war, als bestünde zwischen den Nerven, die den Befehl gaben, und den Muskeln, die ihn ausführen sollten, keinerlei Verbindung. Vor Entsetzen wurde ihr schwindlig. Alles drehte sich um sie, in ihren Ohren dröhnte der Herzschlag …

Doch dann kam das Gesicht des Engels näher, und sofort beruhigte sie sich. Plötzlich hatte sie keine Angst mehr, gelähmt zu sein, denn er war ja da. Und er würde sich um alles kümmern. Warum sie davon so fest überzeugt war, war ihr selbst nicht klar. Sie wusste es einfach. Denn sie kannte ihn. Obgleich sie keine Ahnung hatte, wer er war.

Aber irgendetwas tief in ihr sagte ihr, dass sie in Sicherheit war, dass alles gut werden würde. Weil *er* da war.

Wenn sie sich doch nur irgendwie bewegen oder wenigstens sprechen könnte! Vielleicht war sie gar nicht wach. Vielleicht träumte sie und hatte deshalb keine Gewalt über ihren Körper. Das würde auch diese himmlische Erscheinung erklären. Ein Mann wie er konnte nicht von dieser Welt sein. Andererseits wusste sie genau, dass er vor ihr stand.

So einen Mann konnte man sich nicht einfach so zusammenfantasieren. Außerdem gab es keinen Zweifel: Der Mann war wichtig für sie, lebenswichtig.

„Cybele?"

Diese Stimme, so weich und dunkel ... wie gut passte sie zu dem Gesicht.

„Können Sie mich hören?"

Und ob! Sie konnte ihn nicht nur hören, sie konnte ihn auch fühlen. Jeder Nerv reagierte auf diese Stimme. Ihr war, als erwache sie durch ihn wieder zum Leben.

„Cybele, wenn Sie wach sind und mich hören können, dann antworten Sie, bitte. *Por favor!*"

Por favor? Spanisch? Das also war dieser weiche Akzent, der das Englisch so sinnlich klingen ließ. Warum konnte sie ihm nur nicht antworten? Sie wollte, dass er weitersprach, wollte diese verführerische Stimme hören. Jetzt beugte er sich vor, sein Gesicht kam näher, und sie konnte ihm direkt in die grüngoldenen Augen schauen. Wie gern hätte sie in sein dichtes schwarzes Haar gegriffen, seinen Kopf zu sich heruntergezogen und ihm die Lippen auf den Mund gepresst. Doch sie hatte immer noch keine Gewalt über ihren Körper. Bewegungslos lag sie da, und dennoch sehnte sie sich so sehr nach diesem Mann, der sie forschend und zugleich besorgt ansah. Nur zu gern hätte sie sich seiner Kraft überlassen, seiner Zärtlichkeit und seinem Schutz.

Sie begehrte diesen Mann. Immer schon hatte sie ihn begehrt. Aber wieso? Kannte sie ihn?

„Cybele, *por dios,* so sagen Sie doch etwas!"

Das klang beinahe verzweifelt, und wahrscheinlich war es dieser drängende Ton, der Cybele aus ihrer Erstarrung löste und sie befähigte, ihre Stimmbänder zu gebrauchen. „Ich ... Ich höre Sie ..."

Das wiederum konnte er kaum verstehen, und so beugte er sich vor, bis er mit dem Ohr fast ihre Lippen berührte. Offenbar war er nicht sicher, ob sie wirklich etwas gesagt oder ob er es sich nur eingebildet hatte.

Sie holte tief Luft und versuchte es von Neuem. „Ich bin wach ... Ich denke ... Ich hoffe, dass Sie nicht nur ... eine Fata Morgana sind ..."

Mehr brachte sie nicht heraus. Ihre Kehle brannte wie Feuer, und als sie unwillkürlich husten musste, schossen ihr vor Schmerz die Tränen in die Augen.

„Cybele!" Er war aufgesprungen, hatte sich auf die Bettkante gesetzt und nahm sie in die Arme. Erleichtert ließ Cybele sich an ihn sinken. Es war so gut, seine Wärme zu spüren. In seinen kräftigen Armen fühlte sie sich endlich geborgen. „Sagen Sie nichts mehr", flüsterte er. „Man hatte Sie während der langen Operation intubiert, deshalb fühlt sich Ihr Hals wie Schmirgelpapier an."

Sie spürte etwas Kühles an den Lippen. Ein Glas? Vorsichtig öffnete sie den Mund, und eine warme Flüssigkeit umspülte die trockene Zunge. Als Cybele sich nicht traute zu schlucken, nahm der Mann ihren Kopf etwas weiter nach hinten und strich ihr tröstend über die Wange. „Das ist nur ein Kräutertee. Er wird Ihrer strapazierten Kehle guttun."

Tatsächlich? Misstrauisch sah sie ihn an. Aber offenbar wusste er, was er tat, denn er war auf diese Situation vorbereitet. Leise seufzend schloss sie die Augen, machte sich auf einen höllischen Schmerz gefasst – und schluckte. Doch zu ihrer Überraschung wirkte der Tee wie Balsam, und erleichtert atmete sie auf. Dann nahm sie einen zweiten Schluck, und während der Fremde ihr sanft über die Wange strich, spürte sie, wie ihre Lebensgeister zurückkehrten.

„Geht es Ihnen jetzt besser?"

Wie fürsorglich er war. Cybele schmiegte sich enger an ihn und hätte am liebsten ihr ganzes restliches Leben in seiner Umarmung verbracht. Sie wollte ihm antworten, ihm danken, aber vor Rührung war ihr der Hals wie zugeschnürt. Also richtete sie sich schnell in seinen Armen auf und drückte ihm einen Kuss auf die Wange. Überrascht drehte er den Kopf, um sie anzusehen. Dabei streiften seine Lippen kurz ihren Mund, und ihr stockte der Atem. Bis in die Zehenspitzen durchfuhr es sie heiß, und sie wusste, genau das hatte sie jetzt gebraucht. Diese intime Berührung. Etwas, das sie von früher her kannte und lange nicht gehabt hatte? Oder verloren hatte? Oder war es etwas, das sie nie gehabt, wonach sie sich aber immer gesehnt hatte?

Egal, das spielte jetzt keine Rolle mehr. Sie war endlich am Ziel. Leidenschaftlich drängte sie sich an ihn, schloss die Augen und wollte ihn küssen. Doch ganz plötzlich ließ er sie los, und verwirrt und ernüchtert sank sie zurück auf das Bett. Was war los? Wo war er? Hatte sie sich das alles nur eingebildet? War das typisch für Menschen, die aus dem Koma erwachten?

Wieder traten ihr die Tränen in die Augen. Suchend sah sie sich um. Wo war er? Da, er stand direkt neben ihrem Bett, mit der gleichen Haltung wie vorher. Doch auch durch den Tränenschleier konnte sie erkennen, dass etwas anders war. Er war nicht mehr der schützende Erzengel, dem sie sich anvertrauen konnte, sondern wirkte kalt und unnahbar, als er leicht missbilligend auf sie herabsah.

Ein Gefühl, das sie nur allzu gut kannte, überfiel sie. Niedergeschlagenheit. Mutlos ließ sie den Kopf sinken. Was sie noch vor wenigen Sekunden in seinen Augen zu lesen gemeint hatte, was sie an Wärme und Fürsorge zu spüren geglaubt hatte, hatte sie sich offensichtlich nur eingebildet. Weil sie es hatte sehen und fühlen *wollen*, war sie dieser Illusion aufgesessen. Wahrscheinlich war auch das eine Nachwirkung des Komas.

„Gut, Sie können den Kopf bewegen", hörte sie erneut die tiefe kalte Stimme. „Können Sie sich auch sonst bewegen? Haben Sie Schmerzen? Zwinkern Sie, wenn Sie das Sprechen zu sehr anstrengt. Einmal für Ja, zweimal für Nein."

Das Herz wurde ihr schwer, und sie hatte Schwierigkeiten, die Tränen zurückzuhalten. Jetzt bloß nicht heulen! Denn das waren ganz normale Fragen, wie sie jedem gestellt wurden, der eine Zeit lang bewusstlos gewesen war. Mit persönlichem Engagement hatten sie überhaupt nichts zu tun, sondern nur mit dem professionellen Interesse des Arztes.

„Cybele! Nicht wieder wegdämmern! Machen Sie die Augen auf, und beantworten Sie meine Fragen!"

Bei dem harten Ton fuhr sie innerlich zusammen und beeilte sich zu antworten: „Ich … Ich kann nicht …"

Er holte tief Luft und sah drohend auf sie herunter, dann atmete er frustriert aus. „Okay, dann beantworten Sie nur kurz meine Fragen. Danach können Sie sich ausruhen."

„Ich fühle mich noch irgendwie … betäubt, bin ganz benommen." Sie schwieg und versuchte, mit den Zehen zu wackeln. Es klappte. Das bedeutete ja wohl, dass die Nervenleitungen intakt waren. „Motorisch ist wohl alles in Ordnung. Schmerzen? Kann ich nicht sagen. Ist eher so, als sei ich unter eine Dampfwalze geraten. Aber gebrochen … wohl nichts."

Kaum hatte sie das gesagt, spürte sie einen starken, beißenden Schmerz in ihrem linken Arm. Sie schrie auf. „Mein Arm!"

Obwohl sie hätte schwören können, dass der Arzt sich nicht bewegt hatte, fand sie ihn plötzlich neben sich, und Sekunden später legte sich wohltuende Kühle über den heißen Schmerz. Erstaunt blickte sie hoch, dann zur Seite. Ach so, sie hatte eine Infusionsnadel im rechten Arm, durch die ihr ein starkes Schmerzmittel zugeführt wurde, das jetzt in schnellem Rhythmus aus dem Plastikbehälter tropfte.

„Tut es noch weh?" Der Mann sah sie besorgt an, und als sie den Kopf schüttelte, atmete er erleichtert aus. „Gut. Das reicht erst mal. Ich komme später wieder."

Als er sich zum Gehen wandte, legte sie ihm schnell die Hand auf den Arm. „Nein …" Das kam ganz spontan, so als habe sie Angst, ihn nie wiederzusehen, wenn er sich jetzt entfernte. Als sei er dann für immer für sie verloren. Fester drückte sie zu, wie um sich zu zwingen, sich zu erinnern. Sie kannte ihn, aber woher? Hatte er ihr etwas bedeutet?

Er wich ihrem Blick aus und starrte auf die Hand, die ihn immer noch festhielt. „Ihre Reflexe sind gut. Motorik und Koordination scheinen wieder normal zu funktionieren. Das alles spricht dafür, dass Sie sich schneller erholen, als ich befürchtet habe."

Offenbar hatte er nicht viel Hoffnung gehabt. Hatte er sie bereits abgeschrieben gehabt? „Darüber sollte ich … wohl froh sein?"

„*Sollte?* Freuen Sie sich denn nicht, dass alles wieder gut wird?"

„Doch, doch … das schon. Glaube ich wenigstens. Aber so ganz bin ich noch nicht da." Nur in seiner Gegenwart fühlte sie sich lebendig. „Was ist denn eigentlich mit mir passiert?"

Mit einer schnellen Bewegung schüttelte er ihre Hand ab. „Sie können sich nicht erinnern?"

„Nein … an nichts."

Einen Augenblick lang sah er sie an, dann kniff er leicht die Augen zusammen und musterte sie eindringlich. „Wahrscheinlich haben Sie vorübergehend Ihr Gedächtnis verloren. Das ist nicht unüblich in Ihrer Situation. Ihr Gehirn will die traumatischen Erlebnisse ausblenden."

Es war eindeutig der Arzt, der hier sprach. War er wirklich nur ihr *Arzt?* War sie vielleicht auch schon vor diesem „traumatischen Erlebnis" bei ihm in Behandlung gewesen und hatte sich in ihn verknallt? Oder kannte er bisher nur das, was bei ihrer Einlieferung ins Krankenhaus an Informationen mitgeliefert worden war? Vielleicht hatte sie in der Zeit ihrer Bewusstlosigkeit, die immer wieder von kurzen Wachphasen unterbrochen worden war, ihm gegenüber eine Art von Abhängigkeit entwickelt. Dann hatte sie einen Mann auf die Wange geküsst, der nur in seiner Eigenschaft als Arzt an ihrem Bett saß! Der ganz sicher gebunden war, vielleicht sogar Frau und Kinder hatte. *Wie wahnsinnig peinlich!* Sie musste es genau wissen. „Wer … Wer sind Sie?"

Er erstarrte, wirkte plötzlich wie versteinert. Als er sich nach ein paar endlosen Sekunden wieder gefasst hatte, stieß er leise hervor: „Du weißt nicht, wer ich bin?"

„Nein … Sollte ich?" *Verdammt.* Sie hatte ihn zärtlich auf die Wange geküsst, und nun behauptete sie, ihn nicht zu kennen? „Vielleicht sollte ich … aber ich kann mich nicht erinnern."

„Dann hast du mich vergessen?"

Sie starrte ihn an, dann schüttelte sie langsam den Kopf. „Vielleicht … Aber vielleicht habe ich auch vieles andere vergessen. Auf alle Fälle kann ich mich nicht so ausdrücken, wie ich möchte. Dass ich mich nicht mehr erinnern kann, bedeutet vielleicht, dass ich lediglich vorübergehend vergessen habe, wer … du … bist."

Wieder sah er sie lange an, dann strich er mit einer frustrierten Geste sein schwarzes Haar zurück und seufzte. „Ich bin wohl eher derjenige, der hier nicht die richtigen Worte findet. Du kannst dich sogar sehr gut ausdrücken. Ehrlich gesagt habe ich dich noch nie so viele Sätze hintereinander sprechen hören. Normalerweise hast du immer nur einen kurzen Satz herausgebracht."

„Dann kennst … du mich also wirklich? Sehr gut sogar?"

Kurz runzelte er die Stirn. „*Sehr gut* kann man eigentlich nicht sagen, Cybele."

Leise seufzend sah sie ihn an und lächelte. „Cybele … Ich liebe es, wenn du meinen Namen sagst."

Wieder erstarrte er und musterte sie ausdruckslos, dann setzte er sich vorsichtig auf die Bettkante. Unter dem Gewicht gab die Matratze nach, und Cybele rutschte an seine Seite, bis sie mit der Hüfte gegen ihn stieß. Bei der Berührung durchfuhr es sie heiß. Selbst bei ihrer schwachen Konstitution reagierte sie heftig auf ihn. Aber warum? Was hatte er mit ihr gemacht? Sie musste ihn von früher kennen, sonst wäre ihre Reaktion nicht erklärlich.

Zu ihrer Überraschung lächelte er zurück. „Und du kannst dich wirklich überhaupt nicht mehr an mich erinnern? Du weißt nicht, wer ich bin?"

„Nein." Warum lächelte er? Die Situation war alles andere als komisch. Panik überfiel sie bei der Vorstellung, das Gedächtnis verloren zu haben. Denn das bedeutete, dass sie eine neurologische Störung hatte, dass sie vielleicht nie wieder normal würde leben können. Aber vielleicht war alles nicht so schlimm, vielleicht war dieser Zustand nur vorübergehend. Es tat ihr gut, zu wissen, dass dieser Mann offenbar beunruhigt war, weil sie ihn nicht erkannte. Es machte ihm etwas aus. Sie war ihm wichtig. Das war tröstlich.

„Ich dachte, das hätte ich klargemacht", fuhr sie fort. „Zumindest hörte es sich für mich so an. Aber wahrscheinlich hat das nichts zu bedeuten. Denn ich weiß nicht nur nicht, wer du bist. Ich habe auch keine Ahnung, wer … ich bin."

2. KAPITEL

*R*odrigo war aufgestanden und stellte den Tropf neu ein. Dabei vermied er es sehr bewusst, Cybele anzusehen. Cybele – die verbotene Frucht. Die personifizierte Versuchung. Die Frau, die allein durch ihre Existenz sein Leben vergiftete. Alles hätte er dafür gegeben, wenn er den einen Tag mit ihr aus seinem Gedächtnis streichen könnte. Und nun war sie diejenige, die sich nicht mehr an ihn erinnerte.

Zwei Tage zuvor hatte sie ihn damit konfrontiert, und er hatte sich immer noch nicht von dem Schock erholt. Sie hatte ihm gesagt, dass sie sich nicht mehr an das erinnerte, was ihn wie ein Fluch verfolgte. Weil es ein Leben vernichtet hatte und sein eigenes vergiftete.

Aber das sollte ihm nichts ausmachen. Und er hätte sich nicht so sehr um sie kümmern sollen, zumindest nicht mehr als um seine anderen Patienten. Denn es sah ihm nicht ähnlich, wegen einer Patientin die anderen zu vernachlässigen. Doch genau das hatte er getan. Dabei hatte er hoch qualifizierte Pflegekräfte, die diese Aufgaben sehr gut hätten übernehmen können. Aber er hatte keine Wahl, er musste bei Cybele bleiben. In den drei Tagen nach der Operation war er nicht von ihrer Seite gewichen. Und sooft er sich auch sagte, dass er sich um seine anderen Patienten kümmern müsste, er vermochte es nicht, sich von ihr zu lösen. Sie schwebte in Lebensgefahr, und er konnte sie nicht verlassen.

Sie musste wieder aufwachen, ihn mit ihren großen blauen Augen ansehen, die ihn von Anfang an bezaubert hatten. Hin und wieder hatte sie diese Augen auch aufgeschlagen, aber Rodrigo sah sofort, dass sie noch im Koma lag und nichts wahrnahm. Auch ihn nicht, der sie schon nach der ersten Begegnung nicht hatte vergessen können.

Doch als sie zwei Tage zuvor die Augen geöffnet hatte, hatte er bemerkt, dass etwas anders war. Wach, wenn auch verwirrt hatte sie um sich geblickt, und als sie ihn angesehen hatte, hatte sie kurz die Stirn gerunzelt, als dämmere ihr etwas. Sein Herz hatte wie verrückt geschlagen, als sie ihn kaum merkbar angelächelt hatte. Irgendetwas, womit er nicht gerechnet hatte, war in ihr vorgegangen, obgleich ihr Verhalten ihn hätte darauf hinweisen müssen. Wie ein Kätzchen, das endlich seinen Besitzer gefunden hatte, hatte sie sich an ihn geschmiegt, und der Kuss auf die Wange und die kurze Lippenberührung hatten nicht nur bei ihm heiße Gefühle ausgelöst, das hatte er genau gespürt.

Doch sie hatte ihn nicht erkannt. Denn die Cybele Wilkinson von früher, die er einfach nicht aus seinen Gedanken und seinem Herzen verbannen konnte, hätte ihn nie so angesehen oder berührt, wenn sie bei sich gewesen wäre. Wenn sie gewusst hätte, wer er war. Ganz offensichtlich war er ihr fremd.

Sofort war die Versuchung da gewesen, die Situation auszunutzen. Da Cybele sich nicht an die Vergangenheit erinnerte, könnte er doch eine ganz neue unbelastete Beziehung zu ihr aufbauen. Endlich gab es die Chance, dass sie sich nicht mehr länger als Feinde gegenüberstanden.

Aber das war unmöglich, das durfte nicht sein. Besonders jetzt nicht.

„Warum sprichst du denn noch immer nicht mit mir?" Ihre Stimme klang nicht mehr rau, sondern sanft und weich wie eine Liebkosung.

Gegen seinen Willen wandte er sich zu ihr um. „Das stimmt nicht. Jedes Mal, wenn ich hier war, habe ich mit dir gesprochen."

„Na ja, vielleicht zwei Sätze alle zwei Stunden in den letzten zwei Tagen", schmollte sie. „Das war eher eine Therapie als ein menschlicher Kontakt. Andererseits hast du wirklich häufig nach mir gesehen, das muss ich zugeben."

Viel zu oft. Das war gar nicht nötig gewesen. Aber er hatte es einfach tun müssen. „Du solltest möglichst wenig sprechen wegen deiner wunden Kehle. Und außerdem ist strikte Ruhe erforderlich, damit deine Erinnerungen zurückkommen."

„Seit gestern habe ich keine Schmerzen mehr. Erstaunlich, was bestimmtes Essen und Trinken für Wunder vollbringen können. Und an meinen Gedächtnisverlust habe ich bisher keinen Gedanken verschwendet. Ich weiß, ich sollte beunruhigt sein, aber ich bin es nicht. Vielleicht ist das eine Nebenwirkung des Traumas. Vielleicht aber will ich mich unterbewusst auch gar nicht erinnern."

„Warum denn das nicht?", fragte er hastig.

Sie lächelte kurz. „Wenn ich das wüsste, hätte es ja nichts mit meinem Unterbewusstsein zu tun. Ergibt das einen Sinn, oder erscheint es nur mir logisch?"

Mit Mühe löste er den Blick von ihren verführerischen Lippen und sah ihr in die Augen. „Nein, ich verstehe, was du meinst. Ich kann mich nur nicht damit abfinden, dass du wirklich das Gedächtnis verloren haben solltest."

„Umso mehr ist meine Fantasie bemüht, herauszufinden, aus welchen Gründen ich wohl nicht erinnern kann oder will, was früher war."

„Und weshalb, meinst du, ist das so?"

Sie lachte kurz auf. „Vielleicht war ich eine berüchtigte Verbrecherin oder eine Spionin, die alles vergessen will, um noch einmal neu anzufangen. Das ist jetzt die Gelegenheit, und deshalb sträubt sich alles in mir, mich zu erinnern. Ich *will* gar nicht wissen, wer ich bin." Sie versuchte, sich aufzusetzen, und stöhnte laut auf.

Bei diesem Schmerzenslaut krampfte sich Rodrigos Herz zusammen, und er versuchte, die spontane Regung, ihr zu helfen, zu unterdrücken. Doch es gelang ihm nicht. Sofort war er an ihrer Seite und umfasste den weichen Körper, den er am liebsten in die Arme geschlossen hätte. Er zog sie hoch, verstellte die Rückenlehne des Bettes und ließ sie zögernd los. In ihren Augen standen Dankbarkeit und ein so grenzenloses Vertrauen, dass er sich schnell abwenden musste. Sein Gewissen peinigte ihn, und sein Körper war derartig in Aufruhr, dass ihm die Hände zitterten, als er die Schläuche und Leitungen zurechtrückte, die lebenswichtig für sie waren.

Automatisch hatte auch sie das Gleiche getan, als seien ihr diese Aufgaben vertraut. So berührten sich ihre Hände, und sofort richtete sich Rodrigo auf und trat ein paar Schritte zurück, so als habe er ins Feuer gefasst.

Verwirrt, ja verletzt sah sie ihn an. Dann senkte sie den Blick. „Du bist Arzt? Chirurg?"

„Ja. Neurochirurg."

Jetzt richtete sie die klaren blauen Augen wieder auf ihn. „Es ist seltsam, ich habe den Eindruck, als hätte auch ich eine medizinische Ausbildung. Zumindest sind mir die Apparate hier vertraut. Und ich weiß, was die Fachbegriffe bedeuten."

„Ja, du hast in einer Rehaklinik gearbeitet. Mit Traumapatienten."

„Hm … also hatte ich keine kriminelle Karriere und war auch keine Spionin. Aber vielleicht war ich in großen Schwierigkeiten, bevor ich hier gelandet bin. Hatte eine Klage wegen schweren Fehlverhaltens am Hals. Bin möglicherweise schuld am Tod eines Patienten. War kurz davor, meine Berufslizenz zu verlieren …"

Unwillkürlich musste Rodrigo lachen. „Vollkommen falsch! Ehrlich gesagt hätte ich dir nie eine so blühende Fantasie zugetraut."

„Ich möchte doch nur herausfinden, warum ich beinahe erleichtert bin, dass ich nichts erinnern kann. Vielleicht bin ich abgehauen, um wieder neu anzufangen, wo mich niemand kennt. Und so bin ich hier gelandet … aber wo genau bin ich eigentlich?"

„In Barcelona. In meiner Privatklinik, die etwas außerhalb der Stadt liegt."

Erstaunt riss Cybele die Augen auf. „Wir sind in … Spanien?" Wie sie ihn so groß ansah, die Wangen leicht gerötet, war sie für ihn die schönste Frau der Welt, obgleich die Lider noch geschwollen waren und Stirn und Hals verschorfte Wunden aufwiesen. „Entschuldige die dumme Frage", fuhr sie lächelnd fort, „natürlich weiß ich, dass es nirgendwo sonst ein Barcelona gibt."

„Ich wüsste auch nicht, wo."

„Und ich spreche Amerikanisch."

„Ja, du bist Amerikanerin."

„Und du bist Spanier?"

„Ja. Genauer gesagt Katalane. Aber ich habe auch einen amerikanischen Pass."

Nachdenklich biss sie sich auf die Unterlippe, und sofort erinnerte sich Rodrigo daran, wie es sich anfühlte, diese sinnlichen Lippen zu küssen. „So? Dann hast du auch die amerikanische Staatsbürgerschaft erworben?"

„Nicht ganz. Ich bin in den USA geboren und habe nach meiner Ausbildung die spanische Staatsbürgerschaft angenommen. Aber das ist eine lange Geschichte."

„Warum hast du denn dann so einen starken spanischen Akzent?"

„Hab ich?" Überrascht sah er sie an. „Ich habe in meinen ersten acht Lebensjahren nur Spanisch gesprochen, weil wir zwar in den USA, aber in einer kleinen spanischen Gemeinde lebten. Erst danach habe ich Englisch gelernt. Komisch, ich war immer der Meinung, meinen spanischen Akzent ganz abgelegt zu haben."

Sie lachte. „Oh nein! Keineswegs. Und ich hoffe, das bleibt auch so. Es hört sich toll an."

Ihm wurde ganz warm ums Herz. Noch nie hatte er darüber nachgedacht, wie er wohl reagieren würde, wenn Cybele ihm statt Feindseligkeit Bewunderung und Herzlichkeit entgegenbringen würde. Wenn sie ihn, statt abschätzig die Augenbrauen hochzuziehen, anstrahlen würde, als sehe sie niemanden lieber als ihn. So wie jetzt zum Beispiel.

Was war geschehen? Hatte der Gedächtnisverlust ihren Charakter und ihr Verhalten so vollkommen verändert? War das ein Zeichen für schwerwiegendere neurologische Probleme, die ihn beunruhigen mussten? Oder gab sie sich jetzt so, wie sie wirklich war, wie sie auf ihn reagiert hätte, wenn manche Ereignisse in der Vergangenheit nicht alles verdorben hätten?

Wieder sah sie ihn mit diesem unwiderstehlichen Lächeln an. „Wie heißt du eigentlich? Und ich? Ich meine ... außer Cybele."

„Du heißt Cybele Wilkinson. Und ich Rodrigo."

„Nur Rodrigo?"

Normalerweise hatte sie Dr. Valderrama zu ihm gesagt, und in weniger formellen Situationen hatte sie es vermieden, ihn überhaupt irgendwie anzusprechen. Aber nun schmiegte sie sich lächelnd in die Kissen und schien sich den Namen genießerisch auf der Zunge zergehen zu lassen. „Rodrigo ...", sagte sie leise, und der Klang ihrer Stimme erregte ihn. Es war unglaublich, dass sie eine solche Wirkung auf ihn hatte. Nein, schlimmer als unglaublich. Es war absolut inakzeptabel.

Sein Gesicht versteinerte. „Nicht ganz", beschied er sie knapp. „Auch noch: Rodrigo Edmundo Arrellano i Bazán Valderrama i de Urquiza."

Bei jedem Namen wurden ihre Augen größer. Dann prustete sie los vor Lachen. „Selbst schuld. Ich hätte ja nicht zu fragen brauchen."

Jetzt musste auch er schmunzeln. „Das ist noch gar nichts, lediglich eine Auswahl meiner Namen. Ich hätte dir noch vierzig weitere nennen können."

Sie kicherte. „Dann kann man eure Familie wohl bis zur spanischen Inquisition zurückverfolgen?"

„So ungefähr."

„Und ich habe nur diesen einen schäbigen Namen? Wilkinson?"

„Ich weiß nur, dass dein Vater Cedric hieß."

„Hieß? Das heißt, er ist tot?"

„Ja. Ich glaube, er starb, als du sechs oder sieben warst."

Unwillkürlich musste sie schlucken und verzog gequält das Gesicht. Nur mit Mühe konnte er sich davon abhalten, sofort an ihre Seite zu eilen. Und als sie schließlich wisperte: „Habe ich denn eine Mutter? Oder überhaupt so etwas wie Familie?", da krampfte sich ihm vor Mitgefühl das Herz zusammen.

„Ja, irgendwie schon", gab er ebenso leise zurück. „Deine Mutter hat wieder geheiratet, und du hast vier Halbgeschwister. Drei Halbbrüder und eine Halbschwester. Sie leben alle in New York."

„Wissen sie, was mit mir passiert ist?"

„Ich habe sie gestern informiert." Die Stationsschwester hatte ihn darauf hinweisen müssen, dass er wohl die Familie benachrichtigen müsse. Er selbst war mit den Gedanken ganz bei Cybele gewesen und hatte an nichts anderes als ihre Genesung denken können.

Wahrscheinlich würde sie als Nächstes wissen wollen, ob die Familie sie nach Hause holen würde. Was sollte er ihr darauf nur antworten? Er konnte ihr doch unmöglich sagen, dass ihre Mutter sich überhaupt nicht für sie interessierte. Dass Mrs Doherty ihm nur vorgejammert hatte, dass sie keine Zeit hätte, weil sie dringend ein wichtiges Geschäftsessen für ihren Mann vorbereiten müsse. Darüber war Rodrigo so wütend geworden, dass er nach einem lautstarken „Wenn Ihnen das wichtiger ist …" den Hörer auf die Gabel geknallt hatte.

Doch Cybele stellte die Frage, die er so fürchtete, nicht, sondern sah ihn mit großen Augen an. „Was ist denn nun eigentlich mit mir passiert?"

Auch diese Frage hätte er am liebsten nicht beantwortet, aber es ließ sich nicht umgehen, nicht wenn sie so direkt fragte. Also holte er tief Luft. „Du bist mit dem Flugzeug abgestürzt."

„Was?" Entsetzt starrte sie ihn an. „Ich wusste ja, dass ich irgendwie in einen Unfall verwickelt war, aber ein Flugzeugabsturz? Wieso das denn? Sind viele Passagiere verletzt worden oder vielleicht sogar … tot?"

Dios, sie konnte sich tatsächlich an nichts erinnern. Und ausgerechnet er musste sie aufklären. „Nein. Es war ein kleines Flugzeug mit nur vier Plätzen. Aber diesmal waren sogar nur zwei Menschen an Bord."

„Nur ich und der Pilot? Ich weiß zwar kaum noch etwas von meiner Vergangenheit, aber ich bin sicher, dass ich kein Flugzeug fliegen kann."

Das wurde ja immer schlimmer. Warum musste auch ausgerechnet er, Rodrigo, es sein, der sie über die letzten Tage aufklären musste. Die ganze Sache machte doch auch ihm schwer zu schaffen. Vielleicht sollte er einfach so tun, als habe er einen OP-Termin, damit er ihren bohrenden Fragen entkam. Aber er konnte es nicht. Cybele hatte ein Recht darauf, zu erfahren, was passiert war. „Ein Mann ist das Flugzeug geflogen."

„Und wie geht es ihm?"

„Er ist tot."

„Oh nein …" Als Rodrigo sah, dass sie die Tränen kaum mehr zurückhalten konnte, setzte er sich auf die Bettkante und nahm Cybeles zitternde Hände in seine. „Ist er beim Aufprall gestorben?"

Sollte er ihr die Wahrheit sagen? Früher oder später würde Cybele sie sowieso erfahren. Außerdem war er seinen Patienten gegenüber immer ehrlich. „Er ist noch auf dem Operationstisch gestorben. Nach einer sechsstündigen Operation." In diesen sechs Stunden hatte er alles versucht, das Leben des Mannes zu retten, aber vergebens. Dabei hatte er die ganze Zeit über an Cybele gedacht, die er anderen hatte überlassen müssen und um die er sich doch am liebsten selbst gekümmert hätte. Doch sie hatte größere Überlebenschancen, und so hatte er sich um Mel bemüht, obgleich er wusste, dass es ziemlich aussichtslos war. Doch die Vorstellung, dass währenddessen vielleicht nicht alles für Cybele getan wurde, hatte ihn fast verrückt gemacht.

Obwohl es, wie ihm alle Kollegen bestätigten, ein Wunder gewesen war, Mel überhaupt noch so lange am Leben zu erhalten, hatte er den Kampf um ihn verloren. Er war dann zu Cybele geeilt. Ihr Zustand hatte sich verschlechtert, so wie er befürchtet hatte. Die Möglichkeit, auch sie zu verlieren, war unerträglich gewesen, und er hatte alles getan, was in seiner Macht stand. Glücklicherweise mit Erfolg.

„Was war denn mit ihm?", flüsterte sie ängstlich. „Bitte, sag es mir."

Er hätte es ihr und sich gern erspart, aber er wusste, sie würde nicht lockerlassen. Die Tränen liefen ihr über die Wangen, als er geendet hatte.

„Wie ist es denn passiert?", stieß sie kaum hörbar hervor.

„Das kannst im Grunde nur du beantworten. Aber diese Erinnerung wird sicher als allerletzte auftauchen. Man hat das Flugzeug und die Absturzstelle genau untersucht, konnte aber nichts feststellen. Das Flugzeug schien bis zum Schluss voll funktionsfähig gewesen zu sein."

„Dann hat der Pilot die Kontrolle über das Flugzeug verloren?"

„Sieht so aus."

Ein paar Sekunden sah sie nachdenklich vor sich hin. Dann hob sie wieder den Blick. „Und wie schwer war ich verletzt?"

„Das ist doch ganz egal. Du solltest dich jetzt voll darauf konzentrieren, wieder auf die Beine zu kommen."

„Aber dazu muss ich wissen, was mit mir geschehen ist, ob ich schon Fortschritte gemacht habe und so weiter."

Rodrigo musste ihr recht geben. „Als man dich fand, warst du bewusstlos. Du hattest eine schwere Kopfwunde und blutetest an vielen Stellen des Körpers. Am schlimmsten aber waren die Trümmerbrüche von Elle und Speiche."

„Deshalb." Sie blickte auf ihren geschienten linken Arm. „Hatte ich auch ein intrakranielles Hämatom? Also Hirnblutungen irgendeiner Art?"

Er nickte. „Ja, aber offenbar nicht so schlimm. Auf dem CT und dem MRT sah man nur ein kleines Ödem. Wahrscheinlich warst du deshalb bewusstlos. Aber nach der Operation sieht alles viel besser aus."

„Du hast mich am Kopf operiert? Ohne die Haare abzurasieren?"

„Das war nicht nötig. Ich habe eine neue OP-Technik entwickelt, die nur einen minimalen Eingriff nötig macht."

„Du hast eine neue Technik entwickelt?" Mit unverhüllter Bewunderung sah sie ihn an. Dann grinste sie plötzlich. „Aber ich darf doch davon ausgehen, dass ich nicht dein Versuchskaninchen war?"

Rodrigo blieb ernst. „Wieso? Jetzt geht es dir doch gut, oder?"

Ihr Lächeln wurde zynisch. „Ja. Wenn du es gut findest, dass du mich in allen Einzelheiten über mein Leben aufklären musst, weil ich mich an nichts erinnern kann." Als sie sah, wie er zusammenzuckte, fügte sie schnell hinzu: „Entschuldige, das war nicht so gemeint. Ich weiß, du hast mir das Leben gerettet, und dafür bin ich dir sehr, sehr dankbar."

„Du schuldest mir keinen Dank. Ich habe nur meine Pflicht getan, und das nicht einmal gut. Ich bin schuld an deinem jetzigen Zustand. Ich hätte dich gleich operieren müssen, dann hättest du das Gedächtnis wahrscheinlich nicht verloren."

„Hör auf!" Cybele konnte seine Selbstvorwürfe nicht ertragen. „Der Pilot war schlechter dran. Du musstest dich zuerst um ihn kümmern. Das war vollkommen richtig. Du hast erst um sein Leben gekämpft, und dann hast du mich gerettet. Außerdem ist mein Gedächtnisverlust sicher nur vorübergehend."

„Das kann man nicht wissen. Dein Fall ist sehr ungewöhnlich. Denn du kannst denken und sprechen und neue Eindrücke speichern, dich aber nicht an das erinnern, was vor dem Absturz war."

„Wäre das denn so schlimm? Wenn ich mich offenbar dagegen wehre, mich an früher zu erinnern, dann war mein Leben vielleicht so schrecklich, dass ich so besser dran bin. Was meinst du?"

Er schüttelte langsam den Kopf. „Dazu kann ich nichts sagen. Ich weiß nur, dass jeder Gedächtnisverlust neurologische Ursachen hat und dass es meine Aufgabe ist, etwas dagegen zu tun. Doch jetzt entschuldige mich bitte, ich muss mich um meine anderen Patienten kümmern. Aber ich werde alle drei Stunden nach dir sehen." Er nickte ihr kurz zu, dann verließ er schnellen Schrittes den Raum.

Am liebsten wäre sie hinter ihm hergerannt, um ihn zurückzuhalten. Weshalb nur wurde sie derart magisch von ihm angezogen, fühlte sich ihm nah, sehnte sich nach ihm? Hatten sie einander geliebt? Waren sie vielleicht sogar verheiratet gewesen, hatten sich dann getrennt und waren jetzt geschieden?

Plötzlich kam ihr ein Gedanke, tauchte wie ein Blitz aus dem Dunkel ihres nicht vorhandenen Erinnerungsvermögens auf. Und dann wusste sie es mit absoluter Klarheit: Sie *war* verheiratet.

Aber nicht mit Rodrigo.

3. KAPITEL

Tatsächlich kam Rodrigo drei Stunden später zurück. Wie immer in Eile, blieb er gerade drei Minuten, um sich zu vergewissern, dass alles in Ordnung war. Auf die gleiche Weise liefen seine Besuche in den darauffolgenden drei Tagen ab. Daher hatte Cybele keine Gelegenheit, ihm zu sagen, was ihr in der Zwischenzeit eingefallen war. Aber sie wollte es ihm auch gar nicht erzählen. Gerade ihm mochte sie nicht gestehen, dass sie verheiratet war, auch wenn sie nicht wusste, mit wem. Allerdings war sie ziemlich sicher, dass ihm das bereits bekannt war.

Sie hätte ihm auch sagen können, dass sie sich daran erinnerte, wer sie war. Sie wusste nicht viel mehr, als er ihr schon mitgeteilt hatte. Doch immerhin war das ein Beweis dafür, dass sie allmählich ihr Gedächtnis wiederfand. Leider, denn eigentlich wollte sie lieber in der tröstlichen Unwissenheit verweilen.

Aber sie sollte sich nichts vormachen, ihr Zustand besserte sich. Ein paar Stunden zuvor war ihr ein Name eingefallen. Mel Braddock. Und plötzlich war ihr mit absoluter Gewissheit klar geworden, dass das der Name ihres Mannes war, auch wenn sie dem Namen kein Gesicht zuordnen konnte. Doch mit dem Namen verband sich der Beruf. Er war Chirurg.

Davon abgesehen blieb weiterhin alles im Dunkeln, was diese Ehe betraf. Nur die Tatsache nicht, dass sie bedrückt und deprimiert war, wenn sie daran dachte. Das konnte doch nur bedeuten, dass sie in ihrer Ehe unglücklich war. War der Umstand, dass ihr Mann auch Tage nach dem lebensgefährlichen Unfall nicht an ihrer Seite war, ein Zeichen dafür, dass sie getrennt lebten, vielleicht sogar schon die Scheidung eingereicht hatten? fragte Cybele sich immer wieder aufs Neue. Irgendwie war sie ziemlich sicher, dass sie noch nicht rechtskräftig geschieden waren, dass aber die Ehe höchstens noch auf dem Papier bestand. Denn sonst hätte sie kaum überzeugt sein können, dass sie für Rodrigo das empfinden *durfte*, was sie für ihn fühlte.

Pünktlich nach drei Stunden war Rodrigo wieder da. Er kam jedoch nicht allein, sondern wurde von zwei Ärzten und einer Krankenschwester begleitet, so wie auch schon die letzten Male. Hatte er Angst davor, allein mit ihr zu sein? Nachdem er das Krankenblatt überflogen hatte, teilte er seinen Begleitern mit, was er angeordnet hatte und in welcher Form die Behandlung fortzusetzen war, wobei er so tat, als sei Cybele überhaupt nicht im Raum.

Sie kochte vor Wut. „Ich kann mich an einiges erinnern!", platzte sie heraus, und Rodrigo fuhr zusammen, wandte sich ihr aber immer noch nicht zu. Die drei anderen sahen ihn unsicher an, nachdem sie Cybele einen erschreckten Blick zugeworfen hatten. Rodrigo hängte das Krankenblatt wieder an das Fußende des Bettes und sagte leise etwas zu seinen Begleitern, die darauf fluchtartig und sichtbar erleichtert das Krankenzimmer verließen.

Erst dann wandte er sich Cybele zu und sah sie an. Ihr Puls fing an zu rasen, so stark war die Wirkung dieses ernsten Blicks. War er besorgt? Oder fürchtete er sich vor dem, was sie ihm zu sagen hatte? Dass sie sich an ihren Mann erinnerte? Rodrigo hatte ihr von ihrem Vater erzählt, der schon lange tot war, von der neuen Familie ihrer Mutter, hatte ihren Ehemann aber bisher mit keinem Wort erwähnt.

Aber irgendetwas anderes war noch in seinem Blick zu lesen. Etwas, das sie auch nach dem Kuss wahrgenommen hatte. Missbilligung? Ablehnung? Vielleicht hatten sie sich vor ihrer Amnesie gestritten und wollten nichts mehr voneinander wissen. Aber dann würde sie jetzt kaum solch positive Gefühle für ihn hegen und sich so sehr nach ihm sehnen. Wer weiß, ob sie nicht an der Entfremdung schuld war und Rodrigo ihr das nicht verzeihen konnte. Dann sorgte er jetzt nur aus Pflichtgefühl so gut für sie und nicht, weil er etwas Besonderes für sie empfand. Ob wir jemals miteinander geschlafen haben? schoss es Cybele durch den Kopf.

Nein, sicher nicht.

Auch wenn sie durchaus in Versuchung gewesen wäre, sie hätte niemals etwas mit einem anderen Mann angefangen, solange sie noch verheiratet war. Und Rodrigo Valderrama war einfach zu anständig, um sich an die Frau eines anderen heranzumachen, auch wenn die Frau unglücklich und deren Mann ein Ekel war.

Außerdem gab es noch einen anderen Beweis dafür, dass sie nie mit Rodrigo im Bett gewesen war. Ihr Körper sagte ihr ganz eindeutig, dass das Verlangen nach diesem so überaus attraktiven Mann noch nicht gestillt worden war. Denn das hätte einen solchen Eindruck auf sie gemacht, dass wenn schon nicht ihr Kopf, so doch ihr Körper sich an ihn erinnert hätte.

Endlich brach er das Schweigen. „Und was genau ist das?"

„Ich weiß jetzt, wer ich bin. Und dass ich verheiratet bin." Er sah sie weiterhin ausdruckslos an. Also hatte er es gewusst! „Warum hast du mir das nicht gesagt?"

„Du hast mich nicht danach gefragt."

„Doch. Ich habe dich nach meiner Familie gefragt."

„Ich dachte, du meintest deine Blutsverwandten."

„Du weichst mir aus!"

„So?" Sein Blick wurde forschend. „Dann kannst du dich wieder an alles erinnern?"

„Nein. Ich habe gesagt, an *einiges.*"

„Du hast gesagt, du weißt jetzt, wer du bist und dass du dich an deine Ehe erinnerst. Das ist doch eigentlich *alles.*"

„Nein, denn da sind große Lücken. Du hast mir gesagt, wie ich heiße. Dann weiß ich, dass ich Medizin studiert habe, dass ich im St. Giles Hospital gearbeitet habe und dass ich neunundzwanzig Jahre alt bin. An meine Ehe erinnere ich mich kaum. Mir ist lediglich der Name meines Mannes eingefallen und was er von Beruf ist."

Rodrigo hielt kurz den Atem an. „Mehr nicht?"

„Alles andere ist reine Spekulation."

„Inwiefern?"

„Ist es nicht seltsam, dass weder meine Familie noch mein Mann mich bisher hier besucht haben? Dafür kann es doch nur eine sehr deprimierende, auf alle Fälle kränkende Erklärung geben."

„Die da wäre?"

„Offenbar bin ich ein hassenswertes Monstrum, an dem keiner interessiert ist." Warum widersprach er nicht? War er etwa derselben Meinung? Dann wäre es kein Wunder, dass er sich ihr gegenüber eher ablehnend verhielt. „Oder fehlt ihnen das nötige Geld, um mich zu besuchen?"

Rodrigo machte ihre Hoffnungen schnell zunichte. „Soviel ich weiß, gibt es keine finanziellen Probleme."

„Dann hast du ihnen gesagt, dass ich mit einem Bein im Grab stehe, und dennoch ist keiner gekommen?"

„Das habe ich nicht gesagt, denn es bestand keine akute Lebensgefahr."

„Wie beruhigend."

Er schwieg. Dann erwiderte er: „Ja."

„Also stehe ich mit allen auf Kriegsfuß. Mit meinem Mann und meiner Familie."

Wieder schwieg er ein paar Sekunden lang. „Nein, das kann ich nicht sagen. Aber ihr habt wohl nicht gerade ein enges Verhältnis zueinander."

„Auch meine Mutter und ich nicht?"

„Das scheint besonders schwierig zu sein."

„Na, fabelhaft! Siehst du, ich hatte doch recht. Es wäre viel besser gewesen, wenn meine Erinnerung nicht zurückgekommen wäre. Dann hätte ich von all dem nichts gewusst."

„Du siehst das alles viel zu negativ. Als ich deine Familie angerufen habe, war dein Zustand bereits stabil. Sie hätten auch nichts für dich tun können. Uns blieb nichts, als abzuwarten. In der Zwischenzeit hat deine Mutter noch zweimal angerufen und sich nach dir erkundigt. Da ich der Meinung war und auch immer noch bin, dass ihr Auftauchen hier für dich in deinem Zustand nicht gut ist, habe ich ihr abgeraten zu kommen."

Sagte er die Wahrheit, oder wollte er nur ihre Mutter entschuldigen? Zweifelnd sah Cybele Rodrigo an. Wenn ihre Mutter sich wirklich Sorgen machte, würde sie sich nicht abhalten lassen, die Tochter zu sehen. Andererseits war es Cybele momentan ziemlich gleichgültig, wie ihr Verhältnis zu ihrer Mutter war. Viel dringender wollte sie wissen, was mit ihrem Mann war. Waren sie noch verheiratet? Liebte er sie? Wann hatte sie aufgehört, ihn zu lieben? Oder war das Gefühl der Gleichgültigkeit, das sie empfand, wenn sie an ihn dachte, eine Folge des Komas?

„Okay, das erklärt vielleicht die Haltung meiner Mutter. Aber was ist mit meinem Mann? Warum ist er nicht da? Leben wir getrennt? Oder haben wir vielleicht sogar schon die Scheidung eingereicht?"

Sag Ja, Rodrigo, bitte …

Sie sah, wie sich seine Kiefermuskeln anspannten und sein Blick eisig wurde. „Nein, ihr lebt nicht getrennt, im Gegenteil. Ihr hattet gerade eure zweiten Flitterwochen geplant."

Fassungslos starrte sie ihn an. Das konnte doch nicht wahr sein. Sie war so sicher gewesen, dass sie einander nichts mehr bedeutet hatten, dass sie im Begriff gewesen waren, die Ehe aufzulösen. „Zweite Flitterwochen?", stieß sie mit brüchiger Stimme hervor. „Heißt das, dass wir schon lange verheiratet sind?"

Warum ließ er sich mit der Antwort nur so viel Zeit? Endlose Sekunden verstrichen, bevor er endlich sagte: „Ihr habt vor sechs Monaten geheiratet."

„Vor sechs Monaten erst? Und dann haben wir bereits unsere zweiten Flitterwochen geplant?"

„Vielleicht war es falsch, von *zweiten* Flitterwochen zu sprechen. Bei euren ersten war etwas dazwischengekommen, sie haben also nie stattgefunden."

„Und dennoch ist mein geliebter Ehemann nicht hier. Das sieht ja beinahe so aus, als stünde mit unserer Ehe nicht alles zum Besten und als sollten die Flitterwochen ein letzter Versuch sein, sie zu kitten. Aber ich glaube nicht, dass da noch etwas zu retten ist. Mel scheint keinerlei Interesse an mir zu haben. Das Ganze sieht ziemlich hoffnungslos aus, und es wäre besser …"

Sie hielt abrupt inne, als sie Rodrigos entsetztes Gesicht sah. Wie hatte sie sich nur so abfällig über ihre Ehe äußern können, und das einem Mann gegenüber, den sie kaum kannte.

„Ich weiß nicht, was ihr für eine Beziehung hattet", sagte er jetzt knapp. „Aber eins ist sicher. Mel konnte nicht hier sein. Denn er ist tot."

Wie unter einem Hieb zuckte sie zusammen. „Tot?", wiederholte sie kaum hörbar. „Dann ist er das Flugzeug geflogen?"

„Kannst du dich daran erinnern?"

„Nein … oh Gott …" Plötzlich schien sich alles um sie herum zu drehen. Sie warf sich auf die Seite und barg das Gesicht im Kissen. Ihr wurde schlecht. Da spürte sie Rodrigos starken Arm, der sie leicht anhob. Als er Cybele langsam wieder auf die Kissen niederließ, zitterte sie am ganzen Körper. Doch nicht aus Kummer über Mels Tod, sondern aus Entsetzen über ihre eigenen Gefühle. Denn statt tiefer Trauer über den Tod ihres Mannes empfand sie nur Wut. Wut und … Erleichterung. Wie war das möglich? Wegen ihrer Gefühle für Rodrigo? Hatte sie insgeheim den Tod ihres Mannes herbeigesehnt, um frei für Rodrigo zu sein?

Nein, so war es nicht, auf keinen Fall. Tief in ihrem Inneren wusste sie, dass das nicht der Grund für ihre Erleichterung war. Aber was dann? Hatte Mel sie unterdrückt und gedemütigt? Und war sie zu schwach gewesen, um sich zu wehren oder einer solchen Ehe zu entfliehen? Nein, auch das konnte nicht die Ursache sein. Sie wusste genau, dass sie es nie zulassen würde, seelisch oder körperlich misshandelt zu werden.

Was also war geschehen?

„Geht's dir wieder besser?"

Immer noch zitternd nickte sie. „Ja. Allerdings muss irgendetwas mit mir nicht in Ordnung sein. Denn statt Trauer über seinen Tod zu empfinden, bin ich nur wütend."

„Aber das ist sehr verständlich und absolut normal. Die meisten Hinterbliebenen sind erst mal wütend, dass der geliebte Mensch sie allein gelassen hat. Besonders wenn er bei einem Unfall umgekommen ist, sind sie schockiert und zornig, weil sie niemanden haben, auf den sie wütend sein können. So richten sie ihre Frustration auf das Opfer selbst. Außerdem muss dir unterbewusst klar gewesen sein, dass Mel am Steuerknüppel saß. Wahrscheinlich hast du das am Unfallort selbst aufgeschnappt."

„Hier in Spanien? Willst du damit sagen, dass ich Spanisch verstehen kann?"

Er runzelte die Stirn. „Nicht dass ich wüsste. Aber vielleicht kennst du die medizinischen Fachausdrücke, die im Spanischen ja nicht sehr viel anders sind, und hast daraus auf den Grad von Mels Verletzungen geschlossen."

„*Ya lo sé hablar español.*"

Beide starrten sich mit weit aufgerissenen Augen an. Ohne dass es Cybele bewusst war, war ihr dieser Satz in den Kopf gekommen. Und sie wusste auch, was er bedeutete. *Ich spreche Spanisch.*

Rodrigo schüttelte überrascht den Kopf. „Ich hatte keine Ahnung, dass du Spanisch kannst."

„Ich auch nicht. Und ich habe das Gefühl, als hätte ich die Sprache erst kürzlich gelernt."

„Erst kürzlich? Wieso denn das?"

„Ich weiß auch nicht. Wahrscheinlich weil ich mich an nichts Konkretes erinnern kann."

Immer noch kopfschüttelnd betrachtete er sie nachdenklich, und dieser Blick traf sie mitten ins Herz. Ob er das Gleiche dachte wie sie? Dass sie seinetwegen angefangen hatte, seine Muttersprache zu lernen? Um ihn besser verstehen zu können? Um ihm näher zu sein?

„Wie auch immer", bemerkte er schließlich. „Du kannst auf alle Fälle ausreichend Spanisch, um am Unfallort das Wesentliche mitbekommen zu haben."

Dann ist meine Reaktion ganz normal? fragte sich Cybele. Wut statt Trauer? Weil sie so mit dem Tod eines geliebten Menschen besser zurechtkam? Was Rodrigo wohl sagen würde, wenn sie ihn über ihre wahren Gefühle aufklärte. Dass sie erleichtert über Mels Tod war, weil sie ihn, Rodrigo, liebte? Wahrscheinlich würde er sie dann für ein Ungeheuer halten. Und das könnte sie ihm nicht einmal verdenken.

Plötzlich hatte sie ein Bild vor Augen – deutlich und klar – und wusste nicht, woher es gekommen war. Sie sah Mel vor sich, ihren Mann, dessen Tod widerstreitende Empfindungen in ihr auslöste. Groll und Wut, aber auch Erleichterung und das Gefühl von Freiheit.

Mel saß in einem Rollstuhl.

Und plötzlich wusste sie es. Mel war von der Taille abwärts gelähmt gewesen. Er hatte einen Autounfall gehabt. Ob sie bereits verheiratet gewesen waren, als es passierte, konnte sie nicht sagen. Und es spielte auch keine Rolle mehr. Doch warum war sie derart wütend auf jemanden, der ein solch schweres Schicksal hatte erdulden müssen? Den sie versprochen hatte zu lieben, was auch immer ihm widerfahren würde? Stattdessen war sie froh, dass sie ihn los war. *Wie unmenschlich!*

„Cybele, hast du Schmerzen?" Besorgt blickte Rodrigo sie an.

Oh nein, sie hatte keine Schmerzen.

Aber noch immer konnte sie sich nicht wieder an alles erinnern.

Sie war ein Unmensch.

Und sie war schwanger.

Ein paar qualvolle Übelkeitsattacken später lag Cybele erschöpft in ihrem Bett. Rodrigo saß am Rand der Matratze, massierte Cybele sanft die Schläfen und strich ihr immer wieder mit einem kühlen feuchten Tuch über Lippen und Augenlider. Sie seufzte leise auf. Wie wohl das tat. „Ist dir noch etwas eingefallen?", fragte er leise.

„Ja, ein bisschen was." Mühsam setzte sie sich auf. Viel lieber hätte sie sich in seine Arme geschmiegt und sich von ihm trösten lassen. Aber ihr schlechtes Gewissen quälte sie. Er hatte ihr geholfen, sich aufzurichten, löste sich dann aber schnell wieder von ihr. Offenbar scheute er den körperlichen Kontakt zu ihr.

Nun gut, wenn er es nicht anders wollte ... Sie schwang die Beine aus dem Bett und schlüpfte in die Hausschuhe, die Rodrigo neben ein paar anderen Kleidungsstücken für sie besorgt hatte. Eigentlich erstaunlich, dass er bei allem genau ihre Größe getroffen hatte. Alles passte wie angegossen. Langsam ging sie zu dem großen Fenster hinüber, wobei sie den Infusionsständer vor sich herschob. Vom Fenster aus hatte sie einen fantastischen Blick über sanfte grüne Hügel, aber all das nahm sie nicht wahr. Entweder sah sie Rodrigo vor sich oder Mel in seinem Rollstuhl, das Gesicht bleich und eingefallen, der sie anklagend ansah.

Sie wandte sich so hastig um, dass sie fast gefallen wäre. Rodrigo war auf dem Sprung und wäre sofort an ihrer Seite gewesen, wenn sie das Gleichgewicht verloren hätte. Glücklicherweise fand sie Halt an der Wand. Denn sosehr Cybele sich auch nach seiner Berührung sehnte, sie wusste, es durfte nicht wieder geschehen. Vorsichtig strich sie sich über die linke Schulter, die immer noch schmerzte, dann ließ sie den Kopf sinken, überwältigt von der Trostlosigkeit ihrer Situation.

„Was mir gerade einfiel", fing sie langsam und stockend an, „ich meine die Bilder, die ich eben vor mir gesehen hab ... Man kann sie nicht mit den Erinnerungen vergleichen, die Stück für Stück zurückgekommen sind, seit ich aus dem Koma aufgewacht bin. Die waren kräftig, bunt und lebendig … Aber die letzten Bilder waren eher grau und verschwommen, außerdem leblos und starr wie unvollkommene Hinweise auf etwas, das mein Kopf sich zu erinnern weigert."

Rodrigo sah kurz zu Boden, dann hob er den Blick und musterte Cybele nüchtern. „Das ist gar nicht so ungewöhnlich. Ich habe mit vielen Patienten zu tun gehabt, die wegen eines Traumas vorübergehend ihr Gedächtnis verloren hatten, und habe die Literatur zu diesem Phänomen genau studiert. Was du beschreibst, ist durchaus typisch. Warte ab, auch die verschwommenen und grauen Bilder werden deutlicher werden."

„Aber das will ich doch gar nicht! Ich will nicht, dass sie wiederkommen, sie machen mich verrückt! Ich habe das Gefühl, mir explodiert gleich der Kopf!"

„Beruhige dich, und sag mir, was dir eingefallen ist."

„War … war Mel gelähmt?"

Er blickte sie nur an, und sein Schweigen sagte mehr als tausend Worte.

Erschüttert schluckte sie. „Und bin ich … schwanger?"

Diesmal nickte er kaum merklich. Also wusste er es, schien darüber aber nicht glücklich zu sein. Warum nicht?

Vielleicht weil sie seinetwegen Mel hatte verlassen wollen. Doch dann war der Autounfall passiert, Mel war gelähmt gewesen, und gleichzeitig hatte sie festgestellt, dass sie schwanger war … und damit waren ihre Pläne wie Seifenblasen zerplatzt. Hatte sie deshalb manchmal das Gefühl, dass Rodrigo sie ablehnte, dass er nichts mehr mit ihr zu tun haben wollte? Weil er sich von ihr an der Nase herumgeführt fühlte, da ihre Zukunftspläne sich plötzlich in Luft aufgelöst hatten, als sie ihm gesagt hatte, dass sie bei ihrem kranken Mann bleiben musste, von dem sie außerdem ein Kind erwartete?

Genau würde sie das erst wissen, wenn Rodrigo ihr die Wahrheit sagte. Aber es würde nicht einfach sein, ihn dazu zu bringen. Der Mann war verschlossen wie eine Auster und gab freiwillig nichts preis. Sie seufzte leise. „Okay, ich bin also schwanger. Aber doch noch ganz am Anfang, oder?"

„Ja. Du bist erst am Ende der dritten Woche."

Verblüfft sah sie ihn an. „Woher weißt du das so genau? Selbst wenn du vor der Operation auch einen Schwangerschaftstest hast machen lassen, kannst du doch nicht …" Doch dann wurde ihr plötzlich alles klar. „Es sei denn, es handelt sich um eine In-vitro-Befruchtung ... Ja, jetzt erinnere ich mich ..."

„Stimmt. Es ist eine künstliche Befruchtung vorgenommen worden. Vor zwanzig Tagen."

Wieso wusste er so genau Bescheid? Und wie war es überhaupt zu dieser In-vitro-Geschichte gekommen? Ganz offensichtlich war sie nicht zufällig schwanger geworden. Nein, das Kind war geplant gewesen. Sie und Mel hatten ein gemeinsames Kind gewollt. Dann musste sie ihn doch auch noch geliebt haben, denn sonst hätte sie diese Prozedur nie auf sich genommen.

Also war ihre Ehe auch noch intakt gewesen, und sie hatten Flitterwochen geplant, wie Rodrigo gesagt hatte. Wahrscheinlich doch, um ihre Schwangerschaft zu feiern. Aber warum dann dieses Gefühl der Erleichterung, als sie von Mels Tod erfahren hatte? Und das Entsetzen darüber, dass sie schwanger war? Was war nur mit ihr los?

Darüber konnte sie nur Rodrigo aufklären, der offenbar genau Bescheid wusste. Aber er war mehr als zurückhaltend, wenn es darum ging, sie über ihre Vergangenheit zu informieren. Wahrscheinlich gab es aus ärztlicher Sicht einen Grund dafür. Möglicherweise war es für den Patienten schwieriger, sein Gedächtnis wiederzuerlangen, wenn er zu früh mit Einzelheiten aus seiner Vergangenheit konfrontiert wurde. Oder die Erinnerungen wurden von dem, der ihnen auf die Sprünge half, beeinflusst, zumindest in eine bestimmte Richtung gelenkt.

Aber das war Cybele vollkommen gleichgültig. Schlimmer konnte es kaum kommen. Denn was sie sich aus den Bruchstücken zusammenreimte, ergab überhaupt keinen Sinn und wirkte auf sie verwirrend und bedrohlich. Sie brauchte Rodrigos Hilfe, damit sie irgendetwas hatte, woran sie sich festhalten konnte und das ihr Orientierung gab.

Doch plötzlich durchfuhr sie ein Gedanke, der sie vor Schreck erstarren ließ. Woher wusste er eigentlich so gut über sie Bescheid? Viel zu lange hatte sie sich von seiner Fürsorge einlullen lassen und Trost und Halt darin gefunden, dass er Licht in das Dunkel ihrer Erinnerung bringen konnte. „Woher weißt du das eigentlich alles?", platzte sie heraus. „Woher kennst du mich? Und Mel?"

Kaum hatte sie diese Fragen ausgesprochen, da konnte sie sie sich auch schon selbst beantworten. Es war dieser ganz bestimmte Blick, mit dem er sie ansah, wissend, weich, beinahe zärtlich. An diesen Blick erinnerte sie sich ganz genau. So hatte er sie auch vorher schon angesehen, in ihrem früheren Leben, an das sie sich nur bruchstückhaft erinnerte. Gleichzeitig wusste sie mit absoluter Klarheit, dass er sie damals verachtet hatte. Und zwar nicht nur, weil sie ihm Hoffnungen gemacht hatte, Mel aber nicht verlassen wollte. Es war viel schlimmer. Er war Mels bester Freund gewesen. Und trotzdem hatte sie sich an ihn herangemacht? Oder es zumindest versucht? War das nach Mels Autounfall gewesen? Wenn ja, hätte er wirklich allen Grund, sie zu verachten.

„Du erinnerst dich", stellte er ruhig fest.

„Nicht genau."

„Nicht genau? Was soll das heißen? Kannst du dich wirklich nicht erinnern, oder willst du nur nicht?" Sein Ton war wieder schärfer geworden.

„Ich weiß wieder, dass du Mels bester Freund warst. Deshalb bist du auch so gut über unser Leben informiert. Bis hin zu dem exakten Termin der In-vitro-Befruchtung. Aber mehr fällt mir nicht ein." Sie würde sich eher die Zunge abbeißen, als ihn zu fragen, ob etwas zwischen ihnen gewesen war. Was, wenn er ihre Befürchtungen bestätigte? „Aber auch alles andere wird zurückkommen. Vielleicht auf einmal, vielleicht so ganz allmählich. Kein Grund, weiter hierzubleiben. Ich möchte entlassen werden."

Er sah sie an, als sei sie nicht recht bei Trost. „Es wird Zeit, dass du wieder ins Bett gehst. Du weißt nicht, was du sagst."

„Hören Sie auf, mich zu bevormunden, Dr. Valderrama. Ich bin selbst Ärztin, wenn Sie sich erinnern."

„Wenn *du* dich erinnerst, meinst du wohl."

„Das, was ich momentan erinnere, genügt. Ich kann mich auch außerhalb des Krankenhauses erholen."

„Nur unter sorgfältiger ärztlicher Aufsicht."

„Das kann ich selbst."

„Dann erinnerst du dich also nicht daran, dass Ärzte erwiesenermaßen die schlimmsten Patienten sind?"

„Das hat nichts mit meinem Gedächtnisverlust zu tun. Denn ich bin absolut nicht dieser Meinung. Ich kann sehr gut für mich selbst sorgen."

„Das kannst du eben nicht. Aber wenn du unbedingt willst, werde ich dich entlassen. Allerdings nur, wenn du mit mir nach Hause kommst, damit du unter meiner Aufsicht bleibst."

Sie sollte mit ihm in einem Haus wohnen? *Oh ja …* Sofort stürzten Bilder von intimen Situationen auf sie ein … wie sie in seinen Armen lag …

Nein, das ging auf keinen Fall. Im Gegenteil, sie musste weg von ihm, so schnell wie möglich. „Rodrigo, du übertreibst. Sicher, ich hatte einen schlimmen Unfall, aber ich habe Glück im Unglück gehabt. Ohne dich und deine fantastische neue Methode hätte ich sterben müssen. Aber du hast mich gerettet, und jetzt geht es mir schon wieder sehr gut."

„Von *sehr gut* kann so wenig die Rede sein wie davon, dass Weihnachten und Ostern auf einen Tag fallen."

Sie seufzte leise. Wie konnte sie ihn nur überzeugen? „Jetzt übertreibst du aber maßlos. Mein Gedächtnis hat noch ein paar Lücken, das ist alles."

„Ein paar Lücken? Wollen wir mal eine Liste darüber aufstellen, was du erinnerst, wenn auch nur ansatzweise? Dann wird dir klar werden, wie wenig das ist."

„Das kann ja sein. Aber in letzter Zeit ist doch vieles schon wieder zurückgekommen, da werden auch bald die letzten Lücken gefüllt sein."

„Kann sein, kann auch nicht sein. Aber das ist nicht dein einziges Problem. Du hattest eine schwere Gehirnerschütterung mit Ödembildung und subduralem Hämatom. Die Operation hat zehn Stunden gedauert, und die Hälfte der Zeit haben wir versucht, deinen Arm wieder zusammenzuflicken, was ausgesprochen kompliziert war. Danach hast du drei Tage im Koma gelegen und bist mit einem totalen Gedächtnisverlust wieder aufgewacht. Nach wie vor ist dein neurologischer Zustand kritisch, den Arm kannst du noch nicht gebrauchen, du bist übersät mit Blutergüssen und Quetschungen und außerdem schwanger. Bis du wieder fit bist, wird noch viel Zeit vergehen. Ich bin sowieso überrascht, wie gut du schon wieder reden kannst. Auch darüber, dass du bereits aufstehst und nicht nur im Bett liegst und nach Schmerzmitteln rufst."

„Danke für den ausführlichen Krankenbericht, aber es sieht so aus, als sei ich sehr viel besser dran, als du glaubst. Ich bin ganz klar und kann genauso lange reden wie du. Und die Schmerzen sind längst nicht mehr so schlimm wie vorher."

„Weil du mit Schmerzmitteln vollgepumpt bist."

„Stimmt nicht. Ich habe den Tropf abgestellt."

„Du hast *was?*" Er warf einen schnellen Blick auf die Infusionslösung. „Wann?"

„Gleich nachdem du nach deinem letzten Besuch den Raum verlassen hast."

„Das heißt, du bist im Augenblick ohne Schmerzmittel?"

„Ja. Ich brauche keine. Die Schmerzen in meinem Arm kann ich aushalten."

Verwundert schüttelte er den Kopf. „Dennoch interessiert mich, was du unter *ganz klar* verstehst. Warum willst du Schmerzen aushalten, wenn es Mittel dagegen gibt? Das macht keinen Sinn für mich."

„Ich habe lieber leichte Schmerzen und fühle mich wach und aufnahmebereit, als dass ich ruhiggestellt im Bett vor mich hindämmere. Aber keine Angst, ich bin nicht leichtsinnig. Ich weiß, wie ich mich nach einer schweren Operation und einem dreitägigen Koma verhalten muss."

„Und wenn schon. Ich bleibe an deiner Seite, bis ich absolut sicher bin, dass du zu deinem alten Selbst zurückgefunden hast. Dass du wieder bereit bist, die Welt aus den Angeln zu heben."

Damit nahm er ihr vollkommen den Wind aus den Segeln. Sie hatte immer gedacht, er hielte nicht viel von ihr. Aber nun schien es so, dass er glaubte, sie sei stark und selbstbewusst. Auch rücksichtslos? Verachtete er sie deshalb? Cybele konnte sich nicht vorstellen, etwas getan zu haben, das so wenig ihrem Charakter entsprach. Untreue verabscheute sie aus vollem Herzen, dafür gab es ihrer Meinung nach keine Entschuldigung.

Doch dann sagte Rodrigo etwas, das sie regelrecht umhaute. „Dabei denke ich nicht an die Frau, die du warst, als du mit Mel zusammengelebt hast, sondern an die, die du vorher gewesen bist."

4. KAPITEL

*D*ie Frau, die sie vorher gewesen war? Vor Mel? Was meinte Rodrigo damit? Doch darüber konnte Cybele jetzt nicht nachdenken, denn etwas ganz anderes ging ihr durch den Kopf. Wie war sie gewesen, als sie mit Mel zusammengelebt hatte? Hatte er aus ihr einen anderen Menschen gemacht?

Und wieder tauchte ein Erinnerungsfetzen auf, dann ein zweiter, ein dritter. Wie ihre Mutter, die ihre berufliche Karriere den Launen des Stiefvaters geopfert hatte, hatte Cybele nie werden wollen. Nein, sie würde nie heiraten, aber sowie sie im Beruf Fuß gefasst hätte, würde sie ein Kind haben, das sie allein aufziehen musste. Zwar hatte sie bisher noch keinen konkreten Zeitrahmen festgelegt, aber dennoch das sichere Gefühl, dass sie bis zu dem Unfall an einem bestimmten Plan festgehalten hatte.

Und nun musste sie feststellen, dass sie verheiratet gewesen war. Obendrein war sie schwanger und befand sich in ihrem zweiten praktischen Jahr als junge Ärztin. War sie blind vor Liebe gewesen? Hatte sie vielleicht deshalb ihre Pflichten im Krankenhaus vernachlässigt? Und hatte sie Mel das insgeheim zum Vorwurf gemacht und daher Gefühle für Rodrigo zugelassen? Auch wenn das im Grunde nicht zu entschuldigen war?

Merkwürdigerweise bedauerte Cybele nicht, schwanger zu sein. Im Gegenteil, die Tatsache, dass sie ein Kind unter dem Herzen trug, gab ihr Mut und schien ein Lichtblick in diesem ganzen Durcheinander zu sein. Sie freute sich auf das Kind. Und – leider – auch darauf, mit Rodrigo zusammen zu sein. Aber genau aus diesem Grund konnte sie sein Angebot nicht annehmen.

„Ich danke dir für dein freundliches Angebot, Rodrigo, aber …"

„Das ist es ganz und gar nicht", unterbrach er sie brutal. „Die Sache ist längst entschieden."

Na, wenn das kein Machoverhalten war! „So einfach geht das nicht! Ich lass mir von dir nichts vorschreiben! Außerdem habe ich wohl klargemacht, was ich von deinem Angebot halte. Ich kann es nicht akzeptieren."

„Du kannst nicht, oder du willst nicht?"

„Ich will nicht."

„Dann muss ich dir leider sagen, dass du wohl vollkommen vergessen hast, wie ich bin. Wenn ich eine Entscheidung gefällt habe, lasse ich mich nicht mehr davon abbringen."

Fassungslos starrte sie ihn an. Glaubte er wirklich, es genügte, mit den Fingern zu schnippen, und schon geschah alles nach seinem Willen? Es gab nur eins: Sie musste weg, so weit weg wie nur irgend möglich. Obgleich Vernunft und Logik dagegensprachen. Und ihre Sehnsucht nach ihm …

„Tut mir leid. Daran kann ich mich nicht erinnern. Es bleibt bei Nein."

Mit einem selbstgefälligen Lächeln sah er sie an. „Sag, was du willst. Ich bin dein Arzt, und was ich anordne, wird gemacht."

Dein Arzt … Wie sich das anhörte. Sofort wurde in ihr wieder der Wunsch wach, dass er nicht nur ihr Arzt, sondern *alles* für sie sein könnte. Mit verzweifelter Entschlossenheit schüttelte sie den Kopf. „Ich unterzeichne alles, was du mir vorlegst. Ich übernehme die volle Verantwortung für mich."

„Das ist meine Aufgabe. Vielleicht erinnerst du dich, dass der Arzt in einer solchen Situation gleich hinter dem lieben Gott kommt. Und gegen Gottes Willen kannst du nichts machen."

„Ich glaube, du nimmst dich ein bisschen zu wichtig", versuchte sie der Auseinandersetzung die Schärfe zu nehmen.

Doch er blieb ernst. „Solange du meine Patientin bist, bestimme ich, wann ich dich aus meiner ärztlichen Obhut entlassen kann. Du kannst entscheiden, ob du bei mir zu Hause als mein Gast sein oder im Krankenhaus als meine Patientin bleiben willst."

Cybele senkte die Augen, um Rodrigos intensivem Blick zu entgehen. Aber sie wusste, sie hatte keine Wahl. Denn in ihrem Zustand musste sie unter ärztlicher Aufsicht bleiben. Und natürlich war der Mann, der sie operiert und später betreut hatte, der Arzt der Wahl. Zumal er einer der besten seines Fachs war.

Aber auch wenn sie schon ganz wiederhergestellt wäre, hätte sie sich ungern entlassen lassen. Denn wo sollte sie hingehen? Nach Hause, einem Zuhause, an das sie nur düstere Erinnerungen hatte? Außerdem konnte sie sich nicht vorstellen, in ihrem Zustand mit jemand anderem als Rodrigo zusammen zu sein. Ganz sicher nicht mit ihrer Mutter und deren neuer Familie. Die waren ihr ebenso fremd wie irgendwelche flüchtigen Bekannten, die an ihr nicht sonderlich interessiert waren. Denn sonst hätte vor allem die Mutter sich nicht mit ein paar Telefonauskünften abspeisen lassen, nachdem der Schwiegersohn tot war und die Tochter den Flugzeugabsturz nur knapp überlebt hatte.

Langsam hob Cybele den Kopf und sah Rodrigo an, der sie die ganze Zeit aufmerksam beobachtet hatte. Zögernd nickte sie. Sie musste nachgeben. Lächelnd beugte er sich zu ihr herunter. „Dann siehst du ein, dass du vorläufig unter meiner Aufsicht bleiben musst?"

Warum quälte er sie so? Sollte sie vor ihm kapitulieren, damit er seinen Triumph voll auskosten konnte? Darauf konnte er lange warten. Wieder nickte sie nur.

„Und wofür hast du dich entschieden?", fragte er wieder. „Gast oder Patientin?"

Warum musste er das denn jetzt schon wissen? Sie hatte gehofft, noch ein paar Tage Zeit zu haben, um die richtige Entscheidung treffen zu können. Aber eigentlich wusste sie jetzt schon, was sie tun sollte. Hier im Krankenhaus als seine Patientin war sie sicher, sicherer vor ihren eigenen Wünschen und Sehnsüchten. Doch anstatt sich eindeutig auszudrücken, erwiderte sie leise: „Als wenn du das nicht schon längst wüsstest."

Kurz leuchteten seine Augen auf, und er unterdrückte ein wissendes Lächeln. Sie konnte nur hoffen, dass er sich seiner zu sicher war und irgendetwas Unüberlegtes, Machomäßiges sagte, das sie abstieß und sie dazu veranlasste, das zu tun, was richtig war. Nämlich hier im Krankenhaus als seine Patientin zu bleiben. Aber leider lächelte er nur freundlich und sagte sanft: „Es ist mir eine Ehre, dich als meinen Gast in meinem Haus begrüßen zu können." Er machte eine leichte Verbeugung – und da war er wieder, dieser arrogante Gesichtsausdruck, der ihr die Entscheidung abgenommen hätte! „Gut, dass du nicht Patientin bleiben wolltest." Er grinste. „Allerdings hätte ich dich doch wieder umgestimmt."

Sie holte empört Luft. „Das ist doch wohl ..."

„Mit einem sehr einfachen Argument", unterbrach er sie schnell. „Dieses Krankenhaus ist gleichzeitig eine Lehranstalt. Das bedeutet, dass die Patienten auch als Probanden für junge Ärzte und Medizinstudenten zur Verfügung stehen müssen. Und da du ein besonders interessanter Fall bist ..."

„Hör auf!" Er brauchte nichts weiter zu sagen. Sich von Ärzten und Studenten begaffen, untersuchen und befragen zu lassen war eine grauenhafte Vorstellung und hätte Cybele in Sekundenschnelle das Krankenhaus verlassen lassen, auch wenn sie keine Ahnung gehabt hätte, wohin. Denn als Studentin und als Ärztin im Praktikum – und plötzlich war diese Erinnerung wieder da! – wusste sie aus eigener Erfahrung, dass besagte Patienten dem Wissensdrang der angehenden Ärzte vollkommen ausgeliefert waren. „Du bekommst wohl immer das, was du willst."

„Nein, nicht immer." Dabei sah er sie ernst, ja beinahe gequält an, sodass ihr kurz der Atem stockte. Ging es hier um *sie*? War *sie* jemand, den er haben wollte, aber nicht bekommen konnte? Nein, das war unmöglich. Sie wusste einfach, dass das, was sie für ihn empfand, einseitig war und nicht von ihm erwidert wurde. Sonst hätte er sich bestimmt schon mit einer Geste oder einem Wort verraten. Aber er hatte sich immer absolut korrekt ihr gegenüber verhalten.

Rodrigos gequälter Gesichtsausdruck hatte wohl eher damit zu tun, dass er seinen besten Freund Mel nicht hatte retten können. Ja, das war es, was er nicht hatte „bekommen" können. Wieder senkte sie den Blick. „Ich glaube, ich sollte mich jetzt ein bisschen ausruhen."

„Ja, tu das." Er wandte sich zur Tür, drehte sich dann aber noch einmal um und sah Cybele ausdruckslos an. „Mels Trauerfeier ist heute Nachmittag. Das solltest du wissen, finde ich."

Mels Trauerfeier … daran hatte sie überhaupt nicht gedacht. Sie räusperte sich. „Ja, danke."

„Bedank dich lieber nicht bei mir. Vielleicht hätte ich dir das gar nicht sagen sollen."

„Warum denn nicht? Meinst du, ich kann damit nicht umgehen?"

„Ich weiß es nicht. Bisher hast du alles erstaunlich gut weggesteckt. Manchmal denke ich, das ist nur die Ruhe vor dem Sturm."

„Wieso? Meinst du, ich breche irgendwann zusammen?"

„Das würde mich nicht wundern. Du hast eine Menge aushalten müssen."

„Natürlich kann ich für mich nicht die Hand ins Feuer legen. Aber ich fühle mich einigermaßen stabil, und ich möchte gern zu der Trauerfeier gehen. Ich muss."

„Du musst überhaupt nichts, Cybele. Mel hätte bestimmt nicht gewollt, dass du seinetwegen möglicherweise zusammenbrichst. Du hast schon genug durchgemacht."

Dann hatte Mel sie geliebt? Und immer das Beste für sie gewollt? „Nein, nein, ich möchte kommen."

„Hm … na gut. Aber nur, wenn du das tust, was ich sage."

„Und das wäre?"

„Du musst dich jetzt ausruhen. Und für die Trauerfeier musst du einen Rollstuhl akzeptieren. Außerdem lässt du dich ohne Widerrede ins Krankenhaus zurückbringen, wenn ich es sage."

Erschöpft nickte sie kurz. Und als Rodrigo auf sie zukam, sie beim Ellbogen nahm und zum Bett führte, ging sie willig mit und ließ sich kraftlos aufs Bett sinken. Zu ihrer Überraschung ging er vor ihr in die

Hocke, nahm erst den einen und dann den anderen schmalen Fuß in die Hand und zog ihr die Hausschuhe aus. Die Berührung seiner kräftigen warmen Hände ließ Cybeles Herz höher schlagen. Ihr wurde heiß, und sie musste sich zwingen, tief durchzuatmen. Als er aufstand und sie leicht auf die Schulter tippte, ließ sie sich sofort nach hinten sinken. Ihr Puls raste, als er ihre Beine umfasste, auf das Bett hob und zudeckte. Dann richtete er sich auf. „Versuch zu schlafen", sagte er lächelnd und verließ den Raum.

Schlafen? Nach dem, was er gerade getan hatte? Dieser aufregende, ihr immer noch fremde Mann, und das vor Mels Trauerfeier? Unmöglich.

Das Herz tat ihr weh. Sie sehnte sich nach Rodrigo, obwohl sie es nicht durfte. Wegen Mel hatte sie ein schlechtes Gewissen. Und dann wiederum fühlte sie sich schuldig, weil sie eigentlich doch kein schlechtes Gewissen hatte … ach, sie wusste auch nicht, was mit ihr los war. Hoffentlich half ihr das Ritual der Trauerfeier, sich an weitere Einzelheiten zu erinnern. Was war in der Vergangenheit passiert? Was für ein Mensch war Mel gewesen? Weshalb fühlte sie sich so sehr zu Rodrigo hingezogen?

Natürlich hatte Cybele kein Auge zugetan. Vier Stunden lang hatte sie sich im Bett hin und her gewälzt, bis endlich eine dunkelhaarige Schwester kam und ihr ein schwarzes Kostüm mit einer weißen Bluse brachte, außerdem Strümpfe und Schuhe. Cybele murmelte einen Dank und bestand darauf, sich ohne Hilfe anzuziehen. Der feste Verband für den linken Arm ermöglichte es ihr, sich schmerzfrei zu bewegen.

„Wie Sie möchten." Die junge Frau nickte freundlich und verließ den Raum.

Nachdem sie gegangen war, blickte Cybele nachdenklich auf die Sachen, die Rodrigo für sie besorgt hatte – Damit sie für die Trauerfeier ihres Mannes korrekt angezogen war, eines Mannes, an den sie sich kaum erinnerte. Und an den sie sich nicht erinnern wollte.

Aber es half nichts. Sie musste sich anziehen und die Sache hinter sich bringen. Allerdings im Rollstuhl. Wenige Minuten später stand sie im Badezimmer und starrte auf ihr Spiegelbild. Das schwarze Kostüm, die weiße Seidenbluse, die Schuhe mit dem mittelhohen Absatz, alles saß wie angegossen und wie für sie gemacht. Woher wusste Rodrigo …? Ein kräftiges Klopfen riss sie aus ihrer Grübelei. Langsam ging sie zur Tür.

Es war Rodrigo. Mit einem Rollstuhl. Wortlos setzte sie sich hinein. Schweigend fuhr Rodrigo sie durch einen breiten hellen Flur zu einem riesigen Aufzug, in den mindestens fünf Krankenbetten gepasst hätten. Offenbar war man hier auf alles vorbereitet. Während Rodrigo sie durch die Eingangshalle schob, spürte Cybele die Augen aller auf sich gerichtet. Verständlich, denn es passierte sicher nicht oft, dass der Chefarzt persönlich sich derart intensiv um eine Patientin bemühte.

Ende Februar war es immer noch kühl, und Cybele zitterte, als sie vor einem großen Mercedes standen. Doch auch daran hatte Rodrigo gedacht. Er hüllte sie in einen warmen Kaschmirmantel und half ihr, hinten einzusteigen. Dann glitt er neben sie auf die helle lederne Rückbank und gab dem Chauffeur ein Zeichen. Sofort setzte sich der Wagen in Bewegung und fuhr trotz zügiger Geschwindigkeit nahezu geräuschlos durch die fast leeren Straßen.

Doch Cybele nahm kaum wahr, was um sie herum vorging. Ihre Aufmerksamkeit war nur auf den Mann neben sich gerichtet. Er wirkte angespannt, hatte die Lippen zusammengepresst und sah regungslos geradeaus. Was für ein klassisch schönes Profil er hat, ging es ihr durch den Kopf. Schließlich hielt sie das Schweigen nicht mehr aus. „Es tut mir so leid", flüsterte sie.

Er wandte sich ihr zu, das Gesicht unbewegt. „Was tut dir leid?"

Das kam so schroff, dass sie zögerte weiterzusprechen. Doch sie konnte nicht anders. „Das … mit Mel." Er schwieg, und sie fuhr fort: „Was für ein Verlust für dich." Er biss die Zähne zusammen, sodass sein Kiefermuskel zuckte. „Ich kann mich zwar nicht an ihn oder die Art unserer Beziehung erinnern", sagte sie leise. „Aber das ist bei dir natürlich vollkommen anders. Du hast deinen besten Freund verloren. Er starb dir unter den Händen weg, als du versucht hast, sein Leben zu retten."

„Als ich nicht fähig war, sein Leben zu retten, meinst du wohl!"

Die Qual, die aus seinen Worten sprach, traf sie wie ein Hieb. „Nein, nein, du bist doch nicht schuld an seinem Tod. Du hast alles Menschenmögliche für ihn getan. Jeder wusste, dass er nicht mehr zu retten war."

„Und du glaubst, dass mir das hilft? Dass ich mich besser fühle? Vielleicht will ich mich gar nicht besser fühlen."

„Du hast nichts tun können, und daher trägst du keine Schuld an seinem Tod. Deine Selbstvorwürfe nützen niemandem etwas, am wenigsten Mel."

„Wie logisch du sein kannst, wenn es nichts nützt." Er lachte bitter auf. „Aber mach dir keine Sorgen um mich. Mir geht es gut. Die Sache habe ich längst weggesteckt. Mel ist tot, so ist es nun mal."

„Und du bist nicht schuld daran!", sagte sie mit Nachdruck, denn es war mehr als deutlich, dass er sich Vorwürfe machte. „Nur darum geht es mir. Ich weiß, dass deshalb der Verlust nicht weniger schmerzlich ist. Und ich fühle sehr mit euch allen, mit dir, mit Mels Eltern, mit unserem Kind."

„Und du? Empfindest du keine Trauer?"

„Nein."

Dieses eine kleine Wort stand zwischen ihnen im Raum, und weder Rodrigo noch Cybele ging weiter darauf ein, was wahrscheinlich in dieser Situation das Beste war. Doch zwanzig Minuten später richtete sie sich kerzengerade auf und starrte erregt aus dem Fenster. War das nicht …? Ja, das war der kleine Privatflughafen, von dem aus sie und Mel losgeflogen waren! Panik überfiel sie, als der Mercedes vor der Treppe einer Boeing 737 hielt. Sie wurde kreidebleich und griff nach dem einzig Stabilen in ihrem Leben – Rodrigo. Aber er hatte schon den Arm um sie gelegt und hielt sie fest.

Plötzlich war alles wieder präsent, und unter der Last der Erinnerungen schien sie beinahe zusammenzubrechen. „Hier … hier sind wir an Bord gegangen …"

Erschrocken sah er sie an, dann schloss er kurz die Augen und schlug sich an die Stirn. „Wie konnte ich nur … Entschuldige, Cybele, ich habe einfach nicht daran gedacht, wie schwer es für dich sein muss, hierher zurückzukommen, wo alles angefangen hat."

Tapfer schüttelte sie den Kopf. „Lass nur, Rodrigo. Vielleicht ist das gar keine so schlechte Idee. Es ist doch immerhin möglich, dass dadurch mein Erinnerungsvermögen schneller zurückkehrt."

„Aber das ist nicht der Grund, weshalb ich dich hergebracht habe. Es ist wegen Mels Trauerfeier."

„Was? Hier?"

„Es ist keine übliche Zeremonie. Ich habe Mels Eltern kommen lassen, damit sie ihren Sohn dann … mitnehmen können."

Das heißt, die Eltern waren hier in dieser Maschine? Die offenbar Rodrigo gehörte. Und gleich würden sie herauskommen und sie begrüßen. Und statt einer Schwiegertochter, mit der sie ihren Schmerz teilen konnten, trafen sie auf eine Fremde, die sich weder an den Sohn noch an seine Eltern erinnerte und ihnen in ihrem Kummer keine Stütze sein konnte. Verzweifelt packte sie Rodrigo beim Arm. „Ich kann das nicht. Bitte, fahr mich wieder …"

Doch er hatte sich bereits abgewandt und blickte auf die Gangway. Die Tür öffnete sich, und ein Paar Anfang sechzig erschien und sah sich suchend um.

Rodrigo öffnete die Wagentür. „Bleib hier", sagte er kurz, denn er sah, wie sehr Cybele sich vor der Begegnung fürchtete. Doch damit hatte er sie bei ihrem Stolz gepackt. War sie wirklich so feige, dass sie Mels Eltern nicht gegenübertreten konnte? Nein, auf keinen Fall. Die beiden hatten es verdient, dass sie, ihre Schwiegertochter, versuchte, ihnen beizustehen, so gut es eben ging.

„Ich komme mit", stieß sie leise, aber entschlossen hervor. „Und, bitte, keinen Rollstuhl. Sie sollen nicht denken, dass ich schlechter dran bin, als ich mich wirklich fühle." Er runzelte fragend die Stirn, dann nickte er und stieg aus. Eine Sekunde später öffnete er die andere Tür und half Cybele heraus. Sie umklammerte seinen Arm, um nicht das Gleichgewicht zu verlieren. „Wie heißen sie?", flüsterte sie.

Erstaunt sah er sie an, so als könne er kaum glauben, dass sie das nicht erinnerte. „Agnes und Steven Braddock."

Irgendwie hatte sie die Namen schon mal gehört. Aber sie musste ihre Schwiegereltern nur kurz, auf alle Fälle nicht gut gekannt haben.

Das Paar stieg langsam die Treppe herunter, und je deutlicher ihre Gesichter wurden, desto genauer konnte Cybele sich wieder an sie erinnern. Und nicht nur das, auch Mels Gesicht gewann an Kontur. Wie sein Vater hatte auch er kräftiges Haar gehabt, allerdings braun und nicht grau. Und die ungewöhnlichen blaugrünen Augen musste er von seiner Mutter geerbt haben.

Wenige Schritte vor ihnen blieb Cybele stehen. Doch Rodrigo ging auf die beiden zu und nahm sie fest in die Arme. Ihr traten Tränen in die Augen, als sie sah, wie Mels Eltern seine Umarmung erwiderten und offensichtlich Trost und Kraft darin fanden. Erst nach einigen langen Sekunden lösten sie sich voneinander und wandten sich Cybele zu.

Agnes nahm sie in die Arme. „Ich kann dir gar nicht sagen, wie viel Sorgen wir uns um dich gemacht haben. Es ist ein Wunder, dass es dir wieder so gut geht, nach allem, was du durchgemacht hast." *So gut geht?* Als Cybele sich das letzte Mal im Spiegel betrachtet hatte, hatte sie ausgesehen, als wäre sie gerade von den Toten auferstanden. Aber sicher, im Vergleich zu Mel ging es ihr blendend. „Wir wären schon früher gekommen", fuhr Agnes fort, „aber Rodrigo wollte erst sicher sein, dass keine Gefahr mehr für dich besteht."

„Das wäre nicht nötig gewesen. Denn es muss schrecklich für euch gewesen sein, so lange warten zu müssen."

Traurig schüttelte Agnes den Kopf. „Nein, das spielt jetzt keine Rolle mehr. Für Mel konnten wir sowieso nichts mehr tun. Und Rodrigo musste sich ganz auf dich konzentrieren und konnte keine Ablenkung gebrauchen."

„Und das hat er auch getan. Alle haben zwar gesagt, dass er sich immer sehr um seine Patienten kümmert. Aber ich bin sicher, dass er sich um mich als Mels Frau besonders bemüht hat. Er scheint ein sehr enger Freund eurer Familie zu sein."

Agnes trat einen halben Schritt zurück und blickte Cybele stirnrunzelnd an. „Aber Rodrigo ist kein Freund der Familie. Er ist unser Sohn. Er ist Mels Bruder."

ybele starrte Agnes ungläubig an. Rodrigo war nicht Mels bester Freund, sondern sein Bruder? Wie konnte das sein? „Das hast du nicht gewusst? Ach so, entschuldige die dumme Frage. Rodrigo hat uns ja erzählt, dass du dein Gedächtnis verloren hast. Du hast es vergessen."

Nein, sie hatte es nicht vergessen. Davon war Cybele fest überzeugt. Ihr hatte nie jemand gesagt, dass Rodrigo und Mel Brüder waren. Tausend Fragen wirbelten ihr im Kopf herum, aber bevor sie auch nur eine einzige stellen konnte, kamen Steven und Rodrigo auf sie zu. „Ich glaube, Cybele sollte sich ein wenig ausruhen", meinte Rodrigo, der Cybele einen forschenden Blick zugeworfen und ihre Verwirrung bemerkt hatte. „Vielleicht solltest du mit ihr im Wagen auf uns warten, Agnes. Steven und ich können die Formalitäten erledigen."

Überrascht sah Cybele ihn an. Agnes? Steven? Warum sagte er nicht Vater und Mutter zu den beiden? Doch da sie darauf brannte, ein paar Minuten mit Agnes allein zu sein, um ihr ein paar Fragen stellen zu können, hakte sie nicht weiter nach.

Sowie sie im Wagen saßen, wandte sie sich Agnes zu. Aber sie hatte so viele Fragen, dass sie nicht recht wusste, wie sie beginnen sollte. Hinzu kam, dass Agnes gekommen war, um den toten Sohn abzuholen. Würde es sie nicht wundern, dass die trauernde Witwe viel mehr an Rodrigo als am verstorbenen Ehemann interessiert war? Endlich fing Agnes an zu sprechen, und zu Cybeles Überraschung drückte ihre Miene nicht nur Trauer, sondern auch Liebe und Stolz aus. Doch wie sich herausstellte, galten diese Gefühle nicht unbedingt dem verstorbenen Sohn.

„Als Kind lebte Rodrigo in einer spanischen Gemeinde in Südkalifornien. Seine Mutter kam bei einem Unfall ums Leben, da war er sechs. Da der Vater nicht ausfindig zu machen war, kam der Kleine in ein staatliches Heim. Zwei Jahre später, Mel war gerade sechs, entschlossen Steven und ich uns, ein Kind zu adoptieren, da wir nicht wollten, dass Mel als Einzelkind aufwuchs und wir keine weiteren Kinder bekommen konnten."

Aha, so war das also. Rodrigo war adoptiert worden.

„Bei der Suche nach einem Kind war Mel immer mit dabei, denn für uns war entscheidend, dass er gut mit seinem zukünftigen Geschwisterchen auskam. Aber er schaffte es, jedes Kind, das uns passend erschien, so zu ärgern oder gegen sich aufzubringen, dass es sehr schnell

Streit gab. Dann wurde uns Rodrigo vorgeschlagen. Er wäre verantwortungsbewusst, respektvoll, intelligent und ausgeglichen, sagte man uns, also alles, was Mel nicht war."

Agnes seufzte. „Aber auch die anderen Kinder vorher waren uns ähnlich beschrieben worden, und so hatten wir wenig Hoffnung, dass er den Test mit Mel bestehen würde. Bei unserer ersten Begegnung kam Rodrigo in den Raum, stellte sich in gebrochenem Englisch vor und fragte, warum wir ein zweites Kind haben wollten. Wir gaben ihm eine kurze Antwort – ich weiß nicht mehr, welche – und ließen ihn mit Mel allein. Das heißt, wir wurden in einen Nebenraum geführt, von dem aus wir die beiden beobachten konnten, ohne dass die Kinder es bemerkten. Mel benahm sich gleich wieder unmöglich. Er beschimpfte Rodrigo, machte sich über seinen starken Akzent lustig und zog in der übelsten Art und Weise über seine Herkunft her. Wir waren entsetzt, dass er solche Worte überhaupt kannte. Steven meinte, Mel reagiere so, weil er sich von den fremden Kindern bedroht fühlte. Aber ich hatte nur Mitleid mit dem armen Jungen und wollte das Gespräch schon abbrechen. Doch dann geschah etwas Seltsames."

„Was denn?" Cybeles Nerven waren aufs Äußerste gespannt.

„Anders als die anderen Kinder hatte Rodrigo alles ruhig über sich ergehen lassen. Er saß einfach nur da und sah Mel abwartend an. Dann stand er auf und bedeutete Mel näher zu kommen, was Mel zu unserer Überraschung auch tat. Wahrscheinlich war er über Rodrigos gelassene Reaktion genauso verblüfft wie wir. Als die beiden Jungen dicht voreinander standen, schlug Rodrigo den etwas Kleineren nicht zusammen, wie wir alle vermutet hatten, sondern schob eine Hand in die Hosentasche. Vorsichtig zog er einen Schmetterling mit leuchtend bunten Flügeln heraus, den er aus Pappe und Draht gebastelt hatte, und reichte ihn Mel. Der war vollkommen überwältigt und stammelte nur: ‚Danke'."

Agnes senkte den Kopf und lächelte gedankenverloren, sah dann aber Cybele wieder an. „Da wussten wir, dass unsere Suche zu Ende war. Mir zitterten die Knie, als wir Rodrigo fragten, ob er bei uns bleiben wolle. Der Junge konnte kaum glauben, dass wir ihn wirklich wollten. Alle Leute wollten kleine Kinder, meinte er. Aber wir versicherten ihm, dass wir ihn wollten und dass er selbstverständlich ausprobieren könne, ob er mit uns leben wolle. Sehr ernsthaft meinte er, dass auch wir ihn testen müssten. Dann ging er auf Mel zu, schüttelte ihm die Hand und versprach, ihm zu zeigen, wie man solches Spielzeug bastelt."

Cybele war zu Tränen gerührt, wenn sie an den tapferen kleinen Rodrigo dachte, der in seinem jungen Leben schon so vieles hatte ertragen müssen. „Und hat er Mel das Basteln beigebracht?", fragte sie leise.

Agnes seufzte. „Er hat sich bemüht, aber Mel war viel zu ungeduldig und hielt nie lange genug durch, um etwas zu Ende zu bringen. Aber Rodrigo gab nie auf. Immer wieder versuchte er Mel nahezubringen, welche Freude und Befriedigung ein erreichtes Ziel einem bringt. Wir haben Rodrigo vom ersten Tag an geliebt, aber durch seine Bemühungen um Mel wuchs er uns besonders ans Herz."

„Doch im Grunde ist eure Rechnung nicht aufgegangen? Ich meine, dass ein Bruder Mel helfen könne?"

„Oh doch. Rodrigo hatte schon eine stabilisierende Wirkung auf Mel. Er war der große Bruder, dem Mel in allem nacheiferte. Deshalb hat er auch Medizin studiert. Wie Rodrigo."

„Dann muss Mel seine Konzentrationsschwäche und Ungeduld offensichtlich überwunden haben. Denn ein Medizinstudium erfordert viel Ausdauer und Beharrlichkeit."

„Du kannst dich wirklich kaum noch an ihn erinnern, was?" Agnes sah Cybele traurig an. „Mel war sehr intelligent. Er konnte alles schaffen, wenn er sich nur darum bemühte. Aber eigentlich war nur Rodrigo in der Lage, ihn zu motivieren und ihm immer wieder gut zuzureden. Das blieb auch so, als Rodrigo uns an seinem achtzehnten Geburtstag verkündete, dass er ausziehen wolle."

„Warum denn das? Hat er sich bei euch nicht wohlgefühlt?"

„Doch. Er hat uns versichert, dass sein Wunsch nichts mit uns zu tun habe. Er habe nur immer schon herausfinden wollen, woher er eigentlich stamme. Und so schwer es uns auch fiel, ihn gehen zu lassen, wir haben ihn nach Kräften in seiner Suche unterstützt, wenn wir auch keine große Hilfe waren. Nach drei Jahren hatte er tatsächlich die Verwandten seiner Mutter in Spanien ausfindig gemacht. Die Großeltern waren natürlich außer sich vor Freude, und die ganze große Familie empfing ihn mit offenen Armen."

Das kann ich mir vorstellen. „Hat er herausbekommen, wer sein Vater ist?"

„Nein, seine Großeltern wussten es nicht. Als Rodrigos Mutter schwanger war, hatte es eine Riesenauseinandersetzung gegeben, weil sie den Namen des Vaters nicht preisgeben wollte. Sie verließ ihr Elternhaus, weil sie mit solch engstirnigen Menschen nichts mehr zu tun haben wollte. Als die Eltern sich etwas beruhigt hatten, setzten sie natürlich alle Hebel in Bewegung, um die Tochter wiederzufinden, aber sie haben nie wieder etwas von ihr gehört. Natürlich waren sie entsetzt, als sie erfuhren, dass die Tochter nicht mehr lebte. Aber sie waren selig, dass Rodrigo sie gefunden hatte."

„Und er hat dann wieder seinen Familiennamen angenommen?"

„Nein, das war nicht nötig, denn er hatte den Namen seiner Mutter behalten. Du musst wissen, dass es mit seiner Adoption große Probleme gegeben hatte, und als er von den Schwierigkeiten erfuhr, tröstete er uns. Er meinte, wir sollten uns nicht weiter bemühen. Er wisse, dass wir ihn wie einen Sohn liebten, und sei auch damit zufrieden, unser Pflegekind zu sein. Da war er erst elf, also erstaunlich reif für sein Alter, findest du nicht?"

Cybele nickte. Sie war einfach sprachlos.

„Auch als er seine Verwandten in Spanien gefunden hatte, waren wir für ihn immer noch seine richtige Familie, das hat er uns immer wieder versichert. Die Bande des Blutes allein spielten für ihn keine große Rolle."

„Und trotzdem hattest du sicher Angst, dass er ganz aus eurem Leben verschwinden würde, oder?"

„Ja. Es war der schlimmste Tag meines Lebens, als er uns eröffnete, dass er nach Spanien ziehen wolle, sobald er sein Medizinstudium beendet habe. Ich dachte, dass sich meine bösen Vorahnungen nun doch erfüllen würden."

Seltsam, dass Agnes nicht den Tag, als sie von Mels Tod erfahren hat, als den schlimmsten ihres Lebens bezeichnet, dachte Cybele, hob sich diese Frage aber für später auf. „Doch deine Befürchtungen haben sich nicht bewahrheitet?"

„Nein, und das hätte ich mir gleich denken können. Ich kannte doch meinen Rodrigo. Er kümmerte sich nach wie vor sehr um uns, rief an, schrieb E-Mails, besuchte uns und war irgendwie viel präsenter als Mel, obgleich der mit uns unter einem Dach wohnte. Aber Mel hatte immer Probleme, seine Gefühle zu zeigen. Er drückte sie eher mit materiellen Dingen aus, und vielleicht hat er deshalb …" Agnes stockte und wandte den Blick ab.

„Was hat er?", fragte Cybele sofort nach, denn ihr war klar, dass Agnes etwas Entscheidendes sagen wollte.

Aber Agnes hatte sich wieder gefasst und überging die Frage. „Rodrigo war sehr erfolgreich in seinem Beruf und hat uns immer an allem teilhaben lassen. Selbst von Spanien aus hat er uns oder auch Mel nie das Gefühl gegeben, weit von uns entfernt zu sein. Er wollte uns überreden, hierherzuziehen, um endlich die Projekte in Angriff zu nehmen, von denen wir schon ewig träumten. Aber Mel wollte nicht. Spanien war für ihn lediglich ein Urlaubsland, er wollte in New York bleiben. Deshalb blieben wir in den Staaten, weil wir das Gefühl hatten, dass Mel uns mehr brauchte als Rodrigo. Aber jeden Winter kommen wir für einige Monate her, und Rodrigo besucht uns auch drüben."

Bei irgendeinem dieser Besuche hatte auch sie ihn kennengelernt, davon war Cybele überzeugt. Aber ebenso sicher wusste sie, dass sie diese Geschichte zum ersten Mal hörte. Niemand hatte ihr bisher erzählt, dass Rodrigo Mels Pflegebruder war. Weder Rodrigo noch Mel. Aber warum nicht? Dafür musste es doch einen Grund geben.

Liebevoll legte Agnes ihr die Hand auf den gesunden Arm. „Entschuldige, Kind, ich hätte nicht so viel von diesen alten Geschichten reden sollen."

„Im Gegenteil, ich bin sehr froh darüber. Denn nur so kann ich meine Erinnerungen langsam wieder zurückbekommen." Seltsam allerdings war, dass Agnes die ganze Zeit nur von ihrem Pflegesohn gesprochen hatte, nicht aber von ihrem kürzlich verstorbenen eigenen Kind.

„Und? Hat es geholfen?"

Das kam so prompt, dass Cybele den Verdacht hatte, Agnes spiele nicht nur ganz allgemein auf ihren, Cybeles, neurologischen Zustand an. Mels Mutter schien sich auf etwas ganz Bestimmtes zu beziehen, etwas, das mit dem Thema zu tun hatte, auf das sie vorhin auch nicht näher hatte eingehen wollen. Vielleicht weil es ihr peinlich war? Oder weil sie sich schämte?

„Ein bisschen. Das eine oder andere wird schon wieder etwas klarer." Cybele antwortete absichtlich vage, in der Hoffnung, dass sie das Gespräch wieder auf Mel und ihre Beziehung zueinander lenken konnte. Denn irgendwie ahnte sie, dass sie auf diesem Weg eine Erklärung bezüglich ihrer Gefühle für Mel und auch Rodrigo finden könnte.

Doch Agnes ging nicht weiter darauf ein, sondern wies aus dem Fenster. „Sie sind wieder zurück."

Tatsächlich, beide Männer kamen auf den Wagen zu, Rodrigo mit geschmeidigen und doch kraftvollen Schritten. Cybele konnte den Blick nicht von ihm lösen. Und plötzlich war die Erinnerung da, klar und deutlich. Sie und Mel waren häufiger mit Rodrigo und seinen wechselnden Freundinnen ausgegangen. Diese Mädchen waren meist sehr hübsch und sexy gewesen und hatten Rodrigo angehimmelt, der sich davon aber wenig beeindrucken ließ.

Und noch etwas anderes fiel ihr in diesem Zusammenhang ein. In zunehmendem Maß war Mel in Rodrigos Gegenwart schlecht gelaunt gewesen. Das passte allerdings so gar nicht zu dem, was Agnes ihr gerade über Rodrigo und seinen besänftigenden Einfluss auf Mel anvertraut hatte. Denn Cybeles Erinnerungen nach war Rodrigo der unstete Playboy gewesen, der zumindest in dieser Hinsicht keinen besonders positiven Einfluss auf Mel gehabt hatte. An Männern wie Rodrigo war sie doch nie interessiert gewesen. Warum machte er dann jetzt einen solchen Eindruck auf sie? Vielleicht hatte sie sich immer etwas vorgemacht und wurde gerade von Machos wie ihm angezogen. Oder reizte es sie, auszuprobieren, ob es ihr nicht gelingen könnte, diesen großen bösen Wolf zu zähmen?

„Kannst du kommen, Agnes?"

Rodrigos tiefe Stimme ließ Cybele aus ihren Gedanken aufschrecken. Er öffnete die Wagentür und half Agnes heraus. Dann bückte er sich und sah Cybele an. „Bleib du lieber hier." Als sie protestieren wollte, legte er ihr sanft die Hand auf den Mund. „Keine Widerrede. Anweisung von deinem Arzt."

„Aber ich möchte bei euch sein", murmelte sie.

„Das war genug für heute. Ich hätte dich sowieso nicht mitnehmen sollen."

„Aber es geht mir gut, wirklich. Bitte, lass mich mitkommen."

Er warf ihr einen forschenden Blick zu, dann nickte er und reichte ihr die Hand. „Okay."

Einerseits wollte sie in dieser Situation bei den Menschen sein, denen sie sich bereits sehr verbunden fühlte. Andererseits hoffte sie, noch einmal mit Agnes sprechen zu können, bevor sie und Steven wieder nach Hause flogen.

Neben dem Flugzeug stand der Leichenwagen, bei dem bereits vier Männer warteten. Einen kannte Cybele. Es war Ramón Velásquez, Chirurg, Partner und bester Freund von Rodrigo, die anderen drei waren ihr unbekannt. Rodrigo und Steven gingen auf die vier Männer zu. Auf ein kurzes Zeichen hin öffnete Ramón die hintere Wagentür. Die Männer schulterten den Sarg und trugen ihn gemessenen Schrittes zum Frachtraum der Boeing.

Rodrigo und Steven gingen vorn, und Cybele war erstaunt, dass auf beiden Gesichtern der gleiche Ausdruck lag. Nach einem kurzen Blick auf Agnes, die neben ihr stand, erkannte sie auch dort diese merkwürdige Mischung aus Trauer … und etwas anderem, das sie nicht zu deuten vermochte.

Leider ergab sich keine Gelegenheit mehr zu einem Gespräch, denn schon kamen Steven und Rodrigo zurück, man verabschiedete sich, und die beiden Braddocks gingen wieder an Bord. Und als der Mercedes das Rollfeld verließ, hörte Cybele bereits das Dröhnen der Turbinen, bevor die Maschine sich kurze Zeit später in Bewegung setzte.

Plötzlich wurde ihr bewusst, was dieser Gesichtsausdruck der drei bedeutete, die von Mels Tod besonders betroffen waren. Es war diese Mischung aus Trauer, Erschöpfung und so etwas wie Erleichterung, die Hinterbliebene empfanden, die einen geliebten Menschen nach einer langen, quälenden und unheilbaren Krankheit verloren hatten. Aber Mel war doch sehr plötzlich gestorben. Wie passte das zusammen?

Und noch etwas anderes war ihr aufgefallen. Zögernd wandte sie sich an Rodrigo, der starr aus dem Fenster blickte. „Rodrigo, es tut mir leid, aber ...“

Abrupt drehte er sich zu ihr um. „Sag nicht noch mal, dass es dir leidtut.“

„Ich wollte mich doch nur dafür entschuldigen, dass ich dich beim Nachdenken störe. Aber ich muss dich etwas fragen. Warum haben *sie* nicht nachgehakt? Wegen meiner Schwangerschaft, meine ich.“

Damit hatte er nicht gerechnet, das sah sie ihm an. Aber er fing sich schnell wieder. „Mel hat es ihnen nicht erzählt.“

Damit hatte sie nicht gerechnet. „Aber warum denn nicht? Ich kann verstehen, dass er nichts sagen wollte, solange nicht klar war, ob es auf diesem Weg klappt. Aber dann?“

Gleichmütig zuckte er mit den Schultern, so als wolle er sagen: Keine Ahnung, was in Mel vorging. Und: Was geht es mich an?

Aber sie ließ nicht locker. „Warum hast *du* es ihnen nicht erzählt?“

„Weil es deine Sache ist, zu entscheiden, ob du es ihnen sagen willst.“

„Warum denn nicht? Sie sind doch schließlich die Großeltern meines Babys. Wäre mir klar gewesen, dass sie keine Ahnung haben, hätte ich sie gleich damit überrascht. Ganz sicher hätte es sie getröstet, zu wissen, dass ihr Sohn in seinem Kind weiterleben wird.“

Rodrigo presste kurz die Lippen aufeinander. „Ich bin froh, dass das Thema nicht zur Sprache gekommen ist. Du bist emotional noch gar nicht in der Lage, dich mit ihrer Reaktion auseinanderzusetzen. Außerdem, da bin ich ziemlich sicher, hätte diese Nachricht auf die beiden nicht unbedingt tröstlich gewirkt, sondern hätte ihnen erst recht vor Augen geführt, was sie verloren haben.“

Hm, das konnte sein, konnte aber auch nicht sein. „Vielleicht hast du recht“, gab sie nach. „Ich werde es ihnen erzählen, wenn ich wieder ganz gesund bin und die ersten drei Monate überstanden sind.“

„Gut“, antwortete er, sah sie dabei aber nicht an.

Der Mann war ihr ein Rätsel, mehr aber noch ihre Reaktion auf ihn. Sie seufzte leise. Wahrscheinlich musste sie nur Geduld haben. „Können wir jetzt nach Hause fahren? Bitte."

Und Rodrigo nahm Cybele mit nach Hause. In sein Zuhause. Zuerst waren sie vom Flughafen in die Innenstadt von Barcelona gefahren. Danach hatten sie noch einmal eine Stunde gebraucht, um Rodrigos Anwesen zu erreichen. Als sie schließlich kurz vor Sonnenuntergang vor dem mächtigen eisernen Tor gestanden hatten, war Cybele überwältigt von der Schönheit der Landschaft Kataloniens gewesen.

Auch während der Fahrt auf der gewundenen Straße, die zu dem Haus führte, konnte sie sich an der abwechslungsreichen Natur und der mediterranen Pflanzenwelt nicht sattsehen. Als sie schließlich vor einem prachtvollen Herrenhaus im spanischen Stil hielten, blickte Cybele Rodrigo mit leuchtenden Augen an. Während der ganzen Fahrt hatte er kaum fünf Worte gesagt. Und auch sie hatte geschwiegen, unschlüssig, wie sie mit der Diskrepanz zwischen dem, was sie erinnerte, und dem, was ihr Herz ihr sagte, umgehen sollte.

Doch je mehr sie sich das, was er in den letzten Tagen gesagt und getan hatte, ins Gedächtnis zurückrief und daran dachte, mit wie viel Bewunderung jeder von ihm sprach, der mit ihm zu tun hatte, desto mehr glaubte sie ihrem Herzen.

Rodrigo wies auf das Haus vor ihnen. „Willkommen in der Villa Candelaria, Cybele."

„Danke. Was für ein wunderschönes Haus. Wann hast du es gekauft?"

„Ich habe es selbst bauen lassen und dann nach meiner Mutter benannt."

Sie war gerührt. Wie sehr musste er seine Mutter geliebt haben, dass er nach all den Jahren diesem prächtigen Haus ihren Namen gab. „Das Ganze wirkt äußerst imposant. Nicht nur das Haus, sondern das ganze Anwesen."

„Es sind gut fünfzigtausend Quadratmeter. Auch eine ein Kilometer lange Küstenstraße gehört dazu. Doch bevor du an meinem Verstand zu zweifeln beginnst, ich habe bei dem Kauf nicht nur an mich gedacht, das wäre verrückt. Ich hatte gehofft, dass viele Familien mit den unterschiedlichsten Bedürfnissen hier ein Zuhause finden, um ihre Träume zu verwirklichen. Aber leider ist es nicht so gekommen."

Offenbar hatte sich sein Wunsch, sich mit Menschen zu umgeben, nicht erfüllt. Er litt unter Einsamkeit und Isolation, Gefühle, die sie nur zu gut kannte.

„An das Land bin ich mehr oder weniger zufällig gekommen", sagte er mit jetzt wieder fester Stimme. „Ich bin ziellos durch die Gegend gefahren und habe plötzlich den Berg da gesehen, von dem aus man eine atemberaubende Aussicht aufs Meer hat." Cybeles Blick folgte seiner ausgestreckten Hand. „Sofort habe ich mir ein Haus vorgestellt, das sich harmonisch in die Landschaft einfügt."

„Und ich dachte immer, die Küste Spaniens besteht nur aus Sandstränden."

„Nicht hier im Nordosten. Da ist es eher felsig. Aber komm, lass uns aussteigen."

„Gern." Leider bestand Rodrigo darauf, dass Cybele sich in den Rollstuhl setzte. Und als er sie die Rampe neben der breiten Treppe hochschob, fragte sie sich, für wen diese Rampe wohl gebaut worden war. Für ältere Familienangehörige? Oder für Mel, der seit dem Autounfall im Rollstuhl hatte sitzen müssen?

Doch der herrliche Blick von der großzügigen Terrasse, die das ganze Haus umgab, lenkte Cybele schnell von ihren Grübeleien ab. In Richtung des Landesinneren lagen Obstplantagen und ein großes Weinanbaugebiet. Richtung Meer bot die zerklüftete Küste mit ihren kleinen Buchten einen interessanten Kontrast. Erst als Rodrigo lächelnd sagte: „Lass uns hineingehen. Da ist auch noch einiges zu sehen", löste sie sich schweren Herzens von dem atemberaubenden Anblick.

Er hatte nicht zu viel versprochen. Zwar schob er sie ziemlich schnell durch verschiedene Räume bis zu der Suite, die er für sie vorgesehen hatte, aber auch so konnte sie bereits feststellen, dass das ganze Haus sehr geschmackvoll und exquisit eingerichtet worden war. Die Holzböden harmonierten mit den warmen Brauntönen der Möbel und dem sandfarbenen Marmor.

Cybele sah sofort, dass dieser ungewöhnliche und hinreißende Mann dabei auch an seine Familie gedacht hatte, die sich hier wohlfühlen sollte. Damit hätte ich kein Problem, dachte Cybele sofort und war froh, als sie endlich den Rollstuhl verlassen konnte. Bewundernd sah sie sich um, während Rodrigo zwei große Koffer hereintrug, die, ohne dass es ihr bewusst gewesen war, offenbar mitgekommen waren. Er öffnete eine Tür auf der anderen Seite des Raums, die in ein geräumiges Ankleidezimmer führte.

Cybele war überwältigt und brachte kein Wort heraus, als Rodrigo jetzt auf sie zukam und ihre Hand nahm. „Ich verspreche dir eine ausführliche Besichtigung des Hauses", sagte er lächelnd, während ihr vor Erregung die Röte in die Wangen stieg. „Aber später. Jetzt musst du dich erst mal ausruhen. Anweisung des Arztes." Er drückte ihr kurz die Hand, drehte sich um und ging.

Sowie die Tür hinter ihm zugefallen war, lehnte sie sich mit der Stirn dagegen und atmete ein paarmal tief durch. Der Mann war im wahrsten Sinn des Wortes atemberaubend. Anweisung des Arztes – *ihres* Arztes ... Langsam stieß sie sich von der Tür ab. Was war bloß mit ihr los? Erst wenige Stunden zuvor hatte sie miterleben müssen, wie der Leichnam ihres Mannes seinen Eltern übergeben wurde. Und dennoch konnte sie nur an Rodrigo denken. Merkwürdigerweise hatte sie auch kein schlechtes Gewissen wegen Mel. Zwar empfand sie so etwas wie Trauer, aber die war nicht größer als die, die sie jedem entgegenbringen würde, der litt. Wie in diesem Fall Mels Eltern. Aber sie persönlich fühlte sich nicht sehr betroffen von Mels Tod.

Irgendetwas musste in ihrer Beziehung nicht gestimmt haben. Oder war es wieder nur ihr lückenhaftes Gedächtnis, das ihr einen Streich spielte?

C ybele war sich selbst ein Rätsel. Das war kein gutes Gefühl, aber sie konnte nichts anderes tun, als darauf zu warten, dass ihre Erinnerungen nach und nach zurückkehrten. Bis dahin musste sie denen, die Mel geliebt hatten, verheimlichen, wie wenig sein Tod sie berührte. Was sie wirklich empfand, brauchte keiner zu wissen. Sie konnte nichts daran ändern und sollte aufhören, deshalb ein schlechtes Gewissen zu haben. Das half niemandem und machte Mel auch nicht wieder lebendig.

Irgendwie war ihr jetzt leichter ums Herz. Neugierig blickte sie sich in ihrem neuen Domizil um. Das Zimmer, sofern man einen etwa einhundertzwanzig Quadratmeter großen Raum als Zimmer bezeichnen konnte, hatte schon durch die helle blaugrüne Wandfarbe eine beruhigende Wirkung auf sie. Die dunklen Mahagonimöbel boten einen interessanten Kontrast. Die duftigen Vorhänge waren ebenso wie die Wände in Blaugrün gehalten und bauschten sich vor den offenen Fenstern, durch die frische Seeluft hereinkam.

Cybeles Blick glitt über den glänzenden Holzfußboden und blieb auf den beiden großen Koffern hängen, die Rodrigo vor dem Ankleideraum abgestellt hatte. Offenbar hatte er sie vollkommen neu eingekleidet, und wenn sie von dem Kostüm ausging, das sie bei der Begegnung mit Mels Eltern getragen hatte, dann kannte Rodrigo nicht nur ihre Größe, sondern hatte obendrein einen ausgezeichneten Geschmack.

Sie griff nach dem einen Koffer, um ihn auf die Bank zu heben … es war unmöglich. Was hatte er denn da hineingepackt? Ziegelsteine? Wieder versuchte sie, den Koffer anzuheben. Das konnte doch nicht so schwer sein, denn Rodrigo hatte mühelos beide Gepäckstücke gleichzeitig hereingetragen.

„Parada!"

Bei dem harschen Befehlston fuhr Cybele herum. Eine untersetzte Frau Ende dreißig, ganz eindeutig eine Spanierin, kam schnellen Schrittes auf sie zu, wobei sie missbilligend den Kopf schüttelte. „Rodrigo hat mir schon gesagt, dass Sie es mir nicht leicht machen werden." Sie schob Cybele zur Seite, griff rasch nach dem Koffer und warf ihn mit Schwung auf das Bett. Mit offenem Mund starrte Cybele sie an. Diese Katalanen schienen ja Bärenkräfte zu haben.

Die Frau stemmte die Hände in die Hüften, warf das schulterlange glänzend dunkelbraune Haar nach hinten und musterte Cybele langsam von oben bis unten. „Er meinte, dass Sie zu den Frauen gehören, die Probleme machen können. Und wenn ich sehe, wie Sie sich bemühen, Ihre Wunde wieder aufplatzen zu lassen, kann ich nur sagen, er hat recht. Wie eigentlich immer."

Also hielt nicht nur Cybele ihn für unfehlbar. „Ich habe keine Operationsnarben, die wieder aufplatzen könnten. Dank der revolutionären OP-Technik von Dr. Valderrama."

„So?" So leicht gab die Frau sich nicht geschlagen. „Und was ist damit?" Sie tippte sich an die Stirn. „Auch da oben kann etwas platzen," wenn Sie sich zu sehr anstrengen."

Stimmt. Cybeles Schläfen pochten schmerzhaft, nachdem sie vergeblich versucht hatte, den Koffer anzuheben. Und dann fiel ihr auch wieder ein, dass Rodrigo ihr von dieser Frau erzählt hatte. Da sie leider zu sehr von seinem Mienenspiel abgelenkt gewesen war, hatte sie nur halb zugehört. Consuelo, eine Verwandte von ihm, lebte mit ihrem Mann und den drei Kindern hier auf dem Anwesen, sozusagen als Verwalterin. Sie würde sich um Cybele kümmern und darauf achten, dass Rodrigos Anweisungen genau befolgt wurden.

Also misstraute er ihr und hielt es für sicherer, sie überwachen zu lassen. *Hm, vielleicht gar nicht so dumm …* Cybele streckte die Hand aus und lächelte freundlich. „Sie müssen Consuelo sein. Rodrigo hat mir von Ihnen erzählt."

Zu ihrer Überraschung umarmte Consuelo sie und küsste sie auf beide Wangen. Dann ließ sie sie wieder los und verschränkte die Arme vor dem üppigen Busen. „So? Hat er Ihnen auch erzählt, worin meine Aufgabe besteht? Nur damit keine Missverständnisse aufkommen, Sie haben dieses Haus als Rekonvaleszentin betreten, blass, mit Schürfwunden, einem gebrochenen Arm und vielen Blutergüssen. Und ich entlasse Sie erst wieder, wenn Sie in Topform sind, ist das klar? *Ich* werde es nicht dulden, wenn Sie Rodrigos Anweisungen nicht befolgen. Denn ich bin nicht so weich und nachgiebig wie er."

„Weich und nachgiebig?", stieß Cybele ungläubig hervor. Dann lachte sie laut los. „Es muss wohl zwei Rodrigos geben. Mir ist bisher nur der unnachgiebige und unerbittliche begegnet."

„Wenn Sie ihn schon für unnachgiebig halten, dann warten Sie, bis Sie mich kennengelernt haben. Bin gespannt, was Sie nach den ersten vierundzwanzig Stunden sagen."

„Oh, ich habe schon nach den ersten vierundzwanzig Sekunden einen ganz guten Eindruck."

Consuelo grinste. „Ich kenne Ihren Typ. Sie gehören zu den Frauen, die alles selbst machen wollen, die behaupten, dass sie alles schaffen, die loslegen, wenn sie es nicht sollten, ohne Rücksicht auf die eigene Person. Nur weil sie keine Hilfe annehmen wollen, obgleich sie sie dringend brauchen."

„Donnerwetter! Sie wissen offenbar, wovon Sie sprechen."

„*Maldita sea, es cierto!* Allerdings! Sture, hartnäckige Frauen, die auf ihrer Unabhängigkeit bestehen, erkennen einander. Ist es nicht so?"

Wieder musste Cybele lachen. „Genau. Sie haben den Nagel auf den Kopf getroffen."

„Gut. Dann werde ich Rodrigo von Ihrem ungehörigen Benehmen Bericht erstatten." Mit Mühe unterdrückte Consuelo ein Lächeln. „Wahrscheinlich wird er Sie mit Ihrem rechten Arm an mich ketten, bis Sie wieder ganz gesund sind."

„Es wäre mir eine Ehre, an Sie … gefesselt zu sein. Aber vielleicht kann ich Sie irgendwie bestechen, damit Sie nicht alles weitergeben?"

„Ja, und Sie wissen auch, wie."

„Indem ich verspreche, nie wieder Koffer zu heben, die mit Wackersteinen gefüllt sind?"

„Und indem Sie alles tun, was ich sage. Sofort, wenn ich es sage."

„Hm, wenn ich es mir recht überlege, möchte ich doch lieber Rodrigo als Aufpasser haben."

„Noch was? Schluss mit dem Unsinn. Rodrigo hat mir erzählt, was Sie heute und auch die ganze letzte Zeit durchgemacht haben. Das bedeutet, dass Sie in der nächsten Woche nur schlafen und sich ausruhen werden. Und natürlich gut essen. Sie sehen ja aus, als würden Sie sich alsbald in Luft auflösen."

Lächelnd sah Cybele an sich herunter. Im Vergleich zu Consuelos üppiger Figur bestand sie wirklich nur aus Haut und Knochen. Aber die Frau war genau das Richtige für sie. Sie war energisch, warmherzig und brachte sie zum Lachen. Genau das hatte Rodrigo wahrscheinlich bezweckt.

Jetzt nahm Consuelo sie beim Arm und führte sie zum Bett. Erschöpft setzte Cybele sich. Nun erst merkte sie, wie sehr der Tag sie angestrengt hatte. Und während Consuelo ein Bad einließ, die Koffer auspackte, alles im Ankleidezimmer einordnete und weghängte – mit Ausnahme der Sachen, die zur Nacht gebraucht wurden – saß Cybele nur da und hörte ihr zu. Denn die resolute Spanierin redete unaufhörlich vor sich hin, in perfektem Englisch zwar, aber doch mit weichem katalanischen Akzent. Als schließlich das Schaumbad eingelassen war und sie Cybele in das große, mit Marmor gefliese Bad führte, hatte sie ihr bereits ihre ganze Lebensgeschichte erzählt, zumindest seit sie und ihr Mann sich um Rodrigos Anwesen kümmerten.

Als Consuelo ihr auch noch beim Auskleiden behilflich sein wollte, wehrte Cybele lachend, aber entschieden ab. „Das kann ich nun wirklich allein." Doch erst als sie einwilligte, die Badezimmertür offen zu lassen, zog sich Consuelo zurück.

Lächelnd und kopfschüttelnd zog Cybele sich aus. Aber das Lächeln verging ihr, als sie sich im Spiegel betrachtete. War sie immer so dünn gewesen? Wann und warum war sie so abgemagert? War sie unglücklich in ihrer Ehe gewesen? Aber warum hatten sie und Mel dann unbedingt ein Kind haben wollen und zweite Flitterwochen geplant? Und Rodrigo? Hatte sie ihm gefallen? Jetzt natürlich nicht, jetzt sah sie schrecklich aus. Aber früher, war sie sein Typ gewesen? Hatte er eigentlich eine Freundin? Oder vielleicht nicht nur eine?

Du liebe Zeit, konnte sie denn keinen Gedanken zu Ende denken, ohne bei Rodrigo zu landen! Bei der Vorstellung, dass er mit einer anderen Frau zusammen war, verspürte sie quälende Eifersucht. Aber wie konnte das sein, wenn sie doch vor gut einer Woche noch mit seinem Bruder verheiratet gewesen war? Irgendetwas stimmte da doch nicht. Seufzend stieg sie in die Wanne und streckte sich in dem duftenden Wasser aus. Das tat gut.

Erst jetzt fiel ihr auf, dass genau gegenüber ein großes Fenster in die Wand eingelassen war. Der sich verdunkelnde Abendhimmel mit den silbernen Wolken und dem perfekten Halbmond passte sich wie ein Gemälde in diesen Rahmen ein. Doch wieder schob sich Rodrigos Gesicht in dieses Bild. Sie hörte seine dunkle weiche Stimme, spürte, wie ihr Puls sich beschleunigte, ihr Herzschlag dröhnte … „Aufhören!"

„Was ist?" Das war Consuelos Stimme, und Cybele riss die Augen auf. Mein Gott, hatte sie etwa laut geschrien? Offenbar ja, denn die rundliche Spanierin stürzte ins Bad und sah sie erschrocken an.

„Ich … äh … ich …" Wie sollte sie ihren Aufschrei erklären? „Ich meine, ich … ich will nicht mehr in der Wanne liegen."

Ja, es wurde wirklich Zeit, dass das alles aufhörte. Sie musste ihr Gedächtnis wiederfinden, musste die Rätsel lösen, die sie quälten, und vor allen Dingen musste sie aufhören, sich ständig mit Rodrigo zu beschäftigen. Würde ihr das jemals gelingen?

Immerhin war es gut, dass sie ihre eigene Schwachstelle kannte. Denn nur so konnte sie Überlebensstrategien entwickeln. Sie würde höflich und sachlich sein und während ihres Aufenthalts nicht mehr erwarten als eine gute ärztliche Versorgung. Irgendwann würde ihre Zeit hier dann auch zu Ende sein.

Leider.

Rodrigo stand vor Cybeles Zimmer und lauschte. Immer wieder hatte er versucht wegzugehen, es aber einfach nicht geschafft. Am liebsten hätte er die Tür geöffnet, um sich mit eigenen Augen davon zu überzeugen, dass es ihr gut ging. Und um ihr nahe zu sein.

Die Qual, sie wie leblos im Koma liegen zu sehen und ihr nicht helfen zu können, hatte sich ihm tief in die Seele eingebrannt. Seit sie wieder bei Bewusstsein war, hätte die Anspannung eigentlich nachlassen müssen. Aber immer noch verspürte er den unbändigen Drang, ganz in ihrer Nähe zu sein, sie ständig zu überwachen. Und es hätte auch jetzt nicht viel gefehlt, und er hätte sein Lager in ihrem Zimmer aufgeschlagen, so wie er es getan hatte, während sie bewusstlos gewesen war.

Als er Consuelos Schrei hörte, war er sofort herbeigestürzt, hatte aber das Zimmer nicht betreten, weil er auch Cybeles leise Stimme vernehmen konnte. Gott sei Dank schien ihr nichts passiert zu sein. Die beiden Frauen unterhielten sich jetzt lebhaft. Wahrscheinlich half Consuelo Cybele beim Abtrocknen und brachte sie dann ins Bett. Und bevor sie den Raum verließ, musste er verschwunden sein, alles andere wäre zu peinlich. Dass sein Verhalten lächerlich war, war ihm durchaus bewusst. Aber noch war er wie besessen von dem Gedanken, Cybele könne etwas passieren. Da er Mel nicht hatte retten können, musste er unbedingt dafür sorgen, dass sie wieder ganz gesund wurde.

Der heutige Tag hatte auch ihm schwer zugesetzt. Die Pflegeeltern nach Monaten wiederzusehen, um ihnen den Leichnam ihres Sohnes zu übergeben, war bitter gewesen. Hinzu kam, dass er sich Vorwürfe machte, Cybele mitgenommen zu haben. Glücklicherweise erinnerte sie sich nicht an ihren Ehemann, denn ihre Trauer um Mel hätte er kaum ertragen.

Allerdings war das nur eine Frage der Zeit. Denn irgendwann würde sie sich wieder erinnern, und dann würde alles mit Macht auf sie einstürzen. Wäre er dann noch in der Lage, ihr zu helfen? Aber vielleicht kam alles auch ganz anders, weil Cybele jetzt eine andere war. Denn die Frau, die nach drei Tagen aus dem Koma aufgewacht war, war nicht die Cybele Wilkinson, die er gekannt hatte. Von der Mel behauptet hatte, dass sie in letzter Zeit so sprunghaft gewesen sei, so schwer einzuschätzen. Die ihrem Mann vorgeworfen hatte, sie nur als Krankenschwester zu missbrauchen, und die unbedingt ein Baby hatte haben wollen – als Beweis dafür, dass er sie auch als seine Frau schätzte.

Anfangs hatte Rodrigo das gar nicht glauben wollen. Denn Cybele war ihm nie unsicher vorgekommen oder wie eine Frau, die ihr Selbstbewusstsein nur aus der Anerkennung ihres Mannes bezog. Im Gegenteil.

Wer war Cybele nun wirklich? Eine ganz normale natürliche Frau, als die sie sich in den letzten Tagen gezeigt hatte? Oder reizbar und verschlossen wie in den Monaten vor Mels Unfall? Oder ein neurotisches Wrack, das an seinen Mann unmögliche emotionale Forderungen gestellt hatte, als der selbst ganz am Boden gewesen war? Was würde geschehen, wenn sie ihr Gedächtnis wiedergefunden hätte? Wäre sie dann nicht mehr die Cybele von jetzt, die fröhlich mit Consuelo plauderte, die ihn getröstet hatte, als er sich wegen Mel Vorwürfe gemacht hatte, und die wissbegierig und schlagfertig war?

Als er hörte, wie Consuelo Cybele nach ihren Wünschen fürs Frühstück fragte, entfernte Rodrigo sich schweren Herzens von der Tür und ging zu seinen eigenen Räumen hinüber. Unwillkürlich blieb er dort vor dem großen Spiegel stehen und betrachtete sich nachdenklich. Dabei wurde ihm eins bewusst: Es war vollkommen gleichgültig, wie die Antwort auf diese Fragen ausfiel. Wer Cybele war, ob und wie sie sich verändern würde, das alles spielte keine Rolle mehr. Sie war jetzt Teil seines Lebens. Und das würde auch so bleiben.

„Du hast gar keinen Gedächtnisverlust aufgrund eines Traumas."

Verständnislos starrte Cybele Rodrigo an. Was sollte das denn bedeuten? Sie hatte sich noch kaum damit abgefunden, dass er zwei seiner Räume in eine perfekte Arztpraxis verwandelt hatte, mit Labor und allem, was dazugehörte – inklusive der modernsten Untersuchungsgeräte. Und das nur, um ihren Heilungsprozess zu verfolgen? Und den Verlauf der Schwangerschaft zu kontrollieren?

Sie waren gerade auf dem Weg zur Terrasse, um dort ihren Lunch einzunehmen, als er sie mit der Bemerkung überraschte. Was meinte er damit, sie habe keinen …? Plötzlich kam ihr ein schrecklicher Gedanke. Wollte er damit etwa behaupten, dass sie in den letzten vier Wochen nur so getan hatte, als habe sie ihr Gedächtnis noch nicht wiedergefunden? Nur um hier eine gute Zeit zu verbringen? Oder glaubte er gar, sie habe ihm von Anfang an etwas vorgemacht?

„Willst du damit sagen, dass ich dir etwas vorspiele?", platzte sie heraus.

„Was?" Erst allmählich begriff er, wie sie auf diese Idee gekommen war. „Nein, natürlich nicht!"

Sie wartete darauf, dass er seine Bemerkung erläuterte. Doch als nichts kam, bohrte sie nach. „Was soll es denn sonst sein? Ich bin aus der Bewusstlosigkeit aufgewacht und hatte mein Gedächtnis verloren. Das ist vielleicht nicht gerade ein klassischer Fall von posttraumatischer Amnesie, aber hast du eine andere Erklärung dafür?"

Doch anstatt zu antworten, hielt er ihr nur die Tür zur Terrasse auf. Tief atmete Cybele die würzige Seeluft ein und genoss die Brise, die mit ihrem Haar spielte. Irritierend war, dass Rodrigo auf sie heruntersah, als habe er ihre Frage nicht gehört. Sie erschauerte. Weniger wegen der Brise, sondern weil sie sich seines zärtlichen Blicks bewusst war. Oder bildete sie sich das auch nur wieder ein? War er nur tief in Gedanken versunken, während er mehr oder weniger zufällig die Augen auf sie richtete?

Er war stehen geblieben und drehte sich jetzt zu ihr um. „Lass uns das Ganze noch einmal von Anfang an durchgehen. Als du aus der Bewusstlosigkeit aufgewacht bist, hattest du alles vergessen, was sich vor dem Flugzeugabsturz in deinem Leben abgespielt hatte. Allmählich hast du dich dann an das eine oder andere wieder erinnert, oft aber zusammenhanglos. Und auch in den letzten vier Wochen hast du in diesem Punkt nur wenig Fortschritte gemacht, obgleich du keine Probleme hast, dir neue Dinge zu merken. Aber die alten Erinnerungsfetzen kannst du nicht zusammensetzen."

„Ist das so ungewöhnlich? Auch sogenannte gesunde Menschen können manches nur punktuell erinnern. Und manches überhaupt nicht."

„Das stimmt. Doch große Erinnerungslücken wie bei dir – und das noch nach vier Wochen – sprechen eigentlich dafür, dass du Hirnverletzungen haben musst. Doch du hast keine motorischen oder Koordinierungsprobleme, kannst denken und fühlen wie ein gesunder Mensch. Deshalb hat, so glaube ich, die anhaltende Amnesie eher psychische als organische Ursachen."

Nachdenklich zog sie die feinen Augenbrauen zusammen. „Du meinst, ich *will* vergessen? Ich *will* mich nicht erinnern können? Was ich schon vermutet habe, als ich aus dem Koma aufgewacht bin?"

„Ja, du hast damals gleich die richtige Diagnose gestellt."

„Es war weniger eine Diagnose als vielmehr der verzweifelte Versuch, eine Erklärung dafür zu finden, keine weiteren Symptome zu haben. Ich dachte, du könntest mir dabei helfen. Aber du weißt offenbar auch nicht weiter." Enttäuscht ließ sie den Kopf hängen. „Dann bin ich eben hysterisch ..."

„Aber Cybele!" Er legte ihr kurz den Arm um die Schultern, ließ sie dann aber schnell wieder los, als habe er sich verbrannt. „Du weißt doch selbst, dass ein Erinnerungsverlust aus psychischen Gründen genauso ernst zu nehmen ist wie der aus organischen. Meist ist das eine unbewusste Schutzfunktion. Mit Hysterie hat das nichts zu tun, im Gegenteil. Eine solche Reaktion ist sinnvoll und nützlich."

Wie lieb von ihm, dass er sie gegen ihre eigenen Vorwürfe verteidigte. Langsam hob sie den Kopf und sah Rodrigo an. „Dann glaubst du also, dass meine Amnesie mich davor bewahren will, schlimme Dinge aus der Vergangenheit zu erinnern?"

„Allerdings." Er nickte ernst, zog ein Blatt Papier aus der Jackentasche und entfaltete es. „Hier, sieh selbst. Dies ist eine Aufnahme deiner letzten Kernspintomographie. Man sieht deutlich die aktiven und weniger aktiven Bereiche des Gehirns und erkennt auch die Blockaden. Organisch aber ist alles in Ordnung. Und deshalb mache ich mir auch keine Sorgen darum, wann dein Erinnerungsvermögen wiederkommt."

„Falls es jemals zurückkommt." Vielleicht war sie besser dran, wenn das Vergangene auf ewig vergessen blieb. Sie kannte genug Amnesiefälle, bei denen das Verdrängen ins Unterbewusstsein hilfreich war. Soldaten, die aus einem blutigen Krieg wiedergekehrt waren, Kinder, die missbraucht, Frauen, die vergewaltigt worden waren ... Wenn sie sich nicht an das Leben mit Mel erinnern *wollte*, dann war es vielleicht besser so. Doch das erklärte immer noch nicht, warum sie dann ein Kind mit ihm hatte haben und zweite Flitterwochen mit ihm hatte erleben wollen.

„Wie dem auch sei", riss Rodrigo sie aus ihren trüben Gedanken, „auch wenn es schon eine ganze Menge Theorien darüber gibt, warum jemand eine psychogenetische Amnesie entwickelt, wie das Ganze funktioniert, weiß man immer noch nicht. Ich neige zu der Auffassung, dass ein biochemisches Ungleichgewicht im Hirnstoffwechsel dafür verantwortlich ist, nicht aber irgendwelche traumatischen unterdrückten Erlebnisse."

„Deshalb bist du ja auch Neurochirurg und nicht Psychiater geworden."

„Ja, ich möchte gern die Ursachen für solche Symptome herausfinden, das heißt, nicht nur, warum sie da sind, sondern auch, wodurch und wie sie entstehen."

„Kein Wunder, dass du so ein fantastischer Wissenschaftler bist."

Er sah sie kurz an, als sei er nicht sicher, ob sie es ernst meinte, dann wandte er sich schnell ab.

Irrte sie sich, oder war er tatsächlich rot geworden? War er verlegen? Schon manches Mal war ihr aufgefallen, dass er zwar von seinen Fähigkeiten überzeugt war, jedoch keineswegs ein überzogenes Selbstbewusstsein hatte. Und nun wurde er sogar rot, weil sie ihn bewunderte. Das war wirklich süß und machte ihn noch unwiderstehlicher.

Als sei ihm das Kompliment peinlich, kam er schnell wieder auf ihren Fall zurück. „Was dich betrifft, so bin ich sicher, dass du schon vor dem Unfall in einer Lebenssituation gesteckt hast, die du im Griff zu haben glaubtest. Was aber offensichtlich nicht stimmt, denn sonst wärst du jetzt in einer anderen Lage."

„Was bedeutet das? Dass ich auch schon vor dem Flugzeugabsturz eine Kandidatin für eine psychogenetische Amnesie war?"

„Nein. Der unvorstellbare Stress, der durch den Absturz hervorgerufen wurde, und die vorübergehende Hirnverletzung hatten zur Folge, dass das Gleichgewicht gestört wurde, das dein Erinnerungsvermögen bisher intakt hielt, trotz des psychischen Drucks, dem du ausgesetzt warst."

Ironisch lächelnd hob sie eine Augenbraue. „Du versuchst wirklich mit aller Macht und mithilfe von allen möglichen Theorien und medizinischem Fachvokabular eine neurologische Erklärung für meinen Zustand zu finden, um ihn nicht einfach als hoffnungslosen Fall abtun zu müssen, was?"

„Aber nein! Ganz bestimmt nicht. Du bist überhaupt kein …" Er stutzte, als er sah, dass Cybele sich das Lachen nicht länger verkneifen konnte. „Du machst dich über mich lustig …" Ungläubig sah er sie an.

„Ja", sagte sie fröhlich, „und zwar schon eine ganze Zeit. Aber du warst so sehr damit beschäftigt, mir meinen Fall zu erklären, dass du es nicht bemerkt hast."

Jetzt musste auch er lächeln. „Soso. Sieht ganz so aus, als hätte ich die Fortschritte, die du machst, unterschätzt."

„Das predige ich dir doch schon seit …"

„Seit geraumer Zeit. Begriffen. Aber da ich nun weiß, dass dein Gehirn wieder wunderbar funktioniert und es dir auch sonst gut zu gehen scheint, kann ich ja endlich aufhören, dich mit Samthandschuhen anzufassen."

Sie lachte und wischte sich den nicht vorhandenen Schweiß von der Stirn. „Endlich. Ich dachte schon, du hörst nie auf, mich wie eine Schwerkranke zu behandeln." Was für ein wunderbarer Mann, dachte sie. Nicht nur, dass er ein brillanter Wissenschaftler war, er besaß auch eine gute Portion Humor. So einen Menschen wie ihn gab es kein zweites Mal. Das wusste sie mit absoluter Klarheit. Denn plötzlich lag ihr Leben vor Mel wie ein aufgeschlagenes Buch vor ihr.

„Freu dich nicht zu früh. Noch vor wenigen Minuten hätte ich mir alles von dir gefallen lassen. Doch damit ist es jetzt vorbei. Auch mit meiner übertriebenen Rücksichtnahme. Im Gegenteil, du verdienst eine ordentliche Strafe dafür, dass du dich über mich lustig gemacht hast. Wo ich mir doch so viel Mühe gegeben habe, allwissend zu erscheinen."

In gespielter Verzweiflung sah sie ihn an. „Hilfe! Was wirst du denn mit mir tun? Schickst du mich auf mein Zimmer?"

„Ich werde dich zwingen, das zu essen, was ich koche. Und das ist erst der Anfang. Zusätzlich werde ich mir noch etwas ganz Abscheuliches ausdenken. Du wirst schon sehen."

„Du meinst, etwas noch Scheußlicheres als das, was du kochst?"

„Na warte!" Er kam lachend auf sie zu, und sie lief davon, kichernd wie ein junges Mädchen.

„Langsam!", rief er, als sie die Treppe erreicht hatte, die von der Terrasse auf die große Rasenfläche führte. Gehorsam blieb sie stehen. Er packte sie beim Arm, plötzlich todernst geworden. Zögernd lächelnd sah sie ihn an. „Ich dachte, du wolltest mich nicht mehr mit Samthandschuhen anfassen."

„Ausnahmen bestätigen die Regel." Er legte ihr den Arm um die Taille und ging mit ihr zusammen die Treppe hinunter. Sofort hatte sie das Gefühl, als könne ihr nie mehr in ihrem ganzen Leben etwas passieren, so sicher fühlte sie sich mit ihm. Und wenn das Land im Meer versinken oder sie mit ihm zusammen in die Lüfte steigen würde … Um ihr Verlangen, sich an ihn zu schmiegen, zu unterdrücken, alberte sie weiter herum. „Aha, so ist das also. Ich hätte mir ja gleich denken können, dass du das mit meiner Selbstständigkeit nicht ernst gemeint hast."

„Wieso?" Lächelnd sah er sie an. „Wer hat jemals etwas von Selbstständigkeit gesagt? Lass uns das später diskutieren, jetzt kommt erst mal Strafe Nummer eins."

Sie hatten die nach zwei Seiten offene Hütte erreicht, in der der Grill untergebracht war. Schnell duckte sie sich unter das Vordach und setzte sich auf die lange Holzbank, während Rodrigo nach hinten in den Küchenteil ging, um die „Strafe" vorzubereiten. Während er die Küchengeräte aus den Schränken holte und bereitstellte, bewegte er sich mit einer kraftvollen Geschmeidigkeit, die an ein Raubtier erinnerte und

Cybele faszinierte. Wahrscheinlich bereitete er seine Operationen mit der gleichen Sorgfalt vor. Und als sie ihn dabei beobachtete, mit welcher Konzentration und Präzision er beim Schneiden und Hacken zu Werke ging, gestand sie sich lächelnd ein, dass er den Chirurgen in sich nicht verleugnen konnte.

Tief durchatmend wandte sie sich dem Meer zu. Was für einen wunderbaren Blick man von hier oben hatte. Helle kleine Sandbuchten schmiegten sich in die Felsen, das Meer leuchtete tief grünblau. Die Natur, die Stille, das luxuriöse Haus und die unaufdringliche Fürsorge von Consuelo brachten Cybele fast dazu, die reale Welt und ihre Probleme zu vergessen. Ihr war, als sei sie an dem Ort angekommen, den sie schon immer herbeigesehnt hatte. Sie empfand ein Gefühl der Vollkommenheit, einen tiefen inneren Frieden. Was ohne Rodrigo allerdings ganz anders gewesen wäre, dessen war sie sich wohl bewusst.

7. KAPITEL

Zusammen mit Rodrigo fühlte Cybele sich wie im Paradies, so sehr hatte sie das Leben in den letzten Wochen genossen. Alles hatten sie gemeinsam gemacht. Sie hatten Obst und Gemüse geerntet, hatten ihre Mahlzeiten zu zweit in der riesigen Küche oder wie jetzt in der Barbecue-Hütte eingenommen und nach dem Dinner auf der überdachten Terrasse gesessen und die Landschaft bewundert.

Sie hatte zugesehen, wenn Rodrigo mit Gustavo, Consuelos Mann, Tennis spielte, und am Beckenrand gesessen, wenn Rodrigo seine Bahnen in dem großen Pool zog. Wie sehr sehnte sie sich danach, einfach ihre Kleidung abzuwerfen und in das glitzernde Wasser zu springen, aber dazu war es noch zu früh, wie sie fand.

„Bist du bereit für die erste Strafmaßnahme?", riss Rodrigo sie plötzlich aus ihren Tagträumen.

Frech grinste sie ihn an. „Ist das Essen etwa ungenießbar?"

Er blickte auf die Salatschüssel in seinen Händen. „Einfach ekelhaft."

„Gib her." Sie griff nach der Schüssel und stellte sie vor sich auf den Tisch. „Hm, es ist auf alle Fälle sehr farbenfroh. Und es riecht ungewöhnlich." Mit ernster Miene nahm sie ihre Gabel in die Hand. „Ich hätte nie gedacht, dass all diese verschiedenen Sachen miteinander harmonieren."

„Na ja, sie haben sich zumindest nicht beschwert, als ich sie zusammengemischt habe", erwiderte er lächelnd und setzte sich Cybele gegenüber.

Sie lachte. „Da bin ich aber froh. Ehrlich gesagt weiß ich nämlich nicht genau, was du alles vermixt hast."

„Keine Ausrede. Iss!"

Zögernd führte sie die Gabel zum Mund und versuchte, das Ganze möglichst schnell hinunterzuschlucken, ohne den Geschmack wirklich wahrzunehmen. Doch das gelang ihr nicht. Sekunden später riss sie erstaunt die Augen auf. „Donnerwetter, das ist fantastisch! Du solltest das Rezept patentieren lassen."

Er tat so, als glaube er ihr kein Wort. „Tu doch nicht so. Du willst nur nicht zugeben, dass die Strafe dich trifft."

„Wie kommst du denn auf die Idee? Aus dem Alter bin ich längst raus." Wieder häufte sie sich die Gabel voll und schob sie in den Mund. „Hm ..."

„Dann magst du es also wirklich?"

„Oh ja! Anfangs fand ich den Geruch etwas seltsam, aber es schmeckt super. Zuerst dachte ich, es sei alter Fisch."

„Es *ist* alter Fisch."

Sie hätte sich beinahe verschluckt. „Das ist nicht dein Ernst."

„Doch." Er grinste vergnügt. „Aber wenn es dir schmeckt, ist das doch ganz egal, oder?"

Einen Augenblick lang dachte sie darüber nach. Dann nahm sie beherzt einen weiteren Bissen. „Ja."

Jetzt tat auch er sich auf und begann zu essen. „Der Fisch ist zwar alt, aber nicht vergammelt. Es ist Stockfisch, an der Luft getrockneter Kabeljau. Hier gilt er als Delikatesse, und dir schmeckt er offenbar auch. Die Berber brachten ihn nach Katalonien, letzten Endes aus Ägypten. Aber ich bin wahrscheinlich der Erste, der Stockfisch mit allerlei Grünzeug und den Beeren mischt, die Gustavo im Garten hat und von denen er behauptet, sie besäßen Wunderkräfte."

„Das ist ja wohl allerhand! Du gibst mir halb vergammelten Fisch und irgendwelche unbekannten Beeren zu essen, verbietest mir aber, mich schneller als eine Schildkröte zu bewegen."

„Seit Jahrhunderten schon hat sich Stockfisch bewährt. Er wirkt antibakteriell und reguliert die Verdauung. Alle anderen Zutaten sind schon viele Male an mir ausprobiert worden, und ich bin der lebende Beweis, wie gesund sie sind. In den letzten zwanzig Jahren bin ich nicht ein einziges Mal krank gewesen."

„Beschrei es nur nicht."

Er lachte. „Bist du etwa abergläubisch? Glaubst du, dass ich jetzt todkrank werde, weil ich das Schicksal herausgefordert habe?"

„Wer weiß, vielleicht mag das Schicksal keine Angeber."

„Ich glaube eher, dass das Schicksal keine Spieler mag." Kurz verdüsterte sich seine Miene, dann senkte er den Blick. „Da ich kein Spieler bin, habe ich gute Chancen, dass das Schicksal es gut mit mir meint. Aber was ist mit dir? Wenn du weiter durch die Gegend läufst wie ein aufgeschreckter Hase, dann nützt es dir gar nichts, dass du mental wieder einigermaßen in Ordnung bist. Wenn du stolperst, hast du nur einen gesunden Arm, auf dem du dich abstützen kannst. Und das kann leicht schiefgehen. Außerdem bist du schwanger, auch wenn du die ersten drei Monate offenbar problemlos überstanden hast. Wahrscheinlich als Ausgleich dafür, dass du so viel anderes hast ertragen müssen."

Stimmt, es ging ihr so gut, dass sie manchmal total vergaß, schwanger zu sein. Nicht, dass sie das wollte, im Gegenteil, sie freute sich sehr auf das Kind. Die Aussicht, ein Baby zu haben, das sie lieben und für das sie sorgen konnte, war sehr beglückend. Endlich würde sie die Familie haben, nach der sie sich immer gesehnt hatte. Dafür zumindest musste sie Mel dankbar sein, denn wahrscheinlich war er es gewesen, der sie überredet hatte, sich auf die In-vitro-Befruchtung einzulassen. Aber da sie keinerlei Probleme mit ihrer Schwangerschaft hatte, vergaß sie tatsächlich manchmal, in welchem Zustand sie sich befand.

„Gut, ich werde in Zukunft vorsichtiger sein. Aber nur, wenn du Consuelo dazu bringst, nicht ständig hinter mir her zu sein."

Er sah sich um, als wisse er nicht, wovon sie sprach. Dann fragte er mit Unschuldsmiene: „Wieso ich? Was habe ich damit zu tun?"

Unwillkürlich musste sie lachen. „Du hast sie doch auf mich angesetzt."

„Und wenn schon. Man kann eine nukleare Reaktion in Gang setzen, aber ob man später noch in der Lage ist, sie zu stoppen, bleibt fraglich."

„Aber du musst! Nächstens putzt sie mir noch die Zähne."

„Meinst du wirklich, ich kann einer Glucke ihr verletztes Küken wegnehmen? Ich bin vielleicht Alleinherrscher in meinem Krankenhaus, aber hier bleibt mir nichts anderes übrig, als nach Consuelos Pfeife zu tanzen."

„Das habe ich auch schon gemerkt." Sie lachte leise. Auch das liebte sie so an ihm. Dass er als echter Macher, der es gewohnt war, das Sagen zu haben, bei sich zu Hause jemand anderem – und dazu noch einer Frau – das Regiment überlassen konnte, weil er wusste, dass sie gut war. Mit leicht zur Seite geneigtem Kopf sah sie ihn an. „Die Frauen haben hier in den Familien wohl viel zu sagen?"

„Allerdings. Das vermeintlich schwache Geschlecht besitzt die totale Macht." Dabei zuckte er beinahe hilflos mit den Schultern, was bei ihm besonders komisch, aber auch liebenswert aussah. Als er aufstand und das Geschirr in das Häuschen trug, lehnte Cybele sich entspannt zurück. Noch nie in ihrem Leben hatte sie so viel gelacht wie hier mit ihm in diesem Paradies.

In den letzten vier Wochen war er nur einmal mit seinem Privathubschrauber in die Klinik geflogen und hatte alles so arrangiert, dass er das Wesentliche von zu Hause aus regeln konnte und so wenig Zeit wie möglich mit seiner Arbeit verbrachte. Zwar hatte sie versucht, ihn davon abzuhalten. Sie sei bei Consuelo, Gustavo und deren Kindern bestens aufgehoben, hatte sie ihm versichert. Aber er hatte darauf bestanden, sich weiterhin um sie zu kümmern, und sie damit beruhigt, dass er seine Aufgaben ihretwegen nicht vernachlässige.

Wie sehr Cybele es genoss, Rodrigo um sich zu haben, von ihm verwöhnt zu werden. Wenn sie sich doch nur irgendwie erkenntlich zeigen könnte. Aber er hatte alles und brauchte nichts. Nur seine Seele schien verletzt zu sein. Und so hoffte sie, wenigstens in diesem Punkt etwas für ihn tun zu können und ihm durch ihre Gegenwart zu helfen. Es sah auch so aus, als habe sie Erfolg. Seine Laune besserte sich, und er blockte Cybele nicht mehr ab, wenn sie persönliche Fragen stellte. In diesen letzten Wochen waren sie sich sehr nahegekommen und hatten sich Dinge anvertraut, die Cybele für immer in sich verschlossen zu haben glaubte.

Als traue sie dem Frieden nicht, wartete sie darauf, dass Rodrigo etwas tun oder sagen würde, was sie enttäuschte oder traurig machte. Aber das geschah nicht. Stattdessen schien er ständig darüber nachzudenken, wie er ihr den Aufenthalt so angenehm wie möglich machen und sie erfreuen könnte. Er war genauso, wie seine Pflegemutter ihn beschrieben hatte: fürsorglich, rücksichtsvoll, witzig und dabei ganz Mann. Oft waren er und Cybele einer Meinung, und wenn sie nicht übereinstimmten, dann diskutierten sie über das Thema, respektierten die Anschauung des anderen und waren froh, einen neuen Gesichtspunkt kennengelernt zu haben.

Doch immer wieder musste sie darüber nachgrübeln, welches denn nun der echte Rodrigo war. Denn der Mann, den sie früher gekannt hatte – und allmählich kamen die Erinnerungen zurück – war ungeduldig und überheblich gewesen und hatte sich Mel gegenüber arrogant und genervt benommen. Mit ihr hatte er kaum gesprochen und sie immer wieder abschätzig angesehen, so als sei sie seines Freundes, das heißt, seines Bruders nicht würdig.

Und jetzt war er plötzlich wie ausgewechselt? Wie war das nur möglich? Es gab nur eine Erklärung. Ihre Erinnerungen mussten falsch sein, und dies war der echte Rodrigo.

„Bist du bereit, dich wieder deiner Gefängniswärterin auszuliefern?"

Lachend ließ sie sich von ihm auf die Füße ziehen. Er nahm sie in die Arme und drückte sie an sich. Und plötzlich hatte sie das Gefühl, ihm unbedingt zeigen zu müssen, was er ihr bedeutete. Sie legte ihm die Arme um den Hals und sah ihm tief in die Augen. „Rodrigo …"

Ihre leise Stimme traf ihn mitten ins Herz. Und ihr Körper, den er in den Armen hielt und den er, ohne dass es ihm bewusst war, fester an sich presste, erregte ihn so sehr, dass er sofort hart wurde. Wildes Verlangen erfasste ihn, und er konnte an nichts anderes denken, als dass er sie nehmen musste, besitzen wollte, jetzt, in dieser Sekunde.

Doch er durfte sich dieser Sehnsucht nicht hingeben, auch wenn es ihn beinah um den Verstand brachte. Aber war das nicht eh schon geschehen? Einzig seinem eisernen Willen war es zu verdanken, dass er das körperliche Verlangen bisher erfolgreich unterdrückt und sich ganz auf Cybeles Genesung konzentriert hatte. Er hatte sie kennenlernen, hatte verstehen wollen, wie sie dachte, was sie empfand. Nach diesen vier Wochen musste er sich eingestehen, dass er sich noch nie so wohl mit einer Frau gefühlt hatte, dass sie das Beste war, was ihm hatte passieren können.

Doch immer wenn er nicht mit ihr zusammen war, wurden die Gespenster der Vergangenheit wieder lebendig. Dann spürte er wieder das Misstrauen und die Ablehnung, die er ihr damals entgegengebracht hatte. Er hatte sie verachten und hassen wollen – weil sie die einzige Frau war, die er jemals geliebt und begehrt hatte. Und die er nicht hatte haben können.

Das war jetzt anders. Nicht nur weil sie frei war, sondern weil er eine vollkommen andere Meinung von ihr hatte. Je besser er sie kennenlernte, desto klarer wurde ihm, dass Mels Anschuldigungen unberechtigt waren, dass ihre sogenannte Sprunghaftigkeit und ihre Untreue der kranken Psyche seines Pflegebruders entsprungen waren. Denn Cybele hatte Mel geliebt, davon war Rodrigo jetzt überzeugt. Da Mel seit dem Autounfall sein Schicksal beklagt hatte, hatte er auch alles andere schwarzsehen wollen, und Rodrigo hatte sich davon anstecken lassen, zumindest wenn es um Cybele ging.

Er hatte ihm geglaubt, wenn Mel sich beschwerte, dass sie ständig teure Geschenke verlange, und den Bruder bat, ihm Geld für seine unersättliche Frau zu leihen. Doch jetzt wurde ihm klar, dass das Mels Methode war, Cybele an sich zu binden, vielleicht auch, ihr seine Liebe zu zeigen. Als letzte Konsequenz dann hatte er sie überredet, sich auf eine In-vitro-Befruchtung einzulassen. Das, so hatte Mel gehofft, würde sie für immer an ihn binden.

Dass Cybele keine Erinnerung mehr an die Zeit mit Mel hatte, war ganz sicher eine Schutzfunktion ihrer Psyche. Sie sollte davor bewahrt werden, erneut die traumatische und verzweifelte Liebe zu durchleben, die sie für ihren Mann empfunden hatte. Dass sie jetzt ihm, Rodrigo, so vertrauensvoll und warmherzig entgegenkam, konnte nur zwei Ursachen haben. Entweder hing sie an ihm, weil er alles war, was ihr geblieben war. Oder sie hatte vergessen, dass sie Mel geliebt und den Bruder gehasst hatte, der sie aus tiefstem Herzensgrund zu verachten schien. Und wenn die Erinnerung wiederkam, würde sie sich dann wieder von ihm abwenden?

Diese Vorstellung war Rodrigo unerträglich. Vielleicht sollte er seinem Verlangen nachgeben, sollte sie hier und sofort lieben und auf diese Weise fest an sich binden? In ihren Augen war deutlich zu lesen, dass sie ihn wollte, dass sie ihn begehrte und sich genauso nach ihm sehnte wie er sich nach ihr.

Aber war das wirklich der Fall? Vielleicht wollte sie nur spüren, dass sie nach dem schrecklichen Unfall, der ihren Mann das Leben gekostet hatte, wieder ganz Frau war. Und da war er, Rodrigo, eben gerade verfügbar. Vielleicht wollte sie ihm auch ihre Dankbarkeit beweisen. Wie auch immer, er war davon überzeugt, dass ihr nicht recht bewusst war, was sie tat, und dass sie sich über die Gründe nicht im Klaren war.

Und genau deshalb durfte er seinem Verlangen nicht nachgeben. Dabei dachte er nicht an Mel. Mel war tot, und seine Ehe mit Cybele war nicht gerade glücklich gewesen. Aber durfte er, Rodrigo, sie, die noch keine Entscheidungen für ihr weiteres Leben fällen konnte, fest an sich binden und damit ihr Vertrauen missbrauchen? Momentan hatte sie sich ihm voll ausgeliefert und vertraute ihm rückhaltlos. Und bot ihm ihren Körper an …

Wie sollte er da widerstehen? Gerade weil er spürte, wie sehr sie ihn begehrte, wurde er fast verrückt vor Verlangen. Aber es durfte nicht sein, auch wenn ihr Körper noch so verführerisch war und sie die weichen rosa Lippen hingebungsvoll öffnete. Schweren Herzens ließ er sie los. „Ich muss jetzt wieder was tun."

Fassungslos sah sie ihn an, dann senkte sie den Blick und biss sich kurz auf die Unterlippe. „Okay."

Feigling. Was für eine billige Ausrede, nur um ein paar Stunden nicht in ihrer verführerischen Nähe zu sein. Aber er musste jede Möglichkeit nutzen, ihr aus dem Weg zu gehen, so lange, bis sie endgültig geheilt war und Entscheidungen im vollen Besitz ihrer geistigen Kräfte treffen konnte. Zumindest durfte er nicht mehr so oft mit ihr allein sein. „Übrigens, bevor ich es vergesse, ich habe meine Familie eingeladen, uns zu besuchen."

Was war geschehen? Was hatte sich verändert? Gerade noch hatte Cybele in Rodrigos Armen gelegen und war sehr sicher gewesen, dass er das Gleiche fühlte sie wie. Sie hatte zu spüren gemeint, dass er sie begehrte, und hatte geglaubt, dass sie sich für immer in seinen Armen geborgen fühlen konnte.

Aber offenbar hatte sie sich all das nur eingebildet. Er hatte sie zurückgestoßen, und die Kälte und Unnahbarkeit hatten wieder von ihm

Besitz ergriffen. Obgleich er gemerkt haben musste, dass sie sich nach ihm sehnte, dass sie ihn begehrte und sich ihm hingeben wollte, hatte er sie stehen lassen und sich von ihr abgewandt.

Er hatte seine Familie eingeladen. Das war deutlich. Offensichtlich wollte er damit sicherstellen, dass er nicht mehr mit ihr allein sein musste, damit sie ihn nicht wieder mit Wünschen belästigte, die ihn in eine unangenehme Situation brachten.

Nur das konnte der Grund dafür sein, dass er sich plötzlich mit seiner Familie umgeben wollte. Denn gerade noch tags zuvor hatten sie über die Verwandten gesprochen, und er hatte nichts erwähnt. Und als er gesagt hatte, dass dies das erste Jahr sei, in dem ihn bisher keiner besucht hätte, da schien er darüber froh gewesen zu sein. Wohl weil er mit Mels Tod, ihrem, Cybeles, schlechten Gesundheitszustand und ihrer allmählichen Genesung genug um die Ohren hatte. Zumindest hatte sie diesen Eindruck gehabt, aber das war wohl auch ein Irrtum gewesen.

Deshalb hatte er, als sie ihm so offen gezeigt hatte, was sie fühlte und wollte, keinen Ausweg gesehen, als schnell die Familie vorzuschieben. Wahrscheinlich würden die Verwandten, wenn auch in wechselnder Besetzung, so lange bleiben, bis Cybele gesund genug war, um wieder allein leben zu können. Das allerdings konnte Wochen, wenn nicht Monate dauern.

Das war wie ein Schlag ins Gesicht, aber sehr heilsam. Plötzlich wusste sie, was sie zu tun hatte. Sie konnte nicht zulassen, dass er etwas tat, wozu er eigentlich keine Lust hatte, nur damit er nicht mit ihr allein sein musste. Außerdem durfte sie ihm nicht noch mehr Verantwortung zusätzlich zu der, die ihre Genesung betraf, aufbürden. Denn sie kannte ihn gut genug, um zu wissen, dass er sich jetzt auch wegen ihrer unpassenden Gefühle Vorwürfe machte. Sicher glaubte er, er sei schuld daran, dass sie eine solche Leidenschaft für ihn entwickelt hatte, auch wenn das nicht seine Absicht gewesen war.

Sie musste ihn von dieser Last befreien, durfte nicht länger seine Freundlichkeit und Unterstützung in Anspruch nehmen. Vor allem musste sie sehr schnell etwas unternehmen, bevor ihre Gefühle für ihn die Oberhand gewannen und sie sich nicht mehr von ihm würde lösen können.

*E*ntschlossen nahm Cybele den Kopf zurück und unterdrückte die Tränen, die ihr in den Augen schimmerten. Jetzt war nicht die Zeit, in Selbstmitleid zu zerfließen. Sie musste aus Rodrigos Leben verschwinden, um ihn von der Verantwortung zu entbinden, die ihm offenbar zunehmend zur Last geworden war. Ihr blieb nichts anderes übrig, als ihr Leben selbst wieder in die Hand zu nehmen und sich einen guten Job zu suchen, dem sie auch mit Baby nachgehen konnte. Ihr war klar, dass sie nicht mit der Hilfe ihrer Mutter rechnen konnte.

Sie musste sofort abreisen, damit Rodrigo nicht gezwungen war, seine ganze Familie zu seiner Rettung herbeizurufen. Er sollte sich wieder auf die Dinge konzentrieren können, die wichtig für ihn waren. Lange genug hatte sie ihn davon abgehalten. Sowie sie das Haus betraten, wollte sie ihm ihren Entschluss mitteilen, aber Rodrigo kam ihr zuvor.

„Als ich hierherzog, hatte ich sehr schnell den Eindruck, dass die Katalanen jede Gelegenheit nutzen, um zusammenzukommen und zu feiern. Man sagte mir damals, sie hätten so sehr um ihre eigene Sprache und ihre Eigenständigkeit kämpfen müssen, dass sie besonderen Wert auf die alten Bräuche legen. Meine Leute haben seit vielen Generationen in Katalonien gelebt und fühlen sich dem Familienverband und den kulturellen Traditionen eng verbunden. Und seit ich dieses Haus vor fünf Jahren gebaut habe, hat es sich eingebürgert, dass man hier bei besonderen Anlässen zusammenkommt."

Cybele merkte nur zu deutlich, dass Rodrigo versuchte, seinen plötzlichen Entschluss logisch zu begründen und so zu tun, als habe seine Einladung nichts damit zu tun, dass sein Hausgast sich wie eine rollige Katze verhalten hatte. Am liebsten hätte sie ihn angeschrien, doch endlich still zu sein. Denn wenn sie das fröhliche und sicher laute Beisammensein einer lebhaften katalanischen Familie mit dem einsamen Leben verglich, das vor ihr lag, fiel es ihr noch schwerer, das auszusprechen, was sie ihm sagen musste. Der Hals war ihr wie zugeschnürt, als Rodrigo ihr auf dem Weg zu ihrer Suite lächelnd von seiner fröhlichen Familie erzählte. „Im Frühling und Sommer finden überall *fiestas* statt, das bedeutet …"

„Volksfeste, ich weiß", sagte sie leise, „aber ich …"

Er strahlte. „Entschuldige, aber ich vergesse immer, wie gut dein Spanisch ist. Und auch ins Katalanische hast du dich schon sehr gut hineingehört. Und das in dieser kurzen Zeit."

Wieder musste sie sich abwenden, denn Tränen traten ihr in die Augen. Wie gut ihr sein Lob tat. Er schien nicht zu bemerken, was in ihr vorging, denn er schwärmte ihr weiter von seinen Landsleuten und ihren Traditionen vor. „Die nächste *fiesta* wird am Tag des Heiligen Georg gefeiert, am dreiundzwanzigsten April. Über St. Georg gibt es viele Legenden. Wir hier behaupten, dass ein Drache in einem See lebte. Jeden Tag musste ihm eine Jungfrau geopfert werden. Bis der Heilige Georg kam und das Mädchen rettete, indem er den Drachen tötete. Dort, wo der Drache sein Blut vergoss, wuchs ein großer Rosenbusch. Deshalb werden am dreiundzwanzigsten April in Katalonien überall Rosen und Bücher verkauft. Die Rose als Symbol der Liebe, das Buch als Symbol der Kultur."

„Ich bin sicher, es wäre schön, zu dieser Zeit in Katalonien …"

Doch er unterbrach sie sofort wieder. „Ja, es ist eine tolle Zeit. In jedem Dorf ist etwas los. Meine Familie wird wahrscheinlich bis zum dreiundzwanzigsten Juni bleiben. Da wird hier der längste Tag des Jahres gefeiert, zusammen mit dem Tag des Heiligen Johannes. Dann gibt's ein großes Feuerwerk. Wir Katalanen glauben, dass es Unglück und Krankheiten fernhält und die Dämonen vertreibt."

„Das wird sicher schön für dich und deine Familie …", versuchte sie ihn wieder zu unterbrechen.

„Aber für dich auch! Das Ganze macht dir sicher einen Riesenspaß."

„Das kann gut sein. Aber ich werde dann nicht mehr hier sein. Vielleicht ein andermal …"

Verblüfft sah er sie an, dann legte er ihr den Arm um die Taille und zog Cybele fest an sich. „Was soll das? Wovon redest du?"

Wie gern hätte sie sich an ihn geschmiegt, aber sie wusste, seine Umarmung war rein fürsorglicher Natur. Sowie ihm bewusst wurde, wie leicht sie das missverstehen könnte, würde er sie sicher schnell wieder loslassen. Sie holte tief Luft. „Nach den letzten Tests sieht doch alles sehr gut aus. Und da du es offenbar nicht tun willst, habe ich beschlossen, mich selbst zu entlassen. Es wird Zeit, dass ich mein normales Leben wieder aufnehme und anfange zu arbeiten."

„Und wie willst du das machen?" Er war vor ihrer Suite stehen geblieben und baute sich drohend vor ihr auf. „Du bist Linkshänderin und kannst kaum die Finger bewegen. Es wird noch Wochen dauern, bis du das Notwendigste allein erledigen kannst. Und sicher Monate, bis du wieder anfangen kannst zu arbeiten."

„Unzählige Menschen mit sehr viel schwereren Einschränkungen müssen für sich selbst sorgen, und sie kommen damit auch …"

„Aber du musst nicht nur für dich selbst sorgen", unterbrach er sie grob. „Du bist schwanger. Außerdem *musst* du nicht allein zurechtkommen, das kommt gar nicht infrage. Auch nicht, dass du dich selbst entlässt. Du bleibst hier, und damit basta! Und jetzt will ich nichts mehr davon hören, Mrs Wilkinson."

Sie errötete. Vor Zorn, weil er einfach über sie bestimmte? Vor Glück, weil er sie nicht weglassen wollte, sie ihm wichtig war? Das schon, aber nur als Patientin, für die er sich verantwortlich fühlte ...

Egal. Auch wenn sie sich dafür verachtete, so schwach zu sein, eine gerade gefasste Entscheidung wieder umzustoßen, sie konnte ihn nicht verlassen. Jede Sekunde mit ihm war so unendlich viel wert, und die Erinnerungen daran würden ihr in ihrer späteren Einsamkeit ein Trost sein. Außerdem würde er sich sicher nicht befriedigt seinen Aufgaben zuwenden, wenn sie aus seinem Dunstkreis verschwand. Erst musste er überzeugt sein, sie sei vollkommen geheilt. Etwas anderes ließ sein Verantwortungsgefühl für seine Patienten gar nicht zu. Und ihre Anwesenheit schien ihn auch nicht weiter zu stören, denn sonst hätte er ihr Angebot angenommen. Also sollte sie auch kein schlechtes Gewissen haben.

„Gut, du glaubst also, dass du im Recht bist ..."

„Ich *bin* im Recht."

„Aber das bedeutet nicht automatisch, dass ich auch dieser Meinung sein muss. Eigentlich sollte ich doch in deinem Krankenhaus den Studenten und jungen Ärzten als Versuchskaninchen dienen. Und wenn ich da geblieben wäre, hättest du mich längst entlassen. Denn wegen ein paar Knochenbrüchen bleibt man nicht wochenlang im Krankenhaus."

Verärgert runzelte er die Stirn. „Dies Gespräch ist doch vollkommen sinnlos. Über all das haben wir uns bereits unterhalten, als ich entschieden hatte ..."

„Dass du ein Nein nicht akzeptieren wirst", vollendete sie den Satz für ihn. „Aber damals war mein Zustand auch noch viel kritischer. Doch jetzt sollte ich wieder gut in der Lage sein, für mich selbst zu sorgen."

Sie lächelte ihn herausfordernd an und war neugierig, welches Argument er als nächstes hervorbringen würde.

Doch anstatt ihr Lächeln zu erwidern, starrte er nur düster auf sie herunter. „Gut, Cybele", sagte er schließlich. „Du hast gewonnen. Wenn du unbedingt gehen willst, dann geh."

Was? Entsetzt sah sie ihm hinterher, als er sich umdrehte und ging.

Diesmal hatte er ihr Nein akzeptiert. Das konnte doch nicht sein. Bedeutete das etwa, dass sie ihn jetzt für immer verloren hatte? Das durfte nicht sein. Noch konnte sie die Vorstellung nicht ertragen, ihr Leben ab sofort ohne ihn verbringen zu müssen. Sie wollte ihn zurückrufen, wollte ihm sagen, dass sie das alles nicht so gemeint habe. Aber sie brachte keinen Ton heraus. Weil er ihr das Herz gebrochen hatte. Weil sie kein Recht hatte, mehr von ihm zu verlangen, als er ihr sowieso schon geschenkt hatte. Er hatte ihr das Leben zurückgegeben. Und nun war es an der Zeit, ihm auch sein Leben zurückzugeben, das sie schon viel zu lange bestimmt hatte.

Mit zitternden Knien ging sie auf ihre Zimmertür zu, innerlich wie erstarrt. Als sie die Hand auf den Türknauf legte, hörte sie Rodrigo sagen: „Übrigens, Cybele ... viel Glück bei deinem Versuch, Consuelos Aufsicht zu entfliehen."

Sie drehte sich um. Rodrigo stand am Ende des Flurs, direkt unter dem Oberlicht, und Sonnenlicht umgab ihn wie die Aura einen Erzengel.

Er lächelte verschmitzt.

Dann hatte er sie nur auf den Arm genommen! Er wollte gar nicht, dass sie ihn verließ! Doch bevor sie noch etwas vollkommen Verrücktes machen konnte, wie auf ihn zuzulaufen und sich ihm tränenüberströmt in die Arme zu werfen, schoss Consuelo, ganz in Rot, wie ein Racheengel an ihm vorbei und baute sich vor Cybele auf. „Versuchen Sie etwa, all meine Bemühungen wieder zunichtezumachen? Sieben Stunden waren Sie auf den Beinen. Sind Sie verrückt geworden?" Wütend wandte sie sich zu Rodrigo um. „Und Sie auch! Können Sie nicht besser auf Ihre Patientin aufpassen?"

Rodrigo sah sie ganz zerknirscht an, dann zwinkerte er Cybele kurz zu und verschwand lachend.

„Rein mit Ihnen!" Consuelo schob die willenlose Cybele durch die Tür. Schimpfend befahl sie ihr, auf die Waage zu steigen, und klagte dann laut darüber, dass ihr Pflegling nur so wenig zugenommen hatte.

Doch Cybele war selten so glücklich gewesen. Es tat ihr gut, sich bemuttern zu lassen. Und sie würde auch Rodrigos übermäßig beschützendes Verhalten gern über sich ergehen lassen. Es würde sowieso alles viel zu früh zu Ende sein.

Aber noch war es nicht so weit. Noch nicht.

Rodrigo stand in der Tür und blickte den Wagen entgegen, die sich als Konvoi langsam dem Haus näherten.

Seine Familie war da.

Seit Mels Autounfall hatte er nicht mehr an sie gedacht. Wenn er ehrlich war, eigentlich auch schon vorher nicht. Seit über einem Jahr hatte er an nichts anderes als Mel und Cybele und das ganze Durcheinander im Kopf gehabt. Erst als er sie brauchte, um sich sozusagen vor Cybele zu schützen, hatte er sich wieder bei seinen Verwandten gemeldet. Dass sie dann alle ziemlich reserviert waren und angeblich schon etwas anderes vorhatten, hatte er verdient.

Schließlich hatte er sie angefleht zu kommen, allerdings ohne ihnen den Grund für sein langes Schweigen zu nennen. Den würden sie noch früh genug erkennen, wenn sie ihn und Cybele zusammen sahen. Letzten Endes hatten sie versprochen zu kommen und waren auch einverstanden gewesen, länger zu bleiben. Das hatte er sich eigentlich immer gewünscht, aber dieses Mal war er nicht sicher, wie er das überstehen sollte.

Denn mit ihrer Ankunft begann seine Folter.

Die Großeltern stiegen als Erste aus der Limousine aus, die er ihnen geschickt hatte. Drei Tanten folgten. Hinter der Limousine hielten die großen Wagen der erwachsenen Kinder dieser Tanten, die mit der ganzen Familie gekommen waren, außerdem fuhren noch ein paar Cousins und Cousinen mit ihren Nachkommen vor. Rodrigo war geschockt. Hatte er immer schon so viele Verwandte gehabt?

In diesem Augenblick trat Cybele neben ihn, und er biss die Zähne zusammen, um die spontane körperliche Reaktion auf sie zu unterdrücken. Verdammt, die vergangenen drei Tage waren die Hölle gewesen. Seit ihrer letzten Auseinandersetzung, die Cybeles so verführerischem Angebot gefolgt war, hatte er Schwierigkeiten, sich zu beherrschen. Nur mit Mühe hatte er sich zurückhalten können, um nachts nicht in ihr Zimmer zu stürzen. Und ihre ganz eindeutige Absicht, sich ihm gegenüber neutral und freundlich zu verhalten, entflammte ihn nur umso mehr für sie.

Auch jetzt hatte sie sich betont unsexy angezogen, aber die dunkelblaue Jeans und die langärmelige hellblaue Bluse wirkten auf ihn, als trüge sie High Heels, einen Push-up-BH und den knappsten Tanga, den man sich vorstellen konnte. Bloß gut, dass er die ganze Familie eingeladen hatte. Die zahllosen Verwandten würden ihn davon abhalten, Cybele in sein Bett zu zerren.

Als sie diese einfach unwiderstehlichen Lippen öffnete, die er nicht ansehen konnte, ohne den dringenden Wunsch zu verspüren, sie sofort zu küssen, kam er ihr hastig zuvor. „Komm, ich will dich meiner Sippe vorstellen."

Sippe, das trifft es genau, dachte Cybele nur, als sie hinter Rodrigo die Treppe hinunterging und kurz die Anzahl der Köpfe überflog. Achtunddreißig Männer, Frauen und Kinder hatte sie gezählt, und immer noch öffneten sich Wagentüren, und Menschen stiegen aus. Vier Generationen Valderramas.

Erstaunlich, was eine einzige Ehe hervorbringen konnte.

Rodrigo hatte ihr erzählt, dass seine Mutter das erste Kind von Esteban und Imelda gewesen sei, die mit Anfang zwanzig geheiratet hatten. Sie selbst war erst neunzehn gewesen, als Rodrigo geboren wurde. Da er jetzt neunundreißig war, mussten die Großeltern Ende siebzig, Anfang achtzig sein. Doch sie sahen aus, als seien sie kaum Mitte sechzig. Wahrscheinlich lebten sie sehr gesund.

Dass Rodrigo und der Großvater verwandt waren, sah man sofort. So also würde der geliebte Mann in etwa vierzig Jahren aussehen. Nicht schlecht. Wie gern würde sie das noch miterleben …

Cybele beobachtete ihn, wie er jetzt herzlich lächelnd und mit ausgebreiteten Armen auf seine Familie zuging. Ihr Herz krampfte sich zusammen, als sie sah, wie er jeden Einzelnen in die Arme nahm und fest an sich drückte. Wenn er ihr doch nur auch eine solch bedingungslose Liebe entgegenbringen könnte, sie in die Arme schließen, sie an sich ziehen würde …

Umringt von Kindern aller Altersstufen, wandte er sich jetzt um und winkte ihr lachend zu. „Komm, Cybele!"

Schnell lief sie die letzten Stufen hinunter und wurde begeistert von der Familie begrüßt. In den nächsten acht Stunden redete und lachte sie so viel wie noch nie in ihrem Leben, aß und trank mehr als in den letzten drei Tagen zusammen und versuchte, sich die Namen der Einzelnen und zumindest den Verwandtschaftsgrad zu Rodrigo einzuprägen. Alles lachte und schrie durcheinander und schien sich wunderbar zu amüsieren.

Die ganze Zeit aber, und das war Cybele wohl bewusst, ließ Rodrigo sie nicht aus den Augen, während er sich gleichzeitig intensiv mit jedem unterhielt. Es war offensichtlich, dass sie ihn alle ins Herz geschlossen hatten, und sie freute sich mit ihm, dass er hier die Liebe fand, die er wahrhaftig verdiente. Immer wieder warf sie ihm ein Lächeln zu, um ihm zu zeigen, wie froh sie für ihn war, bemühte sich aber, ihn ihr eigenes Verlangen nicht merken zu lassen.

Während sie sich angeregt mit Consuelo, Felicidad und Benita, beides Tanten von Rodrigo, unterhielt, bemerkte sie plötzlich, dass er aus ihrem Gesichtskreis verschwunden war. Sie wollte schon aufspringen und ihn suchen, als sie spürte, dass er hinter ihr stand, obgleich er sie noch gar nicht berührt hatte. Ihre Haut kribbelte, ihr wurde heiß und kalt zugleich, und sie konnte nur hoffen, dass ihre Gesprächspartnerinnen nicht merkten, was in ihr vorging.

Dann spürte sie seine Hände auf den Schultern, oh Gott … und hörte seine tiefe, sexy Stimme: „Na, wer passt denn jetzt nicht richtig auf die Patientin auf?" Cybele blickte hoch und sah, wie Rodrigo Consuelo grinsend zuzwinkerte. Sofort verteidigten sich die drei Frauen lautstark, aber gegen Rodrigos Schlagfertigkeit kamen sie nicht an. Schließlich brachen alle in schallendes Gelächter aus, in das auch Cybele einstimmte, allerdings etwas halbherzig. Denn sie stand kurz vor einem Miniherzinfarkt, als Rodrigo ihr die Hand in den Nacken legte und ihr dann langsam über die Schultern strich.

Als er sich vorbeugte und nur „Bett" flüsterte, hätte sie beinahe „Aber ja, bitte …" gehaucht. Gern ließ sie sich von ihm hochziehen, bestand aber darauf, dass er sie nicht zum Zimmer brachte, sondern bei seiner Familie blieb. Sie befürchtete, dass sie sich diesmal nicht würde zusammennehmen können – und sich nur wieder lächerlich vor ihm machte.

Am Tag des Heiligen Georgs war Rodrigos Familie bereits vier Wochen bei ihm zu Gast. Cybele hatte diese vier Wochen von ganzem Herzen genossen. Zum ersten Mal in ihrem Leben verstand sie, was Familie bedeutete. Alle hatten sie mit offenen Armen aufgenommen. Wie Rodrigo versuchten die Älteren, sie nach Strich und Faden zu verwöhnen, und lasen ihr jeden Wunsch von den Augen ab. Die Jüngeren fanden es spannend, jemanden Neues aus einer ganz anderen Welt kennenzulernen. Kaum konnte Cybele sich daran erinnern, wie ihr Leben ausgesehen hatte, bevor sie Teil dieser herzlichen Sippe geworden war. Und ohne Rodrigo zu sein, das konnte sie sich schon gar nicht mehr vorstellen. Dennoch würde der Tag kommen …

Feinfühlig, wie er war, merkte er, dass sie hin und wieder traurig war, und fragte sie, ob denn ihre Probleme mit ihrer Familie nicht gelöst werden könnten. Er würde sich gern als Vermittler zur Verfügung stellen. Das rührte sie so sehr, dass sie sich ihm am liebsten heulend an die Brust geworfen hätte, ihn geküsst und … Halt! So senkte sie nur den Blick und meinte, es gebe kein eigentliches Zerwürfnis, keinen Streit, der zu schlichten sei. Man hätte sich nur einfach auseinandergelebt, hätte sich nichts mehr zu sagen.

Immerhin hatte sie in diesen Wochen viel über ihre Familie nachgedacht und die quälende Vorstellung, ein ungeliebtes Kind gewesen zu sein, endlich hinter sich lassen können. Die Ehe der Eltern war schlecht gewesen. Und obgleich Cybele erst sechs gewesen war, als ihr Vater starb, für ihre Mutter war und blieb sie das schwierige Kind eines ungeliebten Mannes, das sie immer an die schlechten Jahre und den eigenen großen Fehler erinnerte. Und Cybele hatte es ihrer Mutter auch nicht gerade leicht gemacht. Sie hatte sehr an ihrem Vater gehangen und der Mutter mehr als einmal ins Gesicht geschrien, sie wünschte, die Mutter wäre statt des Vaters gestorben.

Auch für den Stiefvater hatte sie jetzt mehr Verständnis. Um die Frau heiraten zu können, die er liebte, hatte er ein Kind in Kauf nehmen müssen, das ihm sehr offen zeigte, wie sehr es ihn ablehnte. Leider hatte er dafür auch wenig Verständnis gehabt, hatte sich nicht in dieses Kind hineinversetzen können, was wahrscheinlich nur menschlich war.

Inzwischen aber hatte ihre Mutter sich wieder gemeldet. Und auch wenn nicht die herzliche Zuneigung spürbar war, die Rodrigos Familie Cybele entgegenbrachte, so wollte die Mutter doch wieder mit ihr in Kontakt kommen. Natürlich würde die Beziehung nie so sein, wie Cybele sie sich zwischen Mutter und Tochter wünschte, aber es war ein Anfang, und sie war bereit, der Mutter auf halbem Weg entgegenzukommen. Rodrigo war froh darüber.

Cybele stand auf der der See zugewandten Seite der Terrasse und sah den Kindern zu, die Drachen steigen ließen und Sandburgen bauten. Dieses Bild versuchte sie sich besonders einzuprägen, denn daran wollte sie sich später erinnern, wenn sie wieder in ihr einsames und langweiliges Leben zurückgekehrt war. Einsam und langweilig? Nein, so würde ihr Leben nie wieder sein, denn sie würde ein Kind haben …

„Hast du schon dein Buch?" Imelda kam lächelnd auf sie zu, und Cybele wurde es warm ums Herz. In diesen vier Wochen hatte sie Imelda richtiggehend lieb gewonnen. Sie hatte die gleichen grünen Augen wie ihr Enkelsohn und sah trotz ihres Alters immer noch sehr gut aus. Sie muss mal eine bildschöne Frau gewesen sein, ging es Cybele durch den Kopf, als sie mit ausgestreckten Armen auf Rodrigos Großmutter zuging.

„Was für ein Buch?", fragte sie und wies auf den dicken Band, den Imelda unter dem Arm trug.

„Der Tag des Heiligen Georgs ist der Tag der *rosas i libros*."

„Ja, ich weiß, das hat Rodrigo mir erzählt."

„Die Männer schenken den Frauen eine Rose, und die Frauen geben den Männern ein Buch."

„Oh … das wusste ich nicht."

„Dann weißt du es jetzt. Los, Kind, such ein Buch aus. Die Männer können jeden Augenblick zurückkommen."

„Aber woher soll ich denn so schnell ein Buch nehmen?"

„Na, in Rodrigos Bibliothek stehen doch genug herum."

„Ich kann doch nicht einfach ein Buch aus seiner Bibliothek …"

„Warum nicht? Er hat sicher nichts dagegen, im Gegenteil. Denn das, was du für ihn aussuchst, sollte eine ganz bestimmte Bedeutung für ihn haben."

Wie kam Imelda darauf, dass sie *Rodrigo* ein Buch geben würde? Hatte sie bemerkt, was in der jungen Frau vorging, und versuchte, sie zu verkuppeln? Rodrigo zumindest hatte sich Cybele gegenüber immer neutral verhalten und hatte sie nicht anders behandelt als seine Verwandten. „Dann sucht man sich irgendeinen Mann aus und gibt ihm ein Buch?"

„Auch das ist möglich. Aber meist gibt die Frau es dem Mann, der für sie der wichtigste in ihrem Leben ist."

Also wusste Imelda, was Rodrigo ihr, Cybele, bedeutete! Die alte Dame sah sie forschend an und lächelte leicht, als wollte sie sagen: *Du brauchst gar nicht zu versuchen, es abzustreiten.*

Doch Cybele wollte darauf nicht eingehen. Das wäre zu peinlich für Rodrigo. Wahrscheinlich wusste er, was sie für ihn empfand, aber es war etwas ganz anderes, ihn sozusagen öffentlich damit zu konfrontieren. Außerdem würde er ihr ganz sicher keine Rose überreichen. Und wenn, dann nur aus Mitleid, weil alle anderen Frauen ihre Männer mit dabeihatten. Aber bestimmt nicht, weil sie für ihn der wichtigste Mensch in seinem Leben war.

Doch als sie mit Imelda zurück ins Haus trat, ertappte sie sich plötzlich dabei, in Richtung Bibliothek zu gehen. Tatsächlich fand sie auch ein Buch, das ihr passend zu sein schien. Aber jedes Mal, wenn eine der Frauen an ihr vorbeiging und wohlwollend bemerkte, dass sie auch ein Buch ausgesucht hatte, wurde sie rot.

Dann kamen die Männer aus der Stadt zurück, wo sie das vorbestellte Essen in einem der besten Restaurants abgeholt hatten. Jeder hatte eine rote Rose für seine Frau in der Hand. Rodrigo hatte keine.

Cybele wäre am liebsten im Erdboden versunken, aber sie hatte nicht das Recht, enttäuscht zu sein. Oder Rodrigo in eine peinliche Situation zu bringen. Also würde sie das Buch Esteban geben. Doch als sie auf ihn zugehen wollte, wurden ihre Schritte unwillkürlich in Richtung Rodrigo gelenkt. Warum auch nicht?! Auch wenn ihre Gefühle nicht von ihm erwidert wurden, er war der wichtigste Mann in ihrem Leben, und jeder der Umstehenden wusste es.

Er sah ihr ruhig entgegen. Sie gab ihm das Buch. „Alles Gute zum Tag des Heiligen Georgs, Rodrigo." Er nahm es und las den Titel. Es war ein Buch über die berühmtesten Mediziner des letzten Jahrhunderts. Als er wieder hochsah, runzelte er die Stirn, als wisse er nicht, warum sie gerade dieses Buch ausgesucht hatte.

„Es soll dich nur daran erinnern", flüsterte sie, „dass du ganz sicher in die Sammlung der berühmtesten Mediziner *dieses* Jahrhunderts aufgenommen werden wirst."

Seine Augen leuchteten auf. Er griff nach ihrer gesunden Hand, zog Cybele an sich und drückte ihr einen Kuss auf die Stirn. „Ich danke dir, *querida*. Aber ich bin schon zufrieden, wenn *du* eine gute Meinung von mir hast." Dann ließ er sie los, wandte sich ab und hielt eine kurze Rede, um damit die Festlichkeiten zu eröffnen.

Cybele nahm kaum wahr, was er sagte. Die Umarmung, der Kuss und vor allem das zärtliche Wort *querida* – Liebling – hatten sie total verwirrt. Aber sie fing sich so weit wieder, dass sie einigermaßen funktionierte und reagierte, auch wenn sie später nicht mehr wusste, wie diese ersten Stunden vergangen waren. Als Rodrigo ihr die Hand auf die Schulter legte, schreckte Cybele auf.

„Komm, wir tanzen jetzt die *Sardana*, das ist unser Nationaltanz." Er zog sie hoch, und Cybele klopfte das Herz wie verrückt. Noch nie hatte sie Rodrigo so entspannt und fröhlich gesehen.

Die Kapelle bestand aus elf Spielern, die sich mit ihren Instrumenten auf der großen Terrasse versammelt hatten. Auch die Tänzer standen bereits da, natürlich alles Mitglieder der Familie.

„Die Männer kommen aus der Nachbarstadt, denn für die *Sardana* braucht man eine echte Kapelle."

Stirnrunzelnd blickte Cybele auf ihren bandagierten Arm. „Ich fürchte, ich werde keine sehr gute Tanzpartnerin sein."

Er legte ihr den Finger unter das Kinn und hob ihr Gesicht leicht an. „Aber bald", sagte er lächelnd. Unwillkürlich hob sie sich auf die Zehenspitzen, um seinen Kuss entgegenzunehmen, doch er hatte sich schon wieder der Kapelle zugewandt. „Pass gut auf. Sie werden jetzt den ersten Kreis tanzen. Bei dem zweiten machen wir dann mit. Die Schrittfolge ist ganz einfach. Normalerweise wechseln sich Männer und Frauen immer ab", fügte er hinzu, als die Tänzer und Tänzerinnen sich im Kreis aufstellten. „Aber wir haben mehr Frauen als Männer, da kommt es nicht so darauf an."

„Tja, die Frauen haben eben das Sagen", meinte sie leise.

„Das ist wahr." Lachend wies er auf ein paar energische weibliche Verwandte, die ihre Männer und Kinder zurechtschubsten.

Der Tanz begann, und nachdem Rodrigo Cybele die Grundschritte gezeigt hatte, reihte er sich mit ihr in den zweiten Kreis ein, der sich inzwischen gebildet hatte. Es war wie ein Traum. Selten hatte Cybele sich so entspannt und gleichzeitig so lebendig gefühlt wie bei diesem Tanz. Die Musik, die rhythmische Bewegung, die lächelnden Gesichter und Rodrigo neben sich – sie hätte die ganze Welt umarmen können.

Doch wie jeder Traum ging auch dieser einmal zu Ende. Nach viel Wein, Essen, Musik und Tanz waren alle müde, wünschten sich gegenseitig Gute Nacht und zogen sich in ihre Quartiere zurück. Wie immer brachte Rodrigo auch an diesem Abend Cybele zu ihrer Suite. Sie öffnete die Tür und blieb wie erstarrt stehen. Ihr stockte der Atem, und ihr Puls raste.

Überall, auf jedem Tisch, jeder Kommode, jeder Stellfläche, ja, sogar auf dem Fußboden standen große Rosensträuße … wunderschöne tiefdunkle Rosen.

Erst nach ein paar Sekunden löste Cybele sich wieder aus der Erstarrung, drehte sich um und wollte Rodrigo um den Hals fallen. Doch er war bereits gegangen. Sollte sie hinter ihm herlaufen? Warum hatte er nicht gewartet? War er nicht neugierig auf ihre Reaktion? Vielleicht hatte er nicht damit gerechnet, dass sie so heftig ausfallen würde. Vielleicht wollte er sie einfach nur mit einer Aufmerksamkeit überraschen. Ob er auch die anderen Frauen so verwöhnt hatte? Das konnte sie nicht ausschließen, denn er war einer der großzügigsten Männer, die sie kannte.

Zögernd betrat sie den Raum. Wie berauscht von Duft und Farben, wusste sie nur eins: Sie musste zu Rodrigo, musste ihm zeigen, was diese Überraschung ihr bedeutete. Schnell griff sie nach einer Jacke und lief wieder auf den Flur. Wo mochte er sein? Ihr Gefühl sagte ihr, dass er nicht in sein Zimmer gegangen war. In dieser sternklaren Nacht und nach diesem turbulenten Tag war sicher auch ihm noch nicht nach Schlafen zumute. Der Dachgarten.

Richtig. Rodrigo stand an der Balustrade aus Natursteinen und blickte auf die schwarze See, auf der weiße Schaumkronen sichtbar waren. Bei dem kräftigen Wind hatte er Cybele nicht hören können, aber sie war absolut sicher, dass er wusste, wer nur wenige Meter hinter ihm stand. Offenbar wartete er darauf, dass sie den ersten Schritt machte.

„Rodrigo ...“

Langsam drehte er sich um. Der Wind fuhr ihm in das tiefschwarze Haar, die grünen Augen funkelten. Seine Miene blieb ernst. Abwartend stand er da. Cybele kam näher, wie magisch angezogen von dieser herrlichen Männergestalt. Sie griff nach seiner Hand, wollte sie in einer Geste tiefer Dankbarkeit an die Lippen ziehen. Schließlich hatte er ihr das Leben wiedergegeben – und nicht nur ihr. Viele seiner Patienten wären ohne seine Hilfe im Rollstuhl gelandet, hätten ihr Leben lang unter chronischen Schmerzen gelitten oder wären gar ein Fall fürs Pflegeheim geworden.

Sie nahm seine große, warme Männerhand zwischen ihre beiden kleinen und drückte sie. „Du hast bisher schon so viel für mich getan, und jetzt noch diese herrlichen Rosen. Das ist das schönste Geschenk, das ich jemals bekommen habe.“

Beinahe unwillig wehrte er ab. „Dein Buch ist sehr viel besser als meine Rosen.“

Lächelnd schüttelte sie den Kopf. „Aber Rodrigo, fällt es dir so schwer, auch mal einen Dank entgegenzunehmen?“

„Nein, aber da wird oft übertrieben.“

„Kein Dank, der von Herzen kommt, ist übertrieben.“

„Ich tu das, was ich will und was mir Spaß macht. Dafür erwarte ich keinen Dank oder sonst irgendetwas.“

Wollte er ihr damit zu erkennen geben, dass sein Rosengeschenk nichts Besonderes war? Und sie davor warnen, daraus irgendwelche Schlüsse zu ziehen? Doch das würde nichts ändern. Sie liebte ihn und würde ihm geben, was er wollte. Wenn er es nur *wollte* ... Und wenn nicht, dann würde sie ihn achten und bewundern und ihm auch das zeigen. „Und ich bedanke mich bei dir, weil ich es will und weil es mir Freude macht. Du brauchst diesen Dank nur anzunehmen, mehr erwarte ich nicht. Das habe ich doch auch getan, als du dich über meine Buchwahl gefreut hast.“

„So? Das habe ich gar nicht gemerkt.“ Er verzog die Lippen zu einem erst vorsichtigen, dann verschmitzten Lächeln. „Hattest du denn überhaupt eine Wahl? Wenn ich mich richtig erinnere, habe ich dich quasi überfahren.“

Sie lachte leise. „Das stimmt.“ Ohne Vorwarnung zog sie an seiner Hand, und er war so überrascht, dass er die zwei Schritte machte, die sie noch trennten, und nun dicht vor ihr stand. Verlangend blickte sie ihn an, ließ ihn los und strich ihm mit der gesunden Hand durch das dichte glänzende Haar. Wie sehr sehnte sie sich danach, ihn richtig um-

armen zu können, aber noch war der bandagierte Arm dazu nicht zu gebrauchen. Also presste sie sich nur fest an den geliebten Männerkörper und sah Rodrigo tief in die Augen. „Rodrigo, ich …"
Da klingelte ein Handy.
Sofort wich er zurück, als sei er aus einem verbotenen Traum erwacht, und starrte sie verwirrt an. Cybele war erst nach einigen Sekunden bewusst, dass sie ihn nicht mehr spürte. Und dass es ihr Handy war, das in ihrer Jackentasche steckte. Wer rief sie an? Und vor allem um diese Zeit? Das Telefon hatte sie von Rodrigo, und bisher hatte nur er sie angerufen.
„Erwartest du einen Anruf?" Fragend sah er sie an.
„Nein. Ich wusste gar nicht, dass außer dir noch jemand die Nummer hat."
„Vielleicht hat sich jemand verwählt."
„Ja, wahrscheinlich. Moment mal." Sie zog das Telefon aus der Tasche. „Ja, bitte?" Und dann: „Agnes, bist du das? Ich kann dich nur schwer verstehen. Was ist passiert? Ist alles in Ordnung mit dir und Steven?"
„Ja, ja, aber darum geht es nicht." Agnes schluchzte und hatte Mühe, sich zu fassen.
Cybele deckte kurz das Mikrofon ab und nickte Rodrigo beruhigend zu. „Es geht ihnen gut", flüsterte sie. „Es ist irgendetwas anderes."
„Ich mag dich das gar nicht fragen, Cybele", fuhr Agnes fort, „aber wenn du dich wieder an dein Leben mit Mel erinnern kannst, dann weißt du vielleicht auch, wie das alles passiert ist."
„Wie *was* passiert ist?"
„Wir sind von verschiedenen Leuten angerufen worden, die behaupten, dass Mel ihnen Geld schuldet, viel Geld. Und das Krankenhaus, in dem ihr zusammen gearbeitet habt, hat sich auch schon gemeldet und meint, Mel habe Schulden in Millionenhöhe gemacht, um seine Forschung zu finanzieren. Und nun wollen alle das Geld zurückhaben, von uns und von dir, da wir die nächsten Angehörigen sind."

9. KAPITEL

*D*ann kannst du dich also wirklich nicht an irgendwelche Schulden erinnern?"

Verzweifelt schüttelte Cybele wieder und wieder den Kopf. Warum wollte Rodrigo ihr nicht glauben? Auch Agnes schien ihre Zweifel zu haben. Glaubten sie wirklich, dass Mel all diese Schulden ihretwegen gemacht hatte? Und, schlimmer noch, hatte er es vielleicht wirklich getan? Und wenn ja, wie und warum?

War es das, was Agnes bei ihrer letzten Begegnung eigentlich hatte ansprechen wollen? Glaubte sie, dass Mel seine Frau mit teuren Geschenken überhäuft hatte, weil er seine Gefühle anders nicht hatte ausdrücken können? Aber Cybele vermochte sich beim besten Willen nicht an irgendwelche extravaganten Geschenke zu erinnern.

Wenn das also nicht zutraf, hatte sie dann vielleicht irgendwelche unsinnigen Forderungen an Mel gestellt, die er nur unter großem finanziellen Aufwand hatte erfüllen können? Aber was mochte das sein? Und warum hatte er sich von ihr erpressen lassen? Hatte sie gedroht, ihn zu verlassen? Wenn das der Fall gewesen war, dann war sie nicht nur ein herzloses Ungeheuer gewesen, sondern obendrein skrupellos und berechnend.

Der Sache musste sie sofort auf den Grund gehen. „Rodrigo, hast du etwas von den Schulden gewusst?"

Langsam schüttelte er den Kopf, sah sie dabei aber nicht an.

„Aber du weißt etwas. Bitte, sag es mir, ich muss einfach Klarheit haben", drängte sie.

Jetzt hob er zwar den Blick, schüttelte aber wieder den Kopf und ging nicht auf ihre Bitte ein. „Was ich gern wissen würde, warum haben die alle so lange gewartet, bevor sie ihre Forderungen angemeldet haben?"

„Sie haben es gleich nach Mels Tod gemacht."

„Aber warum rücken Agnes und Steven dann erst jetzt damit heraus?"

„Sie wollten erst sicher sein, dass die Forderungen zu Recht bestehen. Und dann wollten sie dich nicht damit belasten. Sie dachten, sie könnten selbst damit fertig werden. Mich haben sie angerufen, weil sie hofften, ich wüsste etwas, was nur die Ehefrau wissen konnte. Außerdem bin ich natürlich in die ganze Angelegenheit verwickelt."

„Aber sie irren sich, auf der ganzen Linie!"

Cybele erschrak bei der Heftigkeit seines Ausbruchs und wollte schon einwerfen, er solle nicht so streng sein, die beiden hätten schon genug durchgemacht, als er fortfuhr: „Nicht, dass ich ihnen das vorwerfen würde. Sie haben schon viel zu viel ertragen müssen. Aber warum glauben sie immer, dass sie mich schonen müssen? Haben sie immer noch nicht begriffen, dass ich es ernst meine, wenn ich sage, dass sie *meine Eltern* sind? Doch wie auch immer, macht euch keine Sorgen. Ich kümmere mich um alles."

Cybele starrte ihn an wie eine himmlische Erscheinung. Oh, wie sie ihn liebte … „Danke", brachte sie nur heraus.

„Nicht schon wieder", sagte er und lächelte gequält.

„Wenn ich einen Grund habe, dann werde ich mich auch bei dir bedanken. Also finde dich damit ab. Und da ich schon dabei bin, dir all meine Probleme aufzuhalsen, will ich noch zu etwas anderem deine Meinung hören. Meinem Arm."

Er kniff leicht die Augen zusammen. „Was ist mit deinem Arm?"

„Die Knochenbrüche sind verheilt, aber die Nerven haben sich noch nicht wieder regeneriert. Vor acht Wochen hast du gesagt, ich könne in ein paar Monaten wieder operieren. Warst du da zu optimistisch? Werde ich Arm und Hand jemals wieder so gebrauchen können, wie es für meine Arbeit als Chirurgin notwendig ist?"

„Dazu ist es noch zu früh, Cybele."

„Keine Ausflüchte, bitte. Du weißt, ich würde sie doch durchschauen."

„Das würde ich nie tun."

„Auch nicht, um mich zu schützen?"

„Nein."

Sie glaubte ihm. Er würde sie nie belügen. Und sie musste die Wahrheit wissen. „Dann sag mir bitte ehrlich, wie du die Sache siehst. Ich bin Linkshänderin und kann nur mit links operieren. Bist du davon überzeugt, dass ich in ein paar Wochen meinen Beruf wieder ausüben kann? Du hast mir doch selbst gesagt, dass ich schwere Nervenverletzungen im linken Arm habe …"

„Die ich durch meine neue OP-Methode behoben habe."

„Aber der Arm fühlt sich nach wie vor schwach und taub an, und ich habe wenig Gefühl in den Fingern."

„Es ist wirklich noch zu früh für eine endgültige Prognose. Sowie die Knochen vollkommen geheilt sind, fangen wir mit einer Physiotherapie an."

„Aber die Brüche sind geheilt."

„Das glaubst du. Du bist jung und gesund, und für dich fühlt es sich so an. Aber ich muss einen hundertprozentigen Beweis haben, bevor ich dir den Verband abnehmen kann. Das ist normalerweise zwölf Wochen nach der Operation der Fall. Danach fangen wir mit der Physiotherapie an. Dabei gehen wir Schritt für Schritt vor. Erst wird etwas gegen die Schwellungen und die Schmerzen getan, dann werden die Muskeln gestärkt bis hin zur Feinmotorik, sodass du die Hand wieder ohne Einschränkungen gebrauchen kannst."

„Und wenn das alles nichts hilft? Wenn ich zwar wieder gut mit dem Arm zurechtkomme, aber nie wieder operieren kann?"

„Auch dann gibt es keinen Grund zur Panik. Im schlimmsten Fall finde ich ganz sicher etwas für dich im medizinischen Bereich, was dich interessiert. Aber ich bin sicher, dass du irgendwann den Arm und die Hand wieder so einsetzen kannst wie früher. Ich gebe nicht auf, bis es so weit ist. Und mach dir keine Gedanken, wenn das Ganze etwas länger dauern sollte. Du kannst hierbleiben, solange du willst. Und du hast mich, Cybele. Ich bin jederzeit für dich da, komme, was da wolle. Du kannst dich hundertprozentig auf mich verlassen."

Da konnte sie nicht anders, sie musste sich ihm an die Brust werfen. Mit dem gesunden Arm drückte sie ihn fest an sich, und die Tränen liefen ihr über die Wangen. Sie liebte ihn so sehr und war so dankbar, dass es ihn gab.

Rodrigo blieb ganz ruhig, ließ sich umarmen und wartete geduldig ab, bis sich sie ein wenig beruhigt hatte. Erst dann legte er die Arme um sie, wiegte sie leicht hin und her, während er ihr beruhigende Worte ins Ohr flüsterte. Und wieder brach es aus ihr heraus, sie schluchzte und umklammerte ihn, als wolle sie ihn nie wieder loslassen.

Da war es auch mit seiner Gelassenheit vorbei. Tief aufstöhnend zog er sie fester an sich, sodass er ihren ganzen Körper spürte. Ihre weichen Formen drückten gegen seine muskulöse Brust, mit seinen kräftigen Armen hielt er sie umfangen und fest an sich gepresst, bis sich das Verlangen etwas gelegt hatte. Dann wiegte er sie sanft hin und her, als tanzten sie immer noch die *Sardana*, umfasste ihren Hinterkopf und drückte sie liebevoll an seine breite Schulter, während er leise auf sie einredete. Er wäre immer für sie da, würde sie nie im Stich lassen, würde ihr helfen, so gut er könne ...

Ja, das schon ... Cybele löste sich leicht von ihm. Rodrigo würde seine Versprechen halten, davon war sie überzeugt, würde nie aus ihrem Leben und dem ihres Kindes verschwinden. Aber nur als ihr Beschützer, als ihr Wohltäter, als ein sehr, sehr lieber und pflichtbewusster Onkel. Und bei jeder Begegnung würde sie schmerzhaft zu spüren bekommen, dass ihre Liebe nicht erwidert wurde, dass ihre Sehnsüchte nie erfüllt würden.

Sie musste weg, weg von ihm. Jetzt. Sofort. Die Gefühle, die sie für ihn hegte, und ihr unbefriedigtes Verlangen nach ihm machten sie krank. Und für ihr Kind musste sie nicht nur körperlich, sondern auch psychisch gesund sein.

„Cybele …" Er zog sie wieder an sich, und sie spürte seine Erregung. Was war das? Er begehrte sie? Aber wahrscheinlich war das die ganz normale Reaktion eines gesunden Mannes, der eine Frau in den Armen hielt, und hatte nichts Besonderes zu bedeuten.

Andererseits war das vielleicht die einzige und letzte Gelegenheit, mit ihm zusammen zu sein und ihre Sehnsucht zu stillen. Wenigstens einmal, und später würde sie an diese Liebesnacht denken und daraus Trost ziehen können.

Leise stöhnend schmiegte sie sich an ihn, küsste ihn auf den Hals und liebkoste die Stelle, wo sie seinen schnellen Puls fühlte. Sie spürte, wie Rodrigo die Muskeln anspannte, und klammerte sich nur noch fester an ihn. Er durfte sie jetzt nicht zurückstoßen, das könnte sie nicht ertragen.

„Cybele, *querida*, ich …", fing er an und versuchte, sich von ihr zu lösen. Doch sie hielt ihn fest und presste ihm die Lippen auf den Mund, bevor er sie zurückstoßen konnte. Diesmal würde sie kein Nein akzeptieren.

Er stieß einen dumpfen Laut aus und packte sie fester, während er den Kuss verlangend erwiderte. Fast besinnungslos vor Sehnsucht, drängte sie sich immer wieder an seine Hüfte. „Rodrigo, ich sehne mich so nach dir … Wenn du mich auch willst, bitte, nimm mich. Denk nicht darüber nach, halt dich nicht zurück. Und mach dir keine Sorgen. Ich erwarte nichts, ich will dich nur lieben, jetzt, in diesem Augenblick. Was morgen ist, interessiert mich nicht …"

Und Rodrigo überließ sich Cybele, erwiderte ihre zärtlichen Liebkosungen und ihre heißen Küssen, genoss ihre geflüsterten Beteuerungen, wie sexy er sei, wie sehr sie ihn begehre und wie gern sie sich ihm hingeben wolle. Und sosehr sein Verlangen dadurch auch gesteigert wurde, seine Begierde, sie auszuziehen und in sie einzudringen, ihre Worte wirkten wie ein verborgener Stachel in ihm fort.

Carte blanche – er konnte mit ihr tun, was er wollte, sie hatte sich ihm ganz ausgeliefert, zumindest körperlich. Ohne Bindung, ohne Erwartungen, ohne Verpflichtungen. Bedeutete das, dass sie auch nicht *mehr* wollte, dass sie ihn nur als Sexpartner betrachtete? Oder hatte sie Angst vor mehr? Wenn sie aber noch nicht einmal für das, was sie ihm anbot, kräftig genug war? Wieder verspürte er den Drang, sie vor sich selbst zu schützen, auch wenn sein Verlangen noch so stark war. Wenn sie nun nicht wusste, was sie tat, und hinterher alles bitter bereute?

„Cybele, du bist außer dir und ...“

Wieder verschloss sie ihm die Lippen mit einem leidenschaftlichen Kuss. „Weil ich verrückt nach dir bin“, stieß sie dann schwer atmend hervor. „Ich weiß, was ich will ... Bitte, Rodrigo, bitte, nur dieses eine Mal ...“

Dieses eine Mal? Glaubte sie wirklich, dass er mit einem Mal zufrieden sein könnte? Dass er sie nur einmal liebte und dann aus ihrem Leben verschwand? Oder sich dazu überwinden könnte, sie *danach* wieder nur als Patientin zu sehen? Und sie, wäre ihr Bedürfnis mit einem Mal befriedigt? Konnte sie für ihn nichts weiter empfinden als sexuelle Begierde, weil ihre Fähigkeit zu lieben mit Mel gestorben war? Auch wenn sie sich nicht mehr daran erinnerte?

Nein, das hatte alles keinen Sinn. Er löste sich von ihr und trat ein paar Schritte zurück. Verzweifelt streckte sie die Arme nach ihm aus und ließ sie kraftlos fallen, als sie sah, dass es ihm ernst war. Tränen traten ihr in die Augen und liefen ihr über die Wangen. „Ich weiß“, schluchzte sie, „du willst mich nicht. Du hast es schon einmal sehr deutlich gemacht, und ich bin trotzdem wiedergekommen ...“ Mit hängenden Schultern drehte sie sich langsam um und verließ den Dachgarten.

Sollte er sie gehen lassen? Ja. Aber natürlich musste er mit ihr sprechen, allerdings nicht in einer Situation, in der er nichts so sehr ersehnte, wie sie leidenschaftlich zu lieben. Dennoch war er enttäuscht. Aber diese Enttäuschung war nicht so schlimm wie die, die sie erleben würde, wenn ihr klar wurde, worauf sie sich eingelassen hatte. Andererseits musste sie wissen, dass er sie begehrte und dass sein Puls raste, wenn er nur an sie dachte. Sie sollte die Wahrheit kennen, auch wenn das bedeutete, dass er sie nur einmal haben konnte. Alles, was sie ihm geben wollte, würde er dankbar annehmen. Und er würde ihr alles geben, wonach sie verlangte.

Mit langen Schritten lief er hinter ihr her und stürzte in ihr Schlafzimmer. Sie lag zusammengekrümmt auf dem Bett und fuhr hoch, als er die Tür aufstieß. „Cybele ...“ Hastig kniete er sich neben das Fußende des Bettes und legte ihr sanft die Hand auf die leicht gebräunten Beine, die unter dem langen roten Rock hervorlugten, den sie zur Feier des Tages angezogen hatte. Bei seiner Berührung richtete sie sich auf und sah ihn fragend an.

Dieser Blick aus den großen Augen traf ihn direkt ins Herz. Oh, er wollte sie an sich ziehen, ihr die Kleider vom Leib reißen, in sie eindringen und ihr ein für alle Mal klarmachen, dass sie ihm gehörte.

Aber er wollte sie auch sanft in den Armen halten, wollte sie lieben und ihr zeigen, wie sehr er sie respektierte. Vor allem aber wollte er ihr die größten sexuellen Freuden schenken, die sie je erlebt hatte.

Schnell schlüpfte er aus den Schuhen, dann stieg er auf das Bett und kniete sich über sie. Ihr stockte der Atem, als er sich vorbeugte und sie auf die Stirn und die Nasenspitze küsste, während er ihr die weit ausgeschnittene Bluse über die Schultern schob und ihre Brüste umfasste. Dann endlich strich er mit den Lippen über ihren leicht geöffneten Mund, und sofort legte Cybele ihm die Arme um den Hals, hob sich leicht an und küsste ihn voll brennendem Verlangen.

Plötzlich spürte sie, wie er sie auf die Arme hob. „Was …?", fragte sie, noch atemlos von dem leidenschaftlichen Kuss.

„Ich möchte dich in meinem Bett lieben, *querida.*"

„Nein", flüsterte sie, „bitte nicht."

Bitte nicht? Wollte sie doch nicht mit ihm schlafen? Hatte er sie vollkommen missverstanden? Er wollte sie schon frustriert herunterlassen, als sie sich mit dem Kopf an seine Schulter schmiegte. „Nein, hier. Zwischen den Rosen …", flüsterte sie kaum hörbar.

„Mit dem größten Vergnügen." Seit er sie das erste Mal gesehen hatte, hatte er davon geträumt, mit ihr zu schlafen, hatte sich immer wieder vorgestellt, was er mit ihr machen würde, wenn sie in seinem Bett lag. Auch als sie Mel geheiratet hatte, hatte er diese Fantasien gehabt und sie selbst dann nicht aufgegeben, als er sich einzureden versucht hatte, sie zu hassen, weil er den Verlust nicht anders hätte ertragen können. Irgendwie hatte er sie immer bei sich haben wollen. Deshalb war seine Bettdecke so leuchtend blau wie ihre Augen. Und die Möbel hatten denselben Mahagoniton wie ihr Haar.

Aber das jetzt war so viel besser als alle Fantasien. Er würde sie hier zwischen den dunkelroten Rosen lieben, die ihr mehr als deutlich sagten, dass sie die wichtigste Frau in seinem Leben war, ja, der wichtigste Mensch überhaupt. Eigentlich hatte er ihr das nicht gestehen wollen, doch er hatte sich nicht zurückhalten können. Als er die Rosen gekauft hatte, hätte er sich nicht träumen lassen, wohin das führen könnte. Dass seine Fantasien Wirklichkeit werden würden.

Vorsichtig ließ er sie wieder auf dem Bett nieder. Dann stellte er sich über sie und betrachtete sie. Wie blass die Rosen neben ihr aussahen. Er nahm die Blumen kaum noch wahr, es sei denn als passenden Rahmen für Cybeles Schönheit. Ohne dass es ihm voll bewusst war, zog er sich aus, bemerkte aber sehr wohl, dass Cybele ihn bewundernd ansah. Dann kniete er sich wieder neben sie und entkleidete sie langsam, beinahe andächtig. Den roten Rock mit dem elastischen Taillenbund zog er ihr vorsichtig über die langen schlanken Beine. Die duftige Bluse war vorn aufzuknöpfen, BH und Slip folgten ohne Hast. Und wieder richtete er sich auf und sah auf sie hinunter, bis sie unter seinen bewundernden Blicken errötete.

Sie war noch schöner, als er sich in seinen Fantasien ausgemalt hatte, was rückblickend nur gut gewesen war. Denn sonst wäre er verrückt geworden vor Sehnsucht. Während er sich über sie kniete, die Hände neben ihrem Kopf aufgestützt, konnte er vor Erregung kaum atmen. Ein Traum wurde wahr. Sie war hier, lag unter ihm, rosig und duftend. Und sie sah ihn mit leuchtenden Augen und einem Lächeln an, das seine Absicht, alles langsam angehen zu lassen, fast zunichtemachte. Denn der Herzschlag dröhnte ihm in den Ohren, und das Verlangen, in ihr zu sein, wurde so übermächtig, dass er kaum einen klaren Gedanken fassen konnte.

Doch das war auch nicht notwendig, denn als Cybele ihm den gesunden Arm um den Nacken legte, wusste er, auch sie war so weit. Mit einem tiefen Stöhnen legte er sich auf sie, schob sich zwischen ihre gespreizten Oberschenkel, woraufhin sie sofort die Beine um seine Hüften legte, und spürte, wie sie die weichen Brüste mit den harten Spitzen gegen seine Brust drückte. Dabei liebkoste sie mit den Lippen seine Stirn, während sie unablässig seinen Namen flüsterte. „Rodrigo, oh, Rodrigo … Endlich …"

Es war unglaublich. Tiefe Zärtlichkeit erfüllte ihn. Er wusste nur eins, er musste ihr zeigen, was sie ihm bedeutete, dass er ihr gehörte und immer schon gehört hatte. Da er bereits alles für sie getan hatte, was ihr hätte zeigen müssen, wie wichtig sie für ihn war, konnte er sie jetzt nur noch mit seiner Leidenschaft überzeugen. Mit einer Hand umfasste er ihren Kopf, mit der anderen schob er ihre Beine weiter auseinander, bis er sie dort berühren konnte, wo sie längst für ihn bereit war. Sofort wollte er eindringen, hatte aber plötzlich das Gefühl, dass sie ihn zurückstieß. Als er sie fragend ansah, hob sie sich ihm wieder entgegen, verkrampfte sich jedoch, als er vordringen wollte. Wieder machte er diese Erfahrung, bis Cybele ihn schließlich auf sich herunterzog, das Becken anhob und flüsterte: „Bitte, Rodrigo, komm … Tu es einfach, achte nicht auf mich. Ich will dich …"

Diesmal ließ er sich nicht zurückhalten, sondern drang mit einer kräftigen Bewegung in sie ein. Und erst als sie kurz aufschrie, begriff er, warum sie so rätselhaft reagiert hatte. Und er verstand überhaupt nichts.

Das war unmöglich. Es konnte einfach nicht sein.

Sie war noch Jungfrau?

Rodrigo war wie erstarrt. Jungfrau? Wie, um alles in der Welt, war das möglich? Sie war eine verheiratete Frau, verdammt noch mal.

Als er vorsichtig versuchte, sich zurückzuziehen, schrie sie wieder auf, und er hielt schnell in der Bewegung inne. Fassungslos sah er sie an, und auch sie schien vollkommen verwirrt zu sein.

„Es sollte doch eigentlich nicht so wehtun", stieß sie stockend hervor. „Das zumindest kann ich unmöglich vergessen haben."

Verdammt. Er wollte ihr doch nur den größtmöglichen sexuellen Genuss verschaffen, wollte sie befriedigen, ihr Verlangen erfüllen, und nun hatte er ihr wehgetan? So sehr, dass sie vor Schmerzen schrie? „Nein, eigentlich nicht."

Ratlos sah sie ihn an, dann weiteten sich plötzlich ihre Augen. „Dann ... dann musst du ... der Erste sein."

Der Erste ... So, wie sie es sagte und ihn dabei mit ihren großen blauen Augen ansah, wurde sein Verlangen sofort übermächtig. Er wollte sie wieder und wieder nehmen, um ihr klarzumachen, dass er auch der Letzte sein wollte. Doch irgendwie schaffte er es, sich zu beherrschen. Wahrscheinlich war es die brennende Scham, die er empfand, weil er ihr Schmerzen zugefügt hatte.

„Ich kann mich daran erinnern", fing sie langsam an, „dass ich auf den Richtigen warten wollte. Als ich dann Mel begegnet bin, wollte ich wohl noch warten, bis wir verheiratet waren. Aber dann ..."

Während er den Blick auf ihren Mund gerichtet hielt, versuchte Rodrigo, die Erregung abklingen zu lassen, damit er ihr nicht wehtat, wenn er sich zurückzog. Aber es gelang ihm nicht. Diese vollen roten Lippen, die hellen runden Brüste mit den dunkelrosa Spitzen ...

„Da es auch für Halbgelähmte Möglichkeiten gibt, Sex zu haben, bin ich wohl davon ausgegangen, dass wir es gemacht haben, irgendwie. Aber ganz offensichtlich ist das nicht der Fall."

Einerseits war er gerührt von diesem Geständnis, das ihr sicher peinlich war. Andererseits umschloss sie ihn so eng, dass ihn jede Bewegung reizte und stärker erregte. Aber er musste ihr Zeit lassen, sich von den Schmerzen zu erholen und sich mit der neuen Erfahrung auseinanderzusetzen. Wieder versuchte er, sich zurückzuziehen, und wieder stöhnte sie leise auf. Als er dennoch erneut Anstalten machte, umklammerte sie ihn mit den Beinen und drängte sich ihm entgegen.

„Nicht!", stieß er warnend hervor. „Ich tu dir weh."

„Nein, nein!" Heftig schüttelte sie den Kopf. „Es ist wunderbar, du bist wunderbar. Ich habe davon geträumt, habe mir aber doch nicht vorstellen können, wie es sich anfühlen würde, wenn du in mir bist.

Ich brenne, du füllst mich ganz aus. Ich fühle mich so … oh, Rodrigo, nimm mich, mach mit mir, was du willst."

Jetzt konnte er sich nicht mehr zurückhalten. Er drang wieder vor, wobei er versuchte, vorsichtig zu sein, doch sie umfasste seinen Kopf und kam ihm mit immer wilderen Bewegungen entgegen. „Nicht … Gib mir alles, was du kannst, jetzt … Hart …"

Das brach endgültig den Damm. Er zog sich ganz aus ihr zurück und drang dann laut aufstöhnend wieder in sie ein, zog sich wieder zurück, stieß wieder vor, immer und immer wieder. Cybele, die Augen halb geschlossen, die vollen roten, feuchten Lippen leicht geöffnet, gab sich genüsslich seinem Liebesspiel hin.

„Oh, Cybele, du bist so schön, so aufregend", flüsterte er rau. „Weißt du, was du mit mir machst? Und ich mit dir?"

Sie wand sich unter ihm und warf den Kopf hin und her, sodass ihr seidiges Haar sich über das Kissen ausbreitete. „Oh, Rodrigo, es ist so unglaublich schön: Mach weiter, hör nicht auf …"

Stöhnend beschleunigte er seinen Rhythmus, bis sie sich aufbäumte, aufschrie und zum Höhepunkt kam. Da ließ auch er zu, dass sich seine sexuelle Spannung löste, und nach wenigen schnellen Stößen erreichte auch er den Gipfel der Lust.

Es war der helle Wahnsinn.

Vorsichtig glitt er von ihr herunter, nahm sie in die Arme und zog sie auf sich, sodass sie ganz auf ihm lag. Immer noch bebte sie, ihr Atem ging stoßweise, aber sie strahlte ihn an, als habe sie nie etwas Schöneres erlebt. Und auch er gestand sich ein, dass er nicht gewusst hatte, wie erfüllend, ja, beseligend körperliche Intimität sein konnte.

Während er ihren zierlichen Körper in den Armen hielt, ging ihm ein Gedanke nicht aus dem Kopf. *Er war ihr Erster.* Sie hatte sich so sehr nach ihm gesehnt, dass sie die Schmerzen des ersten Mals auf sich genommen hatte.

Er war ihr Erster. Dass sie vor ihm noch keinen anderen Mann gehabt hatte, erfüllte ihn mit Stolz und Genugtuung. Es sollte so sein, sie waren füreinander bestimmt.

Umso wichtiger war ihm, ihr sofort zu sagen, dass auch er ihr ganz gehörte. Nicht nur jetzt, sondern für immer. „Cybele, Liebste", flüsterte er und drückte sie an sich, „willst du mich heiraten?"

10. KAPITEL

*C*ybele lag lang ausgestreckt auf Rodrigo, erschöpft, aber glücklich. Ihr ganzer Körper schmerzte, aber noch nie hatte sie sich so wohlgefühlt und eine solch tiefe Befriedigung empfunden.

Sie war noch Jungfrau gewesen, unglaublich.

Aber was Rodrigo mit ihr gemacht hatte, war noch unglaublicher. Denn das Gefühl, endlich mit ihm vereint zu sein, war so überwältigend und beglückend gewesen, dass sie die Schmerzen gar nicht mehr wahrgenommen hatte. Ihr wurde warm ums Herz, als sie sich daran erinnerte, mit welch zärtlicher Verwirrung er sie angesehen hatte. Nicht nur für sie, auch für ihn war es ein Schock gewesen, dass sie noch Jungfrau gewesen war. Aber dann hatte er versucht, es ihr so leicht wie möglich zu machen.

Wie er wohl mit ihr schlafen würde, wenn sie keine Schmerzen mehr hätte und er sich nicht mehr zurückhalten müsste? Würde sie vor Erregung sterben? Oder vor Glück? Sie wollte ihn gerade ermuntern, einen Versuch zu starten, als sie seine Worte vernahm.

„Willst du mich heiraten?"

Sekundenlang meinte sie, sich verhört zu haben. Was hatte er gesagt? Er wollte sie heiraten? Dann stürzte ein Wirbel von Empfindungen auf sie ein: Freude, Schock, Zweifel, Glücksgefühle, Unsicherheit. Und Verzweiflung. Langsam richtete sie sich auf, glitt von ihm herunter und sah ihn traurig an. „Rodrigo, ich habe es ernst gemeint, als ich sagte, dass mich nicht interessiert, was morgen ist. Ich erwarte nichts."

Rodrigo setzte sich auf und betrachtete sie. Wieder war sie überwältigt von seiner Attraktivität, die inmitten der Rosen geradezu dekadent wirkte. Und schon wieder war er erregt! Wie sollte sie da klar denken können?

„Das heißt, dass du mich nicht heiraten willst?"

„Was ich möchte, ist nicht wichtig."

Als sie sich von ihm wegdrehen wollte, hielt er sie am Arm fest. „Obwohl wir gerade festgestellt haben, wie sehr du mich begehrst?"

„Ja. Ich … ich kann dich nicht heiraten."

„Warum nicht? Wegen Mel? Hast du seinetwegen ein schlechtes Gewissen?"

Sie lachte trocken auf. „Du denn nicht?"

„Nein, warum sollte ich. Mel ist tot, und was zwischen uns ist, hat nichts mit ihm zu tun."

„Das musst ausgerechnet du sagen. Alles, was du in den letzten zehn Wochen für mich gemacht hast, hast du doch nur für Mel getan."

„Wie kommst du denn auf die Idee?"

Frustriert atmete sie tief durch. Wie sollte sie sich auf eine Auseinandersetzung konzentrieren, wenn sie Rodrigo in seiner ganzen Pracht vor sich sah? Am liebsten hätte sie sich auf ihn geworfen und ihn angefleht, sie wieder zu nehmen, nur um alles zu vergessen, auch den Heiratsantrag, den er ihr aus lauter Anständigkeit und Pflichtgefühl gemacht hatte. Und weil er glaubte, es Mel schuldig zu sein. „Ich bin Mels Witwe und mit seinem Kind schwanger. Genügt das nicht?"

„Du glaubst allen Ernstes, ich fühle mich verpflichtet? Aus Treue meinem Bruder gegenüber?"

Sie zuckte kurz mit den Schultern. „Treue, das auch. Aber auch aus einem großen Verantwortungsgefühl heraus. Du bist nun mal verlässlich und anständig und kannst gar nicht anders."

Seine Reaktion war so überraschend, dass Cybele ihn mit offenem Mund anstarrte. Laut lachend warf er den Kopf in den Nacken. „So, wie du das sagst, hört es sich wie das Abscheulichste der Welt an."

Sie wurde rot. „Nein, nein, im Gegenteil. Es ist einfach unmöglich, an dir irgendeinen Fehler zu entdecken."

Wenn er nur nicht so sexy wäre, dachte sie, als er etwas näher an sie heranrückte und harmlos fragte: „Ist das denn so schlimm?"

Himmel, jetzt kommt er auch noch auf die freundliche Tour. Er wusste doch genau, dass sie ihm nach dem, was eben geschehen war, nicht mehr widerstehen konnte. Und er nutzte es schamlos aus. Als sie versuchte, nach hinten auszuweichen, stieß sie sehr schnell gegen das metallene Kopfteil. „Es ist … es ist schlimm, weil man dir nichts abschlagen kann."

Vielsagend lächelnd kam er noch näher und hielt Cybele zwischen seinen muskulösen Armen und den Messingstangen gefangen. „Genau das habe ich auch beabsichtigt."

Halbherzig versuchte sie sich seiner erregenden Nähe zu erwehren. „Okay, Rodrigo, damit hast du mich jetzt überfallen. Warum tust du das?"

„Warum?" In gespielter Überraschung zog er die dunklen Augenbrauen hoch. „Willst du damit sagen, dass du dich nicht mehr erinnern kannst, was eben geschehen ist? Dann muss ich mir wohl ein bisschen mehr Mühe geben, damit ich einen größeren Eindruck auf dich mache."

Ungläubig schüttelte sie den Kopf. „Und du willst mich heiraten, weil wir eben Wahnsinnssex hatten? Ist das dein Ernst?"

Er nahm sie zwischen seine kräftigen Oberschenkel und sah ihr tief in die Augen. „Ist es so? War das eben Wahnsinnssex für dich?"

Sie lachte leise. „Allerdings. Ich bin überrascht, dass ich überhaupt noch einen klaren Gedanken fassen kann. Aber ich bezweifle, dass du das genauso empfunden hast. Ich bin nicht besonders sexy und ganz sicher nicht dein Typ. Es muss hart für dich gewesen sein, dich mit einer schwangeren Jungfrau abzuquälen."

„Ja, sehr hart, wie du siehst", erwiderte er grinsend und richtete sich leicht auf, sodass sie ihn heiß und glatt an ihrem Bauch spürte. Sie errötete und kam ihm unwillkürlich entgegen. Schnell schob er ihr ein Knie zwischen die Beine, die sie bereitwillig spreizte. „Und falls du wissen willst, was mein Typ ist", er legte ihr die Hände auf die Brüste und reizte die harten Spitzen, „ich bin verrückt nach einer Frau, die keine Ahnung von ihrem Sexappeal hat und außerdem Jungfrau und schwanger ist. Na ja, Ersteres wohl nicht mehr."

Cybele wusste immer noch nicht, was sie von all dem halten sollte. „Wenn du mich nicht heiraten willst, weil du dich Mel gegenüber verpflichtet fühlst, warum denn dann? Weil man es tut, wenn man einer Frau ‚die Unschuld geraubt' hat?"

Lachend schüttelte er den Kopf. „Du kommst wirklich auf die komischsten Ideen. Für mich hat Unschuld nicht unbedingt etwas mit Jungfräulichkeit zu tun. Denn unschuldig bist du in meinen Augen immer noch. Aber keine Sorge, ich kenne noch reichlich Wege, daran etwas zu ändern." Als er sich vorbeugte und mit den Lippen eine der Brustspitzen umschloss, um leicht daran zu saugen, sog Cybele scharf die Luft ein und warf den Kopf zurück. Lächelnd richtete er sich wieder auf. „Fällt dir sonst noch irgendein abwegiger Grund ein, weshalb ich dir einen Heiratsantrag gemacht haben könnte?"

„Nenn du mir doch einfach den wahren Grund. Und sag nicht, ich würde dich antörnen wie keine Frau auf der ganzen weiten Welt. Denn bis vor Kurzem war das nicht der Fall."

„Da wusste ich auch noch nicht, dass du mich begehrst."

„Das stimmt doch gar nicht. Ich bin so leicht zu durchschauen wie die Fenster, die Consuelo mit Hingabe putzt. Schon vor Wochen habe ich dir gezeigt, was ich empfinde, nämlich kurz nachdem ich wieder zu Bewusstsein gekommen war."

Kurz liebkoste er die andere Brustspitze. „Daran erinnere ich mich sehr gut", sagte er dann. „Aber ich war mir ziemlich sicher, dass du nicht wusstest, was du tust, auf alle Fälle nicht, warum du es tust. Ich war eben gerade da und erschien dir wahrscheinlich als himmlischer Retter."

„Du bist doch auch mein Retter. Aber das ist nicht der Grund, warum ich dich begehre." Sie hielt seinen Kopf fest, weil ihr ganz heiß wurde, als er ihre Brustspitzen reizte. „Ich erinnere mich, dass die Frauen immer hinter dir her waren. Wahrscheinlich ist es für eine Frau unmöglich, dich nicht zu wollen."

Sein warmes, verführerisches Lächeln erlosch. „Dann ist das Ganze eine rein sexuelle Angelegenheit? Wolltest du deshalb nur einmal mit mir schlafen?"

„Ach, Rodrigo. Offenbar hast du nicht zugehört, als ich deinen Charakter in den höchsten Tönen gelobt habe. Deine Aufrichtigkeit, deine Anständigkeit …"

„Dann magst du mich auch wegen meines Charakters und nicht nur wegen meines Körpers?", unterbrach er sie schnell.

„Ich *liebe* dich wegen deines Charakters." Das kam so spontan, dass Rodrigo sie verdutzt und beinahe etwas verunsichert ansah, sodass sie schnell hinzufügte: „Das wollte ich nicht sagen. Bitte, zieh daraus nicht den Schluss, dass du mich erst recht heiraten musst, denn …"

Mit einer fließenden Bewegung war er über ihr und verschloss ihr den Mund mit einem heißen Kuss. Dann zog er sie hoch und nahm sie in die Arme. Kurz schloss sie die Augen und genoss das Gefühl, ihm ganz nah zu sein. Im nächsten Moment löste sie sich jedoch von ihm – bevor es zu spät war und sie ihm ganz verfiel. „Bitte, Rodrigo, glaub nicht, dass du mir irgendetwas schuldig bist. Ich bin diejenige, die voll in deiner Schuld steht."

Langsam ließ er sie wieder auf die Matratze nieder. „Du stehst überhaupt nicht in meiner Schuld, wann geht das endlich in deinen Dickschädel rein? Ich habe es als Privileg betrachtet, mich um deine Genesung kümmern zu dürfen. Dich hier in meinem Haus zu haben macht mir große Freude, und dass du jetzt bei mir im Bett bist, ist das Allertollste überhaupt."

Dieser Mann … Es war einfach alles zu viel. Wie sie ihn liebte, wie sehr sie sich danach sehnte, ihn zu berühren, ihn in sich zu spüren. Wie gern würde sie seinen Worten glauben, aber die Angst, seine Großherzigkeit auszunutzen, ließ sie nicht los. Zärtlich streichelte sie seine Wange. „Ich weiß zwar, dass du eigentlich immer recht hast, aber in diesem Fall irrst du. Ich schulde dir sogar noch viel mehr als nur meine Gesundheit, die Zeit in diesem wunderschönen Haus und atemberaubenden Sex. Du hast mir den Glauben an die Menschheit wiedergegeben, hast mir gezeigt, was eine Familie ist, und hast mich an deinem Familienleben teilhaben lassen. Das macht mir Mut, auch wieder mit meiner Familie Kontakt aufzunehmen, ohne Bitterkeit und Hass. Du hast mich zu einem stärkeren Menschen gemacht, der sein Leben jetzt besser meistern kann als vorher."

Gerührt griff er nach ihrer Hand und küsste sie. „Und was Mels Schulden betrifft ..."

„Ich weiß nicht, was ich damit zu tun habe", unterbrach sie ihn schnell, „aber wenn, dann werde ich meinen Teil bezahlen, das schwöre ich."

„Das ist nicht nötig. Ich habe doch gesagt, dass ich mich darum kümmern werde."

„Ich weiß, du würdest alles tun, um deine Pflegeeltern und auch mich zu schützen. Aber das kann ich nicht annehmen. Ich kann dir nicht noch mehr von meinen Problemen aufbürden. Und jede weitere Hilfe deinerseits würde mich nur belasten. Aus welchen Gründen auch immer du mir angeboten hast, dich zu heiraten, ich kann dir nichts zurückgeben. Ich kann dir nichts bieten."

Er schob die Finger in ihr Haar und zog ihr Gesicht näher zu sich. „Du hast mir unendlich viel zu bieten und hast es bereits getan. Ich kann und will nicht mehr ohne deine Leidenschaft, deine Freundschaft, ja, deine Liebe leben. Ich brauche deine Liebe. Dein Baby soll meins sein. Ich möchte, dass wir eine Familie sind. Denn ich liebe dich, und das ist der einzige wirklich wichtige Grund."

Sie wollte etwas einwenden, doch er ließ sie nicht zu Wort kommen. „Ich liebe dich, Cybele, *dich* und deinen Körper. Du bist eine wunderbare, verantwortungsbewusste, verlässliche, mutige Frau, die ich immer lieben werde."

„Wie kannst du so was sagen?" Tränen stiegen ihr in die Augen, und sie schniefte leise. „Ich war kurz davor, dich zu verlassen. Und wenn ich dich nicht herausgefordert hätte, hättest du nie ..."

„Ich hätte dich nie gehen lassen und hatte mir schon viele Argumente zurechtgelegt, die dich überzeugen sollten zu bleiben. Denn meine Gefühle wollte ich dir erst später offenbaren. Dann nämlich, wenn ich sicher sein konnte, dass du in der Lage bist, eine solche Entscheidung zu treffen, die dein ganzes Leben auf den Kopf stellt. Deine Herausforderung, wie du es nennst, hat mich nur von der quälenden Warterei befreit."

Meinte er wirklich, was er sagte? Ungläubig sah Cybele ihn an. Erst ganz allmählich traute sie sich, Erleichterung und dann vorsichtige Freude zuzulassen. „Das alles hast du perfekt versteckt, muss ich sagen", stieß sie leise hervor.

Lächelnd beugte er sich vor und drückte ihr einen schmatzenden Kuss auf die Lippen. „Du vergisst, dass ich Gehirnchirurg bin. Ich habe sehr gut gelernt, zu verbergen, was in mir vorgeht."

„Ach, Rodrigo …" Zärtlich sah sie ihn an und hatte das Gefühl, an der Liebe zu ihm ersticken zu müssen. Konnte alles wahr sein, was in den letzten Stunden passiert war? „Eine Sache noch. Eine Ehe ist eine ernsthafte Angelegenheit. Hast du wirklich alles bedacht?"

Er nickte. „Das Einzige, was mich damals davon abgehalten hat, auf dein Angebot einzugehen, war meine Sorge, du seist noch nicht bereit, eine Liebesbeziehung einzugehen. Nicht nach all dem, was du hast durchmachen müssen. Ich wusste immer, was ich wollte, was ich brauchte, um glücklich zu sein. Dich und das Baby."

Ohne ein Wort zu sagen, zog sie ihn auf sich und küsste ihn mit einer Leidenschaft, die tief aus ihrem Herzen kam. Dabei überfiel sie ein brennendes Verlangen, und sie schlang ihm die Beine um die Hüften und flüsterte eindringlich: „Bitte, Rodrigo, liebe mich … Ich sehne mich so nach dir … Ich kann es nicht mehr aushalten, dich nicht in mir zu spüren."

Doch er hob sie nur lachend auf die Arme und trug sie ins Bad. Dort legte er sie auf den gepolsterten Massagetisch, spreizte ihr die Beine und steigerte ihr Verlangen, allerdings ohne in sie einzudringen. Cybele stöhnte laut auf, hob sich ihm entgegen und versuchte, ihn in sich aufzunehmen. „Rodrigo, ich … ich kann nicht mehr warten. Warum … kommst … du … nicht?"

„Weil du noch nicht Ja gesagt hast", erwiderte er betont streng.

„Wieso? Ich habe doch schon ein paarmal angedeutet, dass ich …"

„Andeutungen genügen mir nicht."

„Quälst du mich deshalb?"

„Nein, aber ich glaube, es wäre quälend für dich, wenn ich jetzt das mit dir mache, wonach du dich sehnst."

„Das stimmt nicht … Ich weiß es genau … Ich will dich … jetzt."

„Erst wenn du klar und deutlich Ja gesagt hast, kannst du mich haben. Und das für den Rest unseres Lebens."

„Ja, oh ja … Geliebter."

Dreieinhalb Monate nachdem Cybele aus der Bewusstlosigkeit aufgewacht war, fand die Hochzeit statt. Während sie zwischen den Gästen hindurch auf Rodrigo zuging, der neben einem kleinen Altar auf einer der Gartenterrassen stand, von der aus man einen Blick auf die Weinberge und das Meer hatte, klopfte ihr Herz wie verrückt. Heute war der große Tag, und sie konnte immer noch nicht glauben, dass sie wirklich Rodrigos Frau werden sollte, hier in dem prachtvollen Haus, das längst ihr Zuhause geworden war. Und bald auch das ihres Kindes sein würde.

Wieder warf sie einen Blick auf den Mann, der im Smoking einfach atemberaubend aussah. Er würde das Kind wie sein eigenes lieben, denn er hatte Mel wie einen Bruder geliebt. Jetzt sah er ihr entgegen, und sein Lächeln wurde breiter, je näher sie ihm kam. Neben ihm stand sein Freund Ramón, der auch ausgesprochen gut aussah und ihr zuzwinkerte, als er sie zur Begrüßung auf die Wange küsste. Sie reichte Rodrigo die Hand, und Ramón führte das Paar zu dem Pfarrer.

Eine Stunde zuvor war Rodrigo in Cybeles Suite gekommen und hatte ihr den Brautstrauß überreicht, wie es in Katalonien Sitte war. Dabei hatte er ihr ein selbst verfasstes Gedicht vorgelesen, über das sie Tränen gelacht hatte, denn es pries ihre Tugenden im Stil eines medizinischen Berichts.

Dann war es so weit, und sie tauschten die Ringe. Wie in Trance hatte Cybele die Zeremonie über sich ergehen lassen, beinahe schwindelig vor Glück. Und als Rodrigo sie küsste, da wusste sie, sie gehörten jetzt zusammen. Für immer.

An das nachfolgende Fest konnte sie sich später kaum noch erinnern. Dass sie sich mit Mels Eltern unterhalten hatte, das wusste sie noch. Und auch, dass ihre Familie da gewesen war. Rodrigo hatte sie einfliegen lassen und sie sofort mit seinem Charme für sich eingenommen.

Dann war endlich alles vorbei, und sie waren allein. In Rodrigos Schlafzimmer. Da sie die letzten Nächte nicht zusammen verbracht hatten – auch das ein alter katalanischer Brauch – sehnte Cybele sich sehr nach ihm. Hoffentlich würde er nun nicht zu vorsichtig mit ihr umgehen, das könnte sie nicht ertragen. Doch als er sie, kaum dass er sie über die Schwelle getragen und abgesetzt hatte, gegen die Tür drückte und wild küsste, stöhnte sie vor Erleichterung auf. Leidenschaftlich erwiderte sie seinen Kuss, während er ihr die Träger des Kleids von den Schultern streifte, den BH öffnete und sofort ihre Brüste umfasste.

„Liebste, du kannst dir nicht vorstellen, wie sehr ich mich in den letzten Tagen nach dir gesehnt habe …"

„Oh doch, ich bin auch fast verrückt geworden." Sie hatte kurz den Kopf gehoben, drückte im nächsten Moment den Mund auf seine Lippen und küsste ihn, als halte sie es nicht aus, ihn nicht überall zu spüren. Als er vergeblich versuchte, den Reißverschluss zu öffnen und ihr das Kleid über die Hüften zu ziehen, zischte sie ihm zu: „Zerreiß es!"

Kurz sah er sie verblüfft an, dann lachte er und riss den weißen Satin in zwei Teile. Hastig streifte er ihr den Slip ab, schob sein Jackett von den Schultern, löste die Fliege und zog das Hemd aus. Golden schimmerten seine Muskeln im Kerzenlicht. Zu Cybeles Enttäuschung behielt er die Hose an, aber bevor sie ihn noch bitten konnte, hatte er sich vor sie gekniet und das Gesicht auf ihren Schoß gedrückt. „Liebste, du bist so schön, ich bin verrückt nach dir …", murmelte er, und als sie seinen warmen Atem spürte, wäre sie in sich zusammengesunken, wenn er sie nicht festgehalten hätte.

Schnell kam er wieder hoch und trug sie zum Bett, setzte sie auf der Bettkante ab und kniete sich zwischen ihre gespreizten Oberschenkel. Als sie seine Finger spürte, keuchte sie auf und warf den Kopf zurück. „Rodrigo, ich …"

„Ja, Liebste, ich bin bei dir. Kannst du dir vorstellen, was ich dabei empfinde, dich so berühren zu können? Dass du es zulässt … dass du mich begehrst … dass du mir gehörst?"

Seine Worte, seine Berührungen ließen sie erschauern. Mit allen Sinnen nahm sie wahr, wie er sie verwöhnte, erst vorsichtig mit zärtlichen Küssen und sanftem Streicheln. Dann aber, als er merkte, dass ihr Atem sich beschleunigte, schob er sich leicht auf sie und küsste sie hart und wild, während er sie mit den Fingern reizte und immer wieder vordrang. Sie kam ihm entgegen, forderte mehr, bis sie plötzlich aufschrie und sich dann, die Augen geschlossen, befriedigt lächelnd zurücksinken ließ.

Doch schon zwei Minuten später warf sie sich auf ihn, küsste, streichelte, leckte ihn, sodass er ihr erregt die Hüften entgegenhob. Lächelnd zog sie den Reißverschluss seiner Hose auf, was nicht einfach war, da Rodrigo in höchstem Grad erregt war. Doch dann hielt sie ihn in den Händen, heiß und hart, und während sie ihn umfasste und stimulierte, stieß Rodrigo keuchend hervor: „Ja, gut so, Liebste … Ich bin dein … Ich gehöre nur dir."

Seine Worte ermutigten sie, ihn mit den Lippen zu umschließen, und als sie anfing, leicht an ihm zu saugen, griff er ihr ins Haar und zog ihren Kopf zurück. „Das ist zwar unglaublich erregend … aber … Ich muss dich haben … sofort!"

„Oh ja, das will ich auch", stieß sie atemlos hervor. „Nimm mich, nimm mich schnell und hart …", flehte sie, und da war er schon über ihr und drang mit einem einzigen kräftigen Stoß in sie ein.

„Ah … das ist so gut, oh … Rodrigo …" Seine Bewegungen wurden schneller, und sie gab sich begierig seinem Rhythmus hin. Nur wenige

Augenblicke später umklammerten sie einander und erlebten gleichzeitig einen alles verzehrenden Höhepunkt.

Als sie sich voneinander lösten, schloss Cybele schwer atmend die Augen. „Das erste Mal hat es mich so umgehauen, wohl weil es das erste Mal war", flüsterte sie. „Aber es sieht so aus, als würde ich immer so auf dich reagieren." Dann öffnete sie die Augen und lächelte ihn zärtlich an. „So etwas hätte ich mir in meinen wildesten Träumen nicht ausmalen können."

Er stützte sich auf einen Ellbogen und sah sie lange an. Liebe und Stolz erfüllten sein Herz, Stolz darauf, dass diese wunderbare Frau ihm nun ganz gehörte. Doch dann grinste er. „Ich hoffe, du weißt, worauf du dich eingelassen hast." Schwungvoll stand er auf, hob Cybele hoch und trug sie ins Badezimmer.

Schnell ließ er Wasser in die Badewanne ein, stieg hinein und zog Cybele an sich, sodass sie zwischen seinen Oberschenkeln saß, den Kopf gegen seine Brust gelehnt.

„Oh, Rodrigo, das ist paradiesisch schön!" Sie seufzte glücklich. Und das würde nun immer so weitergehen? Manchmal konnte sie es gar nicht glauben. Schließlich war sie davon ausgegangen, nur einmal mit ihm schlafen zu können und von dieser Erinnerung ihr ganzes weiteres Leben zehren zu müssen. Und nun war sie seine Frau, war mit ihm für immer verbunden.

Gerade als sie sich in seinen Armen umdrehte, um ihm mit einem Kuss zu zeigen, was sie empfand, klingelte das Telefon. Das Krankenhaus!

„Verdammt noch mal!", fluchte er. „Die sind wohl verrückt, mich in meiner Hochzeitsnacht anzurufen."

„Aber Liebster, es muss etwas Wichtiges sein. Du musst abnehmen."

Und es *war* etwas Wichtiges. Nach einem Unfall waren mehrere Schwerverletzte eingeliefert worden, darunter auch die Frau und der Sohn eines alten Freundes. „Ich muss sofort los!"

Cybele war bereits aus der Wanne gestiegen und trocknete sich hastig ab. „Ich komme mit. Du weißt doch, ich bin auch Chirurgin und soll mal sehr gut gewesen sein. Ich kann dir helfen."

Kurz sah er sie stirnrunzelnd an, dann entspannten sich seine Gesichtszüge. „Okay. So habe ich mir unsere Hochzeitsnacht zwar nicht vorgestellt. Aber wenn du im OP an meiner Seite stehst, ist das fast so gut, als wenn ich mit dir im Bett liege."

11. KAPITEL

Glücklicherweise waren Cybele und Rodrigo rechtzeitig im Krankenhaus und konnten die Schwerverletzten versorgen. Und nach zwei Wochen „Hochzeitsreise", die sie ungestört auf Rodrigos Landsitz verbrachten, hatten sie bald zu einem sehr befriedigenden Alltagsrhythmus gefunden. Tagsüber arbeiteten sie zusammen und waren anfangs selbst überrascht, wie gut sie sich auch dort ergänzten. Sehr schnell stellten sie fest, was für ein Glück es war, seine beruflichen Interessen zu teilen. Und nachts harmonierten sie sowieso perfekt miteinander. Immer wieder aufs Neue gelang es ihnen, ihren Sex noch leidenschaftlicher und befriedigender zu gestalten.

Cybele war jetzt in der zweiundzwanzigsten Woche und fühlte sich unglaublich wohl. Jede Woche untersuchte Rodrigo sie, und bisher war alles bestens in Ordnung. „Möchtest du eigentlich wissen, was es wird? Junge oder Mädchen?", fragte sie.

Er blickte sie forschend an. „Möchtest du denn?"

Typisch, er wollte abwarten, was sie bevorzugte. Zärtlich erwiderte sie sein zögerndes Lächeln. „Ja."

„Gut. Dann machen wir's."

„Und was hättest du lieber? Einen Jungen oder ein Mädchen?"

„Natürlich ein Mädchen, das genaue Abbild seiner Mutter." Er küsste sie auf die Nasenspitze.

Vier Stunden später und nach einem Abendessen mit Ramón und Kollegen in Barcelona stand Cybele in ihrem Schlafzimmer vor dem großen Spiegel. Zärtlich sah sie ihren Mann an, der hinter ihr stand und sie liebevoll auf den Nacken küsste, während er ihr den Reißverschluss aufzog. „Glaubst du, Agnes und Steven werden sich darüber freuen, dass es ein Junge wird?"

Kurz verhärtete sich seine Miene, dann hatte er sich wieder gefangen. „Aber sicher. Für sie ist es das Wichtigste, dass das Baby gesund ist."

Nachdenklich musterte sie ihn im Spiegel. Vielleicht hätte sie diese Frage lieber nicht stellen sollen, denn er wusste genau, was dahintersteckte. *Ist ihnen ein Junge lieber, weil er sie an Mel erinnert?* Immer wieder war ihr aufgefallen, dass Rodrigo abweisend reagierte, wenn die Rede auf Mel kam. Betrachtete er ihn immer noch als Rivalen? Oder hatte er sich bisher zu wenig Zeit gelassen, um den Tod des Freundes wirklich zu verarbeiten, und reagierte deshalb so verkrampft? Hoffentlich half ihm das Baby, darüber hinwegzukommen.

Liebevoll strich Cybele über seine Hand, die er ihr auf den Bauch gelegt hatte. „Noch etwas anderes, Liebster. Ich habe heute Morgen mit Agnes telefoniert, die mir sagte, dass sich die finanziellen Probleme um Mel geklärt hätten. Darüber war sie natürlich sehr froh. Das Geld, das Mel unterschlagen haben soll, fand sich auf einem anderen Konto wieder, das man bisher nicht entdeckt hatte. Eigentlich seltsam. Man hatte doch all seine Unterlagen genau überprüft." Sie blickte ihn forschend an, und er wandte schnell den Blick ab. „Rodrigo, verschweigst du mir etwas?"

„Nein, wieso?"

„Bitte, sieh mich an, und sag mir die Wahrheit."

Er ließ sie los. „Willst du wirklich die Wahrheit wissen? Oder willst du nur von mir bestätigt haben, dass Mel ein ehrenwerter Mann war, den keine Schuld trifft? Wenn das der Fall ist, dann mach es so wie Agnes und Steven. Akzeptiere meine Erklärungen, und denk nicht weiter darüber nach. Sonst verlierst du möglicherweise deine Illusionen."

Empört drehte sie sich auf dem Absatz um. „Was willst du damit sagen? Hast du Agnes und Steven diese Geschichte erzählt, um sie zu beruhigen? Aber die Schulden waren doch wirklich da. Wie hast du es geschafft, die Schuldner zu beruhigen? Die Sache mit dem plötzlich aufgetauchten Konto, das Mel gehört haben soll, kann ich nicht glauben."

„Mit diesen schmutzigen Einzelheiten solltest du dich gar nicht erst befassen."

Schmutzige Einzelheiten, du lieber Himmel, was meinte er damit? „Wieso? Bin ich etwa darin verwickelt? Bitte, Rodrigo, sag mir die Wahrheit. Habe ich etwas damit zu tun? Verschweigst du es mir, um auch mich zu schützen?"

„Nein." Er packte sie an den Oberarmen und schüttelte sie leicht. „Glaub mir, du hast nichts damit zu tun." Dann ließ er sie wieder los. „Das war nur eine der Lügen, mit denen Mel mir das Leben vergiftet hat. Solange ich denken kann, habe ich für ihn die Kohlen aus dem Feuer geholt, habe versucht, geradezubiegen, was er verbockt hatte. Und nun bin ich ihn auch nach seinem Tod noch nicht los. Auch jetzt noch zwingt er mich, alles für ihn zu regeln, damit er als der strahlende Held dastehen kann. Und weißt du was? Es hängt mir zum Hals raus, die Drecksarbeit für ihn zu erledigen. Schlimmer noch, ich halte es nicht mehr aus, dir, Agnes und Steven etwas vorzumachen, damit ihr das lupenreine Bild von ihm im Herzen bewahren könnt."

Er trat einen Schritt zurück und wandte sich schnell ab. „Denn ich halte es kaum noch aus, dir nicht sagen zu können, was er mir angetan hat. Was er *uns* angetan hat."

„Uns?" Sie packte ihn beim Arm und zwang ihn, sich wieder umzudrehen. „Was hat er getan? Und was meinst du mit *uns*?"

Resigniert senkte er den Blick. „Wie soll ich dir das erklären? Wie kann ich das tun? Mein Wort steht gegen seins, und er ist nicht mehr in der Lage, sich zu verteidigen. Du würdest mich verachten."

„Nein!" Sie schüttelte ihn. „Sieh mich an, Rodrigo. Nie würde ich den Mann verachten, den ich von ganzem Herzen liebe."

Doch er entzog sich ihr und sah sie traurig an. „Lass nur, Cybele. Ich hätte nichts sagen sollen. Bitte, versuch zu vergessen, was ich angedeutet habe."

Aber das war unmöglich. Offenbar war Rodrigos Verhältnis zu Mel schlechter gewesen, als sie gedacht hatte. Er musste ihn geradezu gehasst haben! So konnte sie das nicht stehen lassen. Sie musste die Wahrheit erfahren, die ganze ungeschminkte Wahrheit. Und zwar sofort. „Bitte, Rodrigo, erzähl mir alles. Ich habe ein Recht darauf. Ich muss wissen, was passiert ist."

„Aber wie soll ich dir das Ganze erklären, wenn du dich noch nicht einmal daran erinnern kannst, wie wir beide uns kennengelernt haben?"

Verzweifelt starrte sie ihn an. Ja, warum konnte sie sich nur nicht erinnern? Es musste doch eine Möglichkeit geben … Während sie ihm tief in die Augen blickte, war plötzlich etwas da. Ein Gedanke erst, dann ein Bild, dann eine Fülle von Bildern wie ein Film, der sich vor ihr abspulte. Und plötzlich wusste sie, was damals geschehen war. Die Vergangenheit war wieder gegenwärtig.

Der Schock traf sie unvorbereitet. Ihre Knie gaben nach, und wenn Rodrigo sie nicht aufgefangen hätte, wäre sie wieder auf ihren gerade geheilten Arm gefallen. Sie drückte ihm das Gesicht gegen die Brust, gefangen in ihren Erinnerungen, die sie unbarmherzig überfielen.

Das erste Mal war sie Rodrigo während einer Wohltätigkeitsveranstaltung für ihr Krankenhaus begegnet. Ihr war, als sei sie vom Blitz getroffen worden, als ihr Blick auf ihn fiel. Er hatte an der gegenüberliegenden Wand des Ballsaals gestanden und den Blick über die Menge schweifen lassen. Schon damals hatte sie ihn unaufhörlich ansehen müssen, und so wie ihr war es wohl vielen Gästen gegangen. Denn er war ständig von Menschen umringt gewesen. Doch dann trafen sich ihre Blicke, und seitdem hatte auch Rodrigo sie nicht mehr aus den Augen gelassen. Als Ramón an seine Seite trat, wies Rodrigo mit dem Kopf auf sie, und sie wusste, die beiden Männer sprachen über sie. Dann ließ Rodrigo den Freund stehen und kam auf sie zu. Und schon in diesem Augenblick wusste sie, dass ihr Leben sich grundlegend ändern würde.

Aber bevor Rodrigo sie erreicht hatte, wurde ein Mann neben ihr ohnmächtig, und sofort kümmerte sie sich um ihn. Das war für sie als Ärztin selbstverständlich. Sie blieb bei ihm, bis der Krankenwagen wieder abfuhr. Danach sah sie sich nach Rodrigo um, doch er war und blieb verschwunden, zumindest für diesen Abend. Was für eine Enttäuschung. Um darüber hinwegzukommen, versuchte sie sich davon zu überzeugen, dass sie sich etwas eingebildet hatte, was in Wirklichkeit gar nicht vorhanden war. Wahrscheinlich war dieser beeindruckende Fremde ein ganz durchschnittlicher Mann gewesen, was sie bei einer Unterhaltung wohl schnell hätte herausfinden können.

Ein paar Tage danach lernte sie Mel kennen. Er hatte dem Krankenhaus eine sehr bedeutende Geldsumme gespendet und wurde Direktor der neuen chirurgischen Abteilung. Sehr schnell hatte er ihr eine Stelle verschafft, was nicht uneigennützig war, denn er war sofort hinter ihr her. Natürlich schmeichelte ihr seine Aufmerksamkeit, und so ging sie ein paarmal mit ihm aus. Als er ihr einen Heiratsantrag machte, lehnte sie anfangs ab, weil sie ihn während der Arbeit im Krankenhaus als nicht sehr sympathisch erlebt hatte. Doch er beschwor sie und meinte, er sei privat ein ganz anderer Mensch. Und nachdem er sich sehr intensiv bemüht hatte, ihr diesen Menschen zu zeigen, nahm sie schließlich seinen Antrag an.

Kurz danach stellte er ihr Rodrigo als seinen besten Freund vor.

Cybele war schockiert, umso mehr, als sie entsetzt bemerkte, dass Rodrigo immer noch einen großen Eindruck auf sie machte. Und sie augenscheinlich auch auf ihn, wenn auch einen eher negativen. Das war deutlich zu merken. Doch Mel schienen die Spannungen nicht aufzufallen, die zwischen den beiden Menschen herrschten, die ihm die wichtigsten auf der Welt waren, wie er immer wieder betonte. Schlimmer noch, er bestand darauf, dass Rodrigo sie immer begleitete. Dabei prahlte er damit, welchen Erfolg sein Freund bei Frauen hätte. Und obwohl Cybele Rodrigo wegen seines Frauenverschleißes ablehnte, fühlte sie sich geradezu magisch zu ihm hingezogen. Deshalb löste sie die Verlobung mit seinem besten Freund, da sie fürchtete, dass das nur zu Komplikationen führen könnte.

Unmittelbar danach hatte Mel den Autounfall und blieb von der Taille abwärts gelähmt. Er machte Cybele Vorwürfe und meinte, sie sei schuld an dem Unfall und daran, dass er jetzt ein Krüppel war. Schließlich sei er vor Enttäuschung wie von Sinnen gewesen. Gepeinigt von ihrem schlechten Gewissen, machte sie die Lösung der Verlobung wieder rückgängig, und einen Monat nachdem Mel aus dem Krankenhaus entlassen worden war, heirateten sie. Bei der Zeremonie waren nur seine Eltern anwesend. Rodrigo war nach Spanien abgereist, nachdem er sich vergewissert hatte, dass er nichts mehr für seinen Freund tun konnte.

Obgleich Cybele sich nach Kräften bemühte, das Leben mit Mel angenehm zu gestalten, war sie oft am Verzweifeln. Mel war verbittert und launisch. Und obwohl sie sich von einem Spezialisten hatten beraten lassen, wie sie ihr Sexleben gestalten könnten, fühlte Mel sich dazu nicht in der Lage. Cybele war im Grunde froh, denn sie vermisste nicht, was sie bisher nicht gekannt hatte, und versuchte weiterhin, Mels Lebensmut zu stärken.

Als Rodrigo wiederkam, wurde es mit Mel noch schlimmer. Sie sprach ihn auf sein unmögliches Verhalten an, und er gab zu, dass ihn die Gegenwart eines gesunden Mannes, und das war besonders bei Rodrigo der Fall, demütigte, ja, richtiggehend erniedrigte. Aber er könne auf den Freund nicht verzichten, denn der sei der beste Neurochirurg, und wenn ihm jemand helfen könne, dann sei es Rodrigo.

Aber noch etwas anderes beschäftigte Mel. Er hoffe zwar, so sagte er, dass er eines Tages auch seinen ehelichen Pflichten wieder nachkommen könne. Aber da er nicht wisse, wann, sehnte er sich nach etwas, das eine engere Verbindung schaffen würde, zusätzlich zu Cybeles Gefühl für Pflicht und Anstand. Ein Kind.

Sie wusste sofort, dass er sie prüfen wollte. Doch dass er sich zu einem solchen Schritt entschlossen hatte, verstärkte ihre Schuldgefühle nur noch mehr. Vielleicht würde er sich wieder mehr als Mann fühlen, wenn er ein Kind gezeugt hätte, wenn auch auf künstlichem Wege. Aber konnte sie es einem Kind zumuten, in einer so schwierigen Ehe aufzuwachsen? Doch ihr schlechtes Gewissen siegte, und nachdem ihre Mutter ihr versprochen hatte, sie zu unterstützen, erklärte sie sich bereit.

Bereits eine Woche später wurde bestätigt, dass die künstliche Befruchtung geklappt hätte. Doch anstatt sich zu beruhigen und sich vielleicht sogar auf das Kind zu freuen, wurde Mel immer unleidlicher. Als sie ihn deshalb zur Rede stellte, weil sie sein Verhalten nicht mehr aushielt, entschuldigte er sich. Irgendwie halte er den Druck nicht mehr aus, er brauche dringend Erholung und müsse mal aus allem raus. Doch als er sagte, er wolle auf Rodrigos Landsitz Urlaub machen, war sie entsetzt.

Da sie ihm den wahren Grund nicht nennen konnte, waren ihre Einwände nur halbherzig, und so musste sie schließlich tun, was er wollte. Vor allem weil er betonte, dass Rodrigo an ihm ein paar Tests vornehmen wollte, um zu sehen, ob eine Operation ihm helfen könnte, die Beine wieder zu gebrauchen. Das konnte Cybele natürlich nicht ablehnen.

Rodrigo hatte ihnen einen Wagen zum Flugplatz in Barcelona geschickt, von dem Mel sich aber nur zu dem kleinen Privatflugplatz bringen ließ, wo er seine eigene Maschine stehen hatte. Auf Cybeles Einwände hin meinte er nur, um sein Flugzeug zu steuern, brauche er die Beine nicht, und er könne für kurze Zeit vergessen, dass er ein Krüppel war. So stimmte Cybele schweren Herzens zu.

Doch während des Fluges verschlechterte sich seine Laune immer mehr. Er machte Cybele Vorwürfe und beschimpfte sie auf die widerlichste Art und Weise. Sie hielt den Mund, nahm sich aber vor, ihn zur Rede zu stellen, sowie sie gelandet waren. Dass ihre Ehe nicht funktioniere, würde sie ihm sagen, und zwar nicht wegen seiner Behinderung, sondern wegen seines Wesens. Zwei Seelen schienen in seiner Brust zu wohnen, und die, die sie bisher geliebt und geachtet hatte, war nicht mehr wiederzufinden. Unter der Bedingung könnte sie nicht mehr mit ihm zusammenleben.

Doch sie waren nie gelandet.

Genauso war es gewesen. Als sie mit den grauenhaften Erinnerungen an das letzte Jahr wieder in der Gegenwart angekommen war, war Cybele völlig erschöpft. Die Tränen strömten ihr über die Wangen, und sie schmiegte sich an Rodrigos Brust. „Dann kannst du dich jetzt wieder an alles erinnern", hörte sie seine beruhigende Stimme. Langsam hob sie den Kopf und sah den geliebten Mann an. „Ja", flüsterte sie.

Zärtlich küsste er sie auf die bebenden Augenlider. „Das ist gut."

„Aber das ist nur meine Version der Geschichte. Wie hast du das alles erlebt?"

Er atmete tief durch. „Als ich dich da auf dem Wohltätigkeitsball sah, wusste ich sofort, dass es Schicksal war. Ich habe es gleich Ramón erzählt, der meinte, wenn ihm jemand anderer so etwas erzählt hätte, hätte er ihn nur ausgelacht. Aber ich wisse ja immer so genau, was gut für mich sei, und so sollte ich nicht zögern, sondern gleich zu dir gehen. Aber dann fiel der Mann in Ohnmacht, und du kamst ihm zu Hilfe und warst plötzlich verschwunden. Und ich wurde wegen irgendwelcher dringenden Fälle abberufen und musste nach Barcelona zurück. Ramón versprach mir noch, sich nach dir zu erkundigen."

Er seufzte. „In den letzten achtzehn Monaten habe ich versucht, das zu unterdrücken, was ich instinktiv wusste und doch nicht zugeben wollte. Aber je besser ich dich kennenlernte und je mehr Widersprüchlichkeiten ich seit dem Unfall entdeckte, desto schwerer fällt es mir, über das hinwegzusehen, was ich eigentlich weiß. An dem Tag, an dem wir uns das erste Mal begegneten, war auch Mel anwesend. Und nicht nur das, er stand direkt hinter mir und hat ganz sicher mitbekommen, was ich zu Ramón sagte. Offenbar hat er in diesem Augenblick beschlossen, dich mir wegzunehmen."

„Was?" Sie riss die Augen auf und starrte ihn ungläubig an.

„Ja. Er benutzte das Geld, das ich ihm geliehen hatte, um an den Direktorenposten zu kommen. So hatte er am ehesten Zugang zu dir. Sechs Wochen lang hatte ich keine Zeit, nach dir zu suchen. In meiner Klinik hier in Barcelona war die Hölle los, eine OP jagte die andere. Diese Zeit nutzte Mel, um dir sozusagen den Hof zu machen. Sowie du seinen Heiratsantrag angenommen hattest, rief er mich an und erzählte mir von seiner Verlobung, erwähnte aber nicht den Namen der Braut. Und als ich endlich in die USA zurückkehren konnte, um nach dir zu suchen, bestand Mel darauf, dass ich sofort seine Verlobte kennenlernen sollte. Du kannst dir mein Entsetzen vorstellen, als er dich mir triumphierend präsentierte."

„Oh nein ..."

„Leider ja. Zuerst versuchte ich mir einzureden, dass er mich nicht absichtlich quälen wollte, dass das Ganze nur Zufall sei. Aber als er mir immer und immer wieder erzählte, dass es bei euch Liebe auf den ersten Blick gewesen sei, dass du unheimlich scharf auf ihn seist, da begriff ich allmählich, dass er sich über mich lustig machte. Dabei bestand er darauf, dass ich viel mit euch zusammen war, damit er sich an meiner Qual weiden konnte. Ich bin fast verrückt geworden."

„Hast du deshalb so getan, als ..."

„Als würde ich dich hassen? Ja. Damals hasste ich alles. Dich, Mel, mich selbst, das Leben, das mir ohne dich nichts wert zu sein schien."

„Aber du hattest doch so viele andere Frauen."

„Nein, ich hatte niemanden. Seit ich dich gesehen hatte, existierte keine andere Frau mehr für mich. Sicher, ich hatte eine ganze Menge kurzer Beziehungen, aber sie bedeuteten mir nichts. Jeden Tag sehnte ich mich mehr nach dir, und die Ablenkungen halfen nichts. Auch von Mel wollte ich nichts mehr wissen, doch nach seinem Autounfall flehten seine Eltern mich an zu kommen."

„Und ...", sie schluchzte, „und er hat immer behauptet, ich sei an dem Unfall schuld."

„Was? Du? Du hattest überhaupt nichts damit zu tun. Er war ein unmöglicher Autofahrer und hat die eigenen Fehler immer gern anderen in die Schuhe geschoben. Meist hatten seine Eltern Schuld oder ich. Aber dir Vorwürfe zu machen, das ist ja ungeheuerlich!" Rodrigo war so wütend, dass er ein paar Sekunden lang schwieg, um sich zu fassen. „Sicher hat alles damit zu tun", fuhr er schließlich fort, „dass Mel eine Spielernatur war. Er liebte das Risiko, ob beim Autofahren, im Sport oder bei Operationen. Außerdem spielte er tatsächlich in Kasinos und hatte immer riesige Schulden. Allerdings wusste ich das nicht. Immer wenn er mich um Geld bat, behauptete er, er müsse dir deine teuren Wünsche erfüllen. Aber inzwischen weiß ich, dass er nie etwas für dich gekauft hat."

Das war es also, was sich hinter Mels irrationalem Verhalten verbarg und was Cybele nie verstanden hatte.

„Der Absturz mit der kleinen Maschine, der ihn das Leben gekostet und auch dich beinahe umgebracht hat, war übrigens nicht der erste, sondern der dritte. Aber bisher war ihm nie etwas passiert, und selbst nach dem Autounfall zog er daraus keine Konsequenzen." Rodrigo schwieg und fügte dann leise hinzu: „Vielleicht wollte er auch sterben."

„Aber warum? Er war doch fest davon überzeugt, dass du ihm helfen würdest. Er meinte, du seist sehr optimistisch, dass er bald wieder laufen könne."

„Das ist eine Lüge! Das habe ich nie gesagt. Im Gegenteil, ich sagte ihm sehr deutlich, dass ich nichts für ihn tun könne."

„Dann muss er wirklich verzweifelt gewesen sein."

„Verzweifelt?" Rodrigo stieß ein böses Lachen aus. „Wenn du es so nennen willst. Ich bin sicher, dass er dich mit in den Tod nehmen wollte. Damit ich dich nicht bekommen kann."

Sie zuckte zusammen, als habe er ihr einen Hieb versetzt.

„Mel hatte immer ein Problem, und das war ich. Vom ersten Tag an hatte er dieses verquere Verhältnis zu mir. Einerseits idealisierte er mich und wollte unbedingt so sein wie ich. Andererseits war er krankhaft eifersüchtig und bemühte sich, das genaue Gegenteil von mir zu sein. Er liebte und hasste mich zur selben Zeit."

Oh Gott, auf einmal wurde ihr alles klar, und diese Erkenntnis stürzte sie in tiefe Verzweiflung. Anfangs hatte sie Mel geradezu unsympathisch gefunden, dann aber, als er offenbar versuchte, so wie Rodrigo zu sein, hatte sie Zuneigung zu ihm gefasst. Letzten Endes hatte sie also immer Rodrigo geliebt. Kaum zu glauben, aber wahr. Sie konnte nur eins tun, auch wenn es ihr das Herz brach. Langsam löste sie sich aus seinen Armen und sah ihn ernst an.

„Ich möchte mich scheiden lassen."

Cybeles Worte trafen Rodrigo wie ein Schlag. Doch dann wurde er wütend – auf sich selbst. Wie hatte er nur so dumm und taktlos sein können, über einen toten Mann herzuziehen, der sich nicht mehr wehren konnte. Ein Mann, den er darüber hinaus als seinen jüngeren Bruder betrachtet hatte und den Cybele anscheinend immer noch liebte. „Cybele, nein ... bitte nicht. Es tut mir so leid, ich habe es nicht so gemeint ..."

Abwehrend hob sie die Hände. „Doch, du hast jedes Wort so gemeint. Und du hattest auch jedes Recht dazu. Denn was du gesagt hast, stimmt. Ich weiß jetzt, warum ich von Mel so enttäuscht war und ihn immer mehr ablehnte. Du hast mich von jeglicher Schuld befreit, die ich ihm gegenüber jemals empfunden habe."

Rodrigo traute seinen Ohren nicht. „Dann ... dann hast du Mel nicht geliebt?"

Sie schüttelte den Kopf. „Irgendwie habe ich immer gespürt, dass er mich manipuliert, auch wenn ich nie wusste oder wissen wollte, in welchem Ausmaß. Dennoch hatte ich ein fürchterlich schlechtes Gewissen, als ich bei der Nachricht von seinem Tod nur Erleichterung empfand, dich dagegen von dem Augenblick an begehrt habe, als ich aus der Bewusstlosigkeit erwacht bin. Aber nun weiß ich, warum. Ich habe immer dich geliebt."

Vollkommen verwirrt sah Rodrigo sie an. „Aber ... aber warum willst du dich denn dann scheiden lassen?"

„Weil es hier nicht um mich, sondern nur um das Kind geht. Solange ich geglaubt habe, dass du Mel geliebt hast, konnte ich mir keinen besseren Vater für mein Baby vorstellen. Aber nun weiß ich, dass du Mel dein Leben lang gehasst hast und deshalb seinem Kind kein liebender Vater sein kannst. Sosehr ich deine Gefühle Mel gegenüber verstehe und akzeptiere, einem solchen Leben will ich mein Kind nicht aussetzen. Ich weiß aus eigener Erfahrung, wie es ist, wenn der Stiefvater einen nur in Kauf nimmt, weil er anders die Frau nicht bekommen kann, die er will. Und dabei hat er meinen Vater noch nicht einmal gekannt, hat ihn folglich auch nicht gehasst wie du Mel. Und auch meiner Mutter, die meinen Stiefvater nie so sehr geliebt hat wie ich dich, waren die Kinder, die sie mit ihm hatte, immer wichtiger als ich. Das will ich meinem Baby ersparen. Und deshalb müssen wir uns trennen."

Das hätte Rodrigo sich denken können. Warum hatte er das nicht gleich berücksichtigt? Er wusste doch, wie sehr sie unter ihrer Familiensituation litt. Aber das konnte doch nicht das Ende sein. Er durfte sie kein zweites Mal verlieren, das würde er nicht überleben. „Ich habe Mel nie gehasst", fing er wieder an. „Mel war derjenige, der meinte, ich würde mich zwischen ihn und die Eltern drängen. Trotzdem habe ich ihn geliebt, wie man einen Bruder liebt, trotz seiner Fehler. Ich versuchte, ihn in seinen Stärken zu unterstützen, aber er wollte immer mit mir konkurrieren. Ja, dass er dich mir weggenommen hat, das habe ich gehasst, aber nicht *ihn*, das musst du mir glauben."

Sie glaubte ihm nicht, und nach der Art und Weise, wie er über seinen Bruder gesprochen hatte, war das nur zu verständlich. „Dieses Risiko kann ich nicht eingehen." Ihre Stimme war so unbewegt wie ihr Gesicht.

„Aber Cybele, hast du eine so schlechte Meinung von mir? Du behauptest, mich zu lieben. Und gleichzeitig traust du mir zu, meinen Groll dem verstorbenen Bruder gegenüber an einem unschuldigen Kind auszulassen? Es ist doch *dein* Kind, Cybele. Auch wenn es vom Teufel wäre, würde ich es lieben und alles für es tun. Denn es ist *deins*. Ich liebe dich. Und ich würde für dich sterben."

Das hatte etwas in ihr angerührt. Die Tränen traten ihr in die Augen. „Und ich liebe dich und wäre bereit, für dich zu sterben. Aber genau das macht mir Angst. Denn ich will dich nicht verlieren, fürchte aber, dass du trotz bester Absichten das Kind nicht so wirst lieben können, wie es es verdient. Und das kann ich nicht riskieren. Bitte, lass mich gehen."

„Nein, ich kann es nicht ..." Er versuchte, sie festzuhalten, aber sie entwand sich ihm. Die Tränen liefen ihr über die Wangen, als sie vor ihm zurückwich, und er ließ die Arme hilflos hängen. Das konnte doch nicht das Ende sein ...

Plötzlich fiel ihm etwas ein. Himmel, warum hatte er nicht gleich daran gedacht? Das war doch die Lösung. Schnell machte er ein paar Schritte auf sie zu und streckte die Arme aus. „Liebste, entschuldige, ich bin ein Idiot. Ich hätte es dir gleich sagen sollen. Aber ich hatte mir so fest vorgenommen, es immer für mich zu behalten, dass ich dich beinahe verloren hätte. Aber jetzt, da ich weiß, dass du Mel nicht geliebt hast, kann ich es dir sagen. Du kannst absolut sicher sein, dass ich dieses Baby wie mein eigenes lieben werde. Denn es ist *meins*. Ich bin der Vater des Kindes."

Cybele starrte Rodrigo an, als sei ihr gerade ein Geist erschienen.

„Wenn du mir nicht glaubst, können wir ja einen DNA-Test machen lassen."

Inzwischen hatte sie sich so weit gefasst, dass sie so etwas wie „Wieso das denn?" hervorstoßen konnte.

Die Frage war ihm offensichtlich unangenehm, aber er hatte mit ihr rechnen müssen. „Vor ein paar Jahren war Mel in einen Vaterschaftsprozess verwickelt. Es stellte sich heraus, dass er nicht der Vater des Kindes sein konnte, weil er unfruchtbar war. Als er mir vor ein paar Monaten sagte, dass du unbedingt ein Kind haben wolltest, sozusagen als Beweis, dass er zu der Ehe steht, konnte ich ihm seine Bitte nicht abschlagen. Denn er wirkte so verzweifelt und meinte, er könne dir nicht auch noch gestehen, dass er unfruchtbar sei. Er habe Angst, dich zu verlieren, und ohne dich wolle er nicht mehr leben. Und obgleich mich die Vorstellung quälte, mich nie zu dem Kind bekennen zu können, stimmte ich zu. Als du dann deinen Mann verloren hast, konnte ich dir unmöglich sagen, dass das Kind, das Einzige, was dir noch von ihm geblieben war, nicht seins ist."

Deshalb also. Deshalb hatte er sie im Krankenhaus und auch später so behandelt, als sei sie für ihn das Wichtigste auf der Welt. Dabei hatte er es nur für das Kind getan, *sein* Kind. Sie stieß ihn heftig von sich und rannte davon.

Nur mit eiserner Willenskraft schaffte Rodrigo es, ihr nicht nachzulaufen, um sie davon zu überzeugen, dass sie sich irrte. Sie brauchte Zeit, um mit dem Schock fertig zu werden und zu erkennen, dass sie und er, Rodrigo, letzten Endes zusammengehörten und nichts und niemand ihrem Glück mehr im Wege stehen konnte. Doch nach einer Stunde hielt er es nicht mehr aus und suchte sie, konnte sie allerdings nirgends finden.

Consuelo erzählte ihm, dass Gustavo sie in die Stadt gefahren und bei einem Hotel im Zentrum abgesetzt habe. Rodrigo war zumute, als würde ihm der Boden unter den Füßen weggezogen. Warum hatte sie ihn verlassen? Sie hatte ihm doch gesagt, sie liebe ihn. Dann erst fand er den Zettel, den sie auf dem Kopfkissen hinterlegt hatte.

Rodrigo, Du hättest mir von Anfang an sagen müssen, dass das Baby von Dir ist. Dann hätte ich Deine Fürsorge richtig interpretiert, nämlich als die für eine Frau, die mit Deinem Kind schwanger ist. Ich weiß, wie wichtig Dir die Familie ist, und glaub mir, ich hätte alles dafür getan, dass das Kind Kontakt zu beiden Eltern hat. Dazu muss ich nicht Deine Frau sein. Ich hätte es Dir nie weggenommen. Wenn Du möchtest, kannst Du Dich scheiden lassen. Auch dann werde ich Dir immer eine gute Freundin und

*Kollegin sein. Und auch in Spanien bleiben, solange Du hier bist,
damit Du Dein Kind so oft sehen kannst, wie Du willst.*
Cybele

Heftig schlug Rodrigo sich gegen die Stirn und ließ sich auf die Bettkante sinken. Von ihrem Standpunkt aus war ihr Misstrauen sehr gut zu verstehen. Zu oft war sie das Opfer von falschen Behauptungen und Beteuerungen gewesen. Und er selbst hatte in diesem Punkt auch eine unrühmliche Rolle gespielt. Warum sollte sie ihm jetzt glauben?

Irgendwie musste er ihr beweisen, dass er es ehrlich meinte, und wenn es der letzte Versuch war. Wenn sie ihn dann immer noch zurückstieß, musste er sich damit abfinden.

Vierundzwanzig Stunden später stand er mit klopfendem Herzen vor ihrer Hotelzimmertür und hatte das Gefühl, um zwanzig Jahre gealtert zu sein. Er klopfte, und sie öffnete die Tür. Das Herz wurde ihm schwer. Sie sah genauso elend aus, wie er sich fühlte. Am liebsten hätte er sie in die Arme geschlossen und geküsst, bis sie dahinschmolz. Aber er wusste, dass er sie damit wieder bloß manipulieren würde. Also streckte er nur den Arm aus und reichte ihr wortlos die Scheidungspapiere.

Nach einem Blick auf die Papiere sah Cybele Rodrigo aus weit aufgerissenen Augen verzweifelt an. Sie hatte alles auf eine Karte gesetzt und verloren. Zwar war sie immer noch davon überzeugt, dass sie ihm diesen Vorschlag hatte machen müssen. Als Vater sollte er sein Kind sehen können, auch ohne mit ihr verheiratet zu sein. Aber natürlich hatte sie gehofft, sogar ziemlich fest damit gerechnet, dass er bei ihr bleiben wollte.

Und nun das. Das war der Beweis, dass sie ihm nicht wichtig war. „Aber du nimmst mir das Kind doch nicht weg?", fragte sie ängstlich. „Ich weiß, du hast gute Chancen bei jedem Gericht, aber, bitte, Rodrigo …"

„Cybele, ich bitte dich, traust du mir so etwas zu?", unterbrach er sie.

„Nein, natürlich nicht, aber ich weiß nicht … Ich kann dich überhaupt nicht mehr einschätzen. Mal hasst du mich, dann rettest du mir das Leben, sorgst für mich, scheinst mich zu lieben, so wie ich dich liebe. Und dann wieder habe ich den Eindruck, dass du genau nach Plan vorgehst, indem du mir jetzt die Scheidungspapiere überreichst. Wer bist du? Was soll ich glauben?"

„Ich werde es dir erklären." Zärtlich legte er ihr die Hand auf die Schulter, aber Cybele duckte sich darunter hinweg. „Ich will es gar nicht wissen." Als sie nach einem Kugelschreiber griff, rutschten ihr die Papiere aus der zitternden Hand und fielen auf den Schreibtisch. Schnell raffte sie sie zusammen. „Wenn ich unterschrieben habe, musst du mir ein paar Tage Zeit lassen, um mich an die neue Situation zu gewöhnen. Ich rufe dich dann an, damit wir die Einzelheiten festlegen können."

„Cybele ..." Er ergriff sie beim Arm, zog sie hoch und drückte sie fest an sich. Zwar versuchte sie, sich zu befreien, aber er hielt sie eisern fest.

Cybele spürte, dass er erregt war. Überrascht sah sie ihn an. Was bedeutete das? Er wollte sich von ihr scheiden lassen und begehrte sie trotzdem? Und sie hatte geglaubt, dass nur sie es war, die ein solches Verlangen in ihm hervorrufen konnte. Dabei erregte ihn offenbar jede Frau, die er im Arm hielt. Und schlimmer noch, dass sie sich befreien wollte, schien ihn erst recht anzutörnen.

Doch all diese Gedanken waren wie weggeblasen, als er sie küsste, wild und mit einer Leidenschaft, die sofort ihr Verlangen weckte. Dennoch versuchte sie immer noch, ihn zurückzustoßen, aber er hob sie einfach hoch, drückte sie gegen die Wand, schob ein Knie zwischen ihre Beine und ließ sie sehr deutlich spüren, wie sehr er sie begehrte. Wieder küsste er sie, und wieder konnte sie nicht anders, als den Kuss zu erwidern. Gleichzeitig drängte sie sich an ihn. Als er die Finger in ihren Slip schob, stöhnte Cybele laut auf.

Was dann geschah, konnte sie hinterher kaum noch erinnern. Als sie sich auf dem Bett wiederfand, Rodrigo schwer atmend neben sich, spürte sie mehr, als dass sie es wusste, dass sie sich einander mit einer besinnungslosen Wildheit ausgeliefert hatten. Sie hatte mehrere so intensive Höhepunkte erlebt, wie sie es nie für möglich gehalten hätte. Und auch jetzt wurde ihr wieder heiß vor Verlangen, als sie daran dachte, wie er sie ausgefüllt, ihr unbeschreibliche Genüsse verschafft hatte und schließlich selbst mit einem wilden Schrei gekommen war.

Sie wandte den Kopf und sah ihn lange an. „War das der Abschied?", fragte sie leise.

„Nein, das war der tollste Sex, den ich je hatte. Und ein Beweis dafür, dass ich so etwas nur mit dir erleben kann. Dennoch möchte ich mich entschuldigen. Deshalb bin ich wirklich nicht gekommen. Im Gegenteil, ich wollte mich zurückhalten, um alles nicht noch schwieriger zu machen. Aber bei dem Gedanken daran, dass du diese Papiere unterschreibst, empfand ich einen unerträglichen Druck und war kurz vor einem Herzinfarkt."

„Gut, dass du auf andere Weise Dampf ablassen konntest." Das sollte zynisch klingen, hörte sich aber eher traurig an. Dann runzelte sie die Stirn, als sei ihr gerade etwas eingefallen. „Aber du willst doch, dass ich die Papiere unterschreibe, oder?" Er stützte sich auf den Ellbogen und betrachtete sie lange. Dann schüttelte er den Kopf. „Nein, lieber wäre mir eine Kugel mitten ins Herz. Aber da ich dir offenbar nicht beweisen kann, was ich für dich empfinde, weder in Worten noch in Taten, habe ich aufgegeben. Wobei ich dein Misstrauen verstehen kann, wenn ich bedenke, was du alles durchgemacht hast. Aber mir fällt nichts mehr ein, wie ich dich noch umstimmen könnte."

Er stand auf, holte die Papiere und legte sie vor sie hin. Dann sammelte er seine Sachen zusammen, um sich wieder anzuziehen, gerade als sie ihm sagen wollte, dass sie ihm ganz gehöre, wenn er sie nur wollte. Sie setzte sich auf und beobachtete ihn schweren Herzens. Denn sie hatte verstanden, was in ihm vorging. Sie hatte ihm die Freiheit gegeben, sich scheiden zu lassen. Und mit den Papieren bewies er ihr, dass auch sie nun frei war. Auch wenn er lieber sterben würde, als sie zu verlieren, er war bereit, sie gehen zu lassen, damit sie ihren Seelenfrieden wiederfand.

Was hatte sie ihm nur angetan. Vor lauter Misstrauen war sie völlig blind gewesen. Er hatte ihr nichts von der Vaterschaft gesagt, weil er glaubte, sie hätte Mel geliebt! Und wäre es ihm nur auf das Kind angekommen, hätte er sich doch nicht so liebevoll um sie zu kümmern brauchen. Entschlossen griff sie nach den Papieren, sprang auf, lief zu Rodrigo und fasste ihn bei den Händen, als er sich gerade das Hemd zuknöpfen wollte. „Wenn ich diese Papiere unterzeichne, bin ich frei, um freiwillig wieder zu dir zurückzukommen? Hast du das mit dieser Geste gemeint?"

Er blickte sie nur traurig an. „Nein, es ist nicht nur eine Geste. Du bist tatsächlich frei. Und deine Entscheidung solltest du treffen, ohne an mich zu denken. Du bist nicht verantwortlich für meine Gefühle. Du musst das tun, was für dich das Beste ist. Lass dir Zeit. Wenn du meinst, dass ich dich glücklich machen kann, komm zu mir zurück. Wenn nicht, unterschreib, und schick mir die Unterlagen zu. Übrigens, das beiliegende Dokument soll dir beweisen, dass du wirklich keinen Druck zu befürchten hast."

„Aber wenn du dich nun in der Zwischenzeit gegen mich entscheidest?"

Er lachte kurz und trocken auf. „Darauf wirst du wohl lange warten müssen."

„Oh, Rodrigo …" Sie strahlte ihn an. Dann fiel ihr plötzlich ein, dass er noch etwas von einem „beiliegenden Dokument" gesagt hatte. Da war es. Er gab sein väterliches Sorgerecht auf! Das Kind gehörte ihr ganz allein. Es sei denn, sie entschied sich anders. In ihren Augen standen Tränen, als sie ihn ansah. „Warum hast du das getan?"

„Weil mir das Leben ohne dich sowieso nichts mehr bedeutet. Daran würde auch ein Kind nichts ändern. Außerdem sollst du ganz frei entscheiden können. Wenn du zu mir zurückkommst, sollst du es nicht tun, weil es das Beste für das Baby ist oder für mich. Sondern weil du es willst. Weil du *mich* willst."

Mit hängenden Schultern wandte er sich ab, doch Cybele stürzte mit einem Jubelschrei auf ihn zu, umarmte ihn und bedeckte sein Gesicht mit vielen kleinen Küssen. „Ich will dich nicht nur, ich verehre dich, ich begehre dich, ich bewundere dich, und ich liebe dich von ganzem Herzen und mehr als mein Leben. Und zwar nicht, weil ich dich brauche oder aus Dankbarkeit. Ich könnte auch ohne dich überleben, aber ich will mit dir leben, und nur mit dir fühle ich mich wirklich lebendig!"

„Ist das wahr?", fragte er mit klopfendem Herzen. Und als sie heftig nickte, schloss er sie so fest in die Arme, dass sie lachend nach Luft rang. „Oh, Liebste, ich würde alles für dich tun! Sag mir, was du dir wünschst, und der Wunsch wird erfüllt."

Zärtlich legte sie ihm die Arme um den Nacken und schob ihm die Finger in das dichte dunkle Haar. „Danke, aber ich habe alles, was ich brauche. Dich, unser Baby und deine Liebe."

– ENDE –

Tori Carrington

Liebe, heiß wie Feuer

Roman

Aus dem Englischen von
Xinia Picado Maagh-Katzwinkel

1. KAPITEL

Dusty Conrads Vorhaben war ganz einfach.

Zur Feuerwache gehen. Jolie aufsuchen. Sie dazu bringen, die Scheidungspapiere zu unterzeichnen, die sie schon seit zwei Monaten hatte. Mit dem eigenen Leben weitermachen.

Ganz einfach.

Warum aber fuhr er dann durch die engen Straßen von Old Orchard, ohne sich der Feuerwache zu nähern?

Dusty verstärkte den Griff um das Lenkrad seines leuchtend roten Pick-ups und versuchte, die Umgebung in sich aufzunehmen. Er betrachtete die Kürbisse, Hexenfiguren und schwarzen Katzen, mit denen die Häuser an der Main Street geschmückt waren. Erst vor sechs Monaten war er weggegangen. Fast kam es ihm vor wie gestern, nur dass die Stadt heute für Halloween und die entsprechenden Festivitäten am Wochenende vorbereitet war. Vor einem halben Jahr war überall Osterdekoration zu sehen gewesen.

Auf den Straßen von Old Orchard im Staate Ohio herrschte nicht gerade rege Geschäftigkeit. Alles lief gemächlich ab. Als Dusty nach rechts abbog, um zum „Lucas Circle" zu gelangen, sah er, wie Dana Malone versuchte, ihrem Sohn Josh beizubringen, wie man die Straße richtig überquerte.

Die ganze Stadt war um den „Lucas Circle" gebaut worden. Hier fanden alle wichtigen Veranstaltungen statt, egal ob Demonstrationen oder Karneval. Das alte Gebäude von „Old Jakes" war immer noch ein beliebtes Geschäft, obwohl inzwischen auch große Einkaufszentren entstanden waren.

Der Begriff Kleinstadt traf für die wachsende Stadt mit ungefähr fünfundvierzigtausend Einwohnern bald nicht mehr zu. Aber während das moderne Krankenhaus am anderen Ende der Main Street sowie einige Bürogebäude das Stadtbild verändert hatten, sah das Zentrum der Stadt immer noch aus wie vor hundert Jahren. Die majestätischen Bäume, die alte Bibliothek und die Kirche vermittelten den Eindruck einer kleinen Stadt. Die Bewohner fühlten sich dort wohl. Sie gingen gern zu Fuß, kauften in den kleineren Geschäften statt in den Großmärkten ein und hatten immer noch Zeit für ein kurzes Gespräch auf der Straße. Man half auch dem Nachbarn, und alle kannten sich, selbst wenn es nur vom Hörensagen war.

Hier in Old Orchard war Dusty geboren. Hier hatte er seine ersten Schritte gemacht. Und hier hatte er seine ersten sexuellen Erfahrungen gesammelt. Er kannte sich aus.

Nach einer Runde im „Lucas Circle" fuhr Dusty die Main Street herunter und beschleunigte widerwillig, sodass er sein Ziel nun doch schneller erreichte. Langsam hielt er vor der Feuerwache 2 an und blickte auf das Gebäude. Das renovierte alte Schulgebäude sah so aus wie immer. Die Uhr zeigte noch die gleiche Zeit – 9.15 Uhr, zu der sie am 6. Juni 1982 stehen geblieben war. Damals waren zwei Feuerwehrleute bei einem Brand in der fünf Meilen entfernten Autoteilefabrik umgekommen.

Eigentlich hatte er auch nicht erwartet, Veränderungen vorzufinden. Er selbst hatte sich geändert. So sehr, dass er den Mann kaum noch erkannte, der einen großen Teil seines Lebens in dieser Feuerwache zugebracht hatte.

Zwei der drei Fahrzeughallen standen offen, und eines der Löschfahrzeuge fehlte.

„Mensch, ist das etwa Dusty Conrad?", erklang eine bekannte Stimme.

Dusty sah seinen alten Freund John Sparks, der ihn fröhlich anlächelte, während er sich die Hände abwischte. Er trug seine Sheriffkleidung, was Dusty zeigte, dass er immer noch gern zur Feuerwache kam. Niemand störte sich daran, da John gerne half.

Hinter John tauchte ein weiterer Mann auf. Fast hätte Dusty geglaubt, seinen Bruder Erick zu sehen. Aber der Mann glich Erick nur, war jedoch viel jünger. Erick würde nie mehr kommen. Und Dusty traf die Schuld daran.

Sparks stellte den Jugendlichen vor. „Das ist Scott Wahl. Du erinnerst dich doch? Etwas kleiner …"

„Scooter." Dusty nickte, als er sich an den blonden Teenager erinnerte. Immer, wenn die Feuerwehr Übungen durchführte oder Schulen besuchte, war Scott, alias Scooter, dabei gewesen.

Dusty wurde sich des unbehaglichen Schweigens bewusst und blickte zu John Sparks. Der kleine, drahtige Mann war Ericks bester Freund gewesen. Von der Grundschule bis zur Highschool hatte niemand sie trennen können.

Nur der Tod.

„He, Sparks, wie ist es dir so ergangen?", fragte er. Es fiel ihm schwer, mit der Person zu reden, die seinem Bruder so nahe gewesen war wie er selbst.

Johns Grinsen verblüffte ihn. Ebenso wie sein starker Händedruck, mit dem er ihn fast aus den Arbeitsschuhen hob. „Man sagt, du arbeitest auf einer Baustelle in Toledo."

„Ja. Den Leuten hier entgeht wohl gar nichts. Wenn du mal niest, ruft man dir aus der Vorstadt ‚Gesundheit' zu."

„Das ist Old Orchard. Kommst du wieder zurück?", wollte John wissen.

Dustys Magen reagierte auf diese Frage mit einem nervösen Grummeln. Als er weggegangen war, hatte er nicht vorgehabt, zurückzukommen. Aber das konnte John nicht wissen.

„Nein", erwiderte er, „bloß ein kurzer Besuch."

Als er gegangen war, hatte er nur mit Jolie gesprochen. Nie hatte er sich gefragt, wie sie seine Abwesenheit begründen würde. Wahrscheinlich hatte sie den anderen gesagt, dass er nach dem Tod des Bruders die Nerven verloren hatte. Sowohl als Feuerwehrmann als auch als Ehemann.

Dass sie gar nichts erklärt haben könnte, hatte er nicht bedacht.

„Ist Jolie da?", fragte er, so lässig wie möglich.

John schüttelte den Kopf. „Sie ist mit Martinez und Sal unterwegs."

Dusty war nicht überrascht. Wenn ein Fahrzeug fehlte, dann war Jolie im Dienst. „Hoffentlich nichts Ernstes."

„Nur, wenn du Geflügelzüchter bist. Einer von Rudy Glicks LKWs ist mit einer vollen Ladung auf der 108 umgestürzt. Du kannst sicher sein, dass Jolie und die Jungs alle Hände voll zu tun haben."

Beim Klang ihrer Stimmen kamen die anderen Mitglieder aus der Gruppe 1 heraus. Alle grüßten Dusty, mit dem sie schon viele Male Feuer bekämpft hatten.

„Es gibt doch so was wie Strafe des Himmels", meinte Gary Jones, der Chef. „Seit du weggegangen bist, gab es hier kein vernünftiges Essen mehr."

Sparks tätschelte Garys Bauch. „Das sieht man aber nicht."

„Pass auf, oder ich verbanne dich von der Wache", meinte er grinsend. „Oder ich setze mich jetzt schon zur Ruhe und lasse die Stadt im Stich. Was tätest du dann, Sheriff Sparks?"

„Au."

Dusty steckte die Hände in die Taschen seiner Jeans. „Wer hat jetzt Küchendienst?"

„Martinez."

Er grinste schief. „Den habt ihr sicher nicht wegen seines Talentes in der Küche ausgewählt."

„Nun, seine Fähigkeiten stellen wir nicht infrage, aber die Auswahl des Essens. Aufgebackene Bohnen will man nicht gerade im Magen haben, wenn man zu einem Einsatz gerufen wird." Die anderen lachten.

„Wir haben versucht, jemand anderen zu finden." Jones blaue Augen leuchteten. „Du hättest Jolies Gesicht sehen sollen, als wir ihr vorschlugen, deinen Platz einzunehmen, weil wir dachten, dass sie von dir vielleicht einiges gelernt hätte."

Dusty kratzte sich am Kinn. „Ihre Reaktion war sicher heftig."

„Das stimmt. Deine Kleine hat ein stürmisches Temperament." Plötzlich merkte Gary, was er gesagt hatte, und verstummte. Alle anderen blickten unbehaglich zu Boden.

Sparks räusperte sich. „Wie lange bleibst du in der Stadt?"

„Ich weiß noch nicht."

Das Geräusch einer Sirene ertönte, und die übrigen Mitglieder des Teams fuhren vor. Jolie sprang aus dem Wagen, wobei ihre Ausrüstung sie nicht zu behindern schien.

Dusty war völlig sprachlos. Er hatte gar nicht überlegt, wie er sich fühlen würde, wenn er Jolie wieder sähe. Die körperliche Reaktion, die ihre Nähe auslöste und die eindeutig nicht verschwunden war. Selbst in der Schutzkleidung sah sie attraktiv aus. Die helle Morgensonne ließ ihr kastanienbraunes Haar leuchten, und ihre Wangen waren gerötet.

Und jetzt sah sie ihn. Sie riss die blauen Augen weit auf und strahlte vor Glück. Dusty fühlte sich, als hätte er einen Schlag in den Magen bekommen.

Und er hatte das dumme Gefühl, dass bei diesem Besuch nichts einfach sein würde.

Freude durchzuckte Jolie Calbert Conrad, als sie dem Mann ins Gesicht sah, den sie ihr Leben lang geliebt hatte. Wie oft in den vergangenen Monaten hatte sie sich vorgestellt, dass Dusty an der Wache auf sie warten würde. Und heute war er gekommen. Obwohl ihr vor Aufregung ganz heiß wurde, konnte sie nicht sagen, wie sie sich bei seinem Anblick fühlte.

Da er nicht zu ihr nach Hause gekommen war, ließ sein Besuch allerdings nichts Gutes ahnen.

„Habt ihr die wild gewordenen Hühnchen wieder eingefangen?", fragte der Chef, als Martinez aus dem Wagen kletterte.

„Ein schmutziger Job, aber irgendjemand musste ihn ja erledigen. Man kann jetzt wieder ruhig durch die Stadt gehen."

„He, da ist Dusty!" Martinez rannte zu ihm und umarmte ihn. Jolie beneidete ihn, denn sie hätte Dusty auch gern umarmt.

Eigentlich sollte sie nicht den Wunsch haben, Dusty um den Hals zu fallen. Nach fünf Jahren Ehe hatte sie sechs Monate lang nichts von ihm gehört, außer über seinen Anwalt.

„Ich kann dir gar nicht sagen, wie sehr ich mich freue, dich zu sehen", meinte Martinez. „Wo zum Teufel hast du gesteckt? Wie geht's dir?"

„Gut", meinte Dusty, ließ aber seinen Blick nicht von Jolie.

Plötzlich schienen Jolies Stiefel bleischwer zu sein, und die Uniform schien plötzlich eine Tonne zu wiegen. Sie fühlte sich, als hätte sie ein starkes Feuer bekämpft und nicht Hühnchen von der Autobahn eingesammelt. Etwas berührte ihren Fuß, und als sie herunterblickte, sah sie die Feuerwehrkatze, die normalerweise gleichgültig wirkte. Jolie verzog das Gesicht, als Spot mit der Schnauze gegen ihr Bein stupste. Sie stolperte, holte ihren Helm aus dem Fahrzeug und zog den Mantel aus. Spot folgte ihr.

„Dusty", grüßte sie kumpelhaft und versuchte, ihn wie jeden anderen Feuerwehrmann zu betrachten. Sie wollte so tun, als hätte sie nicht jede Nacht geweint und von seiner Rückkehr geträumt.

Als sie sich ihm näherte, spürte sie aber viel zu sehr, dass er nicht einfach ein Feuerwehrmann aus ihrem Team war. Und das hatte mit dem schlichten Goldreif zu tun, den sie noch immer am Ringfinger trug.

Dusty Conrad war ihr Ehemann. Der Mann, der versprochen hatte, sie zu lieben und zu ehren „bis der Tod uns scheidet". Obwohl sie noch nicht mit dem Pastor gesprochen hatte, war sie sicher, dass zu dem Eheversprechen keinesfalls eine Nachricht mit dem Text *Bitte verzeih mir* gehörte. Und schon gar nicht ein plötzliches Verschwinden, das selbst den Magier Copperfield beeindruckt hätte.

Jones räusperte sich. „Jolie, hast du schon einen Termin für deine Jahresuntersuchung?"

„Noch nicht."

„Bis zum Ende des Monats muss die Untersuchung gelaufen sein."

„Ich weiß." Heute Morgen hatte sie noch mit Schrecken an den Arzttermin gedacht, aber der erschien ihr plötzlich nicht mehr so schlimm im Vergleich zu dem Umstand, dass sie nun Dusty gegenübertreten musste.

Jolie reckte das Kinn. Egal, wie gut Dusty aussah, wollte sie nicht zu erkennen geben, wie sehr sie sich nach ihm sehnte, solange sie nicht wusste, warum er da war. Und selbst dann sollte sie ihm vielleicht nicht gestehen, dass sie ihn vermisst hatte.

„Ich mache ein bisschen sauber", sagte sie laut in die Runde und ging zur Umkleide. Fast wäre sie über Spot gefallen, die im Weg lag. Dabei hatte Jolie einen würdevollen Abgang liefern wollen.

Das war nicht so gelaufen, wie er erwartet hatte.

Dusty warf einen Blick durch die Küchentür und wunderte sich, was Jolie sauber machen wollte. Wahrscheinlich hatte sie sich selbst gemeint. In den fünfundvierzig Minuten, seit sie verschwunden war, hätte sie die Duschen, die Unterkünfte sowie die Löschfahrzeuge sogar mit der Zahnbürste reinigen können.

Er drehte die Hähnchensteaks um und fand Ruhe in seiner gewohnten Rolle als Koch. Allerdings war ihm hier alles zu vertraut. Zu angenehm. Dabei war er extra zur Feuerwache gekommen, um genau dieses Gefühl zu umgehen. Er wollte der Versuchung aus dem Weg gehen, zu Hause wieder in alte Gewohnheiten zu fallen.

Warum fiel es ihm so schwer, nicht hinter Jolie herzugehen? Nicht, um sie auf die Scheidung anzusprechen, sondern um sie zu küssen, ihren Geschmack wieder zu spüren und sich zu versichern, dass das Feuer, das er in ihren Augen entdeckt hatte, nicht schon erloschen war.

Nun versuchte er, seine Muskeln bewusst zu entspannen und sein wieder erwachtes Verlangen unter Kontrolle zu bringen.

Er warf einen Blick hinter sich, wo seine ehemaligen Kollegen immer noch auf den gleichen Plätzen saßen wie früher.

Erneut blickte er zur Tür, in der nun Scott Wahl stand. Dusty schaute weg, weil er nicht ertragen konnte, wie sehr dieser Junge seinem Bruder ähnlich sah. Außerdem wollte er den Stuhl nicht sehen, auf dem Erick niemals mehr sitzen würde.

„Sie waren der Koch?", wollte Scooter wissen und lehnte sich an den Küchenschrank.

„Ja." Dusty testete die Kartoffeln mit der Gabel.

„Ich dachte immer, Kochen sei Frauenarbeit."

Dusty zog eine Braue hoch.

„Damit will ich nicht sagen, dass Sie weibisch sind", meinte Scott schnell und richtete sich auf. „Die Jungs haben mir gesagt, dass Sie der beste Koch sind."

„War", korrigierte er den Jungen. „Ich war der beste." Zumindest so lange, bis er den Tod seines Bruders verschuldet hatte. „Wie alt bist du, Scooter?"

Der Junge schien glücklich über den Themenwechsel. „Achtzehn."

Fast hätte Dusty sich an der Pfanne verbrannt. Erick war achtzehn gewesen, als er sich immer an der Feuerwache herumtrieb. Er konnte es nicht abwarten, einundzwanzig zu werden, damit er den Beruf des Feuerwehrmannes erlernen konnte. Bei den Einsätzen war er meist dabei gewesen, entweder mit dem Fahrrad, später dann mit dem Auto.

„Du isst doch, oder?", fragte er Scott.

„Natürlich esse ich, sonst wäre ich doch tot."

„Willst du also behaupten, dass du schon achtzehn Jahre alt bist und noch nie eine Mahlzeit zubereitet hast, Scooter?"

„Scott", verbesserte der Teenager mit roten Ohren. „Jetzt nennt mich jeder Scott."

„Wirklich?"

Der Junge nickte.

„Gut, Scott. Meine Frage hast du aber noch nicht beantwortet."

Scott zuckte mit den Schultern. „Ich habe mir schon Sachen gekocht. Makkaroni mit Käse oder Tiefkühlpizza, wenn meine Mutter nicht zu Hause ist. Aber das zählt nicht."

„Wieso?"

Scott grinste. „Weil niemand außer mir das isst."

„Ah." Dusty wärmte nun das Gemüse auf und hielt die Gabel hin. „Nun, wir sollten da etwas dran ändern."

Der Junge starrte die Gabel entgeistert an. Dusty lächelte. „Keine Panik. Du bewachst jetzt die Steaks. Wenn sie braun werden, sind sie fertig. Dann nimmst du sie aus der Pfanne und legst sie auf diesen Teller."

„Mr Conrad, ich …"

„Dusty, mein Junge." Er klopfte ihm so fest auf die Schulter, dass Scott fast vornüberfiel. „Ich habe völliges Vertrauen zu dir."

„Darüber mache ich mir keine Sorgen. Ich meine, ich finde es cool, dass du kochst, aber ich …"

„Wie? Du hast die Feuerwehr noch nie mit Kochen in Verbindung gebracht?" Dusty schüttelte den Kopf. „Das ist eines der Dinge, die du lernen musst, wenn du ein großer Feuerwehrmann werden möchtest. Jeder Job, ob das Säubern der Wagen, das Überprüfen der Ausrüstung oder das Kochen ist wichtig. Woher sollen die Männer die Energie bekommen, die sie zum Bekämpfen des Feuers benötigen, wenn sie kein gesundes Essen zu sich nehmen?"

Scott wurde so rot wie ein Feuerwehrwagen, und die Männer lächelten.

Als Dusty sich nach Jolie umsehen wollte, kam sie gerade durch die Tür. Augenblicklich war er wieder angespannt.

Diese Reaktion hatte er immer gehabt, wenn er Jolie ansah. Sein Magen verkrampfte sich, es verschlug ihm den Atem, und er hatte das Gefühl, dass er sie sofort küssen musste. Für sein Vorhaben war das überhaupt nicht gut.

„Da ist sie ja!", rief Jones.

Dusty merkte, dass sie den Augenkontakt mit ihm vermied. Er kam sich fast unsichtbar vor. Natürlich hatte er dieses Verhalten verdient. Wenn ihre unerklärliche emotionale Distanz nicht der Grund für sein Weggehen gewesen wäre.

Eigentlich hätte ihr Treffen nicht so öffentlich sein sollen. Aber selbst wenn er direkt zu ihrem Haus gefahren wäre, hätte man seinen Wagen erkannt, und alle hätten gewusst, dass er bei Jolie war.

Und er hatte einen Grund, warum er zur Feuerwache gekommen war. Er wollte von anderen umgeben sein, wenn er mit ihr redete.

Jolie ging zum Kühlschrank, um Zutaten für den Salat zu holen.

Dusty hörte, wie jemand schluckte. Scooter sah so aus, als würde er sich lieber verkriechen, als auf die Steaks aufzupassen. „Mr Conrad, ich meine Dusty …"

Da Jolie nun war, wo er sie haben wollte, nahm Dusty dem Jungen die Gabel aus der Hand und legte die Steaks eigenhändig auf den Teller. „Sie sind fertig. Dein Gefühl war richtig, Scooter. Traue ihm."

„Okay."

Nur zu gern überließ der Teenager Dusty das Kochen und setzte sich zu den anderen. Dusty hätte jetzt eigentlich die Worte vorbringen können, die er die ganze Zeit einstudiert hatte. Leider fielen sie ihm nicht mehr ein. Er warf einen Blick zu Jolie, die mit dem Salat beschäftigt war. Wenn er nicht bald etwas sagte, würde sie vielleicht wieder gehen.

„Hm, Jolie?" Seine Stimme kam ihm fremd vor.

„Raus mit der Sprache, Dusty."

Er blinzelte mehrmals, als könnte er nicht glauben, dass sie tatsächlich zu ihm gesprochen hatte. Sie legte das Messer hin und wischte die Hände an einem Tuch ab. „Ich weiß schon, dass mir nicht gefallen wird, was du zu sagen hast, also sprich dich nur aus."

„Hm …" Jetzt fühlte er sich selbst wie ein ungeschickter Teenager. Der intensive Blick aus ihren Augen, der nur ihm galt. Die Art, wie sie sich auf die Unterlippe biss. All das machte seine besten Absichten zunichte.

Als ihre Augen größer wurden, spürte er, dass nicht nur er betroffen war. Plötzlich wirkte sie weicher, und er befürchtete schon, dass sie ihm ihr typisches Lächeln schenken würde, ein Lächeln, das ihn völlig außer Gefecht setzen würde.

Bevor er noch weiter über sein Verhalten nachdenken konnte, entfernte er eine Hühnerfeder aus ihrem Haar. „Ein kleines Andenken an deinen Einsatz."

Ihre Wangen röteten sich, und sie blickte auf seinen Mund. „Du hast deinen Schnurrbart abrasiert."

„Ja."

Er blickte auf ihre feuchten Lippen. Wenn sie ihn noch weiter so ansah, wären bald nicht nur die Steaks glühend heiß.

Mit größter Disziplin wandte Dusty den Blick von Jolies Mund. Er stellte den Herd ab. Wie aber sollte er die Flamme in seinem Innern löschen?

Nur raus mit der Sprache.

Als wäre das so einfach.

„Jolie, ich wollte die Scheidungspapiere abholen."

Jolie fühlte sich, als bräche eine Welt zusammen.

Während sie nicht in der Küche war, hatte sie sich schon überlegt, dass der Grund für Dustys Rückkehr vermutlich kein erfreulicher war. Sie hatte einfach nicht an die Papiere gedacht, die sie vor Monaten in ihre berühmte Schublade gesteckt und danach nicht mehr angesehen hatte.

Das war natürlich dumm, und sie regte sich noch mehr auf. Dabei hatte sie in ihrem Leben immer beweisen wollen, dass sie alles andere als dumm war. Sie hatte sich vieles angeeignet und war immer auf dem Boden der Tatsachen geblieben. Das hatte sie tun müssen, um zu überleben. Es war nicht einfach gewesen, bei einem Großvater aufzuwachsen, der nicht wusste, wie er mit einem sechsjährigen Mädchen umzugehen hatte. Oft genug hatte ihr erzählt, dass er einen Sohn aufgezogen hatte, und das war schon schwer genug gewesen.

So hatte Jolie schon früh gelernt, sich nicht nur um sich, sondern auch um ihn zu kümmern. Immer wieder besänftigte sie die wohlmeinenden, aber neugierigen Nachbarn, die glaubten, dass der alte Mann sich nicht um sie kümmern konnte. Die hätten sie nämlich sonst von der einzigen Familie weggeholt, die ihr noch geblieben war.

Natürlich war sie unendlich glücklich gewesen, als sie dann endlich eigene Entscheidungen fällen konnte. Nichts hatte sie so fasziniert wie das Ungeheuer, das ihr die Eltern geraubt hatte: Feuer.

„Jolie?"

Nun sah sie wieder in Dustys attraktives Gesicht und bemerkte Mitleid in seinem Blick. Sie wollte ihm nicht leidtun. Es war ein demütigendes Gefühl, und sie hasste es.

„Die Papiere sind zu Hause."

„Verstehe."

Sie rührte den Salat um. „Hast du gedacht, ich würde sie hier aufbewahren?"

Sein Grinsen erinnerte sie an den Jungen, der sie immer in seine Streiche mit einbezogen hatte. „Überrascht hätte es mich nicht."

Jolie merkte, dass es in der Küche verdächtig ruhig geworden war. Sie wurde rot. Wie viel von ihrem Gespräch mit Dusty hatten die anderen mitbekommen? Niemandem hatte sie erzählt, dass sie von Dusty gehört hatte, und die Scheidungspapiere hatte sie erst recht nicht erwähnt. Jetzt fanden sie es auf solch eine dumme Art heraus.

Wem machte sie etwas vor? Wahrscheinlich war sie die Letzte in der Stadt, die begriff, dass er nicht mehr zurückkommen würde.

„Okay Jungs, das Essen ist fertig."

Danach folgten einige Aktivitäten, aber Gespräche gab es kaum. Sie war beim Tischdecken, als Dusty sie am Handgelenk fasste.

„Jolie?"

Sie blickte zu den Männern am Tisch. „Können wir später reden?"

Da erklang der Alarm, und alle fluchten. Drei Mal. Das bedeutete, dass beide Fahrzeuge gebraucht wurden, sodass die Wache fast leer stehen würde.

„Das beste Essen seit sechs Monaten, und ich kann es nicht mal genießen", schimpfte Gary und steckte sich, was er konnte, in den Mund. Die anderen taten es ihm nach und holten eilig ihre Uniformen.

Fast erleichtert machte Jolie sich auf den Weg.

„Jolie", wiederholte Dusty eindringlicher.

Sie wandte sich zu ihm und wäre fast das zweite Mal an diesem Tag über Spot gestolpert.

Wieder sah Jolie zu Dusty. Einen Moment lang hatte sie vergessen, wo sie waren, und sie dachte, er würde mit ihr losrennen.

Das war jedoch nicht der Fall, und es würde vermutlich nie mehr geschehen.

Sie steckte die Finger in die Tasche ihrer Jeans. „Hier", sagte sie und warf ihm den Hausschlüssel zu. „Geh nach Hause, dann sehen wir uns morgen früh um acht, wenn meine Schicht zu Ende ist."

2. KAPITEL

*J*olie betrachtete die Herbstsonne am Horizont. Sie wünschte, die schwachen Strahlen könnten die Kälte vertreiben, die sie verspürte. Die letzte Schicht war sehr anstrengend gewesen, aber daran lag es sicher nicht, dass der Weg nach Hause ihr schwerfiel. Ihr schleppender Gang hatte mehr mit dem Mann zu tun, der dort auf sie wartete. Ihr Mann. Der Mann, der sie und ihre Ehe ohne einen Blick zurück verlassen hatte. Der zurückgekehrt war, aus welchen Gründen auch immer.

Nun fühlte sie sich merkwürdig. So lange war sie jetzt schon daran gewöhnt, auf sich gestellt zu sein. Bei der Arbeit war sie Teil einer Mannschaft, wo es wenig Zeit gab, über ihre Ehe oder ihr Leben nachzudenken.

Wenn sie an Veranstaltungen teilnahm oder einkaufen ging, war sie immer noch dieselbe Person wie früher. Jedenfalls wollte sie jeden davon überzeugen. Und wenn sie von anderen umgeben war, gelang ihr das auch.

Erst nach einer Schicht von vierundzwanzig Stunden oder wenn sie vom Einkaufen oder von einem Essen mit ihrer besten Freundin und Schwägerin Darby zurückkam, bemerkte sie die Lücke in ihrem Leben. Eine Lücke, die entstanden war, als Dusty ihr eröffnet hatte, dass er nicht mehr mit ihr leben konnte.

Scheidungsantrag.

Sie wusste nicht, was sie mehr kränkte. Die Scheidung oder die Tatsache, dass Dusty persönlich dafür sorgen wollte, dass sie zustimmte.

Von der kalten Morgenluft tränten ihre Augen. Zumindest redete sie sich das ein, als sie ihre Tränen unterdrückte und schneller ging. Ihr gemeinsames Leben war für sie realer als alles andere gewesen. Wenn sie bei Dusty war, war sie von einer Hoffnung, einer Lebensfreude und einem Glücksgefühl erfüllt gewesen, das sie zuvor nie empfunden hatte. Nicht, seitdem sie ihre Eltern verloren hatte. Durch ihn fühlte sie sich geliebt und gebraucht. Als ob sie zu ihm gehörte.

Aber wie sollte sie sich jetzt fühlen?

Natürlich hatten sie und Dusty keine Kinder bekommen ...

Jolie biss sich auf die Unterlippe, da sie den Gedanken daran nicht vertiefen wollte. Schließlich hatte sie genug andere Sorgen.

Der einzige Mensch, mit dem sie über ihren Kummer geredet hatte, war Pastor Adams. Er hatte gefragt, ob er für sie einschreiten sollte. Mit Dusty über die Lage reden. Sein Angebot hatte sie nicht nur abgelehnt, sondern es als Beleidigung aufgefasst. Es war schon schlimm genug, dass sie ihren Mann nicht halten konnte. Brauchte sie jetzt noch einen Geistlichen, der sich für sie einsetzte? Der ihren Mann bat zurückzukommen? Nein. Und ihre Haltung hatte sich auch später nicht geändert, als er eine Predigt zum Thema Stolz gehalten hatte.

Stolz. Was sollte eine Frau tun, wenn es nur der Stolz war, der sie dazu brachte, morgens aufzustehen? Wenn nur Stolz ihr erlaubte, in einem Haus zu leben, das voller Erinnerungen an ihren Mann steckte. Der ihr Kraft gab, wenn sie bemerkte, dass die Leute aus der Stadt sie mitleidig ansahen.

Sie bog um die Ecke und erblickte das kleine zweigeschossige, hübsch renovierte Farmhaus. In der Einfahrt stand Dustys Pick-up, und ihr Herz schlug schneller.

Auf der anderen Straßenseite öffnete Mrs Noonan die quietschende Fliegentür. Jolie seufzte. Was für ein Zufall, dass die Klatschtante der Stadt ausgerechnet in diesem Moment die Zeitung holte, die doch schon vor zwei Stunden geliefert worden war.

„Morgen, Jolie!", rief sie.

Jolie erwiderte den Gruß mit einem Winken.

„Ich sehe, du hast das Haus verkauft."

Das Haus verkauft …

Jolie schaute auf den Vorgarten, in dem nur noch ein Loch andeutete, wo das Schild des Maklers gestanden hatte. Sie schnappte nach Luft. Dusty musste das Schild letzte Nacht entfernt haben, als er nach Hause gekommen war.

Nach Hause. Daran durfte sie nicht mehr denken, denn das Haus, in dem sie die letzten fünf Jahre gelebt hatten, war nicht mehr ihr gemeinsames Zuhause.

„Das ist sicher ein Irrtum, Mrs Noonan. Das Haus ist noch nicht verkauft."

Während sie die Zeitung holte, griff sie nach den Schlüsseln, bis ihr einfiel, dass sie ihr Bund Dusty gegeben hatte. Sie legte die Finger an den Türknopf, der sich leicht drehen ließ. Erleichtert atmete sie aus und betrat das Haus. Sie hätte nur ungern geklingelt.

Als sie die Tür hinter sich schloss, fiel ihr gleich auf, dass noch jemand außer ihr im Haus war. Der Duft von Kaffee kam aus der Küche. Stiefel standen im Flur. Papiere lagen auf dem Tisch, während im Fernsehen die Morgennachrichten liefen.

Jolie merkte, dass sie auf Zehenspitzen ging, dabei war das lächerlich. Wovor hatte sie Angst?

„Dusty?", rief sie und legte die Zeitung und ihre Tasche an der Garderobe ab. Sie schaute durch die Küchentür, aber er antwortete nicht. Nun ging sie ins Wohnzimmer und hatte das Gefühl, dass sich etwas geändert hatte. Die gelben Wände sahen heller aus. Die Gründe dafür wollte sie nicht wahrhaben. Und schon gar nicht wollte sie sich eingestehen, dass Dustys Anwesenheit damit zu tun hatte.

Sie schenkte sich eine Tasse Kaffee ein und betrachtete das dunkle Gebräu. Nicht gerade frisch. Jolie zog die Jacke aus und legte sie auf einen Holzstuhl, dann fuhr sie mit den Fingern über den verwaschenen Jeansstoff und entfernte eines von Spots weißen Katzenhaaren. Da es jetzt morgens kälter war, trug sie Dustys gefütterte Jacke, die er zurückgelassen hatte. Bestimmt würde er sie mit den Scheidungsdokumenten und anderen Dingen mitnehmen.

Als sie einen frischen Kaffee zubereiten wollte, hörte sie von oben ein lautes Geräusch. Was machte er denn bloß?

Kaum war der Kaffee durchgelaufen, füllte sie zwei Tassen und ging zur Treppe. Bei einem Blick auf den Küchentisch fielen ihr die weißen Blätter auf. Dusty hatte die Scheidungspapiere hingelegt.

Wie er sie gefunden hatte, brauchte sie nicht zu fragen. Sie hatte die Angewohnheit, alle Papiere in eine bestimmte Schublade zu stecken, um sie später durchzugehen. Und Dusty kannte diese Schublade.

Erneut wurde oben geklopft. Unsicher ging sie die Treppe hoch und folgte dem Geräusch. Ihre Hände wurden feucht, als sie merkte, dass er am Bad arbeitete. Besser gesagt an der Hälfte des Bades. Vor einem Jahr hatte Dusty mit dem Ausbau begonnen, aber vor sechs Monaten alles unfertig hinterlassen.

Mit wackeligen Knien ging sie in das Schlafzimmer und blieb wie erstarrt vor dem Doppelbett stehen. In dem Bett hatte sie im vergangenen halben Jahr allein geschlafen. In der letzten Nacht hatte Dusty offensichtlich darin gelegen.

Verdammt, er hätte doch wirklich woanders schlafen können! Im bequemen Gästezimmer oder auf der großen Couch im Wohnzimmer. Warum hatte er ihr Bett gewählt?

Das Hämmern erklang wieder, und sie zwängte sich durch die halb geöffnete Tür, die nach links führte. Ihr Blick wanderte von einem Werkzeuggürtel zu einem verschmierten Lappen bis zu Dustys Jeans, die seine athletischen Beine perfekt zur Geltung brachten.

Trotz allem fühlte Jolie sich von ihrem Mann angezogen.

„Du kannst meine Gedanken lesen."

Sie blickte in Dustys Gesicht und schaute dann auf die Tassen in ihrer Hand. Fast hätte sie den Kaffee verschüttet.

Vorsichtig reichte sie Dusty die Tasse.

Er nahm einen kräftigen Schluck. „Genau wie ich ihn mag. Schön stark."

Zum ersten Mal, seit sie ihn gestern auf der Feuerwache gesehen hatte, betrachtete sie Dusty genau. Er sah unverschämt gut aus. Das hellbraune Haar war immer noch kurz geschnitten, und mit seinen braunen Augen sah er sie so aufmerksam an, als wollte er in ihr Herz schauen. Sein Körper war immer noch gut gebaut, und die Muskeln zeichneten sich unter dem weißen T-Shirt deutlich ab. Die Jeans saß auf schmalen Hüften.

„Was ... was machst du?", wollte sie wissen und wunderte sich über den belegten Klang ihrer Stimme.

Er stellte die Tasse zur Seite und wischte sich über den Mund. Danach zeigte er auf den Whirlpool. „Ich bin früh aufgewacht und dachte, ich mache den mal fertig."

Jolie schluckte. Alles klang viel zu normal, obwohl zwischen ihnen nichts stimmte. Nichts. Gar nichts. „Das brauchst du nicht."

„Ich weiß."

Bevor sie es sich anders überlegte, stellte sie die Frage, die ihr schon die ganze Zeit auf der Zunge lag. „Dusty, wo bist du gewesen?"

Dusty setzte sich auf die Fersen, als sei er zurückgestoßen worden. Seine Augen brannten, und er merkte jetzt, wie wenig er letzte Nacht geschlafen hatte. Den dunklen Augenringen nach zu urteilen, war es Jolie auch nicht besser gegangen. Während sie jedoch ihrer Arbeit nachgehen konnte, war er mit seinen Gedanken allein gewesen.

Er hatte sich in dem halb fertigen Zimmer umgesehen, dem einzigen Raum, der noch nicht von Anfang an da gewesen war. Jede Ecke dieses Hauses kannte er, von den knarrenden Holzdielen bis zu den Fenstern, die sich leicht öffnen ließen, selbst wenn sie verschlossen waren.

Ungefähr um vier Uhr, nachdem er die Scheidungsunterlagen in der Schublade gefunden und ferngesehen hatte, war er auf der Couch eingeschlafen. Kurz danach war er jedoch schon wieder wach geworden. Ohne nachzudenken, war er nach oben gegangen und auf das Bett gefallen, das er vor ein paar Monaten noch mit Jolie geteilt hatte. Als er dann von Jolies Zitronenduft umgeben war und einen erregenden Traum gehabt hatte, gab er die Hoffnung auf, noch etwas erholsamen Schlaf zu finden. Er hatte Kaffee gekocht und war wieder nach oben gegangen, um zu sehen, was mit dem Bad geschehen war. Nach wenigen Blicken hatte er festgestellt, dass sie nichts gemacht hatte. Die Tür war verschlossen gewesen, und seine Werkzeuge lagen noch genau da, wo er sie hinterlassen hatte. Fast schien es, als hätte er erst vor zwei Tagen mit der Arbeit am Bad aufgehört. Als wäre er nie weg gewesen.

Aber er war gegangen, und obwohl manche Dinge sich nicht geändert hatten, sah vieles doch anders aus.

Da er ihre Frage nicht beantworten wollte, stellte er selbst eine. „Wann hast du das Haus zum Verkauf angeboten?"

Sie zuckte mit den Schultern, aber an ihrer Haltung konnte er erkennen, dass sie sich alles andere als entspannt fühlte. „Letzten Monat."

„Wäre es nicht richtig gewesen, wenn du mich gefragt hättest?"

„Ich habe dich gefragt. Als dein Anwalt vor einigen Monaten anrief, fragte ich ihn, was ich mit dem Haus machen sollte. Er sagte mir, dass ich das Haus behalten könne."

„Ich meinte aber, dass du hierbleiben sollst."

Lange schaute sie ihn an. „Warum?", fragte sie leise. „Das ist das Haus deiner Familie, nicht meiner. Ich bin hier nicht aufgewachsen. Wenn es dir egal ist, was aus dem Haus wird, welche Bedeutung sollte es dann für mich haben?" Sie lehnte sich gegen die Wand. „Wo hast du das Schild hingetan?"

„Ich habe Kaminholz daraus gemacht."

Sie sah ihn verblüfft an. „Das ist nicht wahr."

„Und ob es wahr ist. Der Makler wird sicher nicht glücklich über meine Reaktion sein, aber ich fühlte mich danach wesentlich besser."

Überrascht hörte er, dass sie ein Lachen unterdrückte. Nun musste er selbst grinsen. Er dachte, sie wäre empört, aber ihr Gesichtsausdruck verriet, dass sie von ihrer Reaktion genauso überrascht war wie er.

„Eigentlich sollte ich mich nicht darüber amüsieren. Ich sollte wütend sein, dass du einfach zurückkommst und so tust, als ob du nie …"

Jetzt blickte er in ihr Gesicht und sah ihre leicht geöffneten Lippen, als wollte sie den Satz beenden und wagte es nicht. „Als wäre ich nie weg gewesen?"

Einen Moment lang schwieg Jolie, und sie lächelte nicht mehr. Sie drehte sich um und tat so, als würde sie einen Schluck Kaffee trinken.

„Du hättest wegen der Papiere nicht zurückkommen müssen", bemerkte sie schließlich und stellte ihre Tasse ab. „Dein Anwalt hätte meinen anrufen können, um ihn zu erinnern." Sie kreuzte die Arme vor der Brust, und Dusty hätte sie am liebsten an sich gezogen.

Als Dusty beobachtete, wie sie sich von ihm zurückzog, erinnerte er sich daran, dass ihre emotionale Distanz nicht auf sein Weggehen zurückzuführen war. Schließlich war das einer der Gründe gewesen, warum er gegangen war.

Er sammelte das Werkzeug zusammen und stand auf. „Wahrscheinlich hätte ich das tun können. Wenn ich geglaubt hätte, mit einem Anruf Erfolg zu haben, hätte ich das getan." Dusty trat auf sie zu. „Gib es zu Jolie. Als du die Papiere in deine Schublade gesteckt hast, hattest du nicht vor, sie zu unterschreiben."

Ihr Blick gab ihm recht. Jolie hatte noch nie gut schauspielern können. Nun sah er sie. Eine Frau, die einen so starken Schmerz empfand, dass er sich davon betroffen fühlte. Dies war das erste echte Gefühl, das er seit langer Zeit von ihr gesehen hatte, und es warf ihn völlig um.

„Jolie, ich wollte dich niemals verletzen."

„Was dachtest du denn, wie ich mich fühlte, als du weggingst, Dusty? Als du die Scheidung beantragt hast? Dachtest du, ich wäre glücklich?"

Er verzog das Gesicht. Wahrscheinlich war ihr so zumute, wie ihm nach dem Tod seines Bruders Erick vor sechs Monaten. Ein Verlust, der sein Leben verändert hatte. „Natürlich nicht."

„Erkläre mir bitte alles, denn im Moment verstehe ich nicht viel. Wenn du mich nicht verletzen wolltest, warum bist du dann gegangen? Warum hast du mir die Scheidungsunterlagen geschickt? Warum bist du überhaupt zurückgekommen?"

„Oh Jolie …"

Dusty wusste nicht, wie ihm geschah, aber plötzlich hielt er Jolie in den Armen. Er spürte ihr Haar an seiner Nase, ihre Brüste an seinem Oberkörper, aber sie war ganz steif und erwiderte seine Umarmung nicht.

So wie die Dinge zwischen ihnen gestanden hatten, hatte er nicht gedacht, dass sein Weggehen Jolie verletzen würde. Immer war sie stark gewesen, und er war davon ausgegangen, dass sie erleichtert war, als er ging. Zum ersten Mal seit ihrer Heirat konnte sie so leben, wie sie wollte, ohne dass jemand ihr Handeln hinterfragte, besonders nicht, wenn sie bei einem Feuerwehreinsatz alles riskierte.

War sie ihre Streitereien nicht leid? Hatte sie nicht genug von ihren Wortgefechten beim Essen, bis sie beide keinen Appetit mehr hatten?

„Jolie", flüsterte er in ihr Ohr. „Ich begehre dich immer noch."

Sie zog sich zurück, und in ihren blauen Augen standen Tränen. Er wollte ihre Lippen spüren und ihren festen Körper an sich drücken, damit er ihr beweisen konnte, wie sehr er sie begehrte.

Sie blickte auf seinen Mund, und es sah aus, als wollte sie von ihm geküsst werden. Dusty wusste in diesem Moment, dass er es tun musste, egal wie die Folgen wären.

Eine leichte Begegnung ihrer Lippen würde genügen, dann würde er sich zurückziehen.

Als er ihre Lippen berührte, wurden ihre ganz weich. Dusty stöhnte auf. Nun gut, vielleicht sollte er den Kuss doch anders gestalten. Richtig zur Sache gehen, aber nicht länger als zehn Sekunden. Schon hatte er ihr ein paar einzelne Tränen von der Wange geküsst. Das sollte zwar nicht passieren, aber sie schmeckte so gut. Jolie schwankte und schlang die Arme um seine Taille. Da wusste er, dass er verloren war.

Aus der kurzen Berührung wurde eine leidenschaftliche Begegnung, als er mit der Zunge ihren Mund eroberte. Alles wäre gut gegangen, wenn sie nicht reagiert hätte. Aber sie erwiderte seinen Kuss so leidenschaftlich, dass es seinen Puls zum Rasen brachte. Fast hätte Dusty sie gegen den Whirlpool gedrückt, den Pullover hochgezogen und ihr die enge Jeans geöffnet …

Wie in alten Zeiten.

Bei dem Gedanken hielt er inne. Egal, wie gut sie sich in seinen Armen anfühlte, welche Emotionen sie ihm gezeigt hatte, wie sehr er den Kuss zu mehr führen wollte, nichts war so wie früher.

Er schob sie von sich. „Jolie, das ist keine gute Idee.“

Mit zittriger Hand fuhr sie sich über die Lippen. Sie sah schockiert aus. „Nein, vermutlich nicht.“ Sie trat etwas zurück. „Ich weiß nicht, was über mich gekommen ist. Wahrscheinlich bin ich müde, und …“

„Mach dir keine Vorwürfe, Jolie. Wenn jemand Schuld hat, dann bin ich es.“ Er lächelte leicht. „Deine Mitwirkung hat mir natürlich nicht sehr geholfen.“

Sie ließ die Hand sinken und lächelte ebenfalls. „Gut, dass wenigstens einer von uns einen klaren Kopf behält.“

Er schaute weg. Zwar hatte er sich gerade noch bremsen können, aber sein Kopf war alles andere als klar. Wenn er nicht sofort Abstand zwischen sich und Jolie brachte, dann fehlte nicht viel, und er würde sie in die Arme nehmen und ins Schlafzimmer tragen.

Jolie nahm die Kaffeetasse. „Ich gehe jetzt besser schlafen. Vielleicht bis später.“ Sie sah ihn an. „Bleibst du noch ein paar Stunden?“

Eigentlich wollte er gehen. Aber sein einfaches Vorhaben war kompliziert geworden. Er musste bleiben, um die Komplikationen zu verarbeiten. Sowohl für Jolie als auch für sich.

„Gut, ich bleibe noch", meinte er schließlich. Er strich ihr eine Haarsträhne aus dem Gesicht. „Geh nur schlafen. Ich bleibe hier."

Dusty ging unruhig durch das Wohnzimmer und versuchte, den Wunsch zu unterdrücken, nach oben zu gehen, wo Jolie schlief.

Da er wusste, dass er entweder bei ihr im Bett landen würde, wenn sie ihn wollte, oder er verrückt werden würde, weil er sich von ihr fernhielt, griff er nach seiner Jacke und ging zur Haustür. Erst als er mit festem Schritt durch die frische Herbstluft ging, drehten seine Gedanken sich nicht mehr um die körperlichen Bedürfnisse.

Was hatte er sich dabei gedacht, Jolie so zu küssen? Schließlich hatte er kein Recht mehr, sie zu berühren. Egal, wie groß die Versuchung war.

Warum wollte er dieses Recht nun zurück?

Irgendwie ergab das alles keinen Sinn. Kaum war er in der Stadt angekommen, fühlte er sich, als sei er nur fünf Minuten weg gewesen. Seine alten Freunde hatten ihn willkommen geheißen, ohne Fragen zu stellen. Die Erinnerungen an sein Leben in der kleinen Stadt kamen zurück. Er hatte angenommen, dass seine Gefühle für Jolie nicht mehr vorhanden waren, stattdessen waren sie stärker geworden.

Nun fiel ihm ein, dass er Jolie nicht verlassen hatte, weil er sie nicht mehr liebte, sondern weil sie etwas mehr liebte als ihn und weil er das nicht ertragen konnte.

Dusty stöhnte auf, weil er sich noch immer nach Jolie sehnte.

Wahrscheinlich spielen die Hormone ganz einfach verrückt, sagte er sich.

Einfach. Dieses verflixte Wort. Nicht ein Ereignis der letzten Stunden konnte man als „einfach" bezeichnen. Er hatte nur kurz in die Stadt kommen wollen, die Scheidungsunterlagen unterzeichnet mitnehmen, abfahren und sein Leben neu beginnen. Jolie sollte die Chance haben, das ebenfalls zu tun.

Nun hatte er sich auf der Feuerwache sehen lassen, die Nacht in Jolies duftendem Bett verbracht, im Bad gearbeitet und Jolie auch noch belästigt.

„Toll gelaufen, Conrad", murmelte er vor sich hin.

Alles war so verwirrend. Wenn er nur einige Stunden bleiben wollte, warum hatte er sich dann eine Woche Urlaub genommen?

Völlig in Gedanken vertieft, merkte Dusty gar nicht, wohin er ging. Plötzlich stand er vor dem Friedhof der Stadt. Sein Unterbewusstsein hatte ihn zu seinem Bruder geführt.

Lange stand er dort und beobachtete die bunten Blätter, die von den Bäumen segelten. Nach dem Tod des Bruders waren alle Dinge in Bewegung geraten, und seine Ehe schien gescheitert zu sein.

Als er den schmalen Weg entlangging, kam eine Trauergesellschaft vorbei. Nun erinnerte er sich wieder an den kühlen Frühlingstag, an dem sein Bruder beerdigt worden war. Achtundzwanzig Jahre alt. Zu jung zum Sterben.

Schließlich stand er vor dem Grabstein mit dem Namen seines Bruders Erick. Die Inschrift konnte nichts von der Begeisterungsfähigkeit seines Bruders erzählen. *Geliebter Mann, Vater, Sohn und Bruder* war zu lesen.

Am Fuß des Grabsteins stand ein kleines Spielzeugfeuerwehrauto. Dusty hob es auf. Seit er weggegangen war, telefonierte er ein Mal im Monat mit seiner Schwägerin. Nun würde er Darby gern besuchen, um zu sehen, wie es ihr wirklich ging und ob sie nicht doch seine Hilfe brauchte. Außerdem wollte er die sechsjährigen Zwillinge wiedersehen, die seinem Bruder so ähnelten, dass es schmerzte, sie anzuschauen.

Er war sicher, dass eines der Mädchen oder auch Darby das Auto auf das Grab gestellt hatte. Das Spielzeug erinnerte ihn an eines, um das er und Erick als Kinder immer gestritten hatten. Dusty dachte daran, wie sein Vater zu einer Tagesschicht aufbrach und er und Erick sich vor dem Haus von ihm verabschiedeten. Sie waren stolz auf ihren Vater gewesen und wollten selbst später bei der Feuerwehr arbeiten.

Die Feuerbekämpfung war eine Tradition in der Familie Conrad. Seit Gründung der Stadt waren die Männer der Familie Conrad Feuerwehrleute. Für Dusty war es selbstverständlich, sich nach dem College bei der Feuerwehr zu bewerben. Erick war damals sehr eifersüchtig auf ihn gewesen, weil er aufgrund seines Alters den Beruf noch nicht ergreifen durfte.

Trotzdem war Erick immer wieder bei der Wache und bei Einsätzen aufgetaucht.

Dusty musste an Scott Wahl denken, und er fragte sich, ob die Brandbekämpfung nicht eine Krankheit war, für die es ein Heilmittel gab.

Gedankenverloren starrte er auf den Grabstein.

„Dusty!" John Sparks, der an einem Begräbnis teilgenommen hatte, stand wohl schon eine Weile neben ihm, denn der Friedhof war fast leer.

„Sparky."

John kam näher und betrachtete mit Dusty das Grab von Erick. „Wahrscheinlich gefällt es ihm da oben, wenn er sieht, dass wir hier gemeinsam um ihn trauern."

Dusty warf einen Blick auf den klaren Herbsthimmel und grinste. „Könnte sein."

„Was machst du hier?", fragte John.

„Wie meinst du das?"

„Nun, man sagt, dass du bei Jolie übernachtet hast." Er grinste ihn eindeutig an. „Wahrscheinlich habt ihr einiges nachgeholt."

Dusty bückte sich und stellte das Feuerwehrauto zurück. Wenn Sparks wüsste, wie nahe er der Wahrheit gekommen war.

John hielt die Hände hoch. „Du kannst mir glauben, dass ich keine Details hören will."

Nun streckte Dusty sich. „Wer ist der neue Pastor?"

Der abrupte Themenwechsel fiel John auf. Dusty wusste zwar nicht, was Jolie erzählt hatte, aber der Reaktion seiner Kollegen auf seine Rückkehr nach zu schließen, war es sicher nicht viel. Aus irgendeinem Grund hatte sie niemandem die Wahrheit gesagt, und er musste sie auch nicht verkünden. Wenn er gegangen war, musste Jolie immer noch hier leben. Dann war es besser, sie regelte die Dinge so, wie sie es für richtig hielt.

„Er ist kein neuer Pastor, sondern nur eine Vertretung für Pastor Adams, der auf einer Pilgerfahrt nach Lourdes ist. Er heißt Jonas Noble. Man sagt, er sei aus Montana, aber niemand weiß es genau. Er spricht nicht viel über sich."

„Ah, dann haben die Klatschtanten sicher wieder einiges zu reden", meinte Dusty.

„Das kann man wohl sagen."

Beide mussten lachen. Danach schwiegen sie und blickten wieder zum Grab.

„Ich vermisse ihn", gestand Sparks leise ein.

Dusty nickte. Er vermisste seinen Bruder mehr, als er sagen konnte.

John räusperte sich. „Ich bin einige Male bei Darby gewesen, um mich zu erkundigen, ob sie Hilfe im Haus braucht. Erick hätte sicher gewollt, dass ich auf sie achtgebe."

„Wie geht es ihr?"

„Den Umständen entsprechend. Sehr unabhängig. Lässt mich nicht mal den Müll wegbringen. Und bei den vielen Tieren, die sie hat, gibt es genug davon." Er zog die Stirn in Falten und blickte in die Ferne. „Ich habe das Gefühl, dass sie Erick für das, was geschehen ist, Vorwürfe macht."

Diese Information musste Dusty erst mal verdauen. Was würde Darby tun, wenn sie erführe, dass die Schuld allein bei ihm lag? „Das ist wohl natürlich, denn es gefiel ihr nie, dass Erick so an seiner Arbeit hing." So wie ich Jolies Besessenheit mit ihrem Beruf nicht mehr ertragen konnte, fügte er im Stillen hinzu.

„Was machen die Mädchen?"

„Dazu kann ich dir nichts sagen. Sie mögen mich nicht besonders." Dusty war etwas verblüfft, als John ihm einen Arm um die Schulter legte. „Jetzt müssten alle bei Eddie sein, um etwas zu trinken. Möchtest du nicht mitkommen wie in alten Zeiten?"

Dusty dachte an Jolie, die zu Hause in dem großen Bett lag. Er sah ihre Haare auf dem Kissen und stellte sich ihre warme Haut vor …

Er räusperte sich. „Gut, geh schon vor."

Es war erst zwölf Uhr, aber er musste einfach etwas unternehmen, was ihn davon abhielt, ins Haus zurückzukehren und zu Jolie ins Bett zu steigen.

3. KAPITEL

Jolie ging durch die Gemüseabteilung im „Old Jakes General Store" und suchte sich einige Tomaten aus.

In den drei Stunden seit Dusty das Haus verlassen hatte, hatte sie vergeblich versucht zu schlafen. Sie hatte den Küchenfußboden geschrubbt, um müde zu werden, aber noch immer war sie hellwach. Schließlich fand sie sich damit ab, dass sie die nötige Ruhe nach der Vierundzwanzigstundenschicht nicht finden würde. Gut, dass sie sich in der letzten Nacht zwischen den Einsätzen etwas ausgeruht hatte, denn sonst könnte sie sich kaum noch auf den Beinen halten.

Ihre Gefühlswelt war völlig durcheinander. Sie griff nach einem grünen Salat. Selbst jetzt musste sie noch an Dustys leidenschaftlichen Kuss denken. Ihr Körper sehnte sich nach mehr. Und auch die Einkäufe konnten die ungewollten Gefühle nicht verdrängen.

Als sie sich mit ihrem Jeep auf den Weg machte, hatte sie die Größe der Stadt und die Neugier ihrer Bewohner vergessen. Auf der Wache war sie sehr beschäftigt, sodass sie von den Kollegen nicht viel zu hören bekam. Aber dann traf sie Madge auf der Post, Gene in der Wäscherei und zu guter Letzt fragte Roger sie an der Tankstelle, warum sie nicht glücklicher aussähe, da Dusty doch zurück sei.

„Jolie? Jolie Calbert Conrad, bist du es?"

Sie umklammerte den Griff des Einkaufswagens und musste sich beherrschen, um nicht davonzulaufen. Wenn sie nicht dringend einige Dinge bräuchte, wäre sie überhaupt nicht in den „General Store" gegangen. Sie wusste, dass der Laden neben „Eddies Pub" das größte Klatschzentrum der Stadt war.

Mit einem vorsichtigen Lächeln wandte sie sich zu Elva Mollenkopf um.

„Ist es wahr?", fragte Elva neugierig.

„Was?"

„Dass Dusty zurück ist und wieder bei dir wohnt?"

Jolie schluckte. Sie überlegte, ob sie antworten sollte, dass es nicht so war, wie Elva dachte, oder dass es Elva nichts anging, aber wahrscheinlich würde sie damit bei der zwanzig Jahre älteren Frau nicht sehr weit kommen.

„Es stimmt", sagte jemand an ihrer Stelle. Die Antwort kam von Angela Johansen, mit der sie schon seit der Schulzeit befreundet war.

„Hallo, Jolie", grüßte Angie sie mit einem wissenden Lächeln. „Wie geht es dir, Elva?", fragte sie etwas kühler. „Schön, dich wiederzusehen.

Seit dem Pech mit den Hunden von Joe Johnson am 4. Juli sind wir uns nicht mehr begegnet. Was macht dein Bein?"

Jolie blickte zu dem kleinen blonden Mädchen, das in Angelas Einkaufswagen saß. Es musste ungefähr fünf Jahre alt sein. Konzentriert bemühte sich die kleine Eleanor, ein Bonbon aus dem Papier zu wickeln. Jolies Herz zog sich zusammen wie immer, wenn sie ein Kind dieses Alters sah.

Angela sagte irgendetwas zu Elva und zog Jolie dann mit sich.

Sie lehnte sich zu ihr. „Ich glaube immer noch, dass sie ein Vampir ist", flüsterte sie.

Jolie lachte leise und sah zu Elva, die ihnen verblüfft hinterherschaute. „Das hatte ich schon vergessen. Wie alt waren wir, als das Gerücht in der Schule auftauchte?"

Ungefähr acht, aber das macht nichts. Heute glaube ich zwar nicht mehr, dass Elva sich von Menschenblut ernährt, aber ich bin der Meinung, dass sie sich am Unglück anderer weidet. Sie stochert immer gerne in anderer Leute Wunden herum."

Jolie lächelte Eleanor an, sprach aber zu Angela. „Vielleicht ist das für sie die einzige Art, den Tag zu überstehen. Sie vergleicht ihr Leben mit dem von anderen und freut sich, dass sie nicht deren Probleme hat."

Ellie blickte ihre Mutter aus großen blauen Augen an. „Mommy, was ist ein Vampir?"

Angela lachte und streichelte ihrer Tochter die Wange. „Nichts Wichtiges, Süße." Jetzt legte Angela noch eine Packung Cornflakes in den Wagen und blickte sich um. „Die Luft ist rein."

Lächelnd bedankte Jolie sich bei der Freundin. Nicht nur, weil sie sie vor Elva gerettet hatte, sondern auch, weil sie nicht nach Dusty gefragt hatte. Sie sollte Angela mal zum Kaffee einladen.

Leider war Angela nicht mehr da, als die Kassiererin Kathy, der Manager Justin und Ruth, deren Hühnchen sie gerettet hatte, sie mit Fragen bestürmten. Kathy war wohlwollend, Justin wollte Details, während Ruth Ratschläge gab, wie sie sicherstellen könnte, dass Dusty nie mehr weggehen würde.

Schließlich saß sie in ihrem Jeep und atmete tief durch.

Es waren nicht die Fragen an sich, die ihr so zu schaffen machten, sondern die Tatsache, dass sie ihren eigenen so sehr glichen. Nur eine Person konnte sie beantworten, aber sie bezweifelte, ob sie jemals eine Antwort erhalten würde.

Nachdem Dusty sie geküsst hatte, war sie schon nervös gewesen, aber nach ihrem Ausflug in die Stadt war die Spannung fast unerträglich. Gerade hatte sie sich daran gewöhnt, problemlos zu funktionieren. Durch Dustys Rückkehr waren jetzt alle ihre Wunden wieder aufgebrochen.

Mit zitternden Händen strich sie sich die Haare aus der Stirn. Aus den Augenwinkeln bemerkte sie eine Bewegung und sah, dass Elva mit dem Einkaufswagen schnell auf sie zukam. Sie legte den Rückwärtsgang ein und fuhr mit quietschenden Reifen aus der Parklücke, wobei sie Elvas Wagen fast mitgenommen hätte.

Sie wusste wirklich nicht mehr, was sie tun sollte, aber sie hatte den Wunsch, etwas zu unternehmen. Dabei hatte sie schon versucht, Dusty am Morgen zu konfrontieren, indem sie ihn gefragt hatte, warum er gegangen war. Leider war er ihrer Frage geschickt ausgewichen.

Was konnte sie noch tun?

„Du kannst ihm geben, was er will", flüsterte sie.

Dusty wollte, dass sie die Papiere unterzeichnete.

Verzweifelt biss sie sich auf die Lippe. Vor ihr fuhr ein Wagen im Schneckentempo, und sie war gezwungen, den Fuß vom Gas zu nehmen.

Als der Wagen vor ihr hielt, bremste sie genau vor „Eddies Pub". Da es ein warmer Tag war, hatte Eddie die Tür geöffnet, sodass man einen Blick in den Pub werfen konnte. Erschrocken stellte Jolie fest, dass Dusty neben John Sparks und einigen anderen Feuerwehrleuten saß.

Das Auto vor ihr fuhr weiter, aber sie blieb stehen.

In diesem Moment blickte Dusty in ihre Richtung, und sein Lächeln verschwand.

Gib ihm, was er will, verlangte eine innere Stimme.

Sie musste nur nach Hause fahren und die Dokumente unterschreiben, die auf dem Küchentisch lagen. Dann musste sie ihm die Papiere geben, wenn er ins Haus kam.

Natürlich könnte sie ihm die Dokumente auch in den Pub bringen oder an die Haustür kleben.

John Sparks fragte Dusty etwas, sodass er den Blick abwenden musste. Jolies Herz raste, als sie heftig aufs Gaspedal trat. Nun wusste sie, dass sie es tun musste. Dusty sollte bekommen, was er wollte. Und zwar sofort.

Mit langen Schritten ging Dusty die Main Street entlang. Er nahm seine Umgebung kaum wahr. Als er vor dem Haus ankam, in dem er aufgewachsen war, beschleunigte sich sein Herzschlag.

Dies war der einzige Ort, den er sein Zuhause nennen konnte. Unverzüglich tauchten viele Szenen aus seiner Erinnerung auf. Wie er mit

Erick gestritten hatte, wer den Rasen mähen sollte. Das Herumtoben im Laub, das Spielen mit dem Baseball.

Am Ende des Tages hatten er und Erick immer einen Waffenstillstand geschlossen und sich auf der Treppe vor dem Haus getroffen. Sie hatten über alles Mögliche geredet. Er hatte seine Hände zwischen den Knien gefaltet, und Erick hatte sich zurückgelehnt und zum Himmel geschaut.

Damals schien es, als würde der Tag niemals enden. Als hätten sie alle Zeit der Welt, um sich wegen ihrer Freundinnen aufzuziehen. Zu diskutieren, ob die „Detroit Tigers" oder die „Cleveland Indians" die bessere Mannschaft waren. Oder zusammenzusitzen, während die Mutter abwusch und der Vater die Zeitung las oder zu einem Einsatz unterwegs war.

Dusty kam zu den Stufen und setzte sich, um den Ausblick zu genießen, den er schon tausend Mal gesehen hatte. Majestätische Eichen schienen die Straße mit ihren orangefarbenen und gelben Blättern zu erleuchten. Eigentlich war diese Aussicht nicht besonders spektakulär, aber er und sein Bruder hatten den Platz wahrscheinlich gewählt, weil es sich um neutrales Gebiet handelte. Weder sein Zimmer, noch das von Erick oder den Eltern war geeignet.

Irgendwann hatte er das Haus bekommen, aber manchmal schien es ihm, als gehörte nur diese Stelle wirklich ihm. Ihm und Erick.

Er blickte auf seine gefalteten Hände. Hätte er Erick retten können, würde dieser Platz noch immer ihnen beiden gehören.

„Wirst du sie heiraten?", erklang Ericks Stimme aus einer längst vergangenen Zeit.

Bis zu diesem Zeitpunkt hatte Dusty noch nie an Heirat gedacht. Damals arbeiteten er und Erick auf der Wache, und sie hatten selten gleichzeitig frei. An jenem Tag war es so gewesen. Bevor seine Eltern ihm das Haus verkauft hatten und nach Arizona gezogen waren. Damals war Dusty gerade ein Jahr mit Jolie zusammen gewesen, und Erick war mit Darby befreundet. Die Frage seines Bruders hatte ihn fast umgehauen.

Wie damals richtete Dusty sich nun auf.

„Nein", hatte er damals gesagt, weil der Gedanke so abwegig war, dass er ihn nie ernsthaft in Erwägung gezogen hätte. Eine Hochzeit war etwas für Leute im Alter seiner Eltern, aber nichts für ihn. Schließlich war er ein Feuerwehrmann, der noch zu Hause lebte.

„Ich weiß nicht", meinte er einige Augenblicke später, als er an das Nachbarmädchen mit dem braunen lockigen Haar und den großen blauen Augen dachte, die sich praktisch über Nacht in eine Frau verwandelt hatte. Er wusste nicht mehr, warum er sie nicht schon vorher ausgeführt hatte.

„Ja, wahrscheinlich schon", hatte er langsam geantwortet. Erick hatte nicht geantwortet, aber ihm schien es plötzlich richtig.

Nun schluckte Dusty. Er fragte sich, was sein Bruder von der Situation zwischen ihm und Jolie halten würde. Er schaute zum Himmel, so wie sein Bruder das immer getan hatte.

„Erick, wo bist du?", fragte er leise. „Jetzt könnte ich deinen Rat gut gebrauchen."

Lange saß er auf der Treppe, als würde er seinen Bruder jeden Moment erwarten. Leider kam niemand, nur der Schmerz, den er immer spürte, wenn er an Erick dachte.

Schließlich stand er auf und ging zur Tür. Zum ersten Mal in seinem Leben zögerte er, bevor er sie öffnete. Hier war nicht mehr sein Zuhause. Als er vor sechs Monaten ging, hatte er das Recht aufgegeben, zu kommen und zu gehen, wann er wollte.

Noch waren er und Jolie nicht geschieden, und er würde ihr nicht erlauben, das Haus zu verkaufen. Eher würde er ihre Hälfte kaufen und das Gebäude unbewohnt lassen.

Im Haus war alles vertraut. Langsam ging er zur Küche, wo er Jolie vermutete.

Vorher war ihm noch nie aufgefallen, dass er und Jolie das Verhalten seiner Eltern übernommen hatten. Nach der Schule waren er und Erick auch immer in die Küche gegangen, wo ihre Mutter das Essen kochte.

Dort fand er nun Jolie, die etwas las, während die Sonne sie in ein warmes Licht tauchte. Vor nicht allzu langer Zeit hatte seine Lieblingsbeschäftigung darin gelegen, sie zu beobachten, wenn sie es nicht merkte. Es verwirrte ihn, dass sich das nicht geändert hatte. Immer noch sehnte er sich danach, ihr weiches Haar zu berühren. Ihre Figur reizte ihn, von den kleinen festen Brüsten zur schmalen Taille bis zu den gerundeten Hüften. Selbst in Pullover, Jeans und Tennisschuhen war sie so schön wie in jenem raffinierten schwarzen Kleid, das sie vor zwei Jahren an Weihnachten getragen hatte. Damals war er so scharf auf sie gewesen, dass er sie durch den Seitenschlitz des Kleides in seinem Auto bis zum Orgasmus gestreichelt hatte, bevor sie zu einer Party auf der Feuerwache gingen.

Plötzlich schluckte er und blickte in ihr Gesicht. Sie schien gerade etwas zu tun, was ihr nicht gefiel. Ja, sie las sich die Scheidungsunterlagen durch.

„Ich habe es immer gehasst, wenn du mich so beobachtet hast."

„Das weiß ich, aber wenn es dir gefallen würde, hätte es nur halb so viel Spaß gemacht."

Sie blickte ihn durchdringend an und legte die Papiere umgekehrt auf den Tisch.

Er sah sie unsicher an. Sollte er überhaupt einen Schritt machen? Oder sollte er warten, bis sie etwas sagte? Bis sie ihn fragte, warum.

Stattdessen stand sie auf, ging zur Kaffeemaschine und füllte Kaffee und Wasser ein. Während er sie beobachtete, wurde das Schweigen immer lastender, und sein Herz klopfte immer lauter.

„Dusty, gibt es eine andere Frau?"

Sie hatte so leise gesprochen, dass ihre Worte vom Gurgeln der Kaffeemaschine fast übertönt wurden.

„Was?", fragte er verwirrt.

Sie drückte sich gegen die Theke und blickte Dusty an. Jolie wirkte sehr distanziert. „Eine andere Frau. Gibt es eine?"

Er blinzelte, denn ihre Frage klang so bizarr. „Du meinst es ernst, nicht?"

Langsam nickte sie und senkte dann den Blick.

Da schüttelte er den Kopf. „Oh nein, Jolie. Es gibt keine andere Frau." Wie sollte es auch eine geben? Sie hatte den Platz in seinem Herzen so vollständig eingenommen, dass es niemals Platz für eine andere Person gegeben hatte.

„Schon seit mehr als sieben Jahren habe ich keine andere Frau auch nur angeschaut."

Als sie ihn kurz ansah, erfüllte ein Hoffnungsschimmer ihren Blick. Trotzdem biss sie sich auf die Unterlippe und sah wieder wortlos zu Boden.

Welche Reaktion hatte er von ihr erwartet? Erleichterung? Neugier? Eine weitere Frage? Vielleicht auch einen Hinweis darauf, warum sie diese Frage gestellt hatte. Aber sie betrachtete die Kaffeemaschine, als bräuchte diese ihre volle Aufmerksamkeit.

Natürlich wusste sie, dass er sie mehr als alles auf der Welt liebte. Sie war sich auch sicher im Klaren, dass sie nur ein paar Worte sagen musste, um alles wieder zurückzuhaben: *Ich arbeite nicht mehr bei der Feuerwehr, Dusty.*

Jolie wollte Dusty so gern glauben, aber es war leichter für sie, sich vorzustellen, dass sich eine Frau zwischen sie gestellt hatte. Eine namenlose, gesichtslose Gestalt, die viel schöner war als sie und mit der sie nicht konkurrieren konnte. Jemanden, den sie für die große Distanz zwischen ihnen verantwortlich machen konnte.

Nun zwang sie sich, etwas zu tun, denn sie musste sich beschäftigen. Am liebsten hätte sie ihm die Sorgenfalten von der Stirn weggestreichelt und mit dem Daumen seine Lippen berührt. Sie öffnete jedoch die Backofentür, um nachzusehen, ob der Hackbraten fertig war. Dann schaltete sie den Herd ab und holte den Braten heraus. Ein Baguette legte sie dafür in den Ofen.

In der Zwischenzeit hatte Dusty das Rührgerät sowie Milch und Butter geholt, um das Kartoffelpüree zuzubereiten, wie er es immer getan hatte.

Jolie hätte schwören können, dass sie die Wärme, die von ihm ausging, spüren konnte. Dadurch wurde sie näher zu ihrem Mann gedrängt, den sie immer geliebt hatte. Ein Mann, der sie nicht mehr liebte, trotz des innigen Kusses, den sie am Morgen ausgetauscht hatten. Wenn er sie wirklich liebte, hätte er sie niemals verlassen.

Automatisch bewegten sie sich in der Küche und erledigten Aufgaben, die sie schon Hunderte von Malen ausgeführt hatten. Während ihre Handlungen ihre frühere Vertrautheit zum Ausdruck brachten, lagen die Unterschiede unausgesprochen und lastend zwischen ihnen.

Endlich setzten sie sich an den Tisch. Dustys Schweigen ließ Jolie sehr angespannt sein, aber sie wollte nichts sagen, was ihm verraten könnte, wie verletzt sie war.

„Hast du das wirklich gedacht, Jolie?", fragte Dusty ruhig und schob seinen Teller weg. „Dass ich ein Verhältnis mit einer anderen Frau habe?"

Sie blickte zu ihm und erkannte ihren Fehler. Es war schon schwer genug, ihm in einem großen Raum zu widerstehen, aber ihn so direkt vor sich zu haben, war eine starke Versuchung. Seine dunklen Augen, das markante Kinn, der warme frische Duft seiner Haut ließen ihren Herzschlag unruhig werden.

Jolie brachte ein mageres Lächeln zustande. „Selbst wenn es eine gäbe, würde das auch nichts ausmachen, oder?"

Sie blickte auf die Papiere, die immer noch auf dem Tisch lagen.

Dusty fasste nach ihrem Arm, und die bloße Berührung verschlug ihr den Atem.

„Es macht doch etwas aus, Jolie, denn sonst würdest du nicht fragen."

Eigentlich sollte sie den Arm wegziehen und gehen. Sie sollte so tun, als machte es ihr nichts aus, ob er mit einer anderen Frau zusammen war. Aber in Wahrheit störte es sie doch. Nicht eine Nacht verging, in der sie sich nicht danach sehnte, ihn neben sich in dem großen Bett zu wissen, das sie gemeinsam auf einem Flohmarkt an der 108 gekauft hatten. Dass sie ihre Schenkel zusammenpresste, weil sie sich so nach ihm sehnte, dass es ihr Angst machte. Dass sie Tränen vergoss, weil sie dachte, dass eine andere in den Genuss seiner Wärme kam.

In diesen Momenten fühlte sie sich einsamer als je zuvor. Schlimmer als im Alter von sechs Jahren, als ihre Eltern bei einem Feuer ums Leben gekommen waren. Einsamer, als in den Tagen unmittelbar nach Dustys Weggehen, als sie zu verwirrt war und die neue Situation noch gar nicht begreifen konnte.

Dadurch, dass er wieder im Haus war, wurde sie lebendig. Nun erkannte sie, dass sie gar nicht mehr sie selbst gewesen war, nachdem er sie verlassen hatte. Ihr Körper brannte vor Sehnsucht nach ihm.

Die Teller klapperten, als sie den Arm drehte und ihn ebenfalls am Oberarm packte. Sie sah Dusty an und dachte an den Kuss vom Morgen. Hatte er sie so gewollt wie sie ihn? Oder hatte sie sich in ihrer Fantasie Dinge vorgestellt, die gar nicht existierten?

Am stärksten aber war das Verlangen danach, nicht mehr allein zu sein.

Dusty zog sie näher an sich, bis sie sich entweder losreißen musste oder in seinem Schoß landen würde. Sie entschloss sich, sitzen zu bleiben, und hielt sich an seinen Schultern fest.

Er berührte ihre Lippen mit seinen, und Jolie bekam keine Luft mehr.

„Es ist schon ewig her, dass ich eine andere Frau als dich begehrt habe", murmelte er an ihrer Wange.

Sie schloss die Augen und wollte diese Worte in ihrem Gedächtnis festhalten. Dann konnte sie diese Worte zurückholen und sich erinnern, dass der Mann, den sie geliebt hatte, für sie das Gleiche empfunden hatte.

Dusty sah sie so intensiv an, dass sie seinem Blick auswich. Er aber griff unter ihr Kinn und zwang sie, seinen Blick zu erwidern.

„Oh Jolie, du verwirrst mich völlig."

Jolie wollte etwas antworten, als er sie auch schon leidenschaftlich küsste.

Dann legte er eine Hand auf ihren Nacken. Sie befürchtete, dass er den schnellen Schlag ihres Herzens spüren könnte. Er drehte den Kopf in eine andere Richtung, als sie tief Luft holte, doch dann küsste sie ihn leidenschaftlich. Mutig berührte sie seine Zunge mit ihrer und saugte hungrig an seinen Lippen. Endlich spürte und schmeckte sie ihn wieder.

Er stöhnte auf und griff in ihr Haar.

Und dann reichte es Jolie nicht mehr, auf Dustys Schoß zu sitzen. Sie wollte ihm noch näher sein. Ohne die Berührung mit seinen Lippen zu unterbrechen, richtete sie sich auf und setzte sich rittlings auf Dusty, bis sie mit ihrem Unterleib die harte Stelle in seiner Jeans berührte.

„Oh, wie ich dich vermisst habe, Dusty", flüsterte sie, und ahnte im selben Moment, dass sie diese Worte nicht hätte sagen sollen.

Sie zog sich zurück, da sie sich plötzlich sehr verletzlich und entblößt fühlte.

Als sie Dusty in die Augen blickte, sah sie jedoch, was sie sehen musste. Statt Misstrauen sah sie Verständnis. Statt Zweifel erkannte sie Mitgefühl. Statt Gleichgültigkeit erblickte sie tiefe Leidenschaft.

Wieder küsste er sie und drang mit der Zunge zwischen ihre Zähne. Nun stöhnte auch sie und schmiegte sich an ihn. Es war ihr egal, was sie ihm offenbart hatte. Jetzt zählte nur dieser Moment.

Während Jolie noch dachte, dass es nichts Schöneres als seine Küsse gab, griff Dusty nach einer ihrer Brüste und knetete sie sanft durch den Pullover hindurch. Nun wurde Jolies Lust noch stärker.

„Sag mir, was dir gefehlt hat", bat er heiser und fuhr mit den Fingern unter den Pulli. Sie zitterte, als er ihre linke Brust aus dem BH befreite. „Hast du das vermisst?" Mit dem Daumen strich er über die harte Knospe, was eine Hitzewelle in ihrem Bauch auslöste.

Nun stöhnte sie, und ihre Küsse wurden noch intensiver. Sie zog seine Zunge tief in ihren Mund und wäre am liebsten mit Dusty eins geworden.

Als er seine Hand gegen ihren Unterleib drückte, zuckte sie zusammen. „Oder hat dir das gefehlt?"

Nun zitterte sie so sehr, dass sie ihren Mund von seinem lösen und sich an seinen Schultern festhalten musste.

Mit der Zunge berührte er ihr Ohr. „Es ist schon so lange her. Viel zu lange."

Diese sehnsüchtigen Worte ließen sie den Gipfel erreichen. Ihre Muskeln erbebten, ihr Körper erzitterte. Automatisch hielt sie sich an ihm fest und genoss den Höhepunkt, den Dusty noch intensivierte, indem er sie weiterhin durch die Jeans streichelte.

Schließlich lehnte sie erschöpft den Kopf an seine Stirn.

Er umfasste ihre Hüfte mit beiden Händen und drückte sie gegen seine Hüften. Ihr stockte der Atem, als sie seine Erregung spürte.

„Hast du das vermisst, Jolie", stöhnte er.

Langsam zog sie sich zurück und sah ihn an. Dann griff sie zwischen seine Beine und berührte ihn durch die Jeans. „Ja, das habe ich vermisst."

Ganz stimmte das nicht, denn sie hatte alles an ihm vermisst. Wenn er sich morgens duschte und den Duft seines Rasierwassers. Wenn er die Zeitung beim Frühstück las, und wie er den Orangensaft in einem Schluck austrank.

Nun leckte sie sich die Lippen. Am meisten hatte ihr jedoch gefehlt, wie er sie geliebt hatte. Bedingungslos, ungeniert, schamlos.

Jolie konnte kaum atmen. Sehnsucht und Emotionen schnürten ihr den Hals zu. Dusty erwiderte ihren Blick, als ob er ebenfalls verstehen würde, dass sie vor einer gewaltigen Entscheidung standen: Ob sie weitermachen oder aufhören sollten.

4. KAPITEL

*D*usty beobachtete, wie Jolie sich mit der Zunge über ihre von den Küssen geschwollenen Lippen fuhr, und wusste, dass ihm die Entscheidung abgenommen worden war.

Egal, welche Folgen es hatte, er wollte Jolie. Die Frau, die immer noch seine Frau war. Jetzt. Nichts konnte ihn jetzt davon abhalten, sie zu lieben.

Er spürte ihre Hüften und verstärkte seinen Griff. Sie gab einen leisen Protestlaut von sich. Wieder küsste er sie und konnte nicht genug von ihrem Geschmack bekommen.

Sechs Monate war es her, dass er zum letzten Mal mit Jolie geschlafen hatte. Ungefähr einhundertachtzig Nächte, in denen er sich umgedreht hatte und sich an sie schmiegen wollte, aber feststellen musste, dass sie nicht da war.

Selbst als die Distanz zwischen ihnen größer geworden war, waren sie am Ende des Tages immer noch zusammengekommen, wenn die Lichter gelöscht waren. Die körperliche Liebe miteinander war etwas, das beide nicht aufgeben wollten.

Nun presste er sich an Jolie und stöhnte. Während er sie mit Worten geneckt hatte, wusste er, dass er derjenige war, der dieses vermisst hatte – das wortlose Zusammenkommen. Wenn sie sich liebten, sah die Welt anders aus.

Offensichtlich spürte Jolie eine Veränderung in ihm, denn nun küsste sie ihn auch wieder und lehnte sich zurück, damit er ihren Pullover ausziehen konnte. Danach zog er ihr auch noch die Jeans und den Slip aus.

Mit Blicken verschlang er jeden Zentimeter ihres Körpers und stellte fest, dass sie schmaler geworden war. Er küsste ihren Busen und schloss die Augen, während er sich fragte, welche anderen Veränderungen das vergangene halbe Jahr für sie wohl gebracht hatte. Ob die Brandnarbe auf dem Rücken zurückgegangen war?

Lange konnte er seine Gedanken nicht mehr verfolgen, da Jolie ihm jetzt die Jeans auszog. Mit der Hand umschloss sie seine pulsierende Männlichkeit. Sie streichelte ihn, bis er vor Verlangen fast wahnsinnig wurde.

Nun umfasste er wieder ihre Hüften und zog sie auf sich, wobei er auf ihre hoch aufgerichteten, festen Brüste schaute, die so wunderbar zu der schmalen Taille passten. Nun befand er sich am Eingang zu ihrem feuchten Inneren. Einen Moment lang dachte er nach. Sie hatten sich nie geschützt. Nicht beim ersten Mal, als sie so leidenschaftlich gewesen waren, dass sie gar nicht daran gedacht hatten, nach einem Kondom zu suchen. Und nach ihrer Hochzeit hatten sie nie mehr von Kondomen geredet, da sie Kinder wollten. Nicht ein einziges Mal in den fünf Jahren ihrer Ehe hatten sie sich geschützt.

Sollten sie es jetzt tun?

Er stöhnte. Selbst wenn, er hätte nichts dabei.

Dusty beobachtete Jolie, die die Augen geschlossen hielt, und er wusste, dass sie von seinen Überlegungen nichts ahnte. Sie packte seine Schultern, biss sich auf die Unterlippe und glitt mit ihrem weichen, warmen Körper über ihn. Damit waren Dustys Gedanken vergessen.

Jeden Muskel spannte er an, als er sich gegen sie drängte. Sie war so wunderbar eng. So glatt. So warm und einladend. Und er begehrte sie so sehr, dass er sich kaum beherrschen konnte.

Mit einem Griff hob er sie hoch und zog sie dann wieder zu sich herunter. Er staunte über die unzähligen Empfindungen, die durch seinen Körper jagten. Vom Rauschen des Blutes bis zu der Wärme, die ihn ganz umgab. Wieder blickte er in Jolies Gesicht und beobachtete, wie sie einatmete und wie ihr der Schatten ihrer Wimpern auf die Wangen fiel.

Er stieß nach oben und füllte sie ganz aus. Gleichzeitig sehnte er sich nach mehr als nach körperlicher Nähe. Er wollte, dass sie vollständig bei ihm war.

„Öffne die Augen für mich, Jolie", bat er sie heiser.

Als sie die Augen jedoch noch fester schloss, zog er sie an sich und genoss die Berührung ihrer seidigen Haut. Sie zitterte, als er mit den Fingern über ihre rechte Brust strich und sie dann umschloss.

„Bitte", flüsterte er.

Sie presste sich an ihn, und er stöhnte auf.

Endlich sah sie ihn an. Die blauen Augen waren dunkel vor Verlangen, als sie ihren Körper nach vorn schob und ihn noch tiefer in sich aufnahm. Dusty packte sie fest und hielt sie, bevor er den Gipfel überschritt, auf dem er sich befand. Erst als sie ihn drängte, sich zu bewegen, stieß er erneut in sie. Wieder und wieder. Mit den Fingern fuhr er über ihre Brust und massierte die festen Spitzen. Dann fuhr er mit den Fingerspitzen über ihren Bauch und bewegte sich erneut in ihr.

Ihre Haare lagen wie Seide auf der Haut, die Augen waren halb geschlossen, und die rosigen Lippen waren erwartungsvoll geöffnet. In diesem Moment war sie so schön wie niemals zuvor.

Alle ihre Gefühle konnte er in ihrem Gesicht lesen. Er wusste, was es sie kosten musste, sich ihm nach all den Monaten so völlig rückhaltlos hinzugeben.

Er zog sich zurück und biss die Zähne zusammen, weil er nicht einfach wild in sie eindringen wollte. Dusty wusste, dass Jolie es gern langsam hatte. Trotz ihres kurzen Höhepunktes vor einigen Minuten musste er Jolie an den richtigen Stellen berühren und streicheln, damit sie ihre Erfüllung fand. Wenn er sie dabei beobachtete, dann war das noch stärker und aufregender als sein eigener Orgasmus.

Er nahm eine harte Knospe in den Mund und knabberte daran. Dann fuhr er mit der Zunge um den helleren Vorhof. Jolie wimmerte leise, drängte sich gegen seinen Mund und rieb ihren Unterleib an seinem.

Danach saugte er an der anderen Brust, bis Jolie ihn voller Verlangen an den Schultern packte.

Jetzt schob er die Hände unter ihre Knie, glitt nach oben und umfasste ihren Po, wobei er sie leicht von sich weg hielt. Durch diese Position konnte er noch fester und tiefer in sie eindringen. Jolie schrie auf, und ihre Muskeln umklammerten ihn und zogen ihn tief in sich hinein. Immer wieder drängte er in sie, bis sie seinen Namen ausrief und von einem heftigen Höhepunkt ergriffen wurde.

Dusty musste sie beobachten. Das Beben ihrer Brüste. Ihren Mund, als sie vor Lust schrie. Aber sein eigener Orgasmus stand zu kurz bevor, und er konnte ihn nicht mehr kontrollieren. Endlich gestattete er sich, seiner Lust freien Lauf zu lassen.

Er holte tief Luft und lehnte seinen Kopf an ihren. Sanft streichelte er ihre weiche Taille und spürte ihr Zittern. Dann tastete er nach der Narbe an ihrem Rücken, die von dem Brand stammte, der nicht nur seinen Bruder, sondern auch sie fast das Leben gekostet hatte.

„Jolie?"

Sie drückte sich von ihm ab. Dusty wehrte sich, weil er die Stelle noch berühren wollte, die beiden so viel Schmerz zugefügt hatte.

Doch jetzt merkte er, dass jemand an der Haustür war. Eine Frau. Nun erkannte er, dass Jolie sich nicht aus seinem Griff befreien wollte, weil er ihre Narbe berührte, sondern weil sie ihnen beiden eine peinliche Situation ersparen wollte.

Mit einem Seufzer zog Dusty sich von ihr zurück. Dem Schweigen im Haus wollten beide nicht trauen. Dafür lebten sie schon zu lange in der Stadt. Sie eilten in den Schutz des Wäscheraumes neben der Küche mit – wie Dusty hoffte – allen Kleidungsstücken. Während er nichts ausgezogen hatte, war Jolie splitternackt.

Dusty musste sich zusammenreißen, um Jolie nicht beim Anziehen zuzuschauen.

„Jolie?", erklang die Frauenstimme wieder.

Verdammte Kleinstadt, dachte Dusty. Er konnte sich nicht erinnern, dass sie jemals die Tür abgeschlossen hatten. Jedes Haus stand für jeden offen, und während nächtliche Besuche nicht als angemessen galten, so war ein Besuch am frühen Abend durchaus akzeptabel. Eine Nachbarin schien sie nun besuchen zu wollen.

„Warte."

Dusty hielt Jolie am Handgelenk fest, als sie aus dem kleinen Wäscheraum gehen wollte. Immer noch zeigte ihr Blick Spuren der Leidenschaft. Er fuhr kurz über ihr Haar, das reichlich verwuschelt war. Mit den Fingern kämmte sie es kurz durch. Dann fuhr sie ihm mit den Fingern über die Oberlippe, wo früher der Schnurrbart gewesen war.

Dusty strich eine Haarsträhne hinter ihr Ohr und schluckte. „Jolie, ich …"

Was konnte er jetzt noch sagen? Wir machen später weiter? Es war großartig, aber eigentlich wollte ich es gar nicht?

Er musste aber gar nichts sagen, da Jolie wohl ähnliche Gedanken gehabt hatte: Dass das, was gerade auf dem Küchenstuhl passiert war, ein Fehler gewesen war. Er sah es an ihrem Gesicht und der Falte auf ihrer Stirn.

„Ich weiß", sagte sie leise, zog sich von ihm zurück und ging in die Küche.

Jolie versuchte, sich auf den unerwarteten Gast einzustellen und ein neutrales Gesicht zu machen, damit man nicht merkte, was gerade zwischen ihr und Dusty passiert war. Aber als sie ihre Schwägerin Darby Conrad sah, hätte sie sich ihr am liebsten in die Arme geworfen und ihr alle Sorgen anvertraut.

Wäre Dusty nicht in der Nähe gewesen, hätte sie es vielleicht sogar getan. Stattdessen atmete sie tief durch und lächelte.

„Wen hat die Katze denn da mitgebracht?"

Darby erwiderte ihr Lächeln. „Wenn das eine Bemerkung zu meinem Aussehen sein soll, dann bin ich beleidigt. Da ich mir heute zum ersten Mal seit Monaten Mühe mit meinem Make-up gemacht habe, sollte ich eigentlich besser aussehen als ein nasses Spielzeug oder eine tote Feldmaus."

Jolie umarmte die hübsche Brünette, lachte nervös und vermied Darbys Blick, als sie sich zurückzog. „Du siehst immer gut aus."

Das waren genau die falschen Worte, und sie merkte es in dem Moment, als sie sie ausgesprochen hatte. Seit Ericks Tod schien Darby hinsichtlich ihres Aussehens übermäßig empfindlich zu sein.

Darby ging jedoch über die Bemerkung hinweg und redete über alles Mögliche, während Jolie die Teller und das Besteck abräumte und in die Spüle stellte. Innerlich war sie völlig aufgewühlt. Ihr Körper zitterte noch und pulsierte von Dustys Leidenschaft, ihre Lippen waren empfindlich durch seine Küsse, und ihr Kopf war voller Fragen.

Warum war Dusty nach Hause gekommen?

Warum hatte Dusty sie geküsst?

Warum hatte er sie geliebt?

Warum war er noch nicht aus dem Wäschezimmer gekommen?

„Was ist das?"

Darby entging fast nichts, und sie hob gerade die Scheidungspapiere vom Boden auf. Schnell nahm Jolie ihrer Schwägerin die Papiere aus der Hand. „Gar nichts. Nur einige Sachen über das Haus, die der Makler noch braucht."

Darbys Stirnrunzeln war eindeutig, aber ihr Gesichtsausdruck änderte sich plötzlich zu einem Lächeln.

„Dusty!", rief Darby und stürzte sich in seine Arme.

Jolie nahm seinen fragenden Blick und seinen verblüfften Gesichtsausdruck wahr.

„Meine Güte. Wann bist du gekommen? Warum hast du mir nicht gesagt, dass du in die Stadt kommst? Es ist schon so lange her."

Darbys Fragen füllten das Schweigen zwischen Jolie und Dusty, und Jolie war fast dankbar dafür. Fast.

Dusty hatte Darby angerufen? Vor Kurzem? Hatte er weiterhin Kontakt zur Witwe seines Bruders gehabt? Offensichtlich ja. Einerseits war sie froh, dass er mit einem Teil der Familie noch in Verbindung stand. Trotzdem fühlte sie einen starken Schmerz bei dem Gedanken, dass er sich bei ihr ein halbes Jahr nicht gemeldet hatte. Alle Nachrichten hatte sie über seinen Anwalt empfangen. Zuerst hatte sie direkt mit seinem Anwalt gesprochen, aber das war dann zu schmerzhaft für sie, sodass sie Tom Handland beauftragt hatte.

Sie hatte nicht mal gewusst, wo Dusty war. Hatte keine Telefonnummer, wenn sie etwas mit ihm bereden oder seine Stimme hören wollte, wenn sie ihm die Fragen stellen wollte, die ihr den Schlaf raubten.

Trotzdem war er mit Darby in Verbindung geblieben.

Darby hakte sich bei Dusty ein und führte ihn zum Tisch. Jolie merkte, dass sie die Papiere immer noch in der Hand hielt. Sie glättete sie und legte sie auf einen Stuhl.

„Jolie, warum hast du mir nicht gesagt, dass er kommen würde?"

Weil ich es nicht wusste, antwortete sie stumm. Diese Worte sprach sie aber nicht aus, sondern lächelte und fragte: „Möchtest du einen Kaffee?"

„Gern", erwiderte Darby.

Jolie fragte Dusty nicht, ob er eine Tasse wollte, sondern sie holte automatisch drei aus dem Schrank und goss frischen Kaffee ein.

„Meine Mutter passt auf die Kinder auf", erzählte Darby gerade. „Ich dachte, es sei keine gute Idee, sie zum Einkaufen für Halloween-Kostüme mitzunehmen. Ihr wisst, wie Kinder sind. Erst wollen sie unbedingt Geister werden, bis sie die Kürbis-Kostüme sehen." Sie blickte zu Jolie, die ihnen gegenübersaß. „Oh, und vielen Dank für das Spiel, das du vorbeigebracht hast, Jolie. Die Zwillinge lieben es. Da fällt mir ein, dass sie nicht mehr ‚die Zwillinge' genannt werden wollen. Jedenfalls konnte ich Erin und Lindy gestern kaum ins Bett bekommen, weil sie immer weiter spielen wollten.

Jolie winkte ab und versuchte vorzugeben, dass sie dem Gespräch gefolgt war. „Ich bin froh, dass es ihnen gefällt."

Sie schaute auf und bemerkte, dass Dusty noch gar nichts gesagt hatte. Wahrscheinlich war er so verwirrt wie sie und brauchte eine Weile, um seine Gedanken zu ordnen. Sein Gesicht war blass, er hielt die Tasse umklammert und starrte vor sich hin.

Nun fiel ihr ein, dass dies das erste Mal war, seit er seine Schwägerin nach Ericks Tod gesehen hatte.

Darby nahm einen großen Schluck Kaffee. „Ihr wisst gar nicht, wie gut das tut. Als ich schwanger war, fiel es mir am schwersten, auf Kaffee zu verzichten. Und heute trinke ich nicht mehr regelmäßig Kaffee, weil Erin und Lindy meine Nerven schon genug beanspruchen."

Langsam hörte Darby auf zu reden und blickte in ihre Kaffeetasse, als würde sie dort wichtige Antworten suchen.

Jolie hielt sich vor Augen, dass Darby viel schlimmer dran war als sie. Nach sechs Jahren Ehe, zwei hübschen Zwillingen und dem Aufbau einer Ranch hatte Darby ihren Mann verloren. Für immer. Kein Vater für die Kinder. Keinen Ehemann mehr. Er war nicht einfach in eine andere Stadt gezogen. Erick war gestorben.

Was sie und Dusty anging, so wusste sie nicht, ob zwischen ihnen jemals alles aus sein würde, besonders nach dem, was sie gerade an diesem Küchentisch erlebt hatten. Zwischen ihnen bestand eine Verbindung, die selbst von einer Scheidung nicht zerstört werden konnte.

Sollte sie so ihr Leben weiterführen? Darauf warten, dass Dusty durch diese Tür zurückkam? Einige verstohlene Augenblicke mit ihm genießen, wenn sie sich begegneten? War das alles?

Nein. Schon vor Wochen hatte sie sich diese Fragen gestellt und war zu dem Schluss gekommen, dass sie das nicht konnte. So konnte sie nicht leben. Sie musste einen Weg finden, ohne Dusty zu leben. Dazu gehörte auch der Verkauf des Hauses.

Jolie blickte auf und merkte, dass Darby zwischen ihr und Dusty hin- und herschaute. „Also", begann sie, „was passierte gerade zwischen euch, als ich kam? Habe ich euch bei etwas gestört?"

Mit einem Ausdruck von Panik sprang Dusty vom Tisch auf, sodass Jolie zusammenzuckte und Darby besorgt die Stirn runzelte.

„Es tut mir leid, mir ist gerade eingefallen, dass ich noch etwas erledigen muss."

An der Tür blieb er kurz stehen, und blickte zu Jolie und Darby. Jolie kam es so vor, als wirkte er schuldbewusst, aber er brauchte sich doch nicht schuldig zu fühlen, oder?

„Es war schön, dich zu sehen, Darby. Ich bin froh, dass es dir und den Kindern gut geht."

Mit diesen Worten ging er aus der Küche, und Minuten später wurde die Haustür geschlossen.

Schweigend saßen die beiden Frauen am Tisch. Jolie wunderte sich, warum er so ausgesehen hatte, als wäre es eine Qual für ihn gewesen, im gleichen Raum wie Darby zu sein. Warum nur? Er hatte sich mit seiner Schwägerin immer gut verstanden.

„Nun", brach Darby endlich das Schweigen. „Was sollte das? Ist etwas mit euch beiden?"

Zu viel und doch so wenig, dachte Jolie und erbebte bei dem Gedanken an seine Zärtlichkeiten und gleichzeitig an seinen distanzierten Blick. „Entschuldige, Darby, aber ich weiß nicht, was los ist."

„Vielleicht weißt du es nicht, aber ich ahne es", meinte Darby. „Er hat das getan, was er auch macht, wenn er ein Mal die Woche anruft. Er fragt, wie es mir und den Mädchen geht, dann will er wissen, ob wir Geld brauchen, und legt schließlich auf, ohne sich richtig zu verabschieden."

Jolie schüttelte den Kopf und verstand nichts.

„Siehst du es denn nicht? Er fühlt sich für Ericks Tod verantwortlich. Für diese Erkenntnis habe ich eine Weile gebraucht. Es ist das Schuldgefühl des Überlebenden. Ich habe mal etwas darüber gelesen, weil es mich selbst interessiert hat. Jedenfalls ist sein Bemühen, mit niemandem, der Erick nahestand, in Kontakt zu kommen, ein klassisches Zeichen dafür."

Nun fühlte Jolie sich überrannt. Niemals hatte sie die Situation in diesem Licht betrachtet. Natürlich war Dusty vom Verlust seines Bruders überwältigt gewesen. Aber der Schmerz, der sich heute in seinen Augen zeigte, ging noch tiefer als an Ericks Todestag. War sie so mit ihren eigenen Problemen beschäftigt, dass sie nicht über ihren Horizont hinaus geblickt hatte?

Sie musste sich zusammenreißen, um nicht aufzustehen und ihn zu suchen.

Am folgenden Morgen war Dusty mit dem neuen Fußboden im Bad beschäftigt. Seine Muskeln schmerzten, aber er brauchte die Ablenkung.

Sein Aufenthalt in Old Orchard lief ganz anders ab, als er sich das vorgestellt hatte. Zuerst kam seine heftige Reaktion auf Jolie, die dazu geführt hatte, dass sie sich auf dem Küchenstuhl geliebt hatten. Dann hatte er Darby nach so langer Zeit wiedergesehen.

Nun klopfte er noch fester auf den Boden, weil er seine Gedanken verdrängen wollte.

Sieben Monate waren vergangen, seit er Erick bei diesem Brand verloren hatte. Sieben qualvolle Monate, in denen er mitten in der Nacht schweißgebadet aufwachte und von Flammen träumte, die sein Bett umgaben.

An jenem Abend hatte Dusty ein merkwürdiges Gefühl gehabt, das ihn auch während des Essens auf der Wache nicht verlassen und ihn bei einem Einsatz bei Clemens begleitet hatte, als einer der Jungen einen Zeh in den Rasenmäher bekommen hatte. Er hatte noch überlegt, ob er Erick seine Vorahnungen mitteilen sollte, entschied sich aber dann dagegen, weil es bis zum Schichtbeginn nur noch eine Stunde dauerte.

„Kleine Quizfrage", hatte Erick gerufen, als sie die Feuertreppe des zehngeschossigen Ärztehauses am Rande der Stadt nach oben liefen.

„Wenn der Flammpunkt von Papier bei 232 Grad liegt, wie heiß muss es dann sein, damit eine Socke brennt?"

Dusty erinnerte sich noch an das Geräusch ihrer Schritte auf der Treppe, während er den Schlauch hinter sich herzog. Der Nachtwächter hatte das Feuer gemeldet, und es sollte auf dem sechsten Stock sein, obwohl niemand die Brandstelle inspiziert hatte. „Lass mich raten. Hast du wieder eine Aufgabe von der Akademie bekommen?"

Erick imitierte einen Summton, um eine falsche Antwort anzudeuten. „316 Grad." Er hielt vor der Tür in der sechsten Etage, prüfte die Wärme des Metalls und öffnete sie. „Ja, in zwei Wochen muss ich mich wieder um die Neuankömmlinge kümmern."

Bei jedem Schritt in dem eleganten Flur nahmen Dustys düstere Vorahnungen zu. Er blickte sich um, als ob ihm jemand folgen würde. Obwohl er das Feuer riechen konnte, konnte er es noch nicht sehen.

Erick ging vor und öffnete weitere Türen, die sich an den Seiten des Flurs befanden. „Zweite Frage", rief er, als er in ein anderes Büro blickte und dann über den Flur ging. „Was bekommst du, wenn …"

Er berührte den Türgriff, ohne erst nach dem Wärmegrad zu fühlen, und Dusty rutschte das Herz in die Kniekehle. „Rückzug!", schrie er, als Erick den Griff drehte. Die Tür bog sich nach innen, und bevor Erick den Kopf drehen konnte, explodierte sie nach außen und knallte mit einer Feuerwolke gegen ihn.

Langsam wurde Dusty sich wieder seiner Umgebung bewusst. Sein Leben lang würde er diese Nacht nicht vergessen, in der das Feuer wild hinter der Tür gelauert und seinem Bruder das Leben genommen hatte. Schon in seiner Kindheit hatte er die Wildheit dieses lebendigen, atmenden Wesens, das man Feuer nannte, kennengelernt. Er war von ihm gedemütigt worden, als andere verbrannten. War aufgeregt, wenn ein Einsatz bevorstand. Aber nie hätte er gedacht, dass sein Bruder dem roten Monster zum Opfer fallen würde.

In einem schrecklichen Moment war Erick verschwunden, und Dusty hätte beinahe auch Jolie verloren, die ein Opfer der gleichen Explosion wurde. Seine Angst war so groß gewesen, dass er befürchtete, sein Herz würde auseinandergerissen. Was er für Mut und Tapferkeit gehalten hatte, war nichts als Ignoranz gewesen.

Deshalb hatte er seinen Dienst quittiert und von Jolie das Gleiche erbeten.

Sie aber wollte davon nichts wissen und schien nicht zu erkennen, wie wichtig es für ihn war, dass sie sich nicht mehr jeden Tag einem solchen Risiko aussetzte.

Dusty ließ den Hammer fallen und senkte den Kopf. Noch ein weiteres Mal würde er es nicht ertragen können, am Begräbnis eines geliebten Menschen teilzunehmen. Besonders dann, wenn der geliebte Mensch sein Leben immer wieder riskierte. Das würde er nicht aushalten.

Verärgert über seine Schwäche ging er nach unten. Als er Jolie und Darby am Vorabend zurückgelassen hatte, war er stundenlang durch die Straßen gewandert, aber als er keine weiteren Willkommensgrüße mehr ertragen konnte, hatte er die Stadt verlassen, bis er nicht mehr laufen konnte. Ungefähr um Mitternacht war er mit einem der Jansen-Brüder nach Hause gefahren.

Jolie hatte schon fest geschlafen. Oder zumindest hatte sie so getan. Ihm war es recht, denn er wollte nicht mit ihr reden. Er wollte die Verwirrung in ihren Augen nicht sehen, die sich nach ihrem heftigen Liebesspiel gezeigt hatte.

Dusty hatte auf dem Sofa geschlafen, oder zumindest so getan. Das machte er auch, als sie am nächsten Morgen aufstand und sich für die Schicht fertig machte. Erst, nachdem sie das Haus verlassen hatte, kochte er sich einen Kaffee und setzte die Arbeit im Bad fort.

Nun kam er zum ersten Mal seit fünf Stunden nach unten, und ihm fiel ein, dass er am vergangenen Abend nicht nach den Scheidungsunterlagen geschaut hatte.

Sie lagen weder auf dem Küchentisch noch in der Schreibtischschublade. Außerdem waren sie nicht im Wohn- und nicht im Esszimmer. Erst als er die Suche fast aufgegeben hatte und sich ein Sandwich machen wollte, fand er die gefalteten Papiere in der Besteckschublade.

Dusty vergaß das Buttermesser, das er gesucht hatte, und nahm die Papiere heraus. Warum hatte sie sie dorthin gelegt? Er glättete sie und blickte auf das erste Blatt. Conrad gegen Conrad. Angewidert schüttelte er sich.

Seit seiner Rückkehr vor zwei Tagen erschien ihre Situation ihm unwirklich. Jetzt fiel ihm alles wieder ein. Er hatte die Scheidung von der Frau eingereicht, die er immer schon geliebt hatte. Die Verbindung zu trennen, die so lange Bestand gehabt hatte, aber die ihn jetzt zu ersticken drohte.

Langsam las er jedes einzelne Blatt durch. Von einer Vermögensaufteilung war keine Rede, sondern es gab nur eine Anmerkung zum Grundbesitz. Er hatte vor, Jolie das Haus nach der Scheidung zu überlassen. Er schaute sich in der vertrauten Küche um und erinnerte sich an das Schild des Maklers vor dem Haus. Und er erinnerte sich an seine Wut, als er entdeckt hatte, dass Jolie das Haus verkaufen wollte.

Irgendwie hatte er sich vorgestellt, dass Jolie immer in dem Haus leben und dort alt werden würde. Vielleicht würde sie wieder heiraten und Kinder adoptieren, da sie keine haben konnten. Nicht ein einziges Mal hatte er daran gedacht, dass sie verkaufen würde.

Warum nicht? War er nicht derjenige gewesen, der die Vergangenheit vergessen und neu anfangen wollte? Sie war zumindest in der Stadt geblieben. Er konnte es nicht und musste gehen. In Old Orchard gab es zu viele Erinnerungen an die Vergangenheit und an das, was nie wieder sein würde.

Er schloss die Augen und atmete den Geruch von Toast und Kaffee ein. Nun musste er das erledigen, was er vorhatte, und dann wieder gehen. Seine Arbeit im Bad war eine Zeitverschwendung. Er sollte aufhören und die Firma Branson mit der Fortführung der Arbeiten beauftragen. Für ihn und Jolie war es nicht gut, wenn er noch eine Minute länger als nötig im Haus blieb. Denn er würde wieder gehen. Und dieses Mal würde er nicht zurückkehren.

Plötzlich hatte Dusty keinen Hunger mehr, und er schloss die Besteckschublade. Er starrte auf die nicht unterzeichneten Dokumente, faltete sie und steckte sie in die Tasche seiner Jeans. Eine halbe Stunde später reinigte er die Werkzeuge, die er im Bad benutzt hatte, packte seine wenigen Kleidungsstücke und verließ das Haus. Ein kurzer Halt an der Feuerwache, und dann wäre er aus der Stadt.

Dusty kletterte in seinen Truck, aber noch bevor er die Tür schließen konnte, hörte er den schrillen Ton der Sirene. Er blickte auf die vor ihm liegende Kreuzung und sah auch schon den Löschwagen, in dem sicherlich Jolie saß.

Nun brach ihm der Schweiß aus. Würde er jemals wieder eine Sirene hören können, ohne das leblose Gesicht seines Bruders zu sehen? Ohne das Bild von Jolie auf einer Trage, während sie beatmet wurde?

Hastig drehte er den Zündschlüssel. Er musste etwas unternehmen.

5. KAPITEL

*M*acht die Saugleitung fest! Sofort!", schrie Zugführer Gary Jones über das Geräusch des Wassers und des Feuers hinweg.

Sofort handelte Jolie, als Sal die Leitung an dem Hydranten an der Ecke von Orchard- und Washington Street befestigte. Sie öffnete die Verbindung zwischen dem Hydranten und der Pumpe, wobei ihr Herz raste. Ihre Schutzkleidung wog gute dreißig Kilo, aber nach sieben Jahren bei der Feuerwehr spürte sie dieses zusätzliche Gewicht kaum noch. Es gehörte einfach dazu. Kein Feuerwehrmann nahm ohne entsprechende Ausrüstung an einem Einsatz teil. Dazu gehörten feuerfeste Stiefel, mit fluoreszierenden Streifen versehene Jacken und Helme, Handschuhe und Spezialhosen, während ihr Gesichtsschutz und Atemschutzgerät griffbereit lagen, falls sie in ein brennendes Gebäude gehen mussten.

Ihre Kollegen Martinez und Holden befanden sich im Rettungseinsatz. Sie blickte auf das Haus hinter sich. Ein bekanntes Haus, das sie schon viele Male besucht hatte. Es gehörte Angela Johansen, mit der sie am Vortag noch im „General Store" gesprochen hatte. Das Haus würde in kurzer Zeit nur noch Asche sein, wenn es ihnen nicht gelang, das Feuer unter Kontrolle zu bringen. Die Aussichten wurden mit jeder Minute schlechter, und sie waren schon fünfzehn Minuten vor Ort.

„Sie sind noch drin!", schrie eine Frau. „Angela und die kleine Ellie sind noch im Haus. Warum holt niemand sie raus?"

Jolie warf einen Blick über die Schulter. Ihr Herz schlug bis zum Hals, als Mrs O'Riley mit fuchtelnden Armen über die Straße gelaufen kam. Dabei ignorierte sie Sheriff John Sparks und einen seiner Mitarbeiter, als die versuchten, sie davon abzuhalten, in das brennende Gebäude zu laufen.

Wieder schaute Jolie zu dem eingeschossigen Haus. Rotgelbe Flammen schlugen aus den zwei geborstenen Fenstern über der Veranda hervor, und schwarz-grauer Rauch stieg in den wolkenlosen Himmel.

„Zwei Männer sind bereits drin, Mrs O'Riley", beruhigte John die hysterische Frau. „Wenn jemand sie herausholen kann, dann sind sie es. Sie tun niemandem einen Gefallen, wenn Sie im Weg stehen."

Jolie zwang sich, ihre Arbeit zu machen. Was wäre, wenn Martinez und Holden die junge Familie nicht rechtzeitig erreichten? Angstgefühle machten sich in ihr breit.

Diese Brände hasste sie am meisten. In der Mehrzahl der Fälle waren die Feuer, zu denen sie gerufen wurden, nicht schwerwiegend. Durch Fett hervorgerufene Brände. Jemand, der die Windrichtung nicht beachtet hatte, als er Laub verbrennen wollte. Ein Missgeschick mit dem Grill. Häufig wurden sie auch zu Einsätzen gerufen, die gar nichts mit Feuer zu tun hatten. Wie zum Beispiel der Vorfall mit den Hühnern.

Dies war leider ein echtes Feuer, und zwar in einem Haus, das dem glich, in dem sie aufgewachsen war und in dem ihre Eltern ums Leben gekommen waren. Bei dieser Art von Brand klopfte ihr Herz doppelt schnell, und ihr Magen krampfte sich zusammen.

Sie schloss den Schlauch an den Hydranten an, öffnete die Verteilungsstücke, damit das Wasser aus vier Druckleitungen fließen konnte. „Leitungen bereit!", rief sie und hob den Daumen, sollte Jones sie nicht hören, sondern nur sehen können.

Als ihre Aufgabe beendet war, half sie Sal, die zusätzlichen Leitungen in die Nähe des Infernos zu bringen. Sal nahm ihr einen Schlauch ab und klemmte ihn sich zwischen die Beine, um den Druck besser abzufangen. Innerhalb von Sekunden wurde ein weiterer Wasserstrahl auf die offene Tür gerichtet, durch die Martinez und Holden verschwunden waren.

„Nach oben!", schrie Jones und wedelte mit den Armen.

Beide Schläuche wurden sofort auf die Fenster gerichtet, als jemand in der Tür erschien. Jolie sah entsetzt, wie Martinez eine leblose Gestalt ins Freie trug. Er stolperte ins Gras und legte Angela Johansen auf den Boden.

Die Sanitäter stürzten vor, als Martinez seinen Gesichtsschutz abnahm und auf die Knie sank. Augenblicke später kam Holden mit leeren Händen aus dem Haus und kniete sich neben ihn.

Da hörte Jolie das Geräusch von Reifen. Sie wandte den Blick von den Sanitätern ab, die versuchten, einen Beatmungsschlauch in Angelas Luftröhre einzuführen. Jeff Johansen fiel fast aus dem Truck und rannte zu seiner Frau. „Angela! Angela!"

„Holt ihn zurück!", befahl Jones.

John Sparks packte ihn an den Armen, als er zu den Sanitätern eilte. „Lass sie in Ruhe arbeiten, Jeff."

Jeff wirkte wie ein tollwütiges Tier, als er um sich blickte. „Wo ist Ellie? Wo ist mein kleines Mädchen?", rief er und kämpfte gegen John.

Holden schüttelte den Kopf. „Wir konnten sie nicht finden, Jeff."

Jolies Knie gaben fast nach, als sie diese Nachricht vernahm. Sie lief in Jeffs Richtung und wusste instinktiv, was er vorhatte. Sie hätte an seiner Stelle ebenso gehandelt. Da hatte er sich auch schon von John losgerissen und stürzte durch die Haustür.

Sparks wollte ihm nachlaufen, aber der Chef hielt ihn fest. „Das kann ich nicht zulassen, Sheriff. Wir hätten ihn aufhalten müssen. Ich kann nicht zulassen, dass du auch in das Haus gehst."

Jolie warf einen Blick zu Holden und Martinez, die sich gerade aufrichteten, um Jeff zu folgen. Sie waren jedoch nicht in der Lage, erneut in das Haus zu gehen. Jolie stellte fest, dass sie und der Chef die einzig freien waren. Ohne zu zögern, griff sie nach ihrer Atemschutzmaske und zog sie sich übers Gesicht.

„Martinez und Holden können das erledigen, Jolie."

Sie erwiderte den Blick des Vorgesetzten. „Und Ellie? Wenn sie Jeff suchen, wer sucht dann Ellie?"

„Wir werden sehen, was ihr passiert ist …"

Nachdem, hatte er sagen wollen. Das waren die gleichen Worte, die er vor zwanzig Jahren ausgesprochen hatte, als ihre Eltern bei dem Hausbrand ums Leben gekommen waren.

Sie ging an ihm vorbei und bemerkte kaum einen bekannten Wagen, der in der Nähe der Brandstelle anhielt. Dusty.

Sie winkte Sal, damit er mit einer Druckleitung vorausging.

Dusty sprang aus dem Wagen, als würde er vom Teufel gejagt. Sofort erkannte er Jolie, die in voller Ausrüstung vor Zugführer Jones stand.

Ein Blick auf das Geschehen zeigte ihm, wie die Situation stand. Es gab noch Leute im Haus. Das Feuer war noch nicht unter Kontrolle. Nun schaute er auf seine baldige Exfrau.

Jolie wollte in das Haus gehen.

Der Schrecken fuhr ihm in alle Glieder. Er raste zu Jolie und packte sie am Kragen, bevor sie sich in die Flammen stürzte.

„Du gehst da nicht rein."

Mit entschlossener Miene erwiderte sie seinen Blick.

„Geh aus dem Weg, Dusty."

Er sah das Feuerwehrbeil in ihrer Hand. „Ich kann dich nicht in das Haus gehen lassen."

In ihren Augen zeigten sich Verwirrung, Neugier und Ärger. Dann starrte sie ihn wieder an. „Lass mich gehen, damit ich meine Arbeit erledigen kann."

Sie bewegte den Arm, sodass er sie loslassen musste. „Jolie, ich …"

„Nein, Dusty. Was du jetzt fühlst, ist rein persönlich. Was mich angeht, so hast du das Recht auf solche Reaktionen aufgegeben, als du aus unserer Ehe ausgestiegen bist." Sie lehnte sich vor. „Für dieses Gespräch ist dies weder der richtige Ort noch der richtige Zeitpunkt. Entschuldige mich."

Als Sal mit dem Schlauch an ihm vorbeiging, war die Entscheidung gefallen. Er hatte getan, was er konnte. Nun konnte er nur noch abwarten und beten, dass Jolie unversehrt aus dem Haus herauskam.

Jolie konnte nichts sehen. Im Innern des Hauses war es finster, und der Rauch war undurchdringlich. Sal ging an ihr vorbei und richtete den Wasserstrahl auf die Decke, um die Luft abzukühlen und einen kleinen Regenschauer im Flur zu erzeugen. Langsam überprüfte Jolie den Flur, um sicherzugehen, dass keine kleine Gestalt bewusstlos am Boden lag. Nichts. Mit dem Feuerwehrbeil öffnete sie Türen, die schon von Martinez und Holden geöffnet worden waren. Im ersten Schlafzimmer fand sie niemanden. Keine Ellie, die sich zitternd unter dem Bett oder im Schrank versteckt hatte.

Da erinnerte Jolie sich an ihre Kindheit, als sie in der Mitte ihres Bettes gesessen hatte, während die Flammen sich schon der Matratze näherten. Sie befand sich in einer Welt, in die niemand eindringen konnte und der sie nicht entfliehen konnte.

Ihre Narben an Knie und Schienbein schmerzten, als habe sie sich erneut verbrannt. Nun lief sie zu Ellies Zimmer, das mit weißen Möbeln eingerichtet war, und in dem viele Stofftiere lagen, die bereits Feuer gefangen hatten. Der Rauch brannte in ihren Lungen.

„Ellie!", rief sie und verfluchte ihre durch die Maske eingeschränkte Sicht. Sie schaute unter dem Bett nach. Nichts. In der weißen Spielzeugkiste. Nichts. In dem kleinen Schrank. Aber Ellie war nirgends zu finden.

Da warf sie einen letzten Blick auf das Bett. Unter dem Kissen bewegte sich etwas.

Jolies Herz raste, als sie zurück zum Bett ging. Sie schmiss das Beil auf den Boden, packte eines der Kissen an einer Ecke und warf es durch das Zimmer. Nun sah sie einen kleinen Fuß, der schnell unter dem anderen Kissen verschwand. Vorsichtig legte sie die Arme gleichzeitig um das Kissen und die kleine zarte Gestalt und hob beides auf.

Sofort wurden zwei Arme um ihren Hals geschlungen. „Es ist alles gut, Süße. Alles wird wieder gut." Sie zog ihre Maske ab und drückte sie Ellie vors Gesicht. Gut, dass die Kissen viel Rauch aufgenommen hatten. „Atme ganz normal. Du wirst sehen, alles wird wieder gut."

Sie blickte zu Ellie und wusste in dem Moment, dass sie log. Nichts würde wieder gut werden im Leben dieses kleinen Mädchens. Sie hatte ihre Mutter verloren, und ihr Vater war entweder schwer verletzt oder würde selbst ums Leben kommen.

Jolie rannte zur Tür und brüllte durch ihr Funkgerät, dass sie Ellie gefunden hatte. Sie musste sich zwingen, ihren Griff etwas zu lockern. Sie wusste aber auch, dass sie in diesem Rauch kaum eine Chance hätte, Ellie wiederzufinden, wenn sie das Kind verlieren würde.

„Halt dich fest, Liebes", flüsterte sie. „Halt dich gut fest, und versprich mir, dass du nicht loslässt."

„Gleich stürzt es ein!", rief einer der Männer, der einen Schlauch auf das Dach hielt.

Automatisch rannte Dusty vor. „Nein!" Er war nicht sicher, ob er geschrien hatte wie damals, als er seinen Bruder verloren hatte.

Nicht schon wieder. Nein. Es konnte nicht schon wieder passiert sein. Man konnte nicht zwei Mal in so kurzer Zeit einen geliebten Menschen verlieren.

Jolie ist immer noch drin, rief er innerlich. Da sah er Martinez und Holden, die mit einem bewusstlosen Jeff Johansen aus dem Haus kamen. Direkt danach folgte Sal mit dem Schlauch.

Wo ist Jolie bloß? Wo bleibt sie? fragte er sich.

Dustys Beine fühlten sich gleichzeitig wie Gummi und Blei an. Er ging zu seinem Truck, holte eine Jacke, als die Haustür geöffnet wurde und eine Rauchwolke Jolie geradezu in seine Arme trieb. Er stürzte zurück, und begann sofort, Jolie aus der Gefahrenzone herauszuziehen. Wo war ihre Maske? Dann sah er das kleine Bündel, das sie wie ein wertvolles Paket in den Armen hielt.

Er hatte gelernt, sich zu beherrschen, und nur deshalb war er in der Lage, Jolie an den Rand des Rasens in Sicherheit zu bringen. Ellies Vater wurde gerade auf einer Trage in den Rettungswagen geschoben. Hinter ihnen hörte man ein Zischen, gefolgt vom Geräusch von berstendem Holz. Er brauchte nicht hinter sich zu schauen, um zu wissen, dass das Haus eingestürzt war.

Er hatte nur Augen für Jolie.

Das kleine Mädchen in ihren Armen wehrte sich. Jolie schrie kurz auf, setzte sich hin und nahm Ellie mit sich. Dusty half ihr, die Maske abzunehmen. Schon eilten die Sanitäter zu Ellie, obwohl Jolie sie gar nicht loslassen wollte.

„Bitte sei freundlich zu ihr."

Die Sanitäterin nickte. „Selbstverständlich."

Ellie wollte aber nicht gehen. Mit ihren dünnen Armen hielt sie sich panisch an Jolie fest.

Jolie befreite sich mit einem mitleidigen Blick aus dem Klammergriff des Mädchens. „Es ist schon in Ordnung, ich habe dir doch gesagt, dass alles gut wird."

Mit großen Augen blickte das Mädchen auf Jolie und nickte.

Jolie lächelte und strich ihr Haar zurück. Wie gebannt starrte Dusty auf die beiden.

„Du musst jetzt mit Dana gehen. Sie muss dich untersuchen, um festzustellen, ob du in Ordnung bist." Wieder wollte sie Jolie umschlingen, aber Jolie hielt sie sanft davon ab. „Sie tut dir nicht weh, das verspreche ich. Du glaubst mir doch, oder?"

Wieder nickte Ellie, die noch kein Wort gesprochen hatte, seit sie aus dem Haus gekommen waren.

Der andere Sanitäter begann, Jolie zu untersuchen, aber sie winkte ihn weg. „Kümmere dich um das Mädchen. Ellie braucht dich mehr als ich."

Dusty schaute zu Jolie, und er brauchte nichts zu sagen. Jeder in der Stadt kannte die Johansens, und bald würden alle wissen, dass Angela im Feuer umgekommen war. Jeffs Überlebenschancen waren gering.

Alle wussten auch, dass Angela und Jeff keine weitere Familie hatten.

Dusty forschte in Jolies großen Augen, und er erblickte Hoffnung gemischt mit Schmerz und Angst.

„Komm, Liebes", sagte Jolie ruhig zu dem Mädchen, das sich immer noch an ihr festhielt. „Wir beide müssen jetzt ins Krankenhaus gehen."

Endlich ließ Ellie los und ließ sich in den zweiten Krankenwagen bringen. Dusty streckte Jolie eine Hand hin. Sie blickte ihn an, zog den Handschuh aus und legte ihre Hand in seine. Er wunderte sich, wie klein sie war, denn er hatte immer gedacht, dass sie eigentlich größere Hände haben müsste als er. Hände, die zu der Größe ihres Herzens, ihres Mutes und ihrer Entschlossenheit passten.

Dann bemerkte er, dass er sie anstarrte, und zwang sich, sie sanft vom Boden zu heben. Ein trockener Husten erschütterte ihren Körper. Er legte den Arm um sie und führte sie zum Rettungswagen.

Seine Gefühle waren völlig durcheinander. Wie standen die Dinge zwischen ihm und Jolie? Er war sich so sicher gewesen, dass es zwischen ihnen keine Liebe mehr gab. Aber als die Minuten verstrichen, fielen ihm viele Dinge ein, aufgrund derer er sich in Jolie verliebt hatte, und er fand nun viele neue Gründe, warum sie in seinem Leben bleiben sollte.

Das alles sollte nicht geschehen. Immer noch befanden sich die Scheidungsunterlagen in der Gesäßtasche seiner Jeans. Aber nun wollte er nur Jolie spüren. Ihre Hand in seiner. Sie war dem Unglück entkommen.

Dusty hasste Krankenhäuser. Seit seinem siebten Lebensjahr, als er mit den Eltern seine Großtante Wilma besucht hatte. Seine Eltern wollten Kaffee trinken, und sein Bruder war mit ihm allein im Zimmer. Tante Wilma schien es gut zu gehen, aber nachdem sie fünf Minuten gespielt hatten, sank Tante Wilmas Kopf zur Seite, ihre Augen blickten Dusty starr an, und sie war gestorben.

Beim bloßen Gedanken daran zitterte Dusty. Erick hatte damals sicher nicht gemerkt, was geschehen war, denn er hatte geglaubt, dass Tante Wilma Spaß machte. Dusty hatte ihn in dem Glauben gelassen. Nur er wusste, dass an der Situation nichts Lustiges war. Selbst seine Eltern hatten nicht erfahren, was geschehen war. Nachdem er festgestellt hatte, dass seine Tante tot war, hatte er so getan, als hätte er keine Lust mehr, Karten zu spielen, und war nach draußen gegangen, um Wasser zu trinken. Erick war ihm natürlich sofort gefolgt. Seine Eltern hatten dann geglaubt, dass sie die Ersten waren, die Tante Wilmas Tod bei ihrer Rückkehr festgestellt hatten.

Natürlich gab es noch mehr Gründe, warum er Krankenhäuser nicht mochte. Die kalten Gebäude bedeuteten für ihn Krankheit und Tod und machten ihm bewusst, dass er nicht unverwundbar war.

Abgesehen von dem Besuch bei Tante Wilma war er nur wenige Male im Krankenhaus gewesen. Selbst als sein Bruder ums Leben gekommen war, hatte er ihn erst in der Leichenhalle besucht, da er am Unglücksort schon genug gesehen hatte.

Die anderen Male war er wegen Jolie im Krankenhaus gewesen.

Vor ihrem Zimmer lief er auf und ab. Er spähte vorsichtig in die Notfallambulanz. In einer Ecke saß die kleine Ellie offensichtlich unter Schock, und eine Kinderkrankenschwester bemühte sich, sie zu einem Spiel zu überreden. Den Ruß hatte man ihr aus dem Gesicht gewischt und die Haare gekämmt, aber in ihren Augen stand eine solche Trauer, dass Dusty davon tief berührt wurde. Als sie in seine Richtung schaute, wurde ihm ganz mulmig. Besonders, weil sich ihr Gesichtsausdruck nicht veränderte. Sie schien ihn gar nicht wahrzunehmen. Oder es war ihr völlig egal, wer vor ihr stand.

Nun sah Dusty Jolie, die mit dem Rücken zu ihm saß. Tucker O'Neill horchte sie gerade mit dem Stethoskop ab. Diese Untersuchung wurde routinemäßig durchgeführt, wenn die Feuerwehrleute viel Rauch eingeatmet hatten. Dusty hatte sich immer gegen eine gründliche Untersuchung gewehrt, aber heute lachte er über sein anmaßendes Verhalten von damals. Heute würde er nicht mehr ohne Schutz in ein Feuer laufen. Und er konnte es nicht mehr ertragen zu sehen, dass seine Frau in ein Flammenmeer ging, geschweige denn, sie dazu zu ermutigen, ihm zu folgen.

Nein, diese Person war ihm fremd geworden. Wenn er eine Sirene hörte, dann dauerte es lange, bis er wieder Luft bekam.

Tucker O'Neill kam aus dem Zimmer und schloss die Tür. Dusty ließ ihn vorbei, obwohl er immer noch auf Jolies Rücken starrte.

„Ich sollte Sparks melden, dass du ein Spanner bist", meinte Tuck nebenbei und schrieb etwas auf.

Dusty grinste den Mann leicht an, der zwar im selben Alter wie er aber ansonsten sehr anders war. Tuck hatte grüne Augen und trug sein blondes Haar ziemlich lang und zerzaust. Während Dusty in seinem Job die nötige Aufregung fand, lebte er ansonsten ein ziemlich ruhiges Leben, wogegen Tuck am Tag ein sanfter Arzt war, aber nach der Arbeit seine Spannungsmomente suchte. Er sprang aus Flugzeugen, hatte Spaß am Bungee-Jumping und fuhr seinen Mustang, als gäbe es kein Morgen. Natürlich hörte er nicht auf die, die ihm rieten, sich niederzulassen. Auch den Rat, sich eine gute Frau zu suchen, schlug er in den Wind.

„Es ist doch wohl erlaubt, dass ein Mann seine eigene Frau anschaut", erwiderte Dusty.

Tuck zog skeptisch eine Braue hoch. „Solange sie es noch ist."

Dusty wich seinem Blick aus. Es war klar, dass Jolie von der bevorstehenden Scheidung niemandem erzählt hatte. Hatte sie nun die Taktik geändert? Wusste Tuck etwas von ihr? Wenn ja, warum?

Er versuchte, die Sache herunterzuspielen. „Weißt du etwas, was ich nicht weiß?"

Tucker grinste. „Eigentlich sollte ich diese Frage stellen. Du und Jolie wisst etwas, was wir nicht wissen." Er zuckte mit den Schultern. „Damit will ich nicht sagen, dass wir etwas erfahren sollten. Aber es wäre leichter, wenn wir wüssten, ob wir sie nach dir fragen können, wenn du nicht da bist."

Dusty blickte seinem alten Freund in die Augen. „Da fragst du den Falschen, Doc."

„Verstehe."

Dusty rieb seinen Nacken. „Ich bin froh, dass jemand das tut." Dann seufzte er. „Wie lauten die Prognosen?"

Tuck steckte seinen Block unter den Arm. „Für dich und Jolie?"

„Für Jolies Gesundheit."

„Gesundheitlich wird es ihr wieder gut gehen. Sie hat etwas viel Rauch eingeatmet und momentan die Lungen eines fünfzigjährigen Kettenrauchers, aber das gehört zum Job, nicht wahr?"

„Ja."

„Wenn du die Möglichkeit hast, dann erinnere sie bitte daran, dass dies hier nicht ihre Jahresuntersuchung ist. Sie muss noch mal vorbeikommen und die ganze Prozedur über sich ergehen lassen."

„Ich werde es ihr sagen. Gibt es Neues zu Jeff Johansen?"

„Leider noch nicht. Ich gehe jetzt in die Abteilung, um zu hören, ob ich helfen kann. Wahrscheinlich werde ich nur im Weg sein, aber ich habe das Gefühl, dass ich etwas tun muss, verstehst du?"

Er nickte. Und ob er das verstand.

„Wolltest du sie sehen?"

Dusty zögerte, denn jetzt sprach Tuck wieder von Jolie.

Mehr als alles andere wollte er sie sehen. Aber war das gut?

Dennoch, er musste es tun. „Ja, kann ich zu ihr gehen?"

Tuck nickte. „Geh nur."

Dusty setzte sich in Bewegung.

„Oh, Conrad?" Beim Klang von Tuckers Stimme drehte er sich um. „Wenn du mit jemandem reden willst, um alles loszuwerden … Ein Glas heben kann ich immer noch."

„Das glaube ich gerne."

Dusty ging zur Tür. Die Krankenschwester hatte die Nische, in der Ellie war, mit einem Vorhang verdeckt, sodass Dusty das kleine Mädchen mit den traurigen Augen nicht mehr sehen konnte. Er hörte aber, als die Schwester fragte, ob sie etwas essen wollte. „War das ein Ja?" Ellie musste wohl genickt haben, denn er hörte, dass die beiden das Zimmer verließen.

Dusty ging um die Ecke und sah Jolie, die an ihrem Hemd zog. Er sah den BH und den vernarbten Rücken und schwieg, bis sie das Hemd zugeknöpft hatte.

„Du beobachtest mich schon wieder heimlich", sagte sie leise.

Dusty schaute auf, und sie drehte sich zu ihm. Sie hatte sich wohl schon gewaschen, denn man sah keine Spuren des Feuers mehr. Nur der Geruch war geblieben, der sie stärker als jedes Parfum umgab.

Heute konnte er sich nicht mehr vorstellen, dass er den Geruch von verkohltem Holz jemals aufregend gefunden hatte.

„Der Doc hat mir die Erlaubnis gegeben zu gehen."

„Ich weiß, ich habe draußen mit ihm gesprochen."

Sie ging an ihm vorbei und griff nach ihrer Jacke. Da merkte er, dass es seine alte Jeansjacke war. Er blickte Jolie an, aber sie ging schon aus ihrem abgetrennten Raum und schaute nach nebenan.

„Die Schwester ist mit ihr in der Cafeteria."

Lange sagte sie nichts, dann fragte sie: „Gibt es Neues von Jeff?"

Er schüttelte den Kopf. „Du willst doch nicht hier warten, bis du etwas hörst?"

Einen Moment lang überlegte sie. „Nein." Damit ging sie zur Tür.

„Möchtest du etwas essen?"

Sie blickte über ihre Schulter. „Nein, ich sollte zur Wache zurückgehen." Ruhig fügte sie noch „Danke" hinzu.

„Kein Problem. Deine Anwesenheit auf der Wache ist doch jetzt nicht erforderlich. Jones meinte, du sollst den Tag freinehmen."

„Oh."

Er lächelte. „Ja, oh."

„Trotzdem sollte ich gehen."

Natürlich musste sie das sagen. Manchmal dachte er, dass Jolie verloren wäre, wenn sie ihre Arbeit auf der Wache nicht hätte. Was würde sie sonst tun? Wohin ginge sie, wenn nicht zu Jones und der Mannschaft?

Da erinnerte er sich an die Papiere, die noch in seiner Jeans steckten. Angesichts der Ereignisse der letzten Stunde waren sie nicht mehr so wichtig. Jetzt wollte er erst sicher sein, dass es Jolie gut ging.

Selbst ein Idiot konnte die Parallelen erkennen zwischen den Geschehnissen bei den Johansens und dem Feuer, das Jolie die Eltern geraubt hatte. Sie mochte zwar nach außen hart wirken, aber er hatte die Trauer in ihrem Blick gesehen, als sie auf dem Rasen saß und Ellie an sich gedrückt hatte. Und diesen Ausdruck hatte er vor wenigen Augenblicken bei Ellie ebenfalls wahrgenommen.

Als er Jolie aus dem Krankenhaus folgte, wusste er, dass er ihre Gefühle nicht verletzen durfte. Jolie brauchte ihn jetzt wie vor zwanzig Jahren, als sie sich an ihm festgeklammert hatte, während ihre Eltern aus dem einzigen Heim, das sie je gekannt hatte, wegtransportiert wurden.

Er steckte die Papiere etwas tiefer in die Tasche und bedeckte sie mit der Jacke.

„Wohin gehst du?", fragte Jolie, als sie draußen standen.

Dusty zuckte mit den Schultern und versuchte, gleichgültig zu wirken. Dabei hatte er vergessen, dass Jolie ihn besser kannte als irgendjemand sonst und dass er ihr nichts vorspielen konnte. „Ich dachte, ich gehe mit dir zur Wache. Vielleicht brauchen sie noch Hilfe.“

Jolie zog die rechte Braue ein wenig hoch.

Er räusperte sich und grinste dann. „Okay, ich weiß, dass Jones dich nach Hause schickt, sobald du dich dort blicken lässt. Ich dachte, dass du dann deine Meinung änderst, und mit mir essen gehst.“

Sie nickte, weil sie wusste, dass er recht hatte. Dann zog sie die Jacke an, seine Jacke, und errötete. „Na schön, du hast gewonnen. Ich gehe kurz zur Wache, um sicherzugehen, dass sie mich nicht brauchen, und dann treffe ich dich zu …“

Dusty vermutete, dass sie „zu Hause“ sagen wollte, sich aber unterbrochen hatte.

„Im Haus“, sagte sie schließlich.

Er nickte. „Tomaten oder Muscheln?“

Sie blickte ihn verwundert an.

„Suppe. Welche willst du?“

Ein Lächeln spielte um ihre Lippen, als sie auf die Uhr sah und dann zum Krankenhaus. Wahrscheinlich dachte sie gerade an Ellie und ihren Vater. „Muscheln. Ich glaube, es gibt noch eine Dose in der Vorratskammer.“

„Wird gemacht.“

Jolie ging zu ihrem Jeep, der neben Dustys Wagen geparkt war. „Mehr als eine Stunde wird es nicht dauern.“

„Ich gebe dir eine halbe.“

Sie blickte weg. „Vorher muss ich noch etwas erledigen.“

Dusty gefiel das zwar nicht, aber er konnte nichts tun, als sie in den Jeep stieg und wegfuhr.

6. KAPITEL

Jolie war überrascht, dass sie die 45-minütige Fahrt zum „Hocking Hills" Pflegeheim so gut überstanden hatte. Trotz ihrer angespannten Nerven war sie schneller angekommen, als sie gedacht hatte. Nun starrte sie auf das wunderschöne Gebäude im Kolonialstil, das von alten Bäumen umgeben war.

Eigentlich wusste sie nicht, was sie hier erreichen wollte. Zum ersten Mal, seit sie ihn kannte, hatte sie Dusty belogen. Das zeigte, wie sehr sich ihre Beziehung geändert hatte.

Obwohl sie es behauptet hatte, hatte sie nie vorgehabt, zurück zur Wache zu gehen. Sie hatte gewusst, dass Jones ihre Anwesenheit nicht akzeptieren würde. Nach einem besonders schweren Einsatz wurden Feuerwehrleute nach Hause geschickt, selbst wenn es nur darum ging, dass sie für den nächsten Einsatz wieder fit waren. Stattdessen war sie hierher gefahren, um mit ihrem Großvater zu reden.

Sie wünschte, sie hätte sich noch geduscht und umgezogen. Den Rauch konnte sie an sich selbst zwar nicht riechen, aber sie wusste, dass andere den intensiven Geruch aus großer Entfernung wahrnehmen konnten.

Jolie stieg aus ihrem Jeep und ging zum Eingang. Sie meldete sich an, prüfte den Stundenplan ihres Großvaters und ging dann in die zweite Etage, wo der Großvater in einem Privatzimmer untergebracht war.

Sie klopfte an und betrat das Zimmer. Die Sonne schien durch das Fenster und gab dem Raum eine gemütliche Atmosphäre. Jolie lächelte zaghaft. „Hallo, Gramps."

Liebevoll schaute sie ihn an und setzte sich auf einen Stuhl. Das Pflegeheim war gut ausgestattet. Auf dem Boden lagen schöne Teppiche, und es gab antike Möbel. Ihr Großvater war so komfortabel untergebracht wie nie zuvor in seinem Leben. Fast die Hälfte von ihrem Gehalt gab sie für seine Unterbringung aus, aber Jolie wollte es nicht anders.

„Es tut mir leid, dass ich länger nicht bei dir gewesen bin, aber es ist so viel passiert. Auf der Feuerwache ist viel los, und dann ist da noch Darby. Ich helfe ihr, wenn sie mich lässt, aber das ist nicht häufig."

Jolie lächelte den Großvater an und schaute kurz aus dem Fenster.

„Deshalb bin ich aber nicht an einem Arbeitstag gekommen. Ich muss einfach mit jemandem reden, sonst platze ich. Dusty ist nämlich zurück."

Sie blickte den alten Mann an, wobei ihr Herz sich dabei schmerzhaft zusammenzog.

Eigentlich wusste sie nicht, was er ihr sagen sollte. Wenn er überhaupt etwas hätte sagen können. Aber zum ersten Mal seit seinem Schlaganfall vor drei Jahren erhoffte sie sich eine Antwort. Ein Zeichen, dass er sie hören konnte und verstand, was sie sagte.

Während sie sich eine Haarsträhne hinter das Ohr strich, schaute sie auf ihren Schoß. Mit ihrem Großvater hatte sie sich nie gut verstanden, aber er war ihre Familie. Der einzige Blutsverwandte, den sie seit dem sechsten Lebensjahr noch hatte, egal, wie sein Zustand war.

Sie bemühte sich, ihren Kummer nicht zu deutlich zu zeigen, damit er sich nicht aufregte, sollte er sie verstehen.

Nicht zum ersten Mal fragte sie sich, wie es sein musste, in einem Körper gefangen zu sein, der nicht mehr richtig funktionierte.

„Ich hatte dir gesagt, dass Dusty eine Weile weggegangen war. Das ist aber nicht die ganze Wahrheit. Er will die Scheidung, Gramps. Dusty will unsere fünfjährige Ehe beenden."

Lange saß sie am Bett und starrte auf die Decke. „Ich weiß nicht. Einerseits denke ich, dass ich ihm geben soll, was er möchte. Damit das Leiden und der Schmerz ein Ende haben. Ein anderer Teil von mir glaubt, dass wir immer noch eine Chance haben. Vielleicht sollten wir mehr Zeit miteinander verbringen und über alles reden. Dann könnten wir vielleicht die Verbundenheit wiederfinden, die immer zwischen uns bestand."

Fast versagte ihr die Stimme. „Aber ich kann Dusty nicht dazu bringen, mich zu lieben, wenn er es nicht tut."

Jetzt liefen ihr Tränen über das Gesicht. „Weißt du, was komisch ist? Hier sitze ich, rede mit dir, und wenn ich überlege, was Darby ertragen muss, dann komme ich mir so egoistisch vor. Schuldig, dass ich mich überhaupt beklage. Schließlich bin ich noch gesund, und selbst wenn ich Dusty verloren habe, so lebt er noch. Er will nur nicht mehr mit mir verheiratet sein. Er will mich nicht mehr."

Sie versuchte, sich vorzustellen, was Gramps sagen könnte. Würde er mit dem Finger auf sie zeigen und sie für das Ende ihrer Ehe verantwortlich machen? Oder würde er Dusty beschimpfen? Jolie war sich nicht sicher. Noch nie hatte sie die Gedanken anderer Menschen raten können.

Vielleicht war es gut, dass ihr Großvater nicht antworten konnte. Es war schon schwer genug, ihre eigenen Gefühle zu analysieren, ohne noch die von anderen ertragen zu müssen.

Jolie wusste nicht, wie lange sie dort saß und auf das gleichmäßige Atmen ihres Großvaters lauschte. Sie merkte aber, dass sie allmählich entschlossener wurde. Sie konnte akzeptieren, dass sie das, was geschehen war, überleben konnte. Wenn sie das schaffte, dann konnte sie auch mit den Emotionen fertig werden.

Sie wischte sich die Tränen von den Wangen. Dabei erkannte sie, dass sie sich nie damit auseinandergesetzt hatte, dass Dusty vielleicht nie mehr zu ihr zurückkommen könnte. Als er nicht da war, hatte sie das Ganze verdrängt. Denen, die nach ihm fragten, hatte sie erzählt, dass er mehr Geld verdienen wollte und bald zurückkäme.

Jetzt, da er wieder zurückgekommen war, aber klargemacht hatte, dass er nicht bleiben würde, musste sie der Wahrheit ins Gesicht sehen.

Ihr Großvater lag still auf dem Bett und starrte gegen die Decke. Seit sie gekommen war, hatte er nicht einen Muskel bewegt. Unverändert, wie seit drei Jahren.

Zaghaft lächelte sie. „Womit habe ich dich jetzt belastet?" Langsam stand sie auf und blickte ihn an. „Es tut mir leid, aber ich wusste nicht, mit wem ich sonst reden sollte. Darby hat genug Probleme, und ich will sie nicht noch mit meinen Sorgen belasten. Und Dusty war immer mein bester Freund. Mein Fels in der Brandung. Jetzt ist er das nicht mehr." Sie nahm die warme, trockene Hand des Großvaters in ihre. „Nur du bist mir eingefallen. Jetzt vermisse ich dich mehr, als ich es je getan habe, Gramps." Nun unterdrückte sie ein Schluchzen. „Ich könnte einige deiner handfesten Ratschläge gebrauchen, selbst wenn sie nicht richtig wären."

Gerade wollte sie die Hand wegziehen, als sie einen ganz leichten Druck spürte, als wolle ihr Großvater mit ihr kommunizieren. Sie blickte auf ihre Hände und schloss die Augen. Nach einigen Minuten musste sie akzeptieren, dass die Bewegung entweder unwillkürlich erfolgt war oder dass sie sich den Druck nur eingebildet hatte.

Dann küsste sie ihren Großvater auf die Wange. „Ich liebe dich, Gramps", flüsterte sie.

Sie ging aus dem Zimmer und wusste, dass sie nichts Wesentliches erreicht hatte. Dennoch fühlte sie sich besser.

Dusty schaute wieder auf die Uhr, aber es waren erst drei Minuten vergangen. Jolie war schon mehr als eine Stunde zu spät.

Vielleicht sollte er die Suppe erneut erwärmen, damit es ein frühes Abendessen gab. Da ertönte ein leises Miauen. Spot schlich um seine Füße. „Ist das Futter auf der Feuerwache nicht gut genug für dich?", fragte er die schwarz-weiße Katze.

Als er aus dem Krankenhaus zurückkam, war er überrascht, dass Spot ihm ins Haus folgte. Es war bekannt, dass die furchtlose Katze, die an einer Identitätskrise litt und sich für einen Hund hielt, durch die Stadt streifte, aber sie war bis jetzt immer an der Veranda geblieben. Dass sie jetzt im Haus war und sich an seine Jeans schmiegte, beunruhigte ihn irgendwie.

Dusty stieg über die Katze und ging ans Telefon. „Martinez? Hallo, hier ist Dusty. Ist Jolie da?"

„Jolie? Nein, seit dem Feuer haben wir sie nicht mehr gesehen. Wir haben eben gewettet, was ihr wohl gerade macht?"

Diese Nachricht war nicht ganz leicht zu verdauen. Er war überzeugt gewesen, dass sie auf der Wache aufgehalten worden war. Dass sie überhaupt nicht dort gewesen war, beunruhigte ihn.

„He, Dusty, ist sie in Ordnung? War im Krankenhaus alles okay?"

„Ja, alles in Ordnung", erwiderte er und hoffte, dass das stimmte. „Wenn sie vorbeikommt, sag ihr doch bitte, sie soll mich anrufen."

Martinez wollte noch etwas sagen, aber Dusty legte bereits auf.

Lange überlegte er, wo Jolie sein konnte. Er wollte gerade im Krankenhaus anrufen, als er ihren Wagen vorfahren hörte. Endlich stand Jolie in der Küche und sah ihn merkwürdig an.

„Na?", grüßte er sie, weil ihm nichts Besseres einfiel. Er war natürlich der Letzte, dem Jolie mitteilen musste, wohin sie ging. Trotzdem hatte er sich Sorgen gemacht.

„Hallo", antwortete sie und zog die Jacke aus.

Dusty zwang sich, den Herd anzustellen. „Ich habe mir Sorgen gemacht."

Er überlegte, ob er von seinem Anruf bei der Wache berichten sollte, entschied sich aber dagegen. Schließlich waren sie immer ehrlich miteinander gewesen, und das wollte er jetzt testen.

Jolie holte Teller und Schüsseln aus dem Schrank und legte die Sandwiches, die er gemacht hatte, auf eine Platte. „Ich habe Gramps besucht."

Dusty atmete tief aus. „Wie geht es ihm?"

„Wie immer", erwiderte sie.

Als sie an der Schublade stehen blieb, tat Dusty so, als bemerkte er es nicht. Er hatte die Scheidungsunterlagen wieder dorthin gelegt, wo er sie gefunden hatte. Zweifellos schaute sie jetzt auf die Dokumente.

Er hörte das Knistern von Papier, dann wurde die Schublade geschlossen. Jolie drängte sich an ihm vorbei, und er konnte noch den Geruch von Rauch wahrnehmen. „Es hört sich zwar komisch an, aber ich hatte das Gefühl, dass er mich verstehen konnte."

Dusty nickte, weil er nicht wusste, was er sonst tun sollte.

Worüber musste sie mit dem Großvater reden? Was war so wichtig, dass sie eine weite Fahrt in Kauf nahm, um mit einem Mann zu reden, der nicht antworten konnte?

Dann traf es ihn wie ein Schlag. Sie war deshalb dorthin gegangen, weil sie sonst niemanden hatte!

Die Erkenntnis, dass er nicht mehr die wichtigste Vertrauensperson in Jolies Leben war, traf ihn tief. Natürlich würde sie sich nicht mehr an ihn wenden. Schließlich war er ein halbes Jahr nicht da gewesen.

Wollte er ihr Vertrauen denn wiedergewinnen? Sollte er sich als der anbieten, dem sie ihre dunkelsten Geheimnisse anvertrauen konnte, wenn er doch wieder gehen würde?

Wenn nicht du, wer dann? fragte eine Stimme.

Das ging ihn nichts mehr an. Er stellte den Herd ab, füllte die Suppe in die Suppenteller und ging zum Tisch. Jolie kam mit den Sandwiches nach.

„Jolie, ich …"

Erwartungsvoll sah sie ihn an, während sie beide hinter den Stühlen standen.

„Was gibt es?", fragte sie ruhig. Zu ruhig.

Er öffnete den Mund, obwohl er nicht recht wusste, was er sagen sollte, als sie ein weiteres Auto hörten.

Einen Augenblick später klopfte es an die Tür. Jolie blickte aus dem Seitenfenster. Mit zitternden Händen ging sie zur Tür und öffnete sie.

Mit Nancy Pollard hätte Dusty am wenigsten gerechnet. Er erinnerte sich noch, dass sie bei ihm auf dem College gewesen war. Nun stand sie mit Eleanor Johansen vor der Tür.

„Dürfen wir hereinkommen?", fragte Nancy.

Jolie nickte und öffnete die Tür weiter. „Sicher, kommt rein."

Dusty schaute zu dem kleinen Mädchen und bemerkte den noch immer düsteren Blick.

„Entschuldigt, dass ich einfach so bei euch aufkreuze", meinte Nancy. „Aber nachdem ich in meinen Akten gesehen habe, dass ihr bereits eine Ausbildung als Pflegeeltern gemacht habt, seid ihr meine einzige Hoffnung. Würdet ihr Eleanor behalten, bis wir eine andere Lösung finden?"

Jolies Herz schlug ihr bis zum Hals, als sie Nancy Pollard anstarrte, die als Vertreterin des Jugendamtes gekommen war. Sie blickte zu Dusty und dann zu dem Mädchen, das Nancy an der Hand hielt.

„Wie bitte?", flüsterte Jolie verwirrt.

Dusty trat vor. „Lass mich dir aus dem Mantel helfen", sagte er und lächelte Ellie warm an. Dann half er ihr aus einem lila-weißen Parka. Nancy hatte wohl etwas zum Anziehen für die Kleine besorgt, denn sie besaß nur noch das mit Ruß verschmierte Nachthemd, das sie getragen hatte.

Dann nahm Dusty Nancys Regenmantel entgegen und hängte ihn im Flur auf. „Jolie und ich wollten gerade etwas essen. Ellie, möchtest du auch etwas haben?" Er nahm ihre Hand, die sie fast automatisch akzeptierte, und ging mit dem Kind in die Küche.

Jolie schaute Nancy an und folgte ihm. Sie beobachtete, wie Dusty das Mädchen auf einen Stuhl setzte, ihr etwas Suppe und ein halbes Sandwich gab, obwohl das Mädchen am Essen nicht interessiert zu sein schien. Dann schaltete er den Fernseher an und suchte einen Zeichentrickfilm aus.

Er hockte sich vor Ellie. „Wir sind jetzt im Nachbarzimmer, Ellie. Wenn du etwas brauchst, dann holst du uns, okay?"

Das kleine Mädchen nickte ernst, wobei sie den Blick auf den Fernseher gerichtet hielt. Jolie fragte sich, ob sie überhaupt etwas wahrnahm.

Im Nebenzimmer räusperte Nancy sich. „Danke. Eigentlich sollte Eleanor das nicht hören, und ich würde solche Dinge nicht vor ihr regeln. Dieser Fall hat mich aber so aufgewühlt. Ich bin mit Jeff Johansen aufgewachsen, und nun kann ich nicht objektiv sein."

Teilnahmsvoll nickte Jolie. Sie hatte sich während des Brandes ebenso gefühlt. „Schon in Ordnung."

Da Ellie weg war, veränderte sich Dustys Haltung. Er sah aus, als ob er sich unbehaglich fühlte. „Nancy, es tut mir leid, aber ich glaube nicht, dass wir dir helfen können."

Jolie verschlug es die Sprache.

„Hört mir bitte kurz zu", bat Nancy. „Da Jeff Johansen im Krankenhaus liegt, brauchen wir jemanden, der sich um Eleanor kümmert. Sicher wisst ihr beide, dass Jeff und Angela keine Verwandten haben. Jedenfalls keine, die sich um ein fünfjähriges Mädchen kümmern können. Deshalb möchte ich, dass ihr für sie sorgt."

Jolies Herz schlug laut. „Natürlich."

„Das halte ich für keine gute Idee", warf Dusty ein.

Nancy blickte zwischen beiden hin und her und lächelte plötzlich nicht mehr. „Normalerweise würde ich so etwas nicht von euch verlangen. In meinen Akten steht zwar, dass ihr vor acht Monaten einen Kurs für Pflegeeltern abgeschlossen habt, aber es ist auch aufgeführt, dass ihr noch kein Pflegekind hattet." Sie verstaute die Papiere umständlich in ihrer Aktentasche. „Könnt ihr mir vielleicht sagen, warum nicht?"

„Ich war nicht in der Stadt", erklärte Dusty.

„Verstehe." Nancy sah zur Küche hinüber, obwohl es dort nichts zu sehen gab. „Nun, ich habe euch nur gefragt, weil ich keine andere Wahl habe. Es wäre nur für zwei Nächte, bis ich herausgefunden habe, wo ich Eleanor langfristig unterbringen kann."

„Langfristig?", wollte Jolie wissen.

Sie nickte und biss sich auf die Lippe. „Ich habe mit dem zuständigen Arzt im Krankenhaus gesprochen. Mit Jeff stehen die Dinge nicht zum Besten. Und selbst wenn …" Ihr versagte die Stimme, und sie musste sich räuspern. „Wenn Jeff durchkommt, dann muss er lange im Krankenhaus bleiben und intensive Rehabilitationsmaßnahmen über sich ergehen lassen. Jedenfalls kann er sich nicht um Eleanor kümmern."

Jolie merkte, dass Dusty etwas sagen wollte, und berührte seinen Arm. „Nancy, entschuldigst du uns einen Moment?"

Die Vertreterin des Jugendamtes wirkte nun verwirrt. „Sicher, natürlich. Ich gehe zu Eleanor, dann könnt ihr in Ruhe reden."

„Danke, wir brauchen nur einige Minuten."

Als Jolie hörte, dass Nancy mit Ellie sprach, verschränkte sie die Arme vor der Brust und schloss die Augen.

„Jolie, ich …"

Sie hob eine zittrige Hand. „Bitte sag jetzt nichts. Ich muss nachdenken."

Jolie konnte die Augen nicht öffnen, weil sie dem fragenden Blick Dustys nicht begegnen wollte. Sie wusste, dass er Nancy und die kleine Ellie abweisen wollte. Den Grund dafür kannte sie.

Offensichtlich wusste die junge Frau nichts von ihrer Trennung. Warum sollte sie auch? Die Leute in der Stadt wussten nur, dass Dusty den Dienst bei der Feuerwehr aufgegeben hatte, weil er eine attraktivere Position in Toledo bekommen hatte. Nicht mehr und nicht weniger. Wenn man sich fragte, warum er sechs Monate lang nicht nach Hause gekommen war, so stellte man Jolie diese Frage zumindest nicht. Auch wenn sie es merkwürdig fanden, dass sie ihn nie besucht hatte, man kommentierte es nicht.

Erstaunlich, wie leicht man eine Lüge akzeptierte, weil die Wahrheit zu schwer zu verkraften war. Jeder, auch sie selbst, fand es leichter zu denken, dass das, was zwischen ihr und Dusty geschah, nur vorläufig war. Dass alles wieder gut würde, jetzt, da er zurück war.

„Ich muss sie nehmen", flüsterte Jolie und öffnete die Augen.

Fast wünschte sie, sie hätte es nicht getan. „Mir scheint das keine gute Idee, Jolie."

„Warum?"

Er schaute weg. „Du weißt, warum."

„Weil du weggehst?"

„Nicht nur deshalb."

„Weil du Angst hast, dass meine Unfähigkeit, Kinder zu bekommen, dahintersteckt?"

Sein Blick traf ihren, und sie wusste sofort, dass sie recht gehabt hatte.

„Nichts davon hat mit meiner Entscheidung zu tun, mich um Ellie zu kümmern. Ich weiß, dass du gehst. Das brauchst du mir nicht zu sagen. Ich weiß auch, dass ich unfruchtbar bin. Auch wenn du mich daran erinnerst, ändert das nichts daran."

„Du brauchst aber meine Zustimmung."

Sie warf ihm einen Blick über die Schulter zu.

„Gut, vielleicht ist Zustimmung das falsche Wort. Vielleicht passt Schweigen besser. Wir wissen doch beide, dass Nancy nicht hier wäre, wenn …"

„Wenn sie die Wahrheit über uns wüsste?"

Er wich ihrem Blick aus. „Ja."

Jolie wusste, dass das stimmte. Eine alleinstehende Frau konnte normalerweise nicht als Pflegemutter für ein fünfjähriges Kind eingesetzt werden.

Sie schaute aus dem Fenster. „Dusty, ich kann nicht so tun, als würde ich verstehen, was du gerade denkst. Vielleicht denkst du, alles sei ein Plan, um dich zum Bleiben zu zwingen." Sie zuckte bei ihren eigenen Worten zusammen. „Aber das stimmt nicht. Ich kann dir nur sagen, dass ich genau weiß, was ich fühle. Im Moment habe ich das Bedürfnis, diesem kleinen Mädchen zu helfen. Damit sie den Schock übersteht, nachdem sie ihre Mutter verloren hat. Außerdem weiß sie, dass ihr Vater eventuell nicht durchkommt."

Nun flüsterte sie. „Ich weiß, dass ich es kann. Wenn …" Dieses Mal brach ihre Stimme. „Ganz einfach, weil ich es selbst erlebt habe."

Flehend sah sie ihn an, aber er schaute nicht zu ihr. Da griff sie nach seinem Arm. „Ich weiß, wie sie sich jetzt fühlt, Dusty. Ich weiß, wie es ist, wenn die Welt um dich herum zusammenbricht. Ich verstehe sie. Ich kann ihr helfen."

Dieses Mal schaute er sie mit gemischten Gefühlen an.

Langsam ließ sie seinen Arm los.

Unruhig fuhr er sich durch die Haare. „Jolie, ich widerspreche nicht, weil ich dich für unfähig halte. Auch ich war dabei. Erinnerst du dich?"

Wie konnte sie das vergessen? Dusty hatte sie damals zuerst gesehen, nachdem ein Feuerwehrmann sie aus dem Haus getragen hatte.

„Ich halte es nur im Moment für keine gute Idee."

Traurig lächelte sie. „Da muss dir etwas Besseres einfallen, wenn du mir das ausreden willst."

Dusty verzog das Gesicht. „Na schön. Erstens warst du bei dem Einsatz dabei. Du warst im Haus und hast Ellie gerettet. Vielleicht machst du dir Vorwürfe wegen des Todes ihrer Mutter und der Verletzungen ihres Vaters."

Trotz des unangenehmen Gefühls in ihrer Magengegend hielt Jolie sich kerzengerade.

„Außerdem ist unsere Ehe zu Ende."

Sie zuckte zusammen. Das war das erste Mal, dass einer von ihnen es laut ausgesprochen hatte. *Unsere Ehe ist zu Ende.* Kein vielleicht, kein eventuell, sondern ein unbestreitbares „ist".

Jolie versuchte, den Schmerz zu unterdrücken, der auf ihrer Brust lastete. „Bitte, Dusty", flüsterte sie. „Noch nie habe ich dich gebeten, etwas für mich zu tun. Noch nie."

Nun wirkte Dusty traurig. „Hast du jemals darüber nachgedacht, dass das ein Teil des Problems sein könnte?"

Sie zitterte und versuchte es erneut. „Ich bitte dich, Dusty. Gib mir diese beiden Tage. Du musst nicht bleiben. Ich kann die Papiere unterschreiben. Du kannst gehen. Dann erzähle ich den anderen, dass du zurück zur Arbeit musstest."

Er schüttelte den Kopf. „Nein, Jolie. Wie ich bis jetzt gesehen habe, hast du noch niemandem von unserer Lage erzählt. Wenn ich dir jetzt zustimme, dann sagst du vielleicht niemals die Wahrheit."

„Doch, das werde ich", widersprach sie, klang aber nicht sehr überzeugt.

Langsam wandte sie sich von Dusty ab. Das war es also. Durch ein kleines Mädchen, das ein vorübergehendes Zuhause brauchte, war die Endgültigkeit ihrer Situation ans Licht gekommen. Ihre Ehe war vorbei.

Da spürte sie seine Hand auf ihrer Schulter.

Sie widerstand dem Verlangen, sich an ihn zu lehnen. „Bitte, Dusty, es ist wichtig für mich."

Lange Zeit sagte er nichts. „Okay", meinte er ruhig. „Wenn wir das durchziehen, dann muss ich aber solange hierbleiben. Den Rest regeln wir später. Wenn Nancy ein anderes Zuhause für sie findet."

So schnell drehte Jolie sich um, dass beide fast gefallen wären. Sie umarmte Dusty unter Tränen und legte den Kopf an seine Schulter.

Erst schien er nicht zu wissen, was er tun sollte, aber dann zog er sie eng an sich. Sie hätte schwören können, dass er aufgestöhnt hatte.

„Danke", flüsterte sie. „Danke, Dusty."

Leise ging Dusty in den zweiten Stock. Es war schon lange dunkel, aber das Flurlicht erhellte die Treppe. Nach einem anstrengenden Abend mit Ellie hatten sie das unter Schock stehende Kind vor ungefähr einer Stunde ins Bett gebracht. Jetzt war Jolie schon zum vierten Mal im Gästezimmer, um einen Blick auf Ellie zu werfen.

Dusty sah, dass Jolie die Arme um sich geschlungen hatte. Sie drehte sich zu ihm.

Er brachte ein Lächeln zustande. „Eine Veränderung?"

Sie lehnte die Tür an und kam zur Treppe. „Jetzt scheint sie endlich zu schlafen. Ich wollte ihr die Tränen wegwischen, aber ich hatte Angst, sie wieder aufzuwecken."

Dusty nickte.

Unten hatten sie versucht, die kleine Ellie vorsichtig aus ihrem Schockzustand zu lösen. Das Mädchen reagierte jedoch nur minimal und wirkte täuschend ruhig. Sie hatte sogar brav eine Portion Spaghetti gegessen. Nachdem sie die Kleine in das Gästezimmer gebracht hatten, in dem es keine Stofftiere gab und nicht einen für sie bekannten Gegenstand, hatte Ellie leise geweint, als sie aus dem Zimmer gehen wollten.

„Nancy sagt, dass sie morgen früh mit einem Kinderpsychologen Kontakt aufnehmen will", sagte Jolie leise, als könne sie Dustys Gedanken lesen.

„Das hilft uns jetzt auch nicht, aber wenigstens schläft sie."

Sie nickte. „Ja."

In der Küche machte Jolie sich eine Tasse Kakao und fragte, ob er auch etwas wollte. Er schüttelte den Kopf und holte sich ein Bier aus dem Kühlschrank. Schweigend tranken beide, und nur das Geräusch der alten Standuhr im Flur war zu hören. Außerdem das Schnurren von Spot, die auf einem Stuhlkissen eingeschlafen war. Die Katze war bei ihnen eingezogen, obwohl sie vorher nie Interesse an ihrem Haus gezeigt hatte.

„Glaubst du, dass das, was wir gerade fühlen, normal ist?", fragte Jolie.

„Was meinst du?"

„Ich weiß nicht. So hilflos. Wir können Ellie nicht einfach glücklich machen."

Sie blickte ihn an, und er lächelte. „Wahrscheinlich ist es ganz natürlich. Nicht nur für uns, sondern alle Eltern fühlen so, wenn ihren Kindern etwas Schlimmes passiert."

Bei dem Wort „Eltern" schaute sie schnell weg. Er beobachtete, wie sie mit dem Zeigefinger über den Rand der Tasse fuhr.

„Was gibt es?", wollte er wissen.

„Glaubst du, alles wäre anders gewesen, wenn wir Kinder gehabt hätten?"

Da war sie. Die Frage, vor der er Angst gehabt hatte. Der Hauptgrund, warum er es nicht für eine gute Idee hielt, dass Jolie sich um Ellie kümmerte. Nicht in der momentanen Situation. Nicht bei ihrer instabilen Gefühlslage.

Jolie seufzte und blickte zu Boden.

„Ich frage dich nicht aus den Gründen, die du denkst, Dusty. Außerdem will ich niemanden kritisieren oder Entschuldigungen suchen. Ich bin einfach … neugierig."

„Hm, neugierig."

Sie nickte und nahm einen Schluck Kakao.

„Ich weiß es wirklich nicht, Jolie. Wahrscheinlich wären die Dinge schon anders, wenn wir Kinder hätten."

Mit der Antwort schien sie gerechnet zu haben.

Dusty nahm einen Schluck Bier und drehte die Flasche in den Händen. „Das soll nicht heißen, dass ich nicht gegangen wäre."

Überrascht sah sie ihn an.

Er musste einen Fluch unterdrücken. „Nun möchte ich dir eine Frage stellen, Jolie. Glaubst du, dass du dich ändern würdest, wenn du Mutter wärest?"

„Wie meinst du das?"

„Hättest du deinen Beruf aufgegeben? Wärest du bei den Kindern zu Hause geblieben? Hättest du weniger Stunden gearbeitet?" Hättest du das getan, worum ich dich gebeten hatte, nämlich den Beruf als Feuerwehrfrau ganz aufgegeben? fragte er im Stillen weiter.

„Ich weiß es nicht", erwiderte sie leise.

Er trank das Bier aus und warf die Flasche in den Mülleimer. „Wir müssen den Tatsachen ins Auge sehen. Wir können noch die ganze

Nacht hier stehen und überlegen, was alles hätte geschehen können. Aber Fakt ist, dass wir nichts verändern können. Jetzt nicht mehr. Was vorbei ist, ist vorbei."

Dusty ging ins Wohnzimmer, um fernzusehen, da er eine Ablenkung von diesem Gespräch brauchte.

Jolie packte ihn am Arm. „Worüber redest du, Dusty? Über uns? Willst du sagen, dass sich für uns nichts mehr ändern kann?" Er schaute ihr in die Augen und fühlte sich unendlich zu ihr hingezogen. Ihm fiel ein, wie wunderbar es sich anfühlte, wenn sie ihre Beine um seine Taille geschlungen hatte. Wenn sie seine Küsse erwiderte. Er wusste, dass sie auf einer Ebene immer ein Paar bleiben würden. „Oder redest du über Erick?"

Wenn sie ihm einen Schlag versetzt hätte, wäre er nicht schockierter gewesen.

„Was?"

Sie nahm langsam ihre Hand von seinem Arm. „Wir haben doch nie richtig über Erick geredet, nachdem er gestorben war. Wahrscheinlich waren wir zu sehr mit unseren eigenen Problemen beschäftigt."

Er versteifte sich. „Nein. Es lag daran, dass es nichts zu reden gab."

„Wirklich nicht?"

Sie blickte erneut zu Boden. „Ich kann dir gar nicht sagen, wie viele Nächte ich wach gelegen habe und mich fragte, was mit uns geschehen war. Ich wollte das Puzzle lösen, aber immer fehlte ein Teil. Ein Grund für deine Handlungen, den ich nicht erkennen konnte. Nie hätte ich gedacht, dass es Erick sein könnte."

Dusty wurde ärgerlich. „Ich weiß nicht, worüber du redest, Jolie."

Am liebsten wäre er schnellstens aus der Küche verschwunden, aber seine Beine gehorchten ihm nicht.

„Wirklich nicht?", fragte sie eindringlich. „Vor nicht allzu langer Zeit hätte ich das Gleiche gesagt. Dass die eine Sache nichts mit der anderen zu tun hatte. Aber als Darby gestern vorbeikam und ich sah, wie du auf sie reagiertest, da fiel es mir wie Schuppen von den Augen. Ich erkannte, dass Ericks Tod weit mehr mit der Situation zwischen uns zu tun hat, als wir beide geglaubt haben."

Dusty biss die Zähne zusammen. „Du übertreibst."

„Das glaube ich nicht."

Er wollte ihr antworten, aber sie hielt eine Hand hoch. „Jetzt leg bitte nicht los und versuche, meine Worte als verzweifelten Versuch auszulegen, dich zum Bleiben zu überreden. Das könnte ich nicht ertragen. Jetzt nicht. Ich habe akzeptiert, dass unsere Ehe zu Ende ist. Es fehlen nur noch einige Formalitäten. Du willst gehen, und ich lasse dich gehen."

Er bekam plötzlich keine Luft mehr.

„Ich will nur versuchen, alles zu verstehen. Wenn wir beide das nicht können, dann gibt es keinen richtigen Abschluss. Selbst wenn du gegangen bist, wird es immer noch offene Fragen geben."

„Vielleicht hast du Fragen, ich habe keine."

Bei dieser Bemerkung zuckte sie zusammen. „Wenn das stimmt, warum hast du mich gestern Morgen geküsst? Warum hast du mit mir geschlafen?"

Diese Fragen trafen ins Schwarze.

„Lass mich raten. Du machst die Hormone dafür verantwortlich. Du warst so lange ohne eine Frau, dass du dich von mir angezogen fühltest. Oder du wolltest eine Erinnerung an mich mitnehmen. Oder noch schlimmer, du wolltest mir ein Andenken an dich geben."

Dusty konnte kein Wort herausbringen.

„Weißt du, was ich glaube? Nichts davon stimmt. Was gestern passierte, war von uns beiden nicht vorauszusehen. Obwohl es klüger wäre, so zu tun, als ob es nie geschehen wäre, ist es doch passiert. Und ich glaube, wir sind es uns schuldig, den Grund dafür zu finden, bevor wir uns für immer voneinander verabschieden."

Dusty strich sich über das Kinn. „Und wenn reine Lust der Grund war?"

Sie hob das Kinn auf eine Weise, die ihn reizte, sie wieder zu küssen. „Dann kennen wir wenigstens die Wahrheit."

Er nickte. „Gut, vielleicht hast du recht. Vielleicht sollten wir die Dinge genauer betrachten."

„Einschließlich Erick?"

Dusty sah seinen toten Bruder vor sich und ein Bild von Jolie im Krankenhaus. „Nein."

Er ging aus dem Zimmer, aber nicht zum Fernseher, wie er geplant hatte, sondern nach draußen. Dort atmete er tief ein, aber den Aufruhr in seinem Innern konnte er nicht beruhigen.

7. KAPITEL

Vorsichtig verlegte Dusty die letzte kobaltblaue Fliese auf dem Boden des Whirlpools. Als er nach Hause gekommen war, hatte er Jolie schlafend auf dem Sofa gefunden, wobei der Fernseher noch lief. Wahrscheinlich hatte sie auf ihn gewartet, um noch über die Dinge zu reden, die sie in der Küche angesprochen hatte. Er weckte sie nicht, sondern deckte sie zu. Danach ging er ins Bad, um die Arbeiten zu erledigen, die Jolie oder Ellie nicht stören würden.

Jetzt, nach drei Stunden, hatte er den Boden der Wanne gefliest, und er fühlte sich erschöpft. Er wusch sich die Hände und betrachtete sich im Spiegel. Furchtbar sah er aus, und so fühlte er sich auch.

Leider musste er zugeben, dass Jolie recht hatte. Es gab zu viele ungeklärte Dinge zwischen ihnen, als dass sie einfach ihre Ehe beenden und ein neues Leben beginnen konnten.

Natürlich hatte Jolie meistens recht. Und das ärgerte ihn noch mehr. Nicht, dass er sich über ihre Menschenkenntnis aufregte. Nein. Er erkannte nur, wie viel er von sich verborgen hatte. Sogar sich selbst gegenüber.

Dusty räumte langsam auf, um sich zu beruhigen. Es stimmte, dass er nie mit Jolie über Ericks Tod gesprochen hatte. Er könnte sagen, dass das an der unruhigen Situation gelegen hatte. An Jolies Verletzungen. An seiner Entscheidung, den Dienst bei der Feuerwehr zu quittieren. Jetzt konnte er sich aber nicht mehr belügen. Damals hatte er wirklich nicht über Erick reden können, und er konnte nicht einschätzen, welchen Einfluss der Verlust seines Bruders auf sein Leben hatte.

Er war auch nicht sicher, ob er es heute konnte.

Beim Verlassen des Hauses hatte er kein festes Ziel vor Augen gehabt. Er war in den Truck gestiegen und einfach losgefahren. Als er sich jedoch Darbys Ranch genähert hatte, hatte er überlegt, ob seine Schwägerin ihm vielleicht neue Erkenntnisse vermitteln könnte. Darby hatte vor dem Haus gesessen, die Zwillinge schliefen schon.

Eine Stunde lang hatten sie über alles Mögliche geredet. Die Schulgeschichten der Kinder. Die vielen Tiere auf der Ranch, zu denen ständig neue dazu kamen. Gerade wollte Dusty fragen, welche Auswirkungen Ericks Tod auf ihr Leben hatte, als der Sheriff hinter seinem Truck anhielt. John Sparks hatte Dusty bei seinem Nachhauseweg gesehen und wollte ihn begrüßen.

Diese Begrüßung hatte eine weitere Stunde gedauert, bevor Dusty sich entschloss, in die Stadt zurückzufahren.

Jetzt war er mit dem Aufräumen fertig. Nun konnte er keine Arbeiten mehr ausführen, für die entweder Bohrer, Hammer oder Säge nötig waren. Da es lange genug gedauert hatte, bis Ellie endlich eingeschlafen war, wollte er nun mit der Arbeit aufhören.

Er ging nach unten und fand Jolie immer noch an derselben Stelle wie bei seiner Rückkehr von Darby.

Lange betrachtete er sie. Wie sich das seidige Haar an ihre Wange schmiegte. Das feste Kinn. Das leise Geräusch ihres Atmens.

„Oh Jolie, was ist mit uns geschehen", murmelte er.

Er kam näher, weil er sie richtig zudecken wollte. Dabei sah er eine Veränderung. Als er noch näher kam, erkannte er frische Tränenspuren auf ihrer Haut, was ihm zeigte, dass nicht nur Ellie von Dämonen verfolgt wurde, die er nie verstehen würde.

Jolie hatte niemals Risiken gescheut, weder in ihrem Beruf noch emotional, was sie nun wieder bewies, da sie ein gestörtes kleines Mädchen aufnahm, das sie bestimmt an ihre eigene schwere Kindheit erinnerte. Das liebte und hasste er an ihr. Das zog ihn immer wieder an. Er wollte sie verstehen. So sein wie sie. Früher mal hatte er gedacht, dass sie eine wahre Heldin sei.

Wie konnte ein Mensch nur so selbstlos sein? Bereit sein, so viel zu riskieren, und gleichzeitig alles für andere zu opfern? Die gleichen Qualitäten hatte er bei sich gesucht, aber nichts gefunden. Ja, er hatte Brände bekämpft. Aber er hatte das mehr wegen des Adrenalinschubs und der damit verbundenen Aufregung und Spannung getan als wegen des Bedürfnisses, anderen zu helfen. Natürlich gab es kein besseres Gefühl, als jemanden zu retten, aber das hatte ihn nicht angetrieben.

Jolie dagegen schien immer von dem Willen besessen zu sein, anderen helfen zu wollen. Selbst auf Kosten ihrer eigenen Person. Selbst auf Kosten ihrer Ehe.

Vorsichtig hob er die Decke hoch und setzte sich neben sie auf das Sofa. Dann zog er Jolie an seine Seite. Automatisch kuschelte sie sich an ihn.

Dusty wurde ganz warm, als er sie noch enger an sich zog. Immer hatten sie so gut zusammengepasst. Das hatte er schon beim ersten Mal gedacht, als er sie in den Armen gehalten hatte. Es war bei ihrer dritten Verabredung gewesen. Sie hatten sich beim Jahrmarkt in der Stadt vergnügt. Nachdem er sie zu ihrem Großvater nach Hause gebracht hatte, musste er sie einfach küssen. Wie gut hatte sie geschmeckt! Wie jetzt hatte sie sich an ihn geschmiegt, und in jenem Moment hatte er sich zum ersten Mal in seinem Leben zu Hause gefühlt.

Nun bewegte Jolie sich, und ihr Haar kitzelte an seiner Nase. In solchen Momenten konnte er die Probleme zwischen ihnen fast vergessen. Sich überzeugen, dass es so viele gute Dinge gab, dass es für ihn nicht genügend Gründe gab, zu gehen.

Fast.

Er schloss die Augen und atmete tief ein. Darüber wollte er jetzt nicht nachdenken. Dusty wollte nur die Wärme von Jolies Körper spüren, ihren Atem hören und sich daran erinnern, wie es war, einfach zu leben.

Jolie hörte ein entferntes Miauen. Sie wollte sich in die Decke kuscheln und fühlte sich warm und geborgen. Aber sie hatten doch gar keine Katze. Das war sicher die vom Nachbarn.

Plötzlich spürte sie einen Schmerz im Nacken. Wieso ... Da erkannte sie, dass sie gar nicht in ihrem Bett lag. Natürlich hatten sie und Dusty keine Katze. Sie hatte ja selbst Dusty nicht mehr.

Warum spürte sie ihn dann an ihrer Seite?

Das Miauen wurde lauter. Jolie öffnete die Augen und bemerkte zwei Dinge gleichzeitig. Dass sie und Dusty zusammen auf der Couch geschlafen hatten. Und dass Ellie vor ihnen aufgewacht war und sie mit Spot auf dem Arm beobachtete.

„Was? Was ist los?" Dusty war auch gerade aufgewacht.

Jolie lehnte eine Hand gegen seine Brust und setzte sich auf. „Ich glaube, es ist Morgen." Sie schluckte und lächelte das kleine Mädchen an.

„Hallo, Ellie. Hast du schon lange gewartet?"

Erst kam keine Antwort, aber dann schüttelte Ellie den Kopf.

„Da bin ich aber froh." Jolie versicherte sich, dass ihr Hemd und ihre Jeans zugeknöpft waren, dann fuhr sie sich durch die Haare. „Meine Güte, wir sind sicher beim Fernsehen eingeschlafen."

Dusty reckte sich neben ihr und kicherte. Sie widerstand dem Wunsch, ihm mit dem Ellenbogen in die Seite zu stoßen.

„Ist dir das schon mal passiert, Ellie? Dass du beim Fernsehen eingeschlafen bist?"

Jetzt nickte das Mädchen.

Das war ein gutes Zeichen. Oder nicht? Jolie konnte keinen klaren Gedanken fassen, da sie noch sehr müde war. Ellie hatte seit gestern nicht gesprochen. Seitdem Jolie sie aus dem brennenden Haus gerettet hatte, hatte sie noch kein einziges Wort gesagt. Aber das war normal, oder?

Spot miaute wieder, und Jolie blickte zu der Katze. Sofort erkannte sie, was die Ursache für ihr Unbehagen war. Ellie hielt die Katze nicht nur, sie presste sie an sich.

Jolie wollte schon die Hand ausstrecken, zog sie aber wieder zurück. Neben ihr setzte sich Dusty auf. „Gute Morgen, Ellie." Er grinste sie an, dass es Jolie ganz warm ums Herz wurde. „Guten Morgen, Spot." Nun streckte er den Arm aus. „Darf ich?", fragte er Ellie. „Ich würde Spot auch gerne mal drücken."

Das Mädchen trat einen Schritt zurück, überlegte es sich dann aber anders und hielt die Katze vor sich. Dusty nahm sie auf. „Hallo, Spot. Hast du gut geschlafen?" Er kraulte die Katze unter dem Kinn, und das Miauen verwandelte sich sofort in ein zufriedenes Schnurren. Jolie beobachtete Ellie, die wiederum Dusty betrachtete. „Bist du hungrig? Ich auf jeden Fall."

Jolie schaute auf die Uhr. Es war kurz nach sieben, und einen Moment lang erschrak sie. Bis sie sich erinnerte, dass heute ihr freier Tag war. „Hm, was fändest du besser? Eier und Speck? Oder Pfannkuchen und Würstchen?"

Ellie sagte nichts. Sie blickte zu Dusty, der Spot von Ellie entfernt absetzte. Sofort ging die Katze in Richtung Küche, als habe sie mitbekommen, worüber gesprochen wurde, und wollte die Erste sein, die etwas Leckeres bekam.

„Vielleicht gibt es auch noch einige Cornflakes im Schrank."

„Pfannkuchen", sagte Ellie leise.

Jolie lächelte sie an. „Nun, dann gibt es Pfannkuchen."

Da hörte man ein Klopfen an der Tür. Jolie hob die Brauen, schaute aber weiter zu Ellie. „Wer besucht uns denn schon so früh? Meinst du, die wollen auch Pfannkuchen?"

Sie war nicht sicher, aber sie glaubte ein Leuchten in Ellies dunkelblauen Augen gesehen zu haben.

Während Dusty Ellie in die Küche brachte, ging Jolie zur Tür. Sie schaute durch das Seitenfenster und erblickte Mrs Noonan von gegenüber.

Kurz schloss Jolie die Augen. Diese neugierige Person hatte ihr gerade noch gefehlt. Sie öffnete mutig die Tür und erwischte Mrs Noonan bei dem Versuch, durch das Fenster zu schauen.

„Guten Morgen, Mrs Noonan."

„Himmel, hast du mich erschreckt, Jolie."

Sie sah, dass die ältere Frau etwas in den Händen hielt, und blickte darauf.

„Ich wusste nicht, ob du schon wach bist. Nachdem du so spät ins Bett gekommen bist."

„Ich bin wach", versicherte Jolie und verkniff sich die Frage, woher

Mrs Noonan wusste, wann sie zu Bett gegangen war. Vielleicht schlief die Nachbarin nie, aus Angst etwas zu verpassen.

Mrs Noonan schien zu erwarten, dass sie hineingebeten wurde, aber Jolie öffnete die Tür nicht weiter. „Was möchten Sie, Mrs Noonan?"

„Möchten? Oh ja." Sie hielt einen mit einer Folie bedeckten Teller hoch und flüsterte: „Ich habe gehört, dass die kleine Eleanor Johansen seit gestern bei dir ist. Furchtbar nett von dir und Dusty, sich um sie zu kümmern. Furchtbar nett." Sie hielt ihr den Teller entgegen. „Ich dachte, wo du jetzt so viel um die Ohren hast, könnte ich euch etwas zu Essen vorbeibringen."

„Das ist sehr nett, Mrs Noonan", murmelte Jolie. Und das war es wirklich. Nun fühlte sie sich geradezu schuldig, als sie unter die Folie schaute und einen Berg selbst gemachter Donuts entdeckte.

„Einige habe ich mit buntem Zuckerguss verziert. Du weißt schon, für die Kleine."

Jolie lächelte. „Die werden ihr sicher schmecken."

Mrs Noonan stand immer noch vor der Tür.

Nun räusperte Jolie sich. „Hm, wir wollten gerade ein paar Pfannkuchen machen, Mrs Noonan. Möchten Sie auch welche?"

Sie öffnete die Tür ein Stück weiter in der Annahme, dass Mrs Noonan die Einladung annehmen würde.

Stattdessen lächelte sie und schüttelte den Kopf. „Das ist nett von dir, Jolie, aber ich habe schon gegessen." Sie blickte auf die Donuts. „Genießt euer Frühstück. Und sag mir, wenn du etwas brauchst, ja?"

Jolie starrte ihrer Nachbarin hinterher, als sie in ihr Haus zurückging.

Kopfschüttelnd schloss sie die Tür und ging in die Küche, um Dusty und Ellie das Geschenk zu zeigen. Sie entfernte die Folie und stellte den Porzellanteller auf den Küchentisch. Ellie durfte sich den ersten Donut aussuchen. Sofort nahm sie den mit der meisten Verzierung.

Während Dusty dem Mädchen ein Glas Milch hinstellte, lächelte Jolie. „Ich habe schon mit den Pfannkuchen angefangen. Warum duschst du dich nicht? Ich gehe dann nach dir."

Jolie schaute sich um und stellte fest, dass er schon alle Zutaten geholt hatte. „Okay", stimmte sie zu.

An diesem Morgen fühlte Jolie sich merkwürdig. Zum ersten Mal seit Langem war sie mit etwas anderem beschäftigt als mit ihren Problemen. Aber egal, wie sehr sie und Dusty sich bemühten, so konnten sie Ellie keine Silbe entlocken. Komisch war auch, dass Spot bei ihnen blieb. Es war fast so, als würde die Katze spüren, dass sie gebraucht wurde.

Im Laufe des Tages änderte sich die Situation nicht. Besonders, nachdem Jolie erfahren hatte, dass Ellies Vater noch auf der Intensivstation lag. Nicht einmal Tucker konnte ihr sagen, ob Jeff überleben würde.

Sie hatte sich mit Dusty darauf geeinigt, Ellie erst dann etwas zu sagen, wenn sie mehr über Jeff erfahren hatten. Nancy hatte zugestimmt, denn es wäre nicht gut, dem Kind Hoffnungen zu machen, wenn es dem Vater vielleicht schlechter ginge.

Jolie stand im Gästezimmer und betrachtete ihr Werk. Sie hatte versucht, das Zimmer gemütlicher auszustatten. Dusty hatte nur den Kopf geschüttelt, als sie Stofftiere und Kinderbettwäsche eingekauft hatte. Über die Vorläufigkeit von Ellies Aufenthalt brauchte er nichts zu sagen. Das wusste sie. Sie ging einfach davon aus, dass alle Dinge der Johansens im Feuer zerstört worden waren, sodass Ellie auf jeden Fall neue Sachen brauchte.

Aus dem Wohnzimmer klangen die Töne eines Zeichentrickfilmes, den Ellie regungslos anschaute. Die Kinderpsychologin, die am Morgen vorbeigekommen war, hatte Ellie nicht zum Reden bringen können, aber sie hatte herausgefunden, dass Ellie begriffen hatte, dass ihre Mutter tot war und ihr Vater im Krankenhaus lag. Bevor sie mit dem Versprechen ging, in zwei Tagen wiederzukommen, gab die Psychologin Jolie und Dusty den Rat, das Thema nicht anzuschneiden, sondern abzuwarten, ob Ellie selbst über den Verlust der Mutter oder die Lage des Vaters reden wollte. Dann sollten sie so ehrlich wie möglich sein.

Ellie hatte aber noch gar nicht mit ihnen geredet, und Jolie bezweifelte, dass sie das überhaupt tun würde.

Leise ging sie die Treppen hinunter und blieb vor dem Wohnzimmer stehen. Wie klein sie doch aussah. Jünger als fünf Jahre. Dieses kleine Mädchen musste im Moment so viel ertragen.

Jolie zitterte, und ihr fielen einige Dinge aus der Vergangenheit ein. An Dustys Aufmerksamkeit und an die Schroffheit des Großvaters nach dem Tod ihrer Eltern erinnerte sie sich noch. Sie hatte sich auch wie gelähmt gefühlt. Als ob sie geahnt hätte, dass ihr Leben sich völlig verändert hatte und nichts mehr so sein würde wie früher.

Genau diese Gefühle konnte sie in Ellies Gesicht erkennen.

Spot rieb sich an ihrem Bein. Jolie kam immer mehr zu der Überzeugung, dass die Katze ihr etwas mitteilen wollte. Sie schüttelte den Kopf, weil sie fast an ihrem Verstand zweifelte. Dann nahm sie die Katze hoch und streichelte sie. Ihr sofortiges Schnurren zeigte, dass sie Aufmerksamkeit wollte.

Wahrscheinlich benötigte Ellie das auch.

Sofort setzte sie Spot auf den Boden, ging ins Wohnzimmer und setzte sich neben Ellie. „Oh, ‚Scooby-Doo'. Das habe ich als Kind auch gesehen."

Es ging um Halloween, und Jolie war überzeugt, dass sie sich noch an das Ende erinnern konnte. Bei der nächsten Werbepause meinte sie: „Weißt du, dass morgen Abend Halloween ist?"

Ellie blinzelte, schaute sie aber nicht an.

„Wolltest du auch in den Häusern um Süßigkeiten bitten?"

Keine Antwort.

Jolie fragte sich, was Ellies Mutter in so einem Moment wohl gesagt hätte. „Mir fällt etwas ein. Mr Petersen hat viele Kürbisse. Wäre es nicht toll, wenn wir uns einen aussuchen und das Haus für Halloween schmücken?"

Ein Blinzeln war die einzige Antwort.

Nun seufzte sie, als fände sie den Vorschlag auch nicht gut. „Na ja, die Idee ist wohl doch nicht so gut, oder?"

Der Zeichentrickfilm wurde fortgesetzt, und Jolie ließ resigniert die Schultern sinken. Dass es so schwierig würde, hatte sie nicht gedacht. Ellie schien sich ganz in sich zurückgezogen zu haben, und es brauchte mehr als Donuts, Pfannkuchen und das Versprechen, Kürbisse zu holen, damit sie wieder aus sich herauskam.

„Ich hätte gern einen Kürbis", sagte Ellie plötzlich.

Jolie schaute sie verwundert an, da sie nicht sicher war, ob sie sich die Worte nur eingebildet hatte. Doch dann schaute das Mädchen sie aus seinen großen Augen an, als wartete sie auf eine Antwort.

„Oh!", meinte Jolie erstaunt. „Gut. Warum gehst du nicht nach oben ins Bad und sagst Dusty, wohin wir gehen. Vielleicht fragst du ihn, ob er mitkommen will. Ich hole die Jacken."

Ellie starrte sie weiter an, ohne ihren Gesichtsausdruck zu verändern. Geduldig lächelte Jolie und dachte, dass dieser Vorschlag vielleicht zu schwierig für das Kind war.

Also fragte Jolie Dusty selbst, ob er sie begleiten wollte, aber er war noch beschäftigt. Deshalb ging sie mit Ellie und Spot, die nicht zurückbleiben wollte, um den Kürbis zu holen. Unterwegs achtete Jolie darauf, dass sie nicht an Ellies abgebranntem Haus vorbeifuhren. Das Radio war eingeschaltet, und sie sprach ein wenig mit Ellie, während das Kind aus dem Fenster blickte und Spot streichelte.

Was? hätte Jolie die Katze am liebsten gefragt, die sie mit einem geradezu ermutigenden Blick anschaute. Natürlich war das lächerlich. Unmöglich könnte die Katze eine Vorstellung davon haben, was geschehen war und was nötig war, um Ellie aus ihrer Welt zu holen.

Dann sah man ein großes Feld mit vielen orangefarbenen Kürbissen. Ellie schien gar nicht aufgefallen zu sein, dass sie angekommen waren. Nicht mal, nachdem Jolie den Jeep neben dem Tor geparkt hatte, durch das gerade eine Familie mit einem riesigen Kürbis kam.

Jolie griff das Lenkrad fester. Natürlich. Warum hatte sie nicht bedacht, dass gerade junge Familien solche Ausflüge machen würden? Wenn sie andere Familien sah, dann würde Ellie doch nur an ihre eigene zerbrochene denken.

„Guck mal, Jolie, ich möchte den da."

So unerwartet erklangen diese Worte, dass Jolie völlig verblüfft reagierte. Ihr Herz schlug schneller, als sie den freudigen Gesichtsausdruck von Ellie bemerkte.

Sie riss sich zusammen. „Welchen?", fragte sie.

Beim Anblick des größten Kürbisses, den sie je zu Gesicht bekommen hatte, wurden Jolies Augen weit. „Hm", meinte sie nachdenklich. „Irgendwie kann ich mir nicht vorstellen, dass dieser Kürbis in den Jeep passt."

Sofort sah Ellie wieder traurig aus, und Jolie hatte das Gefühl, als sei die Sonne hinter einer Wolke verschwunden.

Sie lächelte. „Aber wir können es versuchen, oder?"

Da richtete Ellie sich auf und stieg aus dem Wagen. Spot schien Jolie einen leidvollen Blick zuzuwerfen, als er hinter ihr aus dem Jeep sprang.

Langsam stieg sie aus und folgte Ellie zu dem Kürbis. Je näher sie kamen, desto größer schien er.

Verzweifelt überlegte sie, wie sie sich aus dieser Situation retten konnte. „Ich wette, der hat genügend Samen, um ganz Ohio in ein Kürbisfeld zu verwandeln."

Ellie kicherte und strich über das orangefarbene Monster.

Jolie vermutete, dass der Kürbis mindestens so schwer war wie sie selbst.

„Wir könnten Unmengen von Kürbistorten backen. Meine Mutter macht die auch immer."

Gegenwart. Sofort hatte Jolie den Irrtum bemerkt. „Ja. Deine Mom hat den besten Kürbiskuchen auf der Welt gemacht."

Absichtlich hatte sie die Vergangenheitsform benutzt und wartete auf Ellies Reaktion.

Zu ihrer Erleichterung gab es nur einen niedergeschlagenen Blick.

„Glaubst du, dass er in den Jeep passt?" Diese Frage stellte sie nur, weil sie die Antwort bereits kannte.

Ellie blickte vom Kürbis zum Wagen und wieder zurück. Jolie hielt die Luft an.

„Tut mir leid, Mädels", ertönte die Stimme von „Old Man Peterson". „Wenn ihr euch in den verliebt habt, muss ich euch leider enttäuschen. Der wird für die traditionelle Old Orchard Halloween Party morgen Abend gebraucht."

Jolie stieß einen tiefen Seufzer aus. Ellie starrte auf den alten Mann und trat einen Schritt zurück. Jolie hielt die Kleine fest, und ihr wurde klar, dass sie das Mädchen zum ersten Mal richtig berührte. Sie stellte die beiden vor.

„Eleanor?", fragte Peterson. „Nennt man dich nicht Ellie?"

Das Mädchen nickte, und ihre Augen wirkten riesig.

„Das habe ich mir gedacht. Ich hatte mal ein Pferd, das Ellie hieß. Die Stute war sehr groß und das streitlustigste Biest, das ich je gekannt habe."

Jolie musste bei seinen Worten lächeln, während Ellie sich hinter ihren Beinen versteckte. Sie räusperte sich. „Sind Sie sicher, dass wir den Kürbis nicht haben dürfen, Mr Peterson? Wir beide dachten, dass er in unserem Vorgarten gut aussehen würde."

Er schnalzte mit der Zunge. „Ganz sicher. Bürgermeister Nelson hat schon im letzten Jahr das Geld dafür gegeben. Er war nicht glücklich, als die Wentworths den größten Kürbis bekamen."

Ein vertrautes Miauen kam plötzlich vom Feld. Spot umkreiste einen normal großen Kürbis und rieb sich an ihm.

„Ist das Spot?", fragte „Old Man Peterson" und kratzte sich am Kinn. „Ich glaube nicht, dass er schon jemals so weit draußen war. Das heißt, dass etwas Wichtiges passieren wird."

Jolie blickte ihn fragend an. Sie kannte Gerüchte über die Heldentaten der Katze. Es wunderte sie nur, dass ein Mann in Petersons Alter ihnen Glauben schenkte. Hieß es nicht, dass die Weisheit mit dem Alter kam?

„Tut mir leid, Mr Peterson, aber ich glaube, dass Dusty, Ellie und ich diejenigen sind, die von Spot bedacht werden. Sie ist im Jeep mit uns gekommen."

Verschmitzt schaute der alte Mann sie an. „Ja, ja. Wenn irgendwer ein Wunder verdient, dann ihr drei."

Jolie war wie vom Schlag getroffen.

„Dann wollen wir uns mal den Kürbis ansehen, den Spot für dich ausgesucht hat."

Ellie ging sofort durch das Tor zu dem Kürbis, auf den Spot sich inzwischen gelegt hatte. Lange blickte Jolie die Katze an. Dann schüttelte sie den Kopf und ging vor Mr Peterson auf den Hof.

*D*usty stand frisch geduscht in sauberer Jeans und Sweatshirt auf der Veranda, als Jolie vorgefahren kam. Von Weitem konnte er erkennen, dass sie angespannt wirkte und immer verstohlen zu Ellie blickte, die aus dem Fenster starrte. Ihr Ausflug schien nicht so gut gelaufen zu sein.

Er zwang sich, vor dem Haus zu warten und nicht zum Auto zu gehen. Jolie öffnete die Beifahrertür und half Ellie beim Aussteigen. Die Fünfjährige hielt den Blick gesenkt, als sie zum Haus ging. Nachdem Jolie die Haustür geöffnet hatte, verschwand sie nach drinnen, die Katze auf den Fersen.

„Häng deine Jacke im Flur auf, Süße", rief Jolie hinter ihr her. „Gleich bekommst du etwas zu essen."

Jolie schloss die Tür und lehnte sich erschöpft dagegen. Dusty beobachtete, wie sie irgendetwas murmelte. Dann erst sah sie ihn.

„Ist nicht gut gelaufen, nicht wahr?", fragte er und hätte am liebsten ihr Haar berührt.

„Nein, alles lief wunderbar. Sie hat gesprochen, Dusty. Sie hat in ganzen Sätzen mit mir geredet."

„Was ist denn dann passiert?"

Sie zuckte mit den Schultern, nahm ihm die Kaffeetasse aus der Hand und trank einen Schluck. Sofort verzog sie das Gesicht, weil sie merkte, dass der Kaffee schwarz war. „Oh, Elva Mollenkopf ist passiert. Mitten in der Stadt. Wir sind beim „Old Jakes General Store" gewesen, um einiges zu besorgen, und wer begegnet uns, als wir an der einzigen Ampel der Stadt halten? Elva." Jolie machte eine abwehrende Handbewegung. „Natürlich hat sie in einer halben Minute das zerstört, was wir in vierundzwanzig Stunden aufgebaut hatten."

„Was hat sie gesagt?"

„Sie sagte der kleinen Ellie, dass es ihr leidtäte, dass ihre Mutter auf so schreckliche Art und Weise gestorben sei. Jetzt brauche sie sich aber keine Sorgen mehr zu machen, denn die Mutter würde jetzt keine Schmerzen mehr empfinden. Am besten sei, ihr Vater würde auch noch sterben, denn er würde mit seinen Verbrennungen sicher schlimm aussehen und immer auffallen. Wie schade sei es, dass sie jetzt ein Waisenkind und ganz allein auf der Welt sei."

Nun holte Jolie Luft. Sie merkte, dass Dusty ebenfalls entsetzt über diese Worte war.

„Fast wäre ich bei Rot gefahren, um von Elva wegzukommen. Warum gibt es nur Leute, die erst dann glücklich sind, wenn sie andere unglücklich machen? Ellie ist erst fünf Jahre alt. Das allein sollte sie vor solchem Gerede bewahren."

Dusty stellte die Tasse ab. „Vielleicht hat sie sich auf Ellie gestürzt, weil sie so ein leicht zu erreichendes Ziel abgibt. Es könnte auch sein, dass sie so gedankenlos ist, dass sie überhaupt nicht gemerkt hat, was sie mit ihren Worten angerichtet hat."

Jolie blickte ihn über die Schulter an.

„Vielleicht auch nicht."

Dusty wollte nach Ellie schauen. Die Kleine hatte den Fernseher eingeschaltet und starrte auf den Bildschirm. Leise zog Dusty sich zurück und ging wieder nach draußen.

„Sie war die Erste, die etwas zu mir sagte, nachdem du damals gegangen warst."

Dusty schaute auf, als er ihre Worte hörte.

„Eigentlich wollte ich ein paar Tage für mich haben, um mir alles durch den Kopf gehen zu lassen und zu überlegen, was ich den anderen sagen sollte. Aber meine ersten fünf Minuten draußen, und schon sagte Elva mir, wie leid es ihr täte, dass du mich verlassen hättest. Vielleicht sei es ja mein Fehler, denn eine echte Frau sollte ihren Mann halten können. Dann meinte sie, es sei sicher so am besten, denn wir hätten noch nie zusammengepasst, und das würde ich jetzt sicher merken."

Nun ärgerte sich Dusty.

Jolie lachte kurz auf. „Das Merkwürdige ist, dass ich niemandem gesagt hatte, dass du gegangen warst. Wirklich gegangen. Ich hatte nur erzählt, dass du einen guten Job in Toledo hattest." Sie schüttelte langsam den Kopf. „Aber Elva wusste es. Ich weiß nicht, woher, aber sie wusste es."

Leise trat Dusty auf sie zu. „Es tut mir leid."

„Kein Problem. Du hast getan, was du tun musstest." Sie räusperte sich. „Es ist komisch. Elva findet zwar immer schnell einen Schuldigen, aber nachdem sie mit mir geredet hatte, erkannte ich, dass sie nicht schlauer als andere ist. Sie war einfach die Einzige, die die Wahrheit ausgesprochen hatte. Egal, was ich sagte oder tat, alle wussten, dass du mich verlassen hattest." Sie senkte den Kopf. „Ich war die einzige Närrin, die gedacht hatte, dass du zurückkommen könntest."

Gern hätte Dusty sie berührt. Um ihr wortlos seine Gefühle mitzuteilen. Er wollte ihr sagen, dass er fast zurückgekommen wäre.

Er hatte es jedoch nicht getan, denn es hätte sich nichts geändert. Nach neuerlichen Flitterwochen wäre alles von vorne losgegangen.

Nun verurteilte er diese pessimistische Einstellung. Wenn man allein war, konnte man leicht so großartige Gedanken entwickeln, aber wenn die beteiligte Person zitternd vor einem stand …

Sie hörten das Geräusch eines Wagens, der in der Einfahrt hielt. Türen wurden zugeschlagen. Der vertraute Augenblick war vorbei.

Dusty drehte den Kopf und fluchte leise. Dann sah er seine Schwägerin Darby, die mit den Zwillingen auf das Haus zukam.

Jolie spürte Dustys Rückzug, und ihr Herz zog sich zusammen, als Darby die Treppe hochstieg und sie umarmte.

„Ich wäre schon früher gekommen, aber ich musste noch zum Tierarzt." Sie drehte sich zu Dusty um. Der war einen Schritt zurückgegangen und schaute seine Nichten unsicher an.

Da nahmen die Mädchen ihm die Unsicherheit ab, indem sie sich auf ihren Onkel stürzten.

„Onkel Dusty!", rief Erin.

„Wir haben dich vermisst", fiel Lindy der Schwester ins Wort.

Da beugte Dusty sich vor und hob beide Mädchen hoch. Die beiden kreischten vor Vergnügen. „Nicht so, wie ich euch vermisst habe." Er küsste sie beide. Dann schaute er sie stolz und zugleich traurig an. „Bilde ich es mir nur ein, oder seid ihr beide schwerer geworden, seit ich euch das letzte Mal gesehen habe?"

Lindy hob das Kinn. „Ich bin seit letztem Sommer einen Zentimeter gewachsen", verkündete sie stolz.

„Stimmt nicht", konterte Erin.

„Stimmt wohl."

„Nein."

Dusty stellte sie ab und legte jedem Kind eine Hand auf den Kopf. „Vielleicht kann ich euch helfen." Er tat so, als würde er sie messen, dann seufzte er. „Ich weiß nicht, Erin. Es sieht so aus, als sei sie ein bisschen größer als du."

Jolie biss sich auf die Lippe, damit sie nicht lachen musste. Als Erstgeborene tat Erin gern so, als sei sie die größere, klügere und schnellere der beiden. Bei den Worten ihres Onkels blickte sie finster drein. Dusty hob sie wieder hoch. „Aber mach dir keine Sorgen, Süße, du holst das schnell wieder auf."

Darby strich Lindys Haare zurück. „Vielleicht. Wenn sie ihr Gemüse immer brav isst und es nicht Arnold unter dem Tisch zusteckt."

„Arnold? Sagt mir nicht, dass ihr das alte Schwein immer noch habt."

„Doch, haben wir", bestätigte Lindy durch ein Kopfnicken. „Sheriff Sparks nennt ihn Pork Chop. Was meint er wohl damit, Onkel Dusty?"

Dusty blickte schelmisch zu Jolie. „Oh, das ist nur ein Kosename, Lindy. So wie Süße, Prinzessin oder Herzchen." Er bückte sich und drückte die beiden Mädchen, bis sie sich aus seiner Umarmung befreiten.

Darby stand neben Jolie, und ihre Augen waren verdächtig gerötet.

Nun erhob sich Dusty. „He, ich habe eine Idee. Warum gehen wir nicht rein und erzählen Ellie alles über Arnold?"

„Wer ist Ellie?", wollte Erin wissen.

Darby schüttelte fast unmerklich den Kopf, weil sie ihnen noch nichts gesagt hatte.

„Oh, das ist das kleine Mädchen in eurem Alter, das einige Zeit bei uns bleiben wird. Möchtet ihr sie kennenlernen?"

„Ja", antwortete Lindy.

„Nein", sagte Erin.

Jetzt lächelte Dusty und öffnete die Fliegentür. „Wir schauen einfach mal nach."

Erleichtert lehnte Darby sich an das Geländer. „Meine Güte, einen Moment lang dachte ich, er würde weglaufen."

„Ich auch", gab Jolie zu.

Aufmerksam schaute Darby Jolie an. „Du siehst gut aus."

Jolie verdrehte die Augen. „Wenn man bedenkt, dass ich Elva Mollenkopf gerade in der Stadt getroffen habe, dann fasse ich das als Kompliment auf."

Darbys Gesichtsausdruck wurde ernst. „Elva kann selbst den sonnigsten Tag verdunkeln. Manchmal frage ich mich, ob Angela recht hatte. Die Frau muss ein Vampir sein."

Atemlos blickte Jolie zu ihrer Schwägerin. „Komisch, dass du das jetzt sagst. Neulich traf ich Angela beim Einkaufen. Bevor …" Jolie musste schlucken. „Sie hatte mich vor Elva gerettet und sagte genau das Gleiche. Ich kann immer noch nicht glauben, dass sie nicht mehr da ist."

„Ich auch nicht", meinte Darby.

Beide schwiegen, und Jolie fragte sich, wie häufig ihre Schwägerin wohl über Ericks Tod nachdachte.

„Am Tag von Ericks Beerdigung sagte Elva zu mir, es wäre besser, dass er mir jetzt schon genommen wurde. Jetzt sei ich noch jung genug, um jemand anderen zu finden. Am liebsten hätte ich sie geschlagen. Damals konnte ich mir nicht vorstellen, überhaupt jemand anderen zu wollen. Ich kann es immer noch nicht. Wo wir gerade von Beerdigungen sprechen. Du wirst dich doch nicht auch noch um Angelas Begräbnis kümmern, oder?"

„Nein, der ‚Old Orchard Woman's Club' kümmert sich darum. Übermorgen findet eine Gedächtnisfeier statt."

„Da bin ich aber froh. Vielleicht fahre ich heute Nachmittag vorbei und gucke, ob ich helfen kann." Sie griff nach einer Tüte, die sie mitgebracht hatte. „Ich habe die Kleidung der Mädchen durchgesehen. Vielleicht kann Ellie einiges davon gebrauchen."

„Danke." Sie blickte in die Tüte und zog ein kleines mit Spitze besetztes Kleid heraus.

„Das war das Halloween-Kostüm von Erin im letzten Jahr. Da morgen Halloween ist, dachte ich, dass Ellie das Kostüm vielleicht haben möchte."

Jolie befühlte das Kleid und dachte, dass es eher für eine Puppe geeignet sei, weil es so winzig schien. Plötzlich wurden ihre Augen feucht.

„Danke. Ich wusste nicht, ob ich etwas besorgen sollte. So fällt mir die Entscheidung leichter."

„Übrigens finde ich großartig, was du und Dusty für Ellie tut."

„Ich könnte mir nicht vorstellen, anders zu handeln."

„Diese Antwort überrascht mich nicht. Wie läuft es denn sonst, abgesehen von Vampir Elva?"

„Es geht so. Heute Morgen habe ich bei ‚Old Man Peterson' mit Ellie einen Kürbis ausgesucht."

Darby stöhnte. „Ich war gestern mit den Mädchen dort. Sag bloß nicht, dass sie den Monsterkürbis haben wollte?"

Jolie nickte, und Darby lachte laut auf.

Mit Darby fühlte Jolie sich schwesterlich verbunden. Sie war überglücklich, dass sie eine so nahe Freundin hatte.

„Das meinte ich aber nicht, als ich gefragt habe, wie alles läuft."

„Was meinst du denn?"

„Natürlich will ich wissen, wie es um dich und Dusty steht."

Nun wurden Jolies Wangen feuerrot. „Ah."

„Ja, ah. Jetzt komm schon, du kannst es mir ruhig sagen."

Jolie blickte auf ihre Hände.

„Wir wissen doch beide, dass du mit jemandem reden musst, sonst platzt du noch."

„Gestern war ich bei Gramps."

„Das zählt nicht. Die Person, mit der du redest, muss antworten können."

„Au."

„Wenn du auf Takt Wert legst, hättest du mich nie als Freundin wählen dürfen."

Nun musste Jolie lächeln. „Wahrscheinlich wäre es zu viel verlangt, wenn etwas von meinem auf dich abfärben würde."

„Ha, ha. Jetzt schieß los."

Jolie vermied den Blickkontakt zu ihrer Freundin, weil sie nicht sicher war, was sie erzählen sollte. Obwohl sie vor zwei Tagen der Versuchung nachgegeben hatten, letzte Nacht auf demselben Sofa geschlafen und auch vernünftige Gespräche geführt hatten, war doch eigentlich alles beim Alten geblieben. Die Scheidungspapiere lagen noch in der Besteckschublade, und Dusty wollte immer noch gehen.

„Ich wünschte, ich könnte dir etwas erzählen, Darb. Aber ich habe keine Ahnung, wie sich alles entwickeln wird. Besonders gut sieht es nicht aus."

„Soll ich mal mit ihm reden?"

„Nein, Dusty und ich müssen die Sache schon selbst regeln."

„Und?"

„Und was?"

„Wie sind deine weiteren Pläne?"

Fragend blickte Jolie sie an.

„Komm, Calbert, du musst doch einen Plan haben, wie du ihn verführen kannst zurückzukommen."

Wieder wurde Jolie rot. „Ich bin nicht der verführerische Typ."

„Du willst doch nicht einfach abwarten und ihn gehen lassen?"

„Doch, das ist genau das, was ich tun werde, Darby. Ich kann ihn nicht zwingen zu bleiben. Zwischen uns gibt es zu viele Probleme."

„Der Mann liebt dich, Jolie. Das weißt du doch sicher."

„Vielleicht ist das nicht genug, oder er muss es selbst noch herausfinden."

„Ohne deine Hilfe?"

Jolie blickte zur offenen Haustür und lauschte auf das Gelächter der Kinder. Dusty rief gerade, dass das Essen fertig sei und sie schnell kommen sollten. Sie musste lächeln. „Nun, ich würde nicht gerade sagen, dass ich gar nicht helfe."

„Das klingt eher wie die Jolie Calbert Conrad, die ich ausgebildet ... äh, an die ich mich erinnere."

Jolie hob die Tüte mit den Kleidungsstücken auf und ging ins Haus. Sie fragte sich, ob es ihr wirklich gelingen würde, Dusty zurückzugewinnen. Vielleicht benötigte ihre Ehe eine Generalüberholung.

Jedes Mal, wenn Dusty seine Nichten ansah, wurde ihm warm ums Herz. Obwohl sie eineiige Zwillinge waren, hatte er sie immer auseinanderhalten können. Es lag an den Merkmalen, die sie von seinem Bruder geerbt hatten, die nichts mit dem blonden Haar und den braunen Augen zu tun hatten. Ericks Leistungsdenken und seine schelmische Art fanden sich in Erin wieder, was ihr im Gegensatz zu ihrem engelhaften Aussehen etwas Spitzbübisches verlieh. Bei Lindy fand sich Ericks schiefes Grinsen, wodurch ihre ernstere Art aufgelockert wurde.

Darby lachte gerade über einen zweideutigen Witz, den Erin erzählt hatte, obwohl deutlich zu erkennen war, dass die Sechsjährige den Sinn des Wortspieles gar nicht verstanden hatte. Dusty dachte an seinen verstorbenen Bruder.

Alles in ihm zog sich zusammen, und er bekam kaum noch Luft. Er blickte auf den Küchentisch und auf die Menschen im Zimmer. Aber egal, wohin er schaute, konnte er der Panik, die ihn überfiel, nicht entkommen.

Jemand berührte seinen Arm. Die kleine Ellie schaute ihn aus großen Augen an.

Schließlich holte Dusty tief Luft, und das Gefühl der Panik ließ nach. Er beugte sich zu Ellie. „Was kann ich für dich tun, Ellie?"

Sie zeigte auf den Krug mit Milch, den er auf den Tisch gestellt hatte. Automatisch griff er danach.

„Du bekommst sofort etwas", meinte er und goss Milch in Ellies leeres Glas.

Da bemerkte er den skeptischen Blick der Zwillinge. Lindy zuckte mit den Schultern und hielt ihr Glas hin. „Mir auch, Onkel Dusty."

„Wenn sie etwas bekommt, dann will ich auch etwas", meinte Erin ergeben und schob das Glas etwas verärgert über den Tisch.

Darby musste lächeln. „Du bist ein kluges Kind, Ellie. Milch ist gut für den Körper."

Erin kreuzte die Arme und lehnte sich in ihrem Stuhl zurück. „Das sagst du jetzt. Warte nur auf die Rückfahrt, wenn Lindy mit ihren Furzen die Luft im Auto verpestet."

Erst war es ganz ruhig, dann brach Jolie in Lachen aus.

Auch Dusty musste lächeln, als er sah, wie Darby Jolie mit dem Ellenbogen anstieß. „Erin, was habe ich dir über solche Worte gesagt? Besonders beim Essen?"

Die Sechsjährige grinste. „Also, dann, wenn sie Gase ablässt. Oder Flat..."

„Flatulenzen."

„Genau."

„Ein enormes Wort für so ein kleines Mädchen."

„Flatulenzen", wiederholte Ellie, was ihren einzigen Beitrag zum Gespräch beim Essen darstellte.

Wieder mussten alle lachen.

In diesem Moment klingelte das Telefon. Dusty stand sofort auf und merkte, dass Jolie das Gleiche tat. Ihre Blicke trafen sich, und da merkte er, dass er nicht mehr das Recht hatte, ans Telefon zu gehen.

Jolie setzte sich wieder. „Geh du ruhig."

„Nein, du solltest drangehen."

Dusty bemerkte Darbys Blick. „Soll ich aufstehen?", fragte die Schwägerin.

Nun grinste Dusty. „Sicher würdest du gern wissen, wer anruft." Er nahm den Hörer ab. „Ja", sagte er so lässig wie möglich.

„Dusty? Hier ist Jones. Wir haben Feueralarm im „General Store". Sag Jolie, dass ich sie brauche. Wir brauchen jede Hilfe. Auch dich könnten wir gebrauchen."

„Ich sage es ihr."

„Gut, danke."

Jones legte auf, aber Dusty blieb noch einen Moment stehen. Auch dich könnten wir gebrauchen, echote es in seinem Kopf.

Langsam legte er auf. Seit Ericks Unfall vor sechs Monaten hatte er kein Feuer mehr bekämpft. Er wusste nicht mal, ob er es überhaupt noch konnte. Irgendwie hatte er nicht mehr den Mut. Gestern hätte er Jolie fast aufgehalten, in das Haus der Johansens zu gehen, obwohl sie nur ihren Beruf ausübte.

„Was ist los?", wollte Jolie wissen.

Er blickte in die fragenden Gesichter. „Alarm auf der Hauptstraße." Den genauen Ort wollte er nicht nennen, da es noch schlimmer war, wenn man die Personen kannte. „Jones braucht dich sofort."

Da ertönte auch schon die Sirene, um die Freiwillige Feuerwehr zum Einsatz zu rufen.

Die Zwillinge wollten aufstehen, Darby hielt sie jedoch zurück. „Oh nein, ihr nicht. Ihr bleibt schön hier sitzen, denn damit habt ihr nichts zu tun."

„Ach, Mom …"

Sie warf ihnen einen vorwurfsvollen Blick zu und schaute dann zu Dusty. „Warum gehst du nicht mit Jolie. Dann braucht sie den Jeep nicht auf der Straße zurückzulassen. Ich kümmere mich um Ellie." Sie blickte zu dem Mädchen, das den Kopf gesenkt hielt. „Warum gehen wir vier nicht auf die Ranch? Ich möchte sehen, wie es Julius nach dem

Besuch beim Tierarzt geht. Vielleicht kann Ellie auch beim Füttern helfen." Sie griff vorsichtig nach Ellies Händen. „Was hältst du davon?"

Jolie zog sich gerade die Jacke an. „Das würde ich auch gern machen."

Grinsend blickte Dusty zu ihr. Dabei tat Jolie wahrscheinlich nichts lieber, als ein Feuer zu löschen.

Er rieb sich den Nacken. „Danke, Darby, ich mache das."

Zwei Stunden später schmerzten Jolies Muskeln fürchterlich. Trotz des kühlen Wetters schwitzte sie in ihrem Anzug. Die körperliche Anstrengung war ein Grund, aber die Zusammenarbeit mit Dusty nach so langer Zeit war ebenso verantwortlich für ihren Zustand.

Sie blickte ihn kurz an, als er ihr auf das Dach des „General Store" half, aber er schaute sie nicht an. Sein Mund war zusammengepresst, und sein Gesicht war angespannt. Auch ihm standen die Schweißperlen auf der Stirn.

Jolie zeigte auf eine Ecke des Gebäudes. „Der Chef meint, wir sollten dort noch mal ventilieren."

Er richtete die Taschenlampe auf das Gebiet, wo vorher schon gelüftet worden war. Als Jolie diagonal über das Dach laufen wollte, hielt er sie zurück. „Bleib an den Seiten", forderte er.

Sie nickte und nahm das Beil aus der Tasche. Als sie überlegte, wo sie zuschlagen wollte, fiel ihr Blick auf Dusty, und sie ließ das Beil fallen.

„Bist du okay, Dusty?"

Er blickte sie an, und für Jolie sah er gleichzeitig verärgert und verletzt aus. Eine ungewöhnliche Kombination, bei der sie nicht wusste, wie sie reagieren sollte.

Während der sieben Jahre, die sie zusammengearbeitet hatten, war er immer ein Draufgänger gewesen, der sich von niemandem die Arbeit abnehmen ließ.

Aber in den letzten beiden Stunden hatte er sich zurückgehalten, fast als wäre er unsichtbar. Nur als die Wand unten eingebrochen war, hatte er richtig mit angepackt.

„Mir geht es gut. Lass uns das hier schnell erledigen, damit wir verschwinden können."

Beim Klang seiner Stimme klopfte Jolies Herz schneller. „Gut, leuchte jetzt mit der Taschenlampe."

Er stellte sich an die Seite und beleuchtete die Stelle, auf die Jolie nun mit dem Beil einschlug. Als eine Öffnung entstanden war, entwich

Rauch durch das Dach. Dieser Rauch war durch das Löschen des Feuers im unteren Teil entstanden.

„Das wäre es", meinte sie und ging mit Dusty zurück. Sie versuchte, ihren heftigen Pulsschlag zu ignorieren. Während sie Dusty beobachtet hatte, konnte sie ihre eigenen Gefühle ignorieren. Aber da das Feuer jetzt unter Kontrolle war und bald gelöscht sein würde, konnte sie ihre merkwürdigen Gefühle nicht mehr verdrängen. Zum ersten Mal betrachtete sie sich mit den Augen eines anderen. In der Gefahrensituation hatte sie sich konzentriert, aber heute hatte sie sich dauernd an Dustys Standpunkt erinnert.

Und plötzlich spürte sie eine Angst, die sie früher nie gekannt hatte. Natürlich hatte sie alle Einsätze mit Vorsicht erledigt, aber nun merkte sie, dass sie Nerven hatte. Ihr Mund war trocken, und ihr war fast übel.

Fühlte Dusty sich vielleicht auch so? Wie ging es ihm seit dem Anruf von Jones? Waren das seine Gefühle, wenn er sie vor einem Einsatz beobachtete?

Sie strich sich den Pony aus der Stirn. Eigentlich wollte sie sich gar nicht mit Dustys Augen sehen. Besonders jetzt, da die Entscheidung über ihre Ehe schon getroffen war. Dieses Verständnis wollte sie nicht, es war zu spät dafür. Besonders, wenn sie den nüchternen Gesichtsausdruck von Dusty betrachtete.

„Du gehst als Erste."

Bei Dustys Worten nickte sie und folgte seinem Vorschlag.

Als beide wieder in Sicherheit waren und den Einsatzleiter von der erfolgreichen Belüftung informiert hatten, hob dieser den Daumen.

„Gut", seufzte Jones erleichtert und schaute auf die Uhr. „Wahrscheinlich haben wir die Sache unter Kontrolle. Warum geht ihr nicht nach Hause. Die anderen können jetzt weitermachen."

Jolies Kehle war wie zugeschnürt. Nach Hause.

Zwanzig Minuten später waren sie wieder zu Hause. Allein.

Jolie schrubbte ihre Hände, um den Ruß unter den Fingernägeln zu entfernen. Sie fragte sich, warum es so merkwürdig war, mit Dusty allein zu sein. Bevor sie sich um Ellie gekümmert hatten, waren sie auch allein gewesen.

„Warum gehst du nicht schon unter die Dusche?", schlug Dusty vor, während er seine Jacke auszog.

Sie schüttelte den Kopf, während sie sich auf ihre Nägel konzentrierte. „Nein, geh du nur. Ich dusche nach dir."

Obwohl sie seinen Blick spürte, erwiderte sie ihn nicht.

„Bist du sicher?"

„Ja. Du weißt, dass ich nach einem Feuer immer ein bisschen Zeit brauche."

„Das hatte ich vergessen."

Was hast du sonst noch vergessen, Dusty? Diese Frage kam Jolie ganz spontan, sie stellte sie jedoch nicht laut. Sie wartete, bis sie seine Schritte auf der Treppe hörte, und trocknete sich dann die Hände. Lange starrte sie aus dem Fenster auf den Rasen, der gemäht werden musste, und auf das Laub, das man wegfegen musste. Auch ihre Beziehung braucht Aufmerksamkeit.

Wahrscheinlich würde ein Paar in der Stadt sich um eine Eheberatung bemühen. Aber hier in Old Orchard waren sie auf sich selbst gestellt, und Jolie wusste nicht, ob sie dieser Aufgabe gewachsen war.

Wie konnte sie Dusty helfen, seine Ängste zu überwinden, wenn sie nicht alle seine Gefühle kannte? Sicher hatte sie gerade eine Ahnung davon bekommen, aber das war wahrscheinlich nur die Spitze des Eisberges. Wenn er ihr seine Gefühle nicht mitteilte, dann wären all ihre Versuche, seine Wunden zu heilen, hoffnungslos.

Nun hörte sie, dass oben die Dusche angestellt wurde. Die Vorstellung eines nackten Dusty, während er sich seinen muskulösen Körper wusch, fand sie sehr erotisch.

Sie zitterte und versuchte, sich daran zu erinnern, was ihr Großvater ihr mal gesagt hatte, als ihr das Hühnchen zum fünfzigsten Mal angebrannt war und sie das Kochen schon aufgeben wollte.

„Manchmal reicht bloßes Wissen nicht, Jolie. Oft musst du deinem Instinkt vertrauen und nicht mehr auf die Uhr schauen. Du musst auf die Flamme achten und die Teile umdrehen, wenn du glaubst, dass der Zeitpunkt dafür gekommen ist."

War ihr das mit Dusty passiert? Hatte sie zu sehr auf das geachtet, was zwischen ihnen nicht stimmte, als auf das, was in Ordnung war?

Wenn sie jetzt ihren Instinkt befragte, was würde sie dann erfahren?

Sie schluckte, denn sie wusste genau, wie die Antwort aussah. Die Wärme ihres Körpers, die Feuchtigkeit zwischen den Schenkeln und der schnelle Pulsschlag sagten ihr eindeutig, dass sie sofort nach oben zu Dusty unter die Dusche gehen wollte. Zu ihrem Mann.

Dusty hielt sein Gesicht unter den Strahl der Dusche, aber er konnte die Anspannung nicht aus seinem Körper vertreiben.

Was war mit dem Mann passiert, der ohne einen zweiten Gedanken mutig ein Feuer bekämpfte?

Dieser Dusty Conrad war vor sieben Monaten mit seinem Bruder verschwunden. Hatte Jolie recht? Standen seine jüngsten Entscheidungen mit Ericks Tod in Verbindung? War vielleicht nicht sie für die Entfremdung zwischen ihnen verantwortlich, sondern lag es an ihm, dass er das Beste auf der Welt verloren hatte?

Trotz des heißen Wassers zitterte er. Dusty rieb sich die Augen und drehte sich um. Nackt und mit stolzem Schritt kam Jolie mit erwartungsvollem Blick auf ihn zu.

„Oh", sagte Dusty nur. Er war hingerissen von ihrem Anblick.

Ihr Lächeln zeigte ihm, wie lahm seine Begrüßung geklungen hatte. „Selber oh." Sie blickte auf den Boden. „Ich konnte doch nicht mehr warten. Auf die Dusche, meine ich."

Dusty trat zur Seite. „Hier ist genug Platz für zwei."

Nun schaute sie ihm ins Gesicht. „Eigentlich brauche ich nur Platz für einen."

Zögernd bedeckte sie seine Brust mit den Händen. Dustys Herzschlag wurde unruhig, als er ihre Finger festhielt und dem verlangenden Ausdruck ihrer Augen begegnete.

Wie sehr er diese Frau begehrte. Immer schon. Als sie jetzt so vor ihm stand, das Haar nass am Kopf anliegend, Wassertropfen auf den Wimpern, Feuchtigkeit auf den rosigen vollen Lippen, da war er erstaunt, wie er den Mut gefunden hatte, sie zu verlassen.

War es wirklich Mut gewesen? Oder war die Flucht vor seinem Job, seinem Zuhause und seiner Frau ein Akt der Feigheit gewesen? Ein Ergebnis der gleichen Angst, die er vorhin beim Feuereinsatz empfunden hatte?

„Bitte küss mich, Dusty", flüsterte Jolie und leckte sich kurz über die Lippen.

Er fasste sie sanft an den Schultern und schob sie an die Seite der Dusche. Dann beugte er sich vor und tat das, worum sie gebeten hatte. Wonach er sich sehnte.

Langsam fuhr er mit der Zunge über ihre Lippen und glitt dann in ihren Mund. Ein Stöhnen war zu hören, als sie die Arme um seine Taille schlang und ihn näher an sich zog, bis sein harter Körper an ihrem weichen lag. Er erforschte ihren Mund weiter und glitt mit den Händen über ihre Brüste. Als sie erbebte, wurde seine Sehnsucht nach ihr noch größer, und er zog an ihren harten Knospen und drehte sie leicht, um ihr mit seinem Körper mitzuteilen, was er mit Worten nicht konnte.

Während er sie immer noch leidenschaftlich küsste, spürte er, wie Jolie ein Bein um seines schlang, als suche sie noch intimeren Kontakt.

Er nahm die rechte Hand von ihrer Brust und griff nach der Seife. Damit glitt er über ihre Schulter, zwischen ihre Brüste und staunte über ihre weiche Haut. Jolie umfasste seinen Rücken und wurde plötzlich unruhig, als er mit der Seife zu ihrem Nabel und tiefer strich.

Nun löste Jolie sich von seinem Mund und atmete tief ein, als er mit der Seife zwischen ihre Schenkel fuhr. Hin und zurück, immer wieder.

„Oh ja", murmelte sie, küsste seine Schulter und biss dann leicht hinein.

Nun fuhr er mit der Seife über ihre Hüfte und die Schenkel, unter den Arm und darüber, bis ihr ganzer Körper mit Schaum bedeckt war.

Mit zitternden Fingern nahm sie ihm die Seife ab, da sie ihn ebenfalls waschen wollte. Sie hielt seinem Blick stand, als sie seine Brust und seinen Bauch einseifte, dabei aber ein entscheidendes Gebiet ausließ. Stattdessen fuhr sie über seine Taille und den Rücken.

Dusty starb fast vor Verlangen, als er sich bemühte, stillzuhalten, damit Jolie ihn in Ruhe verwöhnen konnte. Dann schäumte sie ihre Hände ein, legte die Seife weg und beschäftigte sich mit dem Gebiet, das am meisten nach ihrer Berührung verlangte.

Als Jolie mit den seifigen Fingern seine pulsierende Männlichkeit umfasste, stöhnte er laut auf. Noch konnte er sein Verlangen unter Kontrolle halten, aber seine Haut glühte, als sie ihn streichelte und dann wieder leicht umschloss. Dusty, der seine Augen zugemacht hatte, öffnete sie nun, um Jolie zu beobachten. Sie konzentrierte sich ganz auf ihre Aufgabe und leckte sich über die Lippen.

Dusty spürte, dass er kurz vor dem Höhepunkt stand. Er hielt ihre Hand fest und blickte sie an. „Liebling, den nächsten Schritt würde ich lieber mit dir gemeinsam machen", flüsterte er rau.

Sie holte tief Luft, wodurch sie ihre Brüste nach vorn streckte. Dusty beugte sich vor, um eine der harten feuchten Knospen in seinen Mund zu nehmen. Dann griff er unter ihr Knie und schob sie in eine Ecke der Duschkabine.

Dusty war ihr ganz nahe, berührte bereits das Zentrum ihrer Weiblichkeit, zögerte aber noch einen Moment, in sie einzudringen. Nicht, weil er sie nicht begehrte, sondern weil er den Augenblick genießen wollte. Er wollte das Geräusch des Wassers hören und das heftige Atmen von Jolie. Das Gefühl, dass er in ihr willkommen sein würde.

Wieder küsste er sie, und sie zog ihn unruhig näher zu sich. Er wusste, dass er nie eine so fantastische Frau besessen hatte. Eine ehrlichere, echtere. Seine Frau.

Wenn sie getrennt waren, dann fielen ihm die Dinge ein, die sie beide trennten. Aber wenn sie sich liebten, dann wusste er, dass sie etwas Einzigartiges besaßen.

Und er liebte Jolie Calbert Conrad aus tiefstem Herzen.

Nun warf sie den Kopf zurück und flehte ihn leise an, zu ihr zu kommen. Dusty drang tief in ihre heiße, pulsierende Mitte. Ein Beben fuhr durch seinen ganzen Körper. Er zog sich zurück, nur um erneut zuzustoßen.

Er war allerdings nicht vorbereitet, als sie ihr anderes Bein hob, um es um seine Taille zu schlingen, aber er reagierte schnell und umfasste ihr Gesäß mit beiden Händen, sodass sie gegen die Wand gestützt war. Kaum hatte er sich erholt, als sie auch schon die Hüften nach vorn bewegte, um ihn noch tiefer in sich aufzunehmen. Er stöhnte und wusste, dass er nirgendwo lieber sein wollte als in ihr. Die Höhen, die er mit Jolie erreichte, waren unvergleichlich.

Jetzt wurden seine Bewegungen immer heftiger und dringender, wobei er sie fest an sich gepresst hielt. Nasse Haut klebte an nasser Haut, und seine Leidenschaft stieg immer weiter, bis er endlich die Erlösung fand. Jolie rief seinen Namen und griff mit den Fingern in sein nasses Haar. Ihr Höhepunkt befreite ihn auf eine Weise, die er nicht verstehen, sondern nur fühlen konnte.

Vor zwei Tagen hatten sie sich eilig und heftig geliebt, wobei sie verwirrt waren und Zweifel hatten. Heute wussten sie genau, was sie getan hatten. Dusty war plötzlich von einer Hoffnung erfüllt, die er nicht mehr für möglich gehalten hatte. Die gleiche Hoffnung, die er an dem Tag hatte, als er erkannt hatte, dass sie die Frau war, die er heiraten wollte. Und wie am Tag der Hochzeit, als er den Schleier hob und in ihre blauen Augen sah, aus denen sie ihn voller Liebe anblickte.

Er atmete tief durch und lehnte das Gesicht gegen ihre Schulter. Immer noch hielten sie sich fest. Jolie musste sich ein wenig erholen und wieder in die Realität zurückfinden.

Dusty schluckte, als er spürte, dass sie ihn nun küsste.

„Heute Morgen habe ich den Whirlpool fertig gemacht." Er blickte in ihre verschleierten Augen und schaute auf ihre geröteten Lippen. „Möchtest du ihn ausprobieren?"

Gleichzeitig verschmitzt und verführerisch lächelte sie ihn an. „Geh du vor."

Langsam löste er ihre Beine von seinen Hüften und stellte sie hin. Sie drehte das Wasser ab, bevor er die Duschkabine öffnete. Alles war in Dampf gehüllt, sowohl vom heißen Wasser als auch von ihrer Liebe.

Dusty holte ein dunkelblaues Handtuch, legte es Jolie um die Schultern und wischte ihr mit einem Zipfel über das Gesicht. Fragend schaute Jolie ihn an, als würde sie spüren, dass er sich geändert hatte.

„Jolie, ich …"

Das Klingeln des Telefons unterbrach ihn. Dusty wollte sich davon nicht stören lassen. Er wollte sagen, dass er nicht wusste, was das Morgen bringen würde, aber er würde es gern mit ihr zusammen feststellen. Das Heulen des Feueralarms unterbrach jedoch seine Gedanken.

Jolie zog das Handtuch fester um sich.

„Lass doch", bat Dusty leise.

„Ich kann nicht", flüsterte sie. „Ich kann es einfach nicht."

Sie ging an ihm vorbei, und er packte sie an den Schultern.

„Kannst du nicht, oder willst du nicht?"

Verwirrung, Traurigkeit und Entschlossenheit zeigten sich in ihrem Blick. „Das ist nicht fair."

„Nein?", fragte er mit ruhiger Stimme. Zu ruhig. „Sag mir, Jolie. Ist es fair, dass ich hinter deinem Beruf nur die zweite Geige spiele? Ein Beruf, der dich von mir wegholt, wenn ich dich am meisten brauche? Ein Beruf, bei dem ich nie weiß, ob ich nach dem Einsatz immer noch eine Frau habe? Oder ob ich an einem weiteren Begräbnis teilnehmen muss?

Ihr schockierter Gesichtsausdruck war unübersehbar. „Ich …"

Dusty holte ein anderes Handtuch. „Macht nichts, Jolie. Geh schon ans Telefon."

9. KAPITEL

*J*olie saß in Dustys Truck und fühlte sich verletzlich und innerlich zerrissen. Am liebsten hätte sie Dusty gebeten, nach Hause zurückzufahren und mit ihm in den Whirlpool zu steigen, um weiterzumachen, wo sie aufgehört hatten. Sowohl bei ihrem Liebesspiel als auch mit ihrer Ehe.

Nachdem sie sich in der Dusche geliebt hatten, hatte Dusty sie mit seinem Blick verzaubert. Es schien so, als sei er über sie zu einem Schluss gekommen. Mit seinen braunen Augen hatte er sie voller Liebe angesehen. Ganz klar und ohne Zweifel. Dadurch hatte sie sich warm und geborgen gefühlt. Sie erinnerte sich, wie zärtlich und liebevoll er sein konnte. Jolie sehnte sich danach, wieder wie früher mit ihm zusammen zu sein. Oder noch besser.

Neben ihr fluchte Dusty leise und bog zu schnell in eine Kurve, sodass die Reifen quietschten.

Jolie hatte zwar seinen liebenden Blick wahrgenommen, aber dass er sie gebeten hatte zu bleiben, war eine ganz andere Sache. Besonders, da seine Bitte nicht nur aus dem Wunsch entstanden war, das weiterzuführen, womit sie begonnen hatten. Die Verzweiflung in seinem Blick wies auf ein wichtigeres und dringenderes Motiv hin.

Verstand Dusty denn nicht? Die Brandbekämpfung war ihr Beruf. Wenn das Telefon klingelte und die Sirene ertönte, dann musste sie gehen. Nach dem letzten Einsatz hatte sie zwar etwas von Dustys Gefühlen verstanden. Bedeutete das aber, dass sie ihr Leben ändern musste? Gegen Feuer zu kämpfen war ein so starkes Bedürfnis für sie, dass sie es kaum erklären konnte. Wahrscheinlich lag dies zum Teil am Verlust ihrer Eltern. Aber es war auch ein Gefühl von Macht, wenn sie gegen etwas kämpfte, was stärker war als sie selbst. Außerdem genoss sie die Kameradschaft mit den Kollegen bei der Arbeit.

Nun starrte sie auf ihre Hände, die sie ineinander verschränkt hatte. Natürlich fürchtete sie, dass ihre Versuche, Dusty zu halten, gescheitert waren.

„Meine Güte …"

Jolie blickte zu Dusty. Er hatte den Fuß vom Gas genommen und starrte durch die Windschutzscheibe. Von dieser Stelle aus konnte man genau sehen, dass es in der Stadt schon wieder brannte.

„Um Himmels willen", flüsterte sie und griff sich an den Hals.

Am Telefon hatte Jones etwas von der „Devil's Night" erzählt, der Nacht vor Halloween, in der Straßengangs und Teenager leer stehende

Häuser anzündeten. Jolie war so aufgewühlt gewesen, dass sie gar nicht registriert hatte, wo der Brand war.

Aber so etwas wie „Devil's Night" geschah doch nur in größeren Städten. In kleineren Orten wie Old Orchard passierte so etwas nie. Nicht mal Gangs gab es hier. Oder? Es war bekannt, dass die Nacht vor Halloween in Detroit, das nur wenige Autostunden entfernt lag, für die Feuerwehrleute sehr arbeitsintensiv war. Aber in Old Orchard hatte man nie Probleme gehabt.

Bis heute.

Dusty parkte den Wagen vor einer Kurve und stieg wie in Trance aus. Jolie folgte ihm auf der anderen Seite und spürte sofort die Hitze des Feuers.

Das Feuer, das sie in „Old Jakes General Store" gelöscht hatten, hatte sich erneut ausgebreitet. Von dort aus hatte es auf die umgebenden Geschäfte übergegriffen. „Eddies Pub", die alte Bibliothek von Old Orchard – alles fiel dem tobenden Feuer zum Opfer, während auf der anderen Straßenseite eine unheimliche Stille herrschte.

Zitternd rannte Jolie auf den nächsten Löschwagen zu und merkte, dass Dusty ihr folgte.

Solch ein Feuer hatte sie noch nie erlebt. Dieses Monster fraß einen ganzen Straßenzug auf, wo sie unzählige Male gewesen war.

„Was ist passiert?", fragte Dusty den Kameraden Sal.

Sal wischte mit der Hand über sein rußiges Gesicht, schloss das Ventil eines Reservetanks und öffnete eine andere Leitung. „Wir hatten das Feuer unter Kontrolle, fuhren zurück zur Wache und wurden eine halbe Stunde später wieder gerufen." Kopfschüttelnd blickte er zu dem Brandherd. „Das verdammte Ding war niedergeschlagen. Dessen bin ich mir sicher. Nicht mal eine übersehene Feuerstelle hätte das auslösen können. Aber ich habe keine übersehen. In den zwei Minuten, die wir brauchten, um hierherzukommen, brannten der Pub und die Bibliothek schon lichterloh. Eine halbe Stunde später das hier."

Jolie bemerkte, dass Dusty die Schulter des Kollegen drückte. Aber der erfahrene Feuerwehrmann bemerkte diese Geste nicht. Er schien unter Schock zu stehen. Solange er weiterarbeitete, war jedoch alles in Ordnung.

Nun zog Jolie ihre Jacke aus und griff hastig in das Löschfahrzeug, um einen Schutzanzug herauszuholen. Dabei schaute sie sich nach dem Chef um. Der Geruch von verkohltem Holz stieg ihr schon wieder in die Nase.

Da war Gary Jones. Er stand vor dem zerstörten „General Store" und sprach in sein Funkgerät. Selbst er war von Ruß bedeckt, was bedeutete, dass er auch ins Feuer gegangen war.

„Gibt es noch einen Anzug?", hörte sie eine bekannte Stimme fragen.

Jolie zog sich gerade um, als Dusty auch schon neben ihr stand. Sie griff in den Wagen und holte den letzten Anzug und die letzten Stiefel heraus. Jolie ließ ihre Schuhe an, als sie in die zu großen Stiefel stieg. Dann nahm sie Jacke, Helm, Maske und Atemschutzgerät und ging zu ihrem Boss. Sie sah, dass „Old Man Peterson" und Pastor Jonas Noble von der anderen Seite kamen.

Gary gab gerade den Auftrag, die Ostseite des Bibliothekdaches zu belüften.

„Chef?", fragte Jolie.

Er blickte sie an und wirkte durch den Ruß in seinem faltigen Gesicht noch älter. „Drei Wochen vor der Pensionierung, und ich erlebe das schlimmste Feuer meiner Laufbahn." Er schaute in das wütende Inferno. „Verdammt, es sieht aus, als würde alles in Old Orchard brennen."

Einige Männer kamen aus dem Schatten. Jolie erkannte sie und nickte. Aber der Chef realisierte gar nicht, dass sie da waren. Er schien weit entfernt, als er in die Flammen starrte.

„Wohin soll ich gehen", fragte Jolie, während sie die Jacke anzog. Ihre Hände wurden gefasst. Dusty wollte ihr helfen, das Atemgerät zu sichern. In seinem Blick suchte sie die Liebe, Zärtlichkeit und Leidenschaft, die sie eben erlebt hatte.

Nichts davon war zu sehen.

Jones ging zu seinem Jeep, wo eine grobe Skizze der Straße auslag.

„Martinez und Holden sind aus dem Pub gekommen, nachdem der Nordteil des zweiten Stockes zusammengebrochen war. Ich brauche noch jemanden an der Stelle, damit das Feuer nicht auf die Reinigung von Smyth übergreifen kann." Er blickte auf sie und Dusty. „Könnt ihr beide das regeln?"

Jolie blickte zu ihm. Sein Gesicht wirkte starr. Konnte er diese Situation verkraften?

Dustys Herz raste. Blut, Adrenalin und Angst jagten durch seinen Körper.

„Könnt ihr das regeln?", hörte er Jones erneut fragen.

Er bemerkte den fragenden Blick von Jolie und nickte. „Wir machen es, Gary."

Jones sah erleichtert aus. „Gut. Nun brauche ich …"

Gary sprach nicht mehr mit ihnen, sondern er wandte sich an Peterson, den Pastor und die anderen Männer. Dusty und Jolie starrten sich an. Sie musste nichts sagen. An ihrem Blick konnte er erkennen, dass sie sich fragte, ob er für die Aufgabe geeignet war. Sicher dachte sie an sein Verhalten auf dem Dach. Angesichts ihres Zweifels schlug sein Puls noch schneller. Nicht wegen seiner Angst, sondern weil Jolie ihm nicht vertraute.

Jolie wich seinem Blick aus und zog den Helm an. „Ich schaue jetzt mal, wie weit die anderen sind."

Dusty nickte und zog sich an. Verdammt. Noch nie hatte Jolie ihn so angeschaut. Immer hatte sie ihn wie einen Helden betrachtet, einen Mann, der alles schaffte und vor nichts Angst hatte.

Wie konnte er ihr verständlich machen, dass sein verändertes Verhalten auf die Angst zurückzuführen war, dass er sie verlieren könnte?

Dusty wollte sich schon dem Zugführer zuwenden, als eine bekannte Gestalt seine Aufmerksamkeit erregte. Während er seinen Helm befestigte, sah er Scott Wahl. Es überraschte ihn nicht, den Teenager dort zu sehen, und er ging auf den Jugendlichen zu.

„Scooter?", fragte er und wunderte sich, warum er an der Seite stand und nicht an den Aktivitäten beteiligt war. Angesichts der Größe des Feuers hätte Jones für ihn sicher auch eine Aufgabe gehabt.

Ein Krachen ertönte vor ihnen.

„Vorsicht!", rief John Sparks, der jetzt nicht mehr seine Sheriffuniform trug, sondern die Feuerwehrkleidung angezogen hatte. Sparks winkte den anderen, dass sie zurückgehen sollten. Einen Augenblick später stürzte das Vordach des „General Store" auf den Bürgersteig.

Scott stolperte einige Schritte zurück und schüttelte den Kopf. „Es ist so groß."

„Das stimmt", bestätigte Dusty.

Hinter ihm ertönte ein Fluch. Sal schüttelte seine Hand, als habe er sich verletzt. Mit der anderen Hand schloss er ein Ventil und rief aus: „Der Tank liegt bei zehn!" Das bedeutete, dass der Wassertank nur noch eine Kapazität von zehn Prozent hatte. Die engen Strahlrohre wären in einigen Minuten wirkungslos. Ein Blick zur anderen Straßenseite zeigte, dass die Mannschaften die zwei Hydranten mit voller Leistung benutzten. „Wo ist die Lee City Feuerwehr mit dem zusätzlichen Tankwagen, verdammt", fluchte Sal.

Dusty legte eine Hand auf Scotts Schulter. Der Teenager zuckte zusammen und schaute ihn aus riesigen Augen ängstlich an.

„Wenn du nur zusiehst, werden die Dinge auch nicht besser", meinte Dusty, der den Jungen beruhigen wollte. „Warum hilfst du Sal nicht? Der wird dich sicher gebrauchen können, und durch die Arbeit kommst du auf andere Gedanken."

Scott nickte und ging mit schleppenden Schritten zu Sal. Dusty fragte sich, ob Scott von seiner Liebe für die Feuerwehr jetzt wohl kuriert sei. Oder ob er durch das riesige Feuer nur kurzfristig ernüchtert war.

Nun wollte er zu Jolie gehen. Gegenüber sah er Mrs Noonan, die in Penelope Moons New Age Laden irgendetwas aufbaute. Die Frauen handelten so, als befänden sie sich an einem normalen Sonntagnachmittag und nicht in einem schrecklichen Inferno. Mrs Noonan und ihr Frauenclub hatten Tische aufgestellt, auf denen Plastiktassen mit Getränken standen, während Elva Mollenkopf Sandwiches zubereitete, die sie auf einem Tablett anrichtete. Dusty sah, wie ein Feuerwehrmann sich ein Sandwich und eine Tasse Kaffee holte und dann wieder zum Einsatzort ging.

Dann sah er, dass Jolie ihn zu sich winkte.

Er setzte einen Fuß vor den anderen. Obwohl er immer nur in Old Orchard Brände bekämpft hatte, konnte er sich keine andere Stadt vorstellen, in der man so zusammenhielt wie hier. Wahrscheinlich würden woanders Zuschauer auf der Straße stehen und reden. Hier stand niemand einfach herum. Jeder half, so gut er konnte.

„Bist du bereit?"

Er zog seinen Helm auf, dann die Maske und schaltete das Mikrofon ein, das ihn mit Jolie und dem Chef verband. Sie testeten, ob die Funkgeräte funktionierten, dann stapfte er an ihr vorbei in das brennende Gebäude.

Eine Stunde später stolperte Jolie völlig erschöpft aus dem Pub. Sie hatte das Gefühl, durch Schlamm zu waten, während sie sich darauf konzentrierte, einen Schritt nach dem anderen zu machen. Weit genug vom Feuer entfernt, zog sie das Atemgerät vom Gesicht und atmete tief ein.

Obwohl sie merkte, dass Dusty hinter ihr war, konnte sie sich nur auf ihre Atmung konzentrieren. Erst als ihr Herzschlag sich beruhigt hatte, sah sie Dusty, der noch erstaunlich frisch wirkte. Mit ernstem Gesicht starrte er auf den dichten Rauch, der aus den Fenstern quoll. Glücklicherweise waren keine Flammen mehr zu sehen.

„Fühlst du dich gut?", wollte Dusty wissen.

„Gleich geht es wieder", entgegnete sie und strich sich das Haar zurück.

Da kam Jones auch schon mit einem anderen Mann an seiner Seite. „Gute Arbeit, ihr beiden. Jetzt brauchen wir uns wenigstens nicht mehr zu sorgen, dass das Feuer auf die Reinigung übergreift."

Jolie schaute auf die Flammen, die immer noch an vier Gebäuden auf der anderen Seite zehrten.

In den letzten fünfzig Minuten hatte sie mit Dusty und einigen Kollegen Seite an Seite gegen das Feuer gekämpft. Sie hatten Abfall auf einen Haufen geschichtet, alle Fenster zerbrochen, entflammbares Material heruntergerissen und den Stapel dann mit Wasser getränkt, bis kein Funke mehr übrig war.

John Sparks kam aus den Überbleibseln des „General Store" und hielt zwei geschmolzene Plastikbehälter in der Hand. „Die habe ich im Hinterzimmer von Jake gefunden."

Jolie schaute genauer. „Was ist das?"

„Benzinkanister."

Ihr Blick traf seinen.

„Genau. Es sieht so aus, als stimmen unsere Verdächtigungen, und wir haben einen Brandstifter in unserer Mitte."

Dusty zog den Helm und die Jacke aus. „Zumindest können wir dankbar sein, dass das Feuer zu einer Zeit ausgebrochen ist, als im Geschäft keine Kunden waren. Niemand wurde verletzt."

Chief Jones seufzte. „Fast niemand. Pastor Noble wurde von einem Bücherregal getroffen. Wahrscheinlich ist sein Bein gebrochen."

Jolie runzelte die Stirn. Ein Brandstifter? Sie dachte an „Devil's Night" und die Geschichten dazu. Hatten Jugendliche das Feuer entfacht? In anderen Städten wurden aber nur leer stehende Häuser angezündet. Die Main Street dagegen war eine wichtige Geschäftsstraße.

Gary kratzte sich am Kopf. „Das würde natürlich erklären, warum der Brand wieder neu entstanden ist, nachdem wir ihn bereits gelöscht hatten."

Eine Stimme war im Funk zu hören. Gary trat einen Schritt zur Seite, um zu antworten.

Jolie zog den Reißverschluss ihres Schutzanzugs auf. Sie fühlte sich erschöpfter als je zuvor in ihrem Leben.

„Maximus! Max, komm sofort zurück!"

Penelope Moon rief nach ihrem Hund. Sie klatschte in die Hände, aber der Mischlingshund bellte nur und kümmerte sich nicht um sein Frauchen.

„Ich hole ihn!", rief Scott Wahl und trat hinter der Pumpe hervor.

„Oh nein", flüsterte Jolie, und ein eiskalter Schauer lief ihr über den Rücken.

Wie sie befürchtet hatte, befand sich der Hund jetzt zwischen Penelope und Scott und bemerkte, dass der einzige Ausweg hinter ihm lag. Und hinter ihm war das Feuer.

„Max!" Penelopes Stimme klang nun verzweifelter, als der Hund bellte, an den Feuerwehrleuten vorbeilief und durch die Tür in den Pub rannte, aus dem immer noch Flammen loderten.

Sofort griff Jolie nach ihrem Helm.

„Mist", murmelte Dusty neben ihr und zog seine Jacke wieder an.

Da rannte Scott schon hinter dem Hund her.

Dusty sprintete los, und Jolie folgte ihm dicht auf den Fersen. Sie standen vor dem Pub, als eine Hitzewelle sie zurückstieß. Martinez stolperte heraus, zog die Maske aus und schnappte nach Luft. „Gleich explodiert alles!"

Jolie und Dusty blickten sich an. Sie wussten, dass im Pub Alkoholvorräte lagerten. Dass Alkohol hoch brennbar war, brauchte gar nicht erwähnt zu werden.

„Wo ist Scooter?" Dusty packte den Feuerwehrmann an der Jacke.

„Wer?" Er schüttelte den Kopf. „Ich habe niemanden gesehen. Mein Partner ist durch die Rückseite gegangen, und dort ist es so schlimm wie hier."

Dusty und Jolie zogen ihre Masken an. Fragend blickte er sie an.

Sie nickte nur.

Dann ging er in das Gebäude.

Ohne das Atemschutzgerät musste Dusty sich so nahe wie möglich am Boden aufhalten. Hinter der Bar, wo Eddie die starken Getränke aufbewahrte, tobte ein grelles Feuer. Durch die Hitze zersprangen die Flaschen, deren Inhalt die Flammen noch weiter nährte.

Dusty versuchte, laut zu rufen, aber seine Worte waren nicht zu hören. Er hustete und kroch am Boden entlang.

Den Pub kannte er gut.

Jolie, die noch hinter ihm war, schaute nach links und rechts. Sie blickte ihn an und schüttelte den Kopf.

„Ich sehe ihn nicht", sprach sie über Funk.

„Wo war der Hund?", wollte Dusty wissen. Das Tier musste doch gemerkt haben, dass das Spiel nun vorbei war. Warum war er nicht zurückgelaufen?

Dusty blieb mit dem Fuß an einem Stuhl hängen und trat ihn weg.

„Die Toiletten", meinte Jolie. „Vielleicht ist er in einer der Toiletten."
Dusty nickte. Die Männertoiletten lagen auf der linken Seite. Er bewegte sich in diese Richtung, als eine weitere Flasche explodierte und eine Flamme emporschoss.

„Seid ihr an der Bar?", erklang eine Stimme. Sicher Martinez, dachte Dusty.

„Nein", erklang Jolies Antwort.

Einen Moment später wurde ein voller Wasserstrahl auf die Decke gerichtet, sodass sich ein kühler Regen auf die Flammen ergoss.

Dusty bewegte sich weiter vorwärts, wobei seine Knie schmerzten. Er hatte nicht bedacht, dass er nicht mehr so fit war wie früher.

„Warte, Dusty."

Jolie hielt ihn am Bein fest. Sie blickte zu etwas auf der rechten Seite und machte ihm ein Zeichen, dass er auch gucken sollte.

Dusty schluckte, weil er nicht wusste, ob ihm das gefallen würde, was er zu sehen bekäme.

Er folgte ihrer Bitte und schaute zum Billardtisch, sah aber nichts. Wieder berührte Jolie sein Bein und forderte ihn auf, nach hinten zu rücken. Als er das tat, sah er eine Person unter dem Tisch, die den Hund hielt.

Jolie hustete, und Dusty fiel ein, dass sie schon am Vortag zu viel Rauch eingeatmet hatte.

„Jolie", sprach er in das Funkgerät. „Das regele ich schon, geh du raus."

„Nein, du brauchst Hilfe."

„Du sollst jetzt rausgehen, bevor ich dir helfen muss."

„Jolie", war Garys Stimme zu hören. „Dusty hat recht. Komm raus. Sparks will helfen."

Dusty sah sie entschieden an. „Entweder du gehst, oder wir beide. Wie sieht es aus, Jolie?"

Ihre Lippen bewegten sich, aber da ihr Mikro ausgeschaltet war, konnte er sie nicht verstehen. Als sie sich zurückzog, dachte er, dass es wahrscheinlich besser war, dass er sie nicht gehört hatte. Sicher waren ihre Worte nicht gerade freundlich gewesen.

Er lächelte und bewegte sich zum Billardtisch.

Hustend kam Jolie aus dem Pub. Sparks versuchte, mit ihr aus der Gefahrenzone zu gehen, aber Jolie wies ihn ab. „Geh rein, er braucht Hilfe", forderte sie ihn auf.

Sparks nickte und ging wieder in das Gebäude. Jolie beugte sich vor, stützte die Hände auf die Knie und atmete langsam ein und aus, um die Lungen von dem beißenden Rauch zu befreien.

Eine Druckwelle schob sie fast auf die Straße zurück. Sparks wurde davon erfasst, und er stolperte gegen einen Wagen. Mit großen Augen starrte Jolie auf die Flammen, die aus der Tür stiegen und wieder zurückgesogen wurden.

„Nein! Nein!", schrie sie.

Sie stolperte vorwärts und ignorierte die Hitze. Nein, nein! schrie es in ihr.

Immer noch schaute sie auf die Tür, als die Feuerwehrleute den Wasserstrahl darauf richteten.

„Wartet! Ich sehe etwas!", brüllte Sparks, der sich die Seite hielt, als er losging.

Jolie hörte ein Bellen, und dann sprang Max aus der Tür. Sein Fell war voller Ruß, die Zunge hing ihm aus dem Maul, aber er rannte sofort zu seinem Frauchen.

„Dusty?", flüsterte sie, als sie auf den Pub zuging.

Komm Liebling, du schaffst es. Du musst nur die Tür finden … Steh auf. Komm zurück zu mir. Hörst du mich, Dusty? Komm zurück zu mir! flehte sie still.

Nun stand sie schon an der Tür und merkte kaum, dass Sparks sie zurückhielt.

Plötzlich erschien Dusty wie ein schwarzer Ritter in der Tür. Scott war bei ihm und hatte einen Arm um seine Schulter gelegt.

So erleichtert war Jolie, dass sie fast in Ohnmacht gefallen wäre. Kaum hatte Sparks Scott genommen, warf Jolie sich in Dustys Arme und hätte ihn fast in den Pub zurückgeschubst.

„Mann, womit habe ich das verdient?", wollte er wissen.

Jolie hielt ihn fest und presste die Wange an seine mit Ruß bedeckte Jacke. „Du bist zurückgekommen."

Allmählich erschien das Morgenrot über der Main Street. Dusty blickte auf die schwarzen Ruinen und fühlte sich merkwürdig leer. Wenn das Sonnenlicht nicht wäre, hätte er ein Schwarz-Weiß-Foto vor sich haben können. Das Feuer hatte jegliche Farben zerstört und nur noch düstere Skelette hinterlassen.

Vor zwei Stunden hatten sie das Monster endlich besiegt. Seitdem hatten alle die Überreste durchsucht und mit Wasser getränkt, sodass nicht ein Feuerherd mehr übrig blieb. Jetzt blickten alle wortlos auf die Unglücksstelle.

Old Orchard würde nie mehr die gleiche Stadt sein. Sicher konnte man sie wieder aufbauen. Aber die alte Bibliothek mit ihren Ziegel-

steinen war verschwunden. Der „General Store", der als Begegnungs-
stätte diente, und in dem man Lebensmittel und andere Dinge kaufen
konnte, war nicht mehr zu erkennen. Der Pub war zerstört, ebenso wie
einige andere Gebäude, deren nackte Mauern in den Himmel ragten.

„Schönes Halloween", murmelte Sparks, der zu einem der Löschwagen ging.

Dusty beobachtete ihn und schaute dann auf die anderen Menschen,
die Old Orchard erhalten wollten.

Gary Jones stellte sich neben ihn. „Vielleicht sieht alles besser aus,
wenn wir etwas geschlafen haben."

Dusty zog die Stirn in Falten. Er konnte sich nicht vorstellen, dass
es jemals wieder besser aussehen würde.

Gary kratzte sich am Kopf. „In einer Stunde kommen die Bulldozer.
Kannst du noch hierbleiben und alles mit mir überwachen?"

Nun blickte Dusty zur anderen Straßenseite, wo er Jolie entdeckte.
Mit geradem Rücken stand sie da und starrte die Straße hinunter. Als
ob sie seinen Blick spürte, schaute sie zu ihm.

„Die anderen brauche ich auf der Wache, falls noch etwas passieren
sollte", erklärte Gary.

„Ich bleibe hier", versicherte Dusty und unterbrach den Augenkontakt mit Jolie.

„Gut, gut". Gary klopfte ihm auf den Rücken. Dann ging er weiter
und ließ Dusty allein zurück.

Dusty bemerkte, dass Jolie zu ihm kam, aber er schaute sie nicht
an. Er war erschöpft, gestresst und einfach verwirrt. Ihr kurzes Gespräch nach dem Erlebnis in der Dusche schien schon Tage und nicht
erst Stunden her zu sein. Aber seine Gefühle waren noch dieselben.
Er hatte sie gebeten, bei ihm zu bleiben. Sie hatte abgelehnt. Dabei
spielte es keine Rolle, dass Old Orchard das größte Unglück seiner
Geschichte erlebt hatte. Jolie hätte nur nicken müssen. Sagen, dass sie
alles für ihn tun würde. Dann hätten sie gemeinsam gehen können.
Aber sie war nicht geblieben. Sie hatte kaum gezögert, ehe sie ihm
genau zu verstehen gab, welchen Platz er in ihrem Herzen einnahm.
Den letzten.

Nun stand sie vor ihm, aber er blickte auf die Ruinen.

„Was wollte Gary?", fragte sie leise.

Dusty blickte endlich zu ihr und sah die Asche auf ihrer Stirn, das
Blau ihrer Augen und den Ruß auf ihrem Haar. Er liebte sie mehr als
alles auf der Welt. Wenn sie ihn doch nur auch so lieben würde. „Er bat
mich, noch auf die Bulldozer zu warten. Ich habe zugesagt."

Sie nickte. Fast hätte er gedacht, dass sie auch bleiben wollte, aber sie schaute auf die Trümmer. Penelopes Hund Max schnüffelte herum, aber er gab keinen Ton von sich. Es wirkte fast, als ob er die Bedeutung des Geschehens erahnte.

„Gerade habe ich mit Darby gesprochen", meinte Jolie. „In einer Stunde bringt sie Ellie nach Hause. Ich denke, dass ich da sein sollte."

„Ja, du hast recht", erwiderte Dusty und starrte auf seine Stiefel.

„Dann fahre ich mit Sal nach Hause."

Er sagte kein Wort.

„Wir sehen uns also später zu Hause." Ihre Worte klangen zaghaft.

Dusty wollte ihr sagen, dass er nicht mehr käme. Stattdessen nickte er. Schließlich waren die Papiere noch da. Und die kleine Ellie. Dieses Mal würde er alles richtig machen. Er würde keinen Zweifel an seinen Absichten lassen. Wenn er ginge, wäre es für immer.

„Wir sehen uns im Haus", antwortete er, drehte sich um und ging weg, während sie allein auf der Straße stehen blieb.

10. KAPITEL

Am folgenden Abend richtete Jolie das winzige Tutu an dem noch knapperen Trikot, und drehte Ellie zu sich. Sie standen im zweiten Schlafzimmer, das nun nicht mehr wie das Gästezimmer aussah. Jolie und Darby hatten den Raum so verändert, dass es so wirkte, als sei Ellie schon drei Wochen und nicht erst drei Tage im Haus. Die Stofftiere hatten sogar schon Namen, ebenso wie die Puppe, die Ellie von den Zwillingen bekommen hatte. Alle Tiere hatte sie gegen die Wand gelehnt. Jolie hielt es für ein gutes Zeichen, dass Ellie wieder Interesse an ihrer Umgebung zeigte.

Jolie berührte ihre Lippen mit dem Zeigefinger und verkniff sich ein Lächeln, als sie auf das niedliche Mädchen vor sich sah. „Ich weiß nicht …"

Ellies Stirnrunzeln war fast komisch. „Was ist los?"

„Ich weiß nicht …" Jolie schüttelte den Kopf. Sie hockte sich hin und tat so, als würde sie das entzückende Kostüm kritisch betrachten, wobei sie sich in Wirklichkeit jedes Detail einprägte. Die Spitze, das Tutu. „Dreh dich bitte mal um. Ja, so. Ganz herum."

Selbst die weiße Strumpfhose und die Satinschuhe waren wunderbar. Jolie erinnerte sich daran, dass ihre Mutter auch so ein Aufheben um sie gemacht hatte, als sie so alt wie Ellie gewesen war. Nun verstand sie den besonderen Gesichtsausdruck ihrer Mutter.

Unruhig trat Ellie von einem Fuß auf den anderen. Jolie lächelte so, dass ihr Gesicht schon schmerzte. „Es ist … wie soll ich es sagen? Du siehst absolut perfekt aus."

Ellies Lächeln strahlte mit der Sonne um die Wette. „Gut genug für die Party?"

„Party? Oh, du sprichst von dem jährlichen Stadtfest." Sie legte die Hände auf Ellies schmale Hüften. „Ich weiß nicht, ob dieses Jahr eins stattfindet."

Das Mädchen biss sich auf die Unterlippe. „Aber Erin und Lindy sagten, dass sie dabei sein würden."

Da klang eine Stimme von der Tür. „Ich habe mit Gary gesprochen", mischte sich Dusty ein. „Das Fest findet statt. Die Brandstelle ist geräumt, und der Bürgermeister glaubt, dass die Leute sehen müssen, was passiert ist. Um sich daran zu gewöhnen."

„Als ob nicht alle letzte Nacht dort gewesen wären", bemerkte Jolie leise. Sie bat Ellie, sich eine leichte Jacke zu holen.

Das Mädchen rührte sich nicht von der Stelle. Stattdessen schaute sie erwartungsvoll zu Dusty. Da merkte Jolie, was los war. Die Kleine wartete auf eine Reaktion zu ihrem Kostüm.

Jolie räusperte sich, um Dustys Aufmerksamkeit zu erlangen, und nickte zu Ellie hinüber. Als er sie nicht verstand, formte sie die Worte „das Kostüm".

Endlich hatte er begriffen. „Meine Güte, wen haben wir denn da?", fragte er und ging um das stolze Mädchen herum. „Jolie, warum hast du mir nicht gesagt, dass wir heute Abend Besuch von einer Ballerina bekommen würden?"

Ellie stellte sich auf Zehenspitzen und formte die Hände vor dem Mund zu einem Trichter. Dusty beugte sich zu ihr, und das Mädchen sagte so laut, dass Jolie es hören konnte: „Ich bin es, Dusty. Ellie."

Er trat zurück und tat so, als sei er völlig überrascht. „Ellie? Nein, das kann nicht sein." Dusty schaute sie ganz intensiv an und brachte das Mädchen zum Kichern. „Mensch, tatsächlich, es ist Ellie!"

Jolie schaute zur Decke und streckte die Hände aus. „Komm, Ellie. Wir wollen doch die Ersten sein, die Süßigkeiten bekommen."

Ellie griff eifrig nach ihrer Hand und nahm auch eine von Dusty. Der blickte zu Jolie. Ihr Magen verkrampfte sich, und die Glücksgefühle waren wie weggeblasen.

Als Jolie von der Brandstelle zurückgekommen war und in der gleichen Dusche gestanden hatte, in der sie und Dusty in der letzten Nacht so viel Schönes erlebt hatten, war sie regelrecht zusammengebrochen. Sie wollte den Stress dafür verantwortlich machen und die vielen Arbeitsstunden, aber sie machte sich etwas vor. Jolie wusste, dass sie Dusty verlieren würde, und sie trauerte schon jetzt um ihn. Dieser Trauer wollte sie sich Ellie zuliebe jedoch nicht hingeben.

Dusty wollte, dass sie ihren Beruf aufgab …

Jolie hatte darauf gewartet, dass sie sich über die Ungerechtigkeit seiner Bitte aufregte. Aber sie hatte nichts gefühlt. Nur einen Schmerz in der Brust, der zuzunehmen schien, als sie sich an die vergangenen einsamen sechs Monate erinnerte. Dusty hatte sie allein gelassen. Und die Feuerwehr konnte die Lücke nicht schließen, die sein Fortgehen aufgerissen hatte.

Während sie Ellie beim Spielen mit den Nachbarkindern zugesehen hatte, hatte sie sich gefragt, warum die Arbeit bei der Feuerwehr wohl so viel für sie bedeutete. Sie dachte zurück an den furchtbaren Verlust ihrer Eltern und ihre Ziele danach. An das Bedürfnis, gegen das wilde Monster zu kämpfen, das ohne Rücksicht tötete.

Aber dann hatte sie die Liebe gefunden. In Dustys Lächeln, in seinen geschickten Händen, seinen tröstenden Armen. Sie wusste, wie es war, gehalten zu werden und zu verstehen, dass man einen Menschen hatte, der zu einem hielt, egal, was geschah.

Am Schluss war sie jedoch nicht für ihn da gewesen. Bei Ericks Tod hatte Dusty sie wie nie zuvor gebraucht. Sie jedoch war so mit ihren Problemen beschäftigt gewesen und dem Bedürfnis, Ericks Tod durch gute Taten wettzumachen, dass sie nicht gemerkt hatte, dass ihre Ehe gefährdet war.

Aber nach der letzten Nacht …

Dusty hatte recht. Sie hatte von Feuer zu Feuer gelebt. Sie hatte nach etwas gesucht, was sie nur in ihrem Innern finden konnte. Zu akzeptieren, dass ihre Eltern tot waren, und zu akzeptieren, dass Dusty sie liebte. Mit seiner Forderung, dass sie den Dienst bei der Feuerwehr quittieren sollte, versuchte er, ihr das zu zeigen.

„Jolie?"

Dustys Stimme unterbrach ihre Gedanken. Langsam bemerkte sie die kleine Hand, die ihre umklammert hielt.

„Jolie, wir kommen zu spät", klagte Ellie.

Jolie begegnete Dustys Blick, und sie empfand Ellies Worte als treffend. Aber sie kam nicht nur zu spät. Bei dem distanzierten Ausdruck in Dustys braunen Augen wurde ihr klar, dass es schon zu spät war.

Später am Abend kam Dusty allein nach Hause. Er legte Ellies überquellende Tüte mit Süßigkeiten auf den Küchentisch, als er die bekannten Papiere sah. Er musste sich setzen.

Deshalb sollte er nicht an der Halloween-Party teilnehmen. Er dachte, sie wollte vielleicht nicht, dass sie zusammen gesehen würden. Stattdessen hatte sie diese Szene vorbereitet.

Er brauchte nicht auf die Dokumente zu sehen, weil er wusste, dass sie unterschrieben waren. Aber anstelle von Erleichterung spürte er einen starken Schmerz.

Er schloss die Augen und schluckte. „Verdammt, Jolie, warum hast du es getan?", murmelte er.

In diesem Augenblick erkannte er etwas über sich selbst. Obwohl er auf diesen Moment hingearbeitet hatte, hatte er niemals geglaubt, dass es wirklich geschehen würde. Irgendwie hatte er gedacht, dass Jolie bis zum Schluss kämpfen würde. Dass sie die Liebe wiederfanden, die sie einst empfunden hatten.

Stattdessen hatte sie aufgegeben.

Er blickte sich in der Küche um, in der er schon seit seiner Kindheit gesessen hatte. Nun erinnerte er sich aber nicht an seine Zeit mit Erick, sondern an die mit Jolie. An das Frühstück, das sie gemeinsam geteilt hatten. An die langen Diskussionen beim Tee. An die späten Abendessen, die häufig in heißen Aktivitäten geendet hatten.

Er schaute aus dem Fenster auf die Stadt. Seine Heimat Old Orchard. Dusty hatte nicht gedacht, wie wichtig ihm der Ort war, bevor er gezwungen war, ihn zu verteidigen. Dabei hatte er nie mehr einen Feuerwehrschlauch anfassen wollen.

Trotz der Papiere in der Hand erkannte er, dass er nicht wieder weggehen wollte. Jolie hatte er schon verloren. Die Stadt wollte er nicht auch noch verlieren.

Bei der Bekämpfung des Brandes hatte er gelernt, mit seiner Angst umzugehen. Er hatte sie in den Griff bekommen, und sie beherrschte ihn nicht mehr. Zwar wollte er nicht mehr hauptberuflich als Feuerwehrmann arbeiten, sondern ihm war mehr daran gelegen, Old Orchard wieder aufzubauen. Aber er könnte an der Akademie Unterricht geben oder zeitweise auf der Wache aushelfen. Seine Zukunft erschien ihm nun in einem anderen Licht.

Wenn seine Ehe nur auch in diesem Licht erscheinen könnte!

Wieder dachte er an das Chaos in seiner Ehe mit Jolie. Nur dass dieses Mal kein Feuer die Schuld hatte. Nein, er hatte mit seiner Ehe Poker gespielt und versucht, aus Jolie eine Person zu machen, die sie nicht war. Dabei hatte er verloren.

Etwas berührte seinen Knöchel. Spot rieb sich an ihm und bat um Aufmerksamkeit.

„Was ist los? Möchtest du rausgehen, Spot?"

Ein lautes Miauen und ein Blick zur Küchentür gaben ihm das unheimliche Gefühl, dass die Katze ihn verstand.

Er öffnete die Haustür und Spot trottete glücklich nach draußen, wo sie stehen blieb und den Schwanz bewegte. Dusty wollte schon wieder ins Haus gehen, als er jemanden auf der Treppe sitzen sah. Es durchzuckte ihn heiß, als er den jungen Mann sah, den er neulich schon für Erick gehalten hatte. Die Tatsache, dass Scott Wahl auf dem Lieblingsplatz seines Bruders saß, verstärkte diese Illusion noch.

„Scooter?"

Der Junge gab keine Antwort.

Dusty ging zur Veranda, aber der junge Mann gab nicht zu erkennen, dass er ihn gehört hatte. Da ging er zur Treppe und setzte sich neben ihn.

„Scott?", fragte er.

Endlich sah Scott ihn mit einem gequälten Blick an. Er war sehr bleich. Das Feuer musste ihn mehr mitgenommen haben, als Dusty gedacht hatte. Wenn man dem Tod ins Gesicht gesehen hatte, betrachtete man das Leben danach meistens mit anderen Augen.

„Warum bist du nicht auf der Party?"

Scott zuckte mit den Schultern und stürzte sich dann rücklings auf seine Hände, wie Erick das auch getan hatte. Irgendetwas schien Scott Sorgen zu machen. Erick dagegen schien nie etwas gestört zu haben. Sein Bruder hatte immer gegrinst und Scherze gemacht, sogar noch kurz vor seinem Tod.

Die beiden saßen schweigend auf der Treppe, bis Spot wieder vorbeikam. Dusty streichelte die Katze und blickte Scott an. „Willst du mir nicht sagen, was los ist?"

Ihm erschien es schon merkwürdig, dass Scott nicht mit Freunden unterwegs war und an der Halloween-Party teilnahm.

„Du denkst sicher an das Feuer letzte Nacht", vermutete er leise und schaute auf die Straße, da er dachte, dass Scott sich besser fühlen würde, wenn er ihn nicht direkt ansah. Als Scott sich zu ihm drehte, sagte er immer noch nichts.

„Es war das schlimmste Feuer, das ich je gesehen habe, und ich war lange bei der Feuerwehr. Da kann dem Tapfersten angst und bange werden."

Der Junge schaute weg, und Dusty hatte das Gefühl, als sei er rot geworden.

„Du brauchst dich nicht zu schämen, wenn du Angst hast, Scott", tröstete Dusty, der glaubte, dass das Erlebnis mit dem Hund Scott so zugesetzt hatte.

Als Scott endlich redete, war Dusty überrascht. „Glaubst du, dass ich lange ins Gefängnis muss?"

Dusty sah ihn von der Seite an und versuchte, die Worte zu deuten. „Warum sollte man dich ins Gefängnis stecken?"

Der junge Mann wirkte wie ein Zwölfjähriger, als er den Kopf hängen ließ. „Ich wollte nicht, dass das alles passiert. Ich wollte nur eine Chance, um jedem zu beweisen, dass ich ein großartiger Feuerwehrmann sein könnte. Meine Brüder haben mich immer geärgert. Sie meinten, ich hätte nicht das Zeug dazu. Meine Freundin Shawna hat mich ausgelacht und gesagt, ich sei eher das Maskottchen der Feuerwehr als ein echter Feuerwehrmann. Außerdem solle ich mir einen richtigen Job suchen."

Nun hatte Dusty das Gefühl, dass er etwas erfahren würde, was er gar nicht hören wollte.

Scott blickte ihn direkt an. „Diese Benzinkanister, die Sheriff Sparks gefunden hat ... Ich ... ich habe sie dorthin gestellt."

Dusty verschlug es die Sprache.

Er erinnerte sich noch daran, dass das erste Feuer im „General Store" gelöscht worden war. Gary Jones war sicher gewesen, dass man keinen Brandherd übersehen hatte. Und Scott, der mit aufgerissenen Augen auf das Feuer geschaut hatte.

In dem Moment hatte er gedacht, dass der Junge wegen der Ausmaße des Feuers so reagiert hatte. Jetzt wusste er, dass er es wieder entfacht hatte.

Lange überlegte Dusty, wie er das alles verarbeiten sollte. Er war froh, dass Scott neben ihm schwieg.

„Was willst du jetzt tun?", fragte er ihn schließlich.

„Ich weiß es nicht."

Dusty dachte an die furchtbare Zerstörung in Old Orchard. Aber er wusste auch, dass die Zukunft eines jungen Mannes noch wichtiger war. Ja, der Junge hatte Unrecht getan und sollte bestraft werden. Dass er aber erkannt hatte, was er falsch gemacht hatte, und ihm, Dusty, alles gebeichtet hatte, zeigte, dass noch nicht alles verloren war.

„Meinst du, ich sollte Sheriff Sparks alles erzählen?"

Dusty legte dem Jungen den Arm um die Schulter. „Ja, Scott, das sollten wir tun."

Am folgenden Nachmittag saß Jolie in ihrem Jeep. Sie fühlte sich gleichzeitig erleichtert und beschwert. Leichter, weil sie gerade mit Nancy Pollard geredet und ihr die Situation mit Dusty geschildert hatte. Nancy hatte nur gelächelt und ihr mitgeteilt, dass die Kinderpsychologin sehr zufrieden mit Ellies Fortschritten sei. Selbst wenn Dusty und Jolie sich trennen sollten, konnte sie Ellie noch so lange behalten, bis es dem Vater wieder besser ging.

Natürlich hatte Jolie zugestimmt. Nach dem zweistündigen Gespräch mit Nancy hatte sie auch offiziell den Antrag gestellt, andere Kinder in Pflege zu nehmen mit der Aussicht auf eine Adoption.

Die Ampel wurde rot, und sie hielt den Jeep an. Vor ihr lag das Stadtzentrum, das man von den Halloween-Festivitäten gereinigt hatte. Die Strahlen der Sonne spiegelten sich im Springbrunnen. Traurig blickte sie auf die Überreste der Gebäude an der Main Street. Wenn man sich vorstellte, dass Scooter Wahl dafür verantwortlich war. Sie war froh, dass Dusty sich bereit erklärt hatte, als Scotts Vormund aufzutreten, bis sein Fall vor Gericht verhandelt wurde. Mit Dusty und der Feuerwehr auf seiner Seite wusste sie, dass der Junge die nötige Hilfe erhalten würde.

Die Ampel schaltete auf Grün, und sie fuhr nach Hause. In den letzten Tagen schnürte es ihr jedes Mal die Kehle zu, wenn sie Dustys Wagen in der Einfahrt sah.

Als sie am Vorabend nach Hause gekommen war, hatten die Papiere nicht mehr auf dem Küchentisch gelegen, und Dusty war nicht da gewesen. Im Bad hatte sie nachgesehen, aber dort waren alle Arbeiten beendet.

Später fand sie heraus, dass er mit Scott Wahl zu John Sparks gegangen war, wo der Jugendliche gestanden hatte, dass er für das zweite Feuer im „General Store" verantwortlich war.

Nun fuhr sie hinter Dustys Truck. Dusty kam gerade aus dem Haus, und ihr Pulsschlag beschleunigte sich, als sie sah, dass er eine Reisetasche trug.

Er geht, schoss es ihr durch den Kopf.

Natürlich hatte sie gewusst, dass er gehen würde. Aber etwas zu wissen und es dann zu erleben, waren zwei verschiedene Dinge.

Sie zwang sich, auszusteigen und die Stufen hochzugehen. Auf der Veranda angekommen, brachte sie es nicht fertig, Dusty anzusehen.

Er räusperte sich. „Ich ... ich wollte nicht gehen, ohne mich zu verabschieden."

Jolie nickte, als würde sie ihn verstehen, dabei verstand sie gar nichts mehr.

„Ich gehe nicht nach Toledo zurück", erklärte er ruhig.

Nun blickte Jolie ihn verwundert an.

„Natürlich muss ich mein Apartment kündigen, aber ich habe vor, wieder nach Old Orchard zurückzukommen."

Zurück nach Old Orchard, aber nicht zu ihr. Jolie bekam kaum noch Luft.

„Das solltest du wissen, falls wir uns mal über den Weg laufen."

Sie nickte nur, weil sie ihrer Stimme nicht traute. „Und Ellie?", fragte sie schließlich.

„Sie ist drinnen. Ich habe es ihr erklärt, so gut es ging."

Wieder nickte sie. Am liebsten hätte sie ihn gebeten zu bleiben.

„Auf Wiedersehen, Jolie."

Dann ging er zu seinem Truck und fuhr weg. Jolie rührte sich nicht vom Fleck. Sie fühlte sich, als sei die Welt zusammengebrochen.

Sie merkte kaum, dass die Tür geöffnet wurde.

„Jolie?", fragte Ellie leise.

Froh, dass die Kleine ihr Gesicht nicht sehen konnte, wischte sie sich heimlich die Tränen ab und schaute sie an.

„Im Fernsehen läuft ‚Scooby-Doo'."

Sie lachte traurig und folgte Ellie ins Haus. Vielleicht waren „Scooby-Doo" und Ellie genau das, was sie jetzt brauchte.

Jolie saß im Büro der Feuerwache und schaute sich den Dienstplan für den kommenden Monat an. Dezember. Sie konnte kaum glauben, dass schon ein Monat vergangen war, seitdem Dusty sie wieder verlassen hatte. Manchmal schien es ihr wie gestern, manchmal wie Jahre her.

„Jolie, Jolie, ich bin fertig! Meinst du, meinem Daddy gefällt es?"

Sie blickte zu Ellie, die in der Küche gemalt hatte. Jolie stand auf und wäre fast über Spot gestolpert. Irgendwie schien die Katze heute unruhiger zu sein als sonst. Ihre Besuche im Haus waren seltener geworden, aber sie kam noch ab und zu und war immer bei ihr, wenn sie zur Wache kam.

Jolie wollte sich aber nicht weiter mit den Geschichten um Spot befassen. Sie blickte auf die kleine Ellie, die zu ihrem Glück einen entscheidenden Beitrag leistete. Sie schaute auf das Bild, das neben vielen anderen im Krankenzimmer des Vaters hängen würde.

„Ihm wird es sicher sehr gefallen, Liebes", antwortete sie dem Kind.

Vor zwei Wochen hatte Nancy endlich zugelassen, dass Ellie den Vater im Krankenhaus besuchen durfte. Bis zu diesem Zeitpunkt hatte man es für nicht ratsam gehalten, wenn Ellie ihren Vater in seinem schlechten Zustand sähe. Aber nach mehreren Hauttransplantationen in einer Spezialklinik hatte sich sein Zustand gebessert. Und nach jedem Besuch seiner Tochter ging es mit ihm merklich bergauf. Wenn Jolie keine Zeit hatte, ihn mit Ellie zu besuchen, dann sprang Darby ein. Natürlich passte auch Jolie schon mal auf die Zwillinge auf, aber sie fühlte sich wohl, wenn das Haus voll war.

Es half ihr, den Schmerz zu ignorieren, den sie seit Dustys Weggehen spürte, wenn sie von anderen umgeben war. Außerdem konnte sie sich nicht in Selbstmitleid ergehen, wenn ein fünfjähriges Mädchen schlammbedeckt das Haus betrat und verkündete, dass sie die Kindergartengruppe zum Essen eingeladen hatte.

„Gehen wir jetzt?", fragte Ellie eifrig.

„Ja, hol schon mal den Mantel. Was willst du, Spot?", fragte sie die Katze, die um ihre Beine schlich. „Manchmal wünsche ich, du könntest reden, dann ginge alles leichter."

Sie streichelte der Katze über den Kopf und holte ihre Tasche aus einer Schublade. Plötzlich wurde an die Glastür geklopft.

„Ellie? Du kannst reinkommen, Süße!"

Die Worte blieben Jolie in der Kehle stecken, denn nicht Ellie stand vor der Tür, sondern Dusty. Er trug Jeans, ein schwarzes T-Shirt, eine Lederjacke und sah sehr attraktiv aus.

„Süße?", fragte er.

Jolie wollte ihm sagen, dass sie mit Ellie geredet hatte, aber sie war sprachlos.

„Dusty! Dusty!", rief Ellie nun und warf sich in seine Arme, wobei das Bild, das sie für den Vater gemalt hatte, zwischen ihnen zerknitterte.

Grinsend hob er sie hoch und betrachtete sie ausgiebig.

„Wie geht's dir, Mäuschen?"

Jolie wusste, dass er Ellie häufiger bei Darby besucht hatte und dass das Mädchen immer begeistert von den Besuchen war. Wenn die neue Situation Ellie verwirrte, so ließ sie es sich nicht anmerken. Aber nach allem, was ihr schon passiert war, stellte eine kleine Verwirrung kein weiteres Problem mehr dar.

Dusty stellte das Mädchen wieder auf den Boden, und Jolie fuhr ihr über das seidige Haar. „Warum gehst du nicht in die Küche und holst die Kekse, die wir gestern für deinen Daddy gebacken haben? Falls die Jungs sie nicht alle aufgegessen haben."

Energisch streckte Ellie das Kinn vor. „Das würde ich ihnen nicht raten." Sie ging los und hüpfte dann vergnügt weiter.

„Ich höre, dass das neue Bauunternehmen gut läuft."

Dusty sah Jolie aufmerksam an. „Das stimmt."

„Gut", erwiderte sie.

Lange wartete sie, dass er sagen würde, warum er gekommen war. Kurz schaute sie in den Flur und bemerkte, dass drei Erwachsene und ein Kind schnell wieder in die Küche gingen.

Dusty zeigte auf die Glastür. „Du bist nun die Chefin hier, wie ich sehe."

Sie spürte, dass sie rot wurde, und schaute auf ihre Jeans. Heute war ihr freier Tag. Sie war nur auf der Wache vorbeigekommen, um einige Dinge zu erledigen, bevor sie mit Ellie ins Krankenhaus fuhr.

„Ja, das bin ich", bestätigte sie.

Wie sollte sie ihm erklären, dass er mit seinen Worten recht gehabt hatte? Dass sie bei den Bränden am Tag vor Halloween beschlossen hatte, dass sie sich nichts mehr beweisen musste und einen Kompromiss eingehen wollte. Dass sie die Prüfung als Vorgesetzte abgeschlossen hatte und jetzt die Stelle von Gary Jones eingenommen hatte, der pensioniert war. Diese Entscheidung hatte sie ihm jedoch nicht mitgeteilt, weil sie geglaubt hatte, dass ohnehin alles zu spät war.

Da sie nicht wusste, wie sie ihm alles erzählen sollte, tat sie es auch jetzt nicht. Sie lächelte unsicher. „Einen Konkurrenten gab es nicht. Gary meinte, dass er auf jemanden von außen hätte warten müssen, wenn ich den Posten nicht übernommen hätte. Ich hatte Mitleid mit ihm. Was machst du denn eigentlich hier?"

„Ich hatte gedacht, dass ich vielleicht teilweise wieder einsteigen könnte. Oder zumindest als Ersatz zur Verfügung stehe, wenn du zusätzliche Hilfe brauchst."

„Hier?"

„Ja, ich wäre schon eher gekommen, aber erst mussten Dinge in der Firma geregelt werden. Die Wahrheit ist, dass ich alle hier sehr vermisst habe."

Jolie drehte sich um und bemerkte, dass sie Zuhörer hatten. Sie wies auf ihr Publikum. „Offensichtlich haben sie dich auch vermisst."

Beide schwiegen, und Dustys Augen wurden dunkler. „Ich habe dich vermisst, Jolie."

Sie war so erstaunt, dass sie gar nicht wusste, was sie sagen sollte. „Du hast mir auch gefehlt."

Lange standen sie voreinander, bis Dusty etwas aus seiner Jeanstasche zog. Jolie erkannte die Scheidungsunterlagen sofort und wäre am liebsten weggerannt.

„Als ich diese Unterlagen damals auf dem Tisch fand, hatte ich etwas erkannt. Ich erkannte, dass ich niemals geglaubt hatte, dass zwischen uns alles vorbei sein könnte."

Nun blickte sie ihn an. „Dusty …"

„Warte, ich bin noch nicht fertig. Wahrscheinlich hatte ich mit deinem Durchhaltevermögen gerechnet. Niemals hatte ich erwartet, dass du diese Papiere tatsächlich unterschreiben würdest."

Jolie stockte der Atem, und sie versuchte zu verstehen, worauf er hinauswollte.

„Ich meine, oh Jolie. Ich weiß nicht, wie ich es dir sagen soll …"

„Sag es schon, Mann", erklang eine Stimme aus dem Flur.

Jolie schaute auf die Kollegen und dann zurück zu Dusty.

„John hat recht, sag es Dusty."

Der hoffnungsvolle, unsichere Blick, den er ihr zuwarf, ließ ihre Knie weich werden.

„Ich liebe dich, Jolie. Jetzt habe ich es gesagt. Ich liebe dich, ich habe dich immer geliebt, und ich werde dich lieben, bis ich sterbe."

„Ich liebe dich auch", flüsterte sie.

Er schien sie nicht gehört zu haben, als er auf die Papiere in seiner Hand blickte. „Ich hätte nie gedacht, dass du wirklich unterschreiben würdest. Und erst neulich habe ich festgestellt, dass du sie auch tatsächlich gar nicht unterzeichnet hast."

Dusty hielt die Dokumente hoch, und schon lag Jolie in seinen Armen, hielt ihn fest und atmete seinen Duft ein. Sie hörte, dass er die Papiere hinter ihrem Rücken zerriss. Dann umfasste er ihr Gesicht.

„Jolie, weißt du überhaupt, was du mit mir machst?", stöhnte er und küsste sie.

Jolie schmiegte sich an ihn und fuhr durch sein weiches Haar.

„Heirate mich, heirate mich noch ein zweites Mal", bat Dusty. „Dieses Mal für immer."

„Ja", erwiderte sie und umarmte ihn ganz fest.

Da war ein lauter Jubel aus dem Flur zu hören, während gleichzeitig die Sirene ertönte. Jolie öffnete nicht mal die Augen.

„Chief?" Martinez hatte gerufen, während die Männer sich im Flur aufstellten.

Widerstrebend löste Jolie sich von Dusty.

„Das ist schon wieder die Glick Farm. Einige Jugendliche haben die Hühner heute Morgen freigelassen."

Jolie lachte leise. „Nun, dann musst du sie eben wieder einfangen."

Martinez grinste. „Und du?"

Und sie? Sie blickte zu Dusty und erkannte in seinem Blick Leidenschaft und Begehren.

„Nach einem Besuch im Krankenhaus und bei Darby, um Ellie abzugeben, fahre ich mit meinem Mann nach Hause."

– ENDE –

4 Romane in einem Band!

Lisa Jackson
Dem Feuer so nah

Wie ein Kuss im Sommerregen:

Die Künstlerin Ainsley kehrt nach Jahren in ihre Heimat zurück, wo sie einst einen unvergesslichen Sommer mit ihrer Jugendliebe Trent erbracht hat. Gibt das Glück ihnen jetzt eine zweite Chance?

Band-Nr. 20050
9,99 € (D)
ISBN: 978-3-95649-038-5
528 Seiten

Ein Kuss – und alles ist anders:

Seit dem Autounfall, bei dem ihr Mann ums Leben gekommen ist, mischt Tiffanys fürsorglicher Schwager J. D. sich in alles ein. Einerseits nervt sie das – andererseits fühlt sie sich wie magisch zu ihm hingezogen …

Herz über Kopf:

Das letzte Mal als Katie auf ihr Herz gehört hat, blieb sie allein und schwanger zurück. So etwas wird ihr auf keinen Fall noch einmal passieren! Doch dann wird der geheimnisvolle Luke ihr neuer Nachbar … und sie beginnt gegen jede Vernunft, von einem Happy End zu träumen.

Ein Baby für uns zwei:

Der attraktive Kinderarzt Dallas O'Rourke weckt bittere Erinnerungen in Chandra: Auch sie war einst Ärztin und wurde verklagt, als ein Kind starb, das sie behandelte. Können Dallas' zärtliche Küsse sie endlich die Vergangenheit vergessen lassen?

4 Romane in einem Band!

Nora Roberts u. a.
Fremdes Land
und neues Glück

NORA ROBERTS
Einklang der Herzen:
Längst schon weiß die Aus-
wandererin Adelia, dass sie den
Gestütsbesitzer Travis liebt.
Trotzdem kann sie ihm ihre
Gefühle nicht gestehen – denn
sie denkt, dass er vergeben
ist …

Band-Nr. 20049
9,99 € (D)
ISBN: 978-3-95649-028-6
528 Seiten

LUCY GORDON
Im Zeichen des Glücks:
Mit gebrochenem Herzen ver-
lässt Olivia England. Peking
soll ihre neue Heimat werden. Als sie den attraktiven Arzt Jian
kennenlernt, scheint ihr Glück perfekt. Dann muss sie jedoch
Hals über Kopf nach London zurückkehren – und Jian zurück-
lassen …

ELIZABETH BEVARLY – *Sieben Nächte mit dir:*
Hester hat auf einer idyllischen Karibikinsel ein neues Leben
angefangen und sich mit ihrem kleinen Hotel am Strand einen
Traum erfüllt. Doch als plötzlich der attraktive Sean in ihr Leben
tritt, ist Schluss mit der Ruhe im Paradies …

SANDRA FIELD – *Wo das Glück zu Hause ist:*
Am liebsten würde Nell für immer im traumhaften Neufund-
land bleiben. Aber um die Staatsbürgerschaft zu bekommen,
müsste sie heiraten. Nach einer heißen Liebesnacht mit dem
Arzt Kyle, weiß sie auch schon, wer ihr Auserwählter sein
könnte. Nur leider denkt er ganz anders …

4 Romane in einem Band!

Band-Nr. 20048
9,99 € (D)
ISBN: 978-3-95649-008-8
560 Seiten

Linda Howard u. a.
Erben der Sehnsucht

LINDA HOWARD
Gegen alle Regeln:
Claudia erbt die Ranch ihres Vaters und trifft nach Jahren wieder auf Roland – ihren ersten Liebhaber. Schon bald nähern sie sich einander erneut an. Aber als sie Gerüchte über ihn hört, kommen ihr Zweifel an seiner Treue.

EMILIE RICHARDS
Du machst es mir nicht leicht:
Überglücklich führt der Anwalt Bruce die warmherzige Olivia vor den Traualtar. Er ist sich sicher: Sie ist die Richtige für ihn. Bis eine Testamentsklausel ihre Liebe auf eine harte Probe stellt ...

CAROL GRACE – *Küsse – heiß wie die Sonne Siziliens:*
Begeistert führt Carol auf der Mittelmeerinsel Sizilien das Vermächtnis ihres Onkels fort: ein malerisches Weingut. Als sie dann noch der heißblütige Dario leidenschaftlich küsst, ist sie überglücklich. Oder hat er es nur auf ihr Land abgesehen?

JULIE COHEN – *Eine rasante Affäre:*
Zoe ist geschockt: Sie ist die Alleinerbin ihrer reichen Tante – und die restliche Familie gönnt ihr das Geld nicht. Ausgerechnet der attraktive Nicholas ist nun für sie da, dabei war er doch bloß eine Affäre ...